근대 담론의 형성과
지식장의 전환

글쓴이(게재순)

김경미(金庚美, Kim, KyungMi) 이화여자대학교 이화인문과학원 HK교수

김선희(金宣姫, Kim, SeonHee) 이화여자대학교 이화인문과학원 HK연구교수

김태진(金泰鎭, Kim, TaeJin) 이화여자대학교 정치외교학과 POST-DOC

김병진(金炳辰, Kim, ByeongJin) 이화여자대학교 이화인문과학원 HK연구교수

김진희(金眞禧, Kim, JinHee) 이화여자대학교 이화인문과학원 HK교수

송태현(宋泰鉉, Song, TaeHyeon) 이화여자대학교 이화인문과학원 HK교수

송은주(宋銀珠, Song, EunJu) 이화여자대학교 이화인문과학원 HK연구교수

김태연(金泰姸, Kim, TaeYeon) 이화여자대학교 이화인문과학원 HK연구교수

최진석(崔眞碩, Choi, JinSeok) 이화여대 이화인문과학원 HK연구교수, 수유너머104 연구원

채준형(蔡俊亨, Chae, JunHyung) 이화여자대학교 이화인문과학원 HK연구교수

김수자(金壽子, Kim, SooJa) 이화여자대학교 이화인문과학원 HK교수

오윤호(吳潤鎬, Oh, YounHo) 이화여자대학교 이화인문과학원 HK교수

이선주(李善珠, Lee, SeonJu) 이화여자대학교 이화인문과학원 HK연구교수

한인혜(韓仁慧, Han, InHye) 이화여자대학교 이화인문과학원 HK연구교수

근대 담론의 형성과 지식장의 전환

초판 인쇄 2017년 5월 20일 **초판 발행** 2017년 5월 30일

엮은이 이화인문과학원 **펴낸이** 박성모 **펴낸곳** 소명출판

출판등록 제13-522호 **주소** 서울시 서초구 서초중앙로6길 15, 1층

전화 02-585-7840 **팩스** 02-585-7848 **전자우편** somyungbooks@daum.net **홈페이지** www.somyong.co.kr

값 32,000원

ISBN 979-11-5905-163-0 93800

ⓒ 이화인문과학원, 2017

이 저서는 2007년 정부(교육과학기술부)의 재원으로 한국연구재단의 지원을 받아 수행된 연구임 (NRF-2007-361-AL0015)

이화인문과학원 인문지식총서 06

근대 담론의 형성과 지식장의 전환

THE FORMATION OF MODERN DISCOURSE AND THE SHIFT OF THE KNOWLEDGE FIELD

이화인문과학원 엮음

소명출판

21세에 들어서서도 여전히 서구근대가 만들어낸 과학기술에 의한 자연지배와 인간중심주의를 재검토해야만 하는 국면이 각처에서 발생하고 있다. 이것은 지(知)의 총체와 그것을 지탱하는 가치관에 대한 근본적인 반성이 다급해지고 있음을 말한다. 유럽중심주의로부터 벗어나기를 제창한 지도 오래되었고, '근대'라는 가치관에서 벗어나 새로운 지의 형태를 찾고자 함은 학문 전반에 걸쳐서 문제화되어 왔다. 그렇다면 '근대'를 근본적으로 재검토하려면 어떻게 하면 좋을까? 근현대의 지적 시스템과 그것을 지탱하는 가치관을 되묻는 방법이 필요할 것이다. 예를 들어 동아시아에서는 유럽의 근대를 수용하면서, 각각의 지역, 국가에 맞추어 독자적인 지적 시스템과 가치관을 만들어왔다. 그러한 것들을 유럽이나 미국과 비교하면서, 그 과정에 작용한 역사적 제조건을 고찰함으로써 근대라고 하는 시대의 총체를 역사적으로, 그리고 지리적으로 상대화할 수 있을 것이다.

지적 시스템, 즉 지식장에 주목하는 이유는 지식이라는 것은 독립적으로 존재하는 것이 아니며 언제나 사람들에 의해 공유되는 문맥인 '장(場)'에 포함된 형태로 존재하기 때문이다. 총체로서의 지의 구조, 지식장이 재편되어 온 양상과 그것을 촉진시킨 가치관의 변화를 탐구하는 작업은 동서양이 각기 달리 걸어온 근대를 재조명하는 것으로, 우리가 익숙하게 받아들여 온 지의 편성을 대상화하는 작업이며 이를 통해 '근대'라는 가치관에 대한 상대화로 이끌 것이다.

이 책의 목차는 연구대상으로 삼고 있는 지역과 대상의 특성, 그리고 성과의 방향을 중심으로 세 가지 주제로 각기 구분하였다. 첫 번째 **지식체계의 전환과 동아시아**라는 장은 동아시아에서 지식장의 근대화가 이루어졌던 구조에 대해 분석하고 있다. 때로는 자생적으로, 혹은 외부의 충격과 이에 대한 도전과 응전으로, 혹은 서구의 개념이 동아시아라는 지역 속에서 새롭게 재편되어 지식장이 형성되어 가는 단순치 않은 과정들을 소개하고 있다.

다소 구체적으로 살펴보자면 김경미의 「개인적인 삶에 대한 긍정과 지식의 재배치」는 이옥의 『백운필』을 중심으로 19세기 지식인의 지식에 대한 태도 변화, 나아가 삶의 방식의 변화와 관련시켜 살피고 있다. 『백운필』은 이옥이 살고 있던 남양 지역의 동식물에 관한 본초학적 서적이다. 그러나 이옥은 자신의 삶을 구성하는 세계에 대해 감정적, 심미적 관심보다도 경제적 문제나 실용적인 면에 많은 관심을 드러낸다. 이는 당시 문인 학자들이 생계나 생업에 대한 관심을 가졌던 것과 유사성을 갖지만 이옥은 이들과 달리 선비로서의 자의식이나 유가적 의식을 드러내지 않고 구체적인 지식에 더 많은 관심을 보인다. 이옥에게 일상과 밀착된 지식에 대한 긍정은 개성을 인정하는 의식과 상통하는 것이었다. 그리고 이러한 개인 중심적 삶의 방식은 중심에서 이탈한 19세기 문인 학자들이 어떤 삶의 형식을 모색했는가를 보여주는 한 예로 중요한 의미를 갖는다.

다음 글인 김선희의 「격물궁리지학, 격치지학, 격치학 그리고 과학」은 과학 개념이 나오기 이전 동아시아에서 격물궁리, 격치 등의 범주들이 발화된 맥락과 지향을 검토함으로써 서양 과학에 대한 동아시아 지식인의 도전과 전환에 관해 살펴보고 있다. 성리학에서 격물궁리는 외부 세계를 마음에 내재된 근원적 원리[理]에 어떻게 합치시킬지를 묻는 환원적 성격이었다. 이러한

전통에 균열을 낸 것은 16세기 말 중국에 들어온 예수회였다. 그러나 14∼18
세기에 이르는 사이 중국 지식인 사이에서도 외부세계에 대한 객관적 지식의
탐구과정을 '격치지학'으로 부르기 시작했고 명말·청초의 지식인들은 격치
지학을 박학과 박물의 의미로 사용하기 시작했다. 이후 19세기 후반 서양인
에 의해 서양 과학이론들이 한역되면서 '격치학'이 근대 분과과학들을 총칭
하는 이름으로 사용되기 시작했다. 그러나 격치학에서 '과학'으로의 전이는
동아시아에서 학문의 심부와 주변부가 변경되었음을 나타낸다. 중국의 학문
적 전통은 보편과학에서 낙후된 지역과학으로 한정되었고, 동양 지식인은 지
적 주체라는 면에서도 문명의 선취자에서 지식의 일방적 수용자·습득자로
바뀌었다. 특히 조선인은 제도화된 과학을 운용할 국가를 상실함으로써 삼
중의 소외를 겪게 되었다고 밝힌다.

　김태진은 「근대일본의 신체와 정치」에서 동아시아에서 근대 정치체제,
혹은 국가를 유기체에 유비시켜 사용하는 과정에서 함의된 정치담론을 추적
한다. 우리는 'organism'과 그 번역어인 '유기체'라는 말은 정확히 동일한 '의
미'를 가지며 동일한 '쓰임'을 가진다고 생각하기 쉽다. 그러나 이 둘이 항상
같은 것은 아니고 말한다. 스펜서에게 유기체는 당시 19세기 서양에서 세포
설의 발견 속에서 이루어진 의학사적 전환을 바탕으로 한다. 이는 자유로운
세포들의 연합으로서의 유기체라는 발견을 통해 자유로운 개인들이 연합하
는 유기체적 사회라는 모델을 창안한 것이었다. 하지만 근대 일본에서는 스
펜서의 논의가 세포설과 분리된 채 의회를 강조하기 위한 방식으로서만 활
용되었다. 이는 'organism'과 '유기체'라는 개념어 사이의 간극, 두 세계가 갖
고 있는 생명에 대한 인식의 차이, 다시 말해 지식체계 내지 담론장의 차이가
정치담론 형성의 차이를 어떻게 드러내 주는지를 보여주는 것이다.

김병진의 「'사회'중심의 사회주의의 탄생과 근대 일본」에서는 동아시아 근대에 유입된 서구사상의 하나였던 사회주의가 일본이라는 토양 속에서 어떻게 뿌리내리고 성장해 갔는지 그 초기 단계를 통해 살피고 있다. 서구에서도 사회주의에 관한 담론, 실천을 향한 전술이 계속해서 변화해 왔다. 이것은 사회주의＝국가주의라는 도식에 대해 '사회' 중심의 사회주의를 천명한 것으로 나타나기도 하였는데, 이러한 흐름은 사회주의라는 근대담론이 막 형성되던 일본에서도 동시적으로 나타났다. 연구자는 특히 제1차 세계대전 이후 민중이 대두대기 시작할 무렵, 노동운동과 사회주의를 본격적으로 결합시켰던 오스기 사카에게서 그러한 경향이 두드러지게 나타났다고 보고, 오스기의 사상적인 특징을 재조명한다. 이 과정에서 당시 사회주의에 관한 지식장 내에서 경쟁관계에 있던 국가주의적 사회주의와의 대립 속에서 주체의 자율성과 자발성이 최대한 실현되는 과정이야말로 자본주의 사회로 대표되는 근대를 넘어서는 길이라 말한다.

김진희의 「동아협동체(東亞協同體)의 논리와 조선문학론의 역사성」은 1930년대 후반 김기림의 문학론을 통해 당대 일본–제국의 담론을 비껴갔던 조선 지식인의 논리와 그 역사적 의의를 논의한 글이다. 연구자는 1930년대 후반 동아협동체론의 주요 개념이었던 민족, 세계, 동양 등의 개념들이 당대 조선의 담론 장(場) 안에서 어떻게 재전유되고 있는가를 철학자 서인식과 김기림을 관련지어 분석, 설명하고 있다. 김기림은 일련의 문학 및 사회 비평문들을 통해 근대의 파국과 동아협동체의 논리에 직면한 조선 문학의 과제를 제시했다. 민족과 국민의 간극을 의식하면서 '국민'이라는 어휘를 사용하는 대신 '조선' 혹은 '민족'을 사용함으로써 일본의 국민화 담론 안에서 빠져나오는 한편 동아협동체에서 자민족을 강조하는 일본에 대한 비판적 시선을 견지했다. 뿐만 아니라 근대에 대한 과학적 역사인식을 통해 일본이 제시하는 동양담론에 대한 비판을 수행했으며 한편으로는 각 민족문화의 고유성과 다원적 세계문화에 대한 세계사적 비전을 제시함으로써 다양한 민족의 창조적 의욕을 말살하는 일국중심주의 동아협동체론에 대한 비판적 입장을 드러냈다. 이처럼 김기림과 서인식이 일련의 집필을 통해 일본-제국 담론 장에서 구성되고 강요된 동아협동체론과 근대초극론에 저항하는 담론을 생산했다는 점에서 그 성과의 역사적 의의가 주목할 만하다고 연구자는 강조한다.

두 번째 장인 **'근대'를 사유하는 담론과 실천의 양상**에서는 동아시아라는 지역을 넘어 서구에서 17세기 이후 '근대화'라 불려왔던 지식장 내에서 이를 사유하는 동시에 극복하고자 했던 실천의 양상을 송태현, 송은주, 김태연, 최진석의 연구를 통해 소개한다.

먼저 송태현은 「루소의 자연종교와 그 생태학적 함의」에서 우선 루소의 종교관 형성 과정을 개관하고, 이어서 루소 당대의 프랑스 종교사상의 상황을 기술한 후에, 당대의 종교 사상들과 씨름한 후에 루소가 제시한 '자연종교'를 고찰하였다. 연후에 루소의 자연종교가 현대 생태학과의 관련 속에서 어떠한 함의를 지니는지에 대해 연구하였다. 루소는 자연을 인간의 필요나 실용적 목적에 따라 바라보지 않음으로써 인간 중심주의적인 자연관을 극복했다. 한편으로 루소는 자연 속에 신성이 드러나긴 하지만 자연 자체가 신인 것은 아니라고 보았으며, 또한 인간이야말로 우주를 관조하고 우주를 다스리는 존재이며 선을 사랑하고 행할 수 있는 존재이기에 타 생명체보다 우월하다고 주장한 점에서 심층 생태학과는 차이가 있다. 이러한 평가와 함께 루소의 생태계의 전망과 관련하여 시대적인 한계를 지님을 지적하였다.

송은주는 「박물관과 황야 : 에머슨의 미국적 자연관」에서 19세기 미국의 대표적 사상가이며 문필가인 랠프 왈도 에머슨의 저작 중 자연과 과학에 대한 글들을 중심으로, 생태비평의 역사에서 에머슨이 기여한 바와 그 의의를 밝히고 있다. 에머슨은 미국의 정치적 독립 이후, 유럽으로부터 문화적, 정신적 독립에 대해 성찰했던 지식인이다. 그는 유럽의 박물관에 깊은 감명을 받았으나 그에게 박물관은 이성과 과학의 힘으로 자연을 관찰, 분류, 지배하려는 근대적 기획이 이루어지는 장소였다. 이러한 박물관에 대항해 에머슨은 미국의 국가 정체성을 구성할 이상적인 공간으로 황야를 택한다. 황야는 자연 속에 깃든 신성과 만나 자연과 합일된 관계 속에서 이상적이고 독립적인 미국인의 자아를 구성할 수 있는 공간이었던 것이다. 그의 작업은 자본주의와 물질주의에 맞서 자연의 영적 가치를 수호하는 철학적 기반을 제공했으며 이후 미국의 생태주의 발전에도 영향을 미친다. 그러나 에머슨은 자연을 문화, 사회와 대비되는 탈역사적 공간으로 상정하면서 자연과 인간/사회와 맺는 상호관계와 변화를 부정하게 된다. 연구자는 이러한 에머슨의 시각이 미국 생태비평의 한계로 이어졌다는 점에서 비판받아야 할 부분이며, 이를 넘어서는 인간과 환경의 관계에 대한 다각적인 탐색이 이루어져야 한다고 평한다.

김태연의 「과학과 종교 담론으로 바라본 융의 분석심리학」은 칼 구스타프 융의 심리학에 있어서 과학과 종교를 상호 교차하는 간학문적 성격에 주목하고 있다. 융은 심리학이라는 학문분과의 논의 속에서 분트의 연상 실험과 프로이트의 성이론에 대해 비판하면서, 이전 세대의 '사변적인 심리학'과 인간 심리의 복잡한 기제를 단순화시켜 이해하고자 하는 '과학주의적 사고'를 극복하고자 했다. 그는 경험주의적인 과학적 방법론을 적극적으로 수용은 하되, 과학이 절대적이고 객관적인 진리를 지닌다는 인식에 대해서는 비판적인 시각을 가졌다. 또한 심리학적 구상 속에서 합리성을 새롭게 조명하며 분석심리학을 개척하고자 했다. 즉 자연과학적 범주를 넘어 자연과 인간, 문화를 보다 세밀하게 조명할 방법으로 종교학과 신학을 제시하면서, 종교의 이해와 신학적 담론구성이 간학문적 교섭과 변용으로 나아갈 수 있도록 하는데 기여하였다. 연구자는 이러한 점에서 융의 구상은 신학과 과학, 종교와 과학의 대화에 있어서 유용한 통찰을 제공하고 있다고 소개한다.

최진석의 「근대 아카데미의 문화지형학」은 19세기 초엽 러시아에서 공식적 아카데미가 부재한 가운데 비공식적 지식장에서 형성되었던 서구주의―슬라브주의는 저널리즘적 논쟁을 통해 지식 공론화를 이룬다. 문학예술를 포함해 사상체계의 진전, 19세기 말에서 20세기 초까지 나타났던 종교철학과 유라시아주의, 메시아주의적 사유 등은 차아다예프의 질문으로부터 서구주의―슬라브주의 논쟁을 거쳐 전개된 지식장의 축적이었다. 19세기 전반에 형성된 이러한 지식장의 구조는 1917년의 대혁명에 이르기까지 러시아적 사유의 '학풍'을 이루게 된다. 공식적 아카데미가 제 기능을 다하지 못할 때, 비공식적 지식장이 적극적으로 개입하여 사회의 지식구조를 구축하고 조율했던 것이다. 이는 제도와 규범을 통해 말끔하게 정련된 형태로 제시되는 근대적 지식의 이미지가 실은 지식장을 둘러싼 현실적 요인들의 도전과 경쟁, 대결의 국면들이 통해 구축되었음을 보여준다. 다시 말해 외부적인, 권력과 계급, 사회적 이해관계의 다양한 투쟁을 통해 지식장 내부로 이입되는 현상이다. 역사·사회적인 현상의 총체를 근대성이라 본다면 러시아의 사례야말로 지식의 근대성을 '전형적으로' 예시하고 있다고 하겠다.

그리고 채준형의 「宗教, 國家, 그리고 지역 주민」은 종교와 지식장과의 관계에 대해 밝혀주고 있다. 그는 근대 국가가 종교의 사회적 위치와 기능을 다시 정의하여 세속적 권력이 통제할 수 있는 사회 조직의 일원으로 재배치하려 했던 것이 핵심 전략이었음을 이야기한다. 기독교가 사회 전반을 압도하고 있던 유럽과 달리 중국 및 동아시아에서는 제도화된 종교와 민간 신앙 사이에 존재한 사회적 장에서의 끊임없는 경쟁과 타협을 통해 국가 권력과 어떠한 관계 맺느냐가 종교 조직의 성장을 좌우하는 요소였다. 전간기(戰間期) 국민정부와 만주국 통치 하의 중국에서 큰 세력을 떨쳤던 민간 종교 도원과 도원의 교리를 실천하는 자선단체 세계홍만자회를 사례로 종교적 주체들의 사회적 장이 근대화 흐름 속에 어떻게 변모하였는지, 또 그 속에서 각 하위 주체들이 동아시아적 근대를 어떻게 상상했는지를 보여준다.

마지막으로 세 번째 장인 **해석과 비평으로서의 텍스트**에서는 각 연구자들이 각각의 구체적인 텍스트들의 분석을 바탕으로 지식장이 변용해 갔던 과정과 양상을 소개한다.

김수자의 「허학으로서의 '유학'규정과 근대주의」는 19세기 동아시아를 둘러싼 정치적 사건의 변화 속에서 한국에서 전개된 새로운 담론의 수용과 기존 전통학문인 유학에 대한 지식인들의 태도를 『독립신문』의 논설을 중심으로 고찰한 글이다. 청일전쟁, 태평천국의 난 등 19세기 동아시아에서 전개된 일련의 정치적 상황의 변화는 한국의 지식인들에게 전통학문을 회의하게 만들었고 한국의 국내외적 위기 상황의 타개를 위한 새로운 지식의 적극적 수용을 주장하게 만들었다. 이러한 인식과 맞물려 문명개화, 문명화, 서구화, 근대화의 추진이 정당화 되었다. 그러나 반대로 유학은 허학으로 규정하는 등 기존의 전통지식이 가지고 있는 힘을 약화시켰다. 특히 『독립신문』은 한편으로는 자주독립, 자강을 공론화시키고자 하였고, 다른 한편으로는 전통적인 지역질서체제, 신분제, 사상, 학문, 유학 등을 부정적으로 인식하였다. 연구자는 한국의 개화지식인들이 중국의 문화, 학문, 사상의 핵심인 유학에 대해 '허학'으로 규정하고 회의하고, 배격하는 자세를 취한 것은 과거로부터 벗어나 새로운 근대 국가를 건설해야만 한다는 방책에서 나온 것이었다고 이야기한다.

오윤호의 「조명희 초기시에 나타난 자연관과 생명의식」은 조명희의 시집 『봄잔듸밧위에』를 분석하면서, 조명희 시의 자연관과 생명의식을 밝히고 있다. 우주와 인간과 생명의 진리를 찾는 조명희 문학의 생명론에서 생명은 약동하는 것이며, 인간의 내부에서부터 자연의 모든 존재 속에 넘치는 활력으로 나타난다. 그 생명의 흐름은 과거로부터 전개되어 현재에까지 이르게 되었고, 예술과 종교, 그리고 이성의 깊은 깨달음까지도 가능하게 하는 능력을 갖고 있다. 또한 조명희 생명론은 불교적이며 동양적인 세계관을 내면화하고 있으면서도, 서구적인 생물학 및 우주론을 담아내고 있다. 이렇게 조명희 시집의 자연관 및 생명의식에 대한 연구는 조명희 연구의 외연을 확장할 뿐만 아니라 한국근대시 형성을 다층적으로 파악하게 한다.

이선주의 「근대 지식과 소설의 연대」는 찰스 디킨스의 『돔비 부자』를 근대 지식의 관점에서 아담 스미스의 저작과 비교하여 그들의 사상과 구상에 큰 유사성이 있음을 보여준다. 스미스는 『국부론』과 『도덕감정론』을 통해 근대 상업사회의 현실경제문제와 그 사회의 질서유지를 위한 도덕감정을 제시 제시했다. 스미스가 두 대작을 통한 이항적 구조로 근대 상업사회에 대한 총체적 접근을 목표했듯이, 디킨스도 한 소설 안에서 자본주의의 특정한 위기 재현과 그에 대한 대안 내지 완화라는 이항구조를 제시하였다. 연구자는 『도덕감정론』을 공감의 사회적 성격에 관한 공감이론을 중심으로 정리하고서 디킨스의 『돔비 부자』에서 이해관계가 충돌하는 자본주의사회 속에서 공감의 중요성을 묘사하고 있다고 분석한다. 그러나 자유주의적인 경제주의 입장인 스미스에 비해 디킨스는 자본주의 경제운행에 의해 생겨나는 불평등과 부정이 해소되어야 한다는 입장이었음을 밝히고 있다.

한인혜의 「근대성에 대한 통시적 해명으로서의 '다시 쓰기'」는 근대 담론이 어떻게 구성되었는지를 해명하기 위해 통시적 방법론을 취하면서, 근대 담론을 중세 및 탈근대 담론과 비교하고 있다. 근대의 의미 체계를 중세로부터 분리시키는 것이 무엇인지, 나아가 탈근대가 근대로 부터 탈각하고자 분투했던 지점을 무엇인지를 조명함으로써 근대 담론의 구성적 측면 및 그 한계를 분석하려는 것이다. 보다 구체적로는 '다시 쓰기(rewriting)'라는 문학적 장르를 검토하고 있는데, 이는 '다시 쓰기'가 통시적 접근법을 가장 효과적으로 매개하는 문학적 형식이기 때문이다. 다시 쓰기는 재구성의 대상이 되는 원작이 역사적 산물임을 첨예하게 인식하여, 텍스트의 시대성을 드러내는 데 주력한다. 연구자는 이러한 다시 쓰기의 특성을 가장 잘 드러내 주는 작품으로 존 쿳시의 『포우』를 분석하여, 근대적 지식장의 형성과정을 추적해 보여준다.

이화인문과학원의 근대 인문지식 연구자들은 동아시아 근대지식 형성의 문제에 있어서 역사적, 지역적, 학문적 탈경계라는 관점에서 계속해 연구를 이어왔다. 이번에 『근대담론의 형성과 지식장의 전환』이라는 책을 내게 된 것은 '근대'라는 가치관에서 벗어나 새로운 지의 형태를 찾고자 하는 노력의 일환이다. 그것은 연구자 개개인이 연구영역에서 자발적인 노력을 통해 습득해온 지식담론, 즉 스스로의 발판에 대해 다시 한 번 돌아보고 대상화하려는 자기 상대화의 작업이었다. 각각의 과정은 개별 장르와 개념들이 만들어내는 지식의 구조와 각각의 개념들이 이루어낸 조직의 변용을 종합해 가며 이루어졌다. 이를 통해 근대 동아시아뿐만 아니라 17세기 이래 근대를 주도

해 온 서구에서도 기존의 지식 구조가 새롭게 도전과 응전을 통해 재편되어
왔으며 이를 가능하게 한 가치관의 변화가 있었음을 실증적으로 제시할 수
있었다. 이러한 작업들을 통해 21세기 한국인문지식의 새로운 지형을 모색
해가는 과정에 하나의 밑거름이 되었다고 평가하고 싶다. 끝으로 본 연구서
의 주제에 힘을 실어주신 이화인문과학원의 동료 연구자들, 외부 연구자들
께 특별히 감사의 인사를 드린다.

2017년 5월
필자들을 대신하여, 김병진 씀

차례

제1장

지식체계의
전환과 동아시아

개인적인 삶에 대한 긍정과 지식의 재배치

이옥의『백운필』을 중심으로

김경미

1. 백운필, 새로운 생활공간, 새로운 글쓰기

이옥은 18세기 조선 문단을 풍미했던 소품문학을 대표하는 작가이다. 그리고 소품체를 쓴다는 바로 그 이유로 군대에 가고 유배까지 가게 된, 드물지 않은 이력을 가진 작가이기도 하다. 정조가 문제 삼은 패관소품체를 쓴 문인이 한 둘이 아니지만 유독 이옥이 가혹한 처분을 받은 이유나 이후 이옥이 대응한 태도 및 그의 문학세계에 대해서는 기존의 연구에서 이미 충분히 논의되었다. 비록 충(忠)이나 렬(烈)과 같은 이념에 여전히 견인되어 있는 부분이 보이기도 하지만, 동일성을 추구하기보다는 개성과 취향을 추구하는 면모는 이옥 문학의 한 특징으로 간주되어 왔다. 여기에 최근에 발굴된『백운필』과

『연경』은 희작적 태도나 소품체 구사 등 기존에 알려진 작품들과 동질적인 측면을 가지면서도 실용적인 면이 확대된 글쓰기의 형태를 보여준다는 점에서 실학이나 임원경제식 저술과의 관련성이 지적되기도 했다. 이처럼 심미적 경향, 개성의 추구, 희작적 태도와 실학적 태도가 공존하는 『백운필』과 『연경』은 18세기 문화와 사상의 중요한 흐름을 형성한 소품체와 실용적 태도가 만난 예를 보여준다는 점이 중요하게 지적되었다. 물론 실학과 소품체가 만난 예가 이옥만은 아닐 것이다. 박지원, 이덕무, 박제가 등 18세기의 대표적인 실학자가 패관소품체를 쓴다고 지목되었으며 그들이 남긴 문장은 소품적 경향을 드러내고 있기 때문이다. 그런데 『백운필』의 경우, 소품체와 실학의 두 요소를 보여주고 있고 분명 백과전서적 글쓰기를 환기시키지만, 여기에는 소품체와 실학이라는 두 요소로만 환원시킬 수 없는 부분이 있다. 이글은 그 부분이 무엇이며, 그것이 의미하는 바가 무엇인지 살펴보고자 한다. 필자가 보기에 그것은 18세기 이후 문인들의 새로운 삶의 태도를 보여주는 중요한 징후로 생각되기 때문이다.

『백운필』은 이옥이 서울 생활을 정리하고 고향인 남양으로 낙향한 뒤인 1803년에 저술되었다. 이 저작은 이옥이 살고 있던 남양 지역, 그가 살던 집 백운사 주위의 동식물을 새, 물고기, 짐승, 벌레, 꽃, 곡식, 과일, 채소, 나무, 풀로 분류하여 짤막하게 그 특징이나 성향, 명칭, 가격, 관련된 경험, 속담 등을 정리한 기록이다. 내용은 크게 소서(小敍)와 본문으로 이루어져 있다. 『백운필』은 최근에 발굴되어 다른 저작들에 비해 연구가 많지 않은 편이지만 이미 중요한 부분들이 언급되었다. 『백운필』을 발굴하고 소개한 김영진은 이를 희작 성향의 잡저소품으로 규정하였고,[1] 신익철은 『백운필』을 보다 적극

---

1   김영진, 「李鈺 문학과 明淸 小品」, 『고전문학연구』 23, 한국고전문학회, 2003, 367쪽.

적으로 평가할 필요를 제기하면서 홍만선의 『산림경제』나 서유구의 『임원
경제지』와 같은 백과전서적 체제를 지닌 저작으로 보고 실학파 문학과의 관
계를 살폈다.[2] 신익철은 『백운필』의 성격과 사물 인식의 특징으로 자신의
경험과 민간의 전언을 중시하는 기술 방식, 초야의 백성이란 의식과 일상 사
물에 대한 관심, 화훼·농작·축산의 상품화에 대한 관심이 드러난 점 세 가
지를 들고, 민족어나 생활어에 관심을 가진 점, 시정세태를 중시하며 사회의
모순과 부조리를 고발한다는 점에서 실학파와 유사한 면이 있다고 언급하였
다.[3] 한영규는 이옥이 남양에서 자기 나름의 임원경제를 실현한 소농지주였
다고 보고 그의 임원경제 활동에 초점을 맞추어 『백운필』의 문장 특성을 살
폈다. 한영규는 『백운필』과 『한정록』, 『산림경제』, 『임원경제지』 등 '임원
경제'류 문헌과의 상호 비교를 통해 『백운필』이 남양에서의 '경제' 생활을 위
해 지어진 측면이 있다는 점, 농포(農圃), 연한(燕閑)에 관한 지식이 포함되어
있다는 점에서 '임원경제'류 문헌과 상통하지만, 개인적 소회가 많고, 기이한
이야기, 우언, 희작 등이 많다는 점에서 '임원경제'류 문헌과 성격을 달리한
다고 보았다. 다만 '임원경제'에 포함되는 심미 취미를 매우 넓게 잡는다면
『백운필』은 "사적인 성격의 '임원경제'식 잡록 저술"이라고 이름붙일 수 있
다고 하고,[4] 이옥 방식의 '임원경제'의 구현이 이옥식의 소품문 글쓰기로 연
결된 것[5]이라고 평가하였다. 그러나 이현우는 해제에서 『백운필』이 실용을
목적으로 한 『산림경제』나 『임원경제지』와 같은 실학서와 구분되며, 백과
전서적 체제에 다채로운 내용과 형식의 글들을 두루 수록하여, 새로운 글쓰
기 유형을 유감없이 보여준다고 평가했다.[6]

---

2   신익철, 「이옥 문학의 일상성과 사물 인식」, 『한국실학연구』 12, 2006, 193쪽.
3   위의 글, 193~208쪽.
4   한영규, 「소품문 글쓰기와 '林園經濟'」, 『한문학보』 18, 우리한문학회, 2008, 920~921쪽.
5   위의 글, 927쪽.

앞서 언급했듯 필자 역시『백운필』의 저술에는 소품체와 실학적 태도가 영향을 미친 것으로 보며, 기존 연구에서 실학파와의 관련성, 사적인 성격의 '임원경제'식 잡록 저술이라고 지적한 것에 기본적으로 동의한다. 그러나 여기서 나아가 18세기 조선의 새로운 지적 경향을 보여준 소품체와 실학이 이후 어떤 새로운 글쓰기를 형성했는가, 나아가 19세기에 들어 이 새로운 문화적 경향은 어떻게 변화, 발전하면서 새로운 지적 경향, 삶의 태도를 형성했는가를 보고자 한다. 이를 위해 이 글은 우선 이옥이『백운필』을 어떤 의도로 썼으며, 어떤 내용을 다루고 있는가를 살피고,『백운필』의 특징으로 심미성의 추구, 실용주의적 태도 및 경제적 감각을 들고, 이를 이옥이 보여주고 있는 삶의 방식과 연결 지어 해석해 보고자 한다.

필자의 궁극적인 관심은 전근대 조선 사회에서 문인 학자 즉 지식인들이 기존의 지식 체계 내에서 어떤 갱신의 노력을 기울였는가, 혹은 기존의 지식 체계를 해체하면서 어떠한 지식 체계를 재구성하고자 했는가를 규명하는 것이다. 그리고 그 관심의 밑바닥에는 19세기 이후 본격적으로 드러나기 시작하는 사회의 분화, 신분제의 해체 등 사회경제적 모순, 혹은 변화 속에서 지식인들이 어떤 삶의 방식이나 지식 체계로 당대 사회의 모순, 요구에 응답하고자 했는가하는 질문이 깔려있다. 이옥은 그 한 예로서 살핀다. 한 개인의 예이기는 하지만, 개인의 정신은 사회적, 정치적 전환에 대한 설명을 찾을 수 있는 명시적 장소이기도 하기 때문이다.[7]

---

6   이현우, 「이옥의 생애와 작품 세계」, 실시학사 고전문학연구회 편, 『이옥전집』1, 2009, 27쪽.
7   린 헌트, 전진성 역, 『인권의 발명』, 돌베개, 2009, 41쪽.

2. 『백운필』의 저작 동기와 서술 내용

1) 저작 동기

『백운필』의 저작 동기를 보여주는 소서는 두 부분으로 구성되어 있다. 첫 부분은 왜 쓰는가에 대한 이유를 밝힌 부분이고, 둘째 부분은 무엇을 쓸 것인가를 밝힌 부분이다. 먼저 글을 쓰는 이유에 대해 쓴 부분을 보자. 궁벽한 곳에서 보내야 하는 지루한 여름날을 어떻게 보낼 것인가 질문한 뒤, 그는 바깥으로 나가거나, 잠을 자거나, 글을 낭독하거나, 책을 읽거나, 바둑이나 장기, 쌍륙이나 골패를 하는 등의 일을 일일이 들고 그것을 하지 않는, 혹은 할 수 없는 이유를 든다. 그리고 그는 말을 잊은 경지에서 먹과 붓으로 수작할 수밖에 없다고 한다. 즉 그가 할 수 있는 것은 글을 쓰는 것밖에 없다는 것이다. 이처럼 다른 건 할 수도 없고, 하고 싶지도 않아서 글을 쓸 수밖에 없다. 그렇다면 무엇을 쓸 것인가.

나는 하늘을 이야기하고 싶지만 사람들은 반드시 내가 천문(天文)을 공부한다고 생각할 것이니, 천문을 공부하는 자는 재앙을 입게 마련이다. 나는 땅을 이야기하고 싶지만 사람들은 반드시 내가 지리(地理)를 안다고 여길 것이니, 지리를 아는 자는 남에게 부림을 당한다. 그것도 할 수 없다. 나는 사람에 대해 이야기하고 싶지만 남에 대해 이야기하는 자는 남들 역시 그 사람에 대해 이야기하게 될 것이니 그것도 할 수 없다. 나는 귀신을 이야기하고 싶지만 사람들은 반드시 헛소리라고 치부할 것이니 그것도 할 수 없다. 나는 성리(性理)

에 대해 이야기하고 싶지만 나는 그것에 대해 평생토록 들은 것이 없다. 나는 문장을 이야기하고 싶지만 문장은 우리가 추켜올리거나 폄하할 수 있는 것이 아니다. 나는 석가(釋迦), 노자(老子) 및 방술(方術)을 이야기하고 싶지만 내가 배운 것이 아니며, 또한 내가 진실로 이야기하고 싶은 바도 아니다. 조정(朝庭)의 이해관계, 지방관의 잘잘못, 벼슬길, 재물과 이익, 여색(女色), 주식(酒食) 등에 대해서는 범익겸(范益謙)의 칠불언(七不言)이 있으니, 나는 일찍이 이를 나의 좌우명으로 삼았다. 그것도 이야기할 수 없다.[8]

이옥은 여기서 말하고 싶지만 할 수 없는 것, 혹은 하고 싶지 않은 것들을 생각나는 대로 나열하는 것처럼 보인다. 그러나 그가 지목하고 있는 천문과 지리, 사람과 귀신, 성리와 문장, 석가와 노자 등은 조선시대 문인 학자들의 지식의 대상이거나 글쓰기의 대상이다. 범익겸의 칠불언에 해당하는 것들 중 재물과 이익, 여색과 주식을 제외하면 나머지도 문인 학자들이 종종 글쓰기의 대상으로 삼은 것들이다. 시대에 따라 차이가 있기는 하지만 조선시대 문인 학자들의 문집이나 유서(類書)는 주로 이옥이 위에서 언급한 내용들로 이루어져 있다. 한두 가지 예만 들어보자. 먼저 문집의 경우다. 그가 인용하기도 한 서계 박세당(1629~1703)의 『서계집』은 시, 소차, 계사, 서(書), 변론, 서(序), 기(記), 제발, 제문, 잡저, 비지, 간독 등의 순으로 편찬되어 있는데, 그 내용은 노장설에 대한 견해, 10대조에 대한 평가, 전제(田制) 개혁론, 예송변

8　이옥, 『이옥전집』 3, 「백운필」, '소서小敍', 54~55쪽, "吾欲談天, 人必以爲學天文, 學天文者有殊, 不可. 吾欲談地, 人必以爲知地理, 知地理者, 爲人役, 不可. 吾欲談人, 談人者, 人亦談其人, 不可. 吾欲談鬼, 人必以吾爲妄言, 不可. 吾欲談性理, 吾平生未之聞. 吾欲談文章, 文章非吾人所可評척. 吾欲談釋老及方術, 非吾學, 亦非吾所願談. 若朝庭利害·州縣長短·官職·財利·女色·酒食, 范益謙有七不言, 吾嘗書諸左右, 不可談." 『이옥전집』 4, 휴머니스트, 2009, 326쪽.

(禮訟辨) 등을 포함한다. 백과전서류에 해당하는 이익의 『성호사설』은 천지문(天地門), 만물문(萬物門), 인사문(人事門), 경사문(經史門), 시문문(詩文門)으로 구성되어 있고, 그 내용은 천문 지리로부터 경전의 뜻, 역사, 시문에 이르기까지 다양한 내용을 항목 별로 다루고 있다. 따라서 이옥이 위에서 지목한 것들은 기존의 지식 체계에 속하는 것들이다.

그런데 이옥은 왜 그러한 것들을 말할 수 없거나 말하기 싫다고 한 것일까? 그가 내세운 이유는 천문을 이야기하면 재앙을 당하게 되고, 지리를 이야기하면 남에게 부림을 당하고, 사람에 관해 이야기하면 남도 나에 대해 이야기할 것이고, 귀신을 이야기하면 헛소리라 할 것이고, 성리에 대해서는 들은 적이 없고, 문장은 평가의 대상이 아니며, 석가, 노자, 방술은 나의 학문이 아니라는 것이다. 성리에 대해서는 들은 적이 없다는 것은 그가 성리학을 공부하지 않았다는 의미로 보이며, 문장은 평가할 대상이 아니라는 것은 개성을 중시하는 그의 문학관을 반영한 것으로 보인다.[9] 이처럼 이옥은 기존의 지식 체계에 속하는 것들에 대해, 그것을 말하면 오히려 재앙을 당하거나 남에게 부림이나 당하고, 헛소리나 하는 것처럼 보일 수 있다고 하거나, 말할 수 있는 것이 아니라고 하고 있다. 칠불언 가운데 조정의 이해관계, 지방관의 잘잘못, 벼슬길 같은 것도 자신과는 상관없는 것이라고 생각했을 수 있다. 그래서 부득이 선택한 것이 새, 물고기, 짐승, 벌레, 꽃, 곡식, 과일, 채소, 나무, 풀이라는 것이다.

---

9   성리학을 공부하지 않았다는 말을 단순히 안 한 것으로 받아들일 수도 있지만, 의지적으로 안 했다는 해석도 가능하다. 석가, 노자, 방술은 말하고 싶지만 우리 학문이 아니라고 한 것은 유가에 대해 이단이라는 것을 의식한 것이라 볼 수 있다.

그렇다면 나는 또한 장차 어떤 이야기를 하며 끼적여야 하는가? 그 형세상 이야기를 하지 않을 수 없는데, 이야기를 하지 않는다면 그만이겠지만 이야기를 한다면 부득불 새를 이야기하고, 물고기를 이야기하고, 짐승을 이야기하고, 과일을 이야기하고, 채소를 이야기하고, 나무를 이야기하고, 풀을 이야기해야 하겠다. 이것이 『백운필』이 부득이한 데서 나온 것이고, 또한 어쩔 수 없이 이런 것들을 이야기한 까닭이다. 이와 같이 사람은 이야기하지 않을 수 없는 것이고, 또한 이야기할 수 없는 것이 있다. 아, 입을 다물자![10]

이옥은 부득불, 어쩔 수 없이 쓰는 것이라고 반복해서 이야기하고, 사람은 이야기를 하지 않을 수 없지만 이야기할 수 없는 것이 있다고 말한다. "마도건(磨兜鞬)"으로 말을 끝맺고 있는 것도 부득불 쓰고는 있지만 실은 매우 조심한 끝에 선택한 글이라는 것을 이야기하는 것으로 보인다.[11] 말할 수 없는 것이 있다는 것은 앞서 언급한 천문, 지리, 귀신 등에 관한 것을 이야기할 수 없다는 의미로 볼 수도 있는데, 이는 정치적, 심리적 이유로 조심스럽다는 의미로 볼 수도 있다.

여기서 이옥이 이야기할 수 없거나 하고 싶지 않다는 말의 이면을 따져 볼 필요가 있다. 그는 왜 기존의 문집이나 유서 등에서 다루던 것들에 대해 자신이 말할 수 없다고 했으며, 또 그것을 굳이 밝히고 있을까? 그 답은 그가 선택한 것들을 통해 추측할 수 있다. 그가 선택한 소재들을 보면 관념적이거나 추

---

10 이옥, 앞의 책, 54쪽, "然則吾又將曷談而筆之耶? 其勢不得不談, 而不談則已, 談則不得不談鳥談魚談獸談蟲談花談穀談果談菜談木談艸而已矣, 此白雲筆之所不得已也, 亦不得已談此也. 若是乎人之不能不談, 亦不可以談也. 吁, 磨兜鞬!", 『이옥전집』 4, 휴머니스트, 2009, 326쪽.
11 마도건은 마도견磨兜堅이라고도 한다. 마도건은 중국 황제시대 사람으로 황제가 금을 녹여 그의 모습을 만들었는데 입을 세 군데나 꿰맨 모습을 하고 있어, 이후 마도건은 말을 삼가서 조심한다는 뜻으로 쓰였다.

상적인 것이 아니라 구체적인 세계에 속하는 것들이고, 자신이 듣고 보거나 생활 속에서 일상적으로 접하는 동식물들이다. 이옥은 이러한 소재들을 우연히 선택했거나 어쩔 수 없이 선택한 것처럼 말하고 있지만 실은 의도적으로 선택한 것으로 보인다. 지루한 여름날을 견디기 위한 것이라면 왜 쓰는지, 무엇을 쓸 것인지 이야기하지 않고 심심풀이로 쓴다고 해도 될 것인데, 그는 군이 다른 일이 아니라 글쓰기를 선택했으며 기존의 유학자들이라면 당연히 관심을 가졌던 지식이 아니라 새, 물고기, 짐승, 벌레, 꽃, 곡식, 과일, 채소, 나무, 풀 등에 대해 쓴다고 밝히고 있기 때문이다. 다시 말해 그는 말할 수 없는 대상을 군이 거론함으로써 오히려 말할 수 없는 대상을 독자에게 환기시키고 있으며, 이를 통해 그의 선택을 더욱 강조하는 효과를 낳고 있는 것이다. 이는 이제 더 이상 기존의 지식 체계를 따르지 않고 자신의 생활, 자신의 경험을 중심으로 지식을 재배치하려는 의도에서 나온 것으로 보이인다.

그가 다룬 소재들은 본초학을 비롯한 백과전서적 저작에서 다루어진 것들이지만, 백과전서적 저작이 지식 전반을 체계화하고 정리하려는 의도로 저술되는 데 비해『백운필』은 분류를 시도하고, 필요하면 고증을 하기도 하고, 다양한 지식 정보들을 제공하지만 대상 자체가 그의 생활세계를 중심으로 구성되었다는 점에서 차이를 보인다. 이러한 사실은 글쓰기의 대상을 일상적이고 구체적인 것을 선택했다는 것 이상의 의미를 갖는 것으로 보인다. 그것은 일상, 자신이 있는 생활세계의 지식에 대한 강조이다. 이러한 의식이 더욱 강화된 형태로 나타난 것이『연경』이다.

옛 사람들은 일상생활의 먹고 마시는 일에 있어서 책으로 기록하지 않은 것이 없었다. 그런 고로 추평공은『식헌(食憲)』오십 장이 있었으며, 왕적은『주보(酒譜)』가 있었고, 정운수는『속주보(續酒譜)』가 있었고, 두평 역시『주보』가 있었다. 육우는『다경』이 있었는데, 주강이 이를 보충하였으며, 모문석은『다보』가 있었고, 채군모와 정위는『다록』이 있었다.

(…중략…) 여기서 옛사람이 만물에 대하여 진실로 기록할 만한 좋은 점이 한 가지라도 있으면, 그 물건이 보잘것없다고 해서 버려두지 않고, 그 숨겨진 것을 수집·열거하고, 그 속에 포함된 것을 밝게 드러내면서, 모아서 책으로 만들어 후대에 가르침을 주지 않음이 없었음을 알 수 있다. 그것은 온갖 미물이라도 보잘것없고 초라한 것들을 밝게 드러내어 천하 후세의 사람들과 그 쓰임을 공유한 것이다. 그 뜻이 어찌 일시적인 붓장난에 불과하겠는가?[12]

일상생활의 먹고 마시는 일은 천문과 지리, 사람과 귀신, 성리와 문장, 석가와 노자, 재물과 이익, 여색과 주식 같은 것과 대비되는 평범하고 보잘 것 없는 것들이다. 그러나 이옥은 온갖 미물이라도 그 보잘것없고 초라한 것들을 드러내어 천하 후세의 사람들과 쓰임을 공유하겠다는 의도를 분명하게 밝히고 있다. 이를 통해 다시 확인할 수 있는 것은 이옥이 자신의 생활세계를 중심으로 한 일상적인 것들을 중심으로 지식을 재배치하고자 했다는 것이다.

---

12 이옥,『이옥전집』3, 휴머니스트, 2009, 393~395쪽, "古人於日用飲食之事, 莫不有書以記之. 故鄭平公有『食憲』五十章, 王績有『酒譜』, 鄭雲叟有『續酒譜』, 竇苹亦有『酒譜』, 陸羽有『茶經』, 周絳補之, 毛文錫有『茶譜』, 蔡君謨丁謂有『茶錄』. (…中略…) 於此, 可以見古人之於物, 苟有一善之可錄, 則不以物微而遺之, 蒐羅其隱者, 闡揚其蘊者, 莫不裒以爲書, 以詔後來, 則其爲庶物揚側陋, 與天下後世而公其用者. 其意豈一時翰墨之戲也哉?",『이옥전집』4, 휴머니스트, 2009, 408~409쪽.

2) 서술 내용

『백운필』은 동식물의 이름, 형태, 종류, 생태, 키우는 법, 효용, 세는 단위, 가격, 관련된 이야기, 경험, 세태 비판 등으로 서술되어 있다. 각 항목의 서술이 일관되지는 않지만 대체로 호응(虎鷹)이나 귀촉도, 박(駮)을 다룬 항목처럼 다른 사람이 견문한 내용을 전한 뒤 그에 대한 설명을 책을 인용해서 서술하고 자신의 생각을 덧붙이거나, 꿩을 다룬 항목처럼 자신이 직접 꿩의 알을 닭에게 품게 한 경험을 기록하거나, 닭의 항목처럼 기르는 방법, 석화[굴] 항목처럼 먹는 방법[13] 등 쓰임새를 서술하거나, 도요새 항목처럼 자전이나 음운서를 참고하여 이름을 고증하기도 한다. 그런데 이옥은 자신이 싫어하고 증오하는 것, 좋아하는 것을 드러내고, 벌레나 새의 행태로 인간 세상을 비유하는 등 주관적인 감정이나 생각을 드러내기도 한다. 거미가 줄을 쳐서 여러 벌레를 공격하는 것을 보고 미워하다가 거미 입장에서 사람을 보면 사람도 거미 같을 것이라고 한다든지,[14] 갈매기와 해오라기는 세상에서 칭송하는 한가롭고 우아한 새지만 이익이 오면 모조리 차지하는데 물고기가 나타나면 미친듯이 쫓아가 동류를 부리로 쳐서 쫓아낸다고 하면서 지조 잃은 사군자(士君子)에 비유하여 희화화하고 있어[15] 인간사회에 대한 관심을 버리지 않고 있다. 또한 "점모가 제일 비싸서 한 쌍에 백 문을 넘기도 하였다"[16]거나, "한 조롱의 감이 많게는 수천 전에 이르렀다."[17] "꿩새끼 중에 큰 놈은 주루라 하는데, (…중략…) 그래서 값 또한 어미 꿩의 두 배나 된다."[18] "돈 일백

---

13 이옥, 『이옥전집』 3, 휴머니스트, 2009, 123~124쪽.
14 위의 책, 178쪽.
15 위의 책, 94쪽.
16 위의 책, 65쪽.
17 위의 책, 265쪽.

전에 홍시가 무릇 백여섯 개였다"[19]는 등 가격을 밝히고 있어 상품경제를 의식하고 있음을 보여준다.

『백운필』은 견문이나 자신의 경험에서 비롯된 지식을 서술하기도 하지만, 많은 책을 참고하고 있다. 그가 인용하고 있는 책은 『설문해자』, 『이아』, 『이아익』, 『광아』, 『훈몽자회』, 『한청문감』, 『정자통』, 『집운』, 『당운』, 『옥편』 등의 자전이나 음운서, 『본초강목』, 『도경(圖經)』, 『의서(醫書)』 등의 의학서, 『유편(類篇)』, 『고금주』, 『왜한삼재도회』 등 백과사전류, 『금경(禽經)』 같은 전문서, 『통감석문』, 『당서』, 『한서』, 『남사』, 『통지(通志)』 등의 역사서, 『시경』, 『예기』, 『좌전』 같은 경전, 『유양잡조』, 『귀전록』, 『남월지』, 『민소기(閩小紀)』, 『술이기』, 『인암쇄어』, 『수구기략』 등의 필기 잡록류, 택당 이식의 시집, 서계 박세당의 문집, 남하정의 『동소유고(桐巢遺稿)』 등 조선 문인의 저술 등이다. 『장자』, 『능엄경』도 인용되고 있으며, 『석거부』, 곽박의 『강부』, 『유씨국보』, 『화력』, 『자서』, 『남도부』 등 다양한 작품들이 인용되어 있다. 이옥은 이러한 책들을 참조하고 자신이 관찰하고 전해들은 것을 바탕으로 새, 물고기, 짐승, 벌레, 꽃, 곡식, 과일, 채소, 나무, 풀 등 그가 일상적으로 접하는 동식물에 대한 지식을 정리하고자 한 것으로 보인다.

동식물에 대한 학문은 일찍부터 박물학이나 본초학에서 다루어졌다. 明의 이시진이 저술한 『본초강목』은 의약에 필요한 자연물을 수(水), 화(火), 토(土), 금석(金石), 초(草), 곡(穀), 채(菜), 과(果), 목(木), 복기(服器), 충(虫), 린(鱗), 개(介), 금(禽), 수(獸), 인(人) 등 16부문으로 분류하여 서술하고 있다. 식물이 중심이기 때문에 본초라고 하지만 식물 이외의 것들도 포함되어 있다. 조선 후기 백과전서적 저술에도 동식물이 포함되어 있는데, 이익의 『성호사설』의

---

18 이옥, 『이옥전집』 3, 휴머니스트, 2009, 68쪽.
19 위의 책, 287쪽.

경우 만물문에 다른 사물들과 함께 동식물을 다루고 있고, 이수광의『지봉유설』에서는 항목을 천문, 시령(時令), 재이(災異), 지리, 제국(諸國), 관직, 유도, 경서, 문자, 문장, 인물, 성행(性行), 어언(語言), 식물, 훼목(卉木), 금충(禽蟲) 등으로 나누고 각 항목은 다시 하위 항목으로 나누어 서술하고 있다.[20]『백운필』은 이들과 달리 동식물만 구분해서 다루고 있다는 점에서 차이를 보인다. 앞서의 논자들이 지적하듯이,『산림경제』나『임원경제지』류의 저술과도 상통하는 부분이 있지만,『백운필』은 그 대상을 조선에서 발견되는 동식물로 한정하고, 견문의 범위를 자신이나 주변인들이 듣거나 본 것을 중심으로 하고 있다는 점에서 역시 차이를 드러낸다.[21] 문헌을 두루 참조하지만 문헌에 있는 것을 그대로 가져와 나열하는 형태가 아니라 자신의 견문이나 경험을 중심으로 서술하거나 재서술하고 있는 것이다.[22]『연경』은 이러한 서술형태를 더욱 전문화시킨 것이라 할 수 있다. 흑산도 지역의 어류를 실제로 관찰해서 기록한 정약전(1758~1816)의『자산어보』나 진해 부근의 어류를 관찰해서 기록한 김려의『우해이어보』등도 대상을 한 부문에 한정해서 기술한다는 점에서『백운필』의 연장선상에 있으며,『연경』과 유사한 범주에 넣을수 있다. 그러나 이들 저술과 이옥의 저술은 겹치지 않는 부분이 있으며 이는『백운필』의 특징이라 할 수 있다.

---

20 예를 들어 禽蟲의 경우 鳥·獸·鱗介·蟲豸 등으로 나누어 서술하고 있다. 이수광,『지봉유설』권20, 한국고전번역원 DB.

21 그 한 예로 뱀을 다룬 항목을 들 수 있다. 이옥은 처음 해안가에 정착해서 살 때 그 지역에 뱀이많아서 보이는 대로 죽이게 하고 우거진 풀을 베어 뱀이 오지 않게 했다는 경험을 쓴 뒤 그 종류를 구렁이, 능구렁이, 무자치, 살무사 등 넷으로 나누어 색, 성질, 쓰임 등에 대해 설명한다. 이옥, 앞의 책, 174쪽.

22 꽃의 모양이 한결같지 않으나 대체로 서너 가지 종류에 지나지 않는다고 하고, 이는 모두가 자신이 보고 싶었던 것에 대하여 논한 것일 뿐이며, 자신이 보지 못하고 심지 못한 것 중에 또 얼마나 괴기한 모양이 있을 것인가 라고 하여 자신이 견문한 것 중심으로 이야기한 것임을 언급하고 있다. 위의 책, 219쪽.

3. 『백운필』에 나타난 이옥의 가치 지향

앞서 언급했듯이, 이옥이 당시의 문인 학자들이 흔히 대상으로 삼는 지식들을 열거하고 이것들에 대해 쓸 수 없거나 쓰고 싶지 않다고 한 뒤 부득이 쓴다고 한 것은 새를 비롯한 동물과 나무를 비롯한 식물이다. 그러나 이옥은 이것들을 총망라해서 체계화하고 분류하기보다는 그가 살았던 지역의 새나 짐승, 그가 살았던 집의 나무와 풀, 꽃과 채소, 과일과 어류 등을 중심으로 기록하고 있다. 따라서 자연물이라 하지만 그것은 이옥이라는 개인의 생활과 관련이 있는 것들이며, 많은 부분 생계와 관련된 것들이다. 다시 말해『백운필』은 이옥이 자신의 삶을 구성하는 세계를 선택적으로 재현한 것이며, 여기에는 이옥 개인의 감성, 취미, 경제적 관심이 혼재하고 있다.

이옥은 남양에서 농사를 생업으로 하면서, 곡식과 생활에 필요한 작물들을 재배하고 화초와 나무도 많이 심었다.[23] 그는 경제적으로 비교적 풍부한 삶을 누렸던 것으로 보이며, 따라서 심미적인 취향을 어느 정도 견지할 수 있었던 것으로 보인다. "살구나무 서너 그루를 얻어 집을 둘러 나눠심었는데 꽃이 피면 시골집의 봄 분위기가 있다"[24]거나, 일찍이 친구 집에서 수국 씨를 얻어 시골집에 심고는 "초가을에 꽃이 피면 족히 가난한 집의 뜰을 장식할 만하다"[25]는 기록들, "근년에 국화의 품종을 구하여 널리 심었으나, 소의 성질이 국화를 좋아하는 까닭에 겨우 한 번이라도 조심하지 않으면 문득 뜯어

---

23 한영규는 이옥이 남양에서 자기 나름의 임원경제를 실제 구현한 소농 지주였다고 보았다. 한영규, 앞의 글, 915~916쪽.
24 이옥, 앞의 책, 213쪽.
25 위의 책, 214쪽.

먹어 거의 다 없애버린다"[26]는 기록이 그러한 면모를 보여준다. 물론 석성금(石成金)의 『화력(花曆)』을 얻어 매월 계절의 변화에 따라 화령(花令)을 행하고자 했으나, 시골 마을이 누추하여 소원을 이룰 수가 없어 스스로 매우 한스럽고 애석하다[27]고 하여 심미적 취향을 뜻대로 할 수는 없어 아쉬움을 표하고 있기도 한다. 담배에 애호나 상추쌈에 대한 미각은 여러 차례 언급되었거니와 다음과 같은 예문도 그의 심미적 감각을 보여주는 예라 할 수 있다.

그러므로 일찍이 앵두를 얻으면 그것을 잘게 부수어 베로 싼 뒤, 비틀어 즙을 내어 마셨다. 그 색은 담홍색으로 매우 예뻤다. 또 청포도를 얻으면 그 방법에 따라 즙을 냈는데, 그 빛깔 역시 옅은 초록색으로 예뻤다. 앵두에 비교하면 더 맑고 시원하게 느껴진다.[28]

그러나 이러한 취향 자체가 목적이 되어 일상생활을 전도하는 정도로 발전하지는 않았다. 한영규는 이옥이 실용성과 심미성, 농포(農圃)와 연한(燕閒), 열매와 꽃, 실(實)과 허(虛)라는 문제에서 그 무게 중심이 후자 쪽으로 기울어 있었다고 본다.[29] 그러나 필자가 보기에는 『백운필』을 저술할 당시에는 실용성 쪽에 좀 더 기울어지고 있었던 것으로 보인다. 맛에 대한 지나친 추구나 음식 사치에 대해 경계하고 있는 데서도 보듯 그는 실용을 넘어 심미적인 것을 추구하거나 취향에 빠지는 것을 경계하고 있기 때문이다. 그는 학이나 거위,

---

26 위의 책, 209쪽.
27 위의 책, 231쪽.
28 위의 책, 278쪽, "故嘗取櫻桃糜碎之, 用布帕絞, 取汁飮之. 其色淡紅, 甚可愛. 又嘗取靑葡萄, 依其法取汁, 其色亦淺綠. 可愛, 而較櫻桃, 尤覺淸爽", 『이옥전집』 4, 휴머니스트, 2009, 378~379쪽.
29 한영규, 앞의 글, 919쪽.

오리를 길러보라는 권유를 받고 자신의 집 뒷동산에 이미 꿩이며 홍학, 황새, 백로, 갈매기, 꾀꼬리, 기러기 등 많은 새를 기르고 있다고 하면서 자기만큼 새를 많이 기르는 사람은 없을 것이라고 하고, 정원을 꾸미고 학과 오리를 기르는 취미를 졸렬한 방법이라고 비판한다. 이옥이 집 뒷동산에서 기른다는 말은 뒷동산에 자연 상태로 있는 것을 보고 듣는다는 것을 의미한다. 그래서 굳이 가두어 기를 필요가 없다는 것이다.

> 일찍이 다른 사람들이 흰 학과 화려한 오리를 기르는 것을 보니, 그들은 모두 귀로는 새소리를 듣고 눈으로는 화려한 깃털을 보아 자신의 연못과 정원을 꾸미려는 것이었다. 그런데 지금 내가 귀로 그 소리를 듣고 눈으로 그 모습을 보니, 이 어찌 내가 기르는 것이 아니리오? (…중략…) 어찌 반드시 쇠줄로 날개를 가두고, 구리 그물로 덮어 보호하고, 낱알을 소비하여 먹이고, 아이를 시켜 감시토록 하여 저들에게는 울울鬱鬱히 펴지 못한 뜻을 갖도록 하고, 나로서는 착잡하여 견디기 어려운 부담을 지으리오? 나는 도군道君 황제가 간악산艮嶽山에서 온갖 것을 길렀던 것은 또한 매우 졸렬한 방법이었다고 생각한다.[30]

이옥은 연못과 정원을 꾸미기 위해 학과 오리를 가두어 낱알을 먹이고 감시하는 것은 새를 답답하게 하고 그것을 보는 마음의 부담을 갖게 한다고 하고, 송 휘종이 간악산(艮嶽山)에 동산을 조성하여 아름다운 누대를 짓고 기이한 꽃, 진귀한 새나 짐승을 모아두고 즐긴 것을 졸렬한 방법이라고 평가한다.

---

30 이옥, 『이옥전집』 3, 휴머니스트, 2009, 75쪽, "嘗見人家之養白鶴 · 花鴨者, 皆欲耳聞其聲, 目見其彩, 以賁飾我池園而已也, 則今也, 吾耳有之矣, 目有之矣, 是豈非吾之畜乎? (…中略…) 顧何必鐵線緝其翅, 銅網冪其庇, 費粒而飼之, 責僮而伺之, 而在渠有鬱鬱不得之意, 在我爲擾擾難堪之累耶? 余以爲道君艮岳之畜, 亦太拙法也", 『이옥전집』 4, 휴머니스트, 2009, 330~331쪽.

이는 당시 정원을 꾸미고 학이나 오리를 기르며 고상한 취미로 여기는 풍조를 비판한 것으로 보이며 동시에 가공하지 않은 자연 상태 그대로를 즐긴다는 뜻으로 보인다.

이옥은 당시의 유람 풍조나 유산문학에 대해서도 비판적 태도를 보인다. 그 중의 하나가 벼룩과 이가 밤 껍데기를 타고 요강 속을 다니면서 시를 짓고는 맑은 흥취, 아름다운 시구라 했다는 호사가의 이야기를 전하면서 쓴 것이다. 이옥은 이 우화를 소개하고 아름다운 산수를 만나 배를 띄워 노닐고, 배를 띄우면 반드시 시구를 지어 기록하는 자들이 있는데 이들은 대부분 벼룩과 이가 요강 속에서 맑은 흥취를 읊조리는 것과 같다고 쓰고 있다. 이옥은 이어서 이들이 지은 시구는 옛사람을 답습하여 벼룩이나 이가 쓴 것과 같이 귀결되지 않은 것이 드물다고 하면서 이 이야기를 한 자는 천고의 노닐던 사람들을 다 꾸짖은 것이라고 평가하며 소동파나 그 꾸짖음을 면할 수 있을 것이라고 한다.[31] 이 이야기는 산수를 유람하며 시문을 짓는 풍조를 요강 속의 맑은 흥취라고 비판하는 동시에 문장의 답습을 비판한 것으로 당시의 유람 풍조와 유산문학을 염두에 둔 비판으로 읽힌다.

이와 같이 심미성이나 취향에 대한 지나친 추구를 경계하는 태도의 이면에는 생업이나 생계에 대한 관심이 놓여 있는 것으로 보인다. 따라서 고증보다는 가격이나 실용성에 더 주목하기도 한다. 예를 들어 목면이나 청어에 대한 기술에서 이옥은 고증보다는 현재 상품으로서의 청어의 가치나 목면의 실용성에 더 주목하는 것으로 보인다.

---

31 이옥, 『이옥전집』 3, 휴머니스트, 2009, 203～204쪽.

청어는 어떤 물고기인지 알지 못하지만, 그 색이 푸르기 때문에 '청어'라고 한다. 일찍이 들으니, 사오십 년 전에는 청어가 매우 천하여 열 마리에 한 전(錢)이었다고 한다. 매양 해주의 상선이 도착하면 삼강(三江)에 비린내가 나고, 서울의 가난한 유생들도 비로소 개소(開素)할 수 있기 때문에 '유어(儒魚)'라고 불렀다. 얼마 안 있어 청어가 점점 귀해졌고, 몇 년 동안 차츰 더 심해져서 한 마리에 오륙 전까지 하자, 부귀(富貴)한 집안이라도 세 토막으로 나누어 접시에 올리는 것을 볼 수 있었다고 한다. 오륙 년 이래로 해마다 점점 천해져서 금년에는 스무 마리에 겨우 두 전 반이다. 가까운 부둣가에 있는 어시장에서는 한 전만 있어도 스무 마리를 구할 수 있다고 하니, 분명 매우 천한 것이다. 물고기가 귀하거나 천하게 되는 것도 또한 저절로 때가 있어 그러한 것인가?

들으니, 청어가 한참 귀할 때는 요동(遼東) 사람들이 많이 잡아들였고, 그것을 '신어(新魚)'라고 하였다고 한다. 아마 물고기가 이동하는 것이 있어서 그런 것이 아니겠는가? 어부들이 말하기를, "금년에는 청어가 잡히지 않는 곳이 없어서, 심지어 시냇가와 항구 사이에서도 모두 조류를 따라 올라오기 때문에 그 천함이 더욱 심해졌다"라고 한다.[32]

위 서술은 청어에 대한 생태적 기술보다는 청어의 수확에 따른 가격의 변화에 대한 기술이 주를 이룬다. 청어의 가격이 오르내리는 이유에 대해 요동

----

[32] 이옥, 『이옥전집』 3, 휴머니스트, 2009, 203~204쪽, "靑魚者, 不知是何魚, 而以其色靑, 故曰'靑魚'. 嘗聞, 四五十年前, 靑魚極賤, 十尾至一錢, 每海州商舶至, 則三江盡腥, 洛下窮儒, 始得開素, 故稱之曰'儒魚.' 未幾靑魚漸貴, 漸以屢年, 則一尾至五六錢, 而豪貴之家, 亦見三割而登盤矣. 自五六年前, 又以歲漸賤, 至于今年, 則二十尾直二錢半, 近浦之市, 或有一錢而得二十者, 亦極賤矣. 魚之貴賤, 亦自有時而然歟? 聞, 其方貴之時, 遼東人多捕之, 而稱之曰'新魚', 豈魚亦有所往來者然歟? 漁人言 : "今年則靑魚無處不産, 甚至溪港之間, 亦皆隨潮而上, 故其賤尤至"云, 『이옥전집』 4, 휴머니스트, 2009, 340쪽.

의 수확량 증가와 조선의 수확량 감소를 연결시킴으로써 물고기의 이동과 수확량, 가격을 연관시키고 있지만 구체적인 분석이라고 보기는 어렵다. 그러나 이익이나 이덕무, 정약전이 서술한 것과 비교하면 그 차이가 좀더 분명하게 드러난다.

지금의 청어가 옛날에도 있었는지 없었는지는 알 수 없다. 그러나 가을에는 함경도에서 생산되는데, 모양이 아주 크게 생겼다. 추운 겨울에는 경상도에서 생산되고 봄이 되면 차츰 전라도와 충청도로 옮겨 간다. 봄과 여름 사이에는 황해도에서 생산되는데, 차츰 서쪽으로 옮겨짐에 따라 점점 잘아져서 몹시 흔하기 때문에 먹지 않는 사람이 없다. 『징비록』에 이르기를, "해주에서 나던 청어가 요즈음 와서 10년이 넘도록 사라져서 생산되지 않고 요동 바다로 옮겨 가서 생산되는데, 요동 사람은 이것을 新魚라고 한다."라고 하였다. 그렇다면 그 당시에는 오직 해주에서만 청어가 있었던 것이다. 이 물고기 따위는 매양 풍토와 기후를 따라 다니는데 근래에는 이 청어가 서해에서 아주 흔하게 많으니, 또 저 요동에 이 청어가 있는지 없는지는 알 수 없다.[33]

우리나라의 청어는 곧 용어이다. 일찍이 醫書를 보니 청어에 대한 설명이 있는데, 그 모양이 우리나라에서 나는 청어가 아니다. 다만 근세에 송완이 기록한 설명이 자상하고 문장 또한 아름다워 지금 기록한다. 『안아당집』 송완

---

[33] 이익, 『성호사설』 6, 「만물문(萬物門)」, "今之青魚, 不知古有與無, 而秋産咸鏡道, 形甚大. 冬寒則産於慶尙道, 至春漸移於全羅道忠淸道, 春夏間, 産於黃海道, 漸西漸細而極賤, 人無不食. 懲毖錄云, 海州所産靑魚, 近十餘年絶不産, 移産於遼海, 遼人謂之新魚. 然則當時惟海州有之. 虫魚之屬, 每遂風氣, 至近歲, 此物極賤於西海, 又不知遼之有無也", 한국고전번역원 DB, 69쪽: 번역은 다소 수정하였다.

찬에, "청어는 길이가 한 자도 채 되지 않는데, 암청색 등성이에 뺨이 붉고 입춘(立春)이 지난 뒤에 잡을 수 있다. 살은 향긋하면서 연하고 결[筋]을 따라 분해되며, 뼈는 고슴도치의 털처럼 많으나 연하여 입 안을 찌르지 않는다. 암놈은 뱃속에 알이 있고 길이와 너비가 서로 같은 몸뚱이에 식물을 씹을 적에는 소리가 나며, 수놈은 하얀 것이 아주 아름답다. 저자에 막 나오면 값이 생각보다 비싸도 잠깐 사이에 다 팔리는데, 사실 한 마리의 값은 10전(錢)도 채 되지 않는다. 청어죽(靑魚粥)이라 하여 바닷사람들이 식사로 대용하기도 한다." 하였다. 송완은 내양(萊陽) 사람이다. 내양은 우리나라의 서해(西海)와 연결되어 있으므로, 그 고장에서 생산되는 청어도 우리나라의 것과 같았던 것이다. 민중(閩中)에서도 청어가 생산된다.[34]

청어는 길이가 한 자 남짓하며 몸이 좁고 빛깔이 푸르다. 물에서 오래 떨어져 있으면 대가리가 붉어진다. 맛은 담백하며 국을 끓이거나 구워 먹어도 좋고 젓갈(鹽醢)을 만들어도 좋다. 정월이 되면 바닷가 해안을 따라 떼를 지어 와서 알을 낳는데, 수억 마리가 대열을 이루어 오므로 바다를 덮을 지경이다. 석 달 동안 산란(産卵)을 마치면 청어떼는 곧 물러간다. 그런 다음엔 길이 서너 치 정도의 청어 새끼가 그물에 잡힌다. 건륭 경오년 후, 10여 년 동안은 풍어였으나 그 뒤 중간에 뜸하여졌다가 가경 임술년에 풍어였으며, 을축년 후에는 또 쇠퇴하였가 성하였다. 이 물고기는 동지(冬至) 전에 영남 좌도에 처음 나타났

---

34 이덕무, 『청장관전서』 60권, 「앙엽기」 7, "我國青魚, 卽鯡魚也. 嘗見醫書, 有青魚而形狀非我國青魚. 惟近世宋琬所記詳悉, 文亦藻雅, 今錄之. 安雅堂集宋琬撰, 青魚長不盈尺, 青春赤腮, 立春後有之. 肉香而鬆, 隨筋而脫, 骨磔磔如蝟毛, 軟不刺口. 雌者, 腹中有子, 長濶竟體, 嚼之有聲, 雄者, 白最佳. 初入市, 價頗昂, 旣而傾筐, 不滿十錢. 海上人, 用以代飯, 謂之青魚粥. 琬萊陽人, 所居與我國西海相連, 故魚産亦同. 閩中亦産青魚", 한국고전번역원 DB. 번역은 다소 수정하였다.

다가 남해를 지나 서해로 가서 북쪽으로 올라간다. 3월에는 해서에 나타나는데 해서의 청어는 남해의 청어에 비해 배나 크다. 영남과 호남은 서로 번갈아 청어떼가 성하였다가 쇠하였다 한다. 창대의 말에 의하면 영남산 청어는 등뼈 수가 74마디이고 호남산 청어는 등뼈가 53마디라고 한다. 살펴보면 청어(靑魚)는 청어(鯖魚)라고도 쓴다. 『본초강목』에 청어는 강호(江湖) 사이에서 태어나는데 머리 속의 침골 모양이 호박과 같고, 아무 때나 잡는다고 기록되어 있다. 이는 지금의 청어가 아니다. 그 빛깔이 푸르기 때문에 이에 기대어 그런 이름으로 부르는 것이다.[35]

이익, 이덕무의 기록은 다른 서적을 통해 청어의 생태, 수확, 먹는 방법 등을 문헌을 참고하여 정리한 데 비해 정약전의 기록은 생태, 수확에 대해 더 구체적으로 서술하고 서술 내용도 전문적이다. 이들에 비하면 이옥의 기록은 구체적이고 실생활적인 내용을 담고 있다. 또한 수확에 따른 가격의 변화도 구체적으로 언급하고 있어 청어 자체의 생태에 대한 관심보다는 인간생활의 먹거리, 상품으로 바라보고 있음을 알 수 있다.

그는 또 농가에서 심어야 할 것으로 보리, 밀가루 등을 언급하거나 바닷가 고을에서는 감을 많이 심는데, 숲을 이룰 정도로 감이 많은 집에서는 생계 방편이 된다고 하면서 굴과 대나무만이 부를 이루는 것은 아니라고 하거나, '사과'에 대해 맛과 품질이 여름 과일 중 으뜸이라고 하면서 가격을 논하는 것

---

35 정약전, 『자산어보』, "靑魚長尺餘, 狹色靑. 離水久則頰赤. 味淡薄, 宜羹炙, 宜醢繡. 正月, 入浦循岸而行, 以産其卵, 萬億爲隊, 至則蔽海. 三月間, 旣産則退. 伊後, 其子長三四寸者入網. 乾隆庚午後, 十餘年極盛, 其後中衰, 嘉慶壬戌極盛, 乙丑後又衰盛. 是魚冬至前始出於嶺南左道, 遵海而西而北, 三月出於海西. 海西者倍大於南海者. 嶺南湖南迭相衰盛云○昌大曰, 嶺南之産, 脊骨七十四節, 湖南之産, 脊骨五十三節○晴案靑魚亦也作鯖魚. 本草綱目, 靑魚生江湖間, 頭中枕骨狀如琥珀, 取無時, 則非今之靑魚也. 今以其色靑, 故假以名之也", 171~172쪽.

역시 그의 경제적인 문제에 대한 관심을 보여준다. 심지어 "강리(江籬)와 벽지(薜芷)를 허리에 찬다"는 굴원의 시구를 보고 강리는 냄새가 지독한 궁궁이인데, 좋은 향료가 있는 줄 모르고 궁궁이 잎을 허리에 찰 만한 향료로 여긴 것을 보면 굴원이 시골구석의 가난한 집안 출신일 거라고 생각한 적이 있다[36]고도 쓰고 있다. 궁궁이를 찼다는 굴원의 시구를 보고 굴원의 가난을 짐작했다는 것인데 이 역시 이옥이 경제적 문제에 예민했음을 보여준다. 이와 연결되는 것으로 그가 성균관 생원으로 다닐 때, 작은 골짜기 하나를 가졌는데도 고운 옷을 입고 놋그릇에 밥을 먹는 사람에게 생업이 무엇인지 묻고 대답한 내용을 기록한 것을 들 수 있다. 이옥은 그와의 대화를 통해 빨리 익는 과일나무 덕분에 일찍 출하해서 배가 되는 가격을 받는다는 말을 듣고 그 땅을 얻으면 나무가 많지 않아도 괜찮을 것 같다[37]고 끝을 맺고 있다. 이를 통해 이옥의 경제 문제에 관심을 확인할 수 있다. 그런데 이옥의 생업이나 경제에 대한 관심은 개인적 차원에 머무는 것으로 보이며, 사회적 차원이나 국가적 차원으로까지 확장되지 않는 것으로 보인다.

4. 새로운 삶의 방식으로서의 개인 중심적 삶의 방식

『백운필』을 통해 이옥이 심미적인 것을 놓지 않으면서도 생업에 대한 관심이 많았으며 경제적인 관심이 많았음을 확인할 수 있었다. 경제적인 문제

---

36 이옥, 『이옥전집』 3, 휴머니스트, 2009, 366쪽.
37 위의 책, 266~267쪽.

에 대한 관심은 이옥만의 것은 아니었다. 벼농사, 과일나무 기르기, 칡 꼬기, 인삼 기르기 등 생계형 농업이나 양계 등 축산은 당시 문인 학자들도 먹고 사는 일을 해결해 줄 수 있는 생업으로 많은 관심을 가졌던 것이다. 과거시험에 합격해서 관료적 삶을 살거나 농업 등 생계를 해결해 줄 만한 경제적 기반을 가지지 못한 조선후기의 많은 문인 학자들에게 이는 매우 현실적인 문제였다. 주로 양반 부인들을 대상으로 한 행장이나 묘지명에 생계를 위해 베를 짜거나 양잠을 하거나 농사일을 하는 양반 부인들에 대한 기록이 흔히 보이는 것은 이러한 현실에 대한 반영이라 할 수 있을 것이다.[38]

과거시험을 통해 입신하는 것을 포기하고 남양에서 생활하게 된 이옥의 관심사는 농촌을 기반으로 자신을 비롯한 가족의 생계를 유지하는 것이었던 것으로 보이며『백운필』은 이러한 관심 하에 시골에서 살기 위해 알아야 하는 것들을 정리한 것으로 보인다. 이옥이 직접 자신의 생계 문제를 드러내지는 않지만 그가 보인 경제적 관심이나 실용주의적 태도를 통해 이를 짐작할 수 있다. 이옥은 농업을 기반으로 자급자족하는 삶에 그치지 않고 과일이나 인삼의 재배와 판매, 축산업 등을 통해 생산물을 교환해서 돈을 모으는 것에도 관심을 보일 정도로 상업에도 관심이 있었다. 바닷가 고을 사람이 칡[葛]으로 생업을 삼는 자들이 많다고 하면서 한 해에 전력을 다해 일하면 만여 전을 모을 수 있는 방안을 제시하기도 한다.

이에 이를 꼬아서 끈을 만드는데 자리를 짤 수도 있고 그물을 엮을 수도 있다. 끈을 만들지 않고 파는 것은 한 근에 삼십 전이고, 끈으로 만든 것은 열 발

---

38 김경미,「조선후기 여성의 노동과 경제활동—18~19세기 양반여성을 중심으로」,『한국여성학』 28권 4호, 한국여성학회, 2012, 94~106쪽에서 이 문제를 다루었다.

에 일 전이다. 한 근을 사서 끈으로 꼬면 오륙백 발을 만들 수 있는데, 손이 날
랜 자는 날마다 이십여 전어치를 꼴 수 있다. 공력은 매우 더디고 이문이 매우
작지만 전력을 다해 일하면 한 해에 만여 전을 모을 수 있다. 그러므로 칡으로
생업을 삼는 집은 방 천장에 빙 둘러 나무 갈고리를 걸어 놓고 앉거나 누워서
쉬지 않고 칡을 꼰다. 심지어 부인네들도 삼베 짜듯이 칡을 꼰다.[39]

이옥은 칡으로 생업을 삼는 것이 가능하다는 것을 구체적으로 돈으로 환
산해서 보여주고 있다. 이외에도 인삼 재배로 생업을 삼는 사람들을 소개하
기도 하고, 다른 나무보다 일찍 열매를 맺는 과일나무를 가지고 있어 가산이
넉넉한 사람을 소개하고 있기도 하다. 그리고 재산을 모으는 방법은 한 가지
에 집중하는 것이라고 하면서 닭, 망아지, 소 등 한 종류의 가축을 길러 부자
가 된 사람들의 예를 소개하고 있다.

재산을 모으는 방법은 전일(專一)함에 달려 있는데, 가축을 기르는 일은 그
한 가지에 불과하다. 청풍(淸風)에 해마다 닭 이백 마리를 길러 입고 먹는 사
람이 있고, 호(湖)(충청도)의 어느 바닷가 고을에는 늘 백여 마리 개를 길러 재
물로 그 고을에 이름난 사람이 있다. 예산(禮山)에는 구장자(駒長者, 망아지
부자)라는 사람이 있는데, 그 처음에 망아지를 기르는 일로 시작하였다. 쌍부
(雙阜)에서 소 천여 마리를 기르게 된 사람이 있는데, 처음에는 백 마리도 되
지 않았다.[40]

---

39 이옥, 『이옥전집』 3, 휴머니스트, 2009, 360~363쪽, "於是劚而爲繩, 可以織茵, 可以結網, 其不
繩而貨者, 一劚可三十錢, 繩之者, 十庹直一錢. 以劚買者繩之, 則爲五六百劚, 手疾者, 日能繩二十
餘錢. 其工甚遲, 其利甚微, 而專力而治之者, 歲能致萬餘錢. 故治葛之家, 遶屋掛木鉤, 坐臥手葛不
休, 甚則婦人皆治之如麻紵", 『이옥전집』 4, 휴머니스트, 2009, 399쪽.

이옥은 칡을 꼬거나 가축을 길러 돈을 모으는 예를 통해 돈을 모으기 위해서는 쉴 새 없는 노동과 전문화가 필요하다는 것을 말하고 있다. 그러나 이옥은 선비로서의 자의식을 보이지 않는다. 이는 이덕무가 생업을 위한 일을 하되 지나치면 안 된다는 것을 강조하거나, 다산 정약용이 양계 같은 속사(俗事)에 종사하되 깨끗한 취미를 가져야 할 것을 당부하는 것과 차이를 보이는 지점이다.

네가 養鷄를 한다고 들었는데 양계란 참으로 좋은 일이긴 하지만 이것에도 품위 있는 것과 비천한 것, 깨끗한 것과 더러운 것의 차이가 있다. 農書를 잘 읽어서 좋은 방법을 골라 시험해 보아라. 색깔을 나누어 길러도 보고, 닭이 앉는 홰를 다르게도 만들어보면서 (…중략…) 이미 닭을 기르고 있으니 아무쪼록 많은 책 중에서 닭 기르는 법에 관한 이론을 뽑아내어 차례로 정리하여 '鷄經' 같은 책을 하나 만든다면 陸羽라는 사람의 『茶經』, 혜풍 유득공의 『煙經』 같은 서적처럼 좋은 책이 될 것이다. 俗事에 종사하면서도 선비의 깨끗한 취미를 갖고 지내려면 언제나 이런 식으로 하면 된다.[41]

사대부 집안의 본색을 잃지 않기 위해 벼슬길에서 물러날수록 서울을 떠나지 말고 문화(文華)의 안목을 유지할 것을 당부하곤 했던 다산은 생계를 위해 서울 근교에 살면서 과일과 채소를 심거나 누에치는 일, 목축을 권하곤 했다.[42] 유배지에 있는 가장으로서 생계와 사대부 집안으로서의 명예를 동시

---

40 이옥, 『이옥전집』 3, 휴머니스트, 2009, 161쪽, "致産之道, 在乎專一, 牧畜不過一事也. 而淸風有
    歲養鷄二百翅者, 以衣食. 湖之沿, 有家常畜百餘狗者, 以貲名於鄕. 禮山有駒長者, 其初以牧駒起,
    有畜牛蹄角六千於雙阜者. 始也, 不滿百, 令牧者歲無入, 二歲納一犢. 特及(犆)牛皆有息, 歲無幾,
    至千牛. 至千, 固富人之有也", 『이옥전집』 4, 휴머니스트, 2009, 350쪽.
41 『여유당전서』, 「기유아」, "聞汝養鷄, 養鷄固善, 然養鷄之中, 亦有雅俚淸濁之殊, 苟能熟讀農書,
    擇其善法而試之. 或別其色類, 或異其,,桀, (…中略…) 旣養鷄矣, 須將百家書, 鈔取鷄說, 彙次作鷄
    經, 如陸羽茶經柳惠風之煙經, 亦一善也. 就俗務, 帶得淸致, 須每以此爲例", 한국고전번역원 DB.

에 생각해야 했던 다산으로서는 생계를 위한 일을 하되 선비의 본분을 잃지 않을 것을 권유한 것이다. 위 예문도 그런 생각의 일단을 보여준다. 농서를 읽어 전문 지식을 익히고 실제로 여러 가지 방법을 실험해 보고, 책 중에서 닭 기르는 법에 대한 이론을 뽑아서 정리해 보라고 권한다. 속사에 종사하면서도 선비로서의 깨끗한 취미를 갖고 지내려면 이렇게 해도 된다는 것이다.

이옥은 서문에서 자신은 궁벽한 곳에서 여름날을 견디기 위해 그 무엇도 아닌 글을 쓸 밖에 없다고 했거니와 그 스스로 "나이가 젊었을 때부터 말을 아름답게 엮는 것을 하나의 일로 삼았"[43]다고 하여 문인으로서 자신의 정체성을 버리지는 않는다. 이옥이 『백운필』이나 『연경』을 쓴 것은 다산이 말한바 속사에 종사하면서도 깨끗한 취미를 버리지 않은 예이며, 보잘것없고 미미한 것들 가운데 가치 있는 것을 발견하고자 하는 태도의 결과라 할 수 있겠다. 그러나 이옥은 이런 선비로서의 자의식을 드러내지는 않는다. 이는 무반 서족 출신이라는 그의 신분과도 연관이 있을 것이지만, 기존의 삶의 방식으로부터 벗어나 새로운 삶의 방식을 추구했기 때문으로 보인다. 그것은 자신의 생계를 스스로 해결하는 자립적이고 독자적인 삶의 방식이다. 따라서 그는 기존의 지식을 반복하기보다는 바로 자신이 살고 있는 곳 백운사를 둘러싼 것들에 관한 지식을 정리한 것이다. 이 시기 지식인들 가운데 이러한 문제의식을 가진 대표적 인물로 서유구를 들 수 있다. 서유구는 『임원경제지』에 '임원생활에 필요한 총체적 지식'을 정리하고 있는데 김대중은 『임원경제지』로 대변되는 서유구의 학문을 임원경제학이라 명명하고,[44] 서유구가 추구한 것은 향

---

42 조창록, 「楓石 徐有榘와 '林園經濟'」, 『漢文學報』 8, 208쪽.
43 이옥, 『이옥전집』 3, 휴머니스트, 2009, 237쪽.
44 김대중, 「풍석 서유구 산문 연구」, 서울대 박사논문, 2011, 195쪽.

촌에서의 자립적 삶이며, 그것은 스스로의 힘으로 실용적 가치와 심미적 가치를 실현하는 삶[45]이라고 본다. 이옥의『백운필』은 임원생활에 필요한 총체적 지식에 미치지는 못하지만 자신의 삶의 방식이 변화한 것과 더불어 기존의 지식체계로부터 벗어나 자신을 중심으로 한 생활세계를 중심으로 지식을 재배치함으로써 개인적인 삶의 세계를 긍정하고 있다는 점에서 그 의미를 찾을 수 있다.

이러한 개인적인 삶에 대한 긍정은 50세 이후에 쓴『일곱 가지 끊어야 할 일[七切]』이나『반안인의 한거부를 본받아 짓다[效潘安仁閑居賦]』등에서 이옥이 자신의 삶에 대해 얼마나 만족해하는가를 통해 다시 한 번 확인된다.

화석자가 말하였다.

"앉거라! 내 장차 자네에게 심중에 있는 말을 고하리라. (…중략…) 내 나이는 이미 반평생을 넘어섰고, 생각은 이미 지금의 세상에서 떠나 있다. 다만 나의 백 이랑 경지가 가꾸어지지 않음을 걱정하고, 왕도王道가 기울어지지 않음을 즐거워한다. 내가 바로 원하는 것은 십 묘의 뽕나무와 삼이며, 몇 칸의 초가집이다. 고당에 노래자가 받드는 어머니와 가통을 전하는 왕패와 같은 아들에다, 지아비는 밭을 갈고 아내는 베를 짜며, 아들은 수확하고 아비는 땅을 간다. 나뭇가지의 뱁새처럼 둥지에서의 꿈을 편안히 여기며, 진흙 속의 거북처럼 짧은 꼬리를 끌고 다닌다. 심어 놓은 것은 서리를 이겨내는 국화가 있고, 식용으로는 해를 향하고 있는 아욱이 있다. (…중략…) 이제 나는 또한 뭇풀들과 비슷하게 함께 자라나고 나의 농사가 알찬 것이 많음을 다행스럽게 여긴다. 남쪽 밭이랑을 따라가 들밥 먹는 것을 기쁘게 여긴다. 가을날의 내 곳집이 천 섬

---

45 위의 글, 206쪽.

이라, 이삭은 모두 잘 자라나고, 콩은 빈 깍지가 되지 않는다. 쌀이 있고 기장이 있고, 차조가 있고 보리가 있다. 이것들이 집에 가득한데, 이것을 찧고 키질하여 밥을 짓고 인절미를 만들며, 죽을 만들고 엿을 곤다. 이것을 술로 만드니 진하여 묽지 않으며, 물고기는 통발에 넣어두고 닭은 횟대에서 잡는다. 큰 말로 술을 쳐서 미수에 이르도록 축수한다. 형제와 친구들은 술을 마시며 매우 화목하고, 처자와 동복은 스스로 득의한 듯 즐거워한다. 이때가 되어서는 뜻이 훈훈하고, 기운이 왕성하며, 마음이 기쁘고, 얼굴색이 화기애애해진다. 마치 노씨의 대에 올라 아름다운 봄빛의 원기를 접한 듯, 선인의 나라에 들어가 신령한 샘의 짙은 향기를 마신 듯, 소소, 함영의 음악을 듣고 난새와 봉새, 물고기와 용이 야단스럽게 움직이는 것을 보는 듯하다. 심기가 평안하여 피를 고르게 하고, 정신이 화락하여 근육을 이완시킨다. 백 년의 기약할 만한 것을 지향하고 묵은 병을 거두어 구름처럼 사라지게 한다. 아! 나는 그것을 즐기고 있을 뿐, 스스로 무어라고 말하지 못하겠다.[46]

『일곱 가지 끊어야 할 일』은 객과의 문답으로 이루어져 있는데, 위의 내용은 객의 질문에 대답하는 것으로 이옥이 자신의 생활에 대해 서술한 것이다. 그가 그리는 삶은 위로 봉양할 어머니가 계시고 훌륭한 아들이 있으며, 풍부

---

46 이옥, 『이옥전집』 2, 휴머니스트, 2009, 199~201쪽, "花石子曰 : "居! 吾將告子以心曲之辭. (…中略…) 余齒已邁於半身, 念已謝於當時. 憂百晦之不易, 樂王道之無陂. 乃其所願, 則十畝桑麻, 數間茅茨, 高堂老萊之母, 傳家王霸之兒, 夫畊婦織, 子穉父薔. 安巢夢於枝鷦, 曳短尾於泥龜, 植有凌霜之菊, 蔬有傾日之葵. (…中略…) 於是, 余亦類庶草之與廡, 幸我稼之實多. 遵南畝而喜齰, 秋余箱而千斯, 苗而皆秀, 豆不爲萁. 有稻有粱. 有衆有來[牟], 是盈于室, 是舂是箕, 爲食爲餈, 爲饘爲飴. 爲此春酒, 醇而不醨, 魚在于笱, 執鷄于塒. 酌以大斗, 介壽于眉. 兄弟朋友, 飮酒孔宜, 妻子僮僕, 自得犁犁. 當是時也, 意熏熏也, 氣氳氳也, 志忻忻也, 色誾誾也. 若登老氏之臺, 而接韶華之烟熅也; 若入化人之國, 而飮神泉之醇醍也; 若聞簫韶・咸英之樂, 而覩鸞鳳魚龍之紛紜也. 心平而調血, 神和而舒筋, 指百年之可期, 卷宿痾而如雲. 嗟! 吾樂之只, 且自不知其所云."", 『이옥전집』 4, 휴머니스트, 2009, 203쪽.

한 수확물이 가득하고, 맛있는 음식과 술이 넘치며, 형제와 친구들, 처자와 동복들과 즐겁게 어울리는 삶이다. 이 삶은 지아비는 밭을 갈고 아내는 베를 짜며, 아들은 수확하고 아비는 땅을 가는, 노동하는 삶이며 스스로 생업을 해결한 삶으로서, 심기가 평안하고 정신이 화락한 삶이다. 이것이 바로 이옥의 삶 자체를 반영한 것이 아니라 그의 바람을 표현한 것일 수도 있지만, 여기서도 확인되는 것은 개인적인 삶에 대한 긍정이다. 자신의 삶 전체를 조망한 『반안인의 한거부를 본받아 짓다』에서도 비슷한 지향을 읽을 수 있다. 이옥은 이 글에서 과거에 실패하고 유배까지 다녀온 뒤 벼슬을 구할 생각을 버리고 장사를 통해 재산을 모은 자공의 삶을 따르려 하여 선조가 남긴 집으로 돌아와 세상의 시비와 떨어져 산다고 자신의 과거를 이야기한 뒤 현재의 삶을 이렇게 노래한다. '네모난 못과 작은 후원이 있고, 버드나무 문과 앵두나무 울타리가 있는 집에 대나무, 소나무, 대추나무, 감나무, 석류, 국화, 모란, 해당화가 있다. 밭에는 보리, 벼, 기장, 마, 토란, 콩, 기장, 율무, 옥수수가 있고, 채마밭에는 배추, 무, 단호박, 사우, 시금치, 물미나리, 아욱, 후추, 둥글레, 쇠비름이 있으며 산이나 들에는 나물이 무성하다. 여기에 목면 이백 묘, 담배 다섯 이랑, 염색에 쓴 쪽, 삼, 창포, 싸리, 차조기, 꽈리 같은 작물이 있고, 망아지, 송아지는 밭이랑에 잠들어 있고, 갈매기, 해오라기는 책상 가까이로 날아든다.' 이 시는 이옥의 나이 42세 무렵에 씌어진 것으로[47] 『백운필』에서 다루고 있는 소재들이 대부분 자신이 살고 있는 곳에서 나온 것임을 확인할 수 있다. 이어서 그는 처자와 어머니, 형제들과 함께 뒤안의 채소가 얼마나 자랐나 살피고 연못의 물고기가 뛰노는 것을 구경하며 지내는 삶을 노래한

---

47 김영진은 이 시에 둘째형의 죽음에 대한 애도가 나오는 것을 근거로 1802년 43세에 쓴 것으로 추정했다. 김영진외, 『이옥문학세계의 종합적 고찰』, 화성시, 2012, 40쪽.

뒤, "진실로 인간의 지극한 낙이니 무어 다시 다른 일을 부러워하랴",[48] "이미 벼슬살이의 영화를 잊었으니, 어찌 누더기 옷 짧은 옷의 천함을 부끄러워하랴"라고 자신의 삶에 대한 만족감을 표현한다. 그리고 이옥은 생계가 해결된 자족적 삶에 만족하며 초목과 함께 썩어지고, 뭇 짐승들과 함께 세상을 보내며 그런대로 여유로운 삶을 마치겠다고 한다.[49]

이상 두 편의 글은 이옥이 향촌 생활을 하는 가운데 나온 것으로 벼슬살이를 포기하고 전원생활을 하는 즐거움이나 만족스러움을 표현한 것으로 보일 수도 있다. 이러한 삶의 형식은 유가적 삶의 한 형태로 존재해 왔다. 그러나 이옥의 다른 점은 선비로서의 자의식을 전혀 드러내지 않는다는 점이다. 이를 『백운필』의 의식지향과 연관시켜 보면, 이옥은 자급적 경제생활을 통해 가족을 보전하고, 향촌 생활의 즐거움을 누리는 개인 중심의 삶을 선택했으며, 따라서 기존의 지식 체계에 매이기보다는 '지금 내가 사는 곳'에서 살아가는 데 필요한 지식에 더 관심을 가졌던 것과 관련이 있는 것으로 보인다. 이러한 삶의 태도는 앞서 언급한 다산을 비롯한 실학자들의 삶의 방식과 닮은 점이 있으면서도 차이를 드러내는 것으로 보이며,[50] 처사적 삶과도 차이를 드러낸다.

---

48 이옥, 『이옥전집』 1, 휴머니스트, 2009, 247~251쪽.
49 위의 책, 254~255쪽.
50 예를 들어 이덕무 역시 농사와 같은 생업을 위한 일을 중시하지만 언제나 글을 읽고 행실을 닦는 여가에 하는 것으로 이야기한다는 점에서 이옥과 차이를 드러낸다. "농사짓고 나무하고 고기 잡고 짐승 치는 일은 인생의 본업이며, 목수의 일, 미장이의 일, 대장장이의 일, 옹기장이의 일에서부터 새끼 꼬는 일, 신 삼는 일, 그물 뜨는 일, 발 엮는 일, 먹 만들고 붓 만드는 일, 재단하는 일, 책 매는 일, 술 빚는 일, 밥 짓는 일에 이르기까지와 일상생활에 필요로 하는 일 및 효제(孝悌)·윤상(倫常)으로서 아울러 행하여 폐지할 수 없는 것은 재주와 능력에 따라서 글을 읽고 행실을 닦는 여가에 때때로 배워 익혀야 하지, 조그만 기예라 해서 멸시해서는 안 된다. 그러나 만약 전념함으로써 거기에 빠져서 헤어나지 못한다면 또한 큰 잘못이다", 이덕무, 『청장관전서』 27권, 「사소절」, 한국고전번역원 DB.

    이러한 차이를 드러내는 삶의 방식에 대해 아직 어떤 이름을 붙여야 할지
는 좀더 깊은 연구가 필요한 것으로 보이며, 이 글에서는 잠정적으로 이러한
방식을 '개인 중심적 삶'의 방식으로 부르고자 한다. 여기서 개인 중심적 삶
이란 그 자신 즉 개인만을 중심에 둔다기보다는 가문이나 국가로부터 거리
를 유지하고 개인의 삶 자체에 더 중심을 두는 삶이라는 의미이다. 본격적인
연구가 필요하지만 이러한 개인의 삶을 중시하는 태도는 당시 농업에서의
상품화 정도와도 관련을 갖는 것으로 보인다. 과일을 비롯한 농산품, 닭이나
소 등의 축산물, 새나 꽃과 같은 완상물들의 상품화가 진전되어 있었음은 이
옥이 이를 곧바로 화폐 가치로 환산하는 데서도 확인할 수 있다. 이러한 상품
화의 경향과 관련해서 볼 때 개인 중심적 삶이란 경제적 기반을 가진 주체로
서 국가나 가문, 유교 이념과의 절대적 결속으로부터 다소 벗어난 삶이다.
이러한 삶의 방식은 개성의 긍정으로도 이어질 것이다. 『백운필』은 바로 이
러한 삶의 태도에서 나온 저작이다. 이옥의 후반기 삶이 보여주는 '개인 중심
적 삶'에 대한 긍정은 중심에서 이탈한 19세기 문인 학자들이 새로운 삶의 형
식을 모색하면서 선택한 삶의 방식, 혹은 지향의 한 예로서 중요한 의미를 갖
는다. 이는 새로운 사회적 관계를 구성할 가능성을 내재하기 때문이다.

5. 백운필의 의미
─새로운 삶의 방식과 지식의 재배치를 보여준 글쓰기

이 글은 이옥이 서울 생활을 정리하고 남양에서 생활할 때 쓴 『백운필』을 대상으로 그 저작 동기와 서술 태도, 이옥의 의식 지향을 분석하고, 이를 19세기 지식인의 지식에 대한 태도 변화, 나아가 삶의 방식의 변화와 관련하여 그 의미를 살펴본 것이다. 『백운필』은 이옥이 살고 있던 남양 지역, 그가 살던 집 주위의 동식물을 새, 물고기, 짐승, 벌레, 꽃, 곡식, 과일, 채소, 나무, 풀로 분류하여 짤막하게 그 특징이나 성향, 명칭, 가격, 관련된 경험, 속담 등을 정리한 것이다. 서문에서 보았듯이, 이옥이 생활세계와 관련된 지식을 서술한 『백운필』을 쓴 것은 천문, 지리, 성리학, 심성 등 기존의 지식 체계와 거리를 두면서 지식을 재배치하고자 하는 의식의 소산에서 나온 것으로 보인다. 이러한 기록 형태는 본초학을 비롯해 유서나 백과전서적 저술에서도 찾아볼 수 있는 것이지만, 이옥의 『백운필』은 대상 동식물의 특성이나 심미적 특성뿐만 아니라 가격이나 상품성 등 실용적인 가치를 강조하고 있다는 점에서 차이를 드러낸다. 『백운필』은 이옥은 자신의 삶을 구성하는 세계를 선택적으로 재현하고 있는 저작으로 여기에는 자신의 감정, 심미적 관심, 경제적 관심이 동시에 드러나지만 이옥은 경제적 문제나 실용적인 면에 더 많은 관심을 드러내고 있는 것으로 보인다. 경제적 문제나 일상적인 것에 대한 이옥의 관심은 그 당시 문인 학자들이 생계나 생업에 대한 관심을 가졌던 것과 같은 맥락에 놓여 있다. 그러나 이옥은 이들과 달리 선비로서의 자의식이나 경세 의식은 드러내지 않는다. 대신 그는 자신이 살고 있는 곳에서 생계를 어떻게 해결할 수 있을 것인지, 어떤 채소를 심어 먹거리로 삼을 것인지, 양계가 얼마나 농가의 삶에 얼마나 유용한지, 어떤 꽃이 아름다운지, 어떤 풀이 약효가 있는지 등과 같은 구체적인 지식에 더 많은 관심을 보인다. 그리고 이렇게 일상과 밀착된 지식을 정리하면서 기존의 지식 체계에 대해서는 말할 수 없다고 했다. 이는 기존의 추상적이고 비일상적인 지식을 거부하고 구체적이고 경험적이며, 일상적인 것들을 중심으로 지식을 재배치하려는 소산이라 할 수 있다. 그리고 그 근저에는 개인의 삶을 중심에 놓고자 하는 의식이 깔려 있는 것으로 보인다.

과거공부를 위해 주로 서울에 머물던 시기와 서울 생활을 정리하고 경제적 기반이 있는 남양으로 돌아온 뒤 이옥은 자급적 경제생활을 통해 가족을 보전하고, 향촌 생활의 즐거움을 누리는 개인 중심의 삶을 선택한 것으로 보인다. 따라서 이옥은 기존의 지식 체계에 매이기보다는 '지금 내가 사는 곳'에서 살아가는 데 필요한 지식에 더 관심을 가졌던 것으로 보인다. 필자는 다산을 비롯한 실학자들의 삶의 방식과 닮은 점이 있으면서도 차이를 드러내는 이러한 방식의 삶을 '개인 중심적 삶'이라고 보고, 이를 가문이나 국가를 중심으로 하는 이데올로기로부터 일정한 거리를 유지하고 개인의 삶 자체에 더 중심을 두는 삶이라는 의미로 사용하였다. 이옥이 개인의 삶 자체를 중시하고 긍정한 것은 그의 문학 작품에서 개성을 긍정하고 있는 것과 상통하는 면이 있다. 이옥은 「꽃에 대하여[花說]」에서 각각의 꽃 이름을 호명하면서 때와 장소에 따라 달리 펼쳐지는 꽃의 모습을 그리고 이런저런 가지각색 그것의 꽃의 큰 구경거리[51]라고 하여 각각의 꽃이 가진 미를 끌어내거나 「돌에 대한 단상[石嘆]」

---

51 이옥, 「꽃에 대하여 [花說]」, 『이옥전집』 1, 실시학사 고전문학연구회, 428쪽.

에서 돌들의 다양한 모습을 일일이 거론[52]하고 있는데, 여기에는 각각의 개별적 존재가 갖는 차이를 드러내고자 하는 의식이 깔려 있는 것으로 보인다. 그가 보여주는 개인적 삶에 대한 긍정적 의식은 각각의 존재가 갖는 고유함, 즉 개성을 인정하는 의식과 상통하는 것으로 보인다. 이러한 의식은 자칫 개인에게 함몰되는 삶, 자기 중심의 자족적 삶에 만족해 버리는 방향으로 나아갈 수 있다는 점에서 어느 정도 부정적인 함의를 갖는 것으로 비춰질 수도 있다. 그러나 이옥이 여기에 함몰되지 않았으리라 추측되는 한 가지 단서는 그가 나무를 보호하기 위해 마을 사람들이 결성한 장청사(長青社)의 활동을 지원한 예에서 찾을 수 있다. 이는 지금 생태 운동에서도 주목해야 할 자율적 실천으로, 그가 지역 사회와 일정한 연계를 가지고 사회적 활동을 했음을 의미한다. 이옥이 보여주는 바 사회성을 잃지 않으면서, 개인 중심적 삶을 긍정하는 삶의 방식은 중심에서 이탈한 19세기 문인 학자들이 어떤 삶의 형식을 모색했는가를 보여주는 한 예로 중요한 의미를 갖는다.

---

52 이옥, 「돌에 대한 단상[石嘆]」, 위의 책, 364쪽.

참고문헌

자료

한국고전번역원, 한국고전종합 DB, 『국역 청장관전서』.
한국고전번역원, 한국고전종합 DB, 『국역 성호사설』.
한국고전번역원, 한국고전종합 DB, 『여유당전서』.
한국고전번역원, 한국고전종합 DB, 『지봉유설』.
이옥, 『이옥전집』 1~4, 실시학사 고전문학연구회 편, 휴머니스트, 2009.
정약전, 정문기 역, 『玆山魚譜』, 지식산업사, 1977.

논저

김경미, 「조선후기 여성의 노동과 경제활동-18~19세기 양반여성을 중심으로」, 『한국여
        성학』 28권 4호, 한국여성학회, 2012.
김대중, 「풍석 서유구 산문 연구」, 서울대 박사논문, 2011.
김영진, 「李鈺 문학과 明淸 小品」, 『고전문학연구』 23, 한국고전문학회, 2003.
박경남, 「18세기 文學觀의 변화와 '개인'과 '개체'의 발견」(1), 『동양한문학연구』 31, 동양
        한문학회, 2010.
신익철, 「이옥 문학의 일상성과 사물 인식」, 『한국실학연구』 12, 한국실학학회, 2006.
조창록, 「楓石 徐有榘와 '林園經濟'」, 『한문학보』 8, 우리학문학회, 2003.
_____, 「사대부의 생활이상과 『임원경제지』」, 『한문학보』 19, 우리한문학회, 2008.
한영규, 「소품문 글쓰기와 '林園經濟'」, 『한문학보』 18, 우리한문학회, 2008.

김영진 외, 『이옥문학세계의 종합적 고찰』, 화성시, 2012.
린 헌트, 전진성 역, 『인권의 발명』, 돌베개, 2009.

격물궁리지학, 격치지학, 격치학 그리고 과학

서양 과학에 대한 동아시아 지식인들의 지적 도전과 곤경

김선희

1. '과학'에 대해 말하기

'과학'에 대해 말하는 것은 언제나 우리를 위축시킨다. '과학'은 한 사람의 연구자가 접근할 수 없는 엄청난 두께의 축적된 역사이며, 그 변화의 계기들 또한 탁월한 연구자라도 쉽게 포착할 수 없는 복잡한 변수와 요인에 의해 발생한 것으로 여겨지기 때문이다. 물론 웨스트폴(Richard S. Westfall)이나 코헨(I. Bernard Cohen), 핸킨스(Thomas L. Hankins) 같은 현대 과학사가들의 연구는 20세기 이전의 유럽 과학이 완전히 결정되지 않은 개방적 상태에서 다양한 실험과 사고 실험을 거쳐 지적, 사회적 정당성과 권위를 상실하거나 확보해 나갔음을 보여주었다.

사실 과학에서의 '진보'는 언제나 중요한 논쟁거리지만 적어도 과학이 단순히 모종의 표준을 향해 '진보'해 온 것이 아니라 특정한 세계관과 맥락에 따라 사회적으로 '구성'되어 온 것이라는 점에 대해서는 큰 논란이 없을 것이다. 그러나 과학의 진보와 보편성을 일종의 통념처럼 수용해 온 것은 서양 '과학'의 모든 설계도와 매뉴얼을 그대로 수입한 뒤 이를 통해 자기 전통을 검사하고 분류해서 상당 부분을 폐기처분한 20세기 동양 쪽이었다.

축적된 과학사 연구의 전통을 보유한 서구에서, 적어도 관련 연구자들은 전근대 과학이 언제나 '과학적'이지 않았다는 것, 특정한 목적이나 지향을 향해 '진보'해 온 것이 아니었음을 인정한다. 그러나 동아시아에서 자기 전통에 대한 평가는 언제나 '서구와 달랐다'와 '서구 과학의 진보 수준에 이르지 못했다'는 전제로부터 출발하기 쉽다. 이 의사(擬似) 경험적 전제는 현재까지도 다양한 분과 연구의 결론을 규정하는 강력한 힘을 발휘하고 있다.

'중국의 생활 방식도 매우 복잡했지만 정체되어 있었기 때문에 역사로 기록하면 그다지 길지 않을 것이다. 중국 역사의 수천 년 기록은 근대 유럽 역사의 며칠 기록에 지나지 않을 분량일 것이다. "중국의 긴 세월은 유럽의 50년과 같다."'[1] 19세기 후반에 독일에서 저술된 『19세기 유럽 사상사(*A History of European Thought in the Nineteenth Century*)』의 이 구절은 관찰과 실험에 토대를 둔 다양한 자연 지식들이 '과학'이라는 통일된 지식 체계로 정립되어가던 유럽의 지적 자신감이 반영된, 당대 유럽인들의 전형적인 인식이라고 할 수 있을 것이다. 문제는 이런 인식에 19세기 유럽인들은 물론 현재의 동아시아인들조차도 쉽게 동조하며 현재의 자신들을 과거와 단절적으로 생각하는 경향이 강하다는 것이다.

---

1   존 시어도어 머튼, 이은경 역, 『19세기 유럽 사상사』, 한길사, 2012, 39쪽.

20세기 이후 아시아인들은 서구에서 '완성된' 것으로 여겨지는 학문 체계에 따라 자신들이 전통적으로 구축해 왔던 지식들을 걸러내는 부정과 배제의 작업을 수행했다. 정답과 위계가 이미 결정되어 있는 상황[2]에서, 이들이 택할 수 있는 경우의 수는 한정되어 있었다. 전통적 지식 체계를 무능하고 무력한 것으로 진단한 뒤 완전히 폐기하거나, '과학'이 아니라 '교육적 가치'를 가진 전통의 사유로 박물관에 전시하는 일이었다.

이때 간과해서는 안 되는 것이 있다. 『19세기 유럽 사상사』의 저자가 활동했던 19세기까지, 과학 지식은 유럽에서도 여전히 '생성'중이었으며 대부분의 분야에서 현대 과학의 테스트들을 모두 통과할 수 있을 정도로 충분히 정밀하거나 엄격하지 않았다는 것이다. 그러나 동아시아에서 서구 근대 과학은 구성 과정을 거치며 형성되어 가던 하나의 과학이 아니라 초역사적 보편성을 갖는 정합적 체계로 인정받으며 강력한 권위 아래 유통되었다.

사실상 현대처럼 대학 분과나 학문 제도에서 철학과 과학이 분리되기 이전, 자연학과 철학은 중층적 구조를 유지하며 혼종적으로 작동하고 있었다. 이러한 혼종성은 동양은 물론 19세기 중반에야 이루어졌던 '과학자(scientist)'라는 개념의 뒤늦은 등장[3]이 예시하듯, 전문가로서의 '과학자'가 전문적 '과

---

2   다음의 문장이 현재 동아시아인들에게 하나의 상식이 된, 과학에 대한 근대 유럽인들의 낭만적 기대를 잘 표현해주고 있다. '과학은 정밀하고 실증적(positive)이고 객관적이며, 정밀하지 않고 모호하고 주관적인 다른 사상과는 반대라고 한다. 과학은 직접적이고 일반적이며, 정의된 용어로 그 결과와 관념을 전달한다고 한다. (…중략…) 과학은 분명하고 정확한 지식에 의거한다고 공언하고 따라서 의견, 믿음, 신앙에 의거하는 다른 영역의 사상과 대립한다. (…중략…) 과학만이 엄밀하고 논쟁할 여지가 없는 방법을 가지고 있다고 공언한다. (…중략…) 과학은 수많은 사람에게 공통이고 어떤 경우에는 모든 사람들이 접근할 수 있는 사물이나 사유 대상을 모두 다룬다. 그러므로 다시 말하면 과학의 관찰과 추론은 점검할 수 있고 되풀이하여 검토하고 검증할 수 있다. (…중략…) 모든 과학 사상은 어디서 기원하든 상관없이 보편적이고 비개인적이어야 한다. 사상의 한쪽 끝에 수리 과학이 있고 반대쪽 끝에 종교가 있다.' 존 시어도어 머튼, 앞의 책, 94~95쪽.
3   '과학자(scientist)'라는 표현이 19세기 중반 영국에서 휴얼에 의해 처음 만들어진 신조어라는

학' 연구를 전담한다는 인식 아래, 학문의 제도적·규범적 체계가 구축되기 전까지 서양에도 동일하게 해당되는 현상이었다. 그러나 서구의 스펙트럼과 세계관에 따라 학문과 지적 제도를 재편성해야 했던 동양에 대해 이 혼종성에 대한 평가가 더욱 두드러지며, 이는 '과학'과 '동아시아' 사이의 거리를 벌려놓은 일종의 낙인처럼 작용해왔던 것이다.

현재 보편적으로 통용되는 상식은 동아시아에는 엄밀한 의미의 '과학(科學, science)'이 존재하지 않았으며, 외부 세계에 대한 지적 확장과 리에 대한 근원적 통찰을 의미하는 '격물궁리(格物窮理)'의 전통이 서양 지식 유입에 따라 '격치(格致)'로 전환된 후에야 과도기를 거쳐 결과적으로 근대적 '과학(科學)'으로 재편성되었다는 것이다.[4] 개념의 역사적 변천 과정을 연구하는 개념사적 연구에서 이러한 평가는 일반적으로 지지된다. 그러나 이러한 일반적 평가가 이 시기 동아시아 지식인들의 지적 도전을 성찰하고 반성하려는 현재의 시도

사실은 주지하는 바이다. Richard Yeo, *Defining science : William Whewell, natural knowledge, and public debate in early Victorian Britain*, Cambridge University Press, 2003, p.110.

4 중국 연구자들은 중국에서 과거 제도의 폐지된 1906년 이후 '과학'이 '격치'를 대체함으로써 '격치'의 학술적 효용은 끝이 났다고 평가한다. 진관타오 류칭펑, 양일모 외역, 「'격물치지'에서 '과학' '생산력'으로」, 『관념사란 무엇인가』 2, 푸른역사, 2010, 389~449쪽. 격치와 과학의 교체 과정은 대부분의 연구들이 제목에 "격치로부터 과학으로"라는 표현을 담고 있을 정도로 유사한 문제의식으로 표출되었다. 중국에서 양무 운동기에 서구 근대 과학을 지칭하기 위해 '격치학'이라는 용어가 등장한 뒤 결과적으로 일본에서 도입된 '과학' 개념이 격치를 대체해 가는 과정을 개념사적으로 추적한 연구 성과들은 상당히 축적되어 있다. 대표적 연구로는 안대옥, 「격물궁리에서 과학으로-만명 서학수용 이후 과학 개념의 변천」, 『유교문화연구』 19집, 성균관대 동아시아학술원, 2011; 한성구, 「중국 근현대 "과학"에 대한 인식과 사상 변화」, 『중국인문과학』 31, 2005; 안대옥, 「중국 근대 "격치학(格致學)"의 변천과 중서 격치학(格致學) 비교」, 『한국철학논집』 Vol.18, 2006; 樊洪業, 「從"格致"到"科學"」, 『自然辯證法通訊』, 總第55, 1988; 徐光台, 「從"格致"到"科學"-晚淸學術体系的過渡与別擇(1895~1905)」, 『學術研究』 第12期, 2009; 王果明, 「從"格致學" 到"科學"-近代中國對于"科學" 認識的深化」, 『中州學刊』 第2期, 1991; 朱發建, 「淸末國人科學觀的演化-從"格致" 到"科學"的詞義考辨」, 『湖南師范大學學報』 第4期, 2003 등. 조선에서의 상황을 추적한 연구의 경우도 유사하다. 대표적인 연구로는 구진희, 「한말 근대개혁의 추진과 '格物致知' 인식의 변화」, 『역사교육』 114집, 한국역사교육학회, 2010; 박정심, 「근대 '格物致知學[science]'에 대한 유학적 성찰」, 『한국철학논집』 43집, 한국철학사연구회, 2014.

를 막는 것을 아닐 것이다. 이러한 맥락에서 이 논문은 19세기 동아시아에서 격물궁리, 격치, 명물도수, 박물학 등 '과학' 이전의 개념과 범주들이 발화된 맥락과 지향을 검토함으로써 서양 과학에 대한 근대 초기 동아시아 지식인들의 도전과 그에 따른 지적 전환에 관해 살펴보려는 시도이다.

2. 차용된 격물궁리학

전통적으로 동아시아에서 지식은 「대학(大學)」에서 연원한 '격물치지(格物致知)'의 전통에서 논의되어 왔다. 성리학에서 격물치지 즉 '격치(格致)'가 세계에 대한 객관적 지식의 확보[格物]와 심도 깊은 축적 뿐[致知] 아니라 그 지식의 근원적 원리에 대한 궁극적인 이해[窮理]로부터 정당화된 근원지적 성격을 가지고 있으며, 따라서 이 근원적 원리의 본질인 도덕성의 체현을 의미한다는 것은 주지의 사실이다. 성리학자들에게 격물치지는 우주에 대한 근본적인 앎이고 그 우주의 본질에서 발산되는 도덕성에 대한 이해이면서 동시에 근원적 원리의 수많은 표현형들에 대한 개별적인 지식과 그 운용을 의미하는 중층적 성격을 띠고 있었다.

객관 세계에 대한 지식이자 그 지식의 원천에 대한 이해는 반드시 도덕적 자각과 실천의 토대 위에서만 정당화될 수 있다는 점에서 성리학자들이 발굴한[5] 격물치지는 결코 단순히 개별적이고 분과적인 기술 혹은 단순 지식은 물론, 그것의 원리적 이해와 탐구를 의미하는 과학에조차 완전히 한정될 수 없는 개념이었다.

'박학(博學)'에 대한 『논어(論語)』의 전통적인 승인[6] 위에 부가된 고본(古本) 「대학」의 '격물(格物)'에 대한 송대 성리학자의 재전유[7]는 유학자들로 하여금 언제나 자연 현상에 대한 지적 탐구와 기술적 발전에 대한 책무를 자각하도록 만들었다. 박학과 격물은 지식이 어디로부터 와서 어떻게 구성되며 어떻게 쓰여야 하는지를 보여주는 수행적 규범이었다. 개인적 흥미와 관계없이 유학자들은 천문이나 농업, 지리, 기계 제작 등에 지적 책임을 자임했으며, 이런 구조 속에서 자연 현상에 관한 지식과 기술은 중인 등 특정한 전문 인력에게 할당되지 않는 유학자의 보편적 연구 주제로 인정되어 왔다. 도가(道家) 사상에 더욱 친연적이었던 의학을 제외하고, 유학자들 중에는 별의 운행이나 기상 현상, 농사 기술이나 동식물과 어류를 연구하는 이들이 있었지만 이들은 여전히 천문학자, 기상학자, 농학자, 생물학자가 아닌 '유학자(儒學者)'들이었다.

여기서 반드시 주목되어야 할 것이 있다. 송대 이후 궁리와 연결됨으로써

---

5 전통적으로 격물과 치지라는 용어는 「대학」에만 등장하며, 격치라는 용어 역시 일반적으로 사용되지 않았다. 이처럼 송대 이전에는 '격물'과 '치지'가 상용되지 않았다는 점에서 격물치지, 혹은 격치는 이정 형제를 비롯해 송대 유학자들이 발굴해 낸 개념이라고 보아도 좋을 것이다.

6 '자하가 말했다. 널리 배우고 뜻을 독실히 하며, 절실히 묻고 가까운 것부터 생각한다면 인은 그 가운데 있다.(子夏曰, 博學而篤志, 切問而近思, 仁在其中矣.「子張」)'라거나 '널리 글을 배우고 예로써 단속하면 도에 어긋나지 않을 것이다(博學於文, 約之以禮, 亦可以不畔矣夫.「雍也」)'라는 구절에서 알 수 있듯 전통적으로 『논어』는 문화적 교양을 넓히는 과정을 중시했다.

7 잘 알려져 있듯 주희는 이정 형제의 영향을 바탕으로 『예기(禮記)』 49편 중 42번째 편이었던 「대학」을 독립시킨 뒤 내용과 순서를 바꾸어 1장의 경문(經文)과 10장의 전문(傳文)으로 재구성하면서 본래 존재하지 않았던 '격물치지'에 대한 해설을 보충해 넣음으로써 자신의 이론을 전문 5장으로 편입시켰다. 여기에서 주희는 격물치지를 '사물의 이치를 궁극까지 추구하여 그 앎을 극치에까지 이르게 하고자 하는 것(窮推至事物之理, 欲其極處無不到也)'이라는 의미로 해석한다. 이는 결과적으로 주희가 '격(格)은 온다(來)는 것이고 물(物)은 일[事]과 같다. 앎이 선(善)에 깊으면 선한 일이 따라 오고, 앎이 악(惡)에 깊으면 악한 일이 따라 온다. 일은 사람이 좋아하는 바에 따라 따라오게 되는 것이다.(格, 來也. 物, 猶事也. 其知於善深, 則來善物. 其知於惡深, 則來惡物. 言事緣人所好來也)'라는 후한(後漢) 말의 유학자 정현(鄭玄, 127~200)의 전통적 해석을 넘어서 모종의 이론적 전환을 이루어냈음을 의미한다.

격물의 성격은 수기치인의 전통적 테제를 넘어서 우주적 차원으로, 그리고 그 우주의 근원을 이해하는 심(心)의 차원으로 확대되고 심화되었다는 것이다. 리와 심이 관계맺는 방식을 이념화한 경(敬)의 강조가 새로운 차원으로 전환된 격물의 성격을 잘 보여준다.[8] 결과적으로 송대 이후 궁리와 결합된 격물은 단순히 지식을 축적하라는 수행적 개념이 아니라 개별 지식의 정당성과 가치를 결정하는 규범적 성격을 가지게 되었다.

그러나 사실상 격물을 외부 세계를 이해하라는 수행적 규범으로 인지하건 진정한 근원적 가치에 따라 살아야 한다는 규범적 이념으로 체인하건 궁극적으로 격의 대상이 사물 안에 내재된 리이고 그 리를 체현하고 실현하는 주체가 한사람의 심(心)인 이상, 격물궁리는 국가적, 제도적 차원이 아니라 개인의 수양에서 출발하는 내적, 도덕적, 형이상학적 실천 과정을 의미하는 것이었다. 성리학에서 격물궁리는 외부 세계로 발산된 지성을 어떻게 수렴해서 마음에 내재된 근원적 가치에 합치시킬 것인가를 묻는 재귀적이고 환원적 과정[9]이었던 것이다.

---

8 다음 구절이 송대에 새롭게 성립한 격물치지와 경(敬)의 관계를 보여준다. '경이란 한 마음의 주재이며 만사의 근본이다. (…중략…) 이 마음[敬]이 확립되고 이로 말미암아 앎을 극진히 하여 사물의 이치를 모두 궁구하면 이것이 이른바(「중용」의) 덕성을 높이고 학문하는 것에 말미암는다는 것이다(敬者, 一心之主宰, 而萬事之本根也 (…中略…) 蓋此心旣立, 由是格物致知, 以盡事物之理, 則所謂尊德性而道問學.「大學或問」)'

9 서양 천문학의 성과를 적극적으로 수용하여 새로운 역학적 우주론의 모델을 구상한 것으로 평가받는 18세기 조선 학자 김석문(金錫文, 1658~1735)의 문장이 이러한 성격을 집약적으로 보여준다. '(우주의 본체는) 참됨으로 보면 인(仁)이라 하고 정밀함으로 보면 의(義)라 하며 밝음으로 보면 지(知)요 텅비어 있음으로 보면 예(禮)다. 천지에 있어서는 도(道)라 하고 물에 있어서는 리(理)라 하며 사람에게 있어서는 본연지성(本然之性)이라 하며 마음에 있어서는 도심(道心)이라 한다. 이로부터 볼 때 인의·예지·도리·성심(仁義禮智道理性心)이라는 것은 진정명허(眞精明虛)의 본체이다. 진정명허라는 것은 인의·예지·도리·성심의 체이다. (故見乎眞, 謂之仁. 見乎精, 謂之義. 見乎明, 謂之知. 見乎虛, 謂之禮. 眞, 地謂之道, 眞物謂之理, 眞人謂之本然之性, 眞心謂之道心也. 由是觀謂仁義禮智道理性心者 謂眞精明虛之體也. 眞精明虛者 謂仁義禮知道理性心之體也.「易學二十四圖總解」『易學二十四圖解』)'

세계관과 이념 차원에 뿌리내리고 있던 이 '격물치지', '격물궁리'의 전통에 균열을 낸 것은 단단한 지층을 뚫고 들어온 외래의 사유였다. 16세기 말, 기독교를 전하기 위해 중국에 들어온 예수회가 중국의 지적 전통에 '적응(adaptation)'하기 위해 격물궁리를 '차용(adoption)'하여 자기들의 종교와 지식 체계들을 '편입(incorporation)'시키고자 했던 것이다.[10] 그들이 중점적으로 활용한 것이 당대 유럽의 자연학과 자연철학[11] 지식이었다.

자연학과 자연 철학 지식의 번역은 예수회의 중국 진출 초기부터 일관되게 시도되었던 중요한 전교 전략이었다. 마테오 리치, 알레니, 아담 샬 같은 예수회원들은 유럽에서 배워온 수학과 천문학, 지도 제작 기술을 통해 중국의 중심부로 진출할 수 있었다.[12] 이들에게 자연 세계에 대한 지식과 기술은 우월한 유럽 문화와 학문의 수준을 보여주기 위한 전시품에 그치지 않았다.

---

10 이 용어들은 다음의 맥락에서 인용한 것이다. '새로운 문화로 전래된 과학은 단순히 수용되거나 거부되거나 하는 것이 아니라 여러 가지 과정과 변화를 겪는다. 전래된 과학을 두고 '수용(acceptance)', '차용(adoption)', 전유(專有, appropriation)', '적응(adaptaion)', '편입(incorporation)', '토착화(naturalization)' 등으로 부를 수 있는 일이 진행되기도 하고, 때로는 '무시(ignoring)', '고립(isolation)', '저항(resistance)', '거부(rejection)', '충돌(conflict)' 등과 같은 일이 진행되기도 하는 것이다. 그리고 과학의 전래 과정에서 이 같은 일 중 모두 또는 몇 가지가 동시에, 또는 시간을 두고 일어날 수 있다.' 김영식, 『동아시아 과학의 차이』, 사이언스북스, 2013, 97쪽.

11 이 문장에서 말하는 '유럽의 자연학과 자연철학'은 일반적인 경우에 '과학'으로 표현된다. 그러나 이 논문이 동아시아에 있어서 '과학'의 역사적 도입과 전개 과정을 검토하는 작업이라는 점에서 동일한 방식을 서양에도 적용하는 것이 공평할 것이다. 적어도 18세기까지 '동물학과 식물학, 지질학, 기상학과 같은 근대 과학은 부분적으로라도 최소한 자연사의 영역에 포함되어 있었다. (…중략…) 18세기에 이러한 모든 범주는 오늘날의 우리에게 익숙한 배열 방식으로 전환되었지만 그 과정은 점진적이었다. (…중략…) 우리가 과학이라고 부르는 것이 계몽주의 시대에는 자연철학으로 불리는 편이 더 자연스러웠다.' 토머스 핸킨스, 양유성 역, 『과학과 계몽주의』, 글항아리, 2011, 29쪽.

12 세계 지도를 만든 마테오 리치(Matteo Ricci, 利瑪竇, 1552~1610) 외에도 명조(明朝)와 청조(淸朝)를 위해 대포를 만든 롱고바르디(Niccolo Longobardi, 龍華民 1556~1654), 강희제의 명으로 베이징에서 흠천감(欽天監)의 감정을 지낸 페르비스트(Ferdinand Verbiest, 南懷仁, 1623~1688), 시헌력을 완성한 아담 샬 폰 벨(Adam Schall von Bell, 湯若望, 1592~1666), 갈레노스의 생리학과 의학을 전한 알레니(Giulio Aleni, 艾儒略, 1582~1649) 등은 종교를 넘어서 수학, 천문학, 지리학, 의학 등의 서구 과학 지식을 중국에 전달하는 역할을 했다.

중세부터 르네상스 시대에 이르기까지 자연 철학의 발달은 기독교 신학(神學)과 연결되어 있었다. 이들에게 자연의 합리적인 구조를 이해하고 수학적으로 조직화하는 길은 신의 섭리와 능력을 이해하고 경외하는 과정과 같았던 것이다.

그러나 예수회원들의 기대와 달리, 동아시아 지식인들은 신의 섭리와 능력을 이해시키기 위해 놓은 다리를 끝까지 건너지 않은 채 관심을 실용적 기술에 멈추는 경우가 많았다. 남달리 개방적인 태도로 서학(西學)을 연구했던 성호 이익(星湖 李瀷, 1681~1763)의 다음 문장이 이러한 상황을 잘 보여준다. '서양 사람들 중에는 대체로 남달리 뛰어난 사람들이 많아서 예로부터 천문(天文)의 관측, 기계(器機)의 제작, 수학[算數] 등의 기술은 중국이 따라갈 수 없다.'[13] 성호는 서양인들의 학술이 도(道)의 표현으로서의 기(器) 차원에 장점이 있다고 인정한다. 이는 유학자들이 충분히 운용할 수 있는 기술적 측면이었고, 성호는 그 기술적 측면을 '실용(實用)'[14]의 차원에서 인정한 것이다. 그렇다고 해도 이 맥락에서 성호가 서학을 이념의 차원에서는 물론, 전통적 학문 체계를 대체할 분과적 '학(學)'의 차원에서 수용하고자 했던 것은 아니었음을 알 수 있다.

성호에게 자연과 기술에 대한 서양의 지적 정보들은 전통적 학문 체계와 지식 체계의 보강재이거나 촉매제였을 뿐 그 이상이 아니었던 것이다. 예수회원들이 보유한 자연 지식이나 기술이 '학(學)'이 아니라 '술(術)'에 대응하는

---

13 末梢至西洋學. 先生曰, 西洋之人, 大抵多異人, 自古天文推步, 製造器皿, 筭數等術, 非中夏之所及也. 『순암선생문집(順菴先生文集)』 제17권 「천학문답(天學問答)」.

14 성호는 제자인 신후담과의 토론에서 다음과 같이 말한 바 있다. '내가 실용적이라고 한 것은 저 『천문략(天問畧)』 『기하원본(幾何原本)』 등의 여러 서적 속에서 논한 천문(天文)·수리[籌數]의 법을 취한 것으로 (그것들은) 이전 사람들이 발명하지 못한 바를 밝힌 것이니 세상에 크게 유익함이 있다.(而若吾之所謂實用者, 取其天問畧幾何原本等諸書中所論, 天文籌數之法, 發前人之所未發, 大有益於世也. 『돈와서학변(遯窩西學辨)』「기문편(紀聞編)」)'

것이라는 인식은 종교를 포함하는 포괄적 명칭인 서학(西學), 서법(西法), 양학(洋學), 천학(天學)에 대한 평가와 관계없이 유학자들 사이에 공통적인 것이었다.[15]

물론 예수회가 전달하고자 했던 것은 중국인들의 호기심을 끌기 위한 기(器)나 술(術)의 수준에 한정되지 않았다. 당연한 사실이지만 예수회는 우주 만물의 진정한 주인인 신과, 그 신을 이해하도록 구조지워진 인간의 영혼을 전하는 데 목적이 있었다. 예수회원들은 중국인들에게는 낯선 세계관과 관념을 이해시키기 위해 '격물'이라는 성리학의 전통적인 테제를 끌어온다.

성학(性學)은 인학(人學)과 천학(天學)의 총칭이다. (…중략…) 성 아우구스티누스가 말했다. 격물(格物)하고자 하는 자에게 요체는 두 가지이다. 하나는 인성(人性)에 관한 논의이고 다른 하나는 조물주(造物主)에 관한 논의이다.[16]

---

15 정약용이 한때의 서학 경도를 반성하며 '신이 이 책을 본 것은 대개 약관(弱冠) 초기였는데, 이 때에 원래 일종의 풍조가 있어, 능히 천문역상가(天文曆象家)와 농정수리의 기계(農政水利之器)와 측량 추험의 방법(測量推驗之法)을 말하는 자가 있으면, 세속에서 서로 전하면서 이를 가리켜 해박(該博)하다 하였는데, 신은 그때 어리고 어리석어 혼자서 이를 사모하였습니다.(臣之得見是書, 蓋在弱冠之初, 而此時原有一種風氣, 有能說天文曆象之家, 農政水利之器, 測量推驗之法者, 流俗相傳, 指爲該洽. 臣方幼眇, 竊獨慕此.『여유당전서』「변방사동부승지소(辨謗辭同副承旨疏)」'라고 말하는 대목에서 그가 추구한 것이 일종의 자연학이나 기술적 관심이었음을 알 수 있다. 한편 서학을 비판하는 입장에서 '그들의 기술이 비록 정교하지만 일본이나 안남의 기술에 불과할 뿐이니 어찌 외람되이 성신의 이름을 덧붙여 도리어 현란한 기술로 도우려하는가.(技藝雖精, 而不過日本, 安南之工技而已. 烏可以是而猥加神聖之名, 反助其眩耀之術乎.『손재선생문집(遜齋先生文集)』권2 「안순암천학혹문변의(安順庵天學或問辨疑)」'라는 18세기 영남 남인 남한조(南漢朝, 1744~1809)의 태도 역시 당시 유학자들의 보편적 인식이었을 것이다. 다만 서학에 대해 가장 개방적이었던 성호의 입장을 순암은 다음과 같이 기록한다. '내가 이어 양학(洋學)도 학술이라고 말할 만한 것이 있습니까? 하니, 선생이 '있다'고 하셨다.(余因問洋學有可以學術言之者乎. 先生曰, 有之矣.『순암선생문집』제17권 「천학문답」)'

16 性學爲天學人學之總. (…中略…) 聖奧斯丁曰, 欲格物者, 其要端有二. 一爲人性之論, 一爲造物主之論.『성학추술』「성학자서(性學自敍)」.

　영혼론을 주로 다루는 한역서학서『성학추술(性學觕述)』의 저자 알레니는 격물의 주제를 인간에 대한 앎과 조물주에 대한 앎으로 확대하고자 한다. 이들에게 격물은 단순히 외부 세계의 지적 이해가 아니라 궁극적 진리에 향한 '철학'이자 신을 향한 '신학'에 가까웠다. 이런 맥락에서『성학추술』보다 먼저 쓰여진 본격적인 스콜라 영혼론 소개서『영언여작(靈言蠡勺)』의 저자 삼비아시는 격물궁리를 철학[費祿蘇非亞]의 번역어로 택한다.

> 　아니마(亞尼瑪)[번역하면 영혼(靈魂) 또는 영성(靈性)이라 한다.]의 학문은 필로소피아[번역하면 격물궁리(格物窮理)라 한다.] 가운데 가장 유익하고 가장 존귀한 것이다. (…중략…) 그러므로 사물에 나아가 이치를 궁구하고자 하는(格物窮理) 군자가 아니마의 아름다움과 오묘함을 드러내고자 하는 까닭이 여기에 있으니 이를 미루어 집안을 가지런히 하고 국가를 다스리며 천하를 평안케 하고자 함이다. 무릇 남의 스승이나 위정자는 마땅히 이러한 아니마의 학문을 익혀야 하니 이 이치를 빌어 제가치국평천하(齊家治國平天下)의 방법으로 삼아야 할 것이다.[17]

　오랫동안 축적된 경험과 그 경험들의 지향을 결정해 왔던 이념들은 단단한 지각과도 같다. 외래의 사유, 외래의 언어는 그 단단한 지층을 뚫고 지식의 지평을 입체화하고 다변화해야 한다. 이 과정은 사실 하나의 언어 혹은 사유 체계가 다른 하나를 덮는 전면적 교체의 작업이 아니라 화학적 결합의 형

17　亞尼瑪[譯言靈魂亦言靈性]之學, 於費祿蘇非亞[譯言格物窮理]中, 爲最益爲最尊 (…中略…) 故格物窮理之君子, 所以顯著其美妙者爲此, 推而齊家治國平天下, 凡爲人師牧者, 尤宜習此亞尼瑪之學, 借此理以爲齊治均平之術.『영언여작』「영언여작인(靈言蠡勺引)」.

태를 띠고 있다. 이 모종의 화학적 결합은 반드시 다른 세계 다른 언어를 자신에게 더욱 친연적인 체계 안에서 소화하려는 지식인들의 노력과 역량 속에서 발휘된다. 그런 맥락에서 '격물궁리'는 서구 지식 체계를 중국화하기 위해 예수회원들이 전략적인 시도이자 도전이었다. 예수회원들은 '격물궁리'를 철학의 번역어로 택함으로써 성리학의 지적 체계에 연접하는 전략을 택한 것이다.

> 유가의 학문은 앎을 지극히 하는 것이고 앎을 지극히 하는 것은 마땅히 물리에 통달하는 것으로부터 시작된다. 사물의 이치는 아득히 감추어져 있으며 사람의 재주는 둔하고 어두우니 이미 밝혀진 것으로 아직 밝혀지지 않은 것을 유추하지 않는다면 어찌 앎에 이를 수 있겠는가. 내가 온 서쪽 구석의 나라는 비록 작으나 학교에서 가르치는 격물궁리의 방법은 여러 나라 가운데서도 유독 완비되어 있다. 그러므로 사물의 이치를 깊이 궁구하는 서적이 지극히 풍부하다. 그 나라의 선비들이 이론을 세우는 핵심적인 뜻은 오직 리가 근거하는 바를 숭상할 뿐 다른 사람의 생각을 취하지 않으니 그러므로 리의 핵심을 나의 앎으로 만들며 다른 사람의 뜻을 나의 뜻으로 삼는다고 말한다.[18]

이 문장은 자신이 서쪽 나라에서 왔다고 밝히는 구절을 제외한다면 유학자의 문장이라고 생각될 정도로 성리학에 가깝다. 이 문장의 주인공 마테오 리치는 '격물궁리'라는 성리학의 근본적 테제에 서양의 학문과 지적 체계를 중

---

18 夫儒者之學 亟致其知 致其知, 當由明達物理耳. 物理渺隱, 人才頑昏, 不因旣明累推其未明, 吾知奚至哉. 吾西陬國雖褊少, 其庠教所業格物窮理之法, 視諸列邦爲獨備焉, 故審究物理之書極繁富也. 彼士立論宗旨, 惟尙理之所據, 不取人之所意, 蓋曰理之審, 乃令我知, 若夫人之意, 又令我意耳.『기하원본(幾何原本)』「석기하원본인(譯幾何原本引)」.

첩하고, 격물궁리하는 군자의 책무에 자신들이 목표하는 바를 끼워 넣는다.

　예수회가 전략적으로 선택한 '격물궁리'는 예수회의 지식을 성리학적 용어로 표현함으로써 예수회원들이 생각하는 진리의 성격이 성리학적 격물궁리의 심층과 맞닿아 있다는 점을 드러내기에 적합했다. 이들에게도 세계를 이해하고 지식을 축적하는 이유는 신이라는 근원자를 찾아가는 길이었기 때문이다. 그러나 예수회 선교사들은 '격물' 혹은 '격물치지'의 의미를 보다 확장적으로 사용할 필요가 있었다. 서양의 과학과 문물을 통해 중국인들을 이성적으로 설득하고자 했던 예수회 전교 전략에 따라 초기부터 전교의 도구로 활용되었던 서양 과학을 담을 중국어 개념이 필요했기 때문이다.

　아마도 이들은 점차 '격물치지'를 철학이나 신학 혹은 영혼론보다는 서양의 자연학적 지식과 기술을 전달하는데 사용하는 편이 더 유리하다는 인식을 갖게 되었을 것이다. 성리학의 격물궁리가 현상 세계에 대한 지적 이해로부터 시작해서 궁극적 원리에 대한 근원적 앎으로 향하는 과정이라면 이는 자연 세계에 대한 이해를 통해 이 세계를 창조하고 조직화한 신을 이해하고 신앙하는 데로 향하는 예수회의 작업과 더욱 유사하게 합치하기 때문이다. 1633년 알폰소 바뇨니(Alphonsus Vagnoni, 高一志, 1566~1640)가 저술한 『공제격치(空際格致)』는 '격물치지'에 대한 예수회원들의 전략상의 변화를 보여주는 대표적인 예이다.

3. 격치의 시대 – 『공제격치』에서 『격치초』까지

사실 '격물치지'의 축약형인 '격치'가 성리학의 전통적인 이념으로부터 이탈하는 경향은 예수회의 도전과 관계없이 중국 지식인들 사이에서 일어나고 있는 사건이었다. 당시 지식인들이 격물과 격치 사이에 엄격한 구분을 두었다고 보기 어렵지만 유학자들은 '격치'라는 말보다 '격물'이라는 표현에 더 익숙했던 것으로 보인다. 『사고전서(四庫全書)』속에서 '격물지학(格物之學)'은 일찍부터 다양한 용례를 찾을 수 있지만 '격치지학(格致之學)'의 경우 14항목 정도로 비교적 드물게 보인다.[19]

『사고전서』에서 찾을 수 있는 '격치지학'의 가장 이른 용례는 '나의 친구 조군은 총명한데다 또한 일찍이 격치의 학문(格致之學)에 힘을 쏟았는데 나이가 삼십이 되었어도 생에 대해 알지 못했으므로 듣는 바에 의심이 없을 수 없었다'[20]는 원대(元代) 문헌의 한 구절이다. '정자의 문인들이 의(義)를 실천함을 이와 같이 볼 수 있다. 민(閩)땅의 경우 주자 같은 이가 있어 호걸지사들이 백가(百家) 격치의 학문(格致之學)에서 여러 의심들을 논파하기에 족하여 여러 학파들을 집대성할 수 있었다'[21]는 문장이나, '물었다. 제왕의 격치지학은 어떠한가. 말하기를 제왕의 격치는 사람을 아는 것이 가장 중요하다. (…중략…) 또 물었다. 경대부의 격치지학은 어떠한가. 말하기를 경대부의 격치 또한 사

---

19 검색상으로는 열 다섯 항목이 검색되지만 하나는 '格至之學'으로 표현되어 있어 제외했다.

20 吾友趙君 (…중략…) 聰明又嘗用力於格致之學, 行年三十號, 無知生, 故聞者不能無疑. 『구소고(龜巢稿)』권14. 『구소고』는 14세기 학자 사응방(謝應芳, 1296~1392)의 저술이다.

21 程子之門人, 其行義之可見者如此. 在閩則有如朱子焉. 豪傑之才, 足以析羣疑於百家格致之學, 有以集大成於諸子. 『구자집(具茨集)』「유고(遺藁)」. 『구자집』은 16세기 학자 왕립도(王立道, 1510~1547)의 저술이다.

람을 아는 것이 가장 중요하다'[22] 등의 구절에서 격치지학의 용례를 확인할 수 있다.

이 구절들에서 나타나는 격치지학은 외부세계에 대한 심(心)의 조정과 안정이라는 의미를 담고 있는 양명학의 격물·격치의 의미와 다르지만 적어도 외부 세계에 대한 앎이라는 성리학적 의미망을 넘어서지 않는 용례들이라고 할 수 있다. 그럼에도 이 문맥들의 격치는 형이상학적 통찰로서의 '궁리'와 연결되기에는 거리가 있어 보인다. 이런 경향이 보다 분명하게 확인되는 것은 '격치'를 표제로 한 책들이다.

원(元)대 주진형(朱震亨)은 1347년에 지은 자신의 의서(醫書)에 『격치여론(格致餘論)』이라는 표제를 붙인다. 『사고전서』 총목 제요는 이 제목에 대한 저자의 의도와 그에 대한 평가를 다음과 같이 전한다. '자서에 이르기를 옛사람들은 의술을 우리 유가의 격물치지의 한 가지 일로 여겼다. 그러므로 다만 이를 가지고 책의 이름을 지은 것이다. 대개 진형은 본래 유자로 허겸의 문하에서 수업하였고 의술을 배운 것은 다만 주변적인 일[餘論]이었다.'[23] 주진형은 인체와 병에 관한 이론을 '격치'의 한 대상으로 파악한다. 그러나 이러한 방식의 격치는 사실상 유학자의 본령이 아니라 주변적인 일[餘論]이다. 이 책에서 표제로 등장한 격치는 '여론'이라는 제한이 붙어 있는 한, 성리학적 격물치지의 궁극적 목표에서 이탈해가고 있음을 보여준다.

1590년대에 출판된 호문환(胡文煥)의 『격치총서(格致叢書)』 역시 격치를 표제어로 쓰고 있지만 이 책의 성격 역시 박물학적 성격의 유서(類書)로 분류된

---

22 問帝王格致之學何如, 日帝王格致以知人爲大 (…中略…) 又問卿大夫格致之學何如, 日卿大夫格致, 亦以知人爲大. 『사변록집요(思辨錄輯要)』 권3. 『사변록집요』는 17세기 학자 육세의(陸世義, 1611~1672)의 저술이다.

23 自序云, 古人以醫爲吾儒格物致知之一事, 故特以是名書. 蓋震亨本儒者, 受業於許謙之門, 學醫特其餘事. 『사고전서총목제요(四庫全書總目提要)』.

다. 결과적으로 총서나 유서의 표제어로 등장한 격치는 원대와 명대를 거치면서 이미 주자가 지향한 천리의 체현으로서의 격물치지와 다른, 인사와 우주를 포함하는 만물에 대한 박학의 차원으로 격치의 의미가 확장되고 일반화되고 있었음을 보여준다.

이런 지적 변화를 예민하게 파악한 것은 유학자들이 아니라 예수회원이었다. 1633년 예수회원 알폰소 바뇨니는 '격치'를 표제어로 사용한 『공제격치』라는 제목의 책을 간행한다. 이는 허공이나 공중을 의미하는 공제(空際) 즉 자연학의 주제 영역으로서의 대기(atmosphere)에 '격치'라는 용어를 결합한 것이다. 이 책은 아리스토텔레스의 『기상학(Meteorologica)』을 저본으로 기상 현상 및 자연 현상들을 설명한 일종의 지구과학 개설서다. 그런 맥락에서 제목에 표현된 격치의 의미는 예수회의 전임자들이 철학의 번역어로 택한 격물궁리학에 완전히 합치하지 않는다.

바뇨니는 『영언여작』, 『서학범(西學凡)』 등을 통해 격물궁리, 리학 등의 용어로 라틴어 'scientia'를 번역하고자 했던 전임자들의 시도들을 바탕으로 하되, 분과적 성격이 강한 개별 영역 저술에 '격치'라는 표제를 붙임으로써 과감하게 일종의 이중적 재전유(re-appropriation)를 시도한다. 이로써 격치는 성리학의 격물궁리, 격물치지는 물론 초기 예수회의 격물궁리의 맥락까지 이탈하여 보다 '과학'에 가까운 의미를 담게 되었다.[24]

격치가 공제라는 영역 혹은 자연 현상을 탐구하는 규제적 원리 혹은 과학적 방법이라는 의미로 부각된 것이다. 격치는 이제 성의(誠意) 전 단계의 세계에 대한 이해, 그것도 궁리를 목표로 하는 도덕적이자 형이상학적 이해를

---

24 그런 맥락에서 『공제격치』를 현대의 학제적 표현으로 바꾼다면 '대기(공제) 과학(격치)'이 될 수 있을 것이다.

목표로 하는 지적 실천의 방법이 아니라 특정 영역에 대한 특수한 연구라는 의미로 전이되었다. 그러나 이 단계에서 격치는 특정한 분과로서의 '학'이 아니라 사실 연구 방법이나 원리라는 의미에 보다 가깝다고 할 수 있다.

여전히 중국 지식인들에게 낯선 이교(異敎)로써, 서학-천주학의 자장 안에 있던 바뇨니의 이러한 전략은 당대 유학자들에게 폭넓게 용인되기 어려웠지만, 나름의 공명을 얻었던 것은 분명하다. 판토하의 기독교적 수신서 『칠극(七克)』의 서문을 썼던 명말의 학자 웅명우(熊明遇, 1579~1649)가 서양 과학에 대한 이해와 신뢰를 바탕으로 서구 자연 지식과 중국의 우주론을 통합하려는 자신의 저서에 『격치초(格致草)』[25]라는 제목을 붙였기 때문이다.

웅명우는 『격치초』를 통해 『천학초함(天學初函)』에 담긴 예수회의 자연학과 자연철학을 우주와 자연에 관한 중국의 전통적 지식과 결합하고자 했다.[26] 웅명우는 자신의 지적 작업을 전통적인 격물치지의 일환으로 인식하면서 서양 지식을 통해 끊어져 있고 완성되지 못한 중국의 격물치지의 이상을 이룰 수 있다고 믿었다. 이때 그에게 중요했던 것은 격물의 대상을 자연현상과 그 구조 및 원리로 전환하는 일이었다.

유학자가 대학에 뜻을 두면 반드시 격물치지로부터 해야 한다고 말하니 이것이 성의·정심·치지·평천하의 관건인 것이다. 그러므로 상(象)에 속한 것들은 모두 물이고 물은 천지보다 큰 것이 없으며 물이 있으면 법칙이 있다.

25　『격치초』는 1648년에 다른 글과 함께 『함우통(函宇通)』이라는 제목으로 간행되었으나 젊은 시절 웅명우를 만났던 방이지의 기록에 따르면 『격치초』의 저본이 된 『칙초(則草)』는 이미 1619년 이전에 완성되었던 것으로 보인다. 徐光台, 「熊明遇與幼年方以智－從『則草』相關文獻談起」, 『漢學研究』 제28집 제3기, 2010, 259~290쪽 참조.

26　웅명우의 서학 수용에 관한 선행 연구는 그의 작업을 '중국적 전통과 서구 과학을 종합하는 우주론적 회통'이라고 평가하기도 한다. 임종태, 「이방의 과학과 고전적 전통」, 『동양철학』 22집, 2004, 198쪽.

(…중략…) 크게는 천지의 정해진 자리, 별들의 배열, 기화의 무성한 변화로부터 작게는 초목과 벌레에 이르기까지 하나하나 그 당연한 상으로 인하며 그 소이연의 까닭을 구하여 그렇게 되지 않을 수 없는 이치를 밝힌다면 비록 감히 대인의 격물치지의 뜻에 만분의 일도 돕지 못한다 해도 다만 지금 학사들이 한, 당, 송의 여러 학파들의 근거없는 담론에 머리 조아리고 응복하지 않게 할 수 있을 것이다.[27]

웅명우는 '격물치지'의 지향과 이념 안에서 과학 혁명 이전의 유럽 자연 철학의 지식들을 이기, 음양 등의 성리학적 범주와 전통 이론의 용어들로 재해석하고자 했다. 그의 '격물의 주 대상을 사람의 마음으로 돌려버린 왕양명 이래 심학의 왜곡을 바로잡고 바깥 사물에 대한 관심을 부흥시킴으로써 격물에 대한 정주의 해석으로 돌아가려는 시도'는 '격물을 윤리적 목적에 종속시켜 인사에 대한 탐구를 강조했던 정주의 전통과 비교해서도 훨씬 더 자연 세계에 대한 연구의 중요성을 부각시킨 것'이라는 평가를 받는다.[28]

웅명우로부터 지적 자극을 받았던 명대의 탁월한 학자 방이지(方以智, 1611~1671) 역시 같은 맥락에서 격물의 의미를 전환시킨 인물로 평가받는다.

방이지가 예수회에 의해 출판된 서양 자연 철학을 다루는 방식은 '격물'이라는 용어에 대한 그의 실용적 이해의 실질적 예시를 보여준다. 천문학, 일련

---

27 儒者志大學, 則言必首格物致知焉. 是誠正治平之關鑰也. 然屬乎象者皆物, 物莫大于天地, 有物有則. (…中略…) 大而天地之定位, 星辰之彪列, 氣化之蕃變, 而及細而草物忠多, 一一因當然之象, 而求其所以然之故, 以明其不得不然之理, 雖未敢曰於大人格物致知之義, 贊萬分之一, 但令昭代學士不俯首服應於漢唐宋諸子無稽之談. 『격치고』「자서(自敍)」.

28 임종태, 앞의 글, 199쪽.

의 자연현상들, 인체, 의학과 관련된 기술적 이치에 집중함으로써, 그는 격물이 우선적으로 도덕적 행위에 대한 우리의 지침인 규범적 이치를 알고 이행할 수 있는 수단이라는 해석을 조롱한다. (…중략…) 격물의 목표의 방향을 재설정하는 것뿐만 아니라, 방이지는 지식 습득의 적절한 수단에 대한 새로운 해석에도 관여했다. 지식 항목들의 축적에 대한 그의 강조와 방법으로서의 내성(內省)에 대한 그의 반대는 청대에 두드러진 고증학의 특징들 중 두 가지를 예견한다.[29]

피터슨은 방이지가 '지식은 우리 마음 외부에 있는 객관 세계에 뿌리를 두어야만 한다고 주장'[30]함으로써 사물을 그 자체로 탐구하는 과정으로서의 격물의 새로운 관점을 정당화했다고 평가한다. 이처럼 학문의 방향을 실용으로 선택한 명말청초의 사대부들은 '격치'를 이용해 서양 과학 기술을 수용하기 시작한다. 그러나 오직 서양 지식 때문에 격치의 의미망이 바뀐 것이라고 말하기는 어렵다. 서양 자연학과 자연철학 지식이 명청 대 중국 지식장에 유입된 것은 그 자체로 중국보다 더 뛰어나고 우월한 지적 체계였기 때문이라기보다는 당대 지식인들의 학문적 지향과 내적 요구에 부합했기 때문이다. 서학의 도래를 포함해 명말청초의 정치적, 경제적, 지역적, 사회적, 학술적 변화와 분화가 만든 새로운 사상적 지향은 '격치'의 의미를 보다 땅에 가깝게, 보다 구체적이고 미시적인 범위까지 적용하는 방식으로 바꾸어 나갔다. 다시 말해 청대에 격치는 점차 박학(博學)과 박물(博物)에 가까워지고 있었다.

---

29 Willard Peterson, *Fang I-chih : Western Learning and the 'Investigation of Things'*. In The Unfolding of Neo-Confucianism. Edited by de Bary, Columbia University Press, 1975. pp.399~400.
30 Willard Peterson, p.400.

청대에 태평성대가 도래함에 따라 (…중략…) 도덕 이데올로기의 재구성
과 경세치용에 대한 사회적 수요가 약해졌기 때문에 명말청초의 궁리와 경세
의 학문은 민간에서 고증 박학으로 전환했고, 격치 역시 박물과 유사한 학문
으로 바뀌었다. 주목할 만 한 점은 송대 이전에 박물은 격치로 귀결되는 경우
가 아주 적었지만 청대 초기가 되자 본래 박물에 속했던 각종 과학 기술 지식
이 격치에 수렴되었을 뿐 아니라 격치에서 떨어져 나올 수 없게 되었다는 사실
이다. 그 결과 격치와 박물의 경계를 나누기 어렵게 되었다. 이 시기 '격치'의
이름으로 나온 책들은 여러 가지 실용적 기술과 사물을 고증하고 기록한 많은
유서(類書)를 포함했다.[31]

4. 격치의 확장 – 박물학과 명물도수학

중국 지식인들 안에서 '격치'의 의미가 보다 확장되고 분명한 의도를 담은
채 발화되는 예는 청대 유서인 『격치경원(格致鏡原)』[32]이라고 할 수 있을 것
이다. 저자인 진원룡은 『격치경원』의 「범례(凡例)」에서 자신의 유서가 실용
을 위한 격치지학에 보탬이 되기를 기대하며 이를 위해 사물의 본말, 명칭,

---

31 진관타오, 류칭펑, 『관념사란 무엇인가』 2, 양일모 외역, 푸른역사, 2010, 401~402쪽. 이 연구
    에서는 이러한 경향의 예로 강희 연간에 진원룡(陳元龍, 1652~1736)이 지은 30여 가지 사물을
    고증한 백과사전류의 서적 『격치경원(格致鏡原)』을 든다.
32 『격치경원』은 강희제 때 진사에 급제해 문연각 대학사를 역임했던 진원룡(陳元龍, 1652~
    1736)이 편집한 청대의 유서(類書)로 총 100권, 886조목으로 이루어져 있다. 서문이 완성된 것
    은 옹정(雍正) 13년 을묘(乙卯)년 즉 1735년이다.

기원, 범주 등을 고정할 것이라고 밝힌다.

대개 유서(類書)는 문필에 이바지하고 고정(考訂)을 갖추어야 한다. 이 책은 오로지 고정에만 힘써서 격치의 학문[格致之學]을 돕고자 하니 매번 한 가지 사물을 편제할 때 그 본말을 궁구하고 명칭을 상세하게 하며 그 범주를 가르고 그 제작하는 법을 상고하여 실질적인 쓰임[實用]에 보탬이 되고자 하니 단순히 일을 기록하여 배열하는 것은 취할 바가 아니다.[33]

그리고 이를 위해 삼십 가지로 항목을 나누어 광범위하고 다양한 정보들을 배치한다.

(이 책에서) 채집한 것은 삼십 종류로 나뉜다. 건상, 곤여, 신체, 관복, 궁실, 음식, 포백, 주거, 조제, 진보, 문구, 무비, 예기, 악기, 경직기물, 일용기물, 거처기물, 향렴기물, 연상기물, 완희기물, 곡, 소, 목, 초, 화, 과, 조, 수, 수족, 곤충 등이니 모두 박물지학이다. 그러므로 격치라 하였다. 또한 매번 반드시 그 시원으로 돌아가 대략 사물의 기원을 밝히고자 하였으므로 경원이라 하였다.[34]

---

33 凡類書所以供翰墨備考訂也, 是書則專務考訂以助格致之學. 每紀一物必究其原委, 詳其名號, 疏其體類 考其制作, 以資實用, 比事屬辭, 非所取也. 『격치경원(格致鏡原)』「범례(凡例)」.

34 此所採輯, 分三十類, 曰乾象, 曰坤輿, 曰身體, 曰冠服, 曰宮室, 曰飲食, 曰布帛, 曰舟車, 曰朝制, 曰珍寶, 曰文具, 曰武備, 曰禮器, 曰樂器, 曰耕織器物, 曰日用器物, 曰居處器物, 曰香奩器物, 曰燕賞器物, 曰玩戲器物, 曰穀, 曰蔬, 曰木, 曰草, 曰花, 曰果, 曰鳥, 曰獸, 曰水族, 曰昆蟲, 皆博物之學, 故曰格致, 又每物必溯其本始, 略如事物紀原, 故曰鏡原也. 「사고전서총목제요(四庫全書總目提要)」江蘇巡撫採進本.

이 대목에서 '격치'는 '박물(博物)'의 다른 이름이다. 서학이 도입한 다양한 분야의 지적 자극을 포함해, 정보와 지식이 폭발적으로 증가하던 18~19세기 동아시아 지식인들은 '격치', '격물'이라는 표제로 새로운 지식의 축적, 분류, 재배치를 시도했다. 예를 들어 19세기 조선의 학자 이규경이 『오주연문장전산고(五洲衍文長箋散稿)』라는 유서를 통해 당대의 지식을 정리하고 고정해나가는 과정 역시 이러한 '박학'으로서의 '격치'의 한 예라고 할 수 있을 것이다. 그는 조선 지식인들이 문필가로 자처하면서 '격물학'을 버려 무능하게 되었다고 질타한다.

중원의 문인들은 박물학을 버리지 않았으나 우리나라 사람들은 스스로 문필가로 칭하면서도 격물학을 버려 심지어 숙맥도 구분하지 못하면서도 망령되이 학문이 하늘과 사람에 통달했다고 말한다. 아, 이것이 무슨 학문인가.[35]

그에게 박물학은 성리설의 연구만큼 중요한 것이었다. 이규경은 '무릇 격물궁리(格物窮理)한다는 학자(學者)로서 인체[人形]의 내경(內景)·외경(外景)의 장부(臟腑)와 골육(骨肉)이 어떻게 되어 있는지는 전혀 알지 못하면서도 앉아서 천문(天文)·지리(地理)나 담론(談論)하면서 스스로 그것을 고상한 운치로 삼고 천고(千古)를 오시(傲視)하는 자가 있으니, 이것이 무슨 사리인가.'[36]라며 '격물궁리'의 대상을 고담준론이 아니라 인체에 대한 지식 같은 일상적이

---

35 蓋歎中原文人, 不遺博物之學也. 我人則自稱操觚, 竝棄格物之學, 以至菽麥之不辨, 而妄自稱學達天人, 吁. 是爲何學也. 『오주연문장전산고(五洲衍文長箋散稿)』 「松脂乳香辨證說(송지유향변증설(松脂乳香辨證說)」.

36 凡爲格物窮理之學者, 更不知人形內外景臟腑, 骨肉之爲如何, 而坐談乾象, 坤輿, 自以爲高致, 眼空千古者, 是何理也. 愚切恥之, 有此辨證, 然無乃復爲後人之竊笑者乎. 『오주연문장전산고(五洲衍文長箋散稿)』 「인체내외총상변증설(人體內外總象辨證說)」.

고 실용적 차원으로 확대하거나 낮추어야 한다고 주장한다. 그리고 학문적 지향을 전통적 의미의 '명물도수지술(名物度數之術)'의 회복이라고 선언하고 이로부터 자신의 지적 실천에 의미를 부여한다.

대저 명물도수의 술이란 설령 성명의리의 학문에는 미치지 못한다 하더라도 이단시 하여 폐하거나 강론하지 않아서는 안 된다. 이 학문이 우리나라에 들어오자 뜻있는 선비들이 마음을 다해 헤아리고 힘써 깊은 뜻을 추구하였으나 이목에 국한되어 단지 그 껍데기만 알았을 뿐 그 정수를 이해하지 못했다. 평소에는 말할 수 있더라도 쓰고자 하면 어두우니 그 본원이 어디 있는지 깨닫지 못하고 물으면 머뭇거릴 뿐이라 도리어 애초부터 알지 못한 것만 못하였다. 상수의 학문은 비록 오묘한 성인의 학문은 아니지만 쉽게 말할 수 없다. 나는 장구를 묵수하다가 이러한 종류의 유용한 학문(有用之學)에 대해 그 단예를 알지 못하는 것을 부끄러워했지만 마음은 속으로 좋아하였다. 세월이 쌓여 혹 책에서 얻기도 하고 혹 마음에서 생각이 떠오르기도 하였는데 총합하니 약간의 조목이 되어 '연문장전'이라 이름 지었다.[37]

이 맥락에서 이규경이 사물의 본원에 대한 이해를 바탕으로 유용지학을 추구했음을 알 수 있다. 본원에 대한 이해로부터 실질적 활용을 목표로 하는 이

---

[37] 大抵名物度數之術, 縱不及性命義理之學, 亦不可偏發不講, 視若異端也. 此學流入東方, 有志之士, 盡心擬摸, 力追深奧, 局於耳目. 但領其皮殼, 未會其精蘊, 平居雖能言之, 臨用眴晦, 竝未曉其本原之何在, 叩之則囁嚅爾爾. 反不如初無所知者, 象數之學, 雖非聖學之奧深, 不可易言者也. 不佞墨守章句, 於此等有用之學, 蔑如也莫識其端倪, 而其心則竊好之, 積累歲月, 或有獲於書中, 或起思於心上, 總計之則凡若干條, 名之曰『衍文長箋』, 從『長箋』撮其可作消開者數則, 名之以『散稿』, 然其言已耄矣. 奚足數哉. 寅翁題. 『오주연문장전산고(五洲衍文長箋散稿)』「오주연문장전산고서(五洲衍文長箋散稿序)」.

유용한 학문을 그는 명물도수지학이라고 불렀던 것이다. 수많은 지식을 정리하고 분류하여 재배치함으로써 실용적 학문을 추구했던 19세기 지식인 이규경에게는 '격치'가 곧 '박물'이고 '박물'을 추구하는 과정이 곧 '명물도수지학'이었던 것이다. 그리고 이러한 경향은 어쩌면 시대의 지적 풍토였을 것이다.[38] 이규경 외에도 최한기 같은 19세기 박학자들을 쉽게 떠올릴 수 있기 때문이다.

5. 격치지학 그리고 격치학

1800년대 중반은 중국에서 천주교의 전교가 약화되고 개신교 교단의 활동이 활발하던 때였다. 런던 선교회도 그 중 하나였다. 런던 선교회 소속의 선교의였던 벤자민 홉슨(Benjamin Hobson, 合信, 1816~1873)은 1854년 본격적인 의학서를 편찬하기에 앞서 지구과학이나 물리학, 화학, 천문학 등 순수기초과학을 다루는 교재를 『박물신편(博物新編)』이라는 제목으로 간행한다. 그는 『박물신편(博物新編)』 외에 해부학과 생리학 지식을 담고 있는 의학서 『전체신론(全體新論)』(1851)을 비롯해 『서의약론(西醫論略)』(1857), 『내과신설(內科新說)』(1858), 『부영신설(婦嬰新說)』(1858) 등을 이른바 '서의오종(西醫五種)'을 번역 출판함으로써 중국에 근대 서양 의학 체계를 전한다.[39] 특히 『박물신편』은 메이지 시기 초

38　정약전은 「자산어보서(玆山魚譜序)」에서 '자산의 바다에는 어족이 매우 많으나 그 이름을 아는 자가 드물다. 박학자라면 마땅히 이를 살펴야 할 것이다.(玆山海中魚族極繁, 而知名者鮮, 博物者所宜察也)'라고 말한다. '박학'은 18~19세기 조선에서 하나의 중요한 지적 풍토였다고 할 수 있다.

39　孫琢, 「近代医學術語的創立─以合信及其『医學英華字釋』爲中心」, 『自然科學史研究』第29卷 第

등 물리학 교재로 이용될만큼 일본에서 표준적인 지식 역할을 했다.

『박물신편』이라는 제호는 당대 유럽의 최신 기초 과학을 통합된 체계 안에서 설명하는 상황에서 홉슨이 부딪혔던 하나의 벽을 보여준다. 그와 그의 중국인 조력자들은 의학의 기초가 되는 기초과학 정보들을 전하기 위해 '박물'이라는 중국적인 용어를 사용했던 것이다.

그러나 19세기 후반이 되면 상황은 달라진다. 1890년에 영국, 프랑스, 이태리, 벨기에 등 4국을 외교사절로 돌아보았던 청말 관료 설복성(薛福成)은 발달한 서양 교육 제도에 큰 감명을 받았다. 그는 서양인들이 '산학(算學), 화학(化學), 전학(電學), 광학(光學), 성학(聲學), 천학(天學), 지학(地學) 등 일체의 격치학(格致學)을 배우는데, 각 분야는 또 수십, 수백여 부문으로 세분화하여 전문가를 양성하고 그들의 전문성을 인정하여 서로의 영역을 침범하지 않는다'고 설명한다.[40]

이런 소식은 조선에도 전해졌다. 1895년 5월 박영효 내각에서 선발한 유학생으로 일본으로 건너갔다가 1896년 캐나다를 거쳐 미국에 들어가 2년간 공부하고 온 여병현은 '최근 통상을 시작한 이래로 서양인들의 부강지술이 격물지학(格物之學)에서 비롯되지 않음이 없음을 보았다. 시험 삼아 격치의 과목을 말해보자면 천문학(天文學) 지리학(地文學) 화학(化學) 기학(氣學) 광학(光學) 성학(聲學) 중학(重學) 전학(電學) 등'[41]이라고 말한다. 직접 미국을 경험한 그는 격치학이 유럽이 부강하게 된 토대라고 전한다.

<hr>

4期, 2010.

40 김경혜, 「근대 중국의 서양 교육제도 소개」, 『中國史研究』 第75輯, 2011, 160~161쪽.

41 近自通商以後로 見夫西人富强之術이 無不以格物之學으로 爲本ᄒ니 試言格致之科目컨더 曰天文學과 曰地文學과 曰化學과 曰氣學과 曰光學과 曰聲學과 曰重學과 曰電學 等이라. 呂炳鉉, 「格致學의 功用」, 『대한협회회보』 제5호, 1908.08.25.

1820년에는 전 유럽의 학자가 모두 격치학(格致學)이 급선무임을 깨달아 이에 한목소리로 응하여 상호 협력하여 전국 도처에 학회를 열고 유럽 중앙에서 총학회를 개최하여 매년 수차례에 걸쳐 정기적으로 학회를 연다. 도처에서 온 격치지사들이 구름처럼 모여들어 대중들 앞에서 연구한 바를 말하면서 상호 비교한 연후에 가장 뛰어난 자를 선발하거나 중지를 모아 하나의 기술을 완성하니 이 이후로 격치의 이론이 유럽에 성행한 것이 지금에 이르렀다. 영국, 미국, 프랑스, 독일 등 여러 나라의 부강이 이로부터 비롯되지 않음이 없으니 격치학이 국가의 성쇠에 관련되어 있는 것은 군더더기 말을 기다릴 필요가 없다.[42]

이제 격치학은 서양의 근대 분과 과학들을 총칭하는 이름이 되었다. '격치학'의 표제화는 격치의 기술적 성격을 약화시킨다. '격치'를 표제어로 하는 단어나 제목들에서 '격치'는 특정 분과가 아니라 지적 탐구에 있어서의 태도나 방법을 의미하는 포괄적인 성격을 가진다. 『격치경원』에서 격치와 경원은 각각 탐구 방법을 의미하는 것이었고 『공제격치』에 격치는 공제에 대한 지적 접근의 방식을 의미하는 부수적 개념이었다. 격치지학 역시 과거지학(科擧之學)이나 위기지학(爲己之學)처럼 격치에 대한 지적 실천을 의미하는 범위와 실제 내용이 모호한, 명사적이라기보다는 아니라 일종의 서술적 표현이었다. 이런 맥락에서 격치는 특정 영역에 대한 기술적(descriptive) 성격을

---

[42] 至于一千八百二十年ᄒᆞ야ᄂᆞᆫ 全歐學者가 皆知格致學之爲急務ᄒᆞ야 於是乎 同聲相應ᄒᆞ며 協心互助ᄒᆞ야 都鄙處處에 皆有學會ᄒᆞ고 歐洲 中央에 有一總學會ᄒᆞ야 每年 幾次에 定期開會ᄒᆞᆯ식 各處 格致之士가 雲屯霧集ᄒᆞ야 必於大衆之前에 各言所得ᄒᆞ야 互相 比較 然後에 或選其最優者ᄒᆞ며 或蒐衆知而成一技ᄒᆞᄂᆞ니 自此以後로 格致之說이 盛行于泰西ᄒᆞ고 至于 今日ᄒᆞ야 英美法德俄 諸國之富强이 莫不由此也니 格致學之有關於國之盛衰ᄂᆞᆫ 不待贅論也라. 呂炳鉉, 「格致學의 功用」(續), 『대한협회회보』 제7호, 1908.10.25.

갖는다. 지적 탐구의 성격과 방향을 제안하는 역할을 하는 것이다. 이때 격치지학은 엄밀히 말해 격치의 대상과 내용을 지시하지 않는다. 격치지학은 격치를 하는 과정을 의미하는 것으로 격치의 대상과 내용이 분명히 드러나지 않는 것이다.

그러나 19세기 말, 격치지학과 함께 격치학이 전면적으로 사용되기 시작한다. 격치와 학을 모호하게 연결하던 계사(copula)적 '之'가 탈락된 '격치학(格致學)'이라는 용어는 20세기 초에 학술을 수행하는 태도가 아니라 구체적인 분과적 학제를 의미하는 경우에 적극적으로 사용되기 시작한다. 양무운동기의 중국이나 근대 초기 조선에서 지식인들이 말하는 격치학은 언제나 산학(算學), 광학(光學), 화학(化學), 공학(工學), 의학(醫學), 농학(農學) 등 구체적인 분과 과학과 연결되어 있었던 것이다. 이런 맥락에서 격치학은 점차 서양의 근대 과학과 그 분과들을 의미하는 용어로 사용되기 시작한다.

한편 이 시대 신문과 잡지에 등장하는 '격치학'이라는 용어는 외부 세계에 대한 지식을 통해 만물의 근원과 내 마음을 일치시켜야 한다는 이념이 아니라 정해진 체제와 방법에 따라 구현되어야 할 추동의 구호 역할을 하기도 했다. 특히 중국에서는 서양을 배우려는 정부의 노력으로 설치된 번역 기구와 교육 기관이 '격치'라는 말을 독점하게 됨에 따라 이제 격치는 격물궁리나 격물지학, 격치지학 등 성리학적 자장을 뛰어넘어 보다 서구-근대에 가까워지게 된다. 격치는 정부의 위탁을 받아 서양인들이 주도하던 '격치서원(格致書院)'에서 발행하는 과학 잡지 『격치휘편(格致匯編)』[43] 안에 담기면서 전통적 의미망

---

43 『격치휘편』은 강남제조국(江南制造局)에서 서양 서적들의 번역을 주도했던 존 프라이어 (John Fryer, 1839~1892)가 편집장으로 활동하며 만든 중국 최초의 과학 전문 잡지였다. 주로 영국의 과학 잡지에 실린 수학, 물리학, 생물학, 천문학, 지질학, 지리학, 의학 관련 기사를 중국어로 번역해 간행했다.

을 이탈해나갔고, 서서히 유럽의 분과적 '과학'을 지칭하는 고유어로 전환되었다. 그러나 '격치'로 표현되는 한 동아시아 지식인들이 지적 주도권을 완전히 상실한 것은 아니었다. 다음의 문장이 이러한 상황을 잘 보여준다.

> 이른바 실학(實學)이란 곧 격치(格致) 일단(一端)일 뿐이다. 만일 동양 여러 나라의 재주있는 사람들이 여기에 종사할 수 있게 된다면 동양 제국이 약함을 벗어나 강하게 될 큰 기회가 여기에 있다. 그러나 어떤 사람들이 동인(東人)이 서학(西學)을 배우는 것은 이적(夷狄)을 써서 화하(華夏)를 바꾸는 일이라 하며 이를 못마땅하게 여기고 있다. 오호라, 이는 세 집 밖에 없는 마을에서 겨울의 화톳불을 둘러싸고 일어난 생각만큼 옹졸한 것이다. 천문 역산[天筭]의 격치(格致) 등 여러 학문은 세계의 공학(公學)이지 서양인들이 사사로이 독점[獨私]한 것이 아니다. 천문 역산은 이미 희화씨(羲和氏)에 의해 시작된 것이며 격치학은 이미 「대학」에 나타나 있는데 다만 후인들이 버려두고 강구(講求)치 않는 동안 저들 서인(西人)은 그 단서를 얻어서 마음을 가다듬어 실리(實理)를 구해서 기술의 정교함을 완성하고 부강(富强)의 실효를 거두게 되었다. (…중략…) 천문 역산의 격치는 곧 천하의 공학(公學)이지 서학이 아니며 또한 오늘날 절실히 쓰이는 학문이며 도(道)를 해롭히는 이단(異端)에 비할 것이 아니다. 그러나 동인(東人)들은 도리어 서학이라고 지목하고 있으니 대관절 얼마나 잘못된 것이겠는가[44]

『한성순보』는 이탈리아의 발전 소식을 전하면서 '격치'가 곧 '실학(實學)'이며, 더 나아가 서양의 전유물이 아닌 '공학(共學)'이라고 제안한다. 이들의 관

---

44 「伊國日盛」, 『한성순보』, 1884.3.27.

점에서 이미 격치는 「대학」에서 연원한 것이기 때문에 결코 서양의 전유물이 될 수 없는 것이다. 이런 인식은 국가가 주도하는 근대 교육 제도에서도 나타난다.

1902년 설립된 중국 최초의 근대적 고등사범교육 기관이었던 경사대학당 사범관의 2단계 고등 사범 교육 제도에서는 전문교원 양성을 위해 5년 년한으로 어문 외국어를 중심으로 한 어문류(語文類), 지리와 역사를 위주로 하는 사지류(史地類), 산학, 물리학, 화학을 위주로 하는 수리화류(數理化類)와 함께, 식물, 동물, 광물, 생물학을 위주로 하는 박물류(博物類) 등 4개 분과를 교육했다.[45] 조선에서도 외국과의 교제에 필요한 서양 지식을 교육하기 위해 개설된 육영 공원(1886)의 경우 교사와 교육 내용을 모두 미국에 일임했는데 '격치만물(格致萬物)'이라는 제명 하에 의학(宜學), 농리(農理), 토리(土理), 기기(機器), 화훼(花卉), 금수(禽獸), 초목(草木)의 교육이 편제되어 있었다.[46] 근대식 교육 체제를 도입하면서 전통 교육과 달리 실용적 지식과 현재 과학에 분류될 다양한 학문들이 포함되었지만 이것들은 여전히 '과학'이 아니라 '격치'와 '박물'이라는 이름으로 전통적 체계와 연동되어 수용되었던 것이다.

사실 번역을 통해 동아시아 지적 공간에 들어온 서양 과학 지식은 더 이상 외래의 자원이 아니라 내부의 자원으로 주소지가 바뀌게 된다. 낯선 서양인들이 원저자라는 점에서 또한 새롭고 진보한 지식이라는 점에서 남의 것이지만 동시에 한자로 되어 있고, 전통적인 학술 개념으로 표현되었다는 점에서 완전히 타자의 것일 수 없는 것이다. 그런 맥락에서 동아시아 고유의 언어

---

45 정낙찬·김홍화, 「중국 근대 사범교육제도의 형성」, 『비교교육연구』 제17권 제2호, 한국비교교육학회, 2007, 96~97쪽.

46 김미경, 「육영공원의 운영방식과 학원의 학습실태」, 『한국교육사학』 21집, 한국교육사학회, 1999, 575쪽.

와 개념 체계에 담긴 어떤 서양 지식도 완전한 진본성(authenticiy)를 가질 수 없다. 이때 한문으로 표현되었다는 것 자체가 문화적, 정치적, 사상적 헤게모니의 구도를 보여준다.

중국과 조선의 지식인들은 영어나 독일어, 라틴어로 된 텍스트에서 서양 지식을 습득한 것이 아니며 자발적으로 서양 지식에 접근한 것 또한 아니다. 서양인들이 자신들의 목표를 위해 번역을 통해 격의적으로 서구 지식을 중국 전통에 연결하고자 한 것이지 중국인들이 서양에서 구해온 지식이 아니었던 것이다. 어떤 지식이 더 권위적인가 하는 것은 이미 결정된 문제였다. 동아시아 지식인들은 여전히 자신들의 지적 체계에서 도출된 '격치'와 '박물'을 통해 외래 지식에 접근할 권리와 여유가 있었던 것이다. 그러나 이 최소한의 권리와 여유는 '박물'과 '격치'를 대체하는 '과학'의 등장으로 동아시아 지식장에서 서서히 소멸되었다.

6. 과학의 전유

주지하듯, science의 번역어로 채택된 '과학(科學)'은 네덜란드에 유학한 경험을 바탕으로 서양의 지적 체계를 일본에 이식하고자 했던 니시 아마네(西 周, 1829~1897)의 고심과 노력이 담긴 용어다.[47] 니시 아마네는 서양 학술

---

47 니시 아마네는 유신 정부의 개명정책이 추진되는 가운데 시대의 전진적 사상을 명확한 논리로 형태를 갖추어 조직적으로 제시하고자 했던 메이로쿠샤의 대표적 사상가중 한 명이다. 메

의 체계와 개념들을 한자어의 형태로 번역했고 이때 지금 우리가 사용하고 있는 수많은 일상 용어와 학술 용어들이 탄생했다. 그리고 이 용어들은 동아시아에서 일본이 정치적 주도권을 잡아가는 과정에서 중국과 조선으로 이전되었다. 조선의 경우 개항기부터 1910년의 강제 병합까지 제국주의 일본의 지식 체계가 급격히 도입되면서 학문의 의미와 내용이 급격하게 전환되었다. '격치'에서 '과학'으로의 전환도 하나의 예가 될 것이다.

일본 유학생들이 결성한 태극학회에 의해 1906년 8월 24일에 창간된 『태극학보』에서 발행인 겸 편집주간이었던 장응운은 '격치'가 아닌 '과학'을 다음과 같이 소개한다.

吾人의 知識이 經驗上 大槪 一定흔 法則으로 從出흠을 推想흘지니 此等 種種의 現象을 吾人이 事實로 硏究ㅎ야 此間에 一定흔 共通의 法則을 發見ㅎᄂ 者를 自然科學 或 事實科學이라 稱ㅎᄂ니 天文學 地理學 博物學 物理學 化學 心理學 其他 種種의 區別이 有ㅎ고 쏘 吾人 人類가 社會生活上에 必要흔 種種의 規則(規範)을 製定ㅎ고 準標을 立흔 後에 種種에 事實을 此等 標準에 對照ㅎ야 善惡 正不正 好不好 等

이로쿠샤는 1873년 성립된 양학자의 학회로서 니시무라 시게키(西村茂樹, 1828~1902), 스기 코지(杉亨二, 1828~1917), 니시 아마네(西周, 1829~1897), 츠다 마미치(津田道, 1829~1903), 나카무라 케이우(中村敬宇, 1832~1891), 후쿠자와 유키치(福諭吉, 1834~1901), 카토 히로유키(加藤弘之, 1836~1916), 모리 아리노리(森有礼, 1847~1889) 등 문명개화시대의 첨단 사상이 결집한 장소였다. 대개 이들은 막신이거나 막부의 번역관을 역임한 인물들이었다. 막부의 양학 육성은 군사과학과 응용기술 이식을 목적으로 한 것이기 때문에 자연과학 또는 응용과학의 영역에 한정되어 있었다. 그러나 서양 학문을 학습함에 따라 점차 연구 분야를 철학, 사회과학 등으로 확대하게 되었다. 특히 서양 정치 경제 사상을 연구한 사람들은 근대적 군사 기술로 부족하며 정치 경제를 근대적으로 재편성해야 한다고 깨닫기 시작했다. 상하분권과 만민동권의 정체가 국가를 더 안전하게 하는 길이라고 주장했던 카토 히로유키의 사상이나 자유경쟁론을 주장한 체임버스의 경제학을 『서양사정』으로 번역한 후쿠자와 유치키 등은 서구 근대 사상의 수용을 보여주는 업적이다. 이에나가 사부로, 연구공간 '수유＋너머' 일본근대사상팀 역, 『근대일본사상사』, 소명출판, 2006, 37~41쪽 참조.

에 區別을 精神上으로 判斷ᄒ미 此等學을 規範的 科學이라 稱ᄒᄂ니 倫理學 政治
學 美學 論理學 等은 다ㅣ 規範的 科學이라.[48]

이 문맥에서 과학은 현재와 같이 인문, 사회 과학과 대별되는 자연 과학
혹은 기술적 차원이 아니라 제도적 지식으로서의 광의의 과학 혹은 학문
(science)을 의미하는 것으로, 니시 아마네의 번역과 크게 다르지 않다.[49] 이
제 서양 과학 지식은 서양 개신교 선교사들이 재전유한 '격치학'이 아니라 니
시 아마네가 서구 문맥에서 전유한 신조어 '과학(科學)'으로 표기되고 이해되
기 시작한다.

사실 격치학에서 과학으로의 전이는 학문의 중심부가 변경되었음을 드러
내는 상징적인 예일 것이다. 일본이 체계화되고 전문화됨으로써 국가 발전
의 핵심 역량이 된 서양의 특정한 제도적 지식을 동아시아가 공유하는 한자
어 '과학'으로 번역함으로써 언어를 만들고 그에 정당성을 부여하는 지적 권
위를 확보하게 된 것이다. 서양 과학은 일본이 직접 이룬 성취는 아니었지만
언어와 지적 정보를 선취하여 자신들의 언어로 견인함으로써 지식의 중심부
와 주변부가 바뀌게 된 것이다. 중국의 학문적 전통은 더 이상 동아시아 세계
의 보편과학(universal)이 아니라 지역 과학(local science)에 한정되게 되어 버
렸으며 초시간적, 탈공간적 권위를 가지는 보편과학과 구분되는 지역 과학

---

48 張膺震, 「科學論」, 『태극학보』 제5호, 1906.12.24.
49 다음의 설명은 니시 아마네의 문맥에서 장응운이 이해한 과학의 성격을 보여준다. 'scientia라
는 라틴어 용어는 어떤 상황이나 주제에 대한 분별 있고 통찰력 있는 지적 이해를 가리켜 사용
되었다. 전문적으로 말해서 그것은 상황을 그것에 관한 모든 진정한 원인들을 통해 완전히, 그
리고 정확히 설명하는 지식으로 이용되었다. 이같은 인과적 지식은 이론적 연구와 실제적 업
무, 신학적 분석과 철학적 탐구 모두에서 가능한 것으로 인식되었다.' James A. Weisheipl
Classification of the Sciences in Medieval Thought, *Mediaeval Studies* 27, 1965, 54~90, p.54; 김영
식, 『과학, 인문학 그리고 대학』, 생각의나무, 2007, 47쪽 재인용.

으로서 시간과 공간에 매인 낙후와 결여로 분류되게 되었다.

'격물궁리지학'에서 '격치학'으로, 다시 '과학'으로의 전이를 통해 단순히 지식의 중심과 주변만 역전된 것은 아니었다. 사실 격물궁리학이나 박물학, 명물도수학, 격치지학이 아니라 '격치학'이 되었을 때 모종의 전환이 시작되었다고 보아야 한다. 지식의 주체와 주도권이 바뀐 것이다.

물(物)을 무엇으로 규정하건, 지(知)를 무엇으로 인식하건 적어도 격물과 격치의 궁극적인 대상은 도덕적 가치를 포함하는 궁극적인 이치이고, 이 이치를 이치로 존재하게 하는 것은 결국 그를 체현하는 심(心)이라는 점에서 격물이나 격치는 궁극적으로는 개인 차원에서 출발하는 실천이다. 궁극적으로는 공동체나 국가를 위한 실용적 지식의 확보를 확보하려는 공적 노력이라는 점을 간과할 수 없지만 적어도 격물치지의 궁극적 목표는 국가적 차원에서 주도되는 제도적 실현이 아니었다. 박물의 차원에서 논의되던 격치지학 역시 제도화나 국가주의적 성격과는 거리가 멀었다. 격치나 박물이라는 관념 안에 유서를 편집했던 중국과 조선의 지식인들은 자신이 수집하고 분류한 지식이 공적으로 유의미하게 쓰이기를 기대했지만 적어도 그것이 국가주의적 제도화를 의미하지는 않았던 것이다.

그러나 자구책을 강구해야 했던 외압의 시기에 동아시아인들은 격치학에 서양의 근대 과학 즉 전문화된 분과학문들을 연결하면서 이를 국가와 제도의 차원에서 상상하기 시작했다. 단순한 실용이 아니라 국가 차원의 구제책으로 인식되게 된 것이다. '과학'으로의 전환은 이러한 경향을 가속화했다. 격치와 박물이 자연 세계를 이해하려는 개인적 시도를 사회적으로 확대하려는 아래로부터 위로의 과정이라면 20세기 동아시아에서 서구 지식으로서의 '과학'은 국가 주도 하에서 전문가의 지도에 따라 교육되고 실현되어야 하는 위로부터 아래로의 과정이라는 성격이 강했다. 그 결과 격물을 통해 궁리를 체현하고자 했던 한 개인으로서의 동양 지식인들은 격치-과학의 과정에서 소외되기 시작했다. 문명의 선취자로 독보적 권력을 가진 것으로 보이던 서양에 대해서 뿐 아니라 지식의 형성과 체계화 과정에서 지식의 일방적 수용자, 습득자로 격하되었으며, 특히 조선인들은 제도화된 과학을 운용할 국가까지 상실함으로써 삼중의 소외를 겪게 된 것이다.

20세기 조선에서 대등해지기 위해서라도 서양을 따라야 한다는 조급한 각성이 광범위하게 유포되는 사이에, 지식의 생산자이자 이념의 담지자로서 당장은 아니라 하더라도 자신들의 지적 성취를 공적 차원의 효용으로 연결할 수 있음을 자부했던 이규경이나 최한기, 남병길 같은 지적 주체들은 역사의 뒤안길로 사라졌고, 그 대신 과학에 대한 개인적, 사회적 각성을 촉구하는 것을 근대화와 진보의 길이라고 믿는 이들이 지적 주도권을 잡게 된 것이다. 그 후 근대화 과정에서 과학이 점차 기술과 결합되자 과학의 언어를 체득한 과학자와 제도를 주도하는 상급 관료나 정치가 외에는 개입할 수 없는 영원한 소외가 발생하게 된 것이다. 그토록 격치학을 강조했음에도, 중국에서도 조선에서도 내세울 만한 '격치학자'가 나오지 않았던 것은 이러한 사정을 드러낸다고 할 수 있을 것이다.

7. 부채로서의 과학, 그리고 우리의 곤경

근대 초기 동아시아에서 국가와 민족을 견인해야 할 책무를 떠맡은 과학은 대중 계몽을 위한 선동용 구호 수준을 넘어 국가 차원에서 실천해야 할 제도적 실천의 성격을 띠게 되었다. 그러나 조선의 경우, 과학을 제도화하고 기술로 구현해야 할 국가가 더 이상 존재하지 않았다. 이런 상황에서 일제 강점기 지식인들은 국가와 민족을 폭압적 제국주의로부터 구제해야 한다는 과도한 긴장 속에서 과학을 실제 이상의 초과적 이미지 속에 담고 현재를 넘어선 미래의 가능성을 상상하게 된다.

근대 초기 수많은 잡지들이 '과학'에 관한 정보와 구호들을 쏟아냈다는 점이 이를 잘 보여준다. 그러나 그 기사들을 읽는 독자들이 실제로 서양 과학의 전모나 의미를 파악하기는 쉽지 않았을 것이다. 보다 전문적인 분과 지식을 전달하려는 시도[50]가 없었던 것은 아니지만 대부분의 기사들은 과학 분과의 이름과 핵심 개념들을 나열한 뒤, 과학이 국가 발전에 얼마나 중요한 것인지를 반복적으로 역설하는 선에 그친다. 사실 그 글을 쓴 어떤 이들도 과학자가 아니었고, 그 가운데 직접 눈으로 경험한 서양식 건물이나 기계가 아니라 서양 과학의 실체를 근본적 차원에서 이해할 수 있는 이들은 극소수였을 것이다.

신문과 잡지 기사 속에 나열된 분과의 이름들은 서양 과학에 대한 대중의

---

50 창간호인 1913년 4월호부터 과학을 중요 기사로 다루었을 뿐 아니라 1914년 9월에 과학 특집호를 낸 잡지 『신문계(新文界)』가 대표적일 것이다. 다케우치 로쿠노스케[竹内錄之助]라는 일본인이 한글로 발행했던 계몽적 성격의 대중 잡지 『신문계』의 과학 기사에 관해서는 조형래, 「두 "신문(新文)", 과학 개념의 정착과 암면(暗面)으로의 소행(溯行)—『신문계』를 중심으로」, 『민족문학사연구』 51호, 2013. 참조.

지식을 구체화시키고 세분화시켰다기보다는 조선을 움직였던 과거의 지식이 얼마나 제한되고 편협한가를 보여주는 왜곡된 거울 역할을 한 것에 가까웠을지도 모른다. 이러한 과정을 통해 과거에 자신을 완성하고 그 효과를 가족, 공동체, 국가, 천하로 확장하고자 했던 '격물치지'의 주체들이 '과학을 권하는 자'나 '과학을 학습하는 자'로 바뀌게 된 것이다.

전시대, 격물이나 격치가 세계를 이해하는 관문이었던 한, 동아시아 지식인들은 어떤 분과의 어떤 지식도 격물치지의 방법으로 돌파할 수 있으리라는 낭만적 기대를 유지할 수 있었다. 그러나 계몽과 동의어가 된 과학이 그 자리를 대체하자 주체적 의지로 격물궁리를 실천하던 지식인은 영원히 회복될 수 없는 과거 폐기처분된 유물로 주변부로 밀려나게 되었다. 게다가 서양에서 오랜 역사적 과정을 거쳐 결합된 과학과 기술을 처음부터 연속된 형태로 받아들임으로써 학문으로서의 과학이 아니라 기술에 빠르게 경도되어 갔던 동아시아 지식인들의 곤경은 현재 우리가 처한 여러 정황들의 뿌리와 결절들을 확인시켜 준다. 과학 뿐 아니라 경제적 실효를 기준으로 제도화되고 국가주의화된 학문 시스템이 학문을 통해 삶을 전환하려는 개인을 소외시키며, 더 나아가 과학에 대한 영원한 부채 의식을 바탕으로 과거를 통해 현재를 반성하려는 노력을 비효율로 폄하하는 우리 시대 역시, 같은 문맥에서 일종의 반성을 요구하는 우리 자신의 곤경인 것이다.

참고문헌

자료

「大學」,「中庸」

『順菴先生文集』, 『四庫全書』, 『五洲衍文長箋散稿』, 『天學初函』, 아세아문화사, 1976.

『대한협회회보』, 『한성순보』, 『태극학보』

논저

김경혜, 「근대 중국의 서양 교육제도 소개」, 『中國史硏究』 第75輯, 중국사학회, 2011.

구진희, 「한말 근대개혁의 추진과 '格物致知' 인식의 변화」, 『역사교육』 114, 2010.

김미경, 「육영공원의 운영방식과 학원의 학습실태」, 『한국교육사학』 21집, 1999.

박정심, 「근대 '格物致知學[science]'에 대한 유학적 성찰」, 『한국철학논집』 43집, 2014.

안대옥, 「격물궁리에서 과학으로 – 만명 서학수용 이후 과학 개념의 변천」, 『유교문화연구』
        19집, 2011.

임종태, 「이방의 과학과 고전적 전통」, 『동양철학』 22집, 2004.

정낙찬·김홍화, 「중국 근대 사범교육제도의 형성」, 『비교교육연구』 제17권 제2호, 2007.

한성구, 「중국 근현대 "과학"에 대한 인식과 사상 변화」, 『중국인문과학』 31, 2005.

______, 「중국 근대 "격치학(格致學)"의 변천과 중서 격치학(格致學)비교」, 『한국철학논
        집』 Vol.18, 2006.

樊洪業, 「從"格致"到"科學"」, 『自然辯證法通訊』, 總第55, 1988.

徐光台, 「从"格致"到"科学" – 晚清学术体系的过渡与别择(1895~1905年)」, 『學術硏究』
        第12期, 2009.

______, 「熊明遇與幼年方以智 – 從『則草』相關文獻談起」, 『漢學硏究』 제28집 제3기, 2010.

孙琢, 「近代医学术语的创立 – 以合信及其『医学英华字释』为中心」, 『自然科学史研究』 第
        29卷 第4期, 2010.

王果明, 「从"格致学"到"科学" – 近代中国对于"科学"认识的深化」, 『中州学刊』 第2期, 1991.

朱发建, 「清末国人科学观的演化 – 从"格致"到"科学"的词义考辨」, 『湖南师范大学学报』 第
        4期, 2003.

근대 일본의 신체와 정치

스펜서의 '유기체' 개념 수용 연구

김태진

1. 'organism'과 '有機'

근대 동아시아를 연구함에 있어 우리는 서구의 개념어들을 번역한 말들을 주로 다룰 수밖에 없다. 동아시아의 근대를 흔히 '번역된 근대(translated modernity)'라고 부르는 것에서도 알 수 있듯이, 개념 자체가 부재한 상황에서 개념어들의 수입과정이 필요했다. 그런데 우리는 이때 서구의 '개념어'와 그 '번역어' 둘을 동일하다고 생각하기 쉽다. 가령 'organism'과 '유기체(有機體)'라는 말은 동일한 '의미'를 가지며, 동일한 '쓰임'을 가진다고 생각한다. 적어도 초기에는 그 개념의 본질에 대한 이해가 부족했기 때문에 불일치가 일어났을지 몰라도 시간이 지나면서 이러한 차이는 근본적으로 줄어들거나 없어지며, 이 두 개념 간에 완벽한 동일성이 추구되는 과정이라고 생각하는 것이다. 그래서 우리는 '유기체'라는 말이 쓰인 곳에서 이를 'organism'이라고 읽어내며, 그 뜻을 서구식의 개념과 등치시킨다. 물론 번역이란 이를 의식하고 쓴 텍스트이기 때문에 어떤 면에서 타당하다고 할 수 있을지 모른다. 그러나 이 둘이 항상 같은 개념과 내용을 공유하고 있다는 보장은 어디에도 없다.

번역이론에서 같은 경험을 전달할 표현이 존재할 수 없다는 번역의 불가능성(impossibility)과 복수의 번역문 중 어떤 번역이 원문과 같은지 결정할 근거가 없다는 번역의 불확정성(indeterminacy)이 이야기되듯이, 번역에서 '등가성'이란 무엇인가라는 문제는 재고해 볼 필요가 있다. 우리는 쉽게 번역을 통해 원어와 번역어 사이에 등가관계가 있다고 가정하지만, 실은 무엇이 같은 것인가는 사후적으로 결정될 수밖에 없다. 번역은 같은 것이 먼저 있고 나서 교환행위가 있는 것이 아니라, 교환행위 그 '자체'에서 같은 것이 생기는 것이다. 그렇다면 번역이란 같은 뜻의 일대일의 번역어들이 미리 존재하고 그들을 이어주는 작업이 아니다. 오히려 이들에 앞서 번역 '행위'가 존재하고, 이 둘을 사후적으로 같은 가치(의미)를 갖는 것으로 간주함으로써만 번역(교환)은 성립하게 된다. 따라서 "등가라서 교환되는 것이 아니라 기본적으로 교환된 것이 등가가 된다."[1] 이처럼 번역은 다른 언어와 자국의 언어 사이의 가교의 역할을 하지만 이 다리는 언제나 불완전하기 마련이다. 저쪽(원어)과 이쪽(번역어)이 있고 다리(번역과정)가 존재하는 것이 아니라 다리가 있음으로 해서 저쪽과 이쪽이 존재하는 것이다.

그렇게 보자면 번역의 문제는 원본과 복사본의 문제로 치환될 수 없다. 복사본이 얼마나 원본을 잘 베꼈느냐의 문제로 번역이 파악될 때 그것은 기껏

---

1   與那覇潤, 『翻譯の政治學―近代東アジア世界の形成と日琉關係の変容』, 岩波書店, 2009, 3~4쪽.

해야 당시 그들이 어떤 개념이나 문헌에 대한 지식을 갖고 있었다는 식으로, 혹은 잘못되었다면 오역 내지 지식의 부족의 결과로 그들이 잘못 이해하고 있었다는 불만족스러운 그러나 성급한 결론만을 줄 수 있을 뿐이다. 이처럼 번역 과정에서 한계에만 주목하는 결론은 한 언어 맥락에서 다른 맥락으로 의미를 전달하고, 재구성하는 구체적 문제를 무시하게 된다.[2]

따라서 번역의 기저에 숨어 있는 논리구조의 차이를 살펴볼 필요가 있다. 'organism'을 '유기체'로 번역했을 때 이 유기체라는 개념을 통해 어떤 생각을 받아들였고, 어떤 생각은 받아들이지 못했는가라는 문제다. 이는 신체를 어떤 식으로 사유했는가, 좀 더 크게 보자면 생명을 어떤 식으로 사유했느냐는 보다 근원적인 논리구조의 차이를 통해 그들의 정치사상적 특이성을 보여주는 것이기도 하다.

organism에서 organ이라는 말은 14세기 영어에 편입되었으며 처음에는 악기를 가리키는 것으로, 이후 피아노류의 악기를 가리키는 말이었다. 그런데 이 어원은 고대 희랍의 órganon에서 온 것이었다. 이 말은 공구(instrument), 기계(implement), 도구(tool) 등을 의미하는 말로 여기에서 두 가지 파생적인 의미, 첫째는 추상적인 기구(instrument)를 의미하는 말과, 악기라는 말로 파생되어 사용되었다. 15세기 초에 들어서면서 현재와 같이 organ이 신체 일부분에 해당하는 기관 등으로 사용되는 예가 등장한다. 그리고 이러한 용법과 관련하여 organism이라는 단어가 17세기에 새로 등장한다. 즉 organize라는 동사와 관련되어 조직(organization)이나 사회 시스템(social system)을 의미하는 말로 쓰이기 시작한 것이다. 그리고 이것이 19세기 들어서는 동물이나 식물에서도

---

2   Douglas Howland, *Translating the West : Language and Political Reason in Nineteenth-Century Japan*, University of Hawaii Press, 2002, p.6.

사용된다. 이렇게 해서 organism이란 말은 기관으로 구성된 생물 혹은 이처럼 살아있는 것으로서 구조나 기능을 갖는 조직을 유비하는 말로 쓰이기 시작했다.

이러한 의미의 organism이 일본에서 '유기체'라는 말로 번역되기 시작한 것은 에도 후기 난학자들에 의해서였다. 네덜란드어로 '유기적'이라는 뜻의 be-werk'tuigd는 말과 '기관'이라는 뜻의 orga'nisch을 번역한 데서 비롯된 것이었다. 처음에는 『식학계원(植學啓原)』(1834)에서 보이듯 기성체(機性體), 무기성체(無機性體)와 같은 말로 번역했으나, 이후 유기체, 무기체로 정착하게 되었다. 유기체, 무기체라는 말은 『氣海觀瀾廣義』(1851~1856)에도 보이며, 일본 최초의 병리학서인 오가타 고안[緒方洪庵]의 『病學通論』(1849)에도 실려 있다.[3] 이후 organism의 번역어로서 유기체가 등장하는 『和譯字彙』(1891)의 예를 보아도 메이지 중기에 들어서면 이 번역어는 정착되었던 것으로 보인다.[4]

그런데 앞서 언급했듯이, '유기(有機)'라는 말 자체로 생명의 특성을 파악하고 이로써 사회적인 것을 유추할 때 이것이 어떤 이미지를 낳는가는 서구의 의미망과는 다를 수 있다. 주지하듯이 유기체론은 서양에서도 그렇고, 근대 동아시아에서 하나의 담론이 아니었다. 우선 독일식의 국가유기체론, 즉 블룬칠리(Bluntschli)-슈타인(Stein)-헤켈(Haeckel)의 논의를 받아들인 국권론쪽 지형이 있다. 이는 주지하듯 머리를 정점으로 하는 위계적이고 수직적인 유기

---

3 杉本つとむ, 『語源海』, 東京書籍, 2005, 620쪽.
4 '유기(有機)'라는 말 자체는 전통적 용법에서는 쓰이지 않는 말로 어떻게 해서 '기(機)'자가 선택되었는지는 확실하지 않다. 추측해볼 수 있는 것으로 장자 「至樂」편에 '萬物皆出於機, 皆入於機(만물은 모두 기(機)'에서 생겨나서 기로 되돌아가는 것이다)라는 말이 나오는데 여기서 기(機)는 만물변화의 원인, 근원으로 파악한다. 장자 「天地」편에서는 '有機械者 必有機事 有機事者 必有機心 機心存於胸中 則純白不備.'(기계가 있으면 기계의 일이 있고 기계의 일이 있으면 기계의 마음이 있다. 가슴에 기계의 마음이 있으면 순백은 사라진다)라는 말에서 기(機)를 기계(器械)의 의미로 사용한다.

적 결합체임을 강조한다. 반면 민권론에서 주로 원용했던 것은 영국의 스펜서 (Herbert Spencer, 1820~1903)의 'Social Organism(사회유기체)' 논의였다. 이는 앞으로 살펴보는 것처럼 전혀 다른 형태의 유기체였다. 스펜서의 유기체론이 보여주듯이, 유기체론이 꼭 권위주의나 전체주의 담론과 결합해야 할 필연성 은 없다. 오히려 유기체론은 정치체를 신체에 은유하는 나름의 오랜 전통 속 에 있다는 점에서 독자적으로 자리매김 되어야 할 필요가 있다. 그리고 이를 뒷받침하고 있는 신체관 좀 더 넓게는 생명관을 통해서 파악되어야 한다.

그런 점에서 유기체설 혹은 신체를 통해 국가를 이해하는 방식은 의학사 와는 동떨어진 것으로 이해될 수 없다.[5] 종종 유기체론은 시대에 뒤떨어진 유물이라거나, 어울리지 않은 옷을 입고 다시 나타난 사상적 잔해로 이해된 다. 그러나 신체를 통해 정치를 사유하는 이러한 담론은 의학사 내지 과학사 와 동떨어져서 존재하지 않으며, 신체에 대한 이해보다 조금은 늦게 혹은 빨 리 나타나며, 의학과 정치학이라는 전혀 상관없는 분과학문 사이를 매개하 는 고리로 존재한다. 특히나 18세기와 19세기 사회를 유기체로 파악하는 방 식은 단순히 유비나 수사학적 차원으로 그치는 것이 아니었다. 18세기 이후 의 유기체론에서 생물학적 논의와 사회학적 논의는 구별될 수 없는 것이자, 사회는 생물 그 자체로서 파악되지 않으면 안 되었던 것이다. 그런 차원에서 보자면 서양의 유기체론 역시 이를 정치적 이론의 관점뿐만이 아니라 생물 학과 관련되어서 생각할 필요가 있다. 콩트가 지적하듯이 자연철학의 중심 적 시좌가 천문학으로부터 생물학으로 이동한 시기였다. 따라서 정치학을 생물학을 준거로 해서 이루어진 당시 시기의 전체적인 학지(學知)의 지형에 대해서 알 필요가 있다. 그렇다고 한다면 이 시기의 사회진화론이나 정치학

---

5   Bernard I. Cohen, *Interactions : some contacts between the natural sciences and the social sciences*, Cambridge, MIT Press, 1994, pp. 14~15.

에서의 신체에 대한 비유는 단순히 수사학적 차원에서 그치는 것이 아니라 지금과는 다른 방식으로 생물학과 정치학, 생물학과 언어학 등의 관계에서 생물학이 활용되는 시기였다.

따라서 일본에서의 신체 혹은 생명에 대한 관점 역시 유기체론을 어떻게 받아들였는가를 이해하는데 중요한 준거가 될 것이다. 기존의 논의들이 스펜서의 수용 과정에서 당시 일본이 처해있는 역사적 맥락에 초점을 맞추고 있다면, 여기서는 보다 텍스트 내적인 접근, 즉 그들의 신체관 혹은 생명관의 차이에 주목하고자 한다.

2. 유기체로서의 사회 – 주권은 어디에 있는가

스펜서의 사회유기체론은 근대 일본에서 사회를 신체에 비유해 사유한 담론의 본격적인 시작이라 보아야 할 것이다.[6] 스펜서는 민권론자들의 주요한 이데올로기가 된 『사회정학(*Social Statics*)』(1851)의 번역서 『사회평권론』(1884) 등 저작들을 통해 '사회'라는 말을 유행시킨 장본인이기도 했다. 주지하듯 스펜서는 사회를 '유기체(organism)'로 파악한다. 화학 등의 용어에서만 쓰이던 유기라는 개념이 1870년대 들어 요한 카스파 블룬츨리(Johann Kasper Bluntschli)나 스펜서의 organism 개념을 소개하면서 정치체를 설명하는 방식으로 사용되기 시작한다.

---

6   Howland(2002), pp. 171~182.

당시 영미권에서 스펜서의 영향력은 당대 사상가 중 최고라 할 수 있었다. 이는 일본 역시 예외가 아니었는데, 메이지 헌법 발표 전까지 총 21종의 스펜서 저작이 번역되어 간행되었다. 이는 같은 시기 제러미 벤담(Jeremy Bentham)의 번역본 9종, 존 스튜어트 밀(John Stuart Mill)의 번역본 12종을 훨씬 능가하는 수치였다. 그뿐만 아니라 스펜서의 저작은 도쿄대학, 게이오 의숙을 비롯해 여러 학교에서 교과서로 광범하게 사용되었으며, 일본 지식인들과 정치가들이 앞 다투어 스펜서에게 찾아가 의견을 얻기도 했을 만큼 직접적인 영향력을 가지고 있었다.[7]

그런데 스펜서의 논의는 자유민권론자의 논리적 기반이었던 것과 동시에 정반대로서 메이지 정부가 의존한 것이기도 했다. 시미즈 이쿠타로[清水幾太郎]가 평가한 '스펜서의 두 개의 혼'이라는 말이 잘 보여주듯이 근대 일본에서 스펜서 수용은 이중적 성격을 띠고 있었다. 이는 스펜서의 논의 속에 자연법의 사상과 낭만주의적 유기체설이 혼재되어 있어서, 상용하기 어려운 두 개의 혼이 메이지 시기 격렬히 대립한 민권론과 국권론 양 진영에 수용되었다는 주장이다. 이처럼 두 개의 혼설은 스펜서의 논의를 '개인적 자유주의'와 '유기체설 전체주의'가 극명하게 나뉘어 전자가 전기에 후자가 후기에 받아들여졌다는 식의 논의로 진행되었다.[8] 그러나 스펜서의 이중적 성격에 대해서는 일본에서뿐만이 아니라 출판 당시 유럽에서도 논쟁적이었다. 그의 자유주의적 개인주의와 유기체 이론은 서로 같이 할 수 없는 모순된 주장들을 하나로 합쳐놓은 것이라는 비판이 그렇다.[9]

---

7 山下重一, 『スペンサーと日本近代』, 御茶の水書房, 1983, 5~6쪽.
8 이른바 '두 개의 혼'설에 대해서는 山下重一(1983), 7~10쪽. 그러나 야마시타의 논의를 포함 최근 연구에서는 이러한 '두 개의 혼'설이 극복되어 민권론 안에 스펜서의 양 측면이 혼재되어 있음을 지적한다.

하지만 이러한 구분은 너무 편의적이고 도식적인 것처럼 보인다. 스펜서의 적자생존이라는 진화론적 철학체계가 그의 유기체설과 결합해 보수적 이데올로기로 쓰일 수 있다는 점은 인정한다고 해도 스펜서의 유기체론이 필연적으로 보수적 이데올로기, 가령 권위주의나 전체주의와 결합할 필요도 없을 뿐 아니라, 이렇게 보자면 그의 사상에 일관되게 흐르고 있는 자유주의적 정치철학과 모순된다. 또한 유기체라는 사유를 통해 근대 일본의 지식인들이 어떤 점을 더 부각시켜 받아들이고, 무엇을 받아들이지 못했나를 바라보아야 한다는 점에서도 재고의 여지가 있다.

우선 근대 일본에서 스펜서의 논의를 받아들인 사상가 중에 바바 다쓰이(馬場辰猪, 1850~1888)를 들 수 있다. 바바는 1882년 『자유신문(自由新聞)』에 연재한 미완성작인 『본론(本論)』(1882)에서 사회를 유기체로 비유하고 있다. 그는 천하 사물의 성질을 따지고 들어가면 두 종류, 이른바 유기체와 무기체라고 말하며, 사회란 유기체에 가까운가 무기체에 가까운가 어떤 종류에 속하는지를 결정하기 어렵다는 것을 전제로 이야기를 시작한다. 사회는 생장 발달함을 쉬지 않는데, 이는 변화하지 않는 무기체와 대립한다. 그런데 바바는 이 유기체를 가지고 사회를 조직하는 이유에 관해서 설명한다.

신체에서 사상감각(思想感覺)을 하는 것은 전적으로 뇌수의 집합이라 하더라도 사회는 결코 이와 같을 수 없다. 왜냐하면 어리석은 자 역시 감각할 수 있

---

9   이에 대해서는 Vergata, "Antonello La, Hebert Specer : Biology, Sociology, and Cosmic Evolution, Sabine Massen, Everett Mendelsohn and Peter Weingart"(eds.), *Biology as Society, Society as Biology : Metaphors* (Dordrecht : Kluwer Academic Publishers, 1995), pp. 197~198; Tim S. Gray, The Political Philosophy of Herbert Spencer : individualism and organicism(Aldershot; Avebury, 1996), pp. 1~14.

기 때문이다. 즉 이를 다른 말로 하자면 일신(一身)의 사상감각은 오직 신체 중 하나의 국부인 뇌수에만 있지만, 사회에서는 사상감각이 전적으로 사회 사이에 분포하고 있다. (…중략…) 원래 우리들이 사회를 조직하는 것은 사회를 위해서 인류가 있는 것이 아니라 필경 인류가 그 천부의 자유를 향유하고자 사회를 조직한다. 이로써 보자면 그 상등동물의 신체에서 목적은 사상감각이 하나의 국부에 있다. 그러나 사회의 목적은 이와 달리 원소나 인류에 있다. 우리당이 전문(前文)에서 우리들의 천부한 자유를 향유하고자 하는 사회를 조직하지 않을 수 없다고 말하는 까닭이다. (206쪽)

사상감각을 하는 것은 전적으로 '뇌수'의 집합이라 할 수 있지만 사회라는 유기체에서는 그렇지 않다는 것이다. 사회로서 유기체는 감각이 하나의 국부에 모이는 것이 아니라 온몸에 분포하고 있기 때문에, 모두 천부의 자유를 갖는다고 말한다. 이때 스펜서의 유기체는 개인의 민권을 강조하는 입장에서 인용되고 있다.

이는 스펜서의 「사회유기체설(Social Organism)」(1860)을 번역한 이들의 관심에서도 볼 수 있다. 스펜서의 이 논문은 일본에서 1882년 야마구치 마츠고로[山口松五郞]에 의해 『사회조직론(社会組織論)』으로 번역되었다. 『사회조직론』 초판의 서문은 다음과 같다.

옛날 사람들은 심(心)이 어디에 있는지 알지 못해 혹자는 복부(腹部)에 있다고 하고, 또 혹자는 두부(頭部)에 있다고 해서 끝내 의견을 통일할 수 없었다. 이는 인신(人身)의 생리(生理)가 아직 밝혀지지 않았기 때문이다. 최근에 이르러서야 궁리(窮理)가 정교해져 사람들 모두 이를 알 수 있게 되니 인간에게 공이 가히 크다고 하겠다. 요즈음 민간에서 주권을 말하며 혹자는 국회에 있다고 하고, 또 혹자는 군주에 있다고 하고, 또 혹자는 양자의 사이에 있다고 하니 의견이 일정하지 않다. 이 또한 사회의 생리가 아직 밝혀지지 않았기 때문이다. 이 책은 사회의 생리를 심해(深解)해, 즉 주권이 있는 곳 역시 이로 말미암아 명확해지니 세상에 이로움이 참으로 적지 않다. 독자 여러분이 이를 살펴 알 수 있을 것이다.(1~2쪽)

여기서 역자는 정신을 의미하는 것으로 보이는 심(心)이 어디에 있는지 옛 사람들은 알지 못했음을 지적한다. 이처럼 정신이 배에 있다거나 머리에 있다거나 의견이 통일되지 않은 것은 '인체[人身]의 생리'가 밝혀지지 않아서 그러한 것처럼, 주권이 어디에 있는지 의견이 통일되지 않은 것은 아직 '사회의 생리'가 밝혀지지 않았기 때문이라 말한다. 따라서 주권이 국회에 있는지 혹은 군주에게 있는지 그것도 아니면 이 양자 사이에 있는 것인지 밝히기 위해서 사회의 생리를 이해해야 한다는 것이다. 인체의 생리를 통해 사회의 생리를 밝힐 수 있다는 논리, 이 둘이 사실 동일한 것이라는 논리가 깔려있다. 이는 다음해 발행된 재판 서문에서도 나타난다. 초판이 발행된 지 1년 만에 재판을 발행하게 된 과정을 밝히며 다음과 같이 말한다.

국가를 가지고 인신(人身)에 비유해 그 이해와 화복[休戚]을 논하는 것은 학자의 상습(常習)이니 이 어찌 우연이겠는가. 반드시 양자 사이에 유사점이 있기 때문이다. 그럼에도 국가와 인신을 비교해 그 유사점을 논하는 책은 옛날부터 드물게 보이는 바로 대개 부회(附會)의 망설(妄說)일 뿐이다. 따라서 이를 상세히 할 수 없음이 내가 항상 유감스럽게 생각하는 바였다. 지난해 초여름 영국의 홍유(鴻儒) 허버트 스펜서씨의 저서 Illustrations of Universal Progress를 읽고 Social Organism이라는 제목의 사회와 인신과의 유사점을 논한 글 한 편을 얻었는데 그 논리의 정확함이 나의 결망(缺望)을 만족시키기에 충분했다.(1~2쪽)

국가를 신체에 비유하는 것은 전통적인 동양의 고전들에서도 자주 등장하는 논리였기 때문에 새로운 논리는 아니었을 것이다. 그러나 이 둘 사이의 유사점을 논함이 대개 부회에 빠져 오류를 면하기 쉽지 않아 항상 아쉬운 생각이 들었는데 스펜서의 이 글을 읽고 논리의 정확함에 감탄했다는 것이다. 그렇다면 당시 민권파들은 어떤 점에서 스펜서의 유기체론에 매료되었던 것일까.

3. 유기체란 무엇인가 – *The Social Organism* 과 『사회조직론』

스펜서는 처녀작인 『사회정학(*Social Statics*)』에서 이미 유기체에 관한 맹아적 발상을 보인다. 생물의 진화는 그 기능의 개별화(individuation)와 상호의존(mutual dependence)의 종합이라고 주장해, 인간 사회의 진보 역시 이러한 분리성과 통합성을 향해 나아가는 사회유기체의 법칙을 따른다고 말한다. 이는 다윈(Charles Robert Darwin)의 『종의 기원』(1859)이 발표되기 전에 이미 진화론적 법칙에 따르는 나름의 보편적 법률을 제시한 것이었다.[10] 그는 『사회정학』 이후 10년 가까운 세월에 걸친 사색을 통해 사회유기체를 그의 철학체계의 중심으로 삼게 된다. 그것이 「사회유기체설(The Social Organism)」이라는 논문이 었다. 『사회정학』의 말미에서도 단일구조로부터 복합구조로의 진화를 설명 하며, 이러한 진화가 개인유기체와 사회유기체가 동일하다라는 인식이 보이 지만, 그의 특유의 사회유기체설이 처음으로 상세히 서술된 논문은 「사회유 기체설」이었다.[11] 스펜서는 『자서전(An Autobiography)』에서 다음과 같이 기록 하고 있다.

> 사회유기체라는 개념이 진화론적이라는 것은 그 말 자체에서 이미 함의하 고 있는 바이다. 왜냐하면, 그 말은 제작(manufacture) 혹은 인공적인 배치 (artificial arrangement)와 같은 개념을 배제함과 동시에, 자연적인 발전 (natural development)을 함의하고 있기 때문이다. 이러한 개념은 『사회정 학』중에서 간단히 표현되었는데, 그 사이에 진보해 이제서야 조심스러운 형태 로 전개되었다. 여기서 주장하는 핵심적인 사실은 사회유기체가 개체유기체 와 본질적인 특징 면에서 같다는 사실이다. 그것은 성장한다는 것, 그리고 성 장하면서 더욱 복잡해진다는 것, 복잡해지면서 그 부분들은 더욱 많이 상호의 존적이 된다는 것, 그리고 생명은 그것을 구성하는 여러 단위의 생명보다 더 길다는 것이다. 사회유기체와 개체유기체 둘 다 이질성(heterogeneity)의 증 가에 따라 통합(integration) 역시 증가한다.(55~56쪽)

여기서 유기체로서 사회는 성장하는 것이지 만들어지는 것이 아니라는 점 이 강조되고 있다. 스펜서에게 사회와 개체라는 유기체의 본질적 공통점은 성

---

10 鈴木貞美, 『生命觀の探究—重層する危機のなかで』, 作品社, 2007, 115쪽.
11 山下重一, 「ハーバート・スペンサーの社會有機体説」, 『國學院法學』 第46券 第4号, 2009, 137~144쪽.

장한다는 점, 성장하면서 복잡해진다는 점, 복잡해지면서 부분들이 더 많이 상호의존적이 된다는 점이다. 여기서 스펜서가 집합적 신체로서 정치체를 설명하는 사상의 역사 속에서 그의 유기체론을 정립하고 있음을 알 수 있다. 그는 정치체(body politic)를 문자 그대로 사용, 국가를 '하나의 살아있는 유기체(a living organism)'로서 유비해 정치체를 말한다. 번역문에서도 이를 '사회'라 번역하여 사회와 일반 유기체 사이의 유사성이 있음을 전달하고 있다.

> 사회와 일반 유기체 사이에 유사성이 존재한다는 설은 얼마간의 고인이 생각하던 바로, 고서에서 왕왕 보이는 바이다. 그러나 이 같은 설은 망상을 면할 수 없는 것으로 어찌 확실하다고 말할 수 있으랴. 당시 이 양자 사이의 존재하는 진실한 유사를 식별할 수 없었던 까닭은 아직 생리학이 미개했기 때문으로, 특히 최근 동학에 적용하는 개괄법 즉 만물로부터 일정의 이치를 검출하는 법을 알지 못했기 때문이다.(20~21쪽)

스펜서는 정치체(body politic)와 살아있는 개인 신체(living individual body) 사이의 유비(analogy)가 계속해서 반복되어 왔음을 지적한다. 그는 유기체로서 개체적 유기체(individual organism)와 사회 유기체(social organism)의 공통점을 발견한 사유들의 선구자로 플라톤과 홉스를 꼽고 있다. 그러나 스펜서는 플라톤과 홉스의 논의가 '구성상'으로는 사회와 인체의 유사성을 지적하지만 '연혁상'으로는 기계론에 바탕을 두고 있다고 비판한다. 이는 앞서 자서전에서도 밝혔듯이 사회를 인공적인 것으로 파악하는 것에 대한 스펜서의 반론이었다. 그러나 보다 큰 문제는 이러한 신체와 사회 사이의 유비가 그 동안 모호하고 다소 추상적으로 이해되어 왔는데 이는 생리학(physiological science)이 아직 발달하지 않았기 때문이라 그는 파악한다. 기계론적 정치체라는 관점에 대해 비판한 스펜서는 새로운 생리학의 발전에 따른 결과로 사회와 일반 유기체 사이의 유사성을 네 가지 제시한다. 즉 유기체는 생장한다는 점, 간단한 것에서 복잡한 것으로 변한다는 점, 각 부분의 활동은 다른 부분의 활동에 의지해 떨어질 수 없는 관계를 갖는다는 점, 부분에 변경이 있다 해도 전체에는 변화가 없다는 점이 개체와 사회유기체의 공통점이다.[12]

물론 유기체라고 해서 모두 같은 유기체가 아니며, 사회라고 해서 모두 같은 사회는 아니다. 원시사회는 하등동물과 마찬가지로 각 부분들이 서로 의존하지 못하고 고립한다. 따라서 이를 분할하거나 그 '요부(要部)'를 제거해도 해를 일으키지 않는다. 그러나 개명사회는 분할하거나 요부를 제거하면 고등동물이 그런 것처럼 반드시 다른 것에도 영향을 미쳐 분란을 일으키거나 파괴에 이르게 된다. 따라서 원시사회가 분리가능한 사회로서 그 수명은 오래 유지할 수 없는 반면 개명사회는 분리가 쉽지 않아 오래 유지될 수 있다.[13] 이처럼 고등동물과 개명사회의 공통점은 그것이 보다 분리 불가능하며 상호연관적이라는 의미에서 더욱 유기적이라 파악된다. 여기서 보듯 스펜서에게 유기적 생명이라는 의미는 각 부분이 서로 긴밀한 의존관계에 놓여있다는 점이며 이는 사회 역시 마찬가지다.

그런데 스펜서는 사회로서의 유기체와 개체로서의 유기체 사이의 차이점 역시 밝히고 있다. 첫째, 사회는 특정한 외형적 형태는 갖지 않는다. 둘째, 개체유기체를 구성하는 조직은 영속적인 일체를 이루고 있지만, 사회의 제요소는 일체를 이루지 않고 지표 혹은 부분에 산재하고 있다. 셋째, 개체유기

---

12 Herbert Spencer(波・斯辺鎖), 山口松五郎 譯, 『社會組織論』, 加藤正七, 1883, 32~34쪽.
13 위의 책, 36~38쪽.

체의 여러 단위는 많은 경우에 일정의 장소를 점하고 있지만, 사회유기체의 여러 단위는 장소를 이동하는 것이 가능하다. 넷째, 동물체에서는 특수한 조직만이 감정을 부여받았음에 반해, 사회유기체에서는 전 구성원이 감정을 부여받았다. 이때 스펜서에게 가장 중요한 것은 사회는 감각을 갖는 세포로서 구성되어 있다는 네 번째 차이이다. 그는 생물에서는 감각을 갖는 세포와 그렇지 않은 세포로 나뉘지만, 사회에서는 모두가 감각을 갖는다고 말한다. 생물은 '신경(nervous system)'을 통해 부분의 쾌락이 전체의 쾌락과 연결된다. 하지만 사회유기체는 일반 유기체와 다르다.

그러나 이에 관해 사회와 일반 유기체 사이에 자못 반대되는 바가 있음을 볼 수 있다. 일반 유기체는 각 세포가 상쾌한지 아니한지가 신경의 상쾌 여부와 관련되어 신경이 상쾌하면 각 세포가 모두 상쾌함을 느끼고 신경이 상쾌하지 않다면 각부 모두 불쾌를 느낀다. 반면 사회는 세포 모두 감각력을 갖고 있어서 전체에서 이를 갖지 않기 때문에 각 세포의 고락이 전체의 고락에 관계함이 극히 적다. 고로 일반 유기체에서는 전체의 명맥은 주로 각 세포의 수명을 따른다. 사회에서 각 세포의 수명은 주로 전체의 수명을 따른다. 사회가 일반 유기체와 닮지 않은 한 가지로 항상 우리의 주의함을 요하는 것이다. 정부를 건설하는 목적은 인민을 보호하는 것으로 정부가 쓸데없이 사회의 공익이라는 이름으로 인민의 행복을 희생시키는 것은 이성이 용인하지 않는 바는 이 이치에 기초하는 것이다.(49~50쪽)

여기서 감각기관이 사회 전체에 퍼져있다는 것의 의미에 대해서 주의를 기울일 필요가 있다. 일반 유기체에서 감각이 '독점화(monopolize)'되어 있어

모든 부분의 복지가 '신경 시스템(nervous system)'에 종속되기 때문에 부분은
전체에 통합될 수밖에 없다. 반면 사회의 구성원은 개인의 의식을 잃지 않았
기 때문에 사회 전체는 통일적 의식을 갖지 않는다. 이처럼 인민의 행복이 사
회의 공익이라는 이름으로 희생될 수 없는 것은 사회라는 유기체의 특성이
일반 유기체와 달리 각 세포가 모두 감각을 갖고 있기 때문이다. 인간의 신체
중에서 감각을 할 수 있는 부분이 단지 머리에 집중된 것이 아니라 온몸의 세
포 모두가 감각을 할 수 있다는 발상 속에서 '사회적인 것'의 특징으로서 개
체 중심적, 자율적인 상이 그려지고 있다.

4. 의회와 두뇌의 유비

스펜서의 『사회유기체론』에서 사회와 생물 사이의 유사성은 국회와 두뇌
의 기능간의 비교로까지 나아간다.

고등동물을 특징짓는 가장 발달한 신경절(ganglia)은 시스템의 각 부분으
로부터 전송된 다양한 감각들을 해석하고 종합하여 부분들을 적절하게 다루
어 행동을 조절하는 것이 본성(nature)이다. 마찬가지로 가장 발달한 사회를
특징짓는 가장 발달한 입법체는 모든 계급과 지방들의 바람들을 해석하고 종
합하여, 이를 일반적인 바람과 조화시켜 법을 만드는 것이 본성이다. 우리는
두뇌(brain)의 역할을 육체적, 지적, 도덕적 생활의 이익을 평균화(averaging)

하는 것이라 말할 수 있다. 좋은 두뇌란 각 부분의 이익에 맞는 욕구들이 균형을 이루고, 각각의 이익이 지시하는 행위가 부분 중 어느 누구도 희생시키지 않는 것이다. 마찬가지로 의회의 역할 역시 공동체 내의 다양한 계급의 이익을 평균화하는 것이다. 좋은 의회란 각각의 이익에 답하는 정당들이 균형을 이루고, 그들의 입법이 각 계급으로 하여금 나머지의 주장과 가능한 일치 하도록 하는 기관이다. (302~303쪽)

『사회조직론』에서는 이 머리와 의회의 비유에 대해 다음과 같이 번역한다.

대뇌는 천서만단(天緒萬端)의 사고가 나오는 곳으로 그 생각은 모두 인신전체의 이해 득실에 관계해 참으로 신경에서 추요(樞要)의 지위를 점유하게 된다. 고로 우리는 그 직무로서 지(智), 인(仁), 용(勇) 기타 제덕의 이해를 균일하게 해 피차 경중이 없도록 용무를 이루는 것이라 해석할 수 있다. 고로 대뇌가 건강하다면 사람의 행위로서 지에 치우쳐 인을 잃고, 혹은 용에 치우쳐 지를 잃는 일 없이 제덕을 겸용해 과실에 빠지지 않게 된다. 또 국회는 천서백단의 의논이 분기(紛起)하는 곳으로 그 논의는 실로 사회전체의 이해득실에 관계해 정부의 구조에서 추요의 지위를 점유하게 된다. 고로 우리는 그 직무로서 사농공상의 이해를 평등하게 해 피차 경중이 없게 용무를 이루는 것이라 해석할 수 있다. 고로 국회가 선미하다면 사(士)에 손해가 있어도 농부에게 이익이 되는 율령을 만들고 혹은 상인에게 이익이 있어도 장인에게 해가 있는 법률을 정함 없이 상호 양해 가능하면 이를 양해해 각자의 이해를 균일하게 해 공정무사한 법률을 제정하는 것이다. (106쪽)

대뇌와 의회는 직무상 유사한데, 둘 다 사고를 담당하는 기관으로 전체의 이해득실을 판단한다. 번역본에서 의회의 기능에 대해 추가적으로 상세하게 설명을 하는 점은 그들이 국회 개설의 정당성을 가지고 오기 위해 스펜서의 논의를 끌어오고 있음을 보여준다. 스펜서와 번역본에서 보이는 이러한 논리는 다양하게 분기하는 의견들을 종합하는 대뇌＝의회의 통일적 기능을 강조한다는 점에서 공통되는 것처럼 보인다.

그런데 이는 앞서 사회와 일반 유기체의 차이를 이야기하며 사상 감각을 하는 것이 뇌수뿐만이 아니라 각각의 개별 세포 차원에서 일어난다는 스펜서의 논의와 모순되는 것은 아닐까. 스펜서와 논쟁을 벌인 진화론자 토마스 헉슬리(Thomas Henry Huxley)는 이러한 스펜서의 내적 모순을 예리하게 지적하고 있다. 그는 스펜서의 철학 안에 국가의 기능을 부정적으로 생각하는 논리와 이 유기적 은유가 완전히 반대됨을 주장한다. 즉 스펜서가 「사회유기체론」에서 뇌가 개인의 생명, 신체, 지성, 도덕, 사회의 각각에서 이해관계를 조정하는 기능을 담당하는 것처럼 정부 역시 공동체 내의 다양한 계급의 이해관계를 조정하는 역할을 담당한다고 말하는 것은 각 개별 세포들의 자립적 역할을 강조하는 스펜서의 자유방임주의 철학과 상호모순이라는 것이다.[14]

그러나 헉슬리의 이러한 비판은 스펜서에 대한 오해에서 비롯된 것이다. 스펜서가 뇌를 강조할 때 이는 각 세포의 감각을 부정하는 것이 아니었다. 이것이 번역본에서는 대뇌의 지각을 오관(五官)의 신경과 구별해 '대지각(代知覺)'

---

14 헉슬리는 스펜서의 자유방임주의에 반대해 사회의 복지를 위한 정부기능, 특히 교육에 대한 국가의 개입을 주장한다. 여기서 헉슬리는 스펜서의 사회유기체와 생물유기체의 유추에 관한 주장을 비판, 생물학적 유추보다 화학적 유추를 주장한다. 이 논쟁은 *Fortnightly Review*에 헉슬리가 "Administrative Nihilism"이라는 논문을 실어 스펜서의 주장을 비판, 스펜서가 다음 호에 "Specialized Administration"이라는 글을 실어 반박하고 있다. 山下重一(2009), 152~167쪽.

으로서 설명된다.

대뇌는 외물로부터 직접 감동을 받는 것이 아니다. 오직 간접적으로 이를 받을 뿐인데 이는 이미 성리학(性理學)상에서 보통의 진리이다. 고로 대뇌의 지각을 오관신경절(五官神經節)의 지각과 구별하기 위해 이를 대지각(代知覺)이라 부르도록 하자. 그러면 우리 영국의 하원의 직무를 판연하기 위해서 하원을 대의원(代議院)이라 칭하는 것은 참으로 깊은 뜻을 포함하고 있다 말할 수 있다. 왜냐하면, 하원에서 상의(相議)하는 바 이해득실은 인민 스스로 출석해 이를 명언하는 것이 아니고, 오직 대의사(代議士)로서 이를 대언(代言)하게 하는 것으로, 국회가 대뇌와 유사한 점이 있기 때문이다. (108쪽)

오관이 신경을 가지고 직접 감각하지만 대뇌는 이러한 감각들의 '재현(representation)'을 받아 대리로 감각한다. 이는 정치에서 '대의체 / 대의기관(representative body)' 개념과 유사하다는 것이다. 국회의원들은 대리로 인민들이 바라는 바를 발언하는 존재다. 대뇌가 직접 감각하는 것이 아니라 대리해서 감각하는 기관인 것과 마찬가지로 국회 역시 인민들의 욕구를 대리해서 수행하는 존재다. 이처럼 대뇌는 신경이 직접 느끼는 것과 달리 간접적으로 느끼는 '대(代)-지각'으로서 정치에서는 국회의원들이 대신 말하는 재로서 '대(代)-의사'의 기능을 하는 것과 유사하다.[15]

이는 represent한다는 것이 무엇인가라는 보다 더 정치적인 맥락과 관련된다. 스펜서는 대리-지각하는 두뇌와 대리-의사하는 국회의 원리를 재현 /

15　Herbert Spencer(波·斯辺鎖), 山口松五郎 譯, 『社會組織論』, 加藤正七, 1883, 112쪽.

대표(representation) 개념을 설명하기 위해 신체를 가지고 온다. 그런데 스펜서에게 중요한 것은 국회가 단순히 일반 인민들을 '대신'해서 논의한다는 점에 있지 않다. 대표한다는 것은 그들의 의사를 대신 논의케 한다는 것 말고 직접적으로 그들의 욕망과 감각을 '재현'해 낸다는 의미에 가깝기 때문이다.[16] 따라서 스펜서의 논의를 국회의원에게 대신 정치를 맡긴다는 의미에서의 '대의' 민주주의를 강조한다는 의미로 읽기에는 스펜서의 논지와 다른 면이 있다. 왜냐하면 스펜서에게 대의 민주주의는 각 개인의 평등한 자유를 실현하는데 최선의 수단으로서만 의미 있기 때문이다.[17] 스펜서에게 가장 중요한 것은 '평등자유의 법칙'으로 사회는 단위로서 개인들의 행복이 유일한 목적으로서만 존재한다는 것이다. 그리고 이는 개인에 대한 최소한의 간섭만을 허용하는 자유방임적(laissez-faire) 유기체론이었다. 스펜서가 대의 민주주의를 이야기한 것은 국회라는 기관의 중요성을 강조한다기 보다, 오히려 대지각하는 머리와 마찬가지로, 대의하는 기관인 국회는 세포들 즉 인민들의 의지를 그대로 반영하는 존재라는 점에 있다.

이러한 사회유기체에 대한 논의는 그의 사회이론을 집대성한 『사회학원리(*Principle of Sociology*)』(1876)에서 이어진다. 그는 '군사형 사회(the militant type of society)'와 '산업형 사회(the industrial type of society)'를 구별하며 '평화로운 산업형 사회의 특징은 중앙권위가 비교적 약하고, 개개인의 사적 활동에 거의 전적으로 간섭하지 않고, 국가를 위해 개인이 존재하는 것이 아니라 개인을 위해 국가가 존재하는 것'임을 강조한다. 중앙집권화된 통제, 통일된 행동

---

16 대의 / 재현의 의미로서 representation에 대해서는 Hanna Fenichel Pitkin, *The concept of representation*, University of California Press, 1967, pp.8~9. 그는 대표 혹은 재현(representation)이란 이 단어의 어원학적 기원이 지목하듯이 재현 즉 다시 현존하게 만들기(re-presentation, a making present again)이라 말한다.

17 Gray(1996), p.105.

이 더욱 유기체에 가깝다고 생각한다면 스펜서에게도 군사형 사회가 산업형 사회보다 더욱 유기체에 가깝다고 생각할지도 모른다. 그러나 그의 사회유기체설은 사회를 가치적으로 개개인의 상위에 두는 '실체개념'이 아니라, 사회 내부에서 개개인의 자발적인 협동관계를 의미하는 '관계개념'이라 볼 수 있다. 그렇기 때문에 강제적 협동에 기초한 군사형 사회보다도 자발적 협동에 기초한 산업형 사회야말로 더욱 고도의 사회유기체라 할 수 있다.

스펜서에게 군사형 사회가 '두뇌'가 지배하던 시기라면 이는 아직 산업형 사회로 넘어가기 전의 단계로, 산업형 사회에서 두뇌는 점차 위축되어 흔적으로만 남는다. 두뇌와 대비해 그는 산업 체계를 자율적인 소화기관으로 유비한다. 동물의 진화는 신경계의 승리로 향하지만 사회 유기체의 진화는 소화기계의 승리로 향한다는 것이 그의 생각이었다.[18] 군사형 사회에서는 사회의 유지가 주요한 목적인 한편 각 성원의 보호는 이차적인 목적이라는 점에서 산업형 사회와 다르다. 이때 군사형 사회는 권위에 대한 복종이 최고의 덕이 되며, 주변의 적대적인 사회에 대처하기 위해 사회적 기구는 집권화되고 통제적 조직이 될 수밖에 없다. 따라서 여기서는 모든 부분이 완전히 종속되어 '강제적 협동(compulsory cooperation)' 상태에 들어갈 수밖에 없다. 이는 개체유기체에서도 외부적 조직이 주요한 신경중추에 완전히 종속되는 것과 마찬가지라고 스펜서는 말한다. 반면에 산업형 사회는 국민의 의지가 최고로, 지배자는 단순히 국민의 의지를 수행하기 위해서만 존재한다. 사회의 다양한 활동으로 행해지는 '자발적 협동(voluntary cooperation)'이 이뤄지며, 개체유기체에서 부양적 조직과 마찬가지로 통제장치로서가 아닌 대리적, 분권

---

18 벤저민 슈워츠, 최효선 역, 『부와 권력을 찾아서』, 한길사, 2006, 124쪽.

적 권력을 통해 구성된다. 물론 이러한 구분은 이념형으로서 이처럼 두 가지 사회로 확실히 구별하는 것은 곤란하지만, 사회진화에 따라 군사형의 우위로부터 산업형의 우위로 변화한다고 스펜서는 보았다.[19]

이러한 대비는 근대 일본의 사상가 도쿠토미 소호[德富蘇峰]에게 받아들여진다. 그는 『장래의 일본』(1886)에서 '무비주의'–'귀족사회'–'완력사회'와 '생산주의'–'평민사회'–'평화사회'의 대비 속에서 '군비주의'로부터 '생산주의'로의 역사적 진화를 설명한다. 그가 군비주의 사회에서 결합은 강박의 결합이고, 생산주의 사회에서 결합은 자유의 결합으로 구별하고, 무비기관이 발달한 사회가 불평등이 지배하는 귀족적 현상임에 비해 생산기관이 발달한 사회를 평화적, 평민적이라 할 때[20] 이는 정확히 스펜서의 구도를 가지고 온 것이었다.

앞서 보았듯 스펜서는 국가를 개인을 위한 '인위적' 기관으로 규정, 국가를 인민의 상호보호를 위한 그들의 자발적 단결의 결과물로 상정한다. 대리의 개념 속에서도 신체의 목적은 전체를 하나로 통일시키려는 의지보다 각각의 개체적 / 개인적 감각을 더욱 잘 실현시키기 위한 도구로서 '신경'이 위치한다. 이는 개체를 강조하면서도 중앙의 집권화를 부정하는 단계까지는 나아가지 않았던 스펜서의 고민의 결과였을지 모른다. 따라서 스펜서의 이른바 '이중의 혼'은 그의 유기체의 어떤 측면을 강조하느냐에 따라 개인주의적 혹은 국가주의적 모습의 스펜서를 읽어낼 수 있다.

그러나 이후 일본에서 스펜서의 유기체 개념은 그렇게 크게 영향을 주지 못했다. 이는 토쿠토미가 청일전쟁 이후로 급격하게 전향하는 사실이 잘 보

19　山下重一(2009), 167~177쪽.

20　德富蘇峰, 『將來之日本』, 『德富蘇峰集』, 筑摩書房, 1974, 56쪽.

여준다. 그는 『대일본팽창론』(1894)에서 일본의 국가생존을 위해 그리고 일본이 새롭게 점한 지위를 유지, 확장하기 위해 군비 확장을 금지해서는 안 되고, 무비기관의 확장과 함께 생산기관의 발달을 '병행병진'시켜야 한다고[21] 말한다. 이는 군사형 사회에서 산업형 사회로 넘어가지 못한 당시의 일본의 상황을 배경으로 한 발언이라 해석할 수 있지만, 스펜서의 유기체로서의 사회가 수평적이면서 각 개체들의 자율성을 보완하는 신경시스템의 강조를 통해 개체주의적, 자유주의적인 성격을 보인다고 할 때 이러한 논리가 일본에서 그대로 받아들여지지 못한 신체관의 불일치 역시 밑바탕에 깔려 있었던 것이라 볼 수 있다.[22]

5. 세포설과 정치사상—피르호의 세포 국가론

그런데 벤저민 슈워츠(Benjamin Schwartz)도 지적하듯 스펜서의 논리에는 이상한 점이 발견된다. 그는 사회 유기체와 생물 유기체 사이의 유비를 상세히 기술하고, 통합된 신경계, 신경중추, 그리고 두뇌 자체에 이르기까지 그것

---

21 德富蘇峰, 『大日本膨脹論』, 『德富蘇峰集』, 筑摩書房, 1974, 272쪽.
22 물론 스펜서가 메이지 정부의 인사들에게 보수적 충고를 했다는 점 역시 잘 알려진 사실이다. 스펜서는 가네코 겐타로金子堅太郎에게 보낸 서한에서 전제적 지배에 익숙한 일본에서 입헌 정치를 하는 것이 불가하고, 대표체는 주로 자문적인 기능을 하게 해서 의회의 기능을 불만을 진술하는 것에 제한해야 한다고 충고한다. 그러나 이는 사회유기체론에서 내재한 필연적 귀결이라기보다 스펜서의 점진주의적 시각에서 나온 것이라 하겠다. 스펜서의 사회유기체는 철저한 자유방임주의에 기초해 자발적 협동이 가능한 산업 사회의 성숙을 요하기 때문이다. 山下重一(1983), 195~218쪽.

들의 진화를 국가의 증대하는 통합으로 설명한다. 그가 제시한 생물학적 세계에서 두뇌의 끊임없는 발달과 통제력의 증강은 진화 과정의 거의 모든 목표가 된다. 이는 유기체 전체의 진화는 부분이 전체의 복지에 종속되는 정도를 점점 강화하는 방향으로 나아가는 것에서도 엿보인다. 결국, 이러한 유비가 도달할 수밖에 없는 지점은 국가의 역할이 부단히 증대되는 것과 사회의 모든 하위기관이 국가의 목표에 종속되는 것이다. 이것이 스펜서를 논하는 학자들이 공통적으로 지적했던 그의 자유주의 철학과 유기체 이론 사이의 모순이었다.

그런데 그는 여기서 돌연 개체 유기체와 사회 유기체 사이의 차이에 대해서 논하는 쪽으로 논점을 틀고 있다. 이러한 논리적 전환은 분명 이상한 면이 있다. 생물학의 발달을 통해 일반 유기체와 사회 유기체간의 공통점이 파악될 수 있음은 인정할 수 있다 해도, 일반 유기체와 사회 유기체의 차이가 어떻게 해서 정당화되는지는 설명하지 못하기 때문이다. 스펜서의 말대로 사회에는 따로 '감각중추'가 존재하지 않는다는 주장, 말하자면 사회 유기체는 생물 유기체와 유사한 듯 보여도 전자는 사회를 구성하는 각각의 세포들이라 할 수 있는 단위인 개인들에게 감각이 존재한다는 주장은 생물학에서 곧바로 도출될 수 있는 결론이 아니다. 그렇다면 이는 그의 정치적 성향이 생물을 보는 관점에 개입된 것이라 보아야 할지 모른다.[23]

스펜서가 『사회유기체론』에서도 밝히고 있듯 그의 유기체에 대한 생각은 당시 생물학의 발달에 기인한 것이었다. 그렇다면 이 새로운 생물학의 발전이란 무엇인가를 살펴보지 않을 수 없다. 그럴 때 우리는 스펜서의 모순이라

---

23 스펜서의 논리적 전환의 문제에 대해서는 슈워츠(2008), 123~124쪽.

고 지적되는 바의 논리, 즉 유기체론과 개체적 자유주의는 모순되는 논리일 수밖에 없다는 주장을 다시 살펴볼 수 있을 것이다. 당대의 새로운 생물학 발전으로 주목해야 할 것은 1830년대 후반 테오도르 슈반(Theodor Schwann, 1810~1882), 마티아스 슐라이덴(Matthias Schleiden, 1804~1881) 등에 의해 이루어진 세포설(cell theory)의 확립일 것이다. 물론 이전에도 세포라는 것이 알려지지 않았던 것은 아니지만, 세포가 동물과 식물에 공통적인 것으로서 생명의 기초단위라고 인정되기 시작한 것은 1830년대 후반부터라 할 수 있다. 그리고 이것이 근대적 생명관의 제일 요건이 되었다.[24] 모든 생명의 근본이 기존에 주장되었던 것과 같은 유기체(organism)나 기관(organs) 혹은 조직(tissues)이 아니라 개별적 세포(individual cell)라고 주장한 논의가 당시의 정치사상에도 영향을 미쳤던 것이다.

이러한 논의를 주장한 의사이자 정치가였던 루돌프 피르호(Rudolf Virchow, 1821~1902)의 논의는 스펜서의 정치철학을 이해하는데 도움을 줄 수 있다. 그는 세포야말로 살아있는 것으로, 모든 세포는 이미 존재하고 있는 다른 세포에서 비롯된다(omnus cellula a cellula)는 유명한 말로 학계를 뒤집었다. 이러한 이론에 따라 그는 몸 전체가 병들 수 있다는 개념에 회의적이었고, 당시의 체액병리학과 고체병리학을 '전제적 독재'라 부르며 개별 단위에 대한 치료를 선호하였다.[25] 그는 모든 병리현상은 세포의 현상으로서 파악하지 않으면 안 된다고 주장했다. 그러나 그가 단순히 세포병리학자였던 것만은 아니다. 그는 평등주의의 독일진보당을 창설해 프로이센 하원의원으로서 군비증강을 실시하려는 비스마르크에 끝까지 대립한 인물로도 유명하다. 질병이

---

24 鈴木貞美(2007), 110쪽.
25 파울 운슐트, 홍세영 역, 『의학이란 무엇인가―동서양 치유의 역사』, 궁리, 2000, 361쪽.

란 연구실에서의 연구뿐 아니라 사회정책에 의해서 많은 영향을 받는다는 사실 역시 그가 이후 정치적 활동에 매진하게 한 이유였다. 비스마르크의 군비증강에 쓰일 돈은 당연히 위생 사업으로 돌려야 한다는 것이 그의 주장이었다.[26]

그는 고등동물, 특히 인간을 복합체로서 파악, 이러한 특징이 이를 구성하는 세포들의 활동의 공동의 결과로 보았다. 이 과정에서 피르호는 사회적 은유와 유비들을 많이 사용하는데, 인간의 신체를 독립적이고 협동적인 시민들의 사회로 유비한다. 명성을 얻게 된 저작 『세포병리학(*Die Cellularpathologie*)』(1858)에서 그는 생물학과 정치학을 연결지어 '세포국가(Zellenstaat)'라는 개념을 주장한다. 그는 인체를 동등한 능력을 갖춘 '세포 민주주의(cellular democracy)' 또는 '세포 공화국(republic of cells)'이라는 생각을 개진한다.[27] 피르호는 생명의 중심이 다양해짐으로써 생명체의 통일성이 상실될 것이라고 걱정할 필요는 없다고 말한다. 그는 비록 개별 존재들이 똑같은 능력을 부여받은 것은 아니지만 동등한 권리를 가진 개인들의 자유국가를 구성한다고 말하는데 이는 세포설에 의한 것이었다. 이처럼 세포국가라는 유비는 단지 수사가 아니라 그의 생물학 이론의 핵심적 부분을 차지한다. 그것은 세포를 강조하는 과정에서 빠지기 쉬운 조직된 전체라는 개념을 지키기 위한 수단이었다.[28]

---

26 Laura Otis, *Membranes : metaphors of invasion in nineteenth-century literature, science, and politics* (Johns Hopkins University Press, 1999), pp. 15∼19.

27 조르주 깡길렘(Georges Canguilhem)의 지적대로 세포라는 개념의 역사는 개인이라는 개념의 역사와 분리될 수 없다. 그리고 세포이론과 자유주의와의 긴밀한 연관에 대해 깡길렘은 세포이론의 신봉자이기 때문에 공화주의자가 된 것인지 혹은 공화주의자이기 때문에 세포이론의 신봉자가 된 것인지 누구도 결정할 수 없다고까지 평한다. 이러한 깡길렘의 평가는 에른스트 헤켈(Ernst Haeckel, 1834∼1918)에 대한 것이지만 오히려 루돌프 피르호에게 더 적절하다고 할 수 있다. 피르호의 철학은 정치는 생물학의 응용이라는 말로 유명한 에른스트 헤켈로 이어진다. 그러나 헤켈은 피르호의 '세포-공화주의(Zellen-Republik)' 모델을 '세포-군주제(Zellen-Monarchie)' 모델로 확장시킨다. 鈴木貞美(2007), 162∼163쪽.

당시 피르호를 비롯해 많은 과학자들에게 현미경을 통한 관찰들이 이러한 생각들을 가능케 해주었다고 평가된다. 이는 신체의 각 부분을 이루는 세포들이 놀랄만큼 자유롭다는 것이었다. 정자세포가 활동적인 단일 세포였다거나, 백혈구의 아메바운동, 배아의 발전 등이 하나의 세포인 난자에서 반복된 세포분열의 결과라는 점들이 이 시기 과학사의 새로운 발견들이었다. 그러나 이를 단순히 과학적 발견들이 그의 의학관을 만들었다고만 보기는 힘들다. 피르호는 생물학적 사실들을 공화주의적이고 자유주의적인 정치사상에 끼워 맞추어 다세포적 유기체로서 개인들의 자유로운 국가를 그려낸다. 물론 그가 세포설을 통해서 공화주의자가 되었다거나 공화주의자였기 때문에 세포의 특징들을 그렇게 파악하였다거나 확언하기는 힘들다. 그러나 그는 자신을 자연의 연구자로서 오직 공화주의자밖에 될 수 없다고 말하며 자신뿐만 아니라 자신의 견해에 반대하는 이들에게서도 이러한 일관성을 발견, 인체생물학에 대한 견해가 자신과 다를 경우 정치적 입장 역시 다르다는 사실을 확인한다.

이처럼 그는 정치적 신념이 필연적으로 몸에 대한 과학적 사고에도 영향을 미친다는 사실을 깨달았을 뿐 아니라 역으로 자신이 가진 인체관을 모형 삼아 이상사회에 대한 정치적 견해를 세울 수밖에 없다는 결론에 도달한다.[29] 그에게 세포이론은 자신의 정치적 신념을 뒷받침해주는 근거가 되었을 뿐 아니라, 역으로 생각하자면 그러한 신념을 통해 세포설을 해석한 것이었다. 세포가 각각 생명력을 가진 개체라는 이론 속에서 그는 따로 중앙에 집

---

28 Owsei Temkin, *The Double Face of Janus and Other Essays in the History of Medicine* (The Johns Hopkins Univ Press, 1977), p.274.

29 운슐트(2000), 355쪽.

권화된 통제, 즉 군주가 필요 없는 신체와 정치체를 그려낸다. 이로써 단일 지배라는 생명력 원리에서 떨어져 나온 통치권은 생명체의 개별 기본입자로 이양되었으며, 이것은 국가적 차원에서나 개인적 차원에서 신체를 해석하는 데 동일하게 적용되었던 것이다.

물론 그가 개체적인 것(individual)을 생각할 때 이를 완전히 독립해서 따로 떨어져 있는 것으로 생각해서는 안 된다. 왜냐하면, 이 세포들은 생명을 위해 서로 의존관계에 있으며, 이는 사회에 있어서의 개인도 마찬가지다. 그가 비판한 것은 전체주의적 집중 형태였지 개체들의 고립된 모델은 아니었다. 피르호는 국가유기체라는 용어에 대해서도 마찬가지로 비판한다. 이 용어가 목적의식적으로 수립된 전체와의 관련성 속에서만 부분들을 이야기하게 만들어 부분들이 전체에 종속되어 국가나 사회 밖에서는 아무런 목적을 지니지 못하는 것으로서 생각되게 한다는 것이다.[30] 그러나 이때 유기체가 반드시 중앙적 통제나 수직적 위계성을 전제조건으로 하는 것은 아니었다.

스펜서 역시 피르호와 마찬가지로 개인에 대한 국가의 통제에 명백히 반대하며 국가를 무시할 개인의 권리까지도 주장한다. 스펜서가 사회 내에서는 개별 세포들이 모두 감각을 가지고 있음을 주장하며 사회유기체의 수직적 모델을 거부한다고 할 때 피르호의 자유주의적 신체관 / 정치관과 겹쳐지는 면을 발견할 수 있다. 물론 피르호와 스펜서의 연관관계는 확실하지 않다. 그러나 이들이 기반을 두고 있던 당시 신체에 대한 관점은 사회를 어떻게 볼 것인가에 대한 공통적인 에피스테메(episteme)를 보여주고 있음은 부정할 수 없다. 스펜서의 유기체론의 자유주의적 측면이 논리적 정합성이라는 측면에서 더 나아간 형태가 피르호의 신체관 / 국가관이었다고 볼 수 있다.

---

30 운슐트(2000), 363~364쪽.

기존의 논의가 당시의 신체관에 대한 논의를 배제한 채 스펜서의 정치이론에만 착목한 결과 그의 사상이 갖는 이중성을 제대로 해석하지 못한 면이 있다. 그러나 스펜서의 신체관 속에서 보자면 그는 자유주의적 유기체의 가능성을 믿고 있었다. 스펜서에게 유기적인 것이란 개별 세포들의 독립성을 기반으로 그것들 간의 자유로운 협동관계로서 만들어진 것이라는 점에서 그에게 자유주의와 유기체는 상호 모순되는 것이 아니었던 것이다.

6. 생명관과 정치사상

스펜서의 organism에 대한 논리는 번역본에서 거의 그 내용을 모두 전달하고 있는 것처럼 보인다. 이를 받아들인 번역자들 역시 그들이 얼마만큼 스펜서의 신체관, 생명관을 이해하고 있었는가, 그리고 독자들이 이를 얼마만큼 이해했겠는가와는 별도로 사상적으로 스펜서의 생각을 충실히 옮기고 있는 듯 보인다. 『사회조직론』에서는 간혹 생략된 부분이나 오역이라고 여겨지는 부분들이 보이기는 하지만 스펜서의 개인적 자유주의로서 유기체 개념, 의회에 대한 대리적 개념 역시 충실히 소개하고 있다.

물론 스펜서의 저작과 번역본 이 둘을 완전히 동일하다고 볼 수는 없다. 『사회조직론』 서문에서 보듯 번역자들이 스펜서의 유기체 개념에 주목한 것은 국회에 주권이 있음을 옹호하기 위해서였다. 그러나 스펜서는 줄곧 개인의 자유를 강조, 정부를 필요악으로 설정하고 의회 입법에 대한 과도한 기대

역시 경고하고 있다. 또한 스펜서는 「사회유기체론」 후기에서 자신의 논의가 현재 영국의 사회기구와 인간 기구 사이의 특정한 유비로 오해하지 말 것을 주문한다. "처음에 말한 바처럼 그러한 특정한 비유는 존재하지 않는다. 위에서 말한 병치는 가장 발달한 정부 조직에서 개인과 사회의 비유"이기 때문이다. 그러나 이 후기 부분은 번역되지 않았다. 이것이 역자들이 개인과 사회의 특정 기구에 대한 유비가 보편적으로, 적어도 일본에서도 통용되는 것이라 주장하려고 일부러 생략한 것인지는 단언할 수 없지만, 그들에게 국회개설운동의 전거로서 스펜서를 원용하고자 하는 의도를 추측해 볼 수 있다.

스펜서의 유기체를 주권의 소재라는 관점에서 말하자면 이는 의회에 있다기보다 자유로운 인민 개개인에게 있다고 할 수 있다. 스펜서의 자유주의적 사회유기체설에 입각하면 각 세포가 각각 권한을 갖는다는 점에서 주권은 개개인에게 주어져 있다. 국가는 개인을 위해 구성된다는 점이야말로 스펜서의 철학의 특징이었다. 반면 스펜서의 사상을 받아들여 이를 활용하려 하였던 이들은 개인을 강조하는 스펜서의 논의를 받아들이고 있지만, 이를 통해 주권이 군주에게 있는 것이 아니라 의회에 있음을 강조하는데 초점이 있었던 것으로 보인다. 그런 점에서 스펜서의 유기체 개념에서 강조되었던 개체적인 것을 다시 통치, 주권의 소재 문제로 환원시켜 버린 측면이 있음은 부인하기 어렵다. 이를 당시의 국회개설운동을 둘러싼 민권파의 의도로 볼 수 있지만 기저의 신체관의 차이 역시 하나의 요인일지 모른다. 그들은 organism의 개념 중에서 중심은 어디에 있느냐는 문제에 주목, 이를 주권의 소재를 설명하는 방식으로 사용한다. 이는 그들에게 당시 서양의 세포설이 의미하는 바가 곧바로 정치사상으로 받아들여지지 않았던 것일지 모른다. 스펜서에게 보이는 유기체와 자유주의간의 이중성이라는 측면이 세포설을 기반으로 할 때 제대로 이해될 수 있는 것이라면 일본에서 세포에 대한 논의는 1890년대 이후에야 본격적으로 전개된다. 1890년 이전에 메이지 일본에서 세포설은 이론적인 차원이 아니라 단지 사실로서 밖에 받아들여지지 않았다. 즉 세포설은 '발안'되어야 할 학설이 아닌 '발견'되어야 할 객체로서, 세포설 자체가 가지고 있는 논리구조보다 오히려 다른 무엇 가령 사회에 대한 이해를 돕기 위한 보조적 차원으로 이해되었다. 특히 세포설이 갖고 있는 기계론적 사유방식, 즉 각각의 독립된 단위들로 구성된 전체라는 환원주의적 사고방식은 일본에서는 낯선 것이었다.[31]

이는 스즈키 사다미[鈴木貞美]가 일본 진화론 수용의 특징 중 하나로 서구의 진화론이 바탕을 두고 있는 생명관과 이데올로기로서의 사회진화론 사이의 괴리를 들고 있는 점과 관련될지 모른다.[32] 그 논의의 기반이 되는 생명에 대한 서구적 지식이 없는 상태에서 개별적 과학이 과학으로서가 아니라 인생관, 세계관 수준에서 수용되었던 것이다. 그러나 이를 사상 수용과정에서 나타나는 한계로 볼 수만은 없다. 그것은 어쩌면 서로 다른 세계관의 차이에서 비롯되는 당연한 결과일 수 있기 때문이다.

이처럼 근대 동아시아에서 스펜서의 social organism 사상을 받아들이는데 일종의 변형과 굴절의 양상이 보인다. 그것은 역사적 맥락의 차이에서 나타나는 것이기도 하지만 어쩌면 기저에 깔린 신체관의 차이, 좀 더 넓게는 생명관의 차이에서 비롯된 것이라 볼 수 있다. 스펜서에게 사회를 유기체로서 설명하는 논의는 단순히 유비나 은유 차원으로 생각했던 것에서 그치는 것

---

31 Hayashi Makoto, "Cell Theory in its Development and Inheritance in Meiji Era Japan", *Historia Scientiarum*, Vol.8 No.2, 1998, pp.115~132.
32 鈴木貞美(2007), 136~142쪽.

이 아니라 실재로 개체와 사회 양자의 구성원리는 동일한 생물학적 논리에 기반을 둔다고 믿고 있었다. 그의 '종합철학체계(synthetic philosophy)'는 그런 점에서 모든 분과학문을 아우르는 하나의 정합적이자 완성된 이론체계였다. 그것이 맞고 틀리고의 문제를 차치하고 이는 당시 19세기 철학의 하나의 중요한 핵심 테마였다. 생물학은 모든 학문을 바라보는 기본적 시야 내지 세계관을 제시하고 있었으며 이는 사회나 국가를 바라보는 관점에도 적용되었다. 따라서 스펜서에게 생명을 보는 관점과 사회를 보는 관점을 둘로 쪼개어 나눌 수 없다. 그러나 근대 일본에서 이것이 수용될 때 이 둘이 함께 수용된 것은 아니었다. 생명을 보는 관점이 사회를 보는 관점과 일치하지 않는 현상이 동아시아에서의 유기체 개념의 수용 과정에서 보이는 것은 어쩌면 당연한 결과였다. 이는 organism과 유기체라는 개념어 사이의 간극, 두 세계가 갖고 있는 생명에 대한 인식의 차이 때문일지 모른다.

참고문헌

논저

馬場辰猪,「本論」,『明治文学全集』12, 筑摩書房, 1973.
山下重一,「ハーバート・スペンサーの社会有機体説」,『国学院法学』第46券 第4号, 2009.

벤자민 슈워츠, 최효선 역,『부와 권력을 찾아서』, 한길사, 2006.
파울 운슐트, 홍세영 역,『의학이란 무엇인가―동서양 치유의 역사』, 궁리, 2000.
波・斯辺鎖, 山口松五郎 訳,『社会組織論』, 松永保太郎, 1882.
波・斯辺鎖, 山口松五郎 譯,『社会組織論』, 加藤正七, 1883.
杉本つとむ,『語源海』, 東京書籍, 2005.
鈴木貞美,『生命観の探究―重層する危機のなかで』, 作品社, 2007.
德富蘇峰,『德富蘇峰集』, 筑摩書房, 1974.
山下重一,『スペンサーと日本近代』, 御茶の水書房, 1983.
與那覇潤,『翻訳の政治学―近代東アジア世界の形成と日琉関係の変容』, 岩波書店, 2009.

Cohen, I, Bernard, *Interactions : Some Contacts Between the Natural Sciences and the Social Sciences*, Cambridge, MIT Press, 1994.

Gray, Tim S, *The Political Philosophy of Herbert Spencer : Individualism and Organicism*, Avebury, 1996.

Hayashi, Makoto, "Cell Theory in Its Development and Inheritance in Meiji Era Japan", *Historia Scientiarum* 8.2, 1998.

Howland, Douglas, *Translating the West : Language and Political Reason in Nineteenth-Century Japan*, U of Hawaii P, 2002.

Otis, Laura. *Membranes : Metaphors of Invasion in Nineteenth-Century Literature, Science, and Politics*, Johns Hopkins UP, 1999.

Pitkin, Hanna Fenichel, *The concept of representation*, University of California Press, 1967.

Spencer, *Herbert. An Autobiography*. Vol. 2, D. Appleton and Company, 1904.

______, "The Social Organism", *The Man Versus the State, with Six Essays on Government, Society, and Freedom*, Liberty Fund, Inc., 1884.

Temkin, Owsei, *The Double Face of Janus and Other Essays in the History of Medicine*, Johns Hopkins
UP, 1977.
Vergata, Antonello La, "Hebert Spencer : Biology, Sociology, and Cosmic Evolution", *Biology
as Society*, Society as Biology : Metaphors. Ed. Sabine Massen, Everett Mendelsohn,
and Peter Weingart. Dordrecht, Kluwer Academic Publishers, 1995.

'사회' 중심의 사회주의의 탄생과 근대 일본

운동 주체의 변혁에 바탕을 둔 「혁명적 생디칼리즘」

김병진

1. '사회' 중심의 사회주의와 오스기 사카에

이 글은 동아시아 근대에 유입된 서구사상의 하나였던 사회주의가 일본이라는 토양 속에서 어떻게 뿌리내리고 성장해 갔는지 그 초기 단계를 통해 살펴보고자 한다. 서구에서도 사회주의 담론의 실천영역은 1884년 혁명기에 도시 내 바리케이트 전을 상정했던 것에서 1880년 무렵에 각국 사회당, 노동당들이 의회진출을 계기로 선거를 통한 집권이란 쪽으로 전환되었다. 하지만 20세기로 들어서면서 독일의 제외한 나라들에서 사회주의 정당의 분열과 노동계급내의 계층화, 노조지도자와 일반노동자들의 갈등 등이 수면위로 떠오르게 된다. 또한 제국주의간의 전쟁의 위기가 고조되는 가운데 제2인터내셔널 내부에서는 레닌과 로자 룩셈부르크 등의 신진 좌파들이 대두되었고,

그 외부에서는 사회적 총파업을 통해 국가 기능을 마비시키고 노동조합이 국가기구를 대신하는 전투적 노동조합주의인 생디칼리즘이 시대를 풍미하게 된다. 프랑스와 이탈리아, 스페인은 물론 독일과 멀리 미국까지 이러한 자장안에 있었다. 영국의 경우도 페비안사회주의에 대한 반동 혹은 대안으로 길드사회주의가 등장하고 있던 시기였다. 이들 흐름은 사회주의＝국가주의라는 도식에 대해 '사회' 중심의 사회주의를 천명한 것이었다고 볼 수 있겠다.

이러한 흐름은 사회주의라는 근대담론이 막 형성되던 일본에서도 동시적으로 나타났다. 특히 제1차 세계대전 이후 노동운동 고양기에 노동운동에 사회주의를 본격적으로 결합시켰던 오스기 사카에(大杉栄, 1885~1923)를 중심으로 발견된다. 그래서 이 글에서는 오스기가 견지했던 사상적인 특징을 재조명해 보면서 동아시아에서 기존 사회주의의 틀을 넘어 자본주의 사회로 대표되는 근대를 넘어서려던 시도를 살펴볼 생각이다.

오스기 사카에에 관한 평가는 그 대부분이, 그가 '아나키즘을 표방하고 노동자들의 직접행동을 중시해 정치투쟁이나 러시아 혁명에 대해서도 부정적인 입장이었다'라고 하는 것이었다. 널리 통용되고 있는 '무정부주의자 오스기 사카에'라는 말은 그를 일본의 대표적인 아나키스트로 상징하는 한편, 그 사상적 한계점을 나타내는 표현이었다고 생각된다. 그리고 그러한 평가에 결정적인 근거로 작용한 것이 1920년대 초에 있었던 이른바 아나・볼 논쟁이었음은 주지의 사실이다.

아나・볼 논쟁이란, 러시아 혁명에 대한 평가와 노동조합운동의 조직론을 둘러싸고 아나르코・생디칼리즘(anarcho syndicalisme)측과 볼셰비즘(bolshevism)측 사이에 격렬하게 대립하면서 이루어졌던 논쟁을 이야기한다. 이 시기에 야마카와 히토시[山川均] 등의 '볼셰비키'들은 프롤레타리아 독재나 민주집중제 등 러시아 혁명의 이론과 실천을 소개하면서 이를 일본의 노동운동에 대입하면서 조직화를 꾀했다. 그에 비해 오스기로 대표되는 '아나르코・생디칼리즘'파는 러시아 혁명을 비판하면서 개인의 주체성에 기초를 둔 집단의 자발적인 연합에 의한 혁명의 가능성을 주장하면서 대항하였다. 양파의 대립은 1921년부터 격렬함을 더해 가다 1922년 노동조합전국총연합(勞動組合全國總聯合) 운동의 결렬에 이르면서 그 정점에 달하게 된다. 이러한 대립구도는 1923년 9월의 관동대지진 직후에 일어난 계엄당국에 의한 오스기 사카에 살해 및 가메이도 사건으로 인해 논쟁의 한축이 붕괴되면서 해소되게 된다. 이후의 일본 사회주의운동은 마르크스주의＝볼셰비즘으로 그 주도권이 완전히 넘어가게 된다.

그런데 여기에서 궁금하게 여겨지는 것은 아나・볼 논쟁을 통해 나타나는 오스기 사카에의 언설이 선행연구에서 설명되고 있듯이 관념적이고 추상적인 논의로 한정될 만한 것인가이다. 종래의 연구에서는 1920년대 전반기의 오스기 사카에를 중심으로 전개된 아나키즘 혹은 생디칼리즘적 운동 혹은 사상을, 메이지 사회주의가 붕괴된 이후 볼셰비즘으로의 교대되면서 거쳐야할 중간 과정으로 설명하는 경향이 강하다. 볼셰비즘으로의 교체에는 산업구조의 전환과 러시아 혁명의 영향 등 사상외적인 사실과 더불어 사상 자체를 내재적인 발전과정으로 진단하는 경향이 강하게 드러나고 있다[1]. '대역사건'을 전후로 아래로부터의 변혁에 대한 삼엄한 탄압과 자본주의의 진전에 따라, 메이지 말기부터 다이쇼기에 이르기까지 사상적 관심은 공적영역에서 벗

---

1 이러한 관점은 岡本宏, 『日本社會主義政党論史序說』, 法律文化社, 1968; 絲屋壽雄, 『日本社會主義運動思想史』 I, 法政大學出版局, 1979; 石河康國, 『勞農派マルクス主義』, 社會評論社, 2008 등 마르크스주의적 계보로써 사회주의 운동사를 다루는 서적에 쉽게 나타난다.

어나 사적·개인적인 단위에 집중되었다. 이런 배경 속에서 기존의 조직이나 전통, 사상에 대한 일반적 반역을 주장하고서 노동자 계급을 기존의 지배세력으로부터 분리시키는데 오스기 사카에가 적극적 역할을 했다는 점에 있어서는 동의를 하고 있다. 그렇지만 노동운동 본질을 노동자 각 개인의 '생의 확장'으로 보는 오스기의 관점에 대한 대립 항으로 바로 '정치'나 '제도', '논리'를 배치시키고선, '정치'나 '제도'를 '생'에 대한 장애로 생각하면서 기피하였다고 설명하고 있다.[2] 즉 일체의 작위적인 '정치'나 '제도', '논리'를 부정하면서, 혁명의 전략도 현실 분석도, 실현시키고자 하는 사회의 구체적인 설계도도 만들 수 없었다고 설명한다. 그렇기에 사상의 내부적 논리로 마르크스주의=볼셰비즘이 다이쇼말기에 사상계를 석권하게 되었다는 것이다.

그러나 러시아 혁명에 대한 오스기의 비평을 살펴보면 반정치적·추상적 관념론이라는 결론에 쉽게 다다를 수 있는지 의문이 든다. 러시아 공산당의 신경제정책(NAP)에 대한 반대논리도 단순한 제도에 대한 혐오로만 돌릴 수는 없을 듯하다. 그리고 러시아 공산당 내부의 노동자 반대파에 대한 적극적인 옹호에 있어서도, '적의 적은 나의 동지'라는 식의 방식을 취하지 않았음을 살펴볼 수 있다. 또한 '제도'에 대한 혐오라는 평가와는 달리 '모든 권력을 소비에트로!'라는 혁명 초기의 원칙으로 돌아가기를 고수한 그의 태도는 어떻게 설명할 수 있을 것인가? 게다가 선행연구의 관점대로라면 '노동조합전

2　이런 평가를 秋山淸, 『大杉榮評伝』, 思想の科學社, 1976나 大山正道, 『大杉榮研究』, 同成社, 1968처럼 아나키즘계열의 연구에서도 긍정적인 의미로써 답습하고 있다고 할 수 있다. 즉 '생' 과 '정치'나 '제도', '논리'를 배치시키면서 오스기 사카에가 좌익 내부의 극단적인 정치주의·권위주의를 상대화시켰다는 것이다. 그러나 이러한 평가로 인해 오스기 사카에의 사상이 관념적 혁명주의라는 비판에 대해 적절한 대답을 할 수 없게 되었다. 또한 板垣哲夫, 『近代日本のアナーキズム思想』, 吉川弘文堂, 1996나 竹山護夫, 『大正期の政治思想と大杉榮』, 名著刊行會, 2006도 이러한 논의의 연장선에서 오스기의 기획을 '반정치'라는 틀 속에 가둬버렸다.

국총연합'의 건설에 대해 고무적이었던 그의 모습 또한 이율배반적으로 느껴지게 된다.

이와 같은 문제의식을 가지고, 본고에서는 1920년대를 전후한 오스기 사카에의 실천적 혁명관을 보다 상세히 찾아보겠다. 오스기 사카에를 중심으로 한 그룹의 노동운동에 있어서의 영향력은 어떠한 것이었는지, 동시대 증언을 토대로 구체화 시켜보겠다. 또한 야마카와 히토시와 오스기 사카에의 러시아 혁명에 대한 견해의 차이를 검토하고 이와 같은 인식의 차이가 이후 '노동조합전국총연맹'의 결렬에 대해 어떠한 해석을 표했는지를 논해보고자 한다. 오스기 사카에에 대한 이러한 재조명을 통해 집권적인 조직이나 제도에 대해 비판적인 태도가 반드시 조직이나 제도에 대한 전면적 부정이 아님을 밝힐 수 있으리라 본다. 또한 개인주의적이고 분권적인 조직의 가능성과 그러한 구상의 맹아를 오스기 사카에에게서 살펴볼 수 있으리라 생각한다.

2. 일본 노동운동의 성장과
오스기 사카에의 '실천방법'

일본의 노동조합운동은 1900년 이래 파업을 범죄행위로 치부하면서 노동조합을 사실상 금지시킨 치안경찰법에 의해 탄압받아왔다. 러일전쟁 이후의 불경기 속에, 병기공장이나 조선소를 중심으로 조직을 갖추지 못한 자연발생적인 파업 등의 투쟁이 나타났고, 아시오동산足尾銅山이나 벳코동산別子

銅山의 쟁의에는 폭동으로 이어지기도 하였다. 이들 노동자들의 투쟁의 격화·폭동화는, 고도쿠 슈스이가 처음 주장하였던 직접행동론에 많은 젊은 사회주의자들을 끌어들이는 요인이 되기도 했다. 하지만 1910년 '대역사건'을 계기로 노동조합운동과 사회주의 운동은 그 뿌리부터 흔들렸고, 노동자들의 조직으로는 구문(欧文)인쇄공을 중심으로 한 구문회(欧文会, 1907년 창립)만이 살아남았다. 이와 같은 상황 속에 기독교신자인 스즈키 분지[鈴木文治]는 15명의 노동자들과 함께 반사회주의적인 입장에 서서 노자협조주의를 지향하는 우애회(友愛会)를 설립했다. 다른 조직적 노동운동이 불가능했던 사이에 우애회는 매년 조직을 확대해 갔다.

'대역사건' 이후 꽉 막혀있던 상황에서 노동조합운동이 부활하게 된 것은 제1차 세계대전과 러시아 혁명 이후의 일이다. 1914년 여름, 전쟁의 발발과 더불어 일본은 연합국의 일원으로 가담해 독일령이었던 칭타오[青島] 공략을 시작으로 영토적 확대를 꾀함과 동시에, 연합국의 병참기지로써 조선을 비롯해 화학품, 철강, 기계 등의 중화학공업에서 막대한 발전을 이룩했다. 이와 함께 공업노동자의 수도 큰 폭으로 증가해 가족을 부양하는 남자 노동자가 교하마[京浜]나 한신[阪神] 등지의 공업지대에 정착하기 시작했다. 이에 따라 노동계급의 구성에도 커다란 변화를 보였으며, 이를 기반으로 한 조직적인 노동조합 운동도 전개되기 시작했다.

새로운 노동운동의 고양에는 국내 산업구조의 변화와 함께 국제 정세의 커다란 변화가 있었다. 독일의 군국주의에 대한 민주주의의 방어라는 연합국측이 내건 전쟁 슬로건을 비롯해,[3] 파리평화조약에 노동규약이 삽입되면서 1919년 국제연맹과 함께 국제노동기관(ILO)도 발족된 것은 일본정부에게

---

3   荒畑寒村, 『寒村自伝』上卷, 岩波書店, 1975, 380~381쪽.

도 노동조합 활동에 대한 구속을 완화시키게 만드는 계기가 되었다. 또한 1917년 10월의 러시아 사회주의 혁명의 성공은 일본의 노동운동에 강렬한 자극을 주었고, 1918년 여름에 때마침 발생한 쌀소동으로 인해 사회운동 영역뿐만 아니라 저널리즘의 영역에서도 '자본주의와 사회주의', '계급과 착취', '혁명' 등의 단어가 일반에까지 사용되게 되었다.[4] 또한 정치상에서도 커다란 전환이 이루어져 데라우치[寺内] 내각의 총사퇴와 함께, 하라 케이[原敬] 내각의 등장으로 본격적인 정당정치의 서막이 열렸다. 하라 내각의 융화정책에 편승해서 노동조합은 1918년부터 1919년에 걸쳐 107조합에서 187조합으로 큰 폭으로 증가하였고, 이러한 흐름은 다이쇼 말기까지 지속되었다.[5]

수량적인 변화와 함께 노동쟁의의 내용에 있어서도 변화가 나타났다. 노동조합에 의한 조직적이고 계획적인 쟁의가 증가하였고 하나의 작업장뿐만 아니라 동일 산업부분의 일제 파업이 처음으로 발생했다. 1919년 7월에 일어난 도쿄의 16개 신문사 제판공의 일제 파업이나 도쿄 인쇄동업조합의 160여 공업주들에 대한 일제 파업이 그 예라 하겠다. 또한 같은 해 아시오동산이 파업했을 때, 도쿄의 노동단체와의 공동투쟁에서 보이는 것처럼 개별 자본가에 대한 투쟁이나 동일산업부분의 제한된 투쟁을 넘어선 계급적 연대를 표하는 투쟁양식도 출현했다.

---

4 예를 들자면 '쌀소동' 이후인 1919년 4월에 창간된 잡지 『개조(改造)』가 당초에 그다지 좋지 않던 판매부수를 같은 해 7월호 「노동문제 사회주의비판호(勞働問題社會主義批判号)」로 내놓으면서 일약 호평을 받으며 본 궤도에 올라섰다고 하겠다. 또한 「자본주의 정복호(資本主義征服号)」, 1919.8; 「노동조합동맹파업연구회(勞働組合同盟罷工研究号)」, 9月, 發賣禁止, 「계급투쟁호(階級鬪爭号)」, 12월 등을 연달아서 발간하는 등 일반인들에게도 사회주의와 사회개조에 대한 관심이 높아갔던 것을 알 수 있다. 成田龍一, 『大正デモクラシー』, 岩波新書, 2007, 74쪽.

5 1924년(469조합)에서 1925년(457조합)에 걸쳐서는 조금의 감소가 보이지만, 조합원수는 전년도의 228, 278명에서부터 254, 262명으로 증가하였다. 勞働省大臣官房勞働統計調査部編, 『統計からみたわが國の勞働爭議』勞働省大臣官房勞働統計調査部, 1951, 61쪽 참조.

또한 1920년에 시작된 전후 공황은 노동쟁의를 격화·심각화시켰다.[6] 전후 호경기가 1919년 그 정점을 찍은 후, 1920년 3월 주식시장의 폭락에 이은 상품의 대폭락으로 인해 각 산업에 여파가 전해졌고 유력한 은행도 파산에 직면해 전국적인 대공황이 발생하였다. 대량실업이 발생하는 속에서 노사간의 힘의 균형이 급격히 깨져갔으며, 호경기에 편승했던 노동조합운동도 차츰 방어전으로 돌아서게 되었다. 실업과 임금인하와 더불어 자본과 관헌의 노동운동에 대한 탄압과 보통선거운동의 좌절은 노동자들의 저항을 조장하였으며 노동운동의 사상을 급진화시키는 바탕이 되었다.

이와 같은 노동조합운동의 성장과 급진화에는 사회주의와의 결합도 그 배경이 되었다. 오스기 사카에와 아라하타 간손[荒畑寒村]은 이미 1914년에 문예잡지를 표방하던 『近代思想』을 폐간하고서 월간 『平民新聞』을 창간해 직접 노동자들과 접촉을 꾀하였으나 연이은 발매금지 처분에 좌절하고 만다. 이에 둘은 제2차 『近代思想』을 부활시켰으나 이도 발매금지가 계속되면서 폐간하게 되었다. 1915년에는 사카이 도시히코[堺利彦]가 『へちまの花』를 『新社会』로 개칭하고서 이러한 흐름에 호응하였다.

그런 와중에 연애문제 등으로 고립상태에 빠졌던 오스기는 『文明批評』을 창간하여 재기를 꾀하게 된다. 또한, 1917년 말에는 가메이도[亀戶]의 노동자촌에 정착하고서 「노동운동연구회」[7]를 열고 『労働新聞』을 발행하는 등 현장의 노동자들과 연결되려 노력하였다.[8] 이 시기 노동자들과 직접적인 접점

---

6   絲屋壽夫, 『日本の社會主義運動史』, 法政大學出版局, 1979, 263쪽.
7   연구회의 명칭은 간행회판 전집(第3卷)의 「大杉榮年表」가 「勞働運動座談會」라고 한 것을 따라서 종래에는 이 명칭이 사용되어 왔다. 그러나, 관헌의 기록(特別要視察人情勢第一斑第八)에서는 1918년 2월부터 「勞働運動硏究會」를 개최했다는 기록이 있고, 다른 한편으로 와다 규타로[和田久太郎], 히사이타 교노스케[久板卯之助]가 발행한 『勞働新聞』第2号의 고지에서도 확인할 수 있기에 이를 따른다. 大杉豊, 『日錄·大杉榮伝』, 社會評論社, 2009, 224~225쪽 참조.

이 없이 평론적인 활동에 한정되었던 사카이나 야마카와보다 오스기의 활동은 한발 앞서 있었다. 1919년 10월에 『労働運動』(제1차)가 창간되자 도쿄 등 관동지역뿐만이 아니라 오사카, 나고야, 고베 등지에도 지국이나 출장소가 만들어졌다.

가메이도에 거주하면서 오스기는 먼저 민본주의와 노자협조주의에 대해 비판을 시작하였다. 그의 민본주의에 대한 비판의 요지는 민본주의가 정치의 주체를 통치자에 두고 있다는 점이었다. 하지만 노동자들이 가진 '사회적 동경'은 이미 민본주의자들의 틀을 벗어나 있다고 주장했다.[9] 그러면서 청원운동 성격이 강했던 보통선거운동에 대해 비판적인 선전활동을 전국적으로 벌였다.

초기 민주사상은 개인적 자유의 존중이라는 것을 그 추상적 근본의(根本義)로 삼아, 최대다수의 최대행복이라는 것을 그 구체적인 요체로 하였다.

다음으로 정치에 있어서 절대적 원칙이었던 이 민주주의는 그 반대의 국가주의의 발달 때문에 단순히 국가주의의 폐해를 고치기 위한 하나의 편의적 주의가 되었다. 그리고 마지막으로 민주주의는 마침내 그 민주주의라는 이름마저도 잃어버리고 민본주의라 개명되었다. 민본주의란 말하자면 통치자 측에서 보자면 민의의 존중이다. 피치자 쪽에서 보자면 참정권의 요구이다. 그리고 이 민본주의가 최근 정치학의 절대적 원칙이라고 한다.[10]

8　　大杉榮, 「日本における最近の勞働者と社會主義運動」, 『大杉榮全集』第6卷, 現代思潮社, 1964, 72~73쪽.

9　　大杉榮, 「僕等の自負」, 『大杉榮全集』第2卷, 115~116쪽.

10　大杉榮, 「盲の手引する盲－吉野博士の民主主義墮落論」, 『大杉榮全集』第2卷, 224쪽.

또한 노자협조주의에 대해서는 협조주의자들이 노동과 자본을 노동자와 자본가들의 협력으로 교묘히 바꿨다고 비판하였다. 그러면서 자본가와 노동자의 '협력조화'가 아니라, 자본과 노동이 '일치융합'되어야 할 사항이라고 설명한다.

> 자본과 노동은 원래 협력 조화해야함은 말할 것도 없다. 협력 조화라기보다는 오히려 일치 융합되어야 한다. 그 사이에 아무런 이해 충돌도 없고 또 의지의 소원도 없다.
>
> 이 정도의 사실을 알고 있다면, 즉 자본과 노동의 이러한 원래 성질을 안다면 이 둘이 이해 충돌해 서로 의지 유절하고 있는 상황을 보면서 왜 다음과 같은 의문이 들지 않는가? 이것은 자본과 노동이 그 원래의 성질을 유지하기 위한 지위에 놓여있지 않기 때문은 아닐까하고.[11]

도쿄인쇄동업조합의 일제 파업 때, 오스기는 동지와 사회주의자들을 움직여 쟁의지원에 힘을 쏟았으며,[12] 아시오동산의 광부들이 조직한 대일본광산노동동맹회(1920)의 지원에도 분주했었다.[13] 또한 1920년 2월, 용광로 5기를 정지시키며 발발한 관영 야하타[八幡]제철소의 대투쟁에서도 오스기의 영향이 나타난다. 쟁의를 지도한 아사하라 겐죄[浅原健三] 1919년 7월부터 노동운동사에 드나들면서 오스기 등과 접촉하고 막대한 영향을 받았다고 한다.[14] 쟁의발발 2년 뒤인 1922년 2월에 파업2주년연설회 때 오스기에게 부탁을 한

11　大杉榮, 「徹底社會政策」, 『大杉榮全集』第6卷, 20쪽.
12　水沼辰夫, 「大杉と日本の勞働運動」, 『勞働運動』第4次第2号, 1924.3.
13　和田久太郎, 「騷擾中の足尾」(二), 『勞働運動』第1次第3号, 1920.1.
14　淺原健三, 『溶鑛爐の火は消えたり』新建社, 1930, 159~164쪽.

것도 이러한 연유에 의해서였다.

오스기는 이 당시 노동자들과의 교류와 함께 연일 '노동단체의 연설회를 이용해서' 선전활동을 벌였다.[15] 이른바 '연설회 얻기[演説会買い]'라는 방법으로 연설에 대한 짧은 평가와 이의제기를 통해 이른바 '노동운동지도자'들을 궁지에 몰아넣고서, 노동자들에게 지도자들의 지도에 의지하지 않고도 스스로의 힘을 의식할 수 있음을 독려하였다.[16] 정부당국의 집중적 마크로 인해 자유로이 연설회를 열수 없었던 오스기에게 있어서 효과적인 선전방식이었다. 그러나 이러한 '연설회 얻기'는 단순히 연설회를 망치거나 자신들의 주장의 선전만이 목적이 아니었다. 이는 '새로운 생활, 새로운 질서'를 쌓아가는 하나의 실천활동이었다.[17] 당시 관서노동동맹회를 이끌고 있던 가가와 도요히코도[賀川豊彦]도 '청중과 강연자가 합의적으로 이야기하는 것이 참된 민주주의적 방식'이었다며 감동하였다.[18] 이는 노자협조주의적 연설로 오스기의 주요 타깃이었던 우애회의 회장 스즈키 분지조차도 경의를 표할 정도였다.

오스기 군은 단지 이론만을 가지고 노동자를 이끌고 있는 것뿐이 아니라, 그 풍채 성격—표일(飄逸)한, 쾌담한, 순정적인, 정열적인, 강직한—을 가지고, 오스기 군에게 접근했던 많은 노동자들을 매혹시키고 있다고 한다. 오스기 군은 그 당시 자주 그 일당을 이끌고서는 예의 통소매의 평상복을 입고 다양한

---

15 大杉榮, 「新獄中記」, 『大杉榮全集』 第14卷, 98쪽.
16 和田久太郎, 「集會の記」, 『勞働運動』 第2次第4号, 1921.2.10.
17 大杉榮, 「新秩序の創造—評論の評論」, 『大杉榮全集』 第6卷, 48〜54쪽.
18 賀川豊彦, 「可愛い男大杉榮」, 『改造』, 1923.10. 이것은 모리퇴[森戸] 사건에 불거졌을 당시 언론자유를 옹호하는 연설회 도중에 가가와가 연설회얻기를 하러온 오스기에게 자신의 연설을 넘겨주었다. 연단에 선 오스기가 청중과 대화나 토론에 의해 연설회를 이끌어 가는 모습을 본 후의 가가와의 반응이었다.

노동자 집회에 얼굴을 비추고선, 야유나 다른 방식으로 그 자리에 있던 모든 사람들의 분위기를 술렁이게 했다. 무정부주의자들에게 좀처럼 언론의 자유가 인정되지 않던 당시로서는 이것도 또한 상당히 유력한 선전방법이었다.[19]

오스기가 호소한 선전은 토의나 회의의 방식을 존중하면서 상호간의 자주성을 강조하면서 실천적으로 그 개발을 촉진하는 것이었다. 노동자들의 직접적인 행동이나 참가를 중치한 오스기의 주장내용과 함께, 그의 운동방식이 합치되어 노동자들에게 강력한 인상을 주었다고 보인다.

거기에서는 이른바 오스기 일파가 리더격이었지만, 인텔리인척 하는 발언은 전혀 들을 수 없었고, 한결같이 노동자의 자주성, 자발성을 촉구하면서, '노동자 해방은 노동자 스스로의 힘으로'라는 모토가 항상 선행했었다. (…중략…) 그 사상적 근거는 오스기 등이 강조하는 노동자의 자주적 직접행동을 통해 이를 총동맹파업에까지 끌고 가려는 아나르코·생디칼리즘이었다. 당시 우애회 등의 큰 조합들이 노사협조주의로 경도되어있던 정세 속에서 어디까지나 노동자의 혁명적 자주성을 강조한 점이 북풍회의 존재의의였다고 말할 수 있겠다.[20]

이와 같은 실천방식을 야마카와 히토시 등의 연구회와 비교한 다카즈 마사미치[高津正道]의 재미있는 증언이 있다. 야마카와의 연구회는 이른바 학교에서 선생과 학생의 관계처럼 진행된다면 북풍회(오스기의 연구회)는 이와는

---

19 鈴木文治, 『勞働運動二十年』, 一元社, 1931, 284쪽.
20 岡本潤, 『詩人の運命』, 立風書房, 1975, 234쪽.

완전히 반대로 선생이 없는 자유토의의 장이였다고 한다.[21]

이 시기의 북풍회의 선전활동은 일본 노동운동의 전투화와 노자협조론에 대한 의문을 제기한 점에 있어서 커다란 영향력을 보였던 것은 확실한 듯하다.[22] 오스기는 노동자 한 사람 한 사람의 자기획득운동으로써의 의미를 중시했었다. 연설을 수동적으로 듣거나 리더를 추중하지 않고 자유발의를 발휘해서 스스로의 길을 열어가는 것을 강조하였다. 노동운동을 노동조건의 개선을 꾀하는 운동에 한정시키지 말고, 노동자 자신이 새로운 사회제도의 상을 만들어가는 연습장으로서 위치시켰다.

임금의 증가와 노동 시간의 단축을 요구. 노동자가 인간인 이상 노동운동은 결고 이러한 생물적 요구에만 한정되지는 않는다. 좀더 나아간 어떤 인간적 요구를 가지고 있다. 자본가에 대한 불만이나 격앙의 근저에는 오히려 그것들을 들끓게 하는 원천이 있다. 노동자들의 마음에도 시대정신의 반향이 있다. 근대적 자의식의 격렬한 파동은 노동자들의 가난한 마음에도 전해지고 있다. (…중략…) 우리들은 이른바 우리들 스스로를 가지지 않으면 안 된다. 노동자 스스로란 노동자 자신, 노동단체 자신의 자주·자치적 능력이다. 그러한 자의식이다.[23]

오스기는 이처럼 노동자들의 자주성을 강조하고 이를 고양시키는 바탕으로 노동조합운동을 전환시킬 것과 이의 발달을 통한 사회변혁을 구상하였다.

21　高津正道, 『旗を守りて』, 笠原書店, 1986, 271쪽.
22　近藤憲二, 『私の見た日本アナキズム運動史』, 麥社, 1972, 78쪽.
23　大杉榮, 「勞働運動の精神」, 『大杉榮全集』 第6卷, 3~4쪽.

그에게 있어서 노동운동은 노동자들의 '인격획득운동'이었다. 오스기가 말하고자 한 것은 '자신의 생활이 자신의 생활이 아니'라, '모두가 타인에게서 과해져' '자신의 생활조차 좌우되고 있는' 현상을 '우선 우리들의 공장생활에서부터 통감'한 노동자들이, 스스로의 운명을 되찾기를 바라는 것이었다. 즉, 인격획득운동이란 자본이나 작업장에서의 소외의 극복을 추구하는 것이었다.

> 노동운동은 노동자들의 전유물은 아니다. 지식계급이 이에 참가하는 것에 어떤 문제가 있을 리 없다. 하지만 노동운동의 주체는 역시 노동자가 아니면 안 된다.
>
> 노동운동은 그 정신에 있어서 노동자들이 일체의 능력, 인격 획득운동이다. 노동운동에 참가하려고 하는 지식계급은 무엇보다 우선 노동운동의 이러한 본질에 대해 철저히 하지 않으면 안 된다. 그리고 지식계급 그 자체의 역사적 임무가 권력계급의 옹호이자 피압제계급의 기만이었던 점에 대한 반성과 이번에야말로 피압제 계급의 진실된 친구가 되고자 하는 새로운 각오를 철저히 해야만 한다.[24]

또한 노동자가 그의 자주성을 되찾으려는 대상이 정부나 자본가, 공장주에 한한 것은 아니었다. 노동운동에 있어서도 노동자가 지식인들의 이상에 좌우되어서는 안 된다는 것이 오스기의 주장이었다. 이는 다른 사회주의자들이나 노동운동가들의 자세를 비판하는 오스기의 관점이 되었다.

---

24 大杉榮, 「知識階級に与ふ」, 『大杉榮全集』 第6卷, 27쪽.

3. 급진적인 사회변혁에의 '협동' 투쟁과 그 균열

그렇지만 노동조합에 바탕을 둔 급진적인 사회변혁운동의 경향은 오스기만의 전유물은 아니었다. 오스기와 오랜 기간 함께 활동을 해온 아라하타는 물론, 마르크스주의를 지향한 야마카와의 경우도 당시에 비슷한 경향이었다.

잠시 동안 운동에서 떠나 있던 야마카와는 1916년 사카이 도시히코에 의탁하고서 평론활동을 재개하면서 민본주의를 비판하면서 현행의 의회나 보통선거의 역할을 인정하지 않는 논조를 이어갔다. 아라하타도 오스기와의 연대는 보류하였지만 미국의 세계산업노동자연맹(IWW)를 모델로 하여 산별노동조합운동을 전개하였다. 노동조합을 통한 노동자들의 직접행동에 의한 사회변혁을 긍정하고 의회주의적 방식을 개량주의로 생각한 것은, 항상 중앙파라고 자임했던 사카이를 제외하고는 메이지 사회주의를 계승했던 그들 그룹에서는 공통적인 견해였다. 물론 사카이도 러시아 혁명의 소식이 전해짐과 더불어 인터내셔널의 중앙파적 입장을 철회하고 사회변혁의 힘으로써 노동자들의 결집에 논지를 옮겨갔다. 이들 메이지 시기부터의 마르크스주의자들은 제2차 인터내셔널이 개량주의, 의회주의, 합법주의 때문에 마르크스주의로부터 멀어졌다고 생각하고서, 마르크스주의의 혁명적 전통을 전투적인 노동조합에 근거한 직접행동론에 이어서 생각하였다.

사회민주당의 정치운동을 마르크스주의의 정통 운동으로 보고, 틈만 있으면 노동자들의 계급적 운동을 정당운동에 종속시키려고 한 몇 해 전부터의 경향은 아직 형성 과정 중에 있는 노동계급의 발달 정도를 반영한 것이다.

노동조합이 직업 조직에서 계급적 조합이 됐듯, 노동운동은 동일 직업에 종사하는 사람들의 운동에서 동일 계급의 운동이 되었다. 더욱이 진보한 조합 운동은 노동자들의 계급적 단체인 노동조합이란 조직이야말로 바로 새로운 생산조직 그 자체임을 자각하기에 이르렀다.[25]

이러한 노동조합운동의 독자적인 의의를 추구하는 마르크스주의 해석은, 볼셰비즘을 마르크스주의의 정통한 계승자로서 받아들이는데 중요한 계기 가 되었다고 보인다. 사카이는 볼셰비즘을 생디칼리즘과 의회주의의 결합으 로, 야마카와는 단순한 결합이 아니라 상위의 정치투쟁을 위한 수정안으로 생각한 차이점은 있다.

마르크스파 사회주의는 그 고향에 있어서는 사회민주주의에 의해 우경화 로 수정되었으나 프랑스에서는 생디칼리즘에 의해 좌경화로 수정되었다. 그 런데 이러한 마르크시즘이 러시아에서 처음으로 실현될 기회를 얻자, 사회민 주주의 형식으로는 실현되지 않고 오히려 생디칼리즘의 영향을 현저히 받았 고 있다. 소비에트 러시아의 산업조직이 많은 점에 있어서 생디칼리즘 이론을 실현하고 있는 점은 다툴 여지가 없는 사실이다.[26]

즉, 야마카와는 생디칼리즘을 혁명적 전통 위에 두고, 볼셰비즘을 그 발전 적 후계자라고 위치시켰다.[27] 또한 '사실의 승인'이라는 관점이나 혁명의 성

25　山川均, 「マルクスとマルクス主義」, 『山川均全集』第2卷, 勁草書房, 1968, 224쪽.
26　川均, 「フランス勞働組合運動の轉機—右傾か左傾か」, 『山川均全集』第3卷, 54쪽.
27　야마카와는 캐나다의 경제학자 J. A. Estey의 「Revolutionary Syndicalism」를 『社會主義研究』(1920.5) 에 번역하고서 이러한 입장을 자세하게 소개하였다.

공을 '민중의 혁명적 정신과 창조의 힘을 거의 무한으로 신용'하는 지도자상이라는 요소[28]는 볼셰비즘에 대해 생디칼리즘적인 친근감에서 접근했다고도 보인다. 세계적인 혁명의 열기기 상승하는 속에서, 의회정책을 배제한 전술상의 유사성은 협동 투쟁을 생각하게 하는 중요한 요인으로 작용하였다. 그리고 이러한 협동투쟁의 중심적 역할을 '노동조합'에 집약시켜 간다.[29]

노동조합의 진화도 역시 같은 것이다. 그 장래는 미리 예정되어 있지 않다. 노동조합운동은 그 내부에서 또한 일반 사회의 내부에서 무언가 건설적인 경향을 확립해 가는 하나의 거대한 방법이다. 그렇지만 이른바 건설적 경향이 그대로 사회의 기초 그 자체가 될 정도로 충분한 발달했다고 하는, 그 '충분한 발달' 정도 여하 이것 또한 미리 예정된 것은 아니다. 또한 아마도 사회는 이러한 이른바 '충분한 발달'이 아직 요원한 상태에서 파괴될 것이다.[30]

단 오스기는 노동조합의 역할에 관해서 미리 예정된 것은 없다고 하면서, 여러 가지 경향을 실현시켜낼 수 있는 개연적인 가능성을 지닌 조직으로 보았다. 이는 노동조합을 노동자 스스로의 위력과 미래 사회를 운영해낼 수 있는 능력을 확인하는 기관으로 인식한 오스기의 생각이 엿보인다. 그렇지만 직접행동은 노동자들을 단련시키고, 일상적 이해의 공통성에서부터 혁명으로 향하게 하는 투쟁의 공통성을 발견해 내는 중요한 토대이며 사회혁명 뒤

28　山川均,「革命家としてのレーニンとトロツキー」,『山川均全集』第3卷, 56쪽.
29　물론 야마카와를 포함한 볼셰비키파는 일본공산당 창립을 전후해서 노동조합과 정당의 역할을 구분하고 있으나,「無産階級の方向轉換」에서도 알 수 있듯이 무산정당의 전술상의 역할은 이 시기에는 아직도 명확치 않았고, 노동조합을「準政党」처럼 대하는 경향이 강했다.
30　大杉榮,「組合運動と革命運動」,『大杉榮全集』第6卷, 99~100쪽.

의 미래사회의 토대가 될 것이라는 견해에는 대체로 동의하고 있었다.

이러한 협동의 기운은 먼저 노동자측에서 분출되었다. 1920년 5월 1일 우에노[上野] 공원에서 일본 최초의 메이데이집회가 거행되었다. 이 집회는 신우회(信友会)의 회장 미즈누마 다쓰오[水沼辰夫]의 제안에 의해 신우회, 정진회(正進会)가 제창하고 우애회 등의 참가에 의해 실현되었다. 이 집회를 계기로 위의 3조합에 더불어 계명회(啓明会), 일본교통노동조합 등의 6개의 조합이 공동행동의 기관으로 '노동조합동맹회'를 결성하였다. 이후 전일본광부연합회, 도쿄철공조합, 기계기공조합 등도 가담하여 당시의 도쿄의 노동조합의 대부분을 결속하는 형태가 되어, 쟁의의 응원이나 시베리아 출병반대 등의 활동을 행하였다. 관서 지역에서도 '관서노동조합연합회'가 결성되었다. 이러한 노동자들의 협동투쟁의 기운은 사회주의자들의 연대의 열기로 이어져, 같은 해 8월 오스기도 발기인의 하나로 참여한 '일본사회주의동맹회'의 준비가 진행되어 12월에는 그 발족에 이르렀다. 또한 『노동운동』(제2차)를 아나·볼 공동으로 간행하기로 하면서 이러한 협동투쟁의 기세를 높였다. 오스기의 동지들 일부의 반발에도 불구하고 볼셰비키파의 곤도 에조[近藤栄蔵]와 다카즈 마사미치[高津正道]에게 각각 1페이지씩을 제공하고 1921년 1월부터 간행하였다. 간행은 전년도 상해에서 조우한 코민테른으로부터 얻은 운동자금이 바탕이 되었으나 볼셰비키의 참가가 조건 지워졌던 것은 아니었다. 협동의 필요성과 가능성을 믿었던 오스기 자신의 판단이었다. 제1호에서는 '시베리아에서, 조선에서, 중국에서부터 시시각각 분열(혁명)이 다가오고 있다'고 쓰고서, 혁명의 가능성을 믿고 자본주의와 군국주의가 막다른 곳에 이르렀다는 것을 알아채기 시작한 일본인들의 자각을 위해 발행한다고 표명하였다. 그렇지만 다가오는 혁명의 기운은 노동자 스스로가 성장해서 스스로의 힘을 확신하지 못하면 성공할 수 없으며, 노동자들이 구체적인 위력을 갖추려면 노동조합이라는 조직적인 힘을 가지고 스스로 확신을 얻어야 할 필요가 있음을 밝혔다.

> 노동자는 모든 사회적 사건에 대해 노동자 스스로의 판단, 노동자 스스로의 상식을 갖춰야 한다. 그 상식을 구체화할 수 있는 위력을 얻기에 충분한 단체적 조직을 가져야 한다. 노동자의 장래는 단지 노동자 자신의, 그 힘의 정도에 달려있다.[31]

그러나 이러한 공동투쟁의 기운은 1921년 1월, 빠르게도 분열의 위험에 처하게 된다. 우애회의 기관지 『労働』 1월호에 다나하시 고토라[棚橋小虎]가 쓴 「노동조합에 돌아가라![労働組合へ帰れ!]」는, 급진화하는 노동조합운동을 노자협조주의의 옛 조합주의로 돌리려는 주장이라고 당시의 전투적 노동자들은 받아들였다. 다나하시가 신인회(新人会)출신의 인텔리였던 것에서 직접행동파의 노동자들은 이전부터 가지고 있던 '지식인지도자배격'을 주장하고 나섰다. 이것이 지도방침을 둘러싸고 '직접행동파'와 '현실파'간의 격렬한 대립으로 이어져 6월, 우애회, 도쿄철공조합 등이 동맹회를 탈퇴하기에 이르렀다. 우애회(1921년 10주년 대회이후는 총동맹)은 이후 1922년경에 이르러 간부들을 중심으로 볼세비즘을 지도방침으로 강화시켜갔지만 스즈키 분지계열의 전통적인 노동조합주의도 내부에서는 강하게 남아있었다.

또한 1921년 4월에는 코민테른 극동부위원회가 대표파견을 요청했을 때,

31　大杉榮,「日本の運命」,『大杉榮全集』第6卷, 104쪽.

볼셰비키파는 오스기를 배제시키고 일본공산당 결성을 단행코자 곤도 에조를 파견시켰다.[32] 하지만 곤도가 귀국도중에 시모노세키에서 추태를 범해 지금까지 코민테른과의 접촉해 온 과정이 고스란히 당국에 밝혀지게 되었다. 이 여파로 『노동운동』(제2차)는 폐간되었다.

노동조합동맹회의 분열에 즈음해서 오스기는 노동운동에 있어서의 지식인의 역할과 노동자와의 관계, 그리고 전위에 관한 글을 남겼다.

프롤레타리아는 힘과 활력으로 넘치는 신흥계급이다. 그것을 부르주아지 부스러기인 줏대 없는 지식계급이, 빈둥빈둥대는 문사가 교화하자라든가 지도하자라는 것은 가소롭기 짝이 없다. 지식계급 출신의 노동운동가나 노동문학가들은 이러한 프롤레타리아 안으로 스스로 들어가서 거기에서 힘과 활력을 이해하지 않으면 안 된다. 그리고 또한 그 내부에 흐르고 있는 프롤레타리아 자신의 감정과 이상을 배우고 오지 않으면 안 된다.

하지만, 프롤레타리아가 있는 모든 곳에 그러한 힘과 활력이 넘치고 있는 것은 아니다. 그러한 새로운 감정이나 사상이나 이상이 그득 차 있는 것은 아니다. 그것은 그저 그 전위 속에서만 있다. 그 이외 대다수의 내부에는 단순한 동경으로서 희미하게 나타나 있던지, 혹은 잠재력으로써 극히 깊숙이 감춰져 있을 뿐이다. 그리고 오히려 무력 그 자체, 죽음 그 자체처럼 보인다.[33]

그에게 지식인의 역할은 노동자들 중에서 성장하는 전위(전투적인 노동자)와의 일체감을 형성하고서, 다른 대부분의 민중들이 가슴속 깊숙이 어렴풋

---

32 近藤榮藏, 「コミンテルンの密使」, 『世界評論』 4(4), 世界評論社, 1949.4.
33 大杉榮, 「勞働運動と勞働文學」, 『大杉榮全集』 第5卷, 70~71쪽.

이 자리잡고 있는 동경을 끌어내는 유도제로서 기능하기를 주문하였다. 그러기 위해서는 노동조합의 지도자나 간부가 될 것이 아니라 평조합원으로 참가해 노동자와의 일체적 감정을 얻을 필요가 있다고 충고하였다.

4. '생디칼리즘'의 관철과 그 벗어남으로 보는 아나·볼 논쟁

이처럼 협동투쟁의 실패를 경험한 후 오스기는 『노동운동』(제3차)를 통해 러시아 혁명의 볼세비키비적 왜곡에 대한 비판, 바쿠닌에 의거한 마르크스주의 비판, 노동조합전국총연합 결성에 관한 일본의 공산주의자들에 대한 비판을 전개하면서 이른바 아나·볼 논쟁을 전개하였다.

또한 오스기는 1921년 3월의 크론슈타트의 병사소비에트의 봉기와 그 시기에 행해진 제10회 러시아 공산당대회에서 채택된 신경제정책(NEP), 노동조합을 둘러싼 논쟁과 노동조합반대파에 관한 기사를 연속으로 보도한다. 우선 알렌산드르 베르크만(Alexander Berkman)의 기사를 번역·전재하여 크론슈타트 봉기의 배경이 된 페트로그라드의 노동자 동맹파업이 진압에 이르게 된 경위와 소비에트 내의 민주화와 혁명의 철저화에 대한 그들의 요구를 전하였다. 그리고 신경제정책에 대해서는 '앞으로 향하기 위한 후퇴'라고 하는 러시아 공산당의 의견과 '자본주의에 대한 항복'이라는 부르주아국가의 의견 양쪽 모두 유보하면서도, 현재의 러시아가 국가자본주의와 사적자본주

의사이의 경쟁 속에서 전반적인 노동조건의 악화와 노동쟁의의 실질적 금
지, 1인 관리제 아래에서 산업에 대한 노동자들의 직접적인 통제권이 상실된
점을 비판의 중요한 근거로 삼았다.

> 러시아는 아직 혁명이 한창이다. 이제 겨우 그 첫걸음을 디뎠을 뿐이다. 이
> 혁명 러시아의 노동자에게 상당한 희생적 정신이 요구되는 것은 너무나 당연
> 하기만 하다.
> 그렇지만 노동자의 희생이 당연시된다는 것은, 그 혁명이 노동자 스스로의
> 혁명이고서야 비로소 그렇게 불릴 수 있는 것이다. 스스로의 혁명이기에 스스
> 로를 희생하는 것이다. 타인의 혁명에 스스로를 희생할 필요는 조금도 없
> 다.[34]

오스기는 러시아혁명, 적어도 신경제정책이 실시된 이후의 볼셰비키혁명
의 진행이 정말로 노동자자신의 혁명인가에 의문을 던졌다. 이와 같은 혁명
진행에 대해 러시아 노동자들의 '감정'에 가장 접근한 공산당 내부의 존재가
'노동자반대파'라고 평가하였다. 이들은 1919년부터 결성되어 중앙당기구가
지방의 당조직이나 노동조합을 지배하는 것, 당이 공장을 통제하는 것에 노
동자의 역할을 무시하고 부르주아 전문가에 의존하는 것, 공장에 있어서의
집단통제를 1인 관리로 바꾸려는 움직임에 대해 비판적인 자세를 견지했었
다. 그리고 1920년부터 21년에 걸쳐 노동조합의 국가기구화에 반대하면서
러시아 공산당 내의 반대세력이 되었다. 제10회 대회에서 레닌, 지노비에프
등은 노동조합을 공산주의의 학교로써의 역할을 주장하고, 트로츠키는 노동

34　大杉榮,「ロシア革命論」,『大杉榮全集』第7卷, 85~86쪽.

조합의 국가기관화를 주장하면서 표면적으로 차이를 나타냈으나 생산의 통제권을 주는 것을 거부한 점에서는 일치했었다. 한편 노동자반대파는 프롤레타리아 계급을 가장 직접적으로 대변하는 노동조합이 국가경제나 개인 기업을 통제하지 않으면 안 된다고 주장하였다. 이들은 평당원에게서 강한 지지를 얻었으나 당 지도부로부터는 아무런 호응을 얻지 못했다. 레닌은 소부르주아적, 아나르코 생디칼리즘적 편향이라며 비난하고서[35] 이 대회에서 분파 금지를 채택해 더 이상의 논의를 불가능하게 만들었다.

볼셰비키 정부는 그 마르크스주의적 국유화와 집중을 하는 사이에, 상당히 오랫동안 이어진 러시아 노동조합을 정부의 사업으로 삼고 말았다. 자본주의가 폐지되어, 우리들 정부는 노동자 정부이기 때문에, 노동자들은 그 이익을 보호할 특수 기관이 필요치 않지 않은가! 누구에 대해 스스로를 보호한다는 건가? 자기 자신에 대해서?

그러면서 1917년 혁명기 때에 그토록 중대한 역할을 했던 노동조합은 공산주의 국가에 의해, 전투적 노동단체로서는 절멸되어 버렸다. 그리고 이른바 노동조합은 국가의 부속물이 되었고, 그 주된 기능은 노동에 관한 정부 명령의 전달이 되었다.[36]

오스기가 문제삼은 것도 실제의 노동계급이 생산이나 산업관리에서 쫓겨나 노동조합은 노동을 통제하는 경찰력으로 변해버린 점이었다. 그는 노동자들이 직접적이고 집합적으로 산업을 관리하면서 개조해가는 밑으로부터

---

35 大杉榮, 「ロシアにおける無政府主義者」, 『大杉榮全集』 第7卷, 19쪽.
36 同上, 86쪽.

의 사회주의 가능성을 즉 '프롤레타리아 이상주의'가 끝나버렸다고 느꼈음에 틀림없었다.

이에 비해 야마카와의 견해는 러시아 공산당지도부의 노선을 따랐다고 할 수 있다. 신경제정책은 내전기에 파괴된 경제의 신속한 회복을 위한 것으로, 노동자들이 보다 포괄적으로 조직되어 대산업별로 정리되고, 생산 관리와 경영에 대한 지식과 경험이 축척되고 나서야 노동조합이 생산과 분배를 관리할 수 있을 것이라 보았으며, 생산성 향상을 위해 도입된 노동규율의 강화정책도 같은 논리로 긍정하였다. 그렇기에 노동자반대파의 주장은 적극적이나 구체적인 의견이나 강령을 갖추지 못한 일종의 불평분자에 지나지 않는다고 비판했다.[37]

1인 관리제에 대해서도 야마카와는 산업상의 견지에서 과도기에 해당하는 '독재정치'의 필요를 논한 레닌의 견해를 따랐다. 즉 생산기술상의 이유에 의한 이러한 독재정치는 산업별 노동자들의 단체조직의 발달에 따라 그 필요성이 감소되고, 또한 해임과 집회민주주의 등 다양한 밑으로부터의 통제와 조화될 것이라고 확신하였다.[38]

이처럼 제10회 대회에 있어서의 노동조합의 위치에 대한 논의를 전해가면서 야마카와는 생디칼리즘에 대한 지금까지의 입장을 점차 변화시켜간다. 종래의 연구에서는 다카바타케 모토유키[高畠素之]와의 정치투쟁 대 경재투쟁의 논쟁을 거처 프랑스 노동총동맹(CGT)의 우경화와 이탈리아 공장점거운동의 실패 등에서 생디칼리즘의 한계성을 인식했다고 보고 있으나,[39] 그 변

---

37 山川均, 「『勞働反對』の話」, 『山川均全集』 第5卷, 44~45쪽.
38 山川均, 「ソヴィエト政治の特質とその批判―プロレタリアン・ディクテイターシップとデモクラシー」, 『山川均全集』 第2卷, 398쪽.
39 야마카와는 프랑스 노동총동맹(CGT)에 관해서 제1차세계대전 후에 노자협조주의적 입장을

화를 결정지운 것은 역시 레닌의 노동자반대파에 대한 평가를 기점으로 하고 있다고 할 수 있다.

노동조합이 신사회의 생산조직으로써 중요한 직분을 가지고 있다는 점에 대해서는 구식 조합주의자도 공산주의자도 그 견해를 같이 한다. 단 구식 조합주의자들과 공사주의자들의 다른 점은 노동조합이 그러한 직분을 수행할 수 있을 만큼 완성되기 위해서는 우선 이를 방해하고 있는 장애물을 철폐할 필요가 있는지 없는지, 바꿔 말하면 조합이 자본계급지배 하에서 그 발달이 완성될 수 있는지, 그렇지 않으면 무산계급이 권력을 장악한 다음에 비로소 그 발달이 완성되는 것인지라는 한 가지에 귀착되는 것이다.[40]

이윽고 야마카와는 생디칼리즘이 혁명적인 전통을 찬양해 온 종래의 입장을 후퇴시키고서 「노동조합의 진화와 직분[労働組合の進化と職分]」(『解放』, 1922.2)에서 생디칼리즘을 '순경제적 직접행동주의'라 규정하고 고차의 정치투쟁을 담지하는 볼셰비즘과 대치시킨다. 생디칼리즘이 사회민주주의의 개량적 의회주의에 맞서 노동조합의 투쟁을 조직화하여 산업적 혁명 행동으로 이끈 공이 있으나, 자본주의 사회에서 사회주의로의 변형을 노동조합의 발달여하에 한정시키는 한계를 보였다고 비판했다. 그렇지만 러시아에서는 노동조합의 충분한 발달 없이도 산업단위를 기초로 한 정치조직과 경제조직을 일체화시

취했던 노동총동맹 간부들의 주장이 '정치부정론'에 의거해 있다고 비판했다.(「フランス勞働組合運動の轉機－右傾か左傾か」(『解放』, 1920.8)나 「勞働組合の進化と職分」(『解放』, 1922.2)을 참조) 또한 이탈리아의 공장점거운동의 실패를 이탈리아노동총동맹(CGL)의 경제주의와 이탈리아 공산당의 의회주의의 분리에서부터 왔다고 소개하였다.(「イタリアの工場占領事件－マゾニス事件」, 『全集』3卷, 129~140쪽 참조)

40　山川均, 「1921年の勞農ロシア」, 『山川均全集』第4卷, 73쪽.

킨 과도기적 조직인 소비에트가 등장했고, 조직된 강제력인 국가조직으로써 소비에트가 전사회를 무산계급에 동화시킨 이후, 노동조합이 생디칼리즘 대로 생산과 분배에 관여하면 된다고 판단하였다. 야마카와는 러시아의 소비에트 독제가 결코 공산당 독재가 아니라고 주장하였다.

그렇다면 여기서 오스기는 '프롤레타리아 독재'를 어떻게 바라보았을까? 1920년 8월경에 야마카와를 방문해 러시아혁명에 대해 담화를 나누는 자리에서, 오스기는 크로포트킨이 그려놓은 이상적 사회가 혁명 후에 곧바로 실현되지는 않을 것이라고 말하면서 '생산자의 딕테이터쉽이라는 사상'은 바쿠닌도 주장한바 있다고 이를 옹호하였다. 그렇지만 볼세비키는 질서 회복을 서둔나머지 개별 소비에트의 권력을 집중화해 중앙정부를 만들어 버렸다고 비판했다고 전해진다.

이처럼 극히 어렴풋한 의미에서의 무산자 독재라는 것은 '소비에트에 모든 권력을'이라던 러시아 혁명 초기의 슬로건이 나타내고 있듯이 노동자가 혁명의 일체를 결행한다고 하는 의미이다. 하지만 무산계급의 독재라고 하는 것은 그런 의미가 아니다. 단지 그렇게 칭하는 강력한 중앙집권적 정부라는 의미이다. 그리고 소비에트는 단지 그 '철의 규율' 아래에 예속된 한 기관에 지나지 않는 것이다.[41]

오스기는 당시에 유통되고 있던 '무산계급의 독재'란 공산당이 위로부터 소비에트에 대한 독재일 뿐이라고 보고, 혁명초기의 노동자들의 자발적인

41　大杉榮,「獨裁と革命 無政府主義革命に就いての一問答」,『大杉榮全集』第7卷, 65쪽.

'소비에트'로 돌아가길 바랐다. 무산계급독재의 러시아에서 노동자 스스로 의 손에 의한 직접적 생산관리조차 되지 못한다면 이는 모순이 아니냐는 논 조이다. 오스기의 러시아 혁명 비판은 아나키스트나 생디칼리스트의 투옥, 처형에서만 촉발된 당파적인 관점에 한정된 것은 아니었다. 볼세비키내부의 노동자반대파에게도 공명을 나타냈으며, 혁명초기의 이상, '공장을 노동자 에게!', '모든 권력을 소비에트로!'를 철저히 할 것을 요구한 것이었다.

5. 노동운동의 '본의(本義)'와
'이상(理想)'의 대립이 불러온 '결렬'

『노동운동』(제3차) 지상에 크게 다루어진 또 하나의 문제는 일본노동조합 총연합과 관련된 기사였다. 총연합운동은, 1922년 4월에 일본노동총동맹 관 서동맹회가 제창하여 전후공황 속에서 큰 반향을 불렀다. 다양한 우여곡절 을 거친 다음, 1922년 9월 30일 오사카 덴노지[天王寺] 공회당에서 '일본노동 조합총연합'의 창립대회가 60여 단체가 참가하는 가운데 열렸다 대회는 총 연합 규약 제2조의 단서를 둘러싸고 자유연합론과 중앙집권적 합동론으로 갈라져 격렬한 논쟁으로 번졌다. 그 와중에서 경관에 의해 대회는 해산되면 서 총연합의 결성은 좌절되었다. 창립대회의 좌초 이후에도, 총동맹측과 반 총동맹측의 대립은 격화되었고 논전뿐만이 아니라 물리적 충돌조차도 수반 하는 양상을 보였다. 양측의 대립에 오스기와 야마카와의 논쟁이 덧붙여져,

아나·볼 간의 대립으로 비춰지고 있지만 양상은 좀더 복잡하였다.

무정부주의나 생디칼리즘의 자유연합주의에 반대하는 분자들은 그것이 사회주의자든 공산주의자든 또는 단순한 조합운동가든 이 총연합 문제에 대해서는 같이 총동맹측을 지지한 것인데, 그들을 총칭해서 무정부주의자 측에서는 『볼』 즉 볼세비키파라고 이름 붙였던 것입니다. (…중략…) 이와 마찬가지로 『아나』(아나키스트-역자주)세력에 들어있던 조합들이 모두다 무정부주의나 생디칼리즘 경향을 띠고 있었던 것이 아니라 그들의 반-총동맹적인 경향이 그들을 『아나』세력으로 분류되게끔 했던 것입니다.[42]

총연합을 둘러싼 논쟁은 이전부터 이어오던 러시아 혁명에 대한 논쟁과 겹쳐졌기 때문에 결과적으로는 아나키스트와 볼세비키간의 이론적인 논쟁의 성격이 강조되어 왔다.

오스기도 이 문제에 대해 코민테른의 방침에 대한 정보를 제공하면서, 볼세비키의 통일전선전술에 주의를 촉구하였다. 그에게 의하면 통일전선론은 노동자들의 연대에 대한 열망을 이용해, 공산당이 그 지도권을 장악하려는 책략이며 왜곡된 러시아 혁명의 세계적 전파였다.

하지만 공산당에서 가장 고지식한 레온 트로츠키는 이러한 속셈을 확실히 자백해 주었다. 러시아혁명에 이어서 곧바로 세계 혁명이 성취될 것이라고 본 러시아공산당의 꿈은 깨졌다. 그러자 그들은 안으로는 이른바 자본주의에 항

42　山川均, 「東調布手記」, 『山川均全集』 第4卷, 458~459쪽.

복해서 신경제정책으로 혁명을 중지하면서, 밖으로는 협동전선으로 천천히 그 꿈의 실현을 꾀하려 했던 것이다. [43]

오스기는 총연합의 결성을 맞이해 반총동맹측의 신우회와 정진회의 유지들이 펴낸『노동조합전국적 총연합에 대하여, 계급투쟁의 전사인 전국조합 노동자 제군에게 고함[労働組合全国的総連合について, 階級闘争の戦士たる 全国組合労働諸君に告ぐ]』(1922)이라는 팜플렛을 높게 평가하고 이를 옹호하였다. 물론 내용에 있어서는 오스기가 견지해온 주장과 합치되는 점도 있지만, 그 내용보다는 노동자 스스로가 자신들의 경험과 동경을 가지고 펼쳐낸, 아직 이론으로까지는 완성되지 못한 '기분'의 표출이라는 점을 존중하였다. 이른바 노동운동의 지도자들이 '노동자들 가운데서 이러한 새로운 기분에 대해 좀더 친절하게 대해야 한다'[44]라며 자유연합론을 옹호하였다.

또한 반총동맹측 노동자들의 과거의 경험에서는 1921년 '노동조합동맹회'로부터 총동맹의 갑작스러운 탈퇴사건도 있었다.

이러한 협동전선의 파괴에 대해서는 우애회는 이미 전과자이다.

재작년 5월 1일 이래로 우애회와 도쿄 시내의 다른 아홉 조합들이 (…중략…) 노동조합동맹을 조직했다. 그런데 그 다음해 메이데이 직후, 우애회는 돌연히 탈퇴를 선언했다. 그 이유로는 (…중략…) 도쿄연합회 간부들은 조합동맹회의 존재에 의해 자연히 연합회가 무시되고, 또한 우애회 산하로 다른 모든 조합을 포용하고서 스스로 그 지도적 지위에 서려던 야망이 보람없이

---

43 大杉榮, 「組合帝國主義 總連合問題批判」, 『大杉榮全集』第6卷, 128쪽.
44 大杉榮, 「勞働運動の理想主義的現實主義」, 『大杉榮全集』第6卷, 144쪽.

되었다고 보았던 것이다.

도쿄의 철공연합문제 대한 우애회 도쿄철공조합의 태도 및 오사카의 노동
조합동맹회에 대한 우애회 오사카연합회의 태도도(…중략…) 그들 스스로가
협동전선을 파열시켰다.[45]

노동조합동맹회는 조합조직의 대소를 가리지 않고 대등평등을 조직원칙
으로 삼아 동일한 자격의 대표권을 주었다. 이 조직 원칙은 생디칼리즘계열
의 조합이 자기주장을 펼칠 기회가 되었고, 대립이 표면화되면서는 우애회
계열의 대조합의 불만의 원천이 되었다. 직접행동을 주장하는 생디칼리즘에
대해, 착실한 노동조합주의에 돌아가고자 요구하는 우애회의 충돌이 표면화
되면서, 우애회 본부는 산하조합들의 탈퇴를 걱정하고서 내부의 불만을 잠
재우고 동맹회로부터 탈퇴하였다.[46] 총연합의 결성에 있어서 총동맹측이 집
어든 중앙집중적 합동론이나 이사 수의 제한에 대해 반총동맹측은 이전의
경험에서부터 의심을 떨칠 수가 없었을 것이다.[47] 총동맹 내부의 스즈키 분
지 직계의 마쓰오카 고마키치[松岡駒吉]나 니시오 스에히로[西尾末広] 등의 우
파나 신흥세력인 볼셰비키 모두다 총동맹에 의한 전국노동조합에 대한 지도
권을 확실히 하려는 의도는 일치했었으며, 어떻게 보면 이 양측간의 통일전
선이 성립되었다고도 할 수 있었다.[48] 반총동맹측은 신우회나 정진회를 중

---

45 大杉榮,「組合帝國主義 總連合問題批判」, 前揭書, 132쪽.
46 야마카와도 우애회 내부의 양상과, 우애회가 노동조합동맹회을 탈퇴했기 때문에 동맹회에 남
    은 조합이 더욱 급진화되기 시작했다고 적고 있다.(山川均, 「『量』から『質』に轉じた組合運動」,
    『太陽』, 1921.7) 또한, 탈퇴후인 1921년 7월 5일 대회에서 우애회 내부에서 「지식계급적 지도
    자 배격」이라는 소리가 높아졌다.(山川均, 「日本の組合運動史の一頁－友愛會東京連合會大會
    所見」, 『改造』, 1921.7)
47 水沼辰夫,「『總連合』の決裂とその前後」, 『社會科學』第4卷1号, 1928.2.
48 大澤正道, 『大杉榮硏究』法政大學出版局, 1971, 321~322쪽.

심으로 자유연합론을 주장하였던 것은 중앙집권적 합동에서는 소조합인 그들의 존재가 희박해져 본부간부들에 대한 통제가 이루어지지 않을 현실적인 공포감이 있었을 것이라 생각된다.

이러한 반총동맹측의 자유연합론에 대해, 야마카와는 자본주의 전시대의 있어서의 직종별노동조합의 분립주의에 입각한 사상이라 비판하고, 현재의 자본주의 발달 상태에 대응하지 않으면 안 된다고 주장하였다. 그리고 중앙집권적이라는 말은 소수 간부나 지도자가 지도권을 전횡하는 관료주의를 뜻하는 것이 아니라, '일반조합원의 전투 의지와 힘을 신속하게 반영할 수 있는 행동의 집중'을 가리킨다고 설명하였다.[49] 그리고 합동론과 자유연합론을 '산업별 조합＝합동＝계급전체의 자주와 독립＝계급투쟁주의' 대 '직업별 조합＝연합＝부분부분의 자주와 독립＝개인주의'로 등치시켰다.[50] 자본주의의 발달한 대공업을 그대로 상속할 수 있는 기관으로써도 집중적인 조직이 필요하다고 말하였다.

이에 대해 오스기는 노동운동은 우선 개선, 다음은 파괴, 최후에 건설이라는 식의 순차적으로 진행되는 것이 아니라고 말하고, 개선과 파괴 건설의 동시 진행이 옳다고 주장하였다. 자신들이 '이상으로 삼는 사회의 시작'은 '스스로의 안에서 만들어 가는 것이 무엇보다도 필요'하며, 이는 조합의 자주자치, 자유연합의 참된 의미라고 밝혔다. 자유연합론이 지향하는 것도 산별조합의 편성과 각 조합에 있어서의 상대적인 자유와 자치일 뿐이며, 행동의 일치 등 야마카와가 제시한 것과 차이가 없다고 말하였다. 그리고 야마카와가 말하는 집중은 '일반조합원의 전투의지와 힘을 가장 정확하게 가장 신속하

49　山川均,「總連合の決裂」,『山川均全集』第4卷, 406쪽.
50　山川均,「集中的組織と分散的組織」,『山川均全集』第4卷, 415～416쪽.

게 반영하다'라고 말하지만, 이것 또한 자유연합론자들의 '개인본위단체주의'의 주장과 조금도 다르지 않지만, 야마카와가 원하는 바는 결국 '가장 정확히'라는 말을 뺀 채 어찌되었든 '가장 신속하게'에 있는 것이라며 비판하였다. 즉 집중의 의미는 속도에만 맞춰져, 어떤 문제에 대한 힘의 집중이 아니라, 어떤 사람 혹은 사람들에게의 힘의 집중으로 변질될 것이라고 내다보았다. 즉 결국에는 일반조합원의 의지는 문제 삼지 않고, 그 전투력을 수중에 넣으려는 것에 지나지 않는 것이라고 비판하였다.

어디까지나 그들 자신의 현실 위에 서서 나아가려고 하는 것이다. 합동론의 어떤 노동자들이 오해하듯이 추상론이나 가공론(架空論)이나 몽환론(夢幻論)의 허황된 사상중독도 아니다. 이론으로써는 아직 제대로 성장해 있지 않다. 하지만 현실의 강력한 기분과 감정 위에 서서 나아가려고 하는 것이다.[51]

이러한 오스기의 반론에 대해 야마카와는 「되는대로 논-오스키 씨에 대답한다[盲滅法論－大杉氏に答う]」(『改造』, 1923.2)에서 재반론을 제기한다. 자유연합론측의 이사 수로는 총연합의 기동력을 저해한다는 점과 현실적으로 집중된 자본의 공세에 대응하기 위해서는 노동자들의 '기분'에조차 등을 돌려야한다고 이야기한다.

오스기 씨에 의하면 자유연합은 노동자들의 '기분'이다. 그리고 노동계급의 전투력 집중을 목적으로 한 집중적 조합주의는 노동자들의 '기분'에 반하고

---

51 大杉榮, 「勞働運動の理想主義的現實主義」, 『大杉榮全集』 第6卷, 150쪽.

있다는 것이다. (…중략…) 노동자들의 '기분'은 가령 자유연합에 있다고 하더라도 조직되고 집중된 자본세력과 항쟁하고자 하는 현실의 필요와 이 필요를 그대로 이해하는 노동계급의 견실한 상식과는 반드시 이 '기분'을 이겨낼 것임이 분명하다. 나는 노동계급의 승리를 확신한다.[52]

또한 오스기가 '자유와 자치'를 도그마하고 있는 것은 아닌지 재반론하면서 자유연합주의자들의 이야기하는 조직은 행동의 한단위로 기능할 수 없다고 반박하였다. 이러한 평행선을 달리던 논의는 오스기가 베를린에서 개최될 예정인 국제무정부주의자대회에 출석하기 위해 1922년 12월에 일본을 탈출해 프랑스로 가면서 이대로 종결되고 만다.

총연합의 문제에 대해 야마카와와 대립해 자유연합론을 옹호하면서 오스기 가지고 나온 것은 노동자들의 '기분'이었다. 때때로 '기질'이나 '감정', '본능'으로도 표현되는 이 단어는 일반적인 의미의 희노애락이나 애증 등과 같은 것이 아니라, 스스로가 스스로의 생활이나 운명을 결정하고자 하는 '자주자치'로 집약된다. 오스기는 논쟁에 한해 앞서 쓴 '사회적 이상론'에서 노동자가 혁명의 도구가 되지 않고 그 주인이 되기 위해서는 '건설하려고 하는 장래사회에 대해, 확실한 관념을 지니지 않으면 안 된다'는 크로포트킨의 의견에 동의하지 않았다. 노동자가 '확실한 관념'을 가지고 있더라도, 남의 생각을 자기 것인 양 받아들인 관념으로는 그 혁명을 주도할 수 없으며, 신사회의 건설도 타인에게 의존할 수밖에 없다고 보았다. 노동자들에게 중요한 것은 스스로의 생을 주재하려고 하는 '확고한 자주심'이라고 오스기는 설명한다.

---

[52] 山川均, 「盲滅法論―大杉氏に答う」, 『山川均全集』 第5卷, 103쪽.

게다가 노동자는 그런 관념이나 이상이라는 견본을 이치상으로 비교하기 전에, 궁지에 몰린 생활의 조금이더라도 개선을 꾀하지 않으면 안 된다. 그것이 노동자들 목하의 급무이다. 그리고 노동자는 이 급무를 해결하기 위해 노력하는 동안에, 자본가나 노동자와의 관계, 정부와 자본가 혹은 노동자와의 관계에 대해 그 지위를 점차 자각해 왔다. 오늘날의 사회제도의 근본적 오류에 대해서도 깨닫기 시작했다. 또한 노동조건 개선을 위한 노력하는 동안 그보다 훨씬 강력히 그 마음속에서 솟아나는 자유의 정신에 눈뜨기 시작했다.[53]

노동자는 일상의 계급투쟁을 반복하게 되면서 법률과 권력과 같은 제약에 부딪히고 자본이나 국가와 노동자 자신과의 관계를 깨달아 사회조직의 변혁에 나서게 된다. 이러한 투쟁과 노력이 없는 곳에서 노동자 자신을 되돌릴 수 없다. 오스기는 그 과정의 최초의 동기를 '자주자치'의 감정, 소외를 극복하려 하는 '의지'에서 찾고 있다. 그렇다고 해서 사회주의의 이론이나 사상이 전혀 불필요한 것은 아니다. 그러나 어디까지나 노동자들 스스로가 획득한 사회적 지식이나 자유의 정신을 베이스로 해서 다양한 사회적 관념과 이상을 좁혀가지 않으면 안 된다. 총연합을 두고 논쟁했을 때, 신우회나 정진회의 뜻을 잇는 『노동조합 전국적 총연합에 관해서 계급투쟁의 전사인 전국조합노동자 제군에게 고함[労働組合全国的総連合について, 階級闘争の戦士たる全国組合労働諸君に告ぐ]』 ― 야마카와는 이를 오스기의 대필로 의심했다 ― 을 칭찬했던 것도, 이러한 이유에서이다.

그러나 이러한 '자주자치'의 감정을 나타내며 투쟁에 나서는 노동자는 노

53　大杉榮, 「社會的理想論」, 『大杉榮全集』 第6卷, 45쪽.

동자 계급 중에서 소수자이다. 다수의 노동자도 내적인 동경이나 '자주자치'에 대한 갈망이 없지는 않다. 그렇기 때문에 소수자는 우선 관념과 이상의 유사함, 이해관계의 연을 통해 노동조직을 조직하여 투쟁하게 된다. 같은 노동자인 소수자의 활동은 자극이 되어서 활동하지 않던 다수자를 동요시킨다. 노동조합은 이러한 자극과 반응의 확산적인 연쇄의 무대가 되는 것이다.

> 노동조합은 그 스스로가 노동자의 자유·자치능력을 차츰 충실히 하고자 하는 표현임과 동시에 외부에 대해 그 능력을 점차 확대해 하려고 하는 기관이며, 그와 동시에 그렇게 노동자가 스스로 만들어 나아가고자 하는 장래사회에 대한 하나의 맹아여야 한다.[54]

노동조합은 노동자가 스스로의 능력을 확신하게 되는 장이자 직접적인 관여를 통해 실감을 얻고 노동자 자신을 변화시키는 장이었다. 혁명은 먼 곳에 있는 것이 아니라 이미 눈앞에서 일어나는 것이었다. 이러한 오스기의 견해는 변혁운동에 있어서 피억압자인 노동자의 자율적인 참가가 무엇보다도 중요했다. 러시아혁명 비판이나 총연합의 문제에 관한 일관된 오스기의 관점은 이것이었다. 10월 혁명 이후 러시아의 상태는 혁명 그 자체를 기술적인 것으로 취급하고 노동자를 혁명의 도구화했다고 생각했음에 틀림없다.

54　大杉榮,「勞働運動の精神」,『大杉榮全集』第6卷, 6쪽.

6. '파괴와 건설의 동시진행'

러시아혁명과 총연맹을 둘러싸고 전개된 오스기와 야마카와의 논쟁으로 둘은 화해불가능한 평행선을 가게 되었다고 할 수 있다. 이 논쟁을 아나키즘 이나 마르크스주의 이데올로기 논쟁이라는 측면에서 생각하려 한다면 어떤 이론이 더 옳다라는 가치판단에 급급하게 되어 그 제대로 된 평가 역시 불가 능하게 될지 모른다. 또한 그들을 이데올로기의 구현체로 접근하게 된다면 그들에 대한 평가 긴도 각각의 이데올로기에 얼마나 충실했는가 라는 빈곤 한 결론밖에 내릴 수 없다.

1920년대 초, 일본 노동운동의 주류를 이루고 있던 노자협조적 노동조합 을 급진적인 방향으로 이끈 것은 경제구조의 변화나 러시아혁명이라고 하는 국제적 환경과 함께 오스기 사카에를 중심으로 한 그룹의 실천적 선전활동 이 영향을 미쳤다. 이러한 오스기의 실천적 선전활동은 동시대인들의 증언 을 통해 알 수 있는 것처럼, 오스기 사카에의 사상적 핵심이 노동운동, 다시 말해서 노동자를 직접적으로 사회변혁의 '주체'로 세우는 것이었다.

그러나 노동조합에 기초한 급진적 사회변혁 활동을 구상했던 사람은 오스 기 사카에만이 아니었다. 메이지기 이후 혁명적 사회주의라는 입장을 견지 해 왔던 다른 사회주의자들도 그 사상적 근거는 각기 달랐지만 역시 혁명적 인 전통을 노동자들의 직접 행동에 두고 있었다. 이렇게 동일한 운동의 방향 성은 협동 투쟁의 기운을 고양시키는 매커니즘으로 작용했다고 보인다. 그 러나 이러한 운동의 방향성은 협동 투쟁을 오래 이어가지 못하고 결렬을 맞 게 된다. 그 계기는 러시아혁명에 대한 관점의 차였다고 할 수 있다. 야마카와와 오스기가 주고받았던 러시아혁명에 대한 논쟁은 러시아 공산당 아나키스트와 생디칼리스트에 대한 박해로부터 출발하였으나, 크론슈타트봉기나 노동자반대파를 둘러 싼 문제 제기에서 나온 혁명의 '본의', 혁명이 나아갈 '이상'을 둘러싼 갈등이라고 할 수 있다.

이러한 의식의 차이는 '노동조합전국총연합' 결성에도 악영향을 직접적으로 미치게 되는 계기가 되었다고 보인다. 1922년에 있었던 총연맹 창립대회의 결렬은 표면적으로는 '자유연합론'대 '합동론'의 조직론적 대립이 그 원인으로 보인다. 그리고 그러한 '결렬'이 이후 이상주의적인 입장의 아나키스트 오스기 사카에라는 평가로 그대로 이어지게 된다. 그러나 총연합문제에 대한 오스기의 태도는 오히려 현실주의적 측면이 강했다. 집요하니만큼 노동자의 자발적 참가를 주장한 오스기 사카에의 자유연합론은 노동운동의 '본의'를 시종일관한, 노동이라는 현실 속에서 노동자가 주체가 된 혁명을 성취하려 한 오스기의 사상적 실천을 그대로 반영하고 있다. 이에 반해서 중앙집권적인 합동론을 제창한 야마카와 쪽이 확실한 혁명의 프로세스를 통해 그 '이상'을 실현하려고 했다고 할 수 있다.

오스기가 노동자에게 많은 관심을 기울인 것은 근대자본주의사회의 모순에 가장 노출되어 있는 존재라는 생각에서였다. 뿐만 아니라 그 모순을 직시하며 스스로 조직하여 투쟁하는 자세를 노동자들이 보여줬기 때문이다. 그러나 오스기에게 노동조합이 절대적인 존재는 아니었다.[55] 피억압자 스스로가 그 생활을 개척해 나가려 하고 조직을 이루어 투쟁에 나선다면 이를 지지

---

55 오스기가 「組合運動と革命運動」, 『勞働運動』, 1920.6에서, 노동조합의 조직론에 경되된 아라하타 간손[荒畑寒村]을 비판하고 있는 점에서도 확인된다. 노동조합이라고 하는 조직도 어디까지나 개연적인 것이라고 그는 말한다.

할 준비가 되어 있었다. 혁명 초기의 소비에트에 대한 오스기의 지지도 이를 방증한다.

오스기가 '자유연합론'을 지지한 것도 노동자의 경험이나 동경을 바탕으로 해서 그들의 언어로써 표현했다는 점에 있다. 여기서 알 수 있는 것은 오스기 사카에의 인텔리겐차상이다. 그 자신을 포함한 인텔리겐차는 이렇게 노동자 속의 선진적인 분자를 격려하고 그 '기분'을 이론의 경지로 유도해 가는 것이었다. 이는 실천 속에서 그가 보여준 노동자들이나 다른 동지에 대한 태도와 완전히 일치하는 방법이기도 했다. 지식인이나 직접적 혁명가에 의한 타율적이고 대리적인 투쟁으로 승리한 혁명은 그 끝이 결코 혁명의 완성이 아니라 파멸로 간다는 것을 예언했다고 생각한다. 동지 중 일부가 '아나키스트'로만 된 조직을 만들어 투쟁하자고 주장했을 때에도 이에 동의하지 않았던 것은 이 때문이었다.[56]

'파괴와 건설의 동시진행'이라는 슬로건은 그저 체제를 겨냥한 말이 아니었다. 노동자가 낡은 관습과 제도 속에서 투쟁하는 도중에 자신의 능력에 확신을 얻어가는 것 역시 '파괴와 건설의 동시진행'이라고 할 수 있다. 오스기가 "노동운동은 노동자의 자기획득운동, 자주자치적 생활획득운동이다"라고 말한 것은 아마도 이를 가리킨다고 생각한다.

---

56 이토 노에[伊藤野枝]에게 보낸 1923년 3월 28일 편지(大杉榮研究編, 『大杉榮書簡集』, 海燕書房, 1974, 262쪽)와, 같은해 8월 20일 열렸던 「자유연합동맹」 준비회의에서의 모습에서도 이를 확인할 수 있다.(大杉豊, 『日錄 · 大杉榮伝』社會評論社, 2009, 472~473쪽)

참고문헌

자료

浅原健三, 『溶鉱炉の火は消えたり』, 新建社, 1930.

荒畑寒村, 『寒村自伝』 上巻, 岩波書店, 1975.

大杉栄, 『大杉栄全集』, 現代思潮社, 1964.

大杉栄研究編, 『大杉栄書簡集』, 海燕書房, 1974.

岡本潤, 『詩人の運命』, 立風書房, 1975.

鈴木文治, 『労働運動二十年』, 一元社, 1931.

賀川豊彦, 「可愛い男大杉栄」, 『改造』, 1923.10.

高津正道, 『旗を守りて』, 笠原書店, 1986.

辻井民之助, 「過去一年間に於ける京都労働運動の進化」, 『日本労働新聞』, 1921.1.16.

水沼辰夫, 「大杉と日本の労働運動」, 『労働運動』 第4次第2号, 1924.3.

水沼辰夫, 「『総連合』の決裂とその前後」, 『社会科学』 第4巻1号, 1928.2.

労働省大臣官房労働統計調査部編, 『統計からみたわが国の労働争議』, 労働省大臣官房
　　　労働統計調査部, 1951.

山川均, 『山川均全集』, 勁草書房, 1968.

和田久太郎, 「騒擾中の足尾」 (二), 『労働運動』, 第1次第3号, 1920.1.

和田久太郎, 「集会の記」, 『労働運動』, 第2次第4号, 1921.2.10.

논저

秋山清, 「大震災と大杉栄の回想」, 『労働運動史研究』 第37号, 日本評論新社, 1963.

近藤栄蔵, 「コミンテルンの密使」, 『世界評論』 4(4), 世界評論社, 1949.4.

松田道雄, 「解説」 『現代日本思想大系16 アナーキズム』, 筑摩書房, 1963.

秋山清, 『日本の反逆思想』, 現代思潮社, 1960.

＿＿＿, 『大杉栄評伝』思想の科学社, 1976.

板垣哲夫, 『近代日本のアナーキズム思想』, 吉川弘文堂, 1996.

絲屋寿夫, 『日本の社会主義運動史』, 法政大学出版局, 1979.

岡本宏, 『日本社会主義政党論史序説』, 法律文化社, 1968.

大沢正道, 『大杉栄研究』, 法政大学出版局, 1971.

大杉豊, 『日録・大杉栄伝』, 社会評論社, 2009.

岡本宏, 『日本社会主義政党論史序説』, 法律文化社, 1968.

近藤憲二, 『私の見た日本アナキズム運動史』, 麦社, 1972.

竹山護夫, 『大正期の政治思想と大杉栄』, 名著刊行会, 2006.

成田龍一, 『大正デモクラシー』, 岩波新書, 2007.

동아협동체(東亞協同體)의 논리와
조선문학론의 역사성

김기림과 서인식의 논의를 중심으로

김진희

1. 중일전쟁과 동아시아 지식장의 변화

중·일 전쟁 이후 1938년 일본 코노에[近衛] 내각이 발표한 '동아신질서 건설' 성명에 따른 '동아협동체'는 일본과 중국의 연대, 그리고 아시아의 통일과 해방을 지향하는 세계사적 이념으로 제시되었다. 동아신질서 건설과 동아협동체의 이념과 명분을 정당화하기 위해 당시 일본의 지식인들—역사철학자, 문학자 등의 논의가 진행되었다. 잘 알려져 있듯이 교토학파의 역사철학자였던 미키 기요시(三木清, 1897~1945)는 코노에[近衛] 내각의 이념을 학문적으로 뒷받침한 주요한 지식인이었고, 그의 논의는 당대 조선의 지식인들에게도 많은 영향을 미쳤다. 그는 '쇼와연구회'의 문화문제연구회를 주도하면서 세계사의 철학에 입각하여 동양을 통일, 해방하고 자본주의 모순을 극복하는 세계 신질서 건설을 위해 지식인들이 시국에 적극 참여해야 한다는 '시무(時務)'의 논리를 개진하기도 했다. 당시 미키 기요시를 포함하여 일본 전향 좌파 지식인의 일부는 일본과 중국의 충돌이 일본의 제국주의 팽창을 억제시킬 수 있으리라 예견했고, 중국 통일과 공산화가 일본 자본주의체제에도 변화를 줄 것으로 기대했다. 특히 미키 기요시는 동아협동체가 자본주의 경제의 영리주의를 초월한 새로운 제도로서 서구로부터 동아의 해방과 민족들 간 위계 관계 해소를 동시에 현실화할 수 있는 기획으로 논리화했다. 그러나 동아협동체의 논리는 현실적으로 동아시아 지역에서 일본의 패권을 합리화하는 이데올로기로 작동했다.

그렇다면 조선의 지식인들은 이 시기를 어떻게 통과했는가. 조선의 지식인들 역시 동아협동체론에 대한 비판적 거리를 유지하려는 노력 속에서 자신의 목소리를 냈다. 최근의 많은 연구는 제국과 식민지라는 불균형한 담론장에 대한 주목, 그리고 이런 장 안에 놓인 조선 지식인의 발화 위치의 특수성 등에 대한 자각 등은 조선이 제국-일본의 일방적인 담론 체계 안에 있었지만, 한편으론 그 논리를 비껴가거나 균열시키는 지식을 생산하고자 했음을 보여준다.[1] 이글에서 중점적으로 논의하고자 하는 김기림은 일제 시기 침

---

1 김재용, 「김기림-동시성의 비동시성과 침묵의 저항」, 『협력과 저항-일제말 사회와 문학』, 소명출판, 2004; 히로마쓰 와타루[廣松涉], 김항 역, 『근대초극론』, 민음사, 2003; 오무라 마스오[大村益夫], 『식민주의와 문학』, 소명출판, 2014; 히로마쓰 와타루[廣松涉], 김항 역, 「미키 기요시의 時務 논리와 애로」, 『근대초극론』, 민음사, 2003; 차승기, 「추상과 과잉-중일전쟁기 제국 / 식민지의 사상연쇄와 담론 정치학」, 『상허학보』 21집, 상허학회, 2007, 255~293쪽; 장용경, 「조선인과 국민의 간극-전시체제기 내선일체론의 성격과 조선 지식인들의 대응」, 『역사문제연구』 15호, 역사문제연구소, 2005, 279~300쪽; 이진형, 「일제 말기 '역사' 담론의 아포리아와 그 초극의 문제-임화와 김기림의 역사 이해를 중심으로」, 『한국근대문학연구』 제29

묵으로서의 저항을 선택한 작가 중에서 가장 극적인 전환을 보여주는 작가라 평가받는 시인이자 비평가이다. 1930년대 말부터 그가 발표하는 일련의 근대문학론은 동아협동체론에 대한 분명한 자의식을 바탕으로 쓰였고 이후 그의 침묵과 절필을 예견하게 한다. 이런 사실에 주목하면서 이글은 김기림을 통해 당대 일본-제국의 담론을 비껴가는 조선 지식인의 논리와 그 역사적 의의를 논의하고자 한다. 특히 1930년대 후반 동아협동체론의 주요 개념이었던 민족, 세계, 동양 등의 개념들이 김기림의 문학론 안에서 어떻게 재전유되고 있는가를 당대 역사철학자 서인식의 글과 함께 관련시켜서 이해해 보고자 한다. 1930년대 후반, 변화하는 세계사적 현실을 논리화하려는 모색 중에 전향한 마르크스주의자들의 행보에 주목할 필요가 있는데, 전향한 역사철학자였던 서인식은 일본의 세계사적 이념에 공명하면서도 이를 비껴가면서 새로운 근대와 세계사에 대한 구상을 논리화했다.[2] 이런 점에서 그의 세계사의 철학은 당대 일본의 논의를 수용한 '친일' 담론이라기보다는 황민화정책과 내선일체론의 바람이 강하게 불어온 전시 동원기의 조선에서 동아협동체론을 나름대로 해석하고 유용하면서 '저항 / 협력'이라는 좁은 틈새에서 비판적인 담론을 모색한, 갈등으로 가득찬 시도로 평가받고 있다.[3] 서인식의 논의를 통해 제국의 담론이 동시대 조선의 역사철학 지식의 장에서는 어떻게 수용, 이해되고 있었고 문학 장(場)에서 활동한 지식인의 사유와는 어

호, 한국근대문학회, 2014, 161~193쪽; 이진경, 「식민지 인민은 말할 수 없는가?—동아신질서론과 조선의 지식인」, 『사회와 역사』 제71집, 한국사회사학회, 2006, 3~46쪽; 김진희, 「김기림과 근대문학의 타자」, 『근대문학의 장과 시인의 선택』, 소명출판, 2009; 홍기돈, 「식민지 시대 김기림의 의식변모 양상」, 『어문 연구』 48, 어문연구학회, 2005, 431~456쪽.

2　차승기, 정종현 편, 「『서인식 전집 I—역사와 문화』해제」, 『서인식 전집 I—역사와 문화』, 도서출판 역락, 2006.

3　요네타니 마사후미[米谷匡史], 조은미 역, 『아시아 / 일본의 사이에서 근대의 폭력을 생각한다』, 그린비, 2010, 182쪽.

떤 점에서 관련성이 있었는지 살펴볼 수 있을 것이다.

2. 조선문학의 이중적 글쓰기와 동아협동체론의 균열

중일전쟁과 동아협동체론이 제안되는 1937년, 38년을 지나면서 김기림은 근대문학, 조선문학, 모더니즘 등에 대한 반성과 성찰, 그리고 새로운 역사적 과제를 제안하는 다수의 문학론 및 평문들을 발표한다. 이는 일본에 의해 세계사의 새로운 시기로 명명되는 그 시기, 식민지 조선의 역사, 문학의 향방에 대한 고민과 모색의 발현이라 할 수 있다. 그러나 한편 이 시기 김기림이 거론하는 민족문화와 세계문화, 그리고 동양론이 당대 제국-일본의 동아협동체론이나 근대초극론에 포획된, 제국주의자의 시선이라는 평가 역시 존재한다. 이는 김기림뿐만 아니라 실상 그 시기 동아시아 지식인의 지적 담론들이 제국의 영향권을 벗어날 수 없었을 것이라는 판단이기도 하다.

오늘에 와서는 한 민족만을 구할 수 있는 원리라는 것은 벌써 있을 수 없다. 한 민족을 건질 수 있는 것인 동시에 그것은 세계적인 원리여야 한다. 그것은 한 민족의 창조적 의욕을 諸民族의 지지 위에 실현할 수 있는 보편적 원리여야 할 것이다.[4]

4　김기림, 「조선문학에의 반성 ─ 현대조선문학의 한 과제」, 『인문평론』, 1940.10.

오늘날의 세계는 단순한 민족주의에 머물 수 없으며 근대적 세계주의의 극복은 한 민족을 초월한 보다 커다란 단위로 세계가 분할, 형성되는 것으로 나타나지 않으면 안된다. 동아 협동체는 이와 같은 세계의 신질서의 지표가 되어야 한다. (…중략…) 동양문화는 게마인샤프트(공동사회)적인 문화로서의 특색을 갖고 있기 때문에 새로운 협동체의 문화적 기반으로 적절하다.[5]

단적으로 위의 인용문에서 읽을 수 있는 민족문화와 세계문화의 관련성 등에 대한 고찰은 미키 기요시의 동아협동체론과 유사한 개념과 논리적 근거를 갖는다. 김기림이 제안하는 '세계적인 원리'는 미키 기요시가 제안하는 휴머니즘에 기반한 '게마인샤프트'라는 새로운 협동의 원리를 상상하게 만든다. 그렇다면 두 논리 간의 차이를 어떻게 읽을 것인가. 이때 고려할 것은 당대 동아시아의 정치적, 문화적 장들이 상이한 욕망과 힘들이 긴장하고 갈등했던 공간이었다는 사실이다. 동아협동체론의 역사철학적 논리를 만든 미키 기요시 등이 중일전쟁을 통해 제국주의 비판 및 일본의 국내변혁을 꿈꾸었다면 조선의 지식인들은 평화로운 민족 협력이라는 탈식민적 욕망을 투사할 수 있었다. 이처럼 제국과 식민지가 동시대성을 공유하면서도 상이한 욕망과 경험의 공간이라는 사실, 즉 일본과 조선에 형성되었던 담론 장의 차이를 인식할 때, 이중의 읽기가 가능해지고 이런 특성을 통해 제국의 논리를 균열시키는 가능한 지점을 발견하게 된다. 따라서 이런 상황에 대한 고려는 김기림의 텍스트를 두 겹으로 읽게 한다. 김기림이 말하는 세계적 원리란 한 민족만을, 즉 일본만을 중심으로 하는 세계원리여서는 안 된다는 의미를 내포하

5　미키 기요시, 유용태 역, 「신일본 사상의 원리」, 『동아시아인의 '동양' 인식―19~20세기』, 문학과지성사, 1997.

고 있다. 이런 언표가 궁극적으로 주목하는 바는, 바로 미키 기요시가 제안하는 협동체, 즉 개인이나 민족의 개성을 중시하는 동아협동체의 문화라는 개념이 환기하는 또 다른 의미, 즉 협동주의의 보편적 의의가 근거해 있는 일본 제국의 '一君萬民'의 국체에 대한 정치적이고 비판적인 이해인 것이다.[6]

만약 식민지 조선의 지식인들의 발화가 모두 제국의 담론 안에 포획된 것이었다면 그들의 정체성은 무엇이었을까. 식민지인인가? 제국인인가? 제국과 식민지 간의 문화적 복잡성과 혼종성, 그리고 지리적으로 근접해 있었던 조선과 일본, 중국 등을 고려할 때 단일한 정체성을 설정하기 힘들어진다. 그러므로 이런 경계적 상황에서 일방적인 제국의 담론을 비껴가는 사이의 지점들이 출현한다. 김기림을 포함하여 조선의 지식인들은 일본에서 진행된 동아협동체론과 동양담론 등에 주목했고 일부의 지식인들은 비슷한 사유와 유사한 언표 안에서 제국주의 논리를 비껴가는 식민지인의 텍스트를 생산했다.[7] 이것이 가능한 이유는 그의 발화 지점 혹은 의식이 제국과 식민지의 경계에 위치해 있기 때문이다. 그는 완전한 제국적 시선으로도 혹은 완전한 피식민자의 태도로도 이야기하지 않는다. 그는 일본-국민이 될 수 없는, 혹은 되고자 하지 않는 조선-민족의 시선에서 이야기한다.

1937년 일본이 내건 '內鮮一體'론은 조선인들에게는 일본인과 조선인 간의 차별의 철폐로 이해되었다. 즉 조선인들은 내선일체론을 국민으로서의 권리, 의무 문제로 수용함으로써 공식적으로 일본의 국민의 위상을 얻는 것으로 인식했다. 이에 대해 일본은 내선일체가 권리와 의무를 가진 별개의 조선인을 인정함으로써 민족협화의 사상으로 나가는 것을 경계하면서 내선일

---

6 히로마쓰 와타루[廣松渉], 김항 역, 「미키 기요시의 時務 논리와 애로」, 『근대초극론』, 민음사, 2003.
7 에드워드 사이드, 김성곤·정정호 역, 『문화와 제국주의』, 창, 1995, 138쪽.

체란 내선 평등이나 융합, 악수가 아닌, 완전하고 충량한 '황국의 신민화'라고 강조했다. 이처럼 내선일체론에 대해 제국-일본의 욕망과 조선의 욕망 사이에는 간극이 존재했는데, 완전한 제국의 국민이 되고자 했던 친일지식인의 경우 이 간극이 끊임없이 그의 결핍으로 작용하면서 제국의 언어를 발화하게 했다. 그러나 그들의 목소리는 제국의 담론 안에서 지워져 버린다. 그들이 제국-일본의 위치에서 발화하는 한, 그들은 조선 민족의 주체일수도, 일본의 주체일 수도 없다.

한편 일본은 '국민화'를 위해 일본문화의 조선에의 이식 배양을 통해 조선문화와 국민문화 간의 차이를 무화시키고자 했다. 따라서 조선문화의 개성적 전개는 인정될 수 없었다. 때문에 일본은 조선의 문화를 한 지역을 의미하는 특수한 의미의 '半島문화'라고 지칭한다. 이러한 상황 속에서 자신의 발화 위치에 대해 의식하고 있는 조선의 지식인은 조선과 일본, 조선인과 국민, 조선 문화와 국민문화, 민족과 국민 등에 관한 지식을 재전유하고, 재배치하면서 자신의 입장을 드러내고자 했다. 이런 의미에서 김기림이 사용하는 '민족'이라는 어휘는 일본만을 지칭하는 민족의 의미로도, 또는 세계문화를 지향하려는 조선 민족을 의미하는 것으로도 읽힌다. 이런 이중의 글쓰기를 통해 일본의 검열을 우회할 수도 있었을 것이다. 김기림은 자신의 글에서 '국민'이라는 어휘를 사용하는 대신 '조선' 혹은 '민족'을 사용함으로써 국민화 담론 안에서 빠져나오는 한편 동아협동체에서 자민족을 강조하는 일본에 대한 비판적 시선을 드러낼 수 있었다. 서인식 역시 동아협동체에 동의하지 않는 자신의 정치적 색깔을 분명히 드러내지 못하는 상황 속에서 명료한 비판적 언사보다는 모호하게 에둘러 말하는 방식으로 글을 썼다. 이런 사정을 고려하지 않는다면 그의 글이 담긴 진의(眞意)를 파악하기 힘들어진다. 이처럼 발화가 수행되는 위치에 대한 고려, 그리고 그 발화의 경계성(境界性) 혹은 텍스트가 가진 이중 구조에 대한 인식은 조선어로 글을 쓰기 어려웠던 시기에 조선어로 주체적인 사유를 획득하려 했던 지식인의 고민과 실천의 내부를 재고하는데 의미 있는 작업이 될 것이다.

3. '근대'에 대한 과학적 인식과 동양담론 비판

1930년대 말 김기림은 '근대' 자체에 대한 비판적 이해를 자주 개진한다. 조선문학에 대한 반성과 새로운 과제를 제안하는 「조선문학에의 반성－현대 조선문학의 한 과제」에서도 김기림은 많은 부분을 현재 우리가 직면한 '근대'를 어떻게 이해할 것인가에 할애하고 있다.

혼돈이 '근대' 그것의 피할 수 없는 과정이라면 우리에게 있어서 그것은 차라리 미래를 원한 값있는 한 체험이었을 것이다. 우리는 거기 바친 정신과 시간의 소모를 군이 후회할 것은 없다. 다만 그것들을 응수할 적의 우리의 태도가 그것들을 체험에까지 심화할 수 있도록 진격하였든가 또는 한낱 경박한 모방행위 속에 끊어졌는가 하는데 따라서 그것들은 혹은 우리 문학과 정신 속에 좋은 비료로서 침전할 수도 있었고 혹은 한갈 지나가는 바람결이 되고 말 수도 있었을 것이다. (…중략…) 기울어져 가는 근대, 그것에 매질(罵叱)이나 조소만 퍼붓는 것은 그리 자랑이 될 것이 없다. 그것은 거리의 야지군조차 쉽사리

할 수 있는 일이다. 차라리 우리는 전보다도 더 周密한 관찰과 반성과 계량을 준비해야 할 때다. 우리는 지나간 삼십년 동안의 우리 자신의 체험을 토대로 '근대' 그것을 다시 면밀하게 검토할 필요가 있겠다.[8]

서구 근대의 모순을 극복하는 것이 세계사의 과제로 인식되었던 일본의 입장에서 서구 '근대'는 극복해야 할 대상이었다. 태평양 전쟁 직후 1942년 '근대의 초극'이라는 말로 개념화되었지만, 근대-서양을 넘어서야 한다는 개념은 메이지 유신 이래 일본의 대표적 지성이 도달한 극점이었다.[9] 이런 의미에서 일본의 근대 극복, 초극의 논의는 일본과 근대와의 관계, 서양의 일본에 대한 태도 등을 내포하는 중요한 개념이다. 위의 글에서 김기림은 '근대'에 대한 맹목적 거부나 근대 — 서양에 대한 단순한 비판을 경계하고 있다. 그는 근대 — 서양의 덕목을 헤아려야 하고, 이를 세계사의 갱신에 적극적으로 수용해야 함을 강조한다. 이를 위해서는 근대를 면밀히 재검토하는 근대의 과학정신이 필요하다. 그는 "서양적인 근대문화가 다음 문화에 남겨줄 가장 중요한 유산의 하나는 '과학적 정신＝태도＝방법'이 아닌가 생각한다. 과학문명이 아니고 과학하는 정신, 과학하는 태도 과학하는 방법"[10] 이라고 강조하면서 역사인식에 과학정신의 필요성을 주장한다. 김기림은 일본이 내세우는 '근대의 초극'이라는 용어나 개념 대신 근대의 파산과 위기를 거론한다. 그에게 근대는 극복의 대상이기보다는 현재 파산의 위기를 맞고 있는 존재로 인식된다. 이런 사유 속에서 그는 여전히 근대에서 현재 우리가 계승할 것

8　김기림, 「조선문학에의 반성 — 현대조선문학의 한 과제」, 『인문평론』, 1940.10.
9　가라타니 고진[柄谷行人], 「근대의 초극에 대하여」; 히로마쓰 와타루, 앞의 책.
10　김기림, 「동양에 관한 단장」, 『문장』, 1941.4.

은 무엇인지 고민할 수 있었다. 그가 근대 과학 정신을 주장하는 것 역시 이런 맥락에서이다. 김기림에게 과학적 태도의 중시는 그의 문학론의 핵심 주제였다. 그는 현실 세계의 리얼리티를 추구하기 위해 객관세계를 파악하는 과학적 태도를 중요시해 왔다. 특히 1930년대 말부터 발표되는 근대문학론 등에 나타나는 과학정신의 요청은 문학을 넘어 역사인식에도 중요하게 논의되고 있다. 그는 이 시대가 근대의 결산 과정에 놓여 있는데, 혼란스러운 이 상황에서 요청되는 것은 바로 근대의 과학정신이라고 자주 강조한다. 근대정신에서 유산으로 받을 것은 과학정신이므로 새로운 세계의 구상에 있어서 과학정신은 의연히 가장 정확한 지표이며 신뢰할 조언자라고 주장한다.[11]

근대문화의 기조로 형성하는 두 낱의 특성−합리성과 실증성이 원래 과학의 '과학성'을 결정하는 중요한 표식인 것은 말할 것도 없는 것으로 근대문화의 합리적, 실증적 정신은 요컨대 근대 과학의 산물이었다. (…중략…) 왈−현대의 위기는 합리적 실증 정신이 만들어낸 과학 문명의 과잉에서 배태된 것이라고 기계가 인간을 학대하고 물질이 정신을 억압한데서 현대의 위기가 도래하였다는 것이다. 이리하여 그들은 과학을 공격하기에 여념이 없는 모양이나 이것은 누가 보던 무실(無實)한 무고(誣告)이다.[12]

서인식 역시 과학의 정신을 고사(枯死)시킨 파행적인 현대, 당대의 문화를 비판하면서 근대의 과학 정신을 어떻게 능동적으로 계승할 것인가를 문제화하고 있다는 점에서 김기림과 같은 논리를 보여준다. 서인식이나 김기림의

---

11 김기림, 「조선문학에의 반성−현대조선문학의 한 과제」, 앞의 책.
12 서인식, 「과학과 현대문화−특히 과학데이에 기(寄)함」, 『동아일보』, 1939.4.18.

이러한 주장은 모두 그의 문필 활동의 연장선상에 있는 것이면서도 한편으로는 제국-일본 담론의 장에서 강조되었던 동아협동체론이나 근대극복론이 갖는 비합리성과 비과학성에 대한 비판적인 의미를 생산한다. 이는 바로 일본=동양적 가치를 중심으로 설정되는 세계사의 비전에 대한 정치적인 비판이라는 함의를 갖는다.

역대 시인과는 조화할 수 없었던 '근대'라는 세계는 실로 바로 우리의 눈앞에서 드디어 파국에 부딪쳤다. 그것은 '근대' 그것의 내부의 부분적인 어느 시대의 국부의 파탄(破綻)이라든지 그런 것이 아니다. 실로 근대 그것의 전부를 한 대 묶어서 역사는 그것을 한 결정적인 시련 속에 던졌다. 세계사는 갱신되어야 하겠다는 것 또 갱신의 첫 미조(微兆)는 벌써 보이고 있다는 것은 오늘 와서는 한낱 예언이 아니고 엄숙하게 횡행하는 현실이다. 시대는 시가 게으르게도 어떤 단조로운 정서라든지 말초신경에 지지되고 있는 것을 허락할 상 싶지는 않다. (…중략…) 외부에서 시대가 시인에게 향해서 바라는 것은 시인을 통하여 역사를 예감하려는 일이다.[13]

문학사는 과학이래야 할 것은 말할 필요도 없다. 사실의 객관적 인식에 충실해야 하는 것도 우선 그 안목일 것이다. 그러나 그것은 개개의 사건(유파, 작품, 작가, 이론 등등)의 특수성을 붙잡아 끄집어내는 동시에 그 사건의 계열을 한 체제에 정돈해야 한다. (…중략…) 우리 신시의 역사는 단순한 계기, 병존처럼 보이는 현상의 雜踏 속에서도 (모든 역사가 그런 것처럼) 분명히 발전의

---

13 김기림, 「시의 장래」, 『조선일보』, 1940.8.10.

모양을 갖추었던 것이다. 긍정과 부정과 그 종합에서 다시 새로운 부정에로 이렇게 그것은 내용이 다른 가치의 끊임없는 투쟁의 역사였다. 새로운 가치가 요구되어서는 낡은 가치는 배격되었다. (…중략…) 새로운 진로는 발견되어야 하겠다. 그러나 그것이 어떤 길이던지 간에 '모더니즘'을 쉽사리 잊어버림으로써 될 일을 결코 아니다. 무슨 의미로던지 '모더니즘'으로부터의 발전이 아니면 아니 된다.[14]

위의 첫 번째 인용문 「시의 장래」에서 김기림은 근대의 파국이라고 명명되는 역사의 시점에서 근대 전체에 대한 총체적인 성찰을 담아 '문학-시'는 역사의 비전을 제시할 수 있어야 한다고 말한다. 이런 의식을 담고 있는 글이 바로 두 번째 인용문 「모더니즘의 역사적 위치」이다. 김기림은 1930년대 초부터 모더니즘을 근대에 대응하는 문학 양식으로 주장해왔는데, 이 글에서 그는 모더니즘을 중심에 놓고 지난 30년간 신시(新詩)의 역사를 성찰함으로써 근대를 검토하고, 성찰하여 세계사적 비전을 갱신하고자 한다. 미래를 기획하기 위해 과거의 청산과 정리가 필요하다는 의식이 문학사적 정리를 요청하는데, 문학사를 통해 김기림은 역사에 대한 과학적 태도, 객관적 인식, 사건들의 체계화, 발전의 계기 포착, 역사의 발전 방향 등을 성찰하고 있다. 즉 김기림은 근대사회에 맞서온 모더니즘문학에 대한 성찰이 세계사의 갱신에 대한 비전을 마련해줄 수 있으리라 생각 것이다.

모더니즘의 역사성에 대한 강조 그 이면에는 근대 그 자체의 논리와 역사성에 대한 김기림의 믿음이 놓여 있다. 이런 인식이 바로 그가 강조하는 '모더

---

14 김기림, 「모더니즘의 역사적 위치」, 『인문평론』, 1939.10.

니즘의 역사적 위치'이기도 하다. 그가 모더니즘의 문학사에서 주목하는 것
은 긍정과 부정의 종합과 새로운 부정의 정신이다. 변증법적 지양에 의해 역
사는 보다 높은 상태로 발전, 진보한다는 사유는 기본적으로 근대의 주요 인
식론이다. 이는 "인간지성의 특질은 끊임없이 자기를 초월할 수 있는데 있다.
그리고 현실의 역사성이란 모든 인간의 행위적 소산에 일정한 완성을 부여하
는 동시에 다시 그것을 파괴하는 필연성을 말하는 것이다. 이리하여 역사란
만들어 진 것에서 만드는 것으로 끊임없이 자기를 부정하면서 자기를 지성하
여 나가는 것"이라는 동시대 역사철학자 서인식의 사유이기도 했다.[15] 그렇
다면 근대사와 문학사에 대한 객관적 인식을 담보하는 것은 무엇인가. 그것
은 바로 역사를 이끌어가는 사실과 그 체계화를 파악하는 과학적 정신이다.
김기림은 역사가보다 높은 차원으로 움직이고 발전해나간다고 믿고 있다.
이 같은 역사 인식은 당대 제국의 역사의식, 즉 동양담론에 대하여 비판적 거
리를 갖는다.[16]

김기림은 근대-서양에 대한 철저한 과학적 성찰과 반성이 필요하듯이 세
계사 주체의 대안으로 부상하는 동양의 새 발견을 위해서도 서양의 과학적
사유가 필요하다고 생각한다. 그는 동양이 감상적, 즉흥적, 현학적으로 몰입
되거나 감탄할 대상이 아니라 과학적으로 발견되어야 할 일이 가장 시급한
과제임을 제안한다. 김기림은 서양문화에 대한 반동으로 동양문화에 귀의하
는 태도가 감상적인 태도라고 지적하면서 동양문화에 대한 과학적, 객관적
관점에서의 이해가 필요함을 역설하고 있다. 김기림은 동양문화 자체에 대
해 회의적으로 반응한다. 동양이 현재 파국을 맞는 서양을 대체할 수 있다고

---

15 서인식, 「문화시평」, 『조선일보』, 1939.10.19.
16 김기림, 「동양에 관한 단장」, 앞의 책.

생각하는 것은 정치적이거나 혹은 신화적인 도그마이다. 비합리적이고 자연적, 운명적 성격을 갖는 인륜적 관계나 일본 국체를 근원으로 하는 일군만민(一君萬民), 만민보익(萬民補益)의 협동주의, 왕도주의는 서구적 보편성을 넘어서는 새로운 보편성으로 수용될 수 없기 때문이다. 공동주의와 협동주의라는 동양의 덕목은 근대의 폭압에 훼손된 가치에 대한 대안처럼 보이지만, 이런 인식이 경솔하고 즉흥적임을 지적하고, 동양문화에 대한 좀더 냉정한 평가가 필요한 시점임을 그는 강조한다.

> 갑자기 '동양'이라는 말이 사람들의 입 끝에 오르내린다. 진실로 '동양의 얼굴'은 한 폭 목계(牧谿) 속에 숨어 있는지도 모르겠다. 만약에 오늘 서양이 걸어가는 길이 단순히 인간 기계화의 길이라고 말하면 3, 4세기를 두고 꾸민 찬란한 의상을 두른 구라파보다는 차라리 한 폭 목계를 가릴 것이다. 참말로 오늘의 혼란을 구원할 예리한 교훈을 동양은 가지고 있느냐. 눈을 감고 숨을 죽이고 그윽히 지나오고 지나오는 바람 속에서 동양의 소리를 들으려고 귀를 기울여 본다.[17]

김기림이 다른 평문에서 밝히고 있듯이 근대 서양이라는 이념과 가치는 단순하게 극복되거나 처분할 수 있는 것이 아니다. 이는 서인식 역시 강조하고 있듯이 도구화된 과학 기술은 문제적이지만 여전히 과학정신, 과학하는 태도는 현재 동양에도 유효하기 때문이다. 그러므로 김기림은 '지나오고 지나가는 바람', 역사와 시대라는 바람 속에서 '동양'적 가치가 제시해 줄 수 있

---

17 김기림, 「산」, 『조선일보』, 1939.2.16.

는 것이 무엇인지 사유하고자 한다. 김기림은 왜 동양에 대한 사유를 개진시키는 것일까.

서인식은 세계사의 변혁이 한 민족–국가의 이해관계나 요구에 한정되지 않으려면 그 변혁이 현재 당면한 보편적 절대적 과제에 연결되어 있어야 함을 강조한다. 이 과제는 미키 기요시도 지적했듯 세계사가 지향할 역사란 바로 자본주의 극복의 문제였다. 그러나 미키 기요시가 점진적으로 마르크스주의를 왜소화시키고 유물사관에 대한 비판적 태도를 견지하면서 자본주의 극복 이후 공산주의 자체도 초극되어야 할 여건으로 취급하고 있음을 상기할 때,[18] 지속적으로 자본주의 문제를 거론하며 역사의 과학적 인식을 강조하는 서인식의 논리는 주목을 요한다. 그는 자본주의 문제와 연결되지 않는 한 동아협동체론이 동양적 뮈토스, 신화에 불과할 것이라고 거듭 강조한다.[19]

민족과 민족의 상극은 한 민족의 특수한 원리에 의해 해소할 수 없으며 동양과 서양의 상극은 동양의 특수원리에 의해 해소할 수 없는 것이다. 일반적으로 그 어떠한 사실의 대립이든 그 대립을 통일에까지 인상할 수 있는 것은 그 양자를 포섭할 수 있는 보다 높은 차원의 종합적 원리이다. 이것은 단순한 이성의 논리가 아니고 동시에 역사의 논리이다. 근고(近古)의 봉건적인 제분권(諸分權) 간의 상극을 해결한 것이 근대 캐피탈리즘의 민족 통일 운동이었던 것과 마찬가지로 오늘날의 제 민족 간의 상극(또는 그의 연장인 제 민족 블록 간의 상극)을 해결할 수 있는 것은 '캐피탈리즘'을 지양할 수 있는 보다 높은 역사적 원리이다.[20]

---

18 히로마쓰 와타루, 앞의 글.
19 서인식, 「동양문화의 이념과 형태」, 『동아일보』, 1940.1.4.

서인식은 일본 민족을 강조하는 특수 원리에 의해 동양의 각국이 상생할 수 없다는 점을 분명히 하면서 그 원리는 단순한 이성이 아니라 과학성을 토대로 한 역사성을 가져야 한다는 것, 그러므로 현재 근대모순의 근본으로 간주되는 '캐피탈리즘', 즉 자본주의의 문제를 분명히 강조하고 있다. 이런 생각은 원(原)일본적인 것, 천황제의 국체의 복원을 서구 근대 극복으로 간주하는 제국주의자들의 시대착오와 거리를 둔 사유였다.

> 역사와 관련하여 문화의 제문제를 고찰하고 또 현대의 처지를 깊이 사색한 건 서인식씨다. (…중략…) 우선 현대의 과제에서 금번 지나사변의 역사적 의의를 생각하여 본다. 그는 물론 세계사적 입장에서 이 사변을 보는데 세계사적 입장이란 한 민족의 특수사적 입장이 아니라 제 민족에 대해서 보편사적 의의를 가지는 입장이다. 그렇기 때문에 그것은 동양을 서양의 질곡으로부터 해방하는 동시에 캐피타리즘을 지양하는 것이라고 그는 솔직히 대답한다. 이리하여 현대지성의 임무는 새로운 형태의 문화창조를 위하여 역사의 장래에 대한 과학적 예견 우에서 과거로부터 계승한 모든 문화적 요소를 새로운 시각에서 검토하고 종합할 것이라고 말한다.[21]

위의 글은 당대 비평가이자 『인문평론』의 주간이었던 최재서가 서인식의 글 「현대의 과제」를 읽고 쓴 글이다. 그는 서인식의 책 『역사와 문화』가 빛나는 성과라고 평가한 후, 이 글이 일본의 동아협동체론에 대한 최초의 논문임도 밝히고 있다. 최재서도 언급하듯 일본의 세계사적 과제는 동양으로의

---

20 서인식, 「현대의 세계사적 의의 – 전형기 문화의 제상(1)」, 『조선일보』, 1939.4.6.
21 최재서, 「평론계의 제문제」, 『인문평론』, 1939.12.

회귀가 아니라 과거로부터 계승한 문화적 요소를 과학적 예견 속에서 종합하는 것이다. 이런 사유를 동시대 조선의 지식인들은 공유하고 있었다. 김기림이 자본주의 문제를 거론하고 있진 않지만, 그는 '쇼와 연구회'의 미키기요시나 서인식 등의 전향한 마르크스주의자들의 논리를 충분히 이해하고 있는 것으로 보인다. 때문에 동양에 대한 맹목적 귀의가 경솔하고 즉흥적이라고 문제시 하는 내용은 이들 역사철학자들의 논의와 연장선에서 이해된다. 그러므로 서구 근대를 파국에 이르게 한 근본적인 문제와 일본이 제시하는 동양 신화의 세계사적 비전은 문제의 핵심적인 층위가 맞지 않는다는 점에서 역사의식에서 과학정신과 방법이 결여되었다는 것이었다.

4. 고유한 민족문화 정립과
다원적 세계문화의 상상

근대의 유산으로 되새겨야 할 과학정신을 통해 김기림이 제시하고자 하는 세계사의 비전은 어떤 것인가. 김기림은 각 민족문화에 대한 존중과 조화를 통해 만들어지는 세계문화를 상정한다. 세계문화는 한 민족을 중심으로 하는 독점적 문화가 아니라 다양한 민족의 창조적 의욕을 실현할 수 있는 보편적인 원리여야 한다.[22]

---

22 김기림, 「조선문학에의 반성 ─ 현대조선문학의 한 과제」, 앞의 책.

역사의 轉機라고 하는 것은 결코 한 천재의 손으로 처리되지는 않았다. 늘 집단의 참여에 의해서 추진되었다. 오늘 구라파에 있어서만 해도 세계사의 새로운 전개를 위한 여러 민족이 한데 엉켜서 연출하는 심각한 계율(繼慄)을 보라. 새로운 세계는 실로 한 천재의 머릿속에서 빚어지지는 않는다. 차라리 각 민족의 체험에 의해서 열어지는 것이다.[23]

역사의 전환은 한 철인이나 문인의 창의보다 각 민족 즉 그 성원의 집단적인 체험과 의욕의 투자를 요구한다. (…중략…) 민족과 민족의 정신은 오직 문화라는 운하를 통해서 왕래할 수 있다는 일은 매양 잊어버리기 쉽다. 그렇다고 해서 거기는 꾸며 보이는 '포즈'나 '제스츄어'가 섞여서는 아니 된다. 그것은 차라리 오해와 반발의 作因을 지을 따름이다. 한 민족의 문화는 늘 그 자신의 존엄과 독창성과 의욕을 가지는 것이고 따라서 거기로 통하는 길은 오직 愛와 尊重을 거쳐서만 뚫려진다.[24]

1930년대 말, 정치적으로 일본의 식민지 정책이 더욱 강화되고 역사적 비전은 보이지 않는, 암울한 시기, 김기림은 황혼 속에서 허무, 절망, 단념을 깨닫는 자신을 느낀다.[25] '조선'은, '민족'은, 어떻게 살아남을 수 있을 것인가가 그의 중요한 화두였다. 그에게는 조선의 고유성, 민족문화를 지키는 것이 '조선'이 살아남을 수 있는 방법으로 인식되었다. 그는 민족의 고유한 체험이 문화 창조에 중요한데, 이것을 가능하게 해주는 것이 각 민족의 언어이며 문학

---

23 김기림, 「시의 장래」, 『조선일보』, 1940.8.10.
24 김기림, 「조선문학에의 반성 – 현대조선문학의 한 과제」, 앞의 책.
25 김기림, 「산」, 『조선일보』, 1939.2.16.

과 예술임을 강조한다. 새로운 세계의 이념은 천재 한명에서 나오는 것이어도 안 되고, 제 민족을 기만하는 '포즈'나 '제스츄어'여서는 안 된다는 제언은 서양의 대안으로 동양을 내세우면서 동아협동체의 논리를 유포하는 일본을 분명 겨냥하고 있다. 그러면서 김기림은 '민족'이라는 집단을 주체로 하는 민족문화를 설정하고 있는데, 이때 민족이라는 주체는 제국주의에 맞서는 식민지 정체성 구성의 한 방식이며 그들의 전통문화 역시 같은 맥락에서 기능한다.

서인식은 '동아협동체'를 정의하면서 '민족 간의 지배와 귀속의 관계가 되어서는 안 된다'라고 분명히 말한다.[26] 그리고 이런 논리를 토대로 문화 전체와 개별, 특수와 보편의 관계를 설명한다.

모든 개체가 개체로서 독립해 있으면서 그대로 곧 전체가 될 수 있는 구조를 가진 세계이다. 多가 다로서의 특수성을 유지하면서 그대로 곧 一이 될 수 있는 일종의 無的 보편의 성격을 가진 세계이다. 그런데 이러한 구조를 가진 세계는 무한대의 원과 같이 도처가 중심이 될 수 있다. 그것은 한 말로 말하야 個가 곧 보편이 될 수 있기 때문이다. 따라서 이러한 구조를 가진 세계에는 중심과 주변이 있어 가지고 지배와 귀속의 관계를 형성하는 일이 생길 수 없다.[27]

위에서 서인식이 주장하는 세계성의 세계 역시 김기림의 논지처럼 개체적 다(多)가 갖고 있는 각각의 고유한 문화를 형성, 발전시킴으로써 궁극적으로

---

26 서인식, 「모던 문예사전-동아협동체」, 『인문평론』, 1939.10~1940.4.
27 서인식, 「문화에 있어서 전체와 개인」, 『인문평론』, 1939.10.

다양하게 존재하는 세계문화를 형성하는 것이다. 보편성을 상실한 유럽적인 근대, 혹은 자본주의를 넘어서는 세계사의 새로운 이념을 창출하자는 것, 그것이 바로 동아신질서 담론이 명시적으로 제시하는 것이었다. 그러나 현실은 일본을 중심으로 각 민족이 동일화의 목적을 갖고 위계적으로 배열되는 방식으로 진행되었다는 역사적 현실은 김기림이나 서인식의 논의가 이런 제국의 문화정책에 대한 거절과 비판의 의미를 내포하고 있음을 보여준다. 따라서 서인식은 일본이 제시하는 세계성이라는 이념 자체를 회의하며 일본이 세계사의 과제를 해결할 용의도 능력도 없음을 비판한다.

한편 김기림은 한 민족의 진정한 문화를 만나기 위해서는 문학이나 예술을 찾아야 함을 제안한다.

이러한 경우에 표면의 동면상태로써 곧 한 민족의 창조력의 고갈의 표징을 삼는 것은 속단이다. 그러한 경우일수록 도리어 문학이나 예술에 이렇게 뒷골목으로 몰렸던 그들의 창조력이 집중적으로 표현될 수도 있는 것이다. 그러므로 진정한 동양의 거처를 제도나 인습의 외곽에서 찾지 못하였을 때 그는 외곽에서 만난 것이 본인의 얼굴이 아닌 듯한 경우에는 우리는 마땅히 문학 또는 예술의 침실로 그를 찾아 들어가야 할 것이다. 제도나 인습은 집단생활의 유지를 위한 의식 또는 방편으로서 작용하는 것이 통례다. 그것은 늘 기존의 형태를 보존하려는 일종의 보수주의를 그 의도로 삼는다. 그와 반대로 예술은 한 집단이나 개인의 창조력을 가장 아낌없이 개방할 수 있는 영역이다. 인습 속에서 한 집단은 자주 거짓말을 하나 그 예술에서나 문학에서는 자기를 속일 수 없는 것이 보통이다.[28]

이 글에서도 김기림은 진정한 동양의 거처를 각 민족의 문학이나 예술에서 찾으라고 제안한다. 그 이유는 예술이나 문학이 개인이나 집단의 창조력과 진실의 본 모습을 충실히 보여줄 수 있다는 믿음 때문이다. 각 민족의 개성이 모여 다원화된 세계문화를 창조할 수 있다는 이상이 김기림이 제시하는 세계문화의 비전이다. 이런 인식은 서인식이 문화란 인간성의 표현이고 인식의 산물이라고 정의하며, 인간성과 개성이 배제된 문화란 오히려 문화에 대한 고갈이라는 이해와 맥락을 같이한다.[29] 따라서 세계사의 비전은 제도나 사상, 이념 등이 아니라 사람들이 자신의 고유한 삶을 토대로 상상하고 창조해온 문화 그 자체에서 마련할 수 있을 것이다.

5. 근대초극담론과 조선지식인 침묵의 역사성

김기림은 위에서 언급한 「동양에 관한 단장」을 끝으로 침묵에 들어간다. 그의 침묵을 저항의 한 방법으로 평가한 김재용은 그에게 당시 동양에 대한 인식은 중요했으나 지속적인 논의가 일본 대동아공영권에 참여하는 것으로 오인될 소지가 다분하여 그에 대한 두려움과 부담이 절필하도록 했다고 설명한 바 있다.[30] 이런 가능성과 함께 더 이상 조선어를 통해 자신의 사유와

---

28 김기림, 「동양에 관한 단장」, 앞의 책.
29 서인식, 「동양문화의 이념과 그 형태」, 『동아일보』, 1940.1.12.
30 김재용, 앞의 글.

의식을 드러낼 수 없을 것이라는 위기의식 및 현실인식 역시 생각해볼 수 있다. 조선인에게 일본어-국어의 보급은 내선일체의 절대적인 것이었고, 일본은 자국의 문화와 정신을 조선에게 이식시키기 위해서는 일본어 사용이 필수적인 것임을 강조했다. 조선 민족이 일본어를 말하는 행위는 자신의 의지를 표현하는 것이 아니라 말하는 행위 자체를 통해 조선인의 일본인-국민의식을 현현하는 것이었으므로 그것은 진실한 행위가 될 수 없었다. 일제 말기 많은 문학자들이 조선어의 사용폐지에 대해서 쉽게 합의에 이르지 못했던 이유는 조선의 고유한 의식과 문화가 언어를 통해 발현된다는 믿음 때문이었다.

그러나 1940년대 초반 지식인들은 이제 더 이상 자신의 민족 언어로 말할 수 없는 지점에 도달했다. 이는 김기림을 포함하여 조선의 지식인이 지속적으로 역사적, 문학적 주체로서 위기의식을 느꼈음을 의미한다. 이런 점에서 지식인의 침묵은 그들이 서 있는 자리가 더 이상 말할 수 없는 자리임을 말해 준다. 말할 수 없는 것에 대해 침묵하는 것은 우리에게 말할 수 없음에 대해, 말할 수 없는 처지에 대해 말하고 있다는 점에서 그 선택의 역사성을 사유하게 한다. 동시대 역사철학자 서인식은 검열을 의식하며 자주 지속적인 의문과 반문을 되풀이하면서 명확한 해답을 명시하지 않은 채 글을 끝냈다.[31] 김기림 역시 형식적으로는 본문과 결론의 내용의 수위가 다르거나 의문형으로 문장을 맺는 방식을 사용하거나, 제국의 담론에서 사용하는 용어나 개념들을 비껴가면서 논리를 만들어 나갔다. 그러나 더 이상 이런 방식조차 사용할 수 없다는 확신이 들었을 때 ― 절필 전 마지막 글에서 김기림 자신이 언급했

---

31 이혜진, 「서인식의 역사철학과 쇼와비평의 문제들」, 『사상으로서의 조선문학』, 소명출판, 2013.

듯―'예술이나 문학이 집단이나 개인의 가장 진실된 양식'임을 깨닫는 과정
은, 일본어를 선택해야 하는 한, 자신의 문학이 침묵해야 하는 때임을 확인하
는 과정이기도 했다. 김기림은 1941년 4월 이후, 서인식은 1941년 11월 이후
담론의 장에서 침묵에 들어갔다. 과학적 정신과 역사법칙을 믿었던 근대주
의자로서 김기림과 서인식은 이런 일련의 과정과 선택을 통해 동아신질서
담론의 장에서 일본이 주장하는 '근대초극'이라는 담론에 저항하면서 독자적
이고 조선적인 사유와 논리를 상상했다.

참고문헌

자료

김기림, 「동양에 관한 단장」, 1941.

______, 「모더니즘의 역사적 위치」, 『인문평론』, 1939.10.

______, 「산」, 『조선일보』, 1939.2.16.

______, 「시의 장래」, 『조선일보』, 1940.8.10.

______, 「조선문학에의 반성-현대조선문학의 한 과제」, 『인문평론』, 1940.10.

서인식, 「동양문화의 이념과 형태」, 『동아일보』, 1940.1.4.

______, 「문화시평」, 『조선일보』, 1939.10.19.

______, 「문화에 있어서 전체와 개인」, 『인문평론』, 1939.10.

______, 「현대의 세계사적 의의-전형기 문화의 제상(1)」, 『조선일보』, 1939.4.6.

______, 「모던 문예사전-동아협동체」, 『인문평론』, 1939.10~1940.4.

______, 「동양문화의 이념과 그 형태」, 『동아일보』, 1940.1.12.

논저

강해수, 「근대 조선의 '세계사' 경험과 역사철학자들-'교토학파(京都学派)'의 논의와 관련
　　　하여」, 『일본문화연구』 18, 2006.4.

김유중, 「김기림의 역사관, 문학관과 일본 근대 사상의 관련성-'근대의 초극'론의 극복을
　　　위한 사상적 모색 과정에 대한 검토」, 『한국현대문학연구』 26, 2008.12.

김재용, 「김기림-동시성의 비동시성과 침묵의 저항」, 『협력과 저항-일제말 사회와 문학』,
　　　소명출판, 2004.

김진희, 「김기림과 근대문학의 타자」, 『근대문학의 장과 시인의 선택』, 소명출판, 2009.

이진경, 「식민지 인민은 말할 수 없는가?-동아신질서론과 조선의 지식인」, 『사회와 역사』
　　　제71집, 2006.

이진형, 「일제 말기 '역사' 담론의 아포리아와 그 초극의 문제-임화와 김기림의 역사 이해를
　　　중심으로」, 『한국근대문학연구』 제29호, 2014.

이혜진, 「서인식의 역사철학과 쇼와비평의 문제들」, 『사상으로서의 조선문학』, 소명출판, 2013.

장용경, 「조선인과 국민의 간극-전시체제기 내선일체론의 성격과 조선 지식인들의 대응」,

『역사문제연구』 15호, 2005.

차승기, 「추상과 과잉―중일전쟁기 제국 / 식민지의 사상연쇄와 담론 정치학」, 『상허학보』
      21집, 2007.

차승기, 정종현 편, 「『서인식 전집 I―역사와 문화』 해제」, 『서인식 전집 I―역사와 문화』,
      도서출판 역락, 2006.

홍기돈, 「식민지 시대 김기림의 의식변모 양상」, 『어문연구』 48, 2005.

가라타니 고진[柄谷行人], 김항 역, 「근대의 초극에 대하여」, 히로마쓰 와타루[廣松涉], 『근
      대초극론』, 민음사, 2003.

미키 기요시, 유용태 역, 「신일본 사상의 원리」, 『동아시아인의 '동양' 인식―19~20세기』,
      문학과지성사, 1997.

「座談會―朝鮮文學の 將來」, 『文學界』, 1939.1.

오무라 마스오[大村益夫], 『식민주의와 문학』, 소명출판, 2014.

요네타니 마사후미[米谷匡史], 조은미 역, 『아시아 / 일본의 사이에서 근대의 폭력을 생각
      한다』, 그린비, 2010.

히로마쓰 와타루[廣松涉], 김항 역, 『근대초극론』, 민음사, 2003.

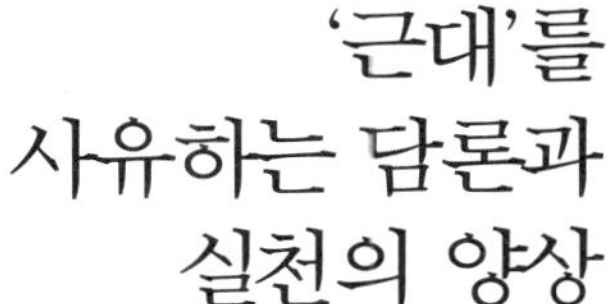

제2장

'근대'를 사유하는 담론과 실천의 양상

루소의 자연종교와 그 생태학적 함의

송태현

1. 탈경계 작가 루소

장 자크 루소(Jean-Jacques Rousseau, 1712~1778)는 전방위적인 학문 및 예술 활동을 수행한 대표적인 인물이다. 그의 학문은 오늘날 철학, 사회학, 인류학, 교육학, 정치학 등에 큰 영향을 끼쳤다. 그는 화학 논문을 쓰기도 했으며 식물학에 매우 깊은 관심을 기울이고 저술을 하기도 하였다. 그뿐 아니라 루소는 시인이며, 희곡 작가이며, 18세기 최고의 베스트셀러 소설이었던 『신엘로이즈(*Julie ou La nouvelle Héloïse*)』의 작가이다. 그리고 그는 『마을의 점쟁이(*Le Devin du village*)』라는 오페라의 작곡가이기도 하다. 루소는 다방면의 학문 예술계에 기여하였고, 그 결과 그는 "자기 시대만이 아니라 근대 세계의 가장 영향력 있는 작가의 한 사람"[1] 으로 인정받는다. 그런데 그는 정규 교육을 받지 못했다.

---

[1]　Leo Damrosch, *Jean-Jacques Rousseau : Restless Genius*, Houghton Mifflin Company, 2005, p.1.

그의 가장 중요한 교육은 유년기에 아버지와 함께 했던 독서였다. 아버지에게서 읽기와 쓰기를 배운 그는 저녁 시간에 어머니(장 자크 루소가 태어난 지 열흘 만에 세상을 떠남)와 외할아버지가 남긴 책들을 탐독하면서 학문의 기초를 쌓아 나갔다.[2] 루소의 독창성은 그의 이러한 독학(獨學)과도 무관하지 않다.

그가 어느 정도 체계적으로 공부하기 시작한 것은 26세 되던 해(1738)에 프랑스 알프스 산록 마을인 레샤르메트(les Charmettes)에서였다. 그는 거기서 농사일을 하는 틈틈이 철학, 기하학, 수학, 라틴어, 역사, 지리, 천문학, 식물학, 생리학, 해부학 등을 독학으로 연구해나갔다. 이 시기에 루소는 다양한 학문을 연구하면서 분과학문들 사이의 상호연관성을 깊이 인식하게 된다. 그는 그 상호연관성에 대해 다음과 같이 말한다. "학문에 조금이라도 참다운 흥미를 가진 사람이라면 그것에 전념해서 처음 느끼게 되는 것은 학문 서로가 이끌어주고 도와주고 비춰주며, 하나가 다른 것 없이는 지탱될 수 없는 각 부분의 연관성이다. 물론 인간의 정신은 모든 학문에 능통할 수는 없고 한 분야를 주로 선택해야 하지만 다른 분야에 대한 관념이 얼마간이라도 없으면 자기 분야에 있어서까지 분명치 못하게 되는 경우가 많다."(Les Confessions 234) 루소는 각 분과학문을 공부하면서도 그 공부한 내용을 전체와 결부시키며 통합적인 사고를 형성하고자 했다. 그의 이러한 학문적 태도는 오늘날 학제간(inter-disciplinary) 연구, 다학문적(multi-disciplinary) 연구의 정신과 상통하는 것이다. 이러한 학제간 혹은 다학문적 연구방법과 이를 통한 통합적인 사고는 오늘날 새롭게 부상하는 '탈경계인문학(trans-humanities)'의 주요한 요소이다.

---

2   Jean-Jacques Rousseau, *Les Confessions*, œuvres complètes *I*, Gallimard, 1959, pp.9~11. 이 작품은 이하 Les Confessions으로 약칭하겠음.

루소의 '탈경계인문학'적 성찰이 가장 두드러지는 저술은 『에밀(*Emile ou de l'éducation*)』이다. 이 책은 교육학에서 고전으로 인정받아온 중요한 작품으로서, 여기에는 다양한 학문과 예술, 종교와 윤리 문제들이 용해되어 있다. 그리고 『에밀』은 학문적 저술인 동시에 '성장 소설'이라 불릴 만큼 소설적 요소를 아우르는 작품이다. 이러한 종합적인 관점은 루소 자신의 폭넓은 학문 훈련과 문학을 비롯해 다양한 예술의 소양이 결부되었기에 형성 가능한 것이다.

『에밀』 속에 체계적으로 드러나 있는 루소의 종교사상도 다양한 학문을 종합한 결과 형성한 것이며 또한 그의 종교사상은 '경계 짓기'와 분열의 시대에 루소 나름의 처방을 제시하고자 하는 시도에서 형성된 것이다. 루소는 '자연종교(religion naturelle)'라는 종교사상을 통해 무신론과 광신(狂信, fanatisme)이 대립하던 시기에 양자의 대립을 극복하고자 노력하였다.

필자는 이 글에서 우선 루소의 종교관 형성 과정을 개관하고 루소 당대의 프랑스 종교사상의 상황을 기술한 후에, 루소가 제시한 '자연종교'를 구체적으로 살펴보고자 한다. 연후에 루소의 자연종교가 현대 생태학과의 관련 속에서 어떠한 함의를 지니는지 고찰하고자 한다. 루소 사상에 대한 기존의 국내 연구는 문학, 교육학, 정치학 등 개별 학문 분야에서 주로 이루어져왔으며, 루소 사상을 생태학과 관련하여 진행한 국내 연구는 거의 없었다. 루소 사상은 오늘날 전개되는 생태학 논의에 적잖은 시사점을 던져줄 수 있다. 루소 사상 전반에 담긴 생태학적 인식 및 세계관에 대한 연구는 오랜 성찰과 방대한 지면을 요구하기에 본 연구에서는 연구 주제를 제한하여 '루소의 자연종교와 그 생태학적 함의'에 초점을 맞추고자 한다. 이는 '루소 사상과 생태학'에서 일부이기는 하지만, 루소의 종교 사상이 생태학의 핵심적인 주제인 '인간과 자연의 관계'에 대한 성찰의 토대를 이루는 점에서 매우 중요한 부분을 차지하고 있다.

2. 루소의 종교관 형성 및 당대의 프랑스 종교사상

장 자크 루소는 '칼뱅의 도성(Cité de Calvin)'이라 불린 제네바에서 태어났다. 제네바는 장 칼뱅(Jean Calvin, 1509~1564)이 종교개혁을 주도한 도시 국가로서, 루소 당시 이곳에는 칼뱅의 영향력이 여전히 살아있었다.[3] 루소는 어린 시절을 제네바에서 보내면서 자연스럽게 개신교 신자가 되었다.

고아처럼 자라나 제네바에서 견습공을 하는 등 힘든 청소년기를 보내던 루소는 16세에 제네바를 떠나 오늘날의 이탈리아와 프랑스 땅을 방랑하다가 안시에서 바랑스 부인(Madame de Warens)을 만난다. 개신교 신자를 가톨릭 신자로 개종시키는 사역을 하고 있던 부인의 권유로 루소는 당시 사부아의 수도였던 토리노로 가서 그 도시의 '개종자 구호소'에 수용된 상태에서 가톨릭으로 개종한다. "아직 어린데다가 나 말고는 의지할 사람 하나 없어 감언이설에 넘어가고 허영심에 유혹당하고 희망에 속아 넘어가 어쩔 수 없이 가톨릭 신자가 되었다"[4]라고 루소는 후일 고백한다.

이로부터 25년이 지난 후 루소는 어린 시절의 종교를 회복한다. 『학문예술론(*Discours sur les sciences et les arts*)』과 『인간 불평등 기원론(*Discours sur l'origine et les fondements de l'inégalité parmi les hommes*)』을 집필한 후 그는 제네바로 돌아가 형식적인 신앙 검증 절차를 밟은 후 개신교로 되돌아간다. 그리고 그는 제네바 시민권을 회복하였는데, 루소의 재 개종은 종교적 신념(칼뱅주의)의 회복이라는 측면보

---

3   Daniel Mornet, *Rousseau L'Homme et l'œuvre*, Hatier-Boivin, 1950, p. 11.

4   Jean-Jacques Rousseau, *Les Rêveries du promeneur solitaire*, Editions Garnier Frères, 1960, p. 28. 이 작품은 이하 Les Rêveries로 약칭하겠음.

다는 제네바 시민권 회복과 사회공동체적 통합 측면이 더 강하다. 루소는 각 개인이 가능하면 자신이 속한 정치 공동체의 종교(시민 종교)를 따르는 편이 좋다고 판단한 것이다.

루소는 자신의 종교적 정체성을 '기독교'에 두었지만 그는 자신의 종교 사상으로 인해 프랑스에서 뿐 아니라 제네바에서도 배척을 받는다. 그의 신앙관이 요약되어 있는 「사부아 보좌신부의 신앙고백(La profession de foi du vicaire savoyard)」을 담고 있는 『에밀』이 출간된 후 루소는 파리 최고법원과 소르본으로부터 유죄판결을 받았고 그의 책은 분서(焚書)되었다. 당시 파리의 대주교인 크리스토프 드 보몽(Christophe de Beaumont)은 사제들에게 보내는 교서에서 『에밀』이 기독교의 토대를 파괴하고 있으며, 신을 모독하는, 교회와 교회의 심부름꾼들에 대한 거짓되고 불쾌하고 악의에 가득 찬 수많은 구절들을 담고 있다고 공언했다. 자신에게 체포령이 발부된 사실을 미리 안 루소는 프랑스를 떠나 이곳저곳으로 유랑하며 망명생활을 해야 했다. 루소는 제네바에도 정착할 수 없었다. 그는 그곳의 목사들로부터 종교사상 면에서 의심을 받고 있었고 제네바 소의회(Petit Conseil, Conseil des Vingt-Cinq)는 『에밀』에 대한 분서를 결정하였다.[5] 18세기 프랑스에는 가톨릭이 지배적인 종교로서 여전히 정치 사회적 권력을 지니고 있는 가운데, 새로운 종교사상인 이신론(理神論, déisme)이 영국으로부터 도입되어 학자들 간에 확산되고 있었으며, 무신론 철학 사상도 특히 백과전서파 학자들을 중심으로 점차 그 세력을 확대하고 있었다. 루소의 종교사상은 전통적인 기독교(가톨릭 및 개신교), 이신론, 무신론이라는 세 사상 사이의 대화 및 내적 투쟁의 소산이다.

---

5   Henri Gouhier, *Les Méditations métaphysiques de Jean-Jacques Rousseau*, Librairie philosophique J. Vrin, 1984, p.228.

철학사가인 코플스턴에 의하면 진정한 의미에서 '이신론 학파'라 불릴 수 있는 것은 존재하지 않으며, 이신론자 상호간에 그 주장들이 서로 일치하는 것도 아니었다.[6] 이신론은 근대 과학의 발전에 힘입어 그동안 기독교가 사실로 믿었던 것들에 대해 의문을 던지면서 과학적인 동시에 기독교적일 수 있는 신앙의 가능성을 모색한 결과 형성된 사상이다. 또한 이신론의 형성에는 베이컨, 갈릴레오, 데카르트에서 출발하여 홉스, 스피노자를 거쳐 로크와 뉴턴에서 그 절정에 이른 근대 철학이 깔려 있는데, 이 사상은 일반적으로 신의 계시에 대한 신앙 대신 인간 이성에 대한 신뢰에 모든 지식의 기초를 두고 있다. 이 과정에서 계시, 기적, 성서 등 정통 기독교를 지탱해온 기본 전제들에 대한 의혹이 제기되었고 이신론은 이러한 의혹의 요소들을 배제한 채 기독교를 유지하고자 했던 종교 사상이었다.[7] 이신론은 주로 로크와 뉴턴의 영향을 받아 출현했기에 영국이 그 중심 무대였으며, 이들의 영향을 받은 프랑스의 볼테르가 영국의 이신론을 프랑스에 전파하였다. 볼테르는 이신론의 입장에서 '정통 기독교' 혹은 당대의 가톨릭을 신랄하게 비판한 작가이다. 일반적으로 이신론자들은 자연, 이성, 도덕의 견지에서 이에 반하는 '정통 기독교'의 가르침을 부인하였다. 이러한 거부를 통해 그들은 '자연종교'와 일치하는 기독교를 구축하고자 하였다.

18세기에 이신론자들이 기독교를 유지하면서 정통 기독교에 도전을 가한 것과 마찬가지로, 당대의 프랑스에는 무신론 혹은 유물론이라는 급진적인 사상을 견지하는 철학자들도 기독교에 도전을 가했다. 라메트리, 멜리에, 엘베

---

6   Frederick Copleston, *A History of Philosophy* vol. 5, Burns and Oates, 1961, pp. 162~163. 이신론자들은 영혼불멸, 신의 섭리, 신의 인격성, 계시 등의 문제에서 일치성을 보이진 않았다.

7   Peter Gay, *Deism : An Anthology*, D. Van Nostrand Company, 1968, pp. 19~21.

시우스, 돌바크 등 18세기에 등장한 프랑스의 유물론자들은 이신론적 견해를 넘어 명료한 무신론적 입장을 취하였다.[8] 특히 『인간 기계론(*L'homme-machine*)』을 쓴 라메트리(La Mettrie)는 정신 현상도 물체의 상태에 의존한다고 보았고 인간을 동물보다 많은 톱니바퀴를 사용한 기계에 비유하는 등 영혼(âme)이라는 전통적인 관념을 축출하고 인간-기계 관념을 표방하였다. 그는 영혼이란 공허한 단어로서 사실상 뇌라는 사유를 담당하는 신체 기관에 불과함을 주장하며 물질을 기초로 한 인간관과 자연관의 확립을 시도하였다.[9] 또한 돌바크(d'Holbach)는 물질과 물질의 운동 외에 다른 아무 것도 존재하지 않고, 이 운동은 기계적 법칙에 지배되고 있으며, 인간이 우주의 보편적인 법칙과 독립하여 움직일 수 있는 특권적인 존재로 보는 자유 교리가 사변적인 오류라고 주장한다.[10] 이러한 입장에서 그는 무신론의 기초를 닦고 기독교를 격렬하게 공격하였다. 이들 유물론자들은 종래의 사변적인 형이상학이나 신학을 공격하고 자연을 초월한 신이나 기적을 부정하였다.

---

8   계몽주의 시대의 무신론 및 유물론 사상가들에 대해서는 다음의 책 참조할 것. Michel Onfray, *Les Ultras des Lumières*, Grasset & Fasquelle, 2007.

9   François Azouvi, "La Mettrie" in Denis Huisman dir", *Dictionnaires des philosophes*, PUF, 1993, pp.1659~1663.

10   Jean Lefranc, "Holbach Paul Henri Thiry, baron d" in Denis Huisman dir", op. cit., pp.1379~1381.

3. 루소의 세 가지 신조(信條) – 신과 인간

　루소는 가톨릭으로 개종하였지만 가톨릭이나 개신교라는 구분을 넘어 양자를 포섭하는 '기독교인'에 자신의 정체성을 두었다. 그러나 당대의 무신론 철학자들과 교분을 가지면서 루소는 그들의 사상으로 인해 자신의 신념이 흔들리는 경험을 하게 된다. 『고독한 산책자의 몽상(*Les Rêveries du promeneur solitaire*)』에서 그는 무신론 철학자들에 대해 다음과 같이 말한다. "그 때 나는 옛 철학자들과는 거의 닮은 점이 없는 현대의 철학자들과 생활을 같이 하고 있었다. 그들은 나의 의혹을 거두어 주고, 내가 모호하게 생각하는 바를 명쾌하게 해명해 주기는커녕 내가 인식할 가치가 있다고 여기는 중요한 문제들에 대해 내가 지니고 있던 확신들을 모조리 흔들어놓았다."(Les Rêveries 31) 무신론 철학자들의 도전에 직면한 루소는 자신의 사상, 자신의 원칙을 분명히 확립하고자 매우 열렬하고 진지한 탐구를 수행하였다. 그리고 그는 그 탐구의 결과를 「사부아 보좌신부의 신앙고백」 속에 담았다.

　이 글을 통해 볼 때 루소는 이신론은 어느 정도 수용하였으나, 당대의 무신론 철학자들과는 명확하게 사상적인 거리를 두었음을 알 수 있다. 그는 신의 존재를 믿었다. 루소는 우주에는 어떤 불변의 법칙에 의해 지배되는 운동이 있음을 인정하며, 그 운동의 원인이 되는 외부적인 힘이 있다고 판단한다. 그리고 그 원인이 되는 힘을 거슬러 올라가면 최초의 원인이 존재한다고 생각하였다. 해가 뜨고 지는 것을 바라볼 때 그것을 운행하는 힘을 상상하지 않을 수 없고, 지구가 회전할 때 그것을 회전시키는 손을 느낀다고 루소는 주장한다.[11] 그 운동을 일으키는 최초의 원인은 물질 속에 존재하지 않는다. 왜냐하면 물질은 운동을 받아들여 전달은 하지만 자신이 운동을 만들어내지는 않기 때문이다. 그런데 원인들의 무한 연쇄는 불가능하다. 최초의 운동은 자발적이고 의지적인 행위에서만 나올 수 있다. 따라서 루소는 어떤 의지(volonté)가 우주를 움직이고 자연에 생명을 불어넣는다고 믿는다. 이것이 루소의 제1신조(premier article de foi)다.[12] (Emile 355)

물체의 움직임을 통해 루소가 어떤 의지를 발견한 것과 같이, 일정한 법칙에 따라 움직이는 물체를 통해 그는 어떤 지성(intelligence)을 발견한다. 이것이 루소의 제2신조(second article de foi)이다. 행동하고 비교하고 선택하는 것은 '능동적인, 그리고 사유하는 존재'의 작용이므로 루소는 이러한 존재가 실존한다고 판단한다. 그러한 존재는 어디에 있는가? 루소는 그 존재가 '회전하는 천공(天空)이나 인간 세상을 비추는 해 안에, 그리고 나 자신 안에 있을 뿐 아니라 풀을 뜯는 양이나 하늘을 나는 새, 낙하하는 돌이나 바람에 날리는 나뭇잎 속에도 있다'고 주장한다. (Emile 357) 루소는 우주가 존재하는 이유나 세계의 목적은 모르지만 이 세계에는 질서가 존재함을 부정할 수 없다고 말한다. 그는 우주를 구성하는 존재들이 서로 돕고 있는 내밀한 상응(l'intime correspondance)이 존재한다고 본다. 만일 우리가 정교한 시계를 본다면 우리는 그 제작자가 존재함을 인정하지 않을 수 없다. 그 시계가 우연히 형성된 것이라 믿을 수 있

---

11 Jean-Jacques Rousseau, *Emile ou de l'Education*, GF, 1966, p.354. 이하에서 전개되는 내용은 『에밀』의 제4편 「사부아 보좌신부의 신앙고백」에서 루소가 '사부아 보좌신부'의 입을 빌어 루소가 문학적 형식을 활용하여 자신의 종교관을 피력한 내용이다. 이 신부는 루소가 16세에 토리노에서 만난 갬 신부(Abbé Jean-Claude Gaime)와 가티에 신부(Abbé Gâtier)를 토대로 루소가 창작한 인물이다. 루소의 Emile ou de l'Education은 이하에서 Emile로 약칭하겠음.

12 이러한 제1신조는 아리스토텔레스와 그를 계승한 토마스 아퀴나스의 신 존재 증명의 전통을 잇는 것이다. 토마스는 이 세계 내에서 무엇인가가 움직이고 있다는 것은 확실하며, 운동하는 일체의 존재는 어떤 다른 것에 의해 움직여질 수밖에 없는데, 이 운동자는 결국 그 자신은 움직이지 않으면서 다른 것들을 운동시키는 제일의 운동자인 '부동(不動)의 동자(動者)'인 최초의 원동자로부터 움직여진 것인데, 이것이 바로 신이라는 것이다.

겠는가? 루소는 인간이 지각할 수 있는 우주의 질서가 지고의 지성(une su-prême intelligence)을 나타낸다고 말한다. 아무렇게나 뿌려진 인쇄 활자들이 완벽하게 배열된 『아이네이스(Enéide)』를 이룰 수 없듯이, 질서 있는 우주가 우연히 형성될 수 없다고 그는 판단한다.(Emile 358) 여기서 루소는 당대의 유물론 및 무신론 철학자들을 비판한다. 그는 존재들의 조화와 각각의 부분들 사이의 협력을 무시하고서 우주가 우연적인 조합에 의해 형성된 것이라 말하는 것은 궤변이라 판단한다. 루소는 우주에 질서를 부여하는 어떤 지성을 생각하지 않고서 변함없는 질서를 유지하는 존재의 체계를 이해하는 것이 불가능하다고 주장한다.(Emile 359) 루소는 우주를 움직이고 만물에 질서를 부여하는 이 존재자를 신(Dieu)이라 부른다. 루소는 '신'에게 지성, 힘(puissance), 의지 등의 관념을 결부시키고 그 필연적인 귀결인 선성(bonté)을 결부시킨다. 그리고 루소는 다음과 같이 말한다. "나는 신이 만드신 모든 것에서 신을 인지한다. 나는 내 안에서 신을 지각하고 내 주위의 모든 것에서 신을 본다."(Emile 360)

루소의 제1신조와 제2신조가 우주를 움직이고 만물에 질서를 부여하는 존재자인 신과 관련된 것이라면, 제3신조(troisième article de foi)는 인간과 관련된다. 루소에 의하면 모든 행동의 원리는 자유로운 존재의 의지에 있다. 자유가 없다면 진정한 의미의 의지도 없다. 인간은 그 행동에서 자유로우며, 또 자유로운 존재로서 비물질적인 실체에 의해 생명을 받은 존재이다.(Emile 365) 루소의 제3신조는 바로 이 인간의 자유에 관한 것이다. 신은 인간이 신에게서 부여받은 자유를 남용하여 악을 행하는 것을 바라지 않으나, 인간이 악을 행하는 것을 막지는 않는다. 신이 인간을 자유를 지닌 존재로 만든 것은 인간이 스스로의 선택에 의해 악이 아니라 선을 행하도록 하기 위해서이다. 그런데 인간은 그 자유를 악용하여 실제로 악을 행하기도 한다. 인간이 악을 행하는 것을 신이 막지 않는다고 불평하는 것은 인간에게 뛰어난 본성을 갖도록 하고, 그의 행동에 도덕성을 부여하여 그 행동을 고귀하게 만들고, 그에게 덕성에 대한 권리를 주었다고 불평하는 것이나 마찬가지이다. 이로써 루소는 이 세상에 존재하는 악과 불의(不義)의 책임을 신에게가 아니라 인간에게 돌리며, 인간의 책임 의식을 강조한다.

4. 루소의 자연종교 – 광신과 무신론 극복

「사부아 보좌신부의 신앙고백」에서 표명한 신앙관을 루소 자신은 유신론 혹은 자연종교로 규정한다. 하지만 당대의 많은 기독교인들은 루소의 종교관이 무신론이나 무종교라 생각한다. 루소가 신을 인정한 점에서 그의 종교는 유신론이다. 그런데 그의 종교의 출발점은 전통적인 기독교 유신론과는 다르다. 다시 말해 기독교 유신론이 그 출발점을 성경 혹은 계시에 둔다면 루소는 자신의 자연종교 출발점을 자연 혹은 인간의 이성과 마음에 두었다. 루소는 대자연(우주)을 관찰하고, 우주를 운행하고 여기에 질서를 부여하는 의지 및 지성을 발견하는데, 그 발견 주체는 인간의 이성과 마음인 것이다. 이는 마치 데카르트가 신의 존재와 신앙의 출발점을 '회의하는 자아(cogito)'에 두었던 것과 유사한 성격을 지닌다. 그런데 루소는 이성 뿐 아니라 마음 혹은 감정에 큰 위상을 부여한 점에서 데카르트나 일반적인 이신론자들과는 차이점을 지닌다.

루소는 신이 인간 정신에 부여하는 지성의 빛에 따라, 그리고 인간의 마음에 불어넣는 감정에 따라 신을 섬긴다면 죄를 지을 수 없다고 생각한다. 그리고 그는 신성에 대한 가장 위대한 관념들은 오직 이성을 통해 인간에게 생긴다고 믿는다. "자연의 광경을 바라보아라. 그리고 내면의 소리를 들어보아라. 신은 우리의 눈과 우리의 양심과 우리의 판단에 모든 것을 다 말해두지 않았는가?"(Emile 385) 그는 신이 인간의 마음에 말하는 것만을 사람들이 들었다면 이 세상에는 오로지 하나의 종교밖에 없었을 것이라고 말한다. 루소는 종교 그 자체(la religion)와 종교 의식(le cérémonial de la religion)을 구분한다. 루소에 의하면, 신이 요구하는 예배는 종교 의식이 아니라 마음의 예배이다.(Emile 385) 신은 사제의 의복이나 제단 앞에서 행하는 동작 등과 같은 것에 큰 관심을 가지는 것이 아니라, 사람들이 진심을 다해 숭배하길 원하고 있으며 바로 이것이야말로 모든 나라, 모든 인간, 모든 종교의 의무라고 루소는 주장한다. 이것이 루소의 자연종교로서, 그는 모든 신앙인들의 출발점이자 더 확실한 신앙에 도달하기 위한 공통 지점, 종교의 토대를 바로 이 자연종교에 두었다.(Emile 386)

그런데 이 땅에는 수많은 종파가 존재하고 각 종파는 자신의 종파가 올바른 종교이며, 다른 종파는 거짓된 종교라고 주장한다. 루소 당시에 한 종교를 믿는 것은 일반적으로 자신이 속한 사회 혹은 종족의 전통을 받아들이는 일이다. 가톨릭 국가에 태어나면 가톨릭 신자가 되고, 개신교 국가에 태어나면 개신교 신자가 되고, 이슬람 국가에 태어나면 이슬람 신자가 되며, 유대인으로 태어나면 유대교 신자가 된다. 이렇듯 종교의 선택이 우연적인 것이라면, 소위 '진정한 종교'를 선택한 나라에 태어난 사람에게 상을 주고, 이와 반대로 '진정한 종교'를 선택하지 않은 나라에서 태어난 사람에게 벌을 준다고 말하는 것은 신의 정의를 모독하는 일이다.(Emile 387) 루소는 자신을 위해 단하나의 민족만을 선택하고 나머지 인류는 배제하는 그런 신은 모든 인간의 아버지가 아니며, 자신이 만든 피조물 가운데 최대 다수가 영원한 형벌을 받도록 정해놓은 신은 자비롭고 선한 신이 아니라고 주장한다.(Emile 391) 루소는 무신론 철학에 반대했을 뿐 아니라, 자신의 종교만이 옳다고 고집하며 나머지 인류를 배제해버리는 종교적인 독선과 오만, 그리고 불관용도 동시에 비판하였다.

루소 자연종교의 출발점은 정통적인 유신론과는 달리 계시가 아니라 우주 및 인간의 내면세계이다. 그렇다면 루소는 '계시'에 대해서는 어떤 입장을 가지고 있는가? 그는 계시에 대해 우호적인 숱한 증거들도 있고, 이와 동시에 계시에 불리한 증거들도 숱하게 존재한다고 보았다. 이러한 이율배반적 상황 속에서 루소는 계시를 인정해야 하는 의무는 부인한다. 계시를 인정하느냐 마느냐의 선택 상황 앞에서 그는 이 선택이 자신의 판단 범위를 넘어서는 일이라 생각하여 '판단 중지'의 태도를 취한다.

그런데 루소는 일반적으로 계시에 대해서 유보적인 판단을 하지만 기독교의 성서에 대해서는 높이 평가한다. "나는 성서의 장엄함에 감탄하고 복음서의 거룩함은 내 마음에 호소한다"고 루소는 고백한다. 그는 허식으로 가득한 철학자들의 책은 성서와 비교하면 매우 초라하다고 말하면서, "그토록 숭고하고 소박한 책이 인간의 책일 수 있을까?"라고 자문하고 있다.(Emile 402)『학문예술론』이후 이어진 논쟁에서 루소는 덕성(vertu)과 학문을 겸비한 대표적인 인물로 소크라테스를 제시한 바 있다.[13] 그런데 「사부아 보좌신부의 신앙고백」에서 루소는 소크라테스보다 예수를 더욱더 훌륭한 인물로 제시한다.

13　Jean-Jacques Rousseau, *Discours sur les sciences et les arts. Discours sur l'origine et les fondements de l'inégalité parmi les hommes*, GF, 1971, p.100.

소크라테스는 윤리를 창시했으나 그 이전에 이미 그러한 윤리를 실천하는 사람들이 있었기에 소크라테스는 그들이 행했던 바를 말로 표현한 데 불과하다고 루소는 지적한다. 소크라테스가 정의, 조국에 대한 사랑, 절제, 덕성을 가르치기 전에 그리스에는 이러한 덕목들을 이미 실천하는 사람들이 많이 있었지만, 예수는 그 혼자서 가르치고 본을 보인 인물이라는 것이다. 루소는 '산상수훈'을 가르친 예수와 '율법'을 가르친 모세를 대조시키고 있다. 루소는 친구들과 조용히 철학을 논하며 죽어간 소크라테스의 죽음을 가장 온화한 죽음으로 평가한다. 그런데 가장 무서운 죽음을 당한 이로서, 참혹한 처형을 받으면서도 증오에 불타는 처형인들을 위해 기도한 예수를 루소는 더 높이 평가한다. 그는 "소크라테스의 삶과 죽음이 현자의 것이라면, 예수의 삶과 죽음은 신(Dieu)의 삶과 죽음이다"라고 말한다. (Emile 403) 이러한 예수의 삶과 죽음을 기록한 복음서는 매우 위대하고 감동적이어서 그 책을 창작한 사람이 있다면 그 책의 주인공인 예수보다 더 놀라운 사람일 것이라고 루소는 말한다.

「사부아 보좌신부의 신앙고백」에서 루소는 복음서를 매우 높이 평가하면서도 정통 기독교와는 다른 입장을 취한다. 복음서와 그 주인공에 대한 찬양에 이어 루소는 다음과 같이 말한다. "바로 이러한 복음서에는 믿을 수 없는 것, 이성에 반하는 것, 그리고 분별 있는 사람이라면 그 누구라도 생각할 수도 받아들일 수도 없는 것들로 가득 차 있다."(Emile 403) 이러한 모순 앞에서 루소는 부인할 수도 이해할 수도 없는 것에는 묵묵히 경의를 표하고 홀로 진리를 아는 존재 앞에서 겸손할 것을 요구한다. 루소는 이를 '본의 아닌 회의주의(sceptisme involontaire)'라 규정하며 이 회의주의로 인해 괴로워하지는 않는다. 중요한 것은 실천인데 루소는 그러한 회의주의가 실천의 본질에는 영향을 미치지 않으며 그는 자신이 의무라고 생각하는 원칙들에는 매우 확고

하기 때문이라고 말한다. 루소는 소박한 마음으로 신을 섬기고 있으며 사람들을 고통스럽게 하는 교리(dogmes)에는 고민하지 않는다고 고백한다.

그리고 루소는 각 종교가 모두 유익한 제도라고 생각한다. 그 종교들은 각기 그 나라에서 공적인 의식을 통해 신을 경배하는 일률적인 방식을 정해두고 있는데, 이는 그 모든 것들이 그곳의 풍토, 정부 형태, 민족성, 때와 장소 등에 따라 어떤 것을 다른 것보다 선호하게 만드는 근거를 지닌다는 것이다. "나는 사람들이 신에게 적합한 형식으로 신을 받든다면 그 종교들은 모두 좋은 것이라고 믿는다. 본질적인 예배는 마음의 예배이다. 신은 그 예배가 진실하기만 하다면 어떠한 형식으로 경배하든 그것을 물리치지 않는다."(Emile 404) 루소는 '불관용이라는 잔인한 교리'를 경계하였고, 자기 종교 울타리 바깥에 있는 사람들에게 "너희들은 지옥에 떨어진다(Vous serez damnés)"는 말을 하지 말기를 권고한다. 루소는 가톨릭 신자든 개신교 신자든 서로가 형제처럼 차별 없이 사랑하며 모든 종교를 존중하며 각자가 자신의 종교 안에서 평화롭게 살기를 원한다. "나는 어떤 사람에게 그가 태어나면서부터 갖고 있는 종교를 버리도록 부추기는 것은 악을 행하라고 권하는 일이며 그렇게 권하는 그 사람 자신도 악을 행하는 것이라 생각한다. 더 큰 깨달음을 얻을 때까지는 공적인 질서를 지키도록 하자."(Emile 405) 이러한 루소의 신앙관은 『사회계약론(Le Contrat social)』에서 다룬 '사회 종교(시민 종교)'로 연결된다.

「사부아 보좌신부의 신앙고백」은 계몽주의 시대의 신앙에 관한 양극단, 다시 말해 무신론과 광신 사이의 화해를 시도한 결과물로 판단할 수 있다. "맹목적인 신앙이 광신으로 이끄는 것처럼 거만한 철학은 신앙이 없는 자유사상으로 귀결된다. 이러한 극단은 피해야 한다. (…중략…) 철학자들이 있는 곳에서는 대담하게 신을 인정하고, 불관용에 사로잡힌 자들에게는 인간애를 설득해야 한다."(Emile 409) 루소는 종교를 둘러싼 당대의 양극단적인 두 진영의 주장 모두를 궤변이라 비판한다. 철학자 진영에서는 '선한 철학자 국민'과 '악한 기독교인 국민'으로 나누고 있다. 루소는 피에르 벨(Pierre Bayle, 1647~1706)이 주장한 바, 광신이 무신론보다 위험하다는 생각에 동의한다. 그런데 루소는 무종교가 위험하다는 생각도 이와 동일하게 진실하다고 보았다. 루소는 설령 광신이 피비린내 나는 잔혹한 것이긴 하지만 인간의 마음을 고양시키고 죽음을 무릅쓰게 만들고 인간의 마음에 놀라운 충동적인 힘을 주는 위대하고 강력한 정념이어서, 그것을 올바르게 인도하기만 한다면 거기서 더없이 숭고한 미덕을 이끌어낼 수 있다고 보았다. 반면에 무종교 혹은 추론적이고 철학적인 정신은 인간 영혼을 삶에 집착하게 만들고 나약하게 만들고 타락시키고 온갖 정념을 비천한 개인적 이기심, 비열한 인간의 자아에 집중시켜 온갖 사회의 참된 기초를 야금야금 파괴한다고 주장한다.(Emile 408~409)

5. 자연―인간과 신 사이의 매개

　　루소에게 자연은 신의 피조 세계로서 신을 인간에게 드러내며 또한 인간을 신에게로 인도하는 매개의 역할을 감당하고 있다. 『신엘로이즈』에서 루소는 쥘리(Julie)의 편지를 통해 다음과 같이 말한다. "신은 자신의 작품들 속에 모습을 드러내시고, 우리의 내부에서 자신이 느껴지도록 하십니다."[14] 신은 그의 창조세계인 자연과 인간의 마음을 통하여 말씀하신다는 것이다. 이 소설에서 우리는 쥘리의 다음과 같은 고백을 접한다. "나는 내 능력을 넘어서는 숭고한 관조(觀照)를 하는 대신, 조잡하나마 내 능력이 미치는 예배를 드립니다. 나는 어쩔 수 없이 신의 존엄을 끌어내립니다. 신의 존엄과 나 사이에 감지될 수 있는 물체를 둡니다. 나는 신을 그 본질 속에서 관조할 수 없기 때문에 최소한 그 작품 안에서 관조하며, 그 선행(bienfaits) 속에서 사랑하려 합니다."(Julie 591) 그녀는 "대지가 펼쳐 놓은 풍부하고 빛나는 장식에서 조물주의 작품과 선물을 찬미"(Julie 591)한다. 그리고 그녀는 "존재들의 거대한 조화 속에서 만물이 이토록 감미로운 목소리로 신에 대해서 이야기한다."(Julie 591∼592)고 고백한다. 여기서 신과 인간 사이에 존재하는 물체 혹은 신의 작품과 선행이란 바로 자연이다. 쥘리의 이러한 고백은 기실 루소 자신의 고백이다.

루소는 「사부아 보좌신부의 신앙고백」에서 현실 종교의 독선을 물리친 다음에 한 권의 책에 주목한다. "나는 모든 책을 덮어버렸다. 모든 사람의 눈앞에 펼쳐진 책이 딱 한 권 있는데, 그것은 자연이라는 책이다. 바로 이 위대하고 숭고한 책 속에서 나는 그 책을 만든 신성한 저자를 섬기고 숭배하는 법을 배운다. 이 책을 읽지 않는 사람은 그 누구도 용서받을 수 없다. 왜냐하면 그 책은 어떠한 정신도 이해할 수 있는 언어로 모든 이에게 말하기 때문이다."(Emile 401) 심지어 무인도에 태어났을지라도, 자기 이외에 어떤 인간과도 만난 적이 없는 사람일지라도 자신의 이성을 훈련하고 연마해서 신이 부여한 직접적인 능력(facultés immédiates)을 잘 사용한다면, 그 사람은 신을 알고, 신을 사랑하고, 신이 원하시는 선을 원하고 이 땅에서 자신이 실행해야 할 의무를 다하는 법을 배우게 되리라는 것이다.(Emile 401)

---

14 Jean-Jacques Rousseau, *Julie ou La nouvelle Héloïse*, *Œuvres complètes II*, Gallimard, 1959, p.699. 이하 이 작품은 Julie로 약칭함.

「사부아 보좌신부의 신앙고백」에서 루소는 자연 속의 예배를 본격적으로 논의하진 않았다. 하지만 그는 『신엘로이즈』나 자서전 작품인 『고백록』과 『고독한 산책자의 몽상』에서 자연과 결부된 예배, 혹은 자연 속에서 느끼는 신성 등에 관한 다양한 기록들을 남기고 있다. 루소는 자신이 성당에 있을 때보다 자연 속에 있을 때 신을 진정으로 경배할 마음을 느낀다고 종종 이야기한다. 우리는 『고백록』에서 레샤르메트에서의 삶을 묘사한 다음과 같은 구절을 만난다. "나는 매일 아침 해뜨기 전에 일어나, 근처 과수원을 지나 매우 아름다운 오르막길로 나선다. 그 길은 포도밭으로 나서 산허리로 샹베리까지 이어져 있다. 그 길을 거닐면서 나는 기도를 드린다. 그것은 입술만 움직이는 기도가 아니라, 눈 아래 아름답게 펼쳐져 있는 사랑스런 자연의 창조주에게로 향하는 진정으로 우러나는 기도이다. 방안에서 기도를 드리고 싶은 적은 한 번도 없었다. 벽과 인간이 만든 자질구레한 것들 전부가 신과 나 사이로 끼어드는 것처럼 느껴졌기 때문이다. 나는 신이 만드신 창조물 속에서 신을 생각하기를 좋아한다. 그 때 내 마음은 신을 향해 높아져 간다."(Les Confessions 236) 루소는 말년에 프랑스를 떠나 망명 생활을 하던 도중에 비엔(Bienne) 호수 가운데에 있는 생 피에르 섬(île de Saint-Pierre)에 머물게 되는데, 이곳에서의 삶을 회상하면서 그는 『고백록』에서 다음과 같이 말한다. "신에 대한 가장 올바른 경의는 신이 만든 것에 대한 관조에 의해 일깨워지는 말없는 찬미, 수다스런 방법으로는 표현할 수 없는 저 조용한 찬미 외에는 있을 수 없다고 나는 생각한다. 벽과 거리와 죄악밖에 보지 못하는 이 도시의 주민들이 왜 신앙을 갖지 않는가를 나는 잘 안다. 그러나 시골 사람들, 특히 고독한 사람들이 어떻게 신앙을 갖지 않고 지낼 수 있는가 하는 점은 납득이 되지 않는다. 황홀한 감동을 주는 위대한 조물주에 대해 어떻게 그들의 혼은 하루에 백 번도 더 흥분을 느끼게 되지 않는 것일까? (…중략…) 방안에서는 기도를 드리는 일이 드물고 드린다 해도 메마른 기도가 된다. 그러나 아름다운 풍경을 대하면 까닭 없이 감동을 느끼게 된다. 어느 사려 깊은 주교가 그의 교구를 순회하던 중 기도 대신에 다만 '오!' 라고밖에 말하지 않는 한 노파를 보았다는 이야기를 읽은 적이 있다. 주교는 그 노파에게 말했다. '할머니, 언제나 그 같은 기도를 계속하십시오. 할머니의 기도는 우리가 드리는 기도보다 훌륭한 기도입니다.' 이 훌륭한 기도는 나의 기도이기도 하다."(Les Confessions 642)

생애 최후의 작품이자 유고(遺稿)인 『고독한 산책자의 몽상』에서도 우리는 루소의 동일한 관점을 만난다. "은신처에서의 명상, 자연에 대한 연구, 우주에 대한 관조는 고독한 자로 하여금 끊임없이 조물주에게 향하게 만들고, 그가 보는 모든 것의 종국과 느낄 수 있는 모든 것의 원인을 달콤한 불안감을 가지고 추구하게끔 한다."(Les Rêveries 28) 그리고 이러한 관조는 황홀감과 아울러 자연과 인간의 합일의 경지에까지 이르게 한다. "관조하는 자가 더욱 감수성 많은 넋을 가지고 있을수록 그 사람은 그런 조화로부터 솟아 나오는 황홀감에 잠긴다. 기분 좋은 깊은 몽상이 그 때 그의 관능을 사로잡고 그는 감미로운 황홀감을 느껴 그 광대하고 아름다운 체계 속에 무르녹아 그것에 동화한 자신을 느낀다. 그 때 개별적인 대상은 모두 그의 시야를 떠나서 모든 것을 오직 전체 안에만 보고 또 느낀다."(Les Rêveries 90)

루소는 한평생 이러한 자연 사랑을 종교적인 감정과 연결시켰다. 이러한 자연과 종교의 결부는 훗날 많은 이들에게 익숙해졌지만 그 당시에는 아직 익숙지 않은 것이었으며, 그는 후대에 등장한 낭만주의 작가와 독자들에게서 볼 수 있었던 이러한 결부의 감정을 고취하는 데 누구보다 큰 기여를 했다.[15]

6. 루소의 자연종교와 생태학의 만남

루소 당대에는 '생태학(écologie)'이란 용어가 아직 탄생하지 않았으며, 생태와 관련된 심각한 문제의식도 존재하지 않았다. 그러나 루소의 문명과 진보에 대한 비판은 20세기에 등장한 녹색 사회사상 및 정치사상의 핵심적인 요소가 되었다. 자연 상태의 삶에 대한 긍정적 관점이 담겨 있는 루소의 '고상한 야만'이라는 관념은 문명화되지 않은 인간의 상태가 '야만적'이며 부정적인 것이라는 당대 주류 사상가들의 관점에 반기를 든 것이다.[16] 그리고 '자연적인 것(le naturel)'과 상반되는 '인위적인 것(l'atificiel)'에 대한 비판, 자연에 대한 찬양 및 문명에 대한 비판 등을 담은 루소 사상은 당대의 지배적인 사조인 계몽주의에 대한 강력한 비판인 동시에 오늘날 대두되는 생태학적 관점에 새로운 빛을 던져주는 사상으로 인정되고 있다. 시인이자 '심층 생태학(deep ecology)' 운동의 주된 인물 가운데 한 명인 게리 스나이더(Gary Snyder)는 "서구 사상에서 가장 주목할 만한 직관 가운데 하나는 루소의 '고상한 야만'으로서, 이는 문명이 원시적인 것으로부터 배울 점이 있다는 관점이다"[17]라고 평가한다. 『장자크 루소와 생태학적 희망(Jean-Jacques Rousseau et l'espoir écologique)』이라는 제목의 저서에서 마르셀 슈네데르(Marcel Schneider)는 루소가 자연 속에서 신을 느끼는 법을 가르치는 (교리 없는) '새로운 종교'를 창설했음을 지적하고, 루소를 20

---

15 Leo Damrosch, op. cit., p.67.

16 John Barry, 허남혁 · 추선영 역, 『녹색 사상사―루소에서 기든스까지』, 이매진, 2004, 79쪽.

17 Gary Snyder, *Earth House Hold*, New Directions, 1957, p.120. 머레이 북친은 "자기를 둘러싸고 있는 순결한 세계를 사랑하면서 즐겁고 단순한 동료 의식 속에서 살았다고 추정되는 원시인들의 세계관은 현대의 생태학적 행동관 및 실재관의 모델이 되었다"고 지적한다. Murray Bookchin, 구승회 역, 『휴머니즘의 옹호』, 민음사, 2002, 146쪽.

세기에 와서 전개된 녹색 운동과 녹색 정당 정책의 사상적인 선구자로 규정한다.[18] 질베르 라프르니에르(Gilbert F. LaFreniere)는 루소가 미국 생태학의 정신적 근원의 역할을 감당한 초월주의(transcendentalism) 주창자들에게 영향을 미쳤음을 인정하고 있다.[19]

루소는 자연을 인간의 필요나 실용적 목적에 따라 바라보지 않는다. 그는 자연이 신의 피조 세계로서 신을 인간에게 드러내며 또한 인간을 신에게로 인도하는 매개의 역할을 감당하고 있다는 견해를 제시함으로써 인간 중심주의적인 자연관을 극복했다. 생태적으로 지속 가능한 사회를 이루기 위해 심층 생태학자들은 지금까지 우리가 지녀온 세계관을 바꾸어야 함을 강조한다. 그들은 새로운 세계관을 통해 인간의 의식을 근본적으로 변화시키고 기존의 윤리나 도덕을 근본적으로 변화시켜야만 인간의 자연에 대한 태도, 생활방식, 사회구조가 바뀔 수 있다고 본다.[20] 이와 관련하여 심층 생태학은 유명한 8가지 기본 강령을 제시하는데, 그 제1강령은 다음과 같다. "지구상에 있는 인간 및 인간 이외 생명체의 건강과 번영은 그 자체로 내재적 가치를 지닌다. 이 가치는 인간 이외의 세계가 인간의 목적에 유용한가 아닌가의 문제와는 별개의 것이다."[21] 노르웨이의 철학자 아르네 네스(Arne Naess)는 1972년에 행한 강연에서 단순히 "오염과 자연 고갈에 맞서 싸우고 선진국 주민들의 건강과 풍요를 보존"하는 일에 몰두하는 '피상적인(shallow) 생태운동'과 대비되는 '심층적(deep) 생태운동'을 주창하였다. 이 운동은 인간을 포함한 모든 생

---

18 Marcel Schneider, *Jean-Jacques Rousseau et l'espoir écologique*, Editions Pygmalion, 1978, pp.18~26.

19 Gilbert F. LaFreniere, "Rousseau and the European Roots of Environmentalism", *Environmental History Review* Vol. 14, Winter, 1990, pp.60~66.

20 Arne Naess, Ecology, *Community and Lifestyle : Outline of an Ecosophy*, Cambridge University Press, 1989, p.67.

21 Bill Devall & George Sessions, *Deep Ecology*, Gibbs M. Smith, 1985, p.70.

명체를 "생명의 그물망 또는 내재적 관계의 장에 속한 매듭들"로 파악한다.[22] 이러한 심층 생태학의 기본 원칙 혹은 이념은 루소의 사상과 맥락을 함께 하는 것이다. 루소는 식물에서 약제나 의료품, 식품, 식물이 주는 효능 등에만 관심을 가지는 인간 중심주의적인 관점을 비판한다. 그에게 자연은 하이데거가 말한 '유용 존재자' 이상의 존재로서, 인간이 본(本)으로 삼아 돌아가야 할 존재이고 어머니의 품과 같이 인간을 보호해주는 존재이며 인간과 합일(合一)의 대상인 존재이다. 루소는 "만물의 체계 속에 융합되어 자연 전체와 동화될 때 나는 황홀감에 잠겨 형언할 수 없는 감격을 느낀다"(Les Rêveries 94)고 고백한다.

네스는 '생물권 평등주의'라는 개념을 "생명의 형태와 이치에 대한 깊은 존경 혹은 숭배"로 규정하고 "생태계의 현장에서 바라볼 때 생명을 잇고 꽃피울 동등한 권리는 직관적으로 명백한 가치 공리"라고 주장한다.[23] 그리고 그는 생명 중심의 윤리를 고안해 냈다. 그 윤리에 따르면 '평등한 생물권' 속에서 인간은 늑대, 곰, 독수리, 하루살이 등과 같은 다른 생명체보다 더 큰 혹은 더 작은 가치를 타고나지 않는다.[24] 루소가 인간 이외의 타 생명체에 대한 가치를 인정했음은 분명하다. 그러나 그는 인간과 타 생명체가 동등한 가치를 지닌다고 말하지는 않았다. 신의 존재를 규명한 후 루소는 신이 다스리는 우주 속에서 인간이 차지하는 위치에 대해 사유한다. 인간이야말로 자신의 의지로 물체에 작용을 가할 수 있으며 또한 지성을 가지고서 모든 것을 조사할 수 있는 유일한 존재라는 점에서 인간은 '지상의 왕(le roi de la terre)'으로서 다른 동

---

22   Arne Naess, "The Shallow and the Deep, Long-Range Ecology Movement", *Inquiry* vol. 16, 1973, p.95. Murray Bookchin, op. cit., p.142에서 재인용.
23   Arne Naess, op. cit., p.96; Murray Bookchin, op. cit., p.145에서 재인용.
24   Murray Bookchin, op. cit., p.146.

물보다 우위의 지위에 있다고 그는 주장한다.(Emile 361) 인간은 자신의 지성을 활용하여 자연의 모든 것을 조사할 수 있으며, 자연의 원소를 활용할 줄 알며, 멀리 있는 천체까지도 관조할 수 있는 유일한 존재이기 때문이다.(Emile 360∼361) 질서와 아름다움, 덕성이 무엇인지 알고 우주를 관조하고 우주를 다스리는 존재에까지 자신을 고양시킬 수 있으며 선을 사랑하고 행할 수 있는 존재인 인간을 동물과 동일하게 여기는 무신론 혹은 유물론 철학자들을 루소는 비판한다. 인간이라는 종(種)이 신 다음의 가장 훌륭한 종임을 인정함으로써 루소는 인간에게 그러한 지위를 부여한 창조자에게 감사와 축복의 감정이 생겨나며, 또한 이러한 감정에서 자비로운 신에 대한 존경심이 생겨난다고 말한다.(Emile 361)

이러한 루소의 관점은 인간을 기계 장치로 파악하는 유물론 및 무신론 철학자들에 대한 비판을 담고 있다. 루소는 그들과는 달리 인간의 영혼은 비물질적인 것으로서 육체가 죽은 후에도 살아남을 수 있다고 주장한다.(Emile 368) 영혼의 존재는 인간을 다른 생명체와의 차별성을 제공하는 근거가 된다. 루소의 이러한 관점은 인간을 타 생명체와 동등하게 여기거나, 한 걸음 더 나아가 인간이야말로 생태계를 해치는 주범이기에 인간에 대한 적대감을 노골적으로 드러내는 극단적인 심층 생태주의 단체인 '어스 퍼스트!(Earth First!)'의 관점과는 상통하지 않는다. 이 단체는 심지어 지구에 부담을 주는 인구를 줄일 수 있다는 점에서 에이즈나 기아(飢餓) 따위를 환영하기도 한다.[25] 자연이 신의 피조 세계로서 신을 인간에게 드러내며 만물 어디에나 지성을 지닌 신이 존재한다는 루소의 견해는 범재신론(만유재신론, panenthéisme)으로 분류될

---

25 이상헌, 『생태주의』, 책세상, 2011, 68쪽.

수 있는 관점으로서, 우주를 하나의 전체로 파악하고 그것을 신으로 보는 교리인 범신론(汎神論, panthéisme)과는 구별된다. 루소는 자연 속에 신성이 드러나긴 하지만 자연 자체가 신인 것은 아니라고 보았으며, 또한 인간이야말로 우주를 관조하고 우주를 다스리는 존재에까지 자신을 고양시킬 수 있으며 선을 사랑하고 행할 수 있는 존재이기에 타 생명체보다 우월하다고 주장한 점에서 극단적인 입장의 생태학과는 차이가 있다.

한편 루소는 생태계의 전망과 관련하여 시대적인 한계를 지닌다고 볼 수 있다. 오늘날 지나친 탄소 배출, 특히 핵무기 혹은 핵발전소가 초래할 수 있는 잠재적인 위협은 지구의 생존 자체를 위협할 정도이다. 그런데 루소가 인간 자유의 중요성 및 신 앞에 선 인간의 한계를 강조하면서 한 다음의 말은 오늘날의 생태적 심각성에 비추어 볼 때 적절하지 않은 것으로 판단된다. "신은 인간의 힘을 매우 제한해 주어 그가 인간에게 맡긴 자유를 남용한다 하더라도 이로 인해 보편적인 질서를 어지럽힐 수는 없다. 인간이 행하는 악은 자신에게로 되돌아갈 뿐 세계의 체계를 조금도 변화시키지 못하며, 설령 인류가 원하지 않더라도 인류 자체가 존속하는 것을 막지는 못한다."(Emile 365) 오늘날 우리는 현대 산업사회가 초래한 "재앙적인 기후의 변화"[26]와 "가장 대규모이고 가장 빠른 대멸종"[27]을 목도하고 있다. 문명사회의 '진보'는 공멸을 막기 위해 윤리적인, 그리고 학문적인 책임 의식을 한층 더 요구하고 있다.

여러 분과 학문의 개별적 성찰과 대안 제시는 생태계의 현 상황을 연구하는 자연과학적 생태학과 마찬가지로 생태계의 위기를 극복하기 위해 매우

---

26 Stephan Harding, 박혜숙 역, 『지구의 노래 — 생태주의 세계관이 찾은 새로운 과학 문명 패러다임』, 현암사, 2011, 300쪽.
27 Ibid., p.336.

중요하다. 그런데 오늘날의 생태계 문제는 어느 한 부분이 아니라 인류의 문명 전체, 인간과 자연의 관계 전체, 사회 전체와 관련된 종합적인 것이다. 따라서 이에 접근하기 위해서는 개별적인 노력과 더불어 이를 통합하는 종합 학문으로서의 생태학, '탈경계인문학'적인 시각의 생태학이 필요하다. 분과 학문의 경계를 넘어 학문과 학문을 이어주고, 학문과 실제의 삶을 이어주는 상호연관성에 대한 인식 및 통합적 조망을 지닌 '탈경계인문학'적인 생태학으로써 인류 사회와 지구 생물체 전체의 공존을 추구하는 새로운 문명의 모험이 절실히 요청된다.

참고문헌

논저

이상헌, 『생태주의』, 책세상, 2011.

Azouvi, François, "La Mettrie, Denis Huisman dir", *Dictionnaires des philosophes*, PUF, 1993.

Barry, John, 허남혁·추소영 역, 『녹색 사상사—루소에서 기든스까지』, 이매진, 2004.

Bookchin, Murray, 구승회 역, 『휴머니즘의 옹호』, 민음사, 2002.

Copleston, *Frederick : A History of Philosophy* vol. 5, Burns and Oates, 1961.

Damrosch, Leo, *Jean-Jacques Rousseau : Restless Genius*, Houghton Mifflin Company, 2005.

Devall, Bill & Sessions, George, *Deep Ecology*, Gibbs M. Smith, 1985.

Gay, Peter, *Deism : An Anthology*, D. Van Nostrand Company, 1968.

Gouhier, Henri, *Les Méditations métaphysiques de Jean-Jacques Rousseau*, Librairie philosophique J. Vrin, 1984.

Harding, Stephan, 박혜숙 역, 『지구의 노래—생태주의 세계관이 찾은 새로운 과학 문명 패러다임』, 현암사, 2011.

LaFreniere, Gilbert F, "Rousseau and the European Roots of Environmentalism", *Environmental History Review* Vol. 14, Winter, 1990.

Lefranc, Jean, Holbach Paul Henri Thiry, baron d', Denis Huisman dir., Dictionnaires des philosophes, PUF, 1993.

Mornet, Daniel, *Rousseau : L'Homme et l'œuvre*, Hatier-Boivin, 1950.

Onfray, Michel, *Les Ultras des Lumières*, Grasset & Fasquelle, 2007.

Rousseau, Jean-Jacques, *Discours sur les sciences et les arts. Discours sur l'origine et les fondements de l'inégalité parmi les hommes*, Editions Garnier Frères, 1971.

__________________, *Emile ou de l'Education*, Editions Garnier Frères, 1966.

__________________, *Julie ou La nouvelle Héloïse, in Œuvres complètes II*, Gallimard, 1959.

__________________, *Les Confessions, in Œuvres complètes I*, Gallimard, 1959.

__________________, *Les Rêveries du promeneur solitaire*, Editions Garnier Frères, 1960.

Schneider, Marcel, *Jean-Jacques Rousseau et l'espoir écologique*, Editions Pygmalion, 1978.

Snyder, Gary, *Earth House Hold*, New Directions, 1957.

박물관과 황야 : 에머슨의 미국적 자연관

송은주

1. 에머슨과 자연

19세기 미국 초절주의의 대표적 사상가 랄프 왈도 에머슨(Ralph Waldo Emerson)은 관념주의에 치우친 일원론자로 평가되어 온 탓에, 그가 당대 과학의 성과에 상당한 관심을 쏟았다는 사실은 흔히 간과되곤 한다. 그의 과학과 자연에 대한 관심은 특히 1832년부터 1833년까지 일년 남짓 유럽 여행을 하고 돌아온 후 행했던 네 차례의 강연, 「자연사의 효용(The Uses of Natural History)」, 「지구와 인간의 관계(The Relation of Man to the Globe)」, 「물(Water)」, 「자연연구가(The Naturalist)」에서 두드러지게 나타난다. 그의 강연들은 모두 자연사와 자연철학, 과학을 주제로 한 것이었으며, 1836년 발간된 첫 저작인 『자연(*Nature*)』에서 정점을 이룬다. 에머슨은 정치적으로는 독립했으나 아직 문화적 독립은 이루지 못한 미국의 상황에서 유럽으로부터 독립된 문화 정체성을 구성하는 것을 자신에게 부여된 가장 긴급하고도 중요한 임무로 보았다. 그 과정에서 과학은 자신을 둘러싼 구체적이고 물리적인 외부 세계를 인식하고 파악하는 지적 도구로서 중요한 의미를 가졌다.

19세기 초절주의자들의 저작에서 자연에 대한 사유와 과학적 인식방법론은 20세기 들어 생태비평과 자연문학의 발전과 함께 새롭게 재조명되고 있다. 환경과 생태에 대한 관심이 높아지면서 1990년대를 기점으로 문학 비평 분야에서도 인간과 자연 환경과의 관계를 심도 있게 탐구할 것을 촉구하는 움직임이 구체화되기 시작했다. 이는 기존의 인간중심적 세계관에 대한 반성을 통하여 환경과의 파괴된 유대관계를 회복하고 상호 공생할 수 있는 대안적 삶의 필요성을 문학 분야에서도 수용하고 적극 탐색해야 한다는 요구에서 비롯되었다. 문학비평에 생태학의 개념을 적용하려는 시도는 1970년대 조셉 미커(Joseph Meeker)나 윌리엄 루커트(William Ruckert)와 같은 일부 영미 비평가들에 의하여 이루어졌으나, 관련 학회가 창설되고 저술들이 나오면서 생태비평이 문학비평의 한 분야로 본격적으로 등장하게 된 것은 비교적 늦은 1990년대이다. 초기 생태비평은 1995년 ASLE 컨퍼런스에서 존 엘더(John Elder)가 "자연 세계에 대한 주의깊은 관심과 과학에 대한 인식을 바탕으로 하면서 자연의 영적 의미와 내재적 가치도 받아들이는 개인적이고 성찰적인 에세이의 형태"로 정의한 자연문학(Nature Writing) 위주로 이루어졌다.[1] 이에 따라 19세기 미국 작가들 중에서 당대에는 거의 주목받지 못했던 소로우(Henry David Thoreau)가 재발견되어 『월든(*Walden*)』이 생태문학의 정전으로 추앙받

---

1   John Elder, *Imaging the Earth : Poetry and the Vision of Nature*, Illinois UP, p.4.

기 시작했다. 생태비평의 영향으로 소로우 이외에도 에머슨을 비롯한 19세기 초절주의자들에 대한 재평가 작업이 활발히 이루어졌다. 로버트 벅홀더(Robert Buckholder)는 미국 자연문학의 뿌리를 윌리엄 버트램(William Bertram)이나 존 제임스 오드본(John James Audubon) 같은 전문적인 자연주의자들의 글보다는 초절주의자들 속에서 찾는다.[2] 그는 오늘날 미국 자연문학과 행동주의는 초절주의자들의 영향 없이는 상상도 할 수 없으며, 초절주의자들은 인간과 자연 간의 개인적 관계를 상상할 수 있을뿐더러 가능한 것으로 만들었다고 말한다.[3] 제임스 맥커식(James McKusick)은 에머슨이 인간은 모든 것의 척도라는 관점을 당연하게 받아들이기보다는 인간과 환경 사이에서 역동적이고 지속가능한 관계를 얻을 수 있는 방법을 찾으려 하였으며, 이렇게 신성한 에너지를 자연세계에 부여함으로써 미국의 풍경을 그의 시대에 만연했던 공리주의적 개념으로부터 구하려 했다고 그를 높이 평가한다.[4] 랜스 뉴먼(Lance Newman) 역시 자본주의적 삶의 방식에 맞서는 생태적 사고의 기틀을 제고한 점에서 초절주의에 의미를 부여한다.

초절주의를 대표하는 인물로 당대에 가장 큰 영향력을 미국 너머 국제적으로까지 행사했던 인물은 에머슨이지만, 오늘날 생태문학에서는 소로우에 비하면 훨씬 덜 중요한 인물로 다루어지고 있다. 윌슐레거(Max Oelscheleger)는 에머슨을 '베이컨-데카르트적 관점에 갇혀 관습적인 인간중심주의와 남성중심주의를 벗어나지 못한다'고 신랄하게 비판하기까지 했다.[5] 에머슨이 생태

---

2   Robert Buckholder, "Nature Writing and Environmental Activism", *The Oxford Handbook of Transcendentalism*, Oxford UP, p.642.

3   ibid., p.657.

4   James C. McKusick, *Green Writing: Romanticism and Ecology*. Palgrave, p.132.

5   Max Oelscheleger, *The Idea of Wilderness*. Yale UP, p.135.

주의적 관점에서 조명될 때는 소로우의 경험주의와 대조하여 추상적이고 비유적으로 자연을 재현하고자 하는 초절주의 미학의 한계를 드러내는 사례로 거론되는 경우가 많다. 소로우의 『월든』이나 자연사 에세이들은 실제 자연환경에 대한 세밀하고 과학적인 조사와 탐구, 그를 바탕으로 한 영적 사색과 성찰을 통하여 생태문학의 전형을 제시했다고 평가받는 반면, 에머슨은 관념론자, 탁상공론하는 자연연구가로 치부되어 온 경향이 있다. 그러나 자연을 신의 뜻이 드러나는 영적이고 초월적인 공간으로 보려 했던 에머슨의 초절주의적 자연관은 소로우를 비롯하여 많은 이들에게 생태주의 사상의 토대를 제공했다. 그의 자연관이 소로우와의 비교 대조 속에서 한계를 비판받는다 해도, 미국의 자연관과 생태주의 전반에 그 영향과 흔적이 넓고 깊게 남아 있다는 것은 부인하기 어려운 사실이다. 에머슨은 당대의 미국 지식인들에게 제시된 시대적 요구를 누구보다도 날카롭게 의식하고 적극적으로 대응하려 했다. 에머슨은 변화를 어떻게 수용하고 지식인으로서 미국 사회가 나아갈 올바른 정신적, 도덕적 방향을 제시할 것인가를 자신의 주요한 과제이자 책임으로 삼았으며, 이 점이 그를 소로우와 차별화한다. 필립 구라(Philip Gura)가 에머슨의 『자연』을 가리켜 "야전교범이 아니라 안내서(more prospectus than field manual)"라고 한 말은 소로우의 저작과의 비교에서 적절한 표현이라 할 수 있다.[6] 에머슨이 초절주의의 기본적인 '안내서'를 제공하여 미국의 자연을 바라보는 관점의 철학적 기반과 나아갈 방향을 제시했다면, 소로우를 비롯한 후대의 생태주의자들은 이를 구체화하고 수정하고 발전시켰다.

이 글에서는 에머슨의 초기 강연과 저작을 중심으로 하여 그의 초절주의적 자연관이 '박물관'과 '황야'라는 두 가지의 개념을 통해 재현되는 양상을

6　Philip F. Gura, "Nature Writing", *The Oxford Handbook of Transcendentalism*, Oxford UP, p.411.

분석하고자 한다. 에머슨은 1833년 유럽 여행 중 파리에서 본 파리 자연사 박물관의 전시물에 깊은 인상을 받아 「자연사의 효용」에서 당시의 체험을 상세히 설명한다. 리 러스트 브라운(Lee Rust Brown)은 박물관의 구조와 체계가 에머슨의 글쓰기 전반에까지 기본적인 구성의 원리를 제공해 주었을 정도로 박물관 체험이 단순히 새로운 과학 지식의 습득을 넘어 그의 인식체계 전체에 큰 영향을 미쳤다고 주장한다. 그러나 1836년 출간된 첫 번째 저작인 『자연』에는 더 이상 자연사 박물관에 대한 언급은 없다. 박물관이 빠진 자리에 대신 미국의 자연을 재현하는 상징으로 제시되는 것이 '황야'이다. 박물관이 유럽 근대의 지식 체계 전반에 일어난 변화를 반영한 공간이라면, 황야는 미국의 국가 정체성이 문화적으로 재구성되는 공간이다. 본고에서는 에머슨의 자연 재현에 있어서 유럽적 공간인 '박물관'과 미국적 공간인 '황야'라는 전혀 다른 두 공간이 어떻게 연관되며, 에머슨의 초절주의적 자연관의 형성과 재현에 어떻게 영향을 미쳤는가를 분석할 것이다.

에머슨의 자연은 소로우의 글속에서처럼 세밀한 관찰과 묘사를 통해서가 아니라, 박물관과 황야로 개념화, 추상화되어 제시된다. 이처럼 자연을 추상화하고, 나아가 이상적이고 초월적인 공간으로 신화화하는 경향은 미국 생태비평에서 두드러진 경향이 되어 왔다. 생태비평은 미국 자연문학을 근거로 삼으면서 주로 미국에서 발전해 왔다. 롭 닉슨(Rob Nixon)은 1995년 제이 파리니(Jay Parini)가 쓴 에세이 「인문학을 푸르게 하기(The Greening of the Humanities)」에서 환경 연구 붐에서 핵심적인 작가와 비평가 스물다섯 명을 거론했는데, 그들 모두가 미국인이었다고 지적한다.[7] 생태비평은 자연환경과 인간과의

---

7 Rob Nixon, "Environmentalism and Postcolonialism", *Ecocriticism : The Essentiat Reader*, Routledge, p.196.

관계성에 주목을 요하면서 문학에서 환경을 인간 활동이 벌어지는 단순한 배경 이상의 공간으로 중요성을 부여했다는 점에서 큰 의미가 있으나, 한편으로는 비평 범위의 협소함과 자연 인식의 구태의연함에서 비판을 받으며 적용 범위를 확장하여 좀 더 폭넓게 인간과 환경과의 다양하고 복합적인 관계를 조망할 것이 요구되고 있다. 롭 닉슨은 탈식민주의 비평가들과 생태비평가들의 비교를 통해 미국 중심 생태비평(혹은 문학)의 문제점을 비판한다. 그가 지적하는 문제점 중 생태비평가들이 역사적으로 순수의 담론에 과도하게 집착해 왔다는 사실은 미국 생태문학에서 핵심 요소였던 '황야'의 문학적 재현에서도 많은 비평가들에 의해 비판적으로 거론되어 온 부분이다.[8] 그런 점에서 '박물관'과 '황야' 개념을 통한 에머슨의 초절주의적 자연관의 재고찰은 그 영향 하에 발전해 온 미국 생태비평의 한계가 어디에서 연원했는가를 되짚어 보는 계기가 될 것이다.

2. 박물관으로서의 자연

에머슨은 1832년 목사직을 사퇴하고 일 년여의 유럽여행을 다녀온 후 본격적으로 대중 강연자이자 저술가로서의 새로운 경력을 시작한다. 그 첫 출발이 되었던 것이 1833년 자연사 협회(the Natural History Society)에서 한 강연

---

8   ibid., p.197.

「자연사의 효용」이다. 「자연사의 효용」은 성직을 버린 후 처음으로 에머슨의 관심을 사로잡은 주제인 과학에 대한 관심과 열정을 잘 보여주고 있을 뿐 아니라, 그의 첫 번째 저작이자 초절주의의 대표작이 된 『자연』의 주제와 구성을 앞서 예시하고 있다는 점에서 의미가 있다. 자연사의 효용에서 그는 파리 자연사 박물관을 방문하여 받았던 강렬한 인상을 상세히 서술한다.

여러분은 자연의 지칠 줄 모르는 거대한 풍요로움에 깊은 인상을 받게 됩니다. 가능한 것의 한계가 확장되고 실제가 허구보다 더 기이합니다. 흐릿한 나비, 무늬가 아로새겨진 조개껍질, 새, 짐승, 곤충, 뱀, 물고기 등 이 혼을 쏙 빼놓는 생명을 지닌 형태들을 둘러보다보면 우주는 그 어느 때보다도 더 놀라운 수수께끼입니다. 도처에서 솟구치는 삶의 원칙이 있고, 바위조차 조직된 형태들을 흉내 내고 있습니다. 거기 서서 그토록 그로테스크하거나 아름다운 것이 형태가 아니라 관찰자인 인간에게 있는 무언가의 표현이라는 확신에 깊은 인상을 받습니다. 우리는 벌레, 기어 다니는 전갈, 인간 사이에서 신비스러운 관계가 있음을 느낍니다. 나는 기이한 공감에 감동합니다. 이 초대에 귀를 기울이겠노라고 말하겠습니다. 나는 자연연구가가 되겠습니다.[9]

그는 박물관의 각 전시실이 지구 각 지역의 축소판과 같이 완벽하게 재현되어 있었다고 설명한다. 전 세계의 온갖 진기한 것들을 풍성하게 끌어모아 가장 인상적인 효과를 내도록 배열해 놓고, 산과 늪, 초원과 정글, 바다, 강, 광산을 다 뒤져 다채롭고 보기 드문 것이면 뭐든 다 가져다 놓았다. 그렇게

---

9 Ralph Waldo Emerson, *The Early Lectures of Ralph Waldo Emerson*, Harvard UP, p.10.(이후 *The Early Lectures of Ralph Waldo Emerson*에서 인용한 내용은 EL로 표기한다)

온 나라에서 가져 온 동물 박제 표본을 서식지의 특징과 습관이 잘 드러나도록 전시했다. 동물 표본들의 목록은 아시아에서 가져 온 사자, 샴에서 온 코끼리, 뉴햄프셔와 라브라도에서 가져온 버팔로와 곰 등 다종다양하다. 이 프랑스의 수도 파리 한복판에서 온 세상이 놀라도록 전 세계에서 수집해 온 것이다. 에머슨은 이 전시물들이 보여주는 자연의 경이로움에 흥분을 금치 못한다. 에머슨에게는 "지구가 곧 박물관"이며, 그러므로 박물관은 지구의 완벽한 축소판이다.(EL, p.6)

파리 자연사 박물관의 뿌리는 1635년 루이 13세 때 설립된 왕립 약용 식물원(Jardin royal des plantes médicinales)이며, 1793년 혁명 위원회의 결정에 따라 식물원에서 독립하여 국립 자연사 박물관으로 새롭게 창설되었다. 파리 자연사 박물관의 설립은 왕정 시대에 왕의 절대 권력을 과시하기 위한 개인적인 소유였던 전시물들이 혁명으로 왕정이 붕괴된 후 새롭게 사회의 중심 계층으로 떠오른 부르주아 시민계급의 교육을 목적으로 하는 박물관으로 재탄생하는 과정을 보여준다. 박물관의 발전은 왕과 귀족으로부터 일반 대중으로 권력의 중심이 이동하는 정치적 민주화의 과정과 관련되어 있을 뿐 아니라, 전시물들을 수집하고 분류하는 과학의 발전과도 깊이 연관되어 있다. 토니 베넷(Tony Bennett)은 혼돈으로부터 질서로 나아가는 박물관의 이야기는 오류로부터 진리로 나아가는 과학의 진보에 관한 이야기이기도 하다고 말한다.[10] 민주적인 대중 교육의 장이자 과학의 기본 원리를 가시화해 보여주는 장으로서 박물관은 에머슨을 열광시켰다. 파리 박물관 체험에서 에머슨은 자연의 질서와 통일성에 대한 깨달음을 얻었으며, 이러한 신의 뜻을 인식할

---

10 Tony Bennett, *The Birth of the Museum*, Routledge, p.2.

수 있는 주체로서 이 세계에서 인간의 중심적 위치를 확인한다. 또한 에머슨은 부르주아 시민 계급을 교육한다는 박물관의 설립 목적에 감화되었고, 여기에서 성직을 포기한 후에도 자신이 사회적으로 기여할 수 있는 가능성을 찾았다. 이러한 깨달음은 유럽으로 떠날 당시 성직을 포기한데다가 첫 번째 아내 엘렌을 잃는 등 개인적인 불행까지 겹쳐 어려운 상황에 있던 에머슨에게 앞으로 그가 가야 할 길을 제시해 준 셈이었고, 『자연』을 비롯한 이후의 저작들에서 반복적으로 표현된다.

18세기 생물학의 탄생을 통해 자연과학이 유기체의 영역에까지 침투해 들어가면서 가시적 세계의 근저에 놓인 보다 근원적인 실체에 대한 관심이 고조되었으며, 자연세계뿐만 아니라 인간, 사회, 역사를 총괄할 수 있는 새로운 근대적 '문법'이 모색되었다.[11] 파리 자연사 박물관은 이와 같은 당대의 과학적 분류의 법칙을 충실히 따라 가시적 세계 뒤에 숨은 자연의 내재적이고 본질적인 질서를 재현하고자 했다. 관장이었던 조르주 퀴비에(Georges Cuvier)는 박물관에 소장된 1만여 점의 표본을 연구하여 '유사성의 법칙'과 '상관성의 법칙'을 제시했다. 유사성의 법칙은 다양한 형태의 동물들이 형태의 단일성을 그 배후에 숨기고 있으며, 모든 생명체는 동일한 청사진의 변종이라고 보는 것이다.[12] 파리 자연사 박물관의 설계는 책으로 들어찬 도서관을 본떠 이루어졌으며 전체적으로 텍스트의 구성 방식을 닮아 있어서 박물관이 자연의 상형문자와 같은 컨텐츠들 가운데 선택하고, 요약하고, 배열한 자연의 책의 모든 내용들을 압축하고 분류하는 "전시장 백과사전(cabinet cyclopedia)"이었다.[13] 자연의 책의 챕터, 섹션, 문단들은 문장과 단어와 같은 기초적인 단

---

11 전진성, 『박물관의 탄생』, 살림, 34쪽.
12 제임르 파누, 안종희 역, 『과학, 인간의 신비를 재발견하다』, 시그마북스, 207쪽.

위에서 발견되는 재현 형식을 동일하게 반복하는데, 이것이 분류의 형식이다. 박물관의 교훈은 모든 개별적 사실이 분류의 계획을 상징한다는 것이다. 에머슨은 이렇게 개개의 자연물을 통해 자연의 질서를 재현하도록 구성된 박물관의 내러티브에 큰 감명을 받았다.

> 이 유쾌한 길을 따라 계속 걷다보면 식물 전시실에 이르게 된다. 둘러싸인 정원으로, 식물의 문법이 그곳에서 자라고 있다. ─식물들은 각각의 강, 목, 속에서 자라고 있다 (…중략…) 쥐시외가 자신의 손으로 직접 배열해 놓은 대로이다. 새겨진 드 캉돌의 글이나 식물 표본집을 보다보면 햇빛이 내리쬐고 바람이 부는 이 자연의 알파벳, 이 노랗고 파랗고 붉은 사전이 얼마나 더 흥미롭고 이해되는지 생각하게 될 것이다.(EL, p.8)

아주 작은 동물이나 식물, 광물 표본 하나조차 그 종 전체를 대표한다. 그럼으로써 박물관의 배치 방식에서 개별적 사물들은 전체 체계 안에서의 자리를 부여받고, 개별성을 상실하고 하나의 범주로 추상화된다. 이러한 박물관의 구성 방식에 대한 이해는 나중에 『자연』에서 '은유로서의 자연'의 개념으로 발전된다.

'박물관'은 에머슨에게 있어 자연을 요약적으로 제시하는 개념이었다. 그는 박물관을 무궁무진한 다양성과 차이를 보여주는 자연 만물을 일관된 질서에 따라 배열함으로써 그 다양성 속의 단일성과 통일성을 집약적으로 보여주는 공간으로 이해했다. 에머슨은 자연의 질서를 보여주고자 하는 박물

---

13 Lee Rust Brown, *The Emerson Museum*, Harvard UP, p.65.

관의 기본 목적을 충실히 이해했을 뿐 아니라, 분류의 원칙 자체보다 그러한 과학적 분류 작업을 통해 가시적 세계 너머의 진리를 드러내고자 하는 보다 추상적이고 관념적인 철학적 사유에 매혹되었다. 자연 속에 드러난 통일된 체계를 찾는 것은 에머슨이 인식한 대로 도덕적 진실을 드러낼 수 있는 심오한 자연의 설계를 이해하려는 신학적 노력과 평행을 이루는 것이었으며, 에머슨은 파리에서의 경험을 통해 자연의 이론을 발전시키는 데 새로운 통찰력을 얻은 것이다.[14]

또한 박물관의 두 번째 목적은 자연물들의 전시를 통하여 인간을 자연의 발전과정의 정점이자 중심에 놓는 인간중심적인 진화의 내러티브를 구성하는 것이다. 토니 베넷은 박물관의 목적이 서로 다른 여러 시간대를 하나의 공간에 축적함으로써 진화의 과정을 보여주고, 그 과정의 맨 끝에 결과물로서 인간을 놓음으로써 인간을 지식의 대상이자 주체로 재구성하는 것이라고 말한다.

박물관은 또한 인간이 조직화하는 지식에 대하여 주체이자 객체의 관계로 인간을 구성한다. 다른 유형의 박물관(지리학, 고고학, 인류학 등)의 전시 체계를 조직화하는 학문들 간의 관계에서 구성되는 박물관의 재현 공간은 인간—진화의 산물—을 지식의 객체로 위치 짓는다. 동시에 이러한 재현 양식은 방문객을 위하여 진화 과정의 마지막에 위치하는, 완성된 인류의 위치를 구성한다. 인간의 발전과 그것이 포괄하는 부수적인 진화 과정은 이로부터 인식 가능하게 만들어질 수 있다.[15]

---

14 David Robinson, "Emerson's Natural Theology and the Paris Naturalists : Toward a Theory of Animated Nature", *Journal of the History of Ideas*, pp.79~80.

15 Ralph Waldo Emerson, op.cit., p.7.

이처럼 박물관은 원시적인 형태로부터 문명화된 형태로의 지구상의 생물의 진화 과정을 재현함으로써 근대적 인간을 위치 짓는 내러티브를 구성한다. 박물관의 전시물들이 구성하는 내러티브의 중심에 인간이 있으며, 박물관의 구성 목적 자체가 바로 이 인간의 위치를 설정하기 위한 것임을 에머슨은 정확히 이해하고 있다. 그렇기에 그는 자연사를 공부하는 이득 중 마지막으로, 가장 중요한 효용을 "인간을 인간 스스로에게 설명해 주는 것"이라고 말한다. "모든 자연 법칙의 모든 사실들의 지식은 존재의 체계 안에서 인간에게 진정한 자리를 줄 것이다."(EL, p.23) 그의 강연 중 「지구에 대한 인간의 관계」에서 에머슨은 최근 진화론이 인간이 최초의 존재가 아니었다는 놀라운 사실을 발견하였다고 말하나, 인간을 위한 터전이 준비된 후에야 인간이 지구상에 출현하게 되었다는 식으로 진화에 대해 인간중심적 관점을 설파하고 있다.(EL, 29) 인간이 현재의 지구에 이렇게 미세한 부분까지 완벽하게 적응하도록 만들어졌다는 사실은 신을 닮아 창조된 피조물인 인간을 위한 신의 세심한 배려를 보여주며, 지구의 모든 환경은 인간이 살기에 꼭 적합하게 만들어져 있다는 것이다.(EL, p.32) 이 강연에서는 파리 박물관이 직접적으로 언급되지 않으나, 진화에 대한 그의 이론의 배경에는 파리 박물관의 전시물을 통해 진화의 증거를 확인하는 경험이 자리하고 있으리라는 추측을 할 수 있다. 즉 이 강연은 첫 번째 강연의 후속편인 셈이다. 이 두 강연에서는 진화 과정에서 인간의 위치를 설정하고 자연과의 관계에서 중심 주체로 구성하는 과정이 일반적인 자연사의 일부로 설명되고 있으나, 이후 『자연』에서 아메리카 대륙을 배경으로 미국적 주체를 구성하는 데 차용된다.

박물관의 중요한 설립 목적 또 한 가지는 대중을 교육하는 것이다. 박물관은 일반 대중들에게 과학 지식을 교육하고, 자연 속에 숨겨진 신의 질서를 가시적으로 보여줌으로써 윤리와 도덕 교육까지 실행한다. 에머슨이 유럽 여행에서 돌아와 과학 협회 등에서 대중을 상대로 활발히 강연 활동을 펼친 것도 자신이 박물관에서 얻은 깨달음을 일반 대중에게 널리 퍼뜨리고 교육시키려는 목적에서였다. 당시 미국 사회에서도 모든 분야의 지식, 특히 자연과학의 지식에 일반인도 접근할 수 있게 해 주려는 지식의 대중화 운동이 일기 시작했으며 그 최전선에 대중강연 프로그램을 양성하는 '강연 운동(lyceum movement)'이 있었다.[16] 에머슨은 유럽여행의 경험을 토대로 과학을 통해 미국의 근대화에 이바지하기로 결심했으며,[17] 그가 한 일련의 강연들도 이러한 강연 운동의 일부였다. 네 차례의 강연 이후로 에머슨의 글에서 박물관에 대한 언급은 더 이상 나오지 않으며 과학을 본격적인 주제로 삼은 글도 줄어들지만, 에머슨은 실용적이고 유용한 지식의 대중적 보급이 강조되었던 당대의 분위기와 함께 박물관에서 얻은 인식론적 모델을 바탕으로 자신의 지식 체계를 건설하고자 한다. 에머슨은 유럽에서 얻은 지적 영감을 미국으로 돌아온 이후 미국식으로 변용하고 전유하고자 하는 것이다. 박물관 체험은 그의 지적 세계의 중요한 토대로 여전히 기능하나, 그는 그 위에 자신만의 사상적 체계를 세우려 하는 동시에 유럽의 흔적을 지워내려 한다. 강연 이후 발표된 『자연』을 통해 이러한 궤적을 살펴보겠다.

---

16 Elizabeth A. Dant, "Composing the World : Emerson and the Cabinet of Natural History", *Nineteenth-Century Literature*, p.22.

17 Walls, Laura, *Emerson's Life in Science*, Cornell UP, 2003, p.88.

3. 황야로서의 자연

『자연』은 미국 초절주의 선언문이라고 불리면서 "낭만주의적인 생태학 사상의 중요한 계보선언"으로도 평가받는 작품이다.[18] 이 책이 자연을 제목으로 삼고 이를 다루고 있다 해도, 소로우처럼 자연 환경에 대한 구체적이고 세밀한 조사와 관찰에 기반하기보다는 관념화된 자연을 철학적 사유의 대상으로 삼아 논의를 전개한다. 『자연』은 주제와 구성 면에서 「자연사의 효용」과 상당히 유사하다. 「자연사의 효용」이 자연사를 공부함으로써 얻을 수 있는 이로움을 건강, 유용한 지식, 즐거움, 정신과 인격의 도야, 그리고 인간이 세계 안에서 자신의 위치를 스스로에게 설명할 수 있게 된다는 것, 다섯 가지로 나열하며 설명하고 있듯이, 『자연』의 각 장은 '효용(Commodity)'으로 시작하여 '미(Beauty)', '언어(Language)', '훈육(Discipline)', '이상주의(Idealism)', '영혼(Spirit)'으로 이어지면서 자연이 동시에 갖는 여러 차원의 의미를 다각도로 조명한다. 이는 구체적이고 물질적인 것에서 모든 실재의 영적 기반에 대한 긍정까지 상승해 가는 식의 변증법적 구조를 취한다.[19] 사실상 「자연사의 효용」에서 자연 연구의 필요성과 의의를 주장한 논리를 좀 더 정교화하고 깊이를 더해 발전시킨 것이 『자연』이라고 볼 수 있다.

그러나 「자연사의 효용」과 『자연』 사이에 중요한 차이가 있다면, 『자연』에서는 「자연사의 효용」에서 자연물 속에 숨겨진 질서와 통일성을 가시적으로 보여주는 중요한 공간인 박물관에 대한 언급이 전혀 없다는 점이다.

---

18 도널 워스터, 강헌 역, 『생태학, 그 열림과 닫힘의 역사』, 아카넷, 138쪽.
19 Michael Gilmore, *American Romanticism and Marketplace*, Chicago UP, p.25.

자연에 관심을 갖게 된 계기와 탐구의 방식은 모두 파리의 박물관에서 비롯되었으나, 자연의 법칙에 대한 깨달음을 얻는 장소는 유럽의 박물관에서 미국의 황야로 바뀐다. 로버트 위스버치(Robert Weisbuch)는 『자연』에서 가장 놀라운 것은 첫째로는 유럽이 거의 전혀 등장하지 않는다는 것이고 두 번째로는 그럼에도 유럽의 존재가 책 전체에 스며 있다는 점이라고 말한다.[20] 유럽의 영향을 받았으면서도 의도적으로 이에 대해 침묵을 지키는 이유를 압도적인 유럽을 모방하거나 그에 의해 삭제당할 미국인의 불안이 에머슨의 책 전체에 배어있다는 점에서 찾는다.[21] 『자연』에서 황야는 다음과 같이 미국적 자아가 구성될 수 있는 주요한 배경으로 제시된다.

숲 속에서는 인간은 뱀이 껍질을 벗어버리듯 자신의 세월을 벗어던지고 인생의 어느 시기에 있건 늘 어린아이가 된다. 숲속에는 영원한 젊음이 있다. 신의 이러한 재배지들 안에는 예의와 신성이 지배하고, 영원한 축제가 장식되어 있으며, 손님은 천년이 지나도 싫증내는 법을 모른다. 숲속에서 우리는 이성과 신앙으로 돌아간다. 그곳에서 나는 우리의 삶 속에서 자연이 치료할 수 없는 것은 (두 눈이 있는 한) 그 무엇도 — 어떤 치욕도, 어떤 불행도 — 없음을 느낀다. 적나라한 대지 위에 서면 — 나의 머리는 상쾌한 대기에 씻기고 무한한 공간 속으로 올라가며 — 하찮은 자기중심주의는 모두 사라진다. 나는 투명한 눈동자가 된다. 나는 무이고 나는 모든 것을 본다. 우주의 보편적 존재의 흐름은 나를 통해 순환하고, 나는 신의 단편 또는 일부분이 된다. 가장 가까운

---

20 Robert Weisbuch, "Post-Colonial Emerson", *The Cambridge Companion to Ralph Waldo Emerson*. Cambridge UP, p. 204.
21 ibid., p. 208.

친구의 이름도 그땐 낯설고 부수적인 것으로 들린다. 형제, 친척, 주인, 하인과 같은 것들은 이제 사소해지고 방해물이 된다. 나는 채워지지 않는 영원불멸한 아름다움의 애호가이다. 거리나 마을보다는 황야에 있을 때 나는 소중하고 천부적인 어떤 것을 발견한다.[22]

박물관에서 황야로의 이전은 「자연사의 효용」과 『자연』 사이에서 에머슨의 사고에 일어난 변화를 암시한다. 첫째로, 데이비드 로빈슨(David Robinson)이 말했듯이 박물관의 전시물에서 에머슨을 매혹하고 흥분시킨 것은 과학적 분류의 개념 자체라기보다는 자연의 통일성이라는 진실을 반영하는 분류의 힘에 대한 물리적 증거였다.[23] 즉 궁극적으로 이 진리에 도달할 수만 있다면 그 장소는 굳이 박물관이 아니어도 무방하다. 「자연사의 효용」에서 『자연』으로 넘어가면서 에머슨은 구체적인 분류의 원칙 자체보다 이를 통해 추론되는 추상적인 통일성 쪽에 더 자연 연구의 초점을 맞추게 된 것이다. 또한 유럽 여행을 통해 선진 문명을 접한 충격과 흥분이 어느 정도 가라앉으면서 '미국의 학자'로서 이를 아메리카 대륙을 배경으로 재전유해야 할 필요성을 강하게 느꼈을 것이다. 미국 최초의 자연사 박물관인 스미스소니언 박물관은 1846년 창립되었고 1857년부터 국립이라는 명칭을 사용했으므로, 그가 유럽에서 돌아와 『자연』을 집필할 당시에는 아직 미국에는 유럽에 필적할 만한 박물관이 없는 상황이었다. 당시 미국 엘리트층은 미국이 과거와의 일련의 단절을 통해 세워진 국가인 만큼 과거를 숭배하고 기념해야 할 대상이라기보다는 역사의

---

22 Ralph Waldo Emerson, *Nature*, Penguin, p.5.(이후 『자연』에서 인용한 글은 책 제목을 N으로 표기함)
23 David Robinson, "Emerson's Natural Theology and the Paris Naturalists : Toward a Theory of Animated Nature", *Journal of the History of Ideas*, p.79.

쓰레기 더미 정도로 보는 경향이 강했기 때문에 박물관 건립이나 유산 보존 문제에는 큰 관심을 보이지 않았다.[24] 박물관이 축적된 과거를 전시물을 통해 재배열하고 재구성함으로써 일관된 내러티브를 만들어내고자 한다면, 과거가 없는 신생 국가인 미국으로서는 박물관을 통해 국가 정체성을 구성하기는 쉽지 않다. 그러므로 에머슨은 「미국의 학자(American Scholar)」나 「자립(Self-Reliance)」에서 유럽의 문화유산과 과거를 낡고 의미를 잃은 것으로 격하시킨다. 그는 가장 중요한 진실은 독서가 아니라 자연과의 상호작용을 통해서 발견할 수 있다고 주장하며 독서로 매개되지 않은 "우주와의 본래적 관계(an original relation to the universe)", 직접 경험을 찬양했다. 따라서 자연의 질서를 보여주기에 유럽의 박물관보다 미국의 자연이 더 적합한 공간이 된다. 그러나 미국의 황야의 자연물을 상징으로 읽어내는 논리는 결국 박물관에 전시된 자연물을 해석하는 논리를 가져와 적용한 것이라는 점에서, 유럽과의 관계에서 에머슨의 이중적 태도가 드러난다. 에머슨은 독립된 미국의 미래를 찬양하면서도 바다 건너 유럽에서 문학적, 철학적 모델을 찾고 있는 것이다.[25]

에머슨의 황야가 지니는 특징은 첫째로 박물관과 유사하게 다양한 자연물들 속의 일관된 질서와 통일성을 드러내 주는 공간이라는 점이다. 황야는 자연의 구체적인 사물들이 개별성을 잃고 하나의 추상성으로 관념화되는 공간이다.

자연은 근본적으로 같으면서도 독특한 형태의 바다이다. 나뭇잎 하나, 햇

---

24 Tony Bennett, *The Birth of the Museum*, Routledge, p.116.
25 Robert Weisbuch, "Post-Colonial Emerson", *The Cambridge Companion to Ralph Waldo Emerson*, Cambridge UP, p.202.

살 한 줄기, 풍경, 바다가 정신에 유사한 인상을 남긴다. 그 모든 것에 공통되는 것, 그 완벽함과 조화가 아름다움이다. 그러므로 아름다움의 기준은 자연의 총체성이다. 이탈리아인들은 '다양성 속에 단일성이 있다'고 표현했다.(N, p.15)

이처럼 관념이 우선하는 에머슨의 사고에서, 모든 자연물은 그 배후에, 시간상으로는 그것의 존재 이전의 미지의 기원에 잠재한 정신의 흔적을 가시적으로 드러내는 외적 표상일 뿐이다.

정신은 물질적 형태로 자신을 드러낼 필요성이 있는 것 같다. 낮과 밤, 강과 폭풍우, 짐승과 새, 산과 알칼리는 신의 마음속에 필연적인 '이데아'로 이미 존재하고 있으며, 정신의 세계에서의 선행하는 영향들로 현재의 모습이 된 것이다. 하나의 사실은 정신의 목적 또는 최후의 결과이다. 눈에 보이는 창조는 보이지 않는 세계의 종착지이거나 그 원주이다.(N, p.23)

에머슨은 "말은 자연적 사실의 기호"이며, "특정한 자연적 사실은 특정한 정신적 사실의 상징"이라고 말하는데, 이는 박물관의 전시물들이 일종의 언어가 되어 자연의 문법에 따라 자연의 질서를 재현한다는 「자연사의 효용」에서의 인식을 미국의 자연에 대입한 것이라고 할 수 있다.(N, p.22) 에머슨이 박물관의 전시물을 보면서 느낀 "기이한 공감(strange sympathies)"은 『자연』에서 "인간과 식물 사이의 신비스러운 관계에 대한 암시(the suggestion of an occult relation between man and the vegetable)"로 다시 거론되며, "인간과 자연 사이의 조화"에 대한 강조에서 다시 한 번 드러난다.(N, p.6) 박물관의 존재가 언급되지 않았어도 개개의 구체적 자연물로부터 일반적이고 추상적인 원칙을 끌어낼 수 있다는 논리는 동일하게 전개된다. 박물관에서 수집과 분류, 배열이라는 과학적인 활동을 통해 자연 속의 구체적인 차이가 무화되는 에피파니적 깨달음을 얻었다면, 황야에서 영적 각성을 통해 이와 같은 깨달음에 도달한다. 황야와 박물관은 전혀 다른 공간처럼 보일지 모르나 에머슨에게는 "만물을 영원히 분리하고 분류하여 극히 다양한 것을 하나의 형태로 줄여 나가려고 노력하는 인간의 성향 속에 있는 압제적인 통일성"을 실현함으로써 "인간과 세계 사이에 존속하는 놀라운 조화"를 깨닫게 해 준다는 점에서는 궁극적으로 동일한 기능을 수행하는 공간이 될 수 있다.(N, p.20)

이처럼 황야라는 미국적 공간을 배경으로, 에머슨이 박물관의 경험을 통해 얻은 자연에 대한 인식이 재연되고 있으나, 『자연』에서는 자연의 질서를 발견하고자 하는 대상이 박물관의 전시물에서 황야의 자연물로 바뀌면서 자연물과 인간세계 간의 '상응(correspondence)' 개념이 좀 더 적극적으로 강조되고 있다. 그는 "언어" 장에서 "도덕적 사실이나 지적 사실을 표현하는 데 쓰이는 모든 말은 그 근원을 더듬어 가다 보면 물질적 외형으로부터 차용되었다"고 주장한다. "바른(right)"이 "곧은(straight)"을 의미하고, "바르지 못한(wrong)"은 "뒤틀린(twisted)"을 의미하며, "정신(spirit)"은 원래 "바람(wind)"에서 나왔다는 식으로 추상적인 단어는 구체적인 물질적 현상에 기원을 둔다. 에머슨은 "눈에 보이는 사물들과 인간의 생각 사이에는 근본적인 상응이 존재하기 때문에 꼭 필요한 것만 갖고 있는 야만인들은 형상을 통해 대화를 나눈다"고 주장한다.(N, p.23) 도시화와 문명화를 통하여 자연이 인공화될수록 언어는 자연이 나타내는 본래의 상징적 의미로부터 멀어지게 되며, 이는 언어의 타락을 의미한다. 따라서 자연과 직접적으로 관계 맺고 그 체험과 감각을 통하여 자연으로부터 인상을 얻을수록 그 언어는 자연에 내재한 신의 섭리를 더 온전하고 생생하게 전달해 줄 수 있게 된다. 이러한 주장에서 진정한 언어는 언어의 자의성에 기반한 명목 언어와는 달리 언어와 사물, 혹은 사물의 경험 과 연관된 언어를 의미한다는 워즈워스의 낭만주의적 언어관의 영향을 발견 할 수 있다. 에머슨은 전형적인 탈식민 지식인으로써 의도적으로 유럽의 영 향을 부정하려 하지만 예외적으로 워즈워스에 대해서만은 인정하며 찬사를 보내고 있다.[26] 에머슨은 1821년 저널에서 하층민들의 언어를 시에 도입한 워즈워스의 언어 사용에 대해 "모든 인간들이 사회적 지위나 유행의 자의적 구분을 넘어서 벌거벗은 인간 본성이라는 열린 터전에서 만나게 하려고 했 다"며 높이 평가했다.[27] 그러나 에머슨은 미국에서는 자연 환경과의 특별한 관계로 말미암아 자연과의 밀접한 관계가 보장해주는 도덕적 순수성이 자연 스럽게 미국의 고유한 특성이자 강점이 된다고 주장한다. 이러한 주장은 황 야가 박물관을 대신할 수 있음을 보여주는 데에서 나아가 자연과의 본래적이 고 직접적인 관계를 통해 황야가 자연의 진리를 드러내는 데 더 적절한 공간 이 될 수 있음을 보여준다.

에머슨은 박물관의 구성 원리를 전용하듯 유럽 낭만주의를 당시 미국 사 회가 처한 독특한 사회적, 역사적 상황과 아메리카 대륙의 물리적 환경 조건 에 따라 미국적으로 전유함으로써 미국의 자연으로부터 영적이고 초월적인 가치를 끌어내려 한다. 영국 낭만주의의 원형 생태주의적 특징들은 생태비 평에서 새롭게 재조명되고 있다. 도널드 워스터(Donald Worster)는 낭만주의 가 서로 다른 점이 많지만 공통의 주제를 가지고 나타났으며, 그 공통의 주제

26　손혜숙, 「낭만주의 언어관의 미국적 전유—에머슨의 산문을 중심으로」, 『미국학논집』 35, 116쪽.
27　Ralph Waldo Emerson, *The Journals of Ralph Waldo Emerson*, Harvard UP, p.271.

에서 가장 많이 반복해서 등장한 것이 생물학과 생물 연구에 대한 경도였다고 말한다. 낭만주의 자연관의 핵심에는 다음 세대가 생태학적 시각이라고 부르는 것이 있다. 즉 전일론적 또는 종합적인 인식의 추구, 자연에서 상호 의존성과 관계성에 대한 강조, 대지를 구성하는 거대한 유기체와 가깝게 접근할 수 있는 위치로 인간을 복귀시키고자 하는 강한 바람 등이다.[28] 에머슨에게서는 낭만주의 자연관의 영향을 받은 이러한 요소들이 더 확장된 시각에서 국가적 차원의 의미를 부여받는다. 이는 에머슨의 황야가 박물관의 역할을 대신한다고 할 때 이해될 수 있는 면인데, 근대를 대표하는 기관으로서 박물관을 이끈 두 개의 바퀴는 민주주의와 국가주의였기 때문이다. 박물관은 국민을 교육하는 실용적인 장소이면서 '국보'를 보존하는 신성한 사당이기도 했다.[29] 로렌스 뷰얼(Lawrence Buell)은 미국의 국가적 자아에서 자연이 항상 중요한 요소였으며 황야가 배경이자 주제이고 가치였다고 말한다.[30] 그만큼 강렬하고 압도적인 대자연의 인상이 미국의 국가적, 문화적 정체성을 형성하는 데 핵심적인 역할을 했던 것이다. 페리 밀러(Perry Miller)는 미국은 다른 모든 국가들과 달리 자연과 영속적인 유대관계를 맺고 있으므로 인공적인 것, 도시적인 것, 문명으로 인한 타락을 두려워할 필요가 없다는 초절주의자들의 주장은 미국에서 자연이 성경의 자리를 대신했음을 보여준다고까지 말한다. 밀러는 영국의 자연에 대한 낭만주의적 관점과 미국의 낭만주의 사이의 중요한 차이점을 여기에서 찾는다. 영국에서는 낭만주의적 자연 애호가 개인적 취향의 문제에 그친 반면, 미국에서는 국가적 불안을 완화시켜 줄 구원의 비

28　도널드 워스터, 강헌 역, 『생태학, 그 열림과 닫힘의 역사』, 아카넷, 110~111쪽.
29　전진성, 『박물관의 탄생』, 살림, 42쪽.
30　Lawrence Buell, *The Environmental Imagination : Thoreau, Nature Writing and the Formation of American Culture*, Yale UP, p.8.

전으로서의 의미를 지녔다. 미국의 자연이 지닌 숭엄미는 아름다운 유적과 오래된 전설이 없다는 결핍에서 미국을 구해 주었고, 인공에 오염되지 않으리라는 보증의 역할을 했다는 것이다.[31]

에머슨은 자연 속에 신성이 깃들어 있으며, 이러한 신성과 합일하는 순간 존재가 변화하고 새로운 세계로 들어가는 각성의 문이 열린다는 낭만주의적 자연관을 확장한다. 그는 자연을 선택받은 자로서 신의 특별한 은총을 받아 구세계의 타락과 결별하고 신세계로 온 미국인들이 유럽으로부터 정신적으로도 독립을 성취할 뿐 아니라 심지어 도덕적으로 더 우월한 자아를 구성할 수 있는 공간으로 신성화한다. 에머슨은『자연』의 서두에서부터 '과거의 생기 없는 유골(the dry bones of the past)', '빛바랜 의상을 걸친 가장무도회(masquerade out of its faded wardrobe)'와 '태양이 빛나고 양털과 아마가 넘치는 들판'을 병치하고 대조시키는 수법을 사용하여 케케묵은 과거의 전통으로부터 탈피하여 '새로운 땅, 새로운 사람, 새로운 사상'을 창조할 것을 강조한다.(N, p.1) 맥커식은 서부의 황야가 언제나 국가의 운명이 씌어질 수 있는 '빈 서판'으로 기능했기 때문에, 구세계의 도시문명을 잊을 수 있는 기회는 초절주의 전통의 미국 작가들에게 매우 전형적인 것이라고 지적한다.[32] D. H. 로렌스는『고전 미국 문학 연구(Studies in Classic American Literature)』에서 미국인의 본질적인 상징적 행위 하나는 '아버지 유럽(Father Europe)'의 살해이고, 또 하나는 '황야에서의 재세례(re-baptism in the Wilderness)'라고 말한 바 있다. 에머슨은 유럽의 문화적 영향력과 유럽과의 역사적 관계의 문맥을 삭제한 '텅 빈 공간'으로 황야를 재구성한다. 그럼으로써 자아가 "신의 단편이자 일부분"으로 매

---

31 Perry Miller, *Errand into the Wilderness*, The Belknap Press of Havard UP, pp.209~211.
32 James C. McKusick, *Green Writing : Romanticism and Ecology*, Palgrave, p.3.

개 없이 신과의 직접적인 관계를 통하여 절대적인 주체로 재탄생하는 공간으로 만드는 것이다.

　유럽의 압도적인 문화적 영향력으로부터 독립된 정체성을 구성하고자 하는 시도였으나, 미국의 황야를 문명에 의해 더럽혀지지 않은 '순수한' 공간으로 탈역사화한 초절주의는 이후 미국의 생태주의에 결정적 한계로 작용한 면이 있다. 우선, 에머슨은 황야를 관념화함으로써 그 안에서 거주하는 생명체들과 환경과의 복잡한 상호작용을 통해 변화하는 공간으로서의 역동성과 유동성을 올바로 평가하지 못한다. 황야는 역사의 흐름으로부터 벗어난 무시간적 공간이므로 정적인 공간이며, 외부의 변화나 시간의 흐름에 영향을 받지 않는다. 에머슨은 황야를 탈역사적 공간으로 이상화함으로써 19세기에 실제 미국의 자연 환경에 일어난 급속한 변화를 올바로 파악하지 못하는 한계를 보인다. 미국의 자연의 특별함에 대한 믿음은 이미 19세기가 다 가기도 전에 미처 예상치 못했던 급속한 개발과 영토 확장으로 인한 황야의 소실과 산업 자본주의의 발달로 흔들리기 시작한다. 1820년에서 1840년까지 농업 종사 인구가 79퍼센트 증가한 반면, 제조업 종사 인구는 127퍼센트 증가하였다. 1820년에 8천 명 이상의 도시에 사는 인구가 전체 인구의 20분의 1에 불과하였으나 1840년에는 12분의 1로 증가하였고, 특히 2만 명 이상의 대도시에 사는 인구가 전체 인구의 9분의 1을 넘었다.[33] 그럼에도 불구하고 그는 기계에 의한 미국의 국가 정체성의 변화 가능성을 부정한다. 타락하고 부패한 유럽과 달리 미국의 자연은 절대적인 도덕의 근거를 제공한다는 미국적 자연관은 미국인들이 효율적인 관리와 기술로 자연을 선용할 수 있다는 식

33　강규한, 「산업화의 진전과 자연훼손―생태적 사유의 태동」, 『미국의 자연관 변천과 생태의식』, 서울대 출판문화원, 83쪽.

으로 개발 논리를 정당화하는 근거가 된다.

에머슨이 영국 낭만주의의 유기적 자연관, 특히 콜리지의 사상으로부터 많은 영향을 받은 것은 사실이다. 그러나 그는 기계문명의 어둡고 파괴적인 영향력에 대해 불안과 공포, 우려를 드러내면서 때로는 목가적 전원으로의 회귀를 꿈꾸었던 유럽 낭만주의자들의 관점을 공유하지는 않았다. 리어나드 뉴펠트(Leonard Neufeldt)는 에머슨이 근대적인 공장 기술과 가난한 노동자들에 대한 부정적인 감상을 이야기할 때조차 그것이 뉴잉글랜드의 산업에 대한 반응이 아니라 1847년부터 48년까지 영국에 머물면서 맨체스터를 방문한 경험에서 나온 것이라고 지적한다.[34] 미국의 자연에 대한 무제한적인 믿음은 도시화와 기계화에 대해서도 그 부작용을 예상하고 우려하기보다는, 유럽에서와는 달리 미국에서만큼은 그러한 현상이 부정적인 결과를 빚지 않으리라는 과도한 낙관주의로 기울었다.

미국의 자연에 대한 믿음에서 나온 에머슨의 낙관주의는 제퍼슨의 농경주의 사상에서 영향을 받은 것이다. 제퍼슨은 미국이 '자연과 자연의 신의 법(the laws of nature and of nature's God)' 위에 세워질 것이라고 말했다. 그러나 미국이 나아가야 할 국가적 이상을 농본주의 국가로 보았음에도 불구하고 유럽의 기계와 공장을 미국에 도입하는 데 반대하지 않았다. 제퍼슨의 관점에서 기계는 젊은 미국이 실현할 인간 정신의 해방의 증표인 반면 공장제는 봉건적 억압이 살짝 변형된 형태에 지나지 않는다. 그러므로 기계를 유럽 도시에서 떼어내어 미국의 자연에 가져다 놓기만 하면 고향의 전원과 잘 조화될 것이며, 기계는 황야를 중간 풍경의 사회로 바꾸는 데 일조하리라 기대했다. 그

---

34 Reonard Neufeldt, *The House of Emerson*, University of Nebraska Press, p.78.

는 경제적, 도덕적 가치의 보루로서 땅에 대한 강한 믿음 탓에 기계가 미국에 어떤 전조가 될지 보지 못했다.[35] 도덕적 정당성의 근거를 부여해 주고, 독립적이며 진취적인 미국적 주체를 구성하는 장으로 기능하는 미국의 자연에 대한 신화적 믿음은 건국 초기부터 내려오는 뿌리 깊은 것이며, 에머슨은 제퍼슨의 이러한 믿음을 공유하고 있다. 「농사(Farming)」에서 그는 인구의 폭발적 증가와 그로 인한 자원 고갈에 관한 맬서스의 암울한 예측을 언급하면서 미국에서만큼은 이러한 비관적 미래가 오지 않을 것이라고 주장한다. 미국의 풍부한 자연은 이를 효율적으로 경작하고 활용할 과학 기술과 결합하여 오히려 땅의 가치를 높여줄 것이다. "인구는 도덕성에 비례하여 증가하고, 종교 또한 도덕성에 비례하여 존재"한다는 그의 주장은 기계에 의한 문명의 진보가 정신적 진보와 함께 갈 것이며, 미국이 물질적인 면에서나 정신적인 면에서나 끝없이 팽창하고 성장해 나갈 것이라는 희망에 찬 미래를 예견한다.[36]

또한 박물관이 전시를 통하여 자연 만물의 질서를 파악하고 재배치함으로써 자연을 지배하는 주체로서 근대적 인간을 재구성한다고 할 때, 에머슨은 황야를 미국적 주체가 탄생하고 주변 세계에 대한 절대적인 지배권을 획득하는 장소로 구성한다. 에머슨은 자연과 인간의 상호관계성에 대한 인식은 가지고 있으나, 이는 상호 평등한 관계라기보다는 인간을 중심에 놓고, 인간으로부터 연결되어 나가는 일방적인 것이다.

인간은 존재들의 중심에 있으며, 다른 모든 존재로부터 그에게로 관계의 빛살이 뻗어간다. 이 대상들 없이는 인간을 이해할 수 없고, 인간 없이 이 대상

---

35 Leo Marx, *The Machine in the Garden*, Oxford University Press.
36 Ralph Waldo Emerson, *The Portable Emerson*, Penguin Books, p.567.

들을 이해할 수 없다.(N, p.18)

즉 물질세계의 객관적 대상은 인간의 의지에 종속되어 기술적 변용을 통하여 비가시적인 정신적 요소를 가시적으로 드러내어 보여주게 된다. 에머슨이 여러 곳에서 강조하고 있듯이 이는 밀랍에 봉인을 찍어 형상을 나타내듯 물질을 통해 인간의 정신을 구체화하는 것이다. 에머슨의 결론은 물질세계의 존재와 효용을 적극적으로 긍정하고 포용하면서 관념론으로 나아가는 변증법적 논리에 따라 진행된다. 그래서 에머슨이 추구하는 관념화된 자연은 "인간의 의지가 구현된 결과물로서의 자연"이다.

> 인간은 미묘하고 부드러운 공기를 다듬어서 혜안과 운율이 있는 말로 만들며, 그 말에 날개를 달아 설득과 명령의 천사로 만든다. 그의 의기양양한 사상들이 하나씩 생각날 때마다 모든 만물을 복종시켜, 마침내 세계는 의지의 구현 ─ 인간의 화신 ─ 에 불과하게 된다.(N, p.27)

따라서 에머슨의 관념주의는 자연을 인간의 의지와 욕망에 따라 개발하고 변형하는 데 도덕적 정당성을 제공한다. 에머슨이 자연의 영적 가치를 강조하는데도 불구하고 그의 발언이 한편으로는 19세기의 팽창주의의 슬로건과 공명하는 듯 들리는 것도("너의 세계를 건설하라") 이에 연유할 것이다.(N 55) 사실 '명백한 운명(Manifest Destiny)' 서사에 근거한 팽창주의에 대하여 초절주의가 취한 태도에는 미묘한 데가 있다. 팽창주의는 이를 가장 적극적이며 성공적으로 실행한 대통령 제임스 포크(James K. Polk) 시대에 최고조에 이르러 그 후로도 역사적으로 미국의 헤게모니를 정당화하는 국가 이데올로기로 기능해 왔다. 에머슨을 비롯한 초절주의자들은 전통적으로 연방주의자의 입장에 서서 포크 대통령의 백인 우월주의적 팽창주의 정책에 비판적인 자세를 보였으나, 뷰얼은 초절주의자들이 명백한 운명을 대놓고 옹호하지는 않았다 하더라도 이에 순응했다고 주장한다.[37]

초절주의자들은 미국 북동부에서 펼쳐지는 것과 같은 명백한 (부)정의의 움직임에 너무나 관심이 많았고, 정치와 사회의 무심한 배금주의에 너무나 예민했기 때문에 무비판적인 미국의 옹호자가 될 수는 없었다. 그러나 그들은 정착과정의 로맨스와 그 참여자들이 꾸었던 독특한 국가의 운명에 대한 꿈에는 거의 면역력이 없었다.[38]

황야를 이상적 공간으로 신화화하는 에머슨의 초절주의적 관점의 흔적은 이후 미국 생태주의 운동에서도 발견된다. 황야를 자연 그대로의 상태로 보존하자는 운동을 폈던 존 뮤어(John Muir)는 황야에 영적이고 초월적인 가치를 부여하려 했다는 점에서 에머슨의 후계자라 할 수 있다.[39] 필립 구라는 뮤

37　Lawrence Buell, "Manifest Destiny and the Question of the Moral Absolute", *The Oxford Handbook of Transcendentalism*, Oxford UP, p.195.

38　ibid., p.195

39　자연의 영적 가치를 우선시하는 뮤어를 소로우의 후계자로, 인간중심적인 관점에서 자연의 경제적 이용 가치를 앞세우는 핀쇼를 에머슨의 노선을 따르는 인물로 보는 시각도 많이 있다. 앤드류 맥머리는 에머슨이 자연의 존재 의의를 "봉사하는 것이다. 자연은 구세주가 타시던 당나귀처럼 인간의 지배를 유순하게 받아들인다(to serve. It receives the dominion of man as meekly as the ass on which the Saviour rode)"라고 표현한 데서 알 수 있듯이 개혁주의 비전, 실용주의적 노선의 선구 역할을 했다고 평가한다.(18) 에머슨의 노선은 자연을 현명하게 관리하려는 시도에서 자연과의 상상적 관계를 관료화하는 위기관리와 이성적 선택에 직접적으로 이어진다는 것이다.(18) 벅홀더 역시 기술을 이용하여 자연을 길들이고 변형하는 것을 옹호하는 점에서 자연의 전리품을 이용하는 관리 정책을 입안한 공리주의자 핀쇼의 선구라고 말한다.(644) 에머슨은 뮤어와 핀쇼, 자연보존주의자(conservationist)와 자연보전주의자(preser-

어가 1860년대에 에머슨과 소로우의 저작을 접하게 되었는데, 에머슨에게서 특히 많은 영향을 받았으며 1871년 시에라에서 에머슨과 만난 일을 평생 가장 기억할 만한 순간 중 하나로 꼽았다고 말한다.[40] 뮈어는 헤치 헤치(Hetchy Hetchy) 댐 건설 공사를 둘러싼 기포드 핀쇼와의 논쟁에서 댐 반대를 건설했으나, 그렇다고 해서 그를 더 생태주의적이라고 긍정적으로만 평가내리기는 어려운 부분도 있다. 뮈어는 결국 자연을 심미적 대상으로 즐길 수 있는 소수를 위한 엘리트주의적인 자연보전주의 정책을 펼쳤다는 비판을 받기도 한다. 반면 핀쇼는 부유층의 자원 낭비를 막고 효율적인 자원 관리로 최대한 자연을 보존하면서 공익을 추구한 점에서 진보적 보존주의자로 평가받는다.[41] 뮈어는 자연의 영적이고 초절주의적인 가치에 집착하여 '순수한' 황야를 원형 그대로 보존할 것을 주장하며, 이러한 순수성에 대한 강박은 미국 생태문학에서 흔히 발견된다. 그러나 현대 생태학은 인간의 존재가 자연을 오염시키고 파괴하는 것만은 아니며 인간의 존재와 그로 인한 영향 또한 전체 생태계를 구성하는 한 요소라고 본다. 생태계를 구성하는 각 요소들이 조화롭게 균형을 이루는 평형 상태가 있고 인간의 개입은 그 평형을 깨뜨림으로써 순수한 자연을 오염시키고 부정적인 영향을 가져온다는 믿음은 황야와 마을, 자연과 인간 혹은 문명을 구분하는 이분법적 사고에 기반한다. 1950년대 클레멘스가 주장한 극상이론은 "자연이 스스로 평형을 잡아 '극상' 상태를 유지한다"는 것이었으나, 극상 개념은 이후 생태학의 역사에서 오류로 판명되었다. 실제로는 자연에서 평형 상태란 거의 존재하지 않고, 존재한다 하더라도

---

vationist) 양쪽에 다 연결될 수 있다.

40 Philip F. Gura, "Nature Writing", *The Oxford Handbook of Transcendentalism*, Oxford UP, p.423.

41 강규한, 「산업화의 진전과 자연훼손―생태적 사유의 태동」, 『미국의 자연관 변천과 생태의식』, 서울대 출판문화원, 92쪽.

짧은 순간 매우 드물게 일어날 뿐이다. 오히려 자연은 끊임없는 변화 속에서 인간적인 요소와 상호작용하고 뒤섞이며 불안정하게 존재한다.

뮤어의 이러한 한계는 자연 수필 위주의 전통적인 생태비평이 자연, 특히 황야로 알려진 자연의 순수한 형태에 집중한 탓에 환경파괴와 인간에 대한 억압 양자의 뿌리에 놓인 경제적, 정치적, 역사적 관계들을 보지 못한다는 비판과도 통한다.[42] 자연에 절대적인 도덕적 정당성을 부여하는 관점은 자연을 정의하고 자연에 대한 담론을 구성하는 현실적 권력관계를 무시함으로써 그 뒤에 숨은 성적, 인종적 논쟁을 차단하는 결과를 낳는다는 것이다. 롭 닉슨은 "주변 환경과의 밀착된 관계를 강조하는 생태비평의 경향이 '생물지역주의'로 흐를 위험이 있으며, 이는 타자적인 요소를 배척하는 고립주의와 본질주의에 빠질 수 있다"고 지적한다.

생물지역주의와 연관된 미국적 상상과 비평 문학 상당수가 내가 공간적 기억상실이라고 부르는 것에 전제한 영적 지리의 스타일을 향하는 경향이 있다. 생물지역주의적 중심-변경 모델 안에서 지역적인 것의 특수성과 도덕적 원칙은 보통 국제적인 것의 특수성이 아니라 초월주의적인 추상화 쪽으로 확장된다. 이런 식으로 미국 환경문학과 비평이 확대되면서도 동시에 지적 스카이라인 너머로 사라지는 비-미국적인 지리에 대해서는 여전히 기억상실로 남아있다.[43]

---

42 David Mazel, "American Literary Environmentalism as Domestic Orientalism", *The Ecocriticism Reader*, Georgia UP, p.xiii.

43 Rob Nixon, "Environmentalism and Postcolonialism", *Ecocriticism : The Essential Reader*, Routledge, p.198.

롭 닉슨은 이처럼 미국적인 것 / 비–미국적인 것을 구분하고 ‘본질적이며 순수한 자연’을 추구하는 미국 생태문학과 비평의 이러한 한계가 초국가적이며 혼종적인 탈식민주의 비평가들로부터 냉소와 회의적인 반응을 초래하는 원인이 된다고 보고 있다. 19세기 초반 유럽의 문화적, 역사적 영향력으로부터 독립을 추구했던 탈식민 국가의 지식인으로서 에머슨은 자연으로부터 ‘자립’을 위한 정신적 근거를 찾으려 했다. 유럽의 영향으로부터 순수한 황야를 문화적으로 재구성하려는 시도는 황야에서 모든 역사적 맥락을 지우는 “공간적 기억상실”을 요구한다. 자연을 초절주의적 관점으로 보려 한 에머슨의 시도는 자본주의와 물질주의에 맞서 자연의 영적 가치를 수호하는 철학적 기반을 제공했으며, 이는 현대의 생태문학과 비평에도 많은 영향을 주었다. 그러나 에머슨의 ‘황야’는 현실에 존재하지도, 존재할 수도 없는 허구적인 문화적 구성물이며, 이를 넘어서는 인간과 환경의 관계에 대한 다각적인 탐색이 이루어져야 할 것이다. 최근의 탈식민 생태비평이나 자연이 아닌 도시환경을 배경으로 한 생태비평 논의는 이러한 차원에서 주목할 필요가 있다. 환경이 꼭 ‘자연’이나 ‘황야’를 언급하는 것이 아니라, 문명화되고 인공적으로 건조된 풍경까지도 생태비평이 다루어야 할 다양한 환경의 일부로 포함시켜야 한다는 주장은 녹색이 거의 사라진 현대 도시인들의 삶에서 환경의 의미와 역할에 대해 성찰할 수 있게 한다는 점에서 생태비평의 지평을 확장하는 의의가 있다. 이러한 관점의 변화는 ‘자연’의 개념을 구성하는 데 권력이 어떻게 작용하는가의 맥락에서 환경과 인간의 상호관계와 상호작용을 볼 것을 요구한다. 이는 생태비평에서 이후 더 연구되어야 할 부분이다.

4. 생태비평의 역사 속에서 에머슨의 재평가

에머슨은 당시 시대적, 역사적 상황 속에서 사회가 제기하는 문제에 지식인으로서 답을 찾고자 하였으며 과학과 철학, 문학 등 여러 학문 분야를 아우르면서 나아가 공적 담론을 형성하는 데 적극적으로 참여하였다. 그런 점에서 그는 누구보다도 당대의 지식 장을 구성하는 데 지대한 관심과 소명의식으로 나선 인물이라고 할 수 있다. 조엘 포트(Joel Porte)는 에머슨이 때로는 낡고 진부한 사상가로 치부된다 해도 그에게 주목해야 하는 이유는 그가 "미국사의 결정적 순간에 갈림길에 앉은 스핑크스처럼 미국인의 집단적 삶에 대해 답해지지 않은 질문을 던지기 때문"이라고 말한다.[44]

에머슨은 자연과의 관계를 통하여 미국적 주체를 구성하려는 시도에서 자연과 과학 연구에 관심을 가졌다. 「자연사의 효용」에서 파리의 박물관 체험을 통해 얻은 자연의 질서와 통일성에 대한 인식은 이를 어떻게 미국의 자연을 배경으로 전유할 것인가라는 고민을 거쳐 『자연』에서 확장된다. 유럽의 문화와 역사를 완전히 거부하고 그 영향으로부터 벗어날 수도 없으면서 그 영향력을 인정하고 수용할 수도 없었던 것이 19세기 미국의 지식인으로서 에머슨의 딜레마였다. 다른 많은 미국 문인들에게도 그러했듯이 에머슨 역시 미국만의 독특하고 고유한 자산이라고 할 수 있는 자연에서 길을 찾고자 하였으며, 자연과의 관계에서 인간의 위치를 새롭게 설정하고자 한 시도는 이후의 생태주의로 이어졌다는 점에서 의미를 찾을 수 있다. 에머슨의 자연

---

44 Joel Porte, "Introduction : Representing America-the Emerson Legacy", *The Cambridge Companion to Ralph Waldo Emerson*, Cambridge UP, p.11.

개념은 자연 속에서 신성을 발견하려는 초절주의적 신념으로 후대 자연문학과 생태주의에 영향을 주었으나, 미국적인 공간으로 황야를 재구성하는 시도에서 과도한 이상화와 신화화로 기울면서 황야를 미국적 주체가 구성되는 텅 빈 공간으로 만들고 '인간의 손이 닿지 않은 순수한 자연'으로서의 황야에 집착한 점은 미국 생태비평이 비판받아야 할 부분이다. 에머슨을 생태비평의 시각에서 재고찰할 때 이러한 점이 함께 고려되어야 할 것이다.

참고문헌

논저

강규한, 「산업화의 진전과 자연훼손―생태적 사유의 태동」, 신문수 편, 『미국의 자연관 변천과 생태의식』, 2010.

손혜숙, 「낭만주의 언어관의 미국적 전유―에머슨의 산문을 중심으로」, 『미국학논집』 35, 2003.

르 파누 제임스, 안종희 역, 『과학, 인간의 신비를 재발견하다』, 시그마북스, 2010.

워스터 도널드, 강헌 역, 『생태학, 그 열림과 닫힘의 역사』, 아카넷, 2002.

전진성, 『박물관의 탄생』, 살림, 2004.

Bennett, Tony, *The Birth of the Museum*, Routledge, 1995.

Brown, Lee Rust, *The Emerson Museum*, Harvard UP, 1997.

Buell, Lawrence, *The Environmental Imagination : Thoreau, Nature Writing and the Formation of American Culture*, Yale UP. 1991.

____, "Manifest Destiny and the Question of the Moral Absolute", *The Oxford Handbook of Transcendentalism*. Eds. Joel Myerson, Sandra Harbert Perrulionis, Laura Dassow Walls, Oxford UP, 2010.

Burkholder, Robert, "Nature Writing and Environmental Activism", *The Oxford Handbook of Transcendentalism*. Eds. Joel Myerson, Sandra Harbert Perrulionis, Laura Dassow Walls, Oxford UP, 2010.

Cronin, William, *Uncommon Ground : Rethinking the Human Place in Nature*, W.W. Norton & Company, 1996.

Dant, Elizabeth A, "Composing the World : Emerson and the Cabinet of Natural History", *Nineteenth-Century Literature* 44 : 1, 1989.

Elder, John. *Imaging the Earth : Poetry and the Vision of Nature*, Illinois UP, 1985.

Emerson, Ralph Waldo, *Nature*, Penguin, 2008.

________, *The Early Lectures of Ralph Waldo Emerson*, Eds. Robert E. Spillers and Stephen

Emerson Whicher, Harvard UP, 1964.

______, *The Portable Emerson*, Ed. Carl Bode, Penguin Books, 1981.

______, *The Journals of Ralph Waldo Emerson*, Ed. Gilman et al, Harvard UP, 1960.

Gilmore, Michael, *American Romanticism and Marketplace*, Chicago UP, 1988.

Gura, Philip F, "Nature Writing", *The Oxford Handbook of Transcendentalism*. Eds. Joel Myerson, Sandra Harbert Perrulionis, Laura Dassow Walls, Oxford UP, 2010.

Keane, Patrick, *Emerson, Romanticism, and Intuitive Reason*, Missouri UP, 2005.

Mazel, David. American "Literary Environmentalism as Domestic Orientalism", *The Ecocriticism Reader*, Eds. Cheryll Glotfelty & Harold Fromm, Georgia UP, 1996.

McKusick, *James C. Green Writing : Romanticism and Ecology*, Palgrave, 2011.

Miller, Perry, *Errand into the Wilderness*, The Belknap Press of Havard UP, 1956.

Neufeldt, *The House of Emerson*, University of Nebraska Press, 1982.

Neuman, Lance, "Environmentalist Thought and Action", *The Oxford Handbook of Transcendentalism*, Eds. Joel Myerson, Sandra Harbert Perrulionis, Laura Dassow Walls, Oxford UP, 2010.

Nixon, Rob, "Environmentalism and Postcolonialism", *The Essential Reader*. Ed. Ken Hiltner., Routledge, 2015.

Oelscheleger, Max, *The Idea of Wilderness*, Yale UP, 1993.

Porte, Joel. "Introduction : Representing America-the Emerson Legacy", *The Cambridge Companion to Ralph Waldo Emerson*, Eds. Joel Porte and Saundra Morris, Cambridge UP, 1999.

Robinson, David, "Emerson's Natural Theology and the Paris Naturalists : Toward a Theory of Animated Nature", *Journal of the History of Ideas*, 41 : 1, 1980.

Walls, Laura, *Emerson's Life in Science*, Cornell UP, 2003.

Weisbuch, Robert, "Post-Colonial Emerson", *The Cambridge Companion to Ralph Waldo Emerson*, Eds. Joel Porte and Saundra Morris, Cambridge UP, 1999.

DB자료

파리 자연사 박물관, 『네이버 기관단체사전 : 전시관』, 굿모닝미디어, n.d. web.17 Mar. 2015(http://terms.naver.com/entry.nhn?docId=648689&cid=43128&categoryId=43128)

과학과 종교담론으로 바라본 융의 분석심리학

칼 구스타프 융의 심리학적 공간을 중심으로

김태연

1. 학제의 분화와 융의 심리학

19세기 말 급속도로 발전한 자연과학은 인간을 탐구하는 학문 분과에 다양한 영향을 끼쳤다. 이에 그 시대의 학문 분과는 적지 않은 변동을 경험한다. 이러한 격변은 종교학이라는 학문의 경계에 대한 전 방위적인 재조정과 내적 변동을 촉발하기도 하였다. 흥미로운 점은 이러한 종교학의 담론형성에 강력한 영향을 끼친 하나의 학문분과가 바로 '심리학'이었다는 것이다.

본 연구는 이러한 간학문적 작업을 가능하게 한 하나의 사례로서 스위스의 분석심리학자 칼 구스타프 융(Carl Gustav Jung, 1875~1961)의 심리학이 지닌 특성, 즉 과학과 종교가 대립하기보다는 교차하는 특성에 대한 연구를 주요 과제로 삼는다. 융의 심리학은 과학적 지식과 종교관련 지식이 조우하는 간학문적 작업의 성과였는데, 기존 연구들은 그의 개념들에 대한 설명이나 내적 분석을 주요하게 담고 있어서 융이 과학과 종교, 그리고 인간심리에 대해 간학문적으로 규정하고 있는 심리학의 학문성에는 주목하고 있지 않다. 혹은 융의 사상을 거시적 범주에서 조명하는 연구 작업들은 신비주의 담론이나 분석 심리학 담론의 영역으로 퇴각되어 버리는 경향도 있다.[1]

따라서 본고에서는 융 심리학의 과학과 종교가 교차하는 지식의 장으로서의 특성에 주목함으로써 기존 연구의 일면적 조명을 극복해보고자 한다. 이러한 특성에 접근하기 위하여 본 연구에서는 심리학에 대한 융의 일반적인 문제의식이 드러나는 후기 저술들을 중심으로 검토할 것이다. 왜냐하면 신생 학문분과로서의 심리학이 어떠한 학문적 방법론과 내용을 담보해야 하는가에 관한 융의 고민은 주로 1930년대 이후, 즉 그의 사상의 후반부에 집중되어 반복적으로 나타나기 때문이다.

이 논문은 첫째, 융의 심리학이 자연에 대한 자연과학적 지식과 마음에 대한 종교적 지식의 융합의 길을 독자적으로 개척해 나아가는지를 살펴본다. 이를 통하여 융이 새로 창출한 심리학의 공간이 어떻게 종교학에 영향을 미치는지를 검토하고자 한다. 이를 위하여 본 논문은, 먼저 융이 직접적으로 언급한 학제(學際)에 대한 논의에 주목하여 그가 심리학의 선구자인 빌헬름

---

1 그러나 그레고리 베이트슨의 경우, 융의 영지주의를 기반으로 한 플레로마와 크레아투라에 대한 논의를 신비주의적 접근으로 비약시키거나, 순수하게 심리학적인 논의로 바라보지 않고 물질과 정신의 이분법적 사유를 넘어서는 대안적 인식론으로 새롭게 조명하였다. 그레고리 베이트슨, 『마음의 생태학』, 책세상, 2006, 685~688쪽; 그레고리 베이트슨, 홍동선 역, 『마음과 물질의 대화』, 고려원미디어, 1993, 27~28, 30~48쪽.

분트와 동시대인 프로이트의 심리학의 성격과 한계를 어떻게 바라보았는지 살펴본다. 이를 통해 우리는 융 자신이 심리학의 지식판도를 어떻게 진단하고 있었는지, 그가 어떠한 문제의식 속에서 심리학을 자연과학과 대면하면서 독자적인 자리를 확보하는지를 발견할 수 있을 것이다. 다음으로는 융이 절대적이고 객관적인 진리를 담보한 것으로 인식되는 자연과학에 대해 어떠한 비판적인 시각을 가졌었고, 어떻게 새로운 방식으로 '과학'을 재구성하는지에 대해 살펴본다. 마지막으로 이 글의 결론을 내리고자 한다.

2. 근대 심리학과 칼 융의 새로운 지식장 창출

우선 융이 서 있던 독일어권 심리학의 지식장을 다음의 두 큰 흐름 속에서 파악할 수 있다. 융은 생리학적 / 실험 심리학을 정립시킨 빌헬름 분트(Wilhelm Wundt, 1832~1920)를 전(前) 세대로 하고 있었다. 동시대 인물로서는 앞서 언급했듯이, 인간 무의식의 실재성을 주장하여 당시 심리학의 이단아로 꼽힌 프로이트(Sigmund Freud, 1856~1931)가 있었다. 심리학사에서 분트는 심리학을 철학으로부터 독립시켜 과학의 영역으로 이행시키는데 결정적 공헌을 한 학자로 언급된다. 그러나 그것은 '실험'이라는 과학적 방법론의 측면에서의 공헌이었다. 그는 심리학이 철학의 한 종속분과라는데 의문을 제기하지 않았으며 심리학이 철학을 더욱 과학적으로 발전시키는데 기여할 것이라고 믿었다. 말년까지 몸담고 있던 라이프찌히 대학에서도 분트는 여전히 실험심리학을 수행하는 철학과 교수였다. 또한 이와 병행하여 프로이트의 인간심리 이해는 20세기 초 독일어권에서는 이단적인 학설로 취급받고 있었다. 이 때 동료 학자들의 경고를 무시하고 그를 적극적으로 지지한 것이 바로 융이었다. 물론 그 이후 1913년 그는 프로이트의 성욕중심설을 비판하며 결별했으나, 프로이트의 무의식에 대한 논의를 계속적으로 수용하며 변형시켜 나아갔다.

따라서 융의 심리학이라는 학문분과의 논의는, 분트의 연상실험과 프로이트의 성이론에 대한 비판적 성찰을 그 출발점으로 삼고 있다. 즉 융은 한편으로는 전 세대의 '사변적인 심리학'을 극복하고자 했으며, 다른 한 편으로는 인간 심리의 복잡한 기제를 단순화시켜 이해하고자 하는 '과학주의적 사고'에 대한 비판적 성찰을 하고 있었던 것이다. 철학과 자연과학 사이에서 그가 심리학의 독자적 학문성을 어떻게 정위시키고자 하였는지를 우리는 분트와 프로이트의 심리학에 대한 융의 비판과 극복의 과정 속에서 발견할 수 있을 것이다.

1) 분트의 실험심리학과 융의 비판

분트의 심리학에서 우선적으로 생리학과 철학이 혼용된 과도기적인 모습을 발견할 수 있다. 실험과 관찰을 통해 인간심리를 경험적으로 이해하려는 시도는 분명 자연과학적 방법이었다. 그러나 이는 잘 계획된 조건적 실험 속에서만 가능했던 경험이었으며, 복잡다단한 인간심리에 대한 기본적인 이해 틀은 매우 사변적이었다. 흥미롭게도 융은 초기시절 분트학파가 발전시킨

연상실험(Assoziationsexperiment)을 적극적으로 수용했다.[2] 그러나 그의 관심의 출발점은 분트와는 매우 상이했다.

분트의 관심이 실험을 통한 인간 심리의 보편적 법칙성을 발견하는 것이었다면, 융은 정신과 의사로서 개별적 환자의 심리를 진단하기 위해 연상실험을 수행했다. 이를 통해 우리는 융이 분트를 어떤 방식으로 비판하여 넘어서고자 하는지, 그리하여 경험과학으로서의 심리학에 대한 새로운 이해를 어떤 방식으로 제시할 것인지에 대한 단초를 얻을 수 있다. 분트와 달리 융의 출발점은 '인간심리의 치료'에 대한 관심이었으며, 그는 임상적 경험을 통해 인간심리 층위의 복잡다단함과 그 측량의 어려움에 대한 깊은 인식을 갖고 있었다.

융이 철학으로부터의 심리학의 독립을 논의할 때 결정적으로 언급하고 주목하는 것이 바로 연상실험이다. 연상시험은 다음과 같이 이루어졌다. 실험자가 피실험자에게 임의의 한 단어를 큰 소리로 말하면, 피실험자는 그 단어를 듣고 최대한 빠르게 연상된 단어를 대답해야하고, 실험자는 검사용 시계로 그 반응시간을 측정한다. 이는 자극을 통해 실험대상자의 의식에 한 표상을 불러일으켜 그 대상의 뇌에 그 다음의 표상이 일어나게 하는 방식으로 단시간에 표상의 연결 혹은 연상을 얻어내려는 실험이었다. 이러한 절차를 수 없이 반복하여 실험자는 일련의 단어쌍들을 얻어내는데 그것을 연상(Assoziation)이라고 불렀다. 이렇게 얻어진 자료에서 실험자는 다른 실험 대상자와의 비교를 통해 특정 자극이 어떠한 특정 반응을 유발하는지에 대한 통계자료를 뽑아내어 "생각의 결합에 대한 법칙성(Gesetzmässigkeit von Ideenver-

---

2   연상실험은 원래 갈튼(Francis Galton, 1822~1911)이 자가 시험으로 실험한 것을 분트가 체계적으로 발전시킨 실험이다.

bindungen)"을 얻고자 했다. 연상작용의 형태적 분류를 통해 실험자는 인간 지능의 유형(intellektuelle Typen)을 파악하거나 범죄학에서의 죄책감의 탐색 등에 활용했다.[3]

연상실험의 기본적인 고안은 생리학적 실험과 동일했다. 생리학에서 신경 조직의 다양한 부분에 전기자극을 주어 어떤 근육이 움직이는지 실험했던 것처럼, 인간 심리기관에 자극을 주어 그 반응을 살피고자 했다. 그러나 문제는 심리과정의 비물질성이었다. 심리를 고정시켜 관찰하는 것이 불가능하다면 어떻게 실험을 수행할 수 있는가? 분트는 실험실이라는 공간과 조직적인 실험계획 하에서 인간 심리를 통제하여 심리과정의 정확한 관찰을 수행하고자 했다. 여기서 우리는 실험과 관찰을 통해 인간심리에 대한 객관적 데이터를 획득할 수 있다는 자연과학적 방법론에 대한 믿음과 그 낙관적 전망을 발견할 수 있다.[4]

연상실험을 수행하면서 융이 주목한 것은 분트학파가 실험의 실패로 간주했던 연상의 장애(Störungen) 사례였다.[5] 자극을 받았을 때 반응시간이 지연되거나, 단어로 반응하는 것이 아닌 문장으로 반응하거나, 자극단어를 다시 반복하는 반응 등의 사례를 단순히 우연적인 실험의 실패로 간주할 수 없다

---

3 C. G. Jung, *Gesammelte Werke* vol. 2, Düsseldorf : Walter, 1995, p.868.
4 "생리학은 전통적으로 해부학(anatomy)에 종속된 분과였다. 일단 가시적인 해부학적 구조를 해명한 후에 그 각 기관의 구조에 따른 기능을 연구하는 것이 생리학이었다. 인간의 구조에 그 기능이 종속되어 있다는 이러한 관점은 실험적 방법이 발전하면서 역전되어, 신체의 각 기관들과 그 체계의 상호 작용으로 이루어지는 기능이 구조보다 우선시 되게 되었다. 예를 들어 이전에는 위장의 해부학적 구조와 그에 따른 기능에 집중했다면, 이제는 영양의 측면에서 위가 어떤 역할을 하는지에 초점이 맞추어졌다. 실험적 방법의 발달이 바로 이러한 관점의 변화를 불러왔다. 이 때, 생리학적 실험이란 다양한 요인들이 한 특정한 기능적 효과에 어떻게 기여하는지를 연구하여 상세히 기술하는 것을 의미했다." : Kurt Danziger, *Constructing the Subject*, Cambridge University Press, 1998, p.25.
5 이부영, 『분석심리학』, 일조각, 1998, 44쪽.

고 판단했다. 그는 연상장애가 피실험자의 심리적 콤플렉스(Komplex), 그로 인한 신경증(Neurose)과 긴밀히 연결되어 있다고 믿었으며, 심리적 가설로서의 '무의식'을 거부해서는 안 된다고 확신하게 되었다. [6] 이에 융은 무의식을 가정할 수 없다는 분트의 논의에 대하여 비판적인 입장을 가지고 있었다.

분트는 심리학의 임무란 대상을 지각하는 외적 감각에 의해 불러일으켜지는 표상을 해명하는 것으로 보았다. 고유한 내적감각(innerer Sinn)이란 것은 존재하지 않으며, 심리학은 외부 입력과 자극에 상응하는 심리적 과정을 다루는 것이라 데이터가 제시되지 않는 형이상학적 가설은 심리학적 차원에서는 버려야 한다고 보았다. 그는 인간의 마음을 생리학적 메카니즘과 같이 이해하여, 의식(Bewusstsein)을 심리적 구성체(psychisches Gebilde)의 결합으로 전제했다. 심리적 구성체란 표상이나 구성된 느낌, 격정, 의지적 과정과 같은 것들이며, 이 구성체들은 서로 긴밀하게 연관되어 있다. 이 구성체들이 결합하여 한 부류(Classe)를 형성하고 이 부류는 또 다시 포괄적으로 연결되어 발전한다. 따라서 심리학에서는 부분적 발전의 집합으로 만들어지는 개별 심리적 개성의 총체적 발전을 추론해낼 수 있다. [7]

여기에서 우리는 분트의 사유 속에서 인간심리를 질서정연한 기계적 시스템으로 이해하는 '자연과학적 입장'과 심리구성체계를 사변적으로 이해하는 '철학적 사고'의 중첩을 볼 수 있다. 그에 의하면 '무의식적(unbewusst)'인 것은 단순히 심리적 구성체의 결합상태가 깨진 것이다. 무의식적 상태는 따라서 잠이나 기절과 같이 심리적 연결상태가 깨진 상태이며 의식을 잃은(bewuss-

---

6 C. G. Jung, *Gesammelte Werke* vol. 2, p.1350.(콤플렉스는 융이 확립한 용어로서, 어떠한 괴로운 (peinlich) 성격의 개인적 문제가 공통적인 감정적 톤으로 응집된 다양한 표상들의 복합체 (Komplex)를 칭했다)
7 Cf. Wilhelm Wundt, *Grundriss der Psychologie*, Wilhelm Engelmann, 1897, pp.29~30.

tlos) 상태로 표현하는 것이 타당하다. 이는 "의식의 장애(Störungen des Bewus-stseins)"로서 심리적 구성체 결합에 비정상적인 변형이 일어난 것이다.[8]

융은 우리가 의식할 수 있는 것만이 심리의 총체라는 분트의 가설이 참이라면, 인간은 원칙적으로 인식론적 한계 내의 모든 것들을 인식해야 할 것임을 지적했다. 그러나 실질적으로 해부학이나 생리학에서 눈이나 청각의 기능을 통해 감각하는 동시에, 인간은 또한 불안을 느낄 수 있다는 것은 어떻게 설명할 수 있는지 의문을 제기했다.[9] 융이 바라본 분트의 가설의 또 다른 문제는 꿈이었다. 꿈을 꾸는 것은 인간의 보편적인 경험이다. 꿈은 인간의 의식이 없을 때에도 이루어지는 심리의 작동인데 분트의 가설은 이를 설명할 수 없다. 또한 임상적으로 경험되는 이중인격, 몽유병의 문제 또한 그러하다.[10] 즉 융에게 있어 분트학파의 인간심리 이해는 실천(Praxis)과는 거리가 먼 대학 실험실의 심리학에 불과한 것으로 보였던 것이다.

2) 프로이트의 유물론적 심리학과 융의 비판

융이 이처럼 분트 심리학을 극복하여 나아갈 수 있던 결정적 토대로 작용한 것은 프로이트의 정신분석학 이론이었다. 신경의(Nervenarzt)였던 프로이

---

8   Ibid., 283.
9   Jung, *Gesammelte Werke* vol. 8, p. 362 ; 융은 인간이 가지고 있으나 아직 의식화하지 않은 심리의 모든 것을 무의식이라고 불렀다. 따라서 무의식을 미지의 심리세계로 불러도 상관없다고 보았다.
10 "심리는 공기보다도 더 상상할 수 없는 것이라든가, 혹은 논리적 개념들로 이루어진 어느 정도 지적인 체계라는 선입견에 가득 찬 믿음이 너무도 끈질긴 나머지 인간들은 만약 그들이 어떤 내용을 의식하지 못하면 그것들은 존재하지 않는다고 가정한다."(칼 융, 이은상 역, 『심리학과 종교』, 창, 1996, 42쪽)

트가 자신의 임상경험을 토대로 저술한 『꿈의 해석』(1900)을 통해 융은 연상 장애 사례를 설득력 있게 해명할 수 있는 단서를 얻었다. 융은 정신분석을 통해 인간 무의식을 면밀히 탐구할 수 있는 가능성을 발견했다. 그는 심리학의 연구대상으로서의 '무의식'의 실재를 확증하게 되었고, "무의식으로 가는 왕도는 꿈"이라는 프로이트의 주장을 적극적으로 수용하여 무의식의 산물인 꿈의 분석을 수행했다.[11] 융은 1906년 교신을 통해 처음으로 프로이트와 대면한 이래로부터 결별 이전 해인 1912년까지 프로이트학파의 일원이자 정신분석가(Psychoanalytiker)로서 활발히 활동했다.[12] 당시 융이 프로이트를 공개적으로 지지한 것은 그에게는 하나의 큰 모험으로서, 학문의 제드권 안에 머무를 수 없으리라는 경고를 무릅쓴 이행이었다.[13]

그러나 프로이트 학파의 일원으로 활동하기 이전, 프로이트 이론의 영향을 받은 초기부터 융이 뚜렷이 선을 긋고 있던 지점은 바로 '성이론'이었다. 1902년부터 1905년까지의 매우 초기의 학술 논문에서 융은 프로이트를 적극적으로 인용하고 있으나, 프로이트의 핵심 주제인 성이론은 언급하지 않았다.[14] 어린시절의 억압된 성충동을 신경증의 절대적인 기원설(Ätiologie)로 간주하는 프로이트의 주장을 융은 자신의 임상경험을 근거로 하여, 성이란 신경증의 여러 원인들 중 하나일 뿐이라고 정면으로 반박했으며[15] 정신을

---

11 Jung, *Gesammelte Werke* vol. 4, pp.334~335, 338.

12 융은 소위 프로이트의 후계자(Kronprinz : 황태자)로서 국제정신분석학회(Internationale psychoanalytische Vereinigung) 회장직을 맡고 있었다.

13 "당시 젊은 의사들에게는 프로이트는 계몽의 원천이었으나, 나이든 의사들에게는 조롱의 대상이었다."(Jung, *Gesammelte Werke* vol. 15, p.65)

14 William McGuire, "Einleitung" In : Sigmund Freud, C. G. Jung, Sigmund Freud, C.G. Jung : *Briefwechsel*, ed. William McGuire / trans. Wolfgang Sauerlaender(S. Fisher Verlag, 1976), XIV.

15 1913년 런던에서 열린 강연 시리즈에서 그는 프로이트의 성이론과 리비도 이래의 문제점에 대해 논했다.

"심리학적 공식(psychologische Formel)"으로 격하시키는 것이라고 격렬하게 비판했다.[16]

프로이트와 융은 종교에 대해 근본적으로 상반되는 입장에 서 있었으며, 이는 무의식의 내용을 어떻게 바라보았는가 와도 긴밀하게 연결되어 있었다. 프로이트의 종교관의 문제는 1929년 융이 직접적으로 지적한 부분이기도 했다.[17] 융은 프로이트가 어떠한 종교적인 것도 인정하지 않는 것을 19세기 말의 지배적 사조였던 과학적 유물론에 사로잡혔기 때문이었다고 진단했다. "프로이트의 심리학은 19세기 말의 과학적 유물론의 전제 내에서 움직였고, 분명히 대가(프로이트) 자신의 불충분한 관조와도 연관된, 그 철학적 전제에 대해 한 번도 해명하지 않았다."[18] 예를 들어 프로이트 또한 무의식 속에 "고대경험의 유물"이 담겨있다는 견해를 가지고 있었다. 이는 융의 견해와 일치한다. 그러나 프로이트는 "유물"을 유물 그 자체로 보아 "시대에 뒤떨어진 진부한 형태"로 간주한 반면, 융은 그것을 "생동하는 심리"(lebendige Psyche)로 보았던 것이다.[19]

융이 분트를 비판하는 맥락에서 우리는 자연과학적 사유와 생리학적 사유를 기반으로 한 '철학적 가설체계'에서 '심리학'으로의 분화가 어떻게 진행되는지를 발견할 수 있다. 다시 말해서 철학적 가설에 의거하여 그 가설을 견지하였기에 경험심리학의 자명한 증빙자료나 요소 또한 배제하고 있음을 융은 깨닫는다. 따라서 융은 분트 심리학을 "경험 심리학에 반대되는, 시대에 뒤

---

16 Jung, *Gesammelte Werke* vol. 15, p.72.

17 "나는 양쪽 학파(프로이트, 아들러)를 비판하지 않을 수 없는데, 그들은 인간을 너무나 병리학적인 구석(pathologische Ecke)으로부터, 그리고 인간의 결함으로부터 설명하고자 했다. 여기에 대한 설득력 있는 한 예로서, '종교적 경험'을 이해하는 데 있어서의 프로이트의 무능력(Freuds Unvermögen)을 들 수 있다."(Jung, *Gesammelte Werke* vol. 4, p.733)

18 Jung, *Gesammelte Werke* vol. 15, p.70.

19 Jung, Erinnerungen, Traeume, Gedanken von C.G. Jung, ed. Aniela Jaffé, p.176.

쳐진 철학적 태도의 전형”으로 비판했던 것이다.[20] 그는 ‘가설’보다 더 중요한 것은 ‘경험의 현실성’이며 가설은 경험이 아님을 분명하게 자각하고 있었다.

융은 프로이트의 사유가 너무나 과학적 유물론의 전제 속에서 움직였으며 인간의 심혼(Seele)을 깊이 조명할 수 있는 종교적 통찰에 부정적인 선입견을 가지고 있다고 비판한다.[21] 이러한 점에서 융은 프로이트의 과학적, 생물학적 환원주의의 경향을 거슬러 종교와 과학의 조화로운 감각을 인간 심혼 이해의 과정 속에서 중요하게 채택하였다. 융이 프로이트를 지적한 또 하나의 지점은 자기 자신에 대한 성찰의 문제이다. 융은 프로이트가 자신의 심리학적 전제들에 대해 단 한 번도 비판적으로 성찰하지 않았음을 지적했다. 그는 프로이트의 심리학이 신경증에 걸린 건강하지 못한 심리학(ungesunde Psy-chologie)으로서 환자들이 심리적으로 건강해질 수 있는 가능성을 오히려 프로이트의 심리학이 막고 있다고 비판했다. 그에 의하면 프로이트가 제시하는 무의식은 의식에서 억압된 어두운 욕망만을 그 내용으로 하고 있다. 따라서 무의식은 환자에게 치유의 전망을 제시해주기보다는 자신에 대한 부정적 태도만을 증폭시킬 수 있는 가능성으로 제한된 무의식일 뿐이다.[22] 이 지점에서 융은 인간 심리를 탐구하고 그 문제를 치료하고자하는 의사이자 상담가는 언제나 “비판적 철학(kritische Philosophie)”을 통해 스스로를 돌아봐야 함을 강조하고 있다.[23]

---

20 “현대 심리학의 성과를 통해, 결코 의식되지 않았고 단지 간접적으로 의식의 내용에 영향을 끼치는 전의식적 원형이 존재한다는 데에 대해 의심할 수 없다. 내가 생각하기에는 오늘날 우리에게 의식적으로 보이는 모든 심리 기능들은 언젠가 무의식적이었고 그럼에드 마치 의식적이었던 때가 있었던 것처럼 보인다는 가정에 반대할만한 확고한 근거는 없다. 인간이 심리현상을 불러일으키는 모든 것들은 이미 이전에는 본성적으로 무의식성 속에서 이미 존재했었다고도 말할 수 있다.”(Jung, *Gesammelte Werke* vol. 8, p.412)

21 ‘심혼’에 대해서는 본고 다음 장(III)에서 좀 더 상세히 기술한다.

22 Jung, *Gesammelte Werke* vol. 15, p.68.

우리는 여기에서 융이 분트와 프로이트의 한계를 어떻게 바라보고 그것을 넘어가려 하였는지 발견할 수 있다. 분명 융은 분트의 '상아탑 안에서의 인간의 심리에 대한 탐구'를 통해서 현실에서 살아 숨 쉬는 인간 경험의 중요성을 오히려 깨달았다. 융은 프로이트의 '인간의 심리에 대한 공식의 구성'에서는 심지어 심리학자가 임상경험을 진행하였다 하더라도 그것을 바탕으로 공식을 구성하여 인간 심리의 가능성을 그 공식에 가두어 버릴 수도 있다는 점을 분명하게 자각하였다. 특히 융은 프로이트의 생물학적 환원주의에 대한 거부를 통해 정신분석학(Psychoanalyse)에서 분석심리학(Analytische Psychologie)으로의 새로운 길을 열었다. 결론적으로 융은 분트와 프로이트가 구축한 합리적 과학적 법칙과 질서에 의해 유폐당하는 심혼을 그의 종교적이며 정신적 조명 속에서 해방시키고자 노력하였다는 점을 우리는 발견할 수 있다. 이러한 융의 접근 속에서 우리는 그가 구상한 과학지식과 종교지식의 직조가 어떻게 이루어지는지를 진단하고 예측할 수 있을 것이다. 그렇다면 우선 융은 본격적으로 자연과학을 어떻게 자신의 사유 안에서 직조하고 비판하였는가.

---

23 Jung, *Gesammelte Werke* vol. 4, p.733.

3. 자연과학에 대한 융의 접근과 비판

1) 과학의 '합리성'에 대한 재구성

융은 자신이 과학정신에 헌신한 투철한 과학자로서 자연과학의 전통에 서 있다고 보았다.[24] 그러나 동시에 '과학성'의 의미에 대한 일종의 근본적인 질문을 가지고 있었다. 그는 당대의 문화 지식장에서 겉으로 볼 때 무조건적인 설득력과 힘을 갖는 상투적인 말이 바로 '과학'이라고 언급한다. 사람들은 어떠한 납득할만한 최고의 판단의 근거로 "과학적 증거"를 요구한다. 그러나 융은 동시에 과학의 증명에 대하여 깊이 천착하는 이들 또한 바로 그러한 과학적 증거가 불가능한 경우가 있다는 점도 잘 알고 있다고 말한다.[25] 그의 이러한 관점은 과학정신에 대한 융의 무조건적인 비판이라고 보기보다는 과학정신을 무조건 숭상하는 과학주의에 대한 비판이라고 보는 것이 적절할 듯하다. 자연과학의 급속한 발전으로 야기된 것은 바로 물질이 정신적인 중심을 완전히 소외, 배제시킨 것이었음을 융은 강조한다. "자연과학의 엄청난 발달은 우선 성급하게 정신의 왕관을 벗겨버리고, 마찬가지로 물질을 경솔하게 신격화시켜버렸다."[26]

그러므로 융에 있어서 과학은 과학적 증빙자료를 제출함으로써 완성되는 것이 아니라 그 과학적 작업을 통하여 현실적인 경험을 얼마나 더 심화하여

---

24 Cf. Murray Stein, *Jung's Map of the Soul : An Introduction*, Open Court, 1988, p.9.
25 Jung, *Gesammelte Werke* vol. 8, pp.790~791.
26 Jung, *Gesammelte Werke* vol. 9 / 1, p.195.

이해할 수 있으며, 더 나아가 인간의 삶의 확대를 촉진하는가에 따라 그 정당
성이 주어진다. 과학의 최종과제는 증빙자료의 제출이 아니라 현실에 대한
해명과 안목의 깊은 심화이다. 이러한 점에서 융은 철저하게 '심혼(Seele)'에
대한 증빙불가능성을 이유로 심리학을 '비과학'이라고 비판하는 견해를 다시
재반박한다. 그렇다면 융이 말하는 '심혼'이란 무엇이며 심혼이 특별한 중요
성을 갖는 이유는 무엇인지 질문해볼 수 있다.[27]

융에 따르면 심혼은 무의식적 내용이 인격화(Personifikation)된 것으로서,
우리가 보통 인격(Persönlichkeit)이라고 부르는 것과 유사하다. 심혼은 정신
병리학적으로 관찰이 가능한데, 일종의 기능적 콤플렉스로 드러나기 때문이
다. 몽유병이나 이중인격, 한 사람에게서 다중의 인격이 드러나는 인격의 해
리(Persönlichkeitsdissoziation)를 통해 심혼은 경험적으로 확인 가능하다. 보통
사람의 경우에는, 상황에 따라 다른 인격적 측면을 드러내는 예를 통해 확인
가능하다. 한 극단적인 예로서 우리는 "골목길의 천사"로 불리는 사람이 "가
정에서의 악마"로 군림하는 사례를 떠올릴 수 있다.[28]

무의식의 현상이 심혼이며 심혼은 콤플렉스를 통해 드러난다면, 그 심혼
의 기저층인 무의식은 어떻게 인식 가능한가. 융은 의식이 관여하지 않는 꿈,
환상활동을 무의식의 자기표현으로 보았다. 이 무의식의 산물은 곧 자연적
산물(Naturprodukt)로서 심리학의 연구대상이 될 수 있다. 꿈이나 환상에서
나타나는 이미지들을 해석할 때, 개인이 습득한 경험으로는 결코 설명되지

---

27 본 연구에서는 "Seele"를 분석심리학자이자 정신과 전문의인 이부영의 번역을 따라 "심혼"(心
魂)으로 번역했다. 융의 심혼은 기존 철학이나 종교담론 속에서 다루어지는 영혼과는 차별성
을 지닌, 융 심리학에서 다루는 마음을 가리킨다. (이부영, 『분석심리학의 탐구―아니마와 아
니무스』, 한길사, 2001, 23쪽 참조)
28 Jung, *Gesammelte Werke* vol. 6, pp.420~421, pp.799~800.

않는 형상들이 있는데 이는 문명과 시간을 거슬러서 인류에게 공통되게 드러나는 근본적 유형, 즉 '원형(Archetypen)'을 드러낸다. 그는 이러한 환상적 이미지들이 인간 육체의 형태적 요소가 유전되는 것처럼 각 세대를 걸쳐 유전될 수 있다고 생각했다.[29]

이처럼 융에게 무의식의 현상인 심혼과 집단무의식의 내용인 원형은 매우 중요한 핵심개념으로서, 심리학을 과학으로 바라보는 그의 입장의 출발점이자 자연과학에 대한 그의 비평의 출발점이기도 하다. 융은 인간의 심혼이란 전적으로 심리적인 문제이자 그 특수한 고유의 법칙을 지닌 영역이기에 심혼의 본질을 생물학이나 생리학과 같은 다른 과학영역의 원리로 추론할 수 없다고 보았다. 따라서 심리학은 심혼의 다층적인 얼개를 일관된 심리학적 방법론과 방식으로 해명하고 분석하여 기존과학에서 이해하지 못한 난점들과 대상들을 새롭게 조명할 수 있다는 점에서 그 독자적 가치를 확보한다. 즉 심리학의 방법론은 다른 방법론에서 조명하지 못하는 심혼을 더 근원적으로 해명할 수 있다는 점에서, 심리학은 과학이 된다.[30]

융은 과학으로서의 학문의 정당성을 실재에 대한 심원한 해명의 척도 속에서 부여하면서, 동시에 과학주의와 과학적 지성의 정당성을 원형의 관점 속에서 상대화 한다. 즉 과학주의와 과학적 지성은 원형을 담아내기가 어렵다는 점에서 그것은 한계를 지닌다고 융은 말한다. 융은 경험적 증빙만을 제

---

29 Jung, *Gesammelte Werke* vol. 9 / 1, p.262.
30 Jung, *Gesammelte Werke* vol. 16, p.20. "인간의 심혼은 정신의학적 문제나 생리학적 문제가 아니기 때문이다. 그것은 생물학적 문제가 아니라 전적으로 심리적인 문제인 것이다. 심혼은 그 자신의 특수한 고유 법칙을 지니고 있는 영역이다. 그 심혼의 본질을 다른 과학 영역의 원리로서 추론할 수 없다. 정신은 뇌나 호르몬 또는 그 밖에 알려진 어떤 본능과도 동일시 될 수 없으며, 원하든 원하지 않든 그것은 그 본질에 있어서 독특한 현상으로 인정되어야만 한다. 그러므로 심혼의 현상학은 자연과학적으로 파악될 수 있는 사실로서 남김없이 파악되는 것이 아니고, 모든 과학의 아버지인 정신의 문제를 포함하고 있다."

일의 근거로 삼는 과학의 과학성과, 근본적 사유가 결여된 과학의 과학성을 동시에 비판한다.

물론 융이 규명하는 무의식적 원형과 의식적 합리성의 관계는 꼭 대립적이지는 않다. 융은 분명 비합리적인 원형의 성질에 대한 점근선적 해명을 위한 의식적이며 합리적인 과학의 가치를 근본적으로 부정하지 않는다. 그러나 과학적 합리성을 암암리에 절대적으로 상정하는 태도에 대하여 융은 분명한 비판을 한다. 예를 들면 융은 자연과학의 비판의 근거와, 학제와 학문의 궁극적 동력을 '원초적 사고(urtümliches Denken)'에 대한 강조 속에서 찾는다. 그에 의하면 우리는 "한번 끼어 들어가면 다시는 그로부터 빠져나올 수 없는 방정식에 불과한 생각인 '지성'"을 심각하게 다룬다. 그는 이러한 표면적 지성이 아니라 인간보다 더 오래되었고 모든 세대를 관통하며 심혼의 바닥을 채우며 살아있는, 영원히 살아있는 원초적 상(Urbilder), 상징 안의 '사고'가 있다고 말한다. 이러한 점에서 그는 '지성'보다 더 깊은 곳에 있는 '원초적 사고', 즉 '원형'으로의 일치가 학문의 중요한 과제이며 삶의 궁극적 과제라고 보았다.[31]

과학은 이러한 '원초적 사고'와 비교할 수 없다고 융은 말한다. 과학이 합리성과 상상에 의거한다면 원초적 사고는 비합리적 소여성이며 상상의 선험적 조건이다. 과학적 사고가 범한 오류로서 19세기 이전 갑상선의 기능을 이해하지 못하고 인간에게 무의미한 기관으로 간주하였던 사례가 있었다.[32] 이러한 점에서 과학의 목적과 정당성이 실험과 경험에 의해서만 도출된다면, 그것은 미래에 드러날 갑상선과 같은 아직 해명되지 않은 실재의 다양한 의미를 다시 무의미한 것으로 처리하는 오류를 범할 수 있기 때문이다.

---

31 Jung, *Gesammelte Werke* vol.8, p.794.
32 Ibid.

2) 융이 제안하는 과학으로서의 심리학과 그 방향

융은 이러한 방식으로 증명을 중심으로 하는 기존의 과학관념에 대한 폐기와, 현실적 의미를 도출하는 과학관념에 대한 재구축에 기반하여 자신의 심리학 공간을 확대하고 심화한다. 이러한 흐름에서 융의 분석심리학의 구상은 당대의 유물론적 인간이해를 기반으로 한 심리학에 대한 비판적 견해로 자연스럽게 연결된다. 그는 정신과 심리적 활동이란 육체와 뇌의 유기적 활동의 부산물로 보는 설명을 거부한다. 물론 마음과 뇌의 관계에 대하여는 부정할 수 없는 일부의 사실적 측면이 있으나 이러한 정신과 마음에 대한 극단주의적인 물리환원적 이해는 절대적인 진리가 아니다.[33]

그러므로 융에게 있어서 정신은 육체, 그리고 물리적 현실과 긴밀하게 연결되어 있는 상호 복합적 관계의 산물이다. 그리고 육체에 드러나는 병인에 대해 심리적 치료를 가했을 때 따라온 물리적 증상의 해소의 사례들을 논하면서 심리적인 것이야말로 "지극히 현실적인 사실이라는 점"을 역설한다. 존재는 드러나는 물질만이 존재가 아니다. 오히려 인간이 자명하다고 생각하는 그 물질이야말로 인간의 감각을 통하여 우리에게 가져와진 심리적인 상을 지각하는 동안에만 가능하다고 융은 말하기에, 극단적으로 말하면 물질은 '심리적 현실'인 것이다. 즉 심리는 존재이며 물질보다 더 근본적이고 심층적인 존재론적 지위를 지니고 있다고 융은 강조한다. 이는 분명히 유물론적 견해와는 반대의 입장을 취하는 것이다.[34] 융은 이러한 물질적 진리보다

---

33 칼 융, 이은봉 역, 앞의 책, 23~24쪽.
34 "결코 드물지만은 않은 이러한 경험에 비추어 생각해보면 심리가 존재하지 않는다거나 혹은 공상적인 사실은 어떤 힘을 갖지 못하는 비현실적인 것이라고 생각하기가 대단히 어렵다는 것을 알 수 있을 것입니다. 마음은 다만 근시안적인 이지 앞에서 그 모습을 감추고 마는 것입니

더 근원적인 심리적 진리의 관점에서 계몽주의적 합리성이 구가하는 학문적 이론의 그 '과학적'이라는 간판은 합리주의의 한계를 숨기는 훌륭한 방어수단이 된다고 말한다. 즉 '과학적'이라는 말만 붙이면 안도감을 갖는 사람들의 심리를 정확하게 진단하고 있다. 그러나 오히려 과학적 이론이 아무리 정밀하다 하더라도 심리학적 진실의 관점에서 본다면 그 이론은 종교적인 도그마보다 그 가치가 떨어지는 것이라고 융은 말한다.[35] 도그마가 의식과 무의식을 포함한 심리의 전체성에 관련한 패턴화인 반면, 이론은 분석적이고 부분적인, 즉 의식의 차원에서만 가능한 합리성을 담고 있기 때문이다.

심리학이라는 학문의 출현의 관점에서 역사를 보자. 중세를 넘어 근대 과학의 본격적 등장으로 자연과 문화의 섬세한 구분이 가일층 이루어지고 이는 내적으로는 주체와 객체의 이분법적인 흐름을 촉발한다. 이러한 흐름에서 심리학은 다시금 주체와 객체 양자를 심리를 중심으로 새롭게 연결시키고자 노력하였다. 역사적으로 심리학의 토대를 놓았던 분트의 실험심리학이 철저히 계몽주의적 노선에 서 있었다고 한다면, 융은 합리성에 의거한 계몽주의를 더 심오한 합리성의 빛 속에서 상대화 시키고, 과학주의에 의거한 학문을 더 심층적인 사고 속에서 비판하고 전복한다. 그러나 그것은 계몽과 과학의 폐기보다는, 정확하게 말하면 학문과 과학의 가장 고귀한 대상인 인간의 마음과 심혼을 해명하기에 우리의 지식은 아직 요원하다는 입장에 서 있음에

다 마음은 실존함에 틀림없지만 다만 물질적인 형태를 취하는 것은 아닙니다. 물질적인 존재만이 존재할 수 있다고 하는 편견은 참으로 우스운 일일 것입니다. 사실을 말한다면, 우리가 직접 알 수 있는 존재는 심리적인 존재인 것입니다. 우리는 유물론적 견해와는 반대로 "물질적인 존재는 단순히 추론에 지나지 않는다. 왜냐하면, 우리가 물질에 대하여 아는 것은 감각을 통하여 우리에게 가져와진 심리적인 상을 지각하는 동안에만 가능하기 때문"이라고 말할 수 있기 때문입니다.(Ibid., p.25)

35　Ibid., p.89.

대한 깊은 자각이다. 이러한 점에서 융은 학문을 증빙에 대한 채택과정으로 보기보다는 실패한 경험에 대한 성찰로 바라본다. 흥미로운 점은 융이 구상한 자신의 분석심리학이라는 학문도 응용심리학(Angewandte Psychologie) 안에서 겸손해야 하고 상반되는 의견의 유효성을 시인해야 한다고 말한다.[36]

종합적으로 바라보면, 융이 자신의 사상 속에서 기존의 학제를 심리학적 관점 속에서 어떻게 재구성하였는가를 추적할 때 우리는 다음과 같은 몇 가지 융의 기본적인 전제를 확인할 수 있을 것이다. 첫째, 그는 본인의 방법론을 철저하게 경험적, 현상학적, 자연과학적 방법론에 의거하여 견지하고 수행하고자 했다. 융은 자신의 학문적 지위에 대한 의식이 확고하였다 : "나를 보고 가끔 철학자라고 부르는 사람도 있지만, 나는 사실상 임상의사이며 그 때문에 나는 현상학적 입장을 떠날 수가 없습니다."[37] 이러한 점에서 융의 사상을 20세기 후반부터 철학적으로 극단화된 차원의 영지주의나 신지학의 영역에서 친화적으로 이해하고 재해석 하는 것은 융의 학문적 출발점을 고려할 때 편향적이고 주관적인 태도라고 평가할 수 있다

둘째, 융은 기존 학문의 분과적 체계에 대한 깊은 반감을 가지고 있었다. 특히 각각의 학문적 체계의 전문성이 강조된 나머지 학문의 근본적 과제나 간학문적인 성격을 간과할 수 있음을 문제 삼았다. 당시 융은 '마음'의 문제에 대한 각 분과학문들의 고립된 해석체계를 과감하게 거부하그 새로운 지평을 확대해 나아갔다. 이러한 점에서 그는 마음과 심리에 대한 간학문적 연구를 수행한 것이었다. 그것은 철학, 의학, 교육학, 생물학, 역사학의 영역으로까지 연관된 작업이었다. 그러나 융은 결과적으로 이러한 작업이 종교학

---

36 Jung, *Gesammelte Werke* vol. 12, p.71~72.
37 칼 융, 이은봉 역, 앞의 책, 14쪽.

자뿐 아니라 철학자, 의학자, 교육자들을 불안하게 하는 작업이거나 화나게
만든다고 술회한다. 심지어 생물학자와 역사학자의 활동범위에까지 더듬어
들어가는 작업에 대하여 각각의 분과적 학문의 관점에서는 불편함을 갖는다
고 말한다.[38] 그만큼 간학문적 다학제적 작업은 현존하는 분과체계에 대한
비평적 작업을 동반하기에 당시의 분과 체계의 저항과 긴장이 존재해 왔음
을 우리는 융의 시대적 정황 속에서도 확인할 수 있다.

셋째, 융은 과학 개념의 지평 확산을 내적으로 수행해 왔다. 사실 융은 '과
학적'이라는 개념에 대한 다른 시각을 가지고 있었다. 융이 판단하기에 당대
시대에서 외면상으로 무조건적인 설득력을 갖는 상투적인 말이 바로 '과학'
이며, 그렇기 때문에 사람들은 '과학적' 증거를 원한다고 말한다.[39] 융은 과
학과 과학성, 합리성으로 현실과 실재에 대한 궁극적인 대답을 조명할 수 있
다고 확신하는 일방적 신념은 추구하지 않았다. 오히려 인간의 깊은 차원에
서는 '증거'를 통해서 실재의 본성을 해명하려는 과학적 패러다임의 증거주
의가 무효해지고 상대화 될 수 있음을 주목하였다.

---

38 Jung, *Gesammelte Werke* vol. 8, p.75.
39 Ibid., p.90.

4. 종교와 과학의 교차지식장으로서의 분석심리학

계몽주의적 정신의 급속한 발흥으로 마음, 영혼, 종교적 경험의 문제는 계몽주의와 연동된 과학주의 속에서 학문 담론의 외곽으로 퇴락되거나 위축되어졌다. 칼 융은 과학의 합리성에 대한 기존의 관념을 넘어 합리성에 대한 새로운 조명을 자신의 심리학적 구상 속에서 채택하였으며, 동시에 "마음의 과학"으로서, 그리고 종교적 경험에 대한 "심리적 조명"으로서 과학과 종교의 교차공간을 심리학의 작업을 통하여 탄생시켰다. 주목할 만한 점은 당대의 자연과학적 세계상에 대한 융의 비판을 당대는 수용하기 어려웠으나 오늘날의 과학의 변화는 융이 제시한 방향으로 움직이고 있는 듯하다.[40]

또한 융은 종교와 과학 간의 긴장과 배타적 문화를 자신의 고유한 심리학적 공간 속에서 통전적으로 융합시켰다고 말할 수 있다.[41] 또한 신화, 문화, 종교 담론구성에 있어서도 융의 사유는 간학문적 교섭과 변용으로 나아갈 수 있도록 기여하였다. 이는 궁극자의 실재를 기반으로 하는 문화-종교적 경험이 인간의 마음에 어떠한 현실적 변화를 주는가를 종교학은 심리학의 성과 속에서 풍부하게 조명 받을 수 있기 때문이다.

융은 심리학과 종교에 관한 성찰을 자신의 여정 속에서 진지하게 고민하였다. 그는 심리학에 있어서도 종교는 매우 중요한 관심사가 된다고 강조하였다. 왜냐하면 심리학은 "근원적인 종교체험"[42]에 관심을 가지며 이 체험

---

40 Joseph Chilton Pearce, *The Biology of Transcendence*, Park Street Press, 2000; Gregg Jacobs, *The Ancestral Mind*, Viking, 2003; Joel Kovel, *History and Spirit*, Beacon Press, 1991; 데이비트 테이시, 박현순 역, 『How To Read 융』, 16쪽에서 재인용.
41 Murray Stein, *Jung's Map of the Soul : An Introduction*, Open Court, 1988, p.207.

속에서 인간의 심리와 의식이 어떻게 독특한 태도를 형성하는지를 주요한 연구의 주제와 대상으로 채택하기 때문이다. 심리학은 과학주의의 파고 앞에서 마음의 고유한 영역을 확보했으며, 동시에 인간의 마음과 심리를 좀 더 세밀하게 조명할 수 있는 하나의 길을 종교학에게도 제시해 주었다. 이러한 점에서 융이 새롭게 창출한 '분석심리학'이라는 종교와 과학의 교차 지식장은, 미래를 향한 종교와 과학의 대화 담론에게도 큰 통찰을 줄 수 있으리라 기대된다.

42　칼 융, 이은봉 역, 『심리학과 종교』, 창, 1996, 20쪽.

참고문헌

논저

Jung, C. G.. Erinnerungen, Träume, Gedanken von C.G. Jung. edited by Aniela Jaffé. Zürich, Walter, 1963.

__________, Die psychopathologische Bedeutung des Assoziationsexperiments, *Gesammelte Werke* Vol. 2. Walter, 1995.

__________, XVII. Ein kurzer Überblick ueber die Komplexlehre, *Gesammelte Werke* Vol. 2. Walter, 1995.

__________, Versuch einer Darstellung der psychoanalytische Theorie, *Gesammelte Werke* Vol. 4. Walter, 1995.

__________, Psychologische Typen. *Gesammelte Werke* Vol. 7. Walter, 1995.

__________, Der Gegensatz Freud und Jung, *Gesammelte Werke* Vol. 4. Walter, 1995.

__________, Analytische Psychologie und Weltanschauung, *Gesammelte Werke* Vol. 8. Walter, 1995.

__________, Die Lebenswende, *Gesammelte Werke* Vol. 8. Walter, 1995.

__________, Geist und Leben, *Gesammelte Werke* Vol. 8. Walter, 1995.

__________, Seele und Tod, *Gesammelte Werke* Vol. 8. Walter, 1995.

__________, Grundsätzliches zur praktischen Psychotherapie, *Gesammelte Werke* Vol. 16, Walter, 1995.

__________, Die psychologischen Aspekte des Mutterarchetypus, *Gesammelte Werke* Vol. 9 / 1, Walter, 1995.

__________, Sigmund Freud, *Gesammelte Werke* Vol. 15, Walter, 1995.

__________, Zur Phänomenologie des Geistes im Märchen, *Gesammelte Werke* Vol. 9 / 1, Walter, 1995.

__________, Psychologie und Alchemie, *Gesammelte Werke* Vol. 12. Walter, 1995.

__________, Das Gewissen in psychologischer Sicht, *Gesammelte Werke* Vol. 10, Walter, 1995.

Freud, Sigmund. Jung, C. G. Sigmund Freud, C.G. Jung : Briefwechsel. edited by

McGuire, William. Frankfurt am Main : S. Fisher Verlag, 1976.
Wundt, Wilhelm. Grundriss der Psychologie. Leipzig : Wilhelm Engelmann, 1897.

이부영, 『분석심리학』, 일조각, 1998.
_____, 『분석심리학의 탐구―아니마와 아니무스』, 한길사, 2001.
테이시, 데이비트, 박현순 역, 『How To Read 융』, 웅진지식하우스, 2008.
Danziger, Kurt., *Constructing the Subject*, Cambridge University Press, 1998.
Pearce, Joseph Chilton., *The Biology of Transcendence*, Park Street Press, 2000.
Stein, Murray., *Jung's Map of the Soul : An Introduction*, Open Court, 1988.

근대 아카데미의 문화지형학

19세기 러시아 지식 공론장의 안과 밖

최진석

1. 아카데미즘과 지식장의 근대

오늘날 우리에게 익숙한 아카데미의 일반적 정의는 지식의 전수와 보존, 학자들의 공동체란 뜻이다. 일반적으로 그 역사적 기원은 기원전 387년에서 361년 사이에 아테네 외곽에 세워진 플라톤의 아카데미아(Akademeia)까지 거슬러 올라가며,[1] 중세를 거쳐 현대의 '대학'으로 유구하게 전승되었다고 알려져 있다. 비록 '대학'의 현대적 명칭인 'university'가 중세적 공동체의 특수한 형태, 가령 교사나 학생의 조합에서 연원하는 것으로 밝혀져 있지만,[2] 근대 이래 서구의 학문적 제도로서 대학은 플라톤의 아카데미에서 그 이념

---

[1] 클라우스 헬트, 최상안 역, 『그리스·로마 철학기행』, 백의, 2000, 148쪽.
[2] 허버트 그룬트만, 이광주 역, 『중세대학의 기원』, 탐구당, 1976, 26~29쪽.

적 원천을 길어내는 데 주저함이 없었다.[3] 대학의 본질은 단순히 실용적 지식의 교육에 있는 것이 아니라, '학문'이라는 영원한 이념을 간직하고 전달하는 데 있다는 것이다.[4] 아카데미즘은 그와 같은 지고한 정신주의를 일컫는 이름에 다름 아니다. 하지만 아카데미에 대한 이러한 통념이 현실과 빚는 간극에 주목해야 한다. 관건은 근대성이다.

근대 사회의 핵심은, 그것이 무엇보다도 제도적 구성체라는 점에 있다. 제도는 해당 사회를 구성하고 재생산하는 지식들의 체계적 결합을 뜻한다. 이에 따를 때 사회는 어떤 정신적인 이념에 의거해 만들어진 신화적 실체가 아니라 현실 속에서 기능하는 복잡다단한 장치들이 결합해서 만들어 낸 구성체다. 예컨대 사회계약론이 설파하듯 자연상태의 개인들이 공동의 이익을 위해 약정을 맺었기에 사회가 탄생한 게 아니다. 오히려 사람들로 하여금 일정한 방식으로 생각하고 행동하게끔 강제하는 장치들이 사회라는 공동체를 창출해 냈다. 이러한 장치들의 집합을 제도라고 부르는 바, 사회에 대한 현실주의적 관점은 이념보다는 기능, 자발성보다는 강제력에 기반한 제도적 측면에서 조명되어야 한다. 근대 사회에서 제도의 가장 강력한 준거는 지식이며, 근대 대학 및 아카데미즘의 역사와 기능은 이와 같은 지식의 제도화라는 측면에서 고찰되어야 할 것이다. 요컨대 근대적 지식은 선험적 이념이나 기원적 신화가 아니라 현실을 구성하는 사회에 대한 지식(knowledge about society)으로서 실존하고 작동해 왔다.[5] 대학과 아카데미즘을 근대 지식장의 기능적 요소로서 설명해야 할 이유가 여기에 있다.

---

3 조셉 피퍼, 박영도 역, 『철학과 아카데미아』, 종로서적, 1987, 83쪽 이하.
4 칼 야스퍼스, 민준기 역, 『대학의 이념』, 서문당, 1996, 33~38쪽.
5 Peter Berger & Thomas Luckmann, *The Social Construction of Reality. A Treatise in the Sociology of Knowledge*, Penguin Books, 1991, pp.70~85.

제도로서의 지식은 체계를 이루고 명시적인 법과 규범의 체계, 즉 사회의 상징적 차원을 형성한다. 여기에 한 가지 요소를 더 추가한다면, 그것은 사회에 관한 '믿음'이다. 가령 '상상의 공동체'로서 사회를 구성하는 것은 언론과 잡지, 문학과 같은 실제적 지식들만이 아니다.[6] 이러한 요소들의 결합으로 표상되는 '사회'에 대한 믿음이 없다면 근대적 의미에서의 사회는 존립하지 않는다. 달리 말해, 사회의 실재성과 그에 관한 지식을 매개하는 믿음이 필수적이다. 그것은 단지 개인적이고 주관적인 환상이 아니라 객관적이고 실질적인 차원에서 작동하는 힘으로서, 제도 이상의 제도이자 지식 이상의 지식이라 할 만하다. 근대 사회는 명시적으로 제도화된 지식들과 더불어 '상상적 제도'로서 전제된 믿음의 체계,[7] 즉 '사회에 대한 무의식적 지식(unconscious knowledge about society)'을 통해 구성되어 있다.[8]

사회계약론이 보여주는 교훈은, 역사의 어느 시점에서 실제로 계약이 성립되었다는 점이 아니라 계약에 대한 사람들의 믿음이 사회를 존속시키고 기능하게 만든다는 점이다. 이렇게 지식은 사회에 대한 (무)의식적 표상을 이루며,[9] 구성원들이 자신이 속한 사회를 상상하는 방식, 믿는 양상에 따라 항상적인 변형가능성에 놓이게 된다. 따라서 근대의 사회적 논정이란 집단(개인들)이 자기들이 욕망하는 방식으로 사회를 표상하고, 그것을 담론을 통해 강제하는 (준)제도적 활동에 다름 아니다. 18세기 이래 유럽의 살롱과 커피하우스에서 펼쳐진 공론장의 논쟁들, 특히 문예비평적 공론장의 역할은 이

---

6 베네딕트 앤더슨, 윤형숙 역, 『상상의 공동체』, 나남출판, 2002, 제2장.
7 코르넬리우스 카스토리아디스, 양운덕 역, 『사회의 상상적 제도』1, 문예출판사, 1994, 227~236쪽.
8 사회와 무의식적 지식의 관계는 푸코의 에피스테메와 알튀세르의 이데올르기를 참조해야 하지만, 지면상 상론하지 않는다. 미셸 푸코, 이규현 역, 『말과 사물』, 민음사, 2012, 7~22쪽; 루이 알튀세르, 김웅권 역, 『재생산에 대하여』, 동문선, 2007, 349~410쪽.
9 이효덕, 박성관 역, 『표상공간의 근대』, 소명출판, 2001, 19~20쪽.

런 식으로 사회에 대한 지식을 공유하고 토론에 붙이며, 또 다른 지식표상으로 생산·변형·교체하는 데 있었다.[10] 관건은 이 과정이 비단 대학과 아카데미 안에서만 일어난 게 아니라는 사실이다. 하나의 이념형(ideal type)으로서 지식 공론장의 모델이 설정될 수 있다면, 역사적 현실에서 그것은 다양한 변용을 겪으며 나타났다. 이제부터 우리가 살펴볼 것은 19세기 러시아 지식장의 상황과 그 굴절의 양상 및 논쟁을 통한 구축과정이다.

2. 모스크바 대학과 근대 지식장의 봉쇄

러시아의 근대는 '커다란 균열'로부터 시작되었다. 17세기 초엽, 전무후무한 열정으로 러시아를 통째로 뒤바꿔놓았던 표트르 대제(1672~1725)의 개혁은 정치·경제·사회·문화 등의 모든 면에서 급진적인 서구화를 뜻했다. 그 결과는 외래문물의 급속한 쇄도와 외국문화와의 동화였다. 황제 개인의 독단적 취향과 의지에 따라 실행된 서구화는 주로 제도적·행정적 차원에 역점을 두었기 때문에, 개혁의 실제 모양새는 무비판적이고 무반성적인 일방적 수입에 가까웠다. 13세기 이래 200년 이상을 몽골의 속국으로 지배받

---

10 김덕영, 『논쟁의 역사를 통해 본 사회학』, 한울아카데미, 2003, 13~39쪽; 위르겐 하버마스, 한승완 역, 『공론장의 구조변동』, 나남출판, 2001, 95~117쪽; 데이비드 블루어, 김경만 역, 『지식과 사회의 상』, 한길사, 2000, 제4장; Peter Hohendahl, *The Institution of Criticism*, Cornell University Press, 1982, ch. 1. 동아시아 사례에 대한 대략적인 소개는 진재교 외, 『문예공론장의 형성과 동아시아』, 성균관대 출판부, 2008을 보라.

고, 다시 그 만큼의 세월을 서구로부터 유리되어 있던 러시아가 세계사의 대열에 동참하는 유일한 길은 서구를 무조건적으로 따르는 것이란 믿음이 이정책의 근저에 깔려있었다. 러시아의 근대를 '이식문화론'이라는 악명 높은 테제로써 설명하는 주된 근거가 여기 있다.

서구화의 목표이자 원동력이었던 근대성은, 중세적 스타일의 봉건국가였던 루시(Rus')가 러시아(Russia)라는 근대적 사회구성체로 탈바꿈하는 과정이었다. 예컨대 표트르 대제는 '보야르(boyar)'라 불리던 세습귀족을 포함한 신민 전체를 14개의 계급으로 구성된 관등표에 따라 재구분하여 국가를 위해 복무하도록 강요했고, 공직 취임시 황제 개인에 대해 했던 충성의 서약을 국가에 대한 맹세로 바꾸도록 명령했다. 자물쇠로부터 전함에 이르기까지, 모든 것을 직접 만들어보고 싶어했던 황제의 열정은 러시아라는 국가를 완성하는 데서 절정에 이르렀으며, 유럽의 제도와 문물, 관습 등 서구적인 모든 것은 선양과 모방의 대상이 되었다. 일상의 모든 것이 즉각적인 개혁의 대상이 되었다. 가령, '아시아적' 분위기가 난다는 이유로 관리들의 턱수염을 몽땅 밀었으며, 무도회를 열어 귀족들에게 서구식 야회복을 입히고 '우아하게' 춤추는 법을 가르치기도 했다. 요컨대 표트르의 개혁은 정치와 경제, 사회제도 및 규범의 완전한 서구적 전환을 노정하는 한편으로, 문화적 관습과 일상의례, 습속과 생활마저도 서구적 스타일로 물들여 놓으려는 거대한 기획이었다.[11]

표트르의 '근대의 기획'은 후대로 갈수록 형식적인 측면이 강화되었으나, 옐리자베타의 치세인 1755년 서구적 근대 학제로서 모스크바 대학교가 세워

---

11 Marc Raeff(ed), *Peter the Great Changes Russia*, 2-nd edition, D.C. Heath and Company, 1972, pp.9~22; 제임스 크라크라프트, 이주엽 역, 『표트르 대제』, 살림, 2008, 115~164쪽.

진 것은 기념비적인 사건이었다. 개혁 이전에도 국가적 교육기관은 존재했으나, 대개 신학교습이나 서구로부터 들여온 신기술을 복제하고 재생산하는 역할만을 담당했을 뿐이었다. 이에 비추어 천민 출신으로 신분을 속이고 활약하던 미하일 로모노소프(1711~1765)를 등용해 국립교육기관을 설립했던 것은, 러시아 근대성의 지향점을 여실히 보여준다. 임의적이고 실용적인 선진문물의 습득에 치중하던 근대화가 자체적인 지식의 생산과 전수를 목적으로 삼기 시작했으며, 이념적인 의미에서는 봉건적인 신분의 위계마저도 뛰어넘을 것을 주문했기 때문이다.

대체적으로 말해 18세기 후반과 19세기에 걸쳐 러시아의 지식문화를 대변하는 제도적 장치는 모스크바 대학이 거의 유일무이했다. 그러나 19세기 전반까지도 모스크바 대학의 실질적인 수준과 기능은 그리 높지 않았다. 전문 교원들이 턱없이 부족하여 항상 유럽의 학자들을 초빙해서 강단을 메워야 했으며, 입학관문을 넓혀놓았다고 해도 현실적 조건으로 인해 다양한 사회신분들로부터 학생들이 충원되진 못했다. 1804년 알렉산드르 1세에 의해 대학령(Ustav universitetov)이 반포되어 대학의 자치권을 확대하고 입학상의 차별을 철폐하고자 했으나,[12] 전반적인 풍토를 크게 변경시키는 데는 이르지 못했다. 여력이 있는 귀족자제들의 경우 일찍부터 서유럽 유학길에 오르곤 했으나,[13] 이 역시 정부의 통제로 인해 자유롭진 않았으며, 인원수에 있어서나 수준에 있어서나 고르지 못했다. 요컨대 근대적 지식 공론장을 형성하는 데 있어 가용한 장치로서 대학과 아카데미의 역할은 제한되어 있었다.[14]

---

12 Andrej Andreev, *Moskovskij universitet v obshchestvennoj i kul'turnoj zhizni Rossii nachala XIX veka*, Jazyki Russkoj Kul'tury, 2000(『19세기 초 러시아 사회문화 생활에서의 모스크바 대학교』), ch.1.

13 Andrej Andreev, *Russkie studenty v nemetskikh universitetakh XVIII ─pervoj poloviny XIX veka*, Znak, (『18~19세기 전반기 독일대학의 러시아 학생들』), pp.37~58, 2005.

사회적 지식의 공식적 차원, 곧 대학과 아카데미가 러시아에서 지식장 일반의 추동력을 갖지 못한 원인은 다소 명백하다. 학제의 내부에서만 순환되는 지식이 아니라 사회를 구성하는 지식으로서 유통되기 위해서는 지식이 개방되어 있고 자유로운 비판적 가능성에 노출되어 있어야 하는데, 근대화의 초기부터 러시아 정부는 이러한 관점에서 지식을 바라보지 않았다. 서구로부터 수입된 것이든 자생적으로 발아한 것이든 지식이 '사회적'이란 의미는 국가적 용도와 목적에 부합하는 방식으로 사용되어야 한다는 게 러시아 정부의 입장이었고, 따라서 체제의 이데올로기에 반하는 것이어서는 곤란했다. 특히 철학은 유럽의 자유주의 사상이 유입되는 경로로서 감시의 대상이었을 뿐만 아니라 검열과 철폐의 철퇴를 피할 수 없었다. 더구나 1825년 '몽둥이 황제' 니콜라이 1세의 즉위식 때 벌어진 반역사건('12월당黨'의 음모)이 서구적 지식에 물든 청년장교들의 소행으로 드러나면서, 국가의 관리를 벗어나는 일체의 지식은 공식적인 유통을 일체 금지당하게 된다. 대폭 축소된 신문과 잡지에서 정치적 논설이나 주장은 사라지고, 철학부는 신학부의 하위기구로 전락하거나 폐지됨으로써 사회적 담론의 기능이 말살되어 버린 것이다.[15]

여기서 문학과 비평의 역할은 한층 곱씹을 만하다. 사회비평적 저널리즘이 침묵한 가운데 러시아 지식사회에서 유일하게 말문을 열 수 있던 무대는 바로 문학예술과 그에 대한 비평이었기 때문이다. 19세기 전반기에 그 주도

---

14 반면, 공식적 제도로서 모스크바 대학이 19세기 초엽 활발한 발전상을 보여주었으며, 상당한 수준의 학술적 면모를 갖추었다고 평가받기도 한다. 오두영, 「19세기 초 도스크바 대학의 외국인 교수들」, 『인문과학연구』 47, 강원대 인문과학연구소, 2015, 457~484쪽.

15 Bruce Lincoln, *Nicholas I. Emperor and Autocrat of All the Russians*, Northern Illinois University Press, 1989, pp.236, 256~260.

자들은 계몽된 귀족지식층이었고, 후반으로 넘어가면서는 '잡계급'이라 불리던 중하위 계급출신의 지식인들이 아카데미 외부의 지식담론을 주도하게 되는 바, 러시아 지성사에서 흔히 '혁명적 인텔리겐치아'로 불리는 집단이 등장했다. 흥미로운 사실은, 이들 사이에서 벌어진 지적 논쟁의 기원과 전개양상이 앞서 서술한 지식장과 사회의 변증법을 상당 부분 드러내고 있다는 데 있다. 유학생 출신과 그들로부터 영향을 받은 토착 지식인들, 국가와 민족의 현재와 미래에 대한 진단과 분석, 전망은 전형적인 근대성의 형성구도를 증거하고 있다. 그것은 러시아적 근대의 특수성이 빚어낸 비공식적 제도, 즉 '아카데미 외부의 아카데미'라 할 만한 현상이었다.

3. 「철학서한」, 서구라는 타자의 표상과 그 지식

자기에 대한 지식의 태동은 대개 외부로부터 촉발된다는 점을 염두에 둘 때, 러시아 근대 지식장의 빗장을 열어젖힌 인물군의 첫 머리에는 늘 표트르 차아다예프(1794~1856)가 거명된다. 유서깊은 귀족가문 출신으로서, 일찍부터 서구의 문물에 접할 수 있던 그는 1836년 잡지 『망원경(*Telescope*)』에 한 편의 사색문을 기고하게 된다. 이미 오래전부터 구상하던 글이었으나, 논문보다는 어느 귀족부인에게 보내는 서한형식을 취함으로써 공론적 색채를 덜어내려 했다. 하지만 「철학서한(Filosofskie pis'ma)」이란 제목이 붙여진 이 글은 "이른 새벽에 울린 한 발의 총성과도 같이"[16] 러시아 지성사에서 가장 화려한 스캔들을 일으키며 그를 명성과 추락의 극단으로 몰아가게 된다.

차아다예프에 따르면, 러시아의 역사적 의미는 서구의 역사를 하나의 보편사로, 인류 전체의 역사로 상정할 때 비로소 뚜렷하게 드러난다.[17] 1812년 나폴레옹이 침략하자 분투 끝에 그를 격퇴한 러시아군은 2년 후 파리에 입성하는 '쾌거'를 기록했지만, 거기서 그들이 보았던 것은 무엇이었는가? 유럽의 '중심'에서 러시아인들이 목격한 것은 자신들의 주변성, '변경'에 다름 아니었다. 지체 높은 귀족출신이던 러시아의 청년 장교들은 자신들이 유럽에 못지않게 물질적·문화적으로 발전한 나라에서 살고 있으며 자유로운 삶을 구가하고 있다고 믿어 왔는데, 나폴레옹을 무찌른 후 막상 파리에 도착하고 보니 자신들이 얼마나 '후진적'이며 '노예 같은' 삶을 살아왔는지 깨달아버리고 말았다. 역설적이게도 러시아의 청년들이 유럽의 중심에서 본 것은 바로 자기 자신, 러시아에 다름 아니었다. 러시아의 후진성과 주변성에 충격을 받은 그들은 변경의식에 시달리게 된다. 유럽과 나란히 뛰지 못한다면, 한 걸음 뒤에 있을 수도 있고, 조금 더 후위에 뒤쳐질 수도 있다. 문제는 러시아가 세계사라는 흐름, 보편적 역사와 전혀 무관하게 동떨어져 고립되어 있다는 데 있었다. 유럽제국은 세계사의 거대한 흐름을 주도하고 있지만, 러시아는 역사의 말단에 뒤쳐진 정도가 아니라 아예 역사의 수레에 몸을 싣지도 못한 채 길가에서 잠들어 있다는 것이다. 시간이 흐르는 것도 모르고 잠에 취해 있지만, 잠잔다는 자각조차 없다는 데 러시아의 비극이 있다.

러시아의 역사적 지체 혹은 정체는 장엄한 문학적 수사로 치장되어 표현

---

16 Alesaner Herzen, *My Past and Thoughts*, Vintage Books, 1974, pp.292~293.
17 Petr Chaadaev, "Filosofskie pis'ma," *Polnoe sobranie sochinenij i izbrannye pis'ma*, Nauka, 1991(「철학서한」, 『저작과 서한집』), pp.320~339. 「제1서한」의 내용을 요점만 간추리겠다.

된다. 신은 러시아를 버렸으며, 러시아는 동방에도 서방에도 속하지 못한 '고
아'같은 존재일 따름이다. 언제나 떠돌이 유랑자로서 역사의 변방에서 머뭇
거릴 뿐이었으며, 한 발 나아가기 위해 치러야했던 치열한 투쟁과 각성의 기
억조차 없다. 역사가 시작된 이래 러시아는 줄곧 잠에 빠져 있었으며, 자신을
위해서도 세계를 위해서도 아무런 기여할 바를 찾지 못했다. 때문에 러시아
는 여하한의 도덕성도 결여한 무의미한 존재이며, 단지 세계가 보고 닮지 말
아야할 타산지석을 제공하는 데서 유일한 도덕적 의미를 지닐 따름이다. 지
금 러시아의 귀족은 병들었고 민중은 우매하니, "우리는 망치로 머리를 내려
쳐서라도 각성해야만 하지 않겠는가!" 차아다예프는 고통스럽게 절규한다.

　출구는 어디에 있는가? 유럽의 민족들은 무릇 서로 교통하고 투쟁함으로
써 역사의 도정에 나서왔다. 반면 러시아인들은 먼 북방의 땅에 고립되어 살
았고, 무엇보다도 유럽과는 전혀 다른 종교적 전통을 선택함으로써 고립을
미화해 왔다. 러시아의 비극이자 죄악의 씨앗이 여기에 있다. 러시아와 유럽
의 차이는 더 이상 자랑거리가 아닌, 다만 수치스런 이탈의 징표일 뿐이요,
하루바삐 치유해야 할 상처다. 만약 러시아에 미래가 있다면 그것은 고립과
특수로부터가 아닌, 유럽적 보편성을 받아들일 때 가능할 것이다. 세간의 여
론을 의식하여 차아다예프는 다소 조심스럽게 러시아에 아직 희망이 남아있
다는 여지를 두었지만, 이 글을 회람한 지식사회는 저자의 사려깊음을 전혀
고려하지 않았다. 지지와 찬성의 목소리가 없진 않았으나, 차아다예프는 곧
'사회의 공적'으로 낙인찍히고, 정부의 사찰대상에 올라 기관의 조사를 받게
된다.

　분노한 차르의 직접 명령으로 정부는 이 문제를 국기(國基) 수호의 차원에
서 다루기 시작했다. 여덟 편 중 「제1서한」만이 인쇄되었을 뿐인데도, 검열

기구와 경찰기구는 호된 문책을 받은 후 그 앙갚음을 저자에게 했고, 글을 인쇄해 준 『망원경』의 편집장과 검열관 등이 줄줄이 소환되어 문초를 당했다. 그들은 유죄 판결을 받기에 앞서 「서한」의 저자를 고발했으며, 잡지는 영구 폐간 조치되었다. 차아다예프의 말년은 비참했다. 금치산자로 판정되어 가택연금 하에서 정신병 치료를 받아야 했으며, 「광인의 변명」이라는 글을 직접 써서 자신의 주장을 철회하기까지 했으나 황제의 분노는 사그라들지 않았던 것이다.

「철학서한」의 내용은 이미 수년 전부터 낭독의 형태로 지식사회에서 널리 알려진 것이었다. 하지만 그것이 공식적인 것으로 출판되었을 때 지식사회의 반응은 사뭇 달랐다. 비공식적 담론으로서 그것은 한 개인의 입장표명 정도로 수용되었으나, 출판물로 명시되면서부터는 서구라는 타자에 대한 러시아인들의 (무)의식의 구조를 공식적으로 드러내놓은 셈이 되었고, 이는 당대 사회가 받아들일 수 없는 '추문'으로 여겨졌다. 표트르의 개혁 이래 러시아인들은 근대화란 서구에 대한 모방임을 인지하고 있었으나, 적어도 공식적으로는 러시아의 고유성을 보존한 채 다만 실용적이고 기술적인 모방만 이루어졌다고 언명되었기 때문이다. 서구화는 러시아의 독특한 정신성에 아무런 영향도 끼칠 수 없음이 공공연히 선언되어 왔다. 그러나 차아다예프는 그러한 정신적 독자성의 이면, 즉 서구는 러시아가 무슨 수를 써서든 동일시하고 싶은 대타자라는 사실을 '까발려' 놓았다. 「철학서한」은 러시아인들이 억압해 놓은, 서구에 대한 무의식적 욕망을 백주에 꺼내놓은 '테러'나 다름없었다. 비록 차아다예프의 입은 강제로 봉인되었지만, 한번 흘러나온 진실이라는 소문은 유령처럼 사회를 배회하면서, 응답을 촉구하게 된다. 이제 러시아는 어디로 가야 하는가? 서구의 길을 의식적으로 추진해야 하는가, 또는 서구와는 반대의 길을, 자기만의 길을 정말로 찾아나서야 하는가? 차아다예프의 질문은 러시아의 현재를 구성하는 질문이 되어 도착했으며, 러시아인들은 어떻게든 그에 대해 답변해야 할 과제를 짊어지게 된다. 바꿔 말해, 러시아의 진정한 근대성은 바로 차아다예프의 「서한」으로 인해 촉발되었고, 이후 러시아 사회, 러시아 역사, 모든 러시아적인 것에 관한 지식은 서구라는 타자와의 대결을 피할 수 없게 된다.

4. 서구주의 – 슬라브주의 논쟁과 러시아 지식장의 특징

차아다예프라는 이름은 일종의 사회적 금기어로 침묵에 잠겼지만, 그가 던진 문제의식은 19세기 전반 내내 러시아 지식장의 주요한 논제로서 유통되었다. 하지만 지식을 생산하고 정련하는 공식적인 아카데미였던 대학은 이 문제에 무력할 수밖에 없었다. 철학과 정치학, 현실 사회에 대한 어떤 발언도 검열을 통해서만 표출되어야 했기에 차아다예프와 관련된 토론이나 논쟁은 공개적으로 수행되기 어려웠던 것이다. 그 역할을 대신했던 것이 바로 비공식적 아카데미라 할 수 있는 민간의 저널리즘이었다. 독자와 출판시장이라는 관점에서 볼 때 러시아의 저널리즘은 유럽에 비해 아직 미약한 수준에 머물러 있었지만,[18] 페테르부르크와 모스크바를 중심으로 활약했던 여러

---

18 William Mills Todd III, "Periodicals in Literary Life of the Early Nineteenth Century," Deborah Martinsen(ed), *Literary Journals in Imperial Russia*, Cambridge University Press, 1997, pp.37~63.

문예비평가나 사상가들은 저널리즘의 주요 논객이 되어 차아다예프의 유산을 적극적으로 사유하게 된다. 19세기 중반을 주도했던 서구주의-슬라브주의 논쟁이 그 전장이었다.

러시아 지성사의 분수령이라 할 만한 서구주의-슬라브주의 논쟁에서 최초의 신호탄은 표트르의 업적에 대한 평가에서 개시되었다. 19세기 러시아 지식인들에게 당대 러시아 사회란 표트르가 벌인 개혁의 총체적 산물로 비쳐진 탓이다. 그들이 자기 시대를 평가하고 새로이 미래를 예견·설계해보기 위해서는 표트르가 남겨놓은 러시아에 대해 어떤 식으로든 결산 보고서를 작성할 필요가 있었다. 여기엔 일종의 문화적·이념적 질문이 전제될 수밖에 없다. 이식문화의 산물로서 서구화가 '몸에 맞지 않는 옷' 마냥 부자연스럽고 어색해 보인다면, 러시아는 과연 이 옷을 벗어던지고 독자적인 방식으로 '근대'를 추구할 수 있을까? 서구의 존재를 눈감아 버린 채 러시아만의 자족적인 근대성을 창출해 낼 수 있을까? 이런 물음들에는 결코 의심할 수 없는, 하나의 '위험스런' 전제가 숨겨져 있다. 즉, 그것은 역사는 보편적이며 단일한 과정으로서 어느 민족이든 그 길을 벗어나 외따로 살아갈 수 없다는 가정이다. 질문 자체가 다분히 19세기 유럽 근대성을 포함하고 있음에도 불구하고, 당대 러시아인들은 이런 가정 없이는 질문 자체가 성립하지 않는다고 믿었다. 이로써 역사의 보편성과 특수성에 대한 물음은 역사철학적 수준에서 자리매김 된다. 표트르 대제에 대한 평가가 곧 러시아의 근대성("세계사에서 러시아의 위치는 어디인가?")에 관한 물음으로 직결되는 것도 그런 까닭이다.

러시아의 역사적 운명에 대한 고찰은 헤겔의 사상을 수용함으로써 더욱 첨예화되었다. 특히 1830~40년대에 걸쳐 본격적으로 소개되고 논의된 서구 철학자들 가운데 헤겔은 단연 최고의 개가를 올렸다. 헤겔 철학은 이후 러시아 철학의 전개상에서 반헤겔주의(슬라브주의)와 친헤겔주의(서구주의)로 양분될 지경에 처하게 되었으나, 이 두 가지 사조의 발생과 전개에 공통의 원동력을 제공했다는 점에서 러시아 근대 사상의 진정한 수원(水源)이라 부를 만하다. 40년대 '헤겔에 대한 탐닉'을 회고하며 알렉산드르 게르첸(1812~1870)은 이렇게 진술한 바 있다.

> 헤겔의 책들은 끊임없는 토론거리였다. 『논리학』 3부작이나 『미학』, 『엔치클로페디아』 등 그 어떤 책이라도 며칠 밤이고 계속되는 격렬한 토론의 훌륭한 주제가 되지 않는 것은 하나도 없었다. '절대 정신'에 대한 입장이 서로 다르다는 이유로 절친하던 이들이 몇 주간이고 서로를 피해 다녔으며, '절대적 인격성과 본질 그 자체'에 대한 의견이 비판당하면 그것을 개인적 모욕으로 치부할 정도였다. 베를린 혹은 어느 알려지지 않은 소도시에서 발간된 책일지라도 독일 철학책이라면 모조리 주문해서 낡아 떨어질 때까지 탐독하는 일이 종종 벌어지곤 했다. 더구나 책 속에 헤겔의 이름이 언급되기라도 할라치면 그 책이 날개 돋힌 듯 팔려나가는 일이 다반사였다.[19]

헤겔에 대한 열광이 아무런 근거없이 불쑥 튀어나온 것은 아니었다. 너도 나도 줄지어 서구로 유학길에 오르던 1820년대부터 동시대의 서구 사상은 조금씩 러시아에 유입되기 시작했으며, 그 중에서 셸링과 낭만주의는 이미 상당한 영향력을 행사하고 있었다. 나폴레옹 전쟁에서 돌아온 '각성한' 청년 귀족들이 벌인 1825년 12월 당(黨)의 반란 이후 온통 마비되었던 정신적 삶

---

19 Herzen, *My Past and Thoughts*, p. 232.

에 서구의 철학이 일종의 보상적 기능을 담당했다. 진일보한 역사의 논리라 여겨졌던 철학을 공부함으로써 러시아인들의 내면으로부터 참된 삶, 진정한 현실에 대한 동경과 욕망이 발생하고 있었음을 부인할 수 없다. 아마도 그런 추구들을 다만 서구화의 부산물이라고 치부할 수는 없을 것이다.

1830년대 초반 러시아에서 철학적 지식은 자유로운 삶과 직결된다고 생각되었으며, '스탄케비치 서클'로 알려진 일군의 청년들과 대학생들은 그런 철학이 최고로 발전된 형식으로서 헤겔주의를 열렬히 받아들였다.[20] 자유로운 삶을 위한 철학으로 헤겔이 유일한 것도 아니었으며, 니콜라이 스탄케비치의 무리들이 유독 두드러진 것도 아니었으나, 헤겔이 불러일으킨 철학에 대한 관심이 다른 어떤 서구의 사상보다 막강한 영향력을 발휘했음은 분명하다. 표트르 이래 계몽이야말로 러시아 사회의 일대과제로 제기되었으며, 그것은 지식의 문제였다. 서구라는 타자가 가진 타자성의 본질은 근대적 지식에 있다고 여겨졌다. 러시아의 청년 지식인들은 그 지식을 획득하는 것만이 러시아의 근대성을 보장한다고 믿어 의심치 않았고, 헤겔은 그러한 지식과 근대, 서구를 아우르는 종합적인 기표였던 셈이다. 다시 말해, 헤겔을 열렬히 찬양하든 혹은 지독히 증오하든 러시아의 근대를 사유하기 위해서는 어떻게든 헤겔과 대면하지 않을 수 없었으며, 헤겔과 맞서 싸우지 않고서는 근대를 사유할 수조차 없었다. 곧 헤겔주의는 이 시대의 러시아인들에게 서구의 표상, 또는 말 그대로 근대성 자체였다.

차아다예프가 세계사 속에서 러시아의 운명이 무엇이냐고 물었을 때, 러시아의 길은 러시아에 있노라고 응답했던 사람들이 있다. 서유럽의 당대 문

---

20 Edward Brown, *Stankevich and His Moscow Circle 1830~1840*, Stanford University Press, 1966, pp.34~35.

명이야말로 인류 보편의 길이며, 하루라도 더 빨리 그 길에 합류하는 게 러시아가 세계사에 기여하고 소속될 수 있는 유일한 길이라 주장하던 서구주의자들과 달리, 러시아적인 것의 독자성과 고유성에 기대를 걸었던 이 사람들을 지성사적으로 슬라브주의자(slavophile)라고 부른다. 표트르 대제의 개혁 이래 100여년, 다분히 유럽화된 상류 귀족계급 출신이던 슬라브주의자들은 적어도 미래에 있어서만큼은 과거의 러시아적 공동체로 되돌아가길 희원했다. 이렇듯 슬라브주의는 강력한 이념사적 사건이었던 셈이다.

서구주의자들은 러시아가 무엇인지를 묻는 데 인색했다. 다급하게 유럽의 길을 쫓아야 했던 그들에게 러시아의 정체성 따위는 아무래도 좋았다. 반면 슬라브주의자들은 "러시아란 도대체 무엇인가?"라는 질문을 내려놓지 못했다. 그들은 자기들의 존재 가치, 역사 속의 위상, 러시아적인 것의 본질에 관해 질문을 던졌고, 그것이 풀리지 않는 한 여하한의 서구적인 것도 도움이 되지 않는다고 생각했다. "우리는 대체 누구인가?"를 집요하게 탐문했다는 점에서, 슬라브주의자들이야말로 「철학서한」의 핵심을 정확히 꿰뚫고 있었으며, 차아다예프의 진정한 후예들이었다. 만일 러시아 철학의 근대적 기원이 어디에 있느냐고 묻는다면, 그 영예는 마땅히 슬라브주의자들에게 돌려져야 한다.

서구와 러시아의 본질적인 차이에 대한 의식은 슬라브주의 사상의 본령을 역사철학으로 이끌었다. 러시아와 유럽의 차이는 그저 서로 다르다는 '사실' 판단이 아니라, 역사적 필연성에 관한 '가치' 판단의 문제였다. 러시아가 유럽이 아니라 러시아인 까닭은 조물주의 창조의지에 속한 것이었다. 니콜라이 베르쟈예프에 의하면, 이와 같은 역사적 자의식은 러시아 민족의 독특성과 소명감, 종교적인 계시의 감정과도 겹쳐지는 데,[21] 슬라브주의자들의 공통된 정서는 역사철학이라는 '현대의 학문'을 빙자한 메시아주의에 가까웠다. 서구주의자들과 마찬가지로 그들 역시 헤겔의 세례를 받았으며, 헤겔조차도 슬라브 민족의 영광을 입증해줄 예언자였다고 믿어 의심치 않았다.[22]

러시아의 '헤겔우파'라고도 할 만한 이들을 고전적 슬라브주의, 친슬라브주의, 혹은 슬라브 애호주의라고 명명하는데, 이반 키레예프스키(1806~1856), 알렉세이 호먀코프(1804~1860), 콘스탄친 악사코프(1819~1876) 등이 그 대표자들이다. 19세기 후반의 '범슬라브주의', 즉 정치적 우익 민족주의자들과 이들을 구별해 주는 것은, 그들이 활동하던 19세기 전반이 벨린스키 등의 서구주의자들에게나 마찬가지로 '철학의 시대'였으며, 따라서 그들의 사상도 이상주의(idealism, 관념론)에 가까웠다는 사실이다. 러시아 제국의 문장인 쌍두 독수리가 그런 것처럼 슬라브주의와 서구주의는 쌍생아와 같은 운명이었다. 두 개의 머리가 하나의 몸에 공존하되 서로 다른 방향을 바라봄으로써 결코 만날 수는 없는 '비운의 형제'였던 것이다. 따라서 슬라브주의를 각식하는 일은 서구주의의 운명을 염두에 두지 않고는 불완전할 수밖에 없다. 물론, 그 역도 마찬가지다.

---

21 Nikolaj Berdjaev, *Russkaja ideja · Sud'ba Rossii*, Svarog i K, 1997(『러시아의 이념 · 러시아의 운명』), p.42.

22 슬라브주의자들 대다수가 외국 유학파였다는 사실이 이를 반증한다. 그들은 셸링과 헤겔의 독일에서 러시아의 소명을 깨우쳤으며, 서구와 정확히 대립적인 길에 러시아의 길이 있다고 주장했다. 어떤 점에서 그들은 헤겔의 진정한 러시아 제자들이었다고 할 만하다. Andrzej Walicki, *The Slavophile Controversy : History of a Conservative Utopia in Nineteenth Century Russian Thought*, Notre Dame University Press, 1989, ch.3.

5. 비서구의 은총과 러시아의 순수성 — 이반 키레예프스키

슬라브주의의 중심 이슈는 포괄적인 역사철학의 관점에서 바라본 러시아와 서유럽의 관계였다. 특히 그것은 1839년 키레예프스키의 미발표 논문 「호먀코프에게 보내는 답변」(1839)에서 정식화되었고,[23] 다시 1852년에 나온 장문의 에세이 「유럽 문명의 성격과 러시아 문명과의 관계」(1852)에서 발전된 형태로 제출된다. 그에 따르면, 유럽문명은 고대 로마의 유산, 기독교, 마지막으로 로마제국을 멸망시킨 야만성('게르만성')이라는 세 가지 요소의 복합체라 할 수 있다. 러시아가 비잔틴 문명을 수용함으로써 로마의 유산을 나눠받지 못한 것은 서구와 러시아를 갈라놓는 유감스런 사태였지만, 결과적으로 이런 '분리'는 러시아를 위해서는 새옹지마 같은 일이었다. 당장의 문명 발전의 기회는 놓쳤지만, 장기적으로는 사회에 유해한 요소와의 접촉을 끊을 수 있었기 때문이다.

로마문명은 합리주의에 기초해 있었다. 로마는 '자기 자신을 제외하곤 아무것도 인정하지 않는, 오직 자기 자신에만 의지하는 순수하고 적나라한 이성주의'의 사회였던 것이다. 합리성과 이성만을 앞세움으로써 로마는 법이라는 문명적 형식을 발달시켰지만, 사회는 법적·제도적 관계만으로 유지되지 않는다. 법을 넘어서는 생생한 인간적 유대가 존재하며, 공동체의 결속감이라는 법 이전의 정서적 연대를 더 우선시한다. 로마의 사법적 합리주의는 사회를 법적 강제 속에 묶어놓았지만, 실제로는 공동체가 가져야만 할 유기

23　Ivan Kireevskij, "Otvet A.S. Khomjakovu", *Kritika i estetika, Iskusstvo*, 1979(「호먀코프에게 보내는 답변」, 『비평과 미학』), pp.143~153.

적 통합력을 산산이 부숴버리고 말았다. 로마사회는 개인적 이해관계에 따라 활동하는 사람들의 외면적 결합체에 불과하며, 공통의 사업적 이익 외에는 어떠한 사회적 공감대도 형성하지 못했다. 국가와 보편성의 영역은 사적이고 적대적인 이해관계에 따라 분열되었고, 민중들은 국가의 울타리 안에 묶여있되 국가와 내적이고 친밀한 결속을 이루지는 못한 상태다. 이러한 이교적(異敎的) 합리주의를 계승한 현대 유럽이 서로 간에 반목을 거듭한 채, 구교와 신교, 귀족과 시민, 부르주아와 프롤레타리아로 분열되어 혼란과 갈등에 빠진 것은 어쩌면 당연한 노릇일지 모른다.

유럽이 직면한 분열은 이성에 대한 과도한 신뢰, 극한의 합리주의에서 절정에 도달했다. 그 징후가 1789년 프랑스 혁명을 낳은 계몽주의, 루드비히 포이어바흐의 인간 신격화, 막스 슈티르너의 이기적 자아 중심주의에서 여실히 드러났다. 유럽 정신의 진화는 사회의 원자화를 가속화시키고, 고립된 개인들을 엮어줄 유일한 원리는 부르주아 사회의 '계약'뿐이다. 그러나 정신적 파탄을 저지해야 할 계약의 원리는 물질만능주의로 비화함으로써 영혼의 파멸을 초래하고 만다. 그것이 서구의 현재요, 희망 없는 미래상이다.

반면 러시아는 이런 치명적인 역사를 우회하는 행운을 누렸다. 로마적 합리주의에 노출되지 않은 러시아인 대부분은 농민들로서, 그들은 자기들의 촌락에서 전통적 형태의 정서적 유대와 통합력을 잃지 않은 채 살아왔다. 러시아 농민들은 988년 기독교 수용 이전의 공동체 형태를 보존하고 있고, 여기에 기독교적 형제애가 가미된 조화로운 사회조직을 위한 터전을 간직하고 있었다. 사회의 '배운 사람들', 유럽화된 인텔리겐치야가 러시아의 미래를 유럽에서 찾을 때, 러시아의 농민들, 민중들은 자기들의 삶에서 건강한 미래의 씨앗을 품고 있었던 것이다. 유럽과는 무관히, '우리 내부에' 존속하는 이상적 공동체의 모델이 이미 존재하기 때문에, 새로운 문명사적 과제란 바로 그 '지나간 미래'를 올바로 인식하고 되살리는 데 있을 터이다. 서구주의자들의 '악질적인' 주장처럼, 과거는 내던지고 돌아서야 할 치부가 아니라 의당 되돌아가야 할 지향점이었다. 서구와 러시아의 차이가 여기에 있다. '갈 곳 없는' 그들에 비해, 러시아인들은 돌아갈 수 있는 과거가 지금-여기에 현재하고 있는 것이다.

추상적인 남다른 이성의 발전으로 인해, 그것으로부터 파생하지 않은 모든 것에 대한 신념을 잃어버린 서구인은 이제 이성의 발달 자체 때문에 자신들이 가졌던 최후의 신념, 즉 이성 만능주의라는 신념마저도 상실하게 되었다. 따라서 이제 서구인들은 관능과 상업적 이해타산이라는 반(半)가축적인 상태에 만족하거나, 혹은 추상적 이성이 극대화되기 이전에 유효했던 과거의 신념으로 돌아가는 수밖에 없다.[24]

키레예프스키에게 이성 이전의 신념, 그것은 본원적인 기독교의 이미지였고, 또한 바로 정교 신앙을 가리키는 것이었다. 왜 로마의 초대 기독교 신앙이 아닌가? 왜냐면 역사적으로 첫 번째 로마의 신앙은 두 번째 로마, 즉 비잔틴으로 '정당하게' 이전했고, 그것은 비잔틴의 멸망(1453) 이후 러시아로 '정당히' 이전했기 때문이다. 초대 교회의 순수했던 신앙은 지금 여기 러시아 정교 속에 간직되어 있기 때문이다. 러시아는 서구의 역사적 발전과정을 밟지 못한, 고대적이고 중세적인 질곡 속에 정체되어 있다는 차아다예프의 명제는, 이 지점에서 '순수성의 보존'이란 명제로 탈바꿈한다. 유럽화하지 못한,

---

24 Ivan Kireevskij, "O kharaktere prosveshchenija Evropy i o ego otnoshenii k prosveshcheniju Rossii", *Kritika i estetika*(「유럽 문명의 성격과 러시아 문명과의 관계」, 『비평과 미학』), p. 253.

문명화하지 못한 러시아는 재앙이자 저주가 아니라, 은혜이자 은총의 결과라는 역(逆)명제가 성립하게 된 것이다.

키레예프스키에게 합리주의의 해독 이전에 존재하던 순수한 신념(신앙), 공동체적 결속과 유대 등은 러시아 민중 및 정교 교회에 보존된 것이었다. 그런데 민중과 정교는 사실 한 가지로 묶을 수 없는 범주였다. 민중은 사회의 피지배층이자, 표트르의 개혁 100년이 경과하는 동안에도 극히 미미한 정도로만 문명을 경험한 계급이었다. 반면, 교회는 국가와 밀착하여 전제정과 귀족 계급의 이익을 대변하는 기관이었다. 민중과 교회는 정반대의 대립적 계급이었으며, 진정 민중의 이익을 위하고자 한다면 교회가 미온적 태도로 일관하던 농노제의 폐지에도 동의할 수 있어야 했다. 구 귀족 출신이던 키레예프스키가 지지하기엔 너무나 '급진적인' 선택지였다. 슬라브 본원의 토대로 회귀하자는 그의 주장은 말 그대로 '역사철학적'인 것이었다. 그러므로 계급적 현실의 문제에서 있어서는 일말의 양보도 없이 다음과 같이 단언하고 있다.

지나간 것을 새로운 것으로, 이미 생명을 다한 것을 살아있는 것으로 옮겨 넣는 일은, 마치 크기나 구조가 다른 데도 기계의 바퀴를 빼내 다른 기계에다 장착하는 것이나 다름없다. 그렇게 해버리면 바퀴나 기계 자체가 망가질 것임에 틀림없는 일이다. 내가 바라는 단 한 가지는, 성스러운 정교회의 가르침에 보존되어 있는 삶의 원리가 우리 사회의 모든 계층과 신분을 두루 관통하는 것이다. 그럼으로써 이 지고한 원리는 유럽적 계몽을 밀어내는 게 아니라 지배하여 충만하게 만들 것이고, 최고의 의미를 부여하여 최종적인 발전마저 이루게 할 것이다. 그리하여 우리가 고대 루시에서 보았던 존재의 전체성이 현재와 미래의 정교적 러시아에 영원히 자리잡을 것이다.[25]

러시아와 유럽의 희망으로 러시아 민중을 지목하였음에도, 키레예프스키는 자신의 민중에게 거리를 두는 데 망설임이 없었다.[26] 그는 민중이 보인 공동체에 대한 애착은 다소간 무의식적이고 관습적인 문제였기에 무작정 수용할 수는 없다고 생각했다. 러시아의 재탄생은 민중의 몽매주의를 전면화하는 게 아니라, (마치 헤겔 변증법이 정-반-합으로 지양되듯) 계명된 지식 계급(당시엔 귀족)이 기독교의 원리를 수용함으로써 달성할 수 있다고 보았다. 구원의 대상도 주체도 상층 계급에 국한된 것이었다. 그것은 위로부터의 혁명이었고, 방법론적으로는 표트르의 개혁이 그랬듯 '서구주의적'이지 않을 수 없었다.

6. 소보르노스치와 역사의 (재)통합—알렉세이 호먀코프

키레예프스키와 더불어 슬라브주의 철학의 요강을 세운 다른 한 사람은 호먀코프였다. 정연하고 확정된 교리 체계가 없던 러시아 정교에 '근대적인' 교의학적 토대를 제공하였으며, 그 유명한 '소보르노스치(sobornost, 통합, 통일)'라는 독특한 개념을 제시한 것도 호먀코프였다. 오늘날 '러시아 종교철학'을 이야기할 때 끌어오는 정교의 교리는 대부분 그가 정련한 개념들이다. 호먀코프의 지적 이력은 서구종교에 대한 키레예프스키의 비판을 이어받는 데

---

25 Kireevskij, "O kharaktere prosveshchenija Evropy i o ego otnoshenii k prosveshcheniju Rossii", *Kritika i estetika*(「유럽 문명의 성격과 러시아 문명과의 관계」, 『비평과 미학』)p.293.

26 Andrzej Walicki, *The Slavophile Controversy. History of a Conservative Utopia in Nineteenth —Century Russian Thought*, University of Notre Dame Press, 1989, p.146.

서 시작하는데, 그 뿌리에는 교회사와 인류사가 같은 근원을 갖고 있다는 인식이 있었다.

호먀코프에 따르면, 초대 교회의 율법은 완전한 통일성 속에 성립하였으며, 그 통일성은 또한 공동체 구성원들의 자유를 떠받치는 기반이기도 했다. 달리 말해, 개인들을 통합하는 집단의 법은 억압적이지 않았고, 집단과 개인은 근원적으로 통일되어 있었다는 말이다. 자유와 통일을 이어주는 끈은 기독교적 사랑이었다. 영적 사랑 안에 모인 개인들은 자유를 유지한 채 집단 속에서 하나가 된다. 슬라브주의자들이 꿈꾸던 초대 교회의 이미지는 이렇듯 개인과 집단 사이의 문제를 해소한 형태로서 제시되었는데, 이는 정확히 근대 서구 사회가 직면한 문제의식과 연결되는 것이기도 했다.

1054년 동·서 로마가 분열하였을 때, 서방교회는 동방교회로부터의 독립이라는 정치적 목적을 위해 초대 교회의 원리에 수정을 가한다. 교리의 수정은 단지 자구 몇 자가 바뀌는 데서 끝나지 않고, 전통의 단절이라는 꽤나 파국적인 결과를 낳았다. 가령 "성령은 하느님 아버지로부터만 나온다"는 문구가 "성령은 하느님 아버지와 그의 아들 예수 그리스도로부터 나온다"로 수정되고, 이로써 초대 교회로부터 전해진 신앙의 오래된 상징이 바뀌게 되었던 것이다. 인간이 이해할 만하게, 보다 합리적인 방향으로 가다듬었다는 해명이 붙었지만, 오염과 불순의 혐의는 이후 끊임없는 논쟁의 불씨를 제공했다. 인간적 이해관계와 정치적 이득에 따라 원리와 전통이 제멋대로 바뀌었다는 사실은, 제아무리 '합리적'이란 꼬리표를 달아줄지라도 본질적으로 초대 교회의 정신과는 거리가 멀어보였기 때문이다. 따라서 서구 근대의 계몽주의 정신, 즉 합리주의는 기독교 역사의 관점에서 보자면 집단과 개인 사이의 통일성을 파괴하고, 자유를 훼손시킨 원흉이라 할 수 있다.

가톨릭은 교황을 기점으로 한 위계적 권위주의를 내세웠고, 개인은 거기에 맹목적으로 복종할 것을 명령했다. 중세 유럽 제국이 가톨릭이라는 공통의 신앙을 갖고 있었다지만, 호먀코프에게 가톨릭은 '자유 없는 통일'을 의미했다. 프로테스탄티즘이라고 사정이 나아보이진 않았다. 종교개혁은 가톨릭적 권위주의에 대한 정당한 반항이었고, 집단에 대한 개인의 자유를 부르짖은 운동이었으나, 역시 서구적 합리주의의 틀에서 크게 벗어나지 못했기 때문이다. 결국 '통일 없는 자유'가 프로테스탄티즘의 귀결이었고, 서구에서 집단과 개인의 분열은 해결될 기미가 보이지 않았다. 프로테스탄트 철학자 헤겔의 후예들이 무신론과 유물론에 기울었던 게 전혀 우연한 일은 아니었던 것이다. 가톨릭이든 프로테트탄트든 서구의 신앙을 이렇게 병들게 만들고 망쳐버린 원인은 어디에 있는가? 호먀코프는 '로마'로부터 기원한 합리주의, 유럽 근대 문명의 빛나는 성취라 여겨지는 합리성이야말로 당대 서구 사회가 직면한 분열의 '원흉'이라 단언한다.

지상적인 왕국이 그리스도의 교회의 자리를 차지해 버렸다. 신 안에서 하나 되는 살아있는 통일의 법칙은 공리주의와 법적인 관계의 외양을 지닌 부분적 법칙들에 의해 밀려났다. 합리주의는 권력을 정의하는 형태로 발전했다. 그것은 죽은 자들을 위한 기도를 설명하기 위해 연옥을 발명해 냈고 신과 인간 사이에 의무와 공로의 균형을 확립했으며, 죄와 기도, 행위와 죄를 구속하기 위한 공적들을 저울에 달기 시작했고, 한 사람에게서 다른 사람에게로 공적을 이전시켰으며, 거짓된 공로들의 교환을 합법화했다. 한 마디로 말해서, 그것은 신앙의 성소에 은행의 메커니즘을 통째로 옮겨다 놓았다. (…중략…) 프로테스탄티즘의 합리주의의 원천을 찾아내는 과정에서 나는 그것이 로마의 합

리주의의 형태가 옷을 갈아입은 것임을 발견하게 되었고, 그 발전과정을 추적하지 않을 수 없었다.[27]

헤겔은 『역사철학강의』에서 역사를 절대정신이 본원적인 자유를 회복하는 과정이라고 파악했다. 세계사는 내적 자유를 되찾은 절대정신의 외적 자유가 확장되는 역사라는 것이다. 고대 노예사회에서는 대부분이 노예상태였고 단지 한 사람만이 자유로웠다. 중세엔 그 보다 많은 수가 자유를 누렸지만 여전히 많은 수가 속박된 상태에 머물러 있었다. 근대 사회, 헤겔의 시대에 이르러 모든 사람들이 자유를 누릴 수 있게 되었고, 마침내 세계사는 그 종점에 다다른 것 같았다. 하지만 호먀코프의 관점에서 본다면, 이런 자유의 역사는 곧 본래적이고 참된 통일성의 상실의 과정에 다름 아니었다. 개개인은 자유를 획득하게 되었으되, 모두를 아우르던 사랑의 일체감은 사라지고 말았다. 서구의 합리주의 정신은 외적 자유에 집착한 나머지 내적인 자유인 집단과의 통일성이 사라진 것을 깨닫지 못했다. 사정은 가톨릭이든 프로테스탄티즘이든, 자본주의든 사회주의든 마찬가지였다. 서구가 잃어버린 내적 자유의 정신, 집단과의 통일성의 원리가 '소보르노스치'였고, 그것은 동방 교회의 유산을 이어받은 러시아에 보존되어 있었다.

'통합성', '통일성', '집단성' 등으로 옮길 수 있는 소보르노스치는 헤겔 철학의 논리적이고 형식적인 추상성에 대립하는 구체성의 정신이었다. 그것은 머리를 통해 이해할 대상이 아니라, 몸소 체험하고 실천함으로써 느껴야하

---

27 Aleksej Khomjakov, "Neskol'ko slov pravoslavnogo khristianina o zapadnykh verovanijakh. Po povodu broshjury g. Loranci", *Sochinenija v 2 tomakh*, T. 2, Medium, 1994(「서구의 신앙고백에 관한 정교 기독교인의 몇 마디. 로란시 씨의 소책자에 관하여」, 『2권 선집』, 제2권), 43쪽; 알렉세이 호먀코프, 허선화 역, 『교회는 하나다 / 서구 신앙 고백에 대한 정교 그리스도인의 몇 마디』, 지만지, 101~102쪽. 번역은 원문에 의거해 약간 수정했다.

는 원리인 것이다.[28] 호먀코프에 의해 '사랑의 도덕적 힘'이라고도 표현된 이 원리는 정교의 의례와 전통 속에 남아있으며, 따라서 정교에 대한 체험적 공감대를 형성하지 못한 자에게는 전혀 납득할 만한 것이 아니었다. 이렇게 종교적 진리로서의 소보르노스치는 개념적 이해의 대상이 아니라 은총의 직관을 통해서만 도달할 만한 정신적 수준을 가리켰다. 사실 논리·개념적 이해 이전의 직관적 감성에 호소하는 이런 태도를 헤겔은 '중세적'이라 불렀던 바, 절대 정신이 '철학의 단계'인 근대로 도약하기 이전에 속한 태도를 말하는 것이었다. 호먀코프의 지향은 명백히 근대성에 대한 안티테제였던 셈이다.

재미있는 사실은 근대를 거부하며 상정된 소보르노스치의 이론이 근대성을 염두에 두지 않으면 잘 이해되지 않는다는 점이다. 반(反)서구를 내세우며 그가 갈고닦았던 정교의 교리들은 기묘하게도 당대 서구의 문제의식에 공명하고 있으며, 그 반향을 통해 구성되어 있다. 예컨대, 호먀코프는 개인들을 하나로 묶어주는 전체로서 교회를 살아있는 생명체에 비유했는데, 당대 서구에서는 사회 유기체론에 대한 논쟁이 한창 부상하던 참이었다. 또한, 호먀코프는 서구 사회와 가톨릭, 프로테스탄티즘을 '죽은 기계'로 묘사하고, 그에 반해 러시아에는 '생명력'이 숨쉬고 있음을 즐겨 언급하곤 했다. 그런데 전체로서의 생명에 관한 이미지는, 『말과 사물』에서 푸코가 지적했던 바, 19세기 서구 인식론이 도달한 근대성의 핵심적 이미지가 아니었던가? 강요나 억압이 아닌, 자발성('자유')에 따라 교회에 권위를 위임한, '사랑의 공동체'인 정교에 대한 이미지로부터 계약론의 반향을 찾는다면 억지스런 노릇일까? 반서

---

28 Khomjakov, "Neskol'ko slov pravoslavnogo khristianina o zapadnykh verovanijakh. Po povodu broshjury g. Loranci", *Sochinenija v 2 tomakh*, T. 2, Medium, 1994(「서구의 신앙고백에 관한 정교 기독교인의 몇 마디. 로란시 씨의 소책자에 관하여」, 『2권 선집』, 제2권), pp.49~50; 한국어판, 114~115쪽.

구와 반근대를 외치던 슬라브주의자들조차도 기실 근대성의 그림자를 완전히 벗어날 수 없었다. 서구와 근대 문물에 대한 슬라브주의자들의 집요한 반감은 근대성의 거울상, 혹은 역상(逆像)에 더 가까워 보인다.

『역사적 이념의 진리에 대한 연구(*Issledovanie istiny istoricheskikh idej*)』(1852)는 호먀코프의 역사 철학이 종합적으로 펼쳐진 저작이었다. 400여 쪽에 달하는 이 방대한 저술의 일부에서 그는 '이란주의'와 '쿠스주의'라 명명한 역사의 두 가지 경향을 지적한다.[29] 전자가 소보르노스치에 입각한 자유로운 창조 정신이라면 후자는 물질에 대한 맹목적인 복종심을 가리켰다. 역사는 이 두 가지 경향을 담지한 민족들의 투쟁사인 셈인데, 구약의 세계가 이란주의를 받아들였다면 그리스·로마는 주로 쿠스주의에 경도되어 있었다. 따라서 그리스와 로마의 문명적 유산을 계승한 서구가 자본주의라는 물질 만능 사회로 '타락'해 버린 것은 당연한 노릇이었다. 반면, 혼란과 파란을 겪으면서도 이란주의를 버리지 않은 동방 교회, 러시아는 인류 구원이라는 막중한 사명을 떠안게 된다. 이렇게 역사의 보편성은 서구가 아닌 러시아에 부여된다. 러시아는 창의성이 결여되고 고향없는 유랑민이자 버려진 고아로서 역사의 변경에 위치한 채 세계사에 아무런 기여를 못했다는 차아다예프의 비관주의는, 호먀코프에 이르러 러시아야말로 오래된 인류사적 원리의 담지자로서 인류의 유일한 구원자란 낙관주의로 대체되었다. 호먀코프에 의하면, 쿠스주의로브터 이란주의를 방어하고 구원의 사명을 완수하기 위해 필요한 것은 서구로부터의 나쁜 영향을 전면적으로 차단하는 데 있었다.

---

29 Khomjakov, "Kushinstvo i irakizm", *Sochinenija v 2 tomakh*, T. 1, Medium, 1994(「쿠스주의와 이란주의」, 『2권 선집』, 제1권), pp. 188~217.

7. 러시아는 러시아가 되어야 한다—콘스탄친 악사코프

고전 슬라브주의자들 가운데 비교적 후발 주자로 간주되는 콘스탄친 악사코프는 헤겔 철학의 강력한 영향을 받았다. 물론 소위 1840년대의 러시아 귀족치고 헤겔을 공부하지 않은 이가 없었지만, 슬라브주의자들 중에서 헤겔주의를 사유의 바탕으로 삼아 온전히 자신만의 역사 철학을 체계화한 이는 악사코프와 유리 사마린(Jurij Samarin, 1819~1876) 정도였다. 특히 이 둘을 '정교도 헤겔주의자'라고 부르는 바, 종교를 거의 철학의 경지로 끌어올려 사유하던 인물들이었다. 근대 러시아 종교 철학의 1세대에 끼친 헤겔의 영향력이 얼마나 막대한 것이었는지 니콜라이 베르쟈예프의 다음 논평을 주목해 보자.

슬라브주의자들은 인간의 소명에 대한 헤겔의 관념을 받아들이고, 헤겔이 독일인에게 적용했던 관념을 러시아인에게 적용하였다. 그들은 헤겔 철학의 원리를 러시아 역사에 곧장 적용했다. 악사코프는 러시아인에게는 헤겔 철학을 이해해야만 할 특별한 소명이 있다고까지 말할 지경이었다. 사마린도 정교회의 운명이 헤겔 철학의 운명에 달려있다고 생각할 정도로 헤겔의 영향은 지대한 것이었다. 다만 호먀코프만은 헤겔 철학이 정교의 사상과 양립할 수 없다고 주장하고, 사마린으로 하여금 헤겔을 포기하도록 종용했다.[30]

슬라브주의자로서 악사코프 역시 헤겔을 등지고 떠났다. 하지만 헤겔 이전의 그의 사상은 산발적이고 두서가 없었다. 악사코프가 자신의 고유한 역

---

30 Berdjaev, *Russkaja ideja · Sud'ba Rossii*, p.36.

사 철학적 관점을 지니게 된 것은 헤겔의 논리학을 흡수할 만큼 흡수한 뒤, 그로부터 이탈하고 난 다음의 일이었다.

유럽과 대조되는 러시아만의 특수한 운명을 강조한 점에서 악사코프도 여느 슬라브주의자들과 다르지 않았다. 그런데 이 충실했던 헤겔 학도는 자신의 역사관을 갖게 되자마자 사상의 본류와 결연히 선을 그었다. 즉, 러시아와 유럽은 역사의 어느 시점에서부터 갈라지기 시작한 게 아니라, 애초부터 본질적으로 다른 존재로서 간주되어야 한다는 것이다. 1840년대 전반에 작성되어 1852년에 발표된 「관습과 전승, 신앙 및 시가(詩歌)에 기반하여 고찰한 슬라브 민족 일반과 러시아인 고유의 고대적 실존에 관하여」는 바로 이런 관점에서 러시아의 기원과 독특성을 밝히려는 시도였다.[31] 예컨대 루시, 즉 최초의 러시아에 관한 (지금도 명백히 밝혀지고 있지 않은) 전설 가운데 하나는 고대의 루시인들이 자신들의 통치자를 내부에서 선출한 게 아니라 외부로부터 초청했다는 것이었다. 바이킹의 선조인 노르만 족을 영접해 자기들에 대한 지배를 청탁하였다는 것인데, 한편으로 자민족 비하적일 수 있는 이 전설에서 악사코프는 루시인들의 겸손함과 자유의지 및 평화애호의 마음을 읽어냈다. "서구 국가들은 폭력과 노예화, 적대 위에 세워졌다. 그와 반대로 러시아는 자발적 동의와 자유, 평화의 토대 위에 국가를 건설했다." 이 근본적인 차이로 인해 러시아와 서구는 물과 기름처럼, 서로 섞일 수 없는 차이 그 자체로서 변별될 수밖에 없다. 악사코프는 자신의 이와 같은 관점에 의거해 러시아 민속과 신화, 역사와 문학 등에서 러시아 고유의 것을 찾아내는 데 진력하였다.[32]

---

31 Konstantin Aksakov, "O drevnem bytie slavjan voobshche i russkikh v osobennosti na osnovanii obychaev, predanij, poverij i pesen", *Estetika i literaturnaja kritika*, Iskusstvo, 1995(「관습과 전승, 신앙 및 시가에 기반하여 고찰한 슬라브 민족 일반과 러시아인 고유의 고대적 실존에 관하여」, 『미학과 문학비평』), pp.94~104.

키레예프스키는 표트르의 개혁이 고대 러시아와 근대 러시아를 갈라놓은 역사적인 사건이라고 말했다. 호먀코프는 서구와 러시아는 서로 다른 원리를 추구함으로써 갈라졌다고 생각했다. 그들은 비록 당대의 서구 문명에 대해 강렬한 불신과 적의를 갖고 있었으나, 서구와 러시아는 인류라는 전체의 관점에서 하나로 묶을 수 있다는 보편주의적 입장을 지키고 있었다. 이들에 비해, 악사코프는 인류사라는 보편 자체를 부정하는 입장이었다. 이는 어떻게 해도 일반 원리로 환원되지 않는 특수한 민족성에 대한 문제의식을 낳았고, 당연히 고대로부터 오랫동안 지켜져 온 언어와 문학, 관습, 전통 등에 대한 관심을 촉발시킨다. 민족의 역사에 대한 악사코프의 지향은 그의 형 이반 악사코프와 함께 민중들 사이에 전승되던 시가나 노래, 민담 등을 채집하는 활동을 독려하기도 했다.

러시아적인 것을 결정하는 기준, 러시아의 '내적 진리'로서 양심과 종교, 전통, 풍습 등을 주장한 이가 악사코프만은 아니었다. 다른 슬라브주의자들 역시 민족의 정체성에 대해 고민하는 한, 동일한 자료들에 관심을 기울이곤 했다. 이에 대해 악사코프의 사상이 갖는 차이는 '대지'와 '국가'를 상호 대립적인 요소로 상정하고, 양자의 역사적 관계를 통해 러시아를 진단했다는 점이다. '대지'는 러시아 민족의 내면적 진리가 담긴 원리로서 민중의 삶 속에 깊이 녹아들어 있는 심성을 말한다. 반면 '국가'는 공동체를 조직하는 외형적이고 비인격적인 체제로서 강압과 폭력의 원칙에 의거해 있다. 양자는 대척적으로 보이지만, 의외로 별 모순 없이 공존하는 것도 가능하다. 즉 대지와

---

32 물론, 민족의 고대성과 문화적 전승에 대한 관심 자체가 서구 근대의 낭만주의적 영향임을 부정할 수는 없을 것이다. Nichoals Riasanovsky, *The Emergence of Romanticism*, Oxford University Press, 1992, pp.93~95. 결국 자기 민족의 기원에 대한 열정은 신채호 식으로 말해 비-자기로서의 타자들을 발견한 연후에야 가능하기 때문이다.

국가가 합의와 믿음에 근거해 있다면 두 원리는 충돌하지 않고도 사회생활의 기초를 다질 수 있다는 말이다. 물론, 도덕성과 신뢰에 입각한 대지의 원리가 국가를 감싸 안을 때 그렇다는 점에서, 근본에 있어서는 대지가 국가보다 더 중요할 것이다. 대지는 국가를 단지 바깥으로부터 둘러싸는 데서 끝나는 게 아니라, 국가의 여러 외적인 지절들에 고루고루 침투해 법과 제도에 의해 연결되지 않는 부분들을 매끄럽게 이어줄 수 있어야 한다. 법 없이 살 만한 세상, 제도의 빈 곳을 도덕과 양심이 보충해 주는 사회. 이른바 유기체로서 민족적 삶의 이미지가 이렇게 만들어진다.

하지만 악사코프는 러시아의 역사에서 이런 유기적이고 목가적인 대지-국가의 관계가 두 차례에 걸쳐 침해당했다고 주장한다. 두 번 모두 가해자는 국가였지만, 배반당하고 상처받은 대지는 번번이 국가에 대한 (보살핌의) 의무를 포기하지 않았다. 첫 번째 배반자는 이반 뇌제였다. 이 러시아의 첫 번째 전제군주는 폭압적 정치와 종잡을 수 없는 폭력을 통해 민중의 순진무구한 대지 위에 국가의 강철 같은 원리를 꽂았다. 가신 귀족들에게 제멋대로 땅을 분배하고 처형하기를 일삼던 뇌제의 배반은 곧 진정되었으나, 러시아사에 잊을 수 없는 굴곡을 남긴다. 두 번째 배반자는 예의 표트르 대제였다. 이른바 '근대화'란 관습과 도덕률 위에 만들어진 공동체를 근대적 관료 국가로 변신시키는 사업이자, 대지를 국가의 노예로 전락시킨 일대 비극에 다름없었다. 표트르는 필요악으로서 국가를 제1원리로 만들었고, 민중을 야만적으로 복종시켰다. 표트르는 이반보다 더욱 잔혹했는데, 왜냐면 그가 러시아의 토착적인 뿌리를 갈아엎고 러시아를 서구적 궤도 위에, '외적 진리'의 도상으로 강제로 밀어 넣었기 때문이다. 그럼으로써 이제 러시아에 유구한 '내적 진리'를 보전한 사람들은 민중밖에 남지 않게 되었다. 만일 민중들마저 내적 진리에 등을 돌린다면, 러시아의 소명은 어디서 찾아야 할 것인가?

악사코프의 결론은 다시 슬라브주의의 강령으로 돌아간다. 표트르에 의해 강제로 계몽된 귀족들, 상류사회가 토착적인 원리로 돌아가는 수밖에 없다. 러시아인은 러시아인이어야 하며, 러시아의 길, 정교도의 길, 온순하고 겸허했던 과거의 길, 내적인 진리로 회귀해야 한다는 것이다. 러시아의 미래 운명은 그런 과거로 얼마나 빨리, 얼마나 충실히 되돌아가느냐에 달려있다.

8. 서구로 향한 길과 역사의 대안 ─비사리온 벨린스키

결론으로 달려가기 전에, 슬라브주의의 '쌍생아'이자 '비운의 형제'였던 서구주의에 관해 간략히 살펴볼 필요도 있겠다. 전술하였듯, 서구를 거부하는 방식으로 은밀히 근대성을 통해 도입했던 게 슬라브주의자들이었다면, 서구에 대한 열정과 욕망을 거침없이 드러내는 방식으로 근대성의 적자임을 주장한 것은 서구주의자들이었던 까닭이다. 후자들에게 서구의 지식이란 곧 근대성 자체와 등가를 이루었고, 헤겔은 그 정상에 있던 봉우리의 이름이었다. 근대를 향한 처절한 도전에 가장 앞장섰던 이는 다른 누구보다도 19세기 전반의 문학평론가 비사리온 벨린스키(1811~1848)였으며,[33] 우리는 그를 통해 차아다

---

33 생애와 주요 활동에 대해서는 Victor Terras, *Belinskij and Russian Literary Criticism : The Heritage of Organic Aesthetics*, University of Wisconsin Press, 1974; A. Lavretskij, *Estetika Belinskogo*, Nauka, 1959(『벨린스키의 미학』)을 보라. 잡계급, 즉 중인출신이던 벨린스키는 반정부적 창작을 했다는 혐의로 모스크바 대학에서 퇴학당한 경력이 있었다. 그의 스승은 동시대 철학 분야에서

예프의 질문에 대한 서구주의적 답변의 전형적인 형태를 확인해 볼 수 있다.

1834년, 등단논문인 「문학적 공상」에서 "우리에게 문학은 없다"라는 충격적인 선언을 통해 비평 활동을 시작한 벨린스키는 18세기 초 표트르 대제에 의해 시작된 근대화 이후의 역사만이 본원적인 러시아의 역사에 속하며, 문학 역시 표트르 이후 서구에서 도입된 문학만이 진정한 문학으로 간주했다. 하지만 이 기준은 액면 그대로 적용되지 않는다. 그에 따르면 18세기 백년간의 러시아 문학은 서구적 장르양식을 베끼고 조합한 이식(移植)의 역사로서 폄하된다. 외적 형식만을 근대화했을 뿐, 러시아 민중과 삶의 고유한 정서를 담아낸 내적인 국민문학을 일구어내지 못했다는 것이다. '위대한 거인'에 의해 강제로 일으켜 세워진 서구로의 길은 사회적 규범과 국가적 제도 전반에 큰 변동을 야기했지만, 본질적인 변화는 일어나지 않은 채 일상의 외장(外裝)만 바꾸어 놓았다. 18~19세기 전환기에 대두된 사회적 문제의식, 즉 계몽된 상류층과 무지몽매에 갇힌 민중 사이의 분할은 그 가시적 징표였다.(I. 40~41)[34] 따라서 19세기 초 벨린스키가 살아가던 시대는 지난 백년의 노력에 힘입어 비로소 근대적 문학, 즉 국민문학이 꽃피어야 할 시기로서 강조되기에 이른다.

문학이 근대성을 담는 가장 중요한 형식이라는 인식은 물론 그 자체 근대적인 것이며, 전형적인 서구적 근대성의 일부를 이룬다. 근대성에 관한 그의 인식과 지향은 서구와 러시아 사이의 역사적 거리감을 통해 조성되었으며, 이 거리를 좁혀 '세계의 변방'에 자리한 러시아를 서구라는 '보편을 향한 길'

최고의 명성을 구가하던 니콜라이 나데쥬딘(Nikolaj Nadezhdin, 1804~56)이었는데, 벨린스키가 일정 정도 공식적 아카데미와의 연관성을 가졌다고 볼 수도 있다. 하지만 퇴학 이후로는 줄곧 문학잡지의 편집인이자 비평가로 일했기에 아카데미의 외부에서 활동을 했다고 보아야 한다.

34 Vissarion Belinskij, "Literaturnye mechtanija", *Polnoe sobranie sochinenij*, T.I, Nauka, 1953(「문학적 공상」, 『전집』 1권), pp.40~41.

로 진입시키려는 노력으로 규정된다. 그렇다면 서구와 보편, 근대란 벨린스키에게 무엇이었는가?

18세기 러시아에서 근대화는 서구화와 동의어였고, 서구의 지식과 관념, 제도를 적극적으로 수용하여 모방하는 과정이었다. 유럽의 북쪽 변방에 오랫동안 칩거해 있던 러시아인들은 서구라는 타자의 옷을 황급히 갈아입었으며, 국가와 사회는 유럽의 모범에 따라 신속히 변형되었다.[35] 「철학서한」의 반향으로 일단의 청년 지식인들은 서구의 길을 걷는 것만이 러시아를 역사적 지체로부터 구해내고, 무(無)역사의 변경으로부터 세계사라는 보편적 도정으로 나아가게 만드는 유일한 방법이라 간주했다. 벨린스키가 문학을 시대의 과제로 시급히 선포했던 이유는, 문학이 서구로부터 건너온 제도였으며, 근대에 관한 지식이자 이념을 대표했기 때문이다. 그러므로 "우리에게 문학은 없다"라는 벨린스키의 언명은 러시아에 아직 근대성이 도래하지 않았으며, 근대성으로서의 지식(문학과 문학비평)이 제도(국민문학)로서 정립되어야 한다는 선언이었다.

헤겔에 대한 벨린스키의 환호와 열정은 슬라브주의자들과 기묘한 짝을 이룬다. 즉 그것은 근대성에 대한 신념에 다름 아니었다. 역사는 진보를 향한 도정이라는 세계사의 공식을 제시해 주고, 이 도정에 참여함으로써 러시아는 더 이상 '역사 바깥의 고아'라는 의혹과 불안에 시달리지 않아도 된다는 치유책을 제공해 준 것은 헤겔이었다. 러시아인들에게 헤겔은 곧 서구이자 근대였고, 헤겔을 벗어난다는 것은 가까스로 올라탄 역사의 수레바퀴에서 떨어져 나가 영원한 몽매의 잠에 다시 빠지는 것을 뜻했다. 비평활동 초기에

---

35 18세기 서구화의 전반적인 양상에 대해서는 유리 로트만, 김성일 외역, 『러시아 문화에 관한 담론』 1, 2, 나남, 2011을 참고하라.

는 전제주의에 대한 사나운 비판을 통해 진보를 향한 여정을 주창하고, 이 노선에 따라 러시아 문학은 근대 문학이 되어야 한다고 역설하던 벨린스키는, 아이러니컬하게도 헤겔의 사도로서 너무나 충실히 복무했던 나머지 역사의 방향과는 거꾸로 나아가는 '오류'를 범하게 된다.

1839~40년 사이에 도달했던 테제 '현실과의 화해'는 전제주의적 현실 역시 역사적 진보의 한 과정이기에 받아들여야 한다는 판단에 따른 것이었고, 전제정치의 보수반동성마저 용인할 만한 것으로 긍정되었다. 어차피 절대정신이라는 진보의 최종적 이념에 비추어볼 때 지금 현재의 폭압적 현실도 전체 과정의 한 '계기'로서 필연적으로 통과해야 한다는 논리였다. 역사의 도정에서 현재를 규정하는 개별적 순간들은 중요하지 않다. 마찬가지로 사회 전반의 진로를 고려할 때 개인은 상대적으로 미소한 가치만을 갖는다. 모든 것은 전체의 관점에서 옹호되어야 하며, 전체에 이르는 도정에서 작은 것, 개별적인 것들의 희생은 불가피하다. 벨린스키와 그의 동료들, 즉 서구주의자들에게 '화해'는 현실에 대한 치밀한 분석과 사유의 결과가 아니라 츠상적 논리의 일방적 적용이었고, 비판적 토론을 생략한 채 도달한 무반성적인 지식이었다. 이 역시 하나의 역사철학에 기반한 지식장의 전개였던 바, 슬라브주의자들과의 지적 논쟁을 경유하며 그것은 서구주의적 전환을 필연코 경험하지 않을 수 없었다. 즉 슬라브주의자들이 그랬던 것과 마찬가지로, 서구주의자들, 특히 벨린스키는 서구와 러시아에 대한 자신의 표상들을 수정하며 새롭게 충전시키는 과정을 겪어야 했던 것이다.[36] 헤겔로 대표되는 서구와 근대,

---

36 서구주의자 벨린스키의 관점에서 러시아 지식장과 역사철학의 문제가 전개된 양상에 대해서는 최진석, 「근대 러시아 지식장과 역사철학 논쟁―서구주의 비평가의 내면적 초상으로부터」, 『Trans-Humanities』 9(2), 이화인문과학원, 2016, 37~106쪽을 보라.

러시아에 관한 일련의 지식들을 진전하는 지식장의 질서 속에 재배치하는 작업이기도 했다.

1841~43년 사이에 벌어진 벨린스키 비평의 전환을 '탈헤겔'이라 부르는데, 이는 말 그대로 논쟁과 비판을 통해 근대성의 논리를 자기화하려던 시도에 다름 아니었다. 짧은 요약 속에 우리는 두 가지 논점만을 짚어보고자 한다.

하나는 벨린스키의 지적 전환은 근대성에 대한 반명제 즉 전체에 대한 부분 및 사회에 대한 개인의 권리를 옹호하고 보전하려는 차원에서 진행되었다는 점이다. 이는 물론 서구적 근대에 대한 대립항을 이루지만, 근본적으로는 서구적 근대가 내포하고 있는 개인주의의 발전을 함축하고 있으며, 그 과정은 근대적 의미에서의 '사회의 발견'을 시사하고 있다.[37] 다른 하나는 벨린스키의 전환이 지난한 논쟁과정을 통해 근대성에 대한 지적 표상(지식)의 교정이란 절차를 밟았다는 사실이다. 서구라는 타자의 표상은 결국 근대성에 관한 지식이었던 바, 근대란 무엇인가라는 물음에 대해 러시아인들이 자신의 답변을 찾는 도정은 바로 이 지식을 수정하고 만들어가는 과정이었다. 근대성은 하나의 지적 표상이었으며, 헤겔주의든 반헤겔주의든 근대성의 이상에 대한 더욱 적합한 이미지를 찾아내 자기화하는 과정이 그 시대 지식인들의 과제였다. 따라서 서구주의-슬라브주의 논쟁의 가장 핵심적인 의미는 서구라는 타자의 표상을 러시아인들이 자신들의 언어(지식)를 통해 형성하고 수정하는 담론적 경쟁의 장을 만들었다는 점에 있다.

---

[37] 근대 담론장의 형성에 있어 사회가 '발견'되고 '구성'되는 과정이야말로 근대적 주체의 탄생과 밀접히 결부된 사건이다. 러시아와의 비교사적 관점에서, 20세기 초 한국에서 나타난 동형적 현상에 대해서는 김현주, 『사회의 발견. 식민지기 '사회'에 대한 이론과 상상, 그리고 실천』, 소명출판, 2014를 참고할 만하다.

9. 결어 – 러시아 근대 지식 공론장의 안과 밖

사회에 대한 구성적 지식으로서의 지식 공론장과 아카데미즘은 어느 정도 구별되어야 한다. 후자는 근대의 제도적 과정에서 만들어지는 '공식적' 지식을 가리키며, 제도의 규범성을 설명하고 정당화하는 현상유지적 성격을 갖는다. 반면 전자는 '비공식적' 층위에서 생성되는 지식으로서 활발한 담론적 투쟁의 무대 위에서 교환 및 유통되며, 사회의 자의식과 진로를 규정짓는 현행적 지식의 체계로 작동한다. 단, 지식의 공식성과 비공식성이라는 구별은 역사와 지리의 구체적 조건에 따라 달라지기에 일괄적으로 단정할 수는 없을 것이다. 조건이 달라진다면, 지식 공론장의 공식성과 비공식성의 관계 또한 달리지게 된다.

러시아의 경우, 19세기 초엽 공식적 아카데미의 부재 또는 기능부전이라는 상황은 서구주의-슬라브주의로 대변되는 비공식적 지식의 장이 형성되도록 촉진했고, 저널리즘적 논쟁을 경유하며 아카데미즘의 결손을 탁월하게 보충했다. 가령 톨스토이나 도스토예프스키 등이 보여주는 19세기 후반 러시아 리얼리즘 문학의 깊이와 넓이의 힘은 동시대의 전반기에 이루어진 지성사적 진폭을 고려하지 않고는 설명할 수 없는 현상이 될 것이다. 물론 문학 예술만이 아니라 무엇보다도 사상체계의 진전, 19세기 말에서 20세기 초까지 나타났던 종교철학과 유라시아주의, 메시아주의적 사유 등은 차아다예프의 질문으로부터 서구주의-슬라브주의 논쟁을 거쳐 전개된 지식장의 축적 효과에 다름 아니다. 놀랍게도, 19세기 전반에 형성된 이러한 지식장의 구조는 1917년의 대혁명 전까지 러시아적 사유의 '공인된' 틀(학풍)을 이루었다.[38] 공식적 아카데미가 제 기능을 다하지 못할 때, 비공식적 아카데미가 적극적으로 개입하여 사회의 지식구조를 구축하고 조율했던 것이다. 이는 아카데미의 '외부'로부터 아카데미 '내부'로 지적 자원을 공급하는 모형이라는 점에서 근대성의 또 다른 판본을 보여준다고 할 만하다. 그런데 '또 다른' 판본이란 점에서 러시아의 사례는 그저 근대성의 변용된 형식일 뿐일까? 궁극적으로는 원본의 진리로 귀속될 수밖에 없는?

당연한 말이지만, 대학이나 아카데미의 이데아 같은 근원이 따로 있을 수는 없을 것이다. 대학과 아카데미는 역사적 과정을 통해 구성되는 사회적 현상이며, 그것들이 속해 있는 현실의 영향관계에 깊이 관련되어 있다. 그런 점에서 대학의 이념이나 아카데미의 이상이란 특정한 역사·사회적 구조를 정당화하는 지적 봉사물일 가능성이 높다. 지식장이라는 것 역시 객관적이고 절대적인 학문의 투영체가 아니라 그것이 형성된 현실을 반영하는 제도적 투사물이기 십상인 것이다. 근대적 지식장에 관해서도 동일하게 언명할 수 있으리라. 근대적 지식의 이미지는 제도와 규범을 통해 말끔하게 정련된 형태로 제시되지만, 실제로 그러한 외양이 갖추어지기 위해서는 지식장을 둘러싼 현실적 요인들의 도전과 경쟁, 대결의 국면들이 없을 수 없다. 그것은 지식장 자체와는 외부적인, 권력과 계급, 사회적 이해관계의 다양한 투쟁을 통해 지식장 내부로 이입되는 현상이다. 근대성이란 이러한 역사·사회적인 현상의 총체에 다르지 않다. 이런 의미에서 지식장의 형성에 대한 근대 러시아의 사례야말로 지식의 근대성을 '전형적으로' 예시하는 것일지 모른다.

---

38 예컨대 문예학의 분야에서 19세기 후반의 아카데미즘은 문학의 슬라브적인 토대를 궁구하는 데 전력을 다했다. 역사시학파의 경우, 외적으로 볼 때 슬라브주의의 이념이 학제적으로 반영된 듯하지만, 실제로는 서구적 체계를 도입하면서 표제화된 국수주의의 결과였다. S. Shatalov, "Sravnitel'no-istoricheskoe literaturovedenie", *Akademicheskie shkoly v Russkom literaturovedenii*, Nauka, 1975(「비교역사 문예학」, 『러시아 문예학의 아카데미 학파들』), pp. 202~299.

참고문헌

자료

Aksakov, K., *Estetika i literaturnaja kritika*, Iskusstvo, 1995.

Belinskij, V., *Polnoe sobranie sochinenij*, T.I, Nauka, 1953.

Chaadaev, P, "Filosofskie pis′ma", *Polnoe sobranie sochinenij i izbrannye pis'ma*, Nauka, 1991.

Herzen, A, *My Past and Thoughts*, Vintage Books, 1974.

Khomjakov, A, "Neskol′ko slov pravoslavnogo khristianina o zapadnykh verovanijakh",
　　Sochinenija v 2 tomakh, T. 2, Medium, 1994.

__________,"Issledovanie istint istoricheskikh idej", T. 1, *Sochinenija v 2 tomakh*, T. 2,
　　Medium, 1994.

Kireevskij, I., *Kritika i estetika*, Iskusstvo, 1979.

논저

오두영, 「19세기 초 모스크바 대학의 외국인 교수들」, 『인문과학연구』 47, 2015.

최진석, 「근대 러시아 지식장과 역사철학 논쟁－서구주의 비평가의 내면적 초상으로부터」,
　　『Trans－Humanities』 9(2), 2016.

그룬트만, H, 이광주 역, 『중세대학의 기원』, 탐구당, 1976.

김덕영, 『논쟁의 역사를 통해 본 사회학』, 한울아카데미, 2003.

김현주, 『사회의 발견. 식민지기 '사회'에 대한 이론과 상상, 그리고 실천』, 소명출판, 2013.

로트만, J, 김성일 외역, 『러시아 문화에 관한 담론』 1-2, 나남, 2011.

블루어, D, 김경만 역, 『지식과 사회의 상』, 한길사, 2000.

알튀세르, L, 김웅권 역, 『재생산에 대하여』, 동문선, 2007.

야스퍼스, Karl, 민준기 역, 『대학의 이념』, 서문당, 1996.

앤더슨, B, 윤형숙 역, 『상상의 공동체』, 나남출판, 2002.

이효덕, 박성관 역, 『표상공간의 근대』, 소명출판, 2001.

진재교 외, 『문예공론장의 형성과 동아시아』, 성균관대 출판부, 2008.

푸코, M, 이규현 역, 『말과 사물』, 민음사, 2012.

피퍼, J, 박영도 역, 『철학과 아카데미아』, 종로서적, 1987.

하버마스, J, 한승완 역, 『공론장의 구조변동』, 나남출판, 2001.

헬트, K, 최상안 역, 『그리스·로마 철학기행』, 백의, 2000.

카스토리아디스, C, 양운덕 역, 『사회의 상상적 제도』 1, 문예출판사, 1994.

Andreev, A., *Russkie studenty v nemetskikh universitetakh XVIII − pervoj poloviny XIX veka*, Znak, 2005.

__________, *Moskovskij universitet v obshchestvennoj i kul'turnoj zhizni Rossii nachala XIX veka*, Jazyki Russkoj Kul'tury, 2000.

Berdjaev, N., *Russkaja ideja · Sud'ba Rossii*, Svarog i K, 1997.

Berger, P. & Luckmann, Th., *The Social Construction of Reality. A Treatise in the Sociology of Knowledge*, Penguin Books, 1991.

Brown, E, *Stankevich and His Moscow Circle 1830~1840*, Stanford University Press, 1966.

Hohendahl, P, *The Institution of Criticism*, Cornell University Press, 1982.

Lavretskij, A., *Estetika Belinskogo*, Nauka, 1959.

Lincoln, B., *Nicholas I. Emperor and Autocrat of All the Russians*, Northern Illinois University Press, 1989.

Shatalov, S., "Sravnitel'no−istoricheskoe literaturovedenie", *Akademicheskie shkoly v Russkom literaturovedenii*, Nauka, 1975.

Terras, V., *Belinskij and Russian Literary Criticism : The Heritage of Organic Aesthetics*, University of Wisconsin Press, 1974.

Walicki, A., *The Slavophile Controversy : History of a Conservative Utopia in Nineteenth Century Russian Thought*, Notre Dame University Press, 1989.

宗教, 國家, 그리고 지역주민

道院과 世界紅卍字會를 중심으로, 1932~1949

채준형

국가와 종교의 관계를 생각할 때 우리는 제도화 된 종교와 국가 사이의 관계에만 집중하는 경향이 있다. 세속화에 대한 논의나 사회 분화에 대한 논의 역시 제도화 된 종교와 국가의 관계에 주로 초점이 맞춰져 있다. 그러나 이 논문의 목적은 지역 사회의 일반 시민의 태도가 종교과 국가의 상호 작용을 위한 場을 마련하는 데 중요한 변수였음을 주장하고자 하는 데 있다. 크리스트교가 종교계를 압도하고 있던 근대 서구 사회와는 달리, 근대 중국에서는 다양한 고유의 종교 전통은 물론, 전세계로 확장하고 있던 그리스도교 (특히 개신교)와 식민주의의 영향을 크게 받은 신흥 종교운동이 종교 지형을 더욱 복잡한 것으로 만들었다. 이 논문은 의화단 운동 이후 중국 산동성에서 자라난 보편주의적 성격을 강하게 가지고 있었던 신흥 종교 단체의 사례를 가지고 근대 중국의 정교(政敎) 관계의 일면을 살펴보는 데 있다. 특히 지역 사회의 일반인들의 생활과 그들의 신흥 종교 단체에 대한 여론을 근대 중국의 정교 관계 대한 논의 속으로 끌어들이기 위한 시도는 기존 연구에서 찾아보기 힘들다. 필자는 우리가 어떻게 지역 사회의 일반인들과 그들의 여론을 어떻게 근대 중국의 정교관계 속에 투영해 낼 것인가 하는 문제를 만국기(民國期) 의 대표적인 신흥 종교 단체였던 도원(道院)과 도원(道院)의 자선 조직이었던 세계홍만자회(世界紅卍字會)의 사례를 통해 다루어 보고자 한다.[1] 그리하여 이 논문에서는 종교 단체와 지역민들 사이의 상충하는 이해 관계가 이 양자(兩者) 사이에 균열을 일으켰고, 이 균열은 국가 권력이 좀 더 쉽게 침투할 수 있는 조건을 만들었다고 주장할 것이다.

이 논문은 크게 두 부분으로 나눌 수 있다. 첫 번째 부분은 신흥 종교 단체였던 도원에 대한 국가 권력의 양면성을 만주국의 제국주의 일본 그리고 국

---

1 도원과 세계홍만자회에 대해서는 최근에 출판된 근대 중국의 종교와 정치권력에 관계된 비중있는 연구 성과에 모두 조금씩 언급은 되어 있지만, 정교관계의 틀 속에서 도원이나 세계홍만자회의 사례만을 연구한 전저는 아직 출판되지 않았다고 해도 무방하다. 만주국 건국의 이데올로기와 새로운 동양문명의 창출을 위한 사회 운동으로서의 구세 집단(redemptive societies)을 분석한 프라센지트 두아라의 연구(Prasenjit Duara, *Sovereignty and Authenticity : Manchukuo and the East Asian Modern,* Rowman & Littlefield Publishers, 2003)와 국민당 정권의 국가 건설 프로젝트 과정에서의 종교성 동원에 관한 레베카 네도스텁의 최근 연구(Rebeca Nedostup, *Superstitious Regimes : Religion and Politics of Chinese Modernity*, Harvard University Asia Center, 2009)는 1920~30년대 정교관계의 기본적인 구도를 살펴보는데 매우 유용하다. 이론적으로는 David Palmer의 최근 논문(David Palmer, "Chinese Redemptive Societies and Salvationist Religion : Historical Phenomenon or Sociological Category?", *Minsu quyi* 民俗曲藝 172, 2011, pp. 21~72)과 세속화 이론의 틀 속에서 중국 종교에 대한 논의를 요령있게 정리한 Michael Szonyi의 논문도 (Michael Szonyi, "Secularization Theories and the Study of Chinese Religions", *Social Compass*, 2009, pp.312~327) 논지를 발전시키는데 도움이 되었다. 국내의 대표적인 연구로는 유장근의 연구가 있다. 특히 『중국근현대사연구』에 발표된 두 편의 논문이 주목된다. 2008년의 논문은 도원과 홍만자회의 초기 발전을 '院會道慈一體論'이라는 넓은 틀에서의 논의하고 있으며, 2015년의 논문은 1940년대 말 1950년대 초 상하이 지역을 배경으로 홍만자회가 어떻게 새로이 건설된 중화인민공화국 체제 내에서 생존을 도모해 나갔는지를 상하이 지역 당안자료를 활용하여 그려내고 있다(유장근, 「1920~30년대초 紅卍字會의 發展樣相과 그 性格」, 『중국근현대사연구』 39집, 중국근현대사학회, 2008.9, 79~106쪽; 유장근, 「중화인민공화국 성립 직후 상하이 지역 홍만자회의 신국가체제 적응문제」, 『중국근현대사연구』 66집, 중국근현대사학회, 2015, 109~144쪽).

민정부의 사례를 통해 살펴보고자 한다. 두 번째 부분에서는 1940년대 칭다오 시에서 벌어진 세계홍만자회와 지역민들 사이에서 벌어진 갈등을 통해 전쟁으로 악화된 사회적 조건으로 인해 벌어진 지역 주민과 종교자선단체 사이에 이해관계 충돌의 양상을 보일 것이다. 주지하다시피 도원은 1916년경 산동성(山東省) 빈현(濱縣) (현재의 산동성 빈주시)에서 시작된 작은 부계(扶乩) 신앙 조직에 그 기원을 두고 있다.[2] 1920년대를 통해 크게 성장한 도원은 1928년 국민정부로부터 미신 조직이라는 혐의 받아 단속의 대상이 되었고[3] 1920년대 말부터 국민정부에서는 監督慈善團體法(1929) 神祠存廢標準(1930) 등을 제정하고, 1932년 미신 타파 운동을 전개하면서, 도원 신자들은 신앙생활에 위기를 맞이하게 된다.

1. 공공선(公共善)에 대한 종교적 헌신
－제국주의 일본과 世界紅卍字會

1931년 만주사변과 만주국의 건국은 정치적 중립을 유지하고자 했던 세계홍만자회의 노력에 심각한 도전을 야기하였다. 제국주의 일본과 그 괴뢰였던 만주국은 동북 각 성에 흩어져 있던 도원과 세계홍만자회 조직을 그들의 국가 만들기 프로젝트의 정치적 파트너로 삼았다. 코마고메 타케시[駒込

---

2   酒井忠夫,『近現代中國における宗教結社の硏究』, 國書刊行會, 2002, 155~164쪽.
3   中國第二歷史檔案館 編,『中華民國史檔案資料匯編』第五輯 文化(一), 江蘇古籍出版社, 491~492쪽.

武]가 지적했듯이 만주의 홍창회나 청방 조직은 비밀 결사인채로 그대로 남아 있었지만 만국도덕회(萬國道德會)와 세계홍만자회와 같은 조직들은 국가의 비호 아래 "종교교화단체(宗敎敎化團體)"로 성장할 수 있었다.[4] 손강(孫江)의 만주국 종교결사에 대한 보다 상세한 연구 역시 코마고메[駒込]와 궤를 같이 하고 있는데, 그는 종교결사의 통합이 신생 만주국 정권에게 있어서는 정권 안정에 있어 필수적인 요소였음을 주장하면서 세계홍만자회가 만주국의 지역 사회 통제에 일정정도 기여하였다고 보았다.[5] 필자는 駒込와 孫의 만주국의 종교 교화 단체에 대한 일반적인 진술에 대체로 동의한다. 하지만 동시에 이들의 주장은 만주국 기층 단위에서의 상황에 대한 상세한 고찰을 결여하고 있으며, 내부에서 일어나고 있던 종교교화단체와 제국주의 일본 당국 사이의 미묘한 긴장관계를 보여주는 데는 부족함이 있다는 점 역시 지적하지 않을 수 없다. 이하에서는 세계홍만자회로 대표되는 종교교화단체를 둘러싼 일본 측 民과 官 사이의 상충하는 태도를 살펴봄으로써 이 미묘한 긴장관계를 포착해내고자 한다.

종교적 자선 단체를 지배뿐만 아니라 동양 문명의 개조를 위해 이용해야 한다는 생각은 다치바나 시라키와 같은 일본의 '중국 전문가'들에 의해 본격적으로 제시되었다. 잘 알려진 바와 같이 1930~40년대를 관통하는 시기에 다치바나는 일련의 강력한 논조의 논설을 통해 새로운 만주의 미래, 중국의 개혁, 그리고 궁극적으로는 동아시아 신문명 건설에 대한 나름의 비전을 제시했다. 그는 일본의 만주 침략과 일본의 힘에 의한 중국 농촌 사회의 개혁에

4　駒込武,『植民地帝國日本と文化統合』, 岩波書店, 1996, 264~268쪽.
5　孫江,「宗敎結社, 權力と植民地支配—'滿州國'における宗敎結社の統合」,『日本研究』24, 2002, 163~199쪽.

문명화라는 의미를 부여하였다. 그는 일본이 만주에 진출한 이유는 농경에 기반한 동양 문명을 제국주의 또는 사회주의에 기반한 서구의 산업 문명의 위협으로부터 지키기 위한 것이었다고 강변하였다. 동양 문명을 서구의 위협으로부터 지키기 위한 하나의 방편으로 그는 광대한 중국의 농촌 사회를 자본주의에 기반한 것도 아니고, 사회주의에 기반한 것도 아닌 또 다른 형태의 사회로 변화시킬 것을 주장하였다.[6] 이를 위해서 그는 대규모의 농민 운동을 제창하였다. 그의 아이디어 — 구체적인 방안은 결여했지만 — 에 의하면, 이 운동은 대중의 정치적 지지를 얻기 위한 난민 구제로부터 출발하여야 하며, 세계홍만자회, 화양의 진회, 기독교 — 특히 가톨릭교회, 이교(理敎), 그리고 이슬람교 같은 종교 조직들이 주축이 될 수 있었다.[7]

다치바나가 새로운 문명 건설의 위한 중국 농촌의 개혁에 세계홍만자회가 전위 조직이 될 수 있다고 주장한 것처럼, 일본 본토에서 세계홍만자회의 활동을 성원하던 민간인 후원자들 역시 도원의 교리와 황도가 동일한 목표 즉 개인의 공공선에 대한 헌신을 지향하고 있다고 보았다. 즉 신도의 "유신의 대도(惟神의 大道[かんながらのみち])"가 도원 교리 상의 "도"와 영적, 주술적 연관성을 갖는다고 보았다.

폐하는 祭政一致의 皇道를 실천하시게 되고, 신하는 제정일치의 皇民道를 실천한다. 이것이 바로 祭政一致의 惟神의 大道이다. 따라서 제정일치는 폐하 한 사람만이 정치를 펼치는 것이 아니라 일반적인 사회제도는 물론 아래로는 만민 각 개개인의 생활에 이르기까지 모두 제정일치가 되지 않으면 안 된다. 그

---

6   橘樸, 「華北鄉村自治運動建設私案」, 『橘樸著作集 第2卷 大陸政策批判』, 勁草書房, 1966, 444쪽.
7   橘樸, 「日華事変収束の諸條件」, 『橘樸著作集 第2卷 大陸政策批判』, 勁草書房, 1966, 476쪽.

리하여 이 근본적인 대도를 범주로 하여 이 범주와 저촉되지 않는 모든 학문, 기술, 사상, 신앙을 섭취, 동화하여 시종일관 장점은 취하고 단점은 보충하면서 오늘날에 이르렀다. 마치 생물이 잡다한 내용을 섭취, 동화하여 신진대사를 하면서도 그 각각의 개성을 잃지 않을 뿐만 아니라 더 나아가서는 본래의 독자성을 발전, 생장시키는 것과 같다. (…중략…) 惟神의 大道에 저촉하는 유일한 毒物的인 생활법은 근원에 존재하는 생명의 원리를 부정하는 唯物論的 생활법이다. 이에 반해, 종교를 배경으로 하는 생활법은 그것이 무엇이던 간에 惟神의 大道와 반드시 합치되게 되어 있다. 최근 만주와 중국 각지에서 묵묵히 신앙적 자선사업을 수행하고 있는 도원홍만자회의 생활법은 실로 유신의 대도에 가장 근접한 생활법이라고 생각된다. 즉 그들은 한편으로는 유물론적 생활법을 부정하는 동시에, 다른 한편으로는 어느 한 종교, 어느 한 종파에 치우치지 않고, 모든 종교의 참된 생명을 파악하는 동시에 이를 실생활에 표현하고자 노력하고 있다. 즉 그들의 소위 內修外慈 또는 內修外功으로 일컬어지는 독자적인 생활법은 우리의 惟神의 大道에 있어서의 전체주의적 제정일치의 생활법의 개인적인 기초의 형태와 구조를 만들어 내는 것과 같다고 생각된다. 어찌되었건 內修外慈의 신앙적 생활법이 만주와 중국 전체에 유행하는 데 이르는 경우에는 이는 동아시아에서 皇道의 장기 건설에 대해 공헌하는 바가 적지 않을 것으로 생각된다.[8]

식민지 본국의 세계홍만자회 후원자들은 제국의 신민이 되기 위해 실천해야 할 종교성이 도원의 종교성과 일맥상통하는 바가 있다고 주장한다. 이 종

---

8   世界紅卍字會 後援會, 『長期建設と世界紅卍字會の活動』, 世界紅卍字會 後援會, 1939, 1~2쪽.

교성은 개인 일상생활의 "형태와 구조"를 만들어 내는, 즉 황민이라고 하는 주체를 주조해 내는 틀로 작동할 것이었다. 그리하여 이들 종교적 주체들은 만주, 화북, 중국 그리고 더 나아가 동양 문명을 새로운─자본주의에 기반한 것도 아니고 사회주의에 기반한 것도 아닌 문명으로 재탄생시키는 역할을 감당해 내야 한다는 것이다. 다치바나와 본국의 홍만자회 후원자들은 구제 사업에 대한 헌신적인 태도, 신도의 '유신(惟神)의 대도(大道)'와 도원의 초월적 교리, 그리고 생활 양식의 종교적 유사성에 주목하여 도원과 세계홍만자회가 동아시아에서 황도(皇道)의 실현을 위한 조직이 될 수 있다고 주장했다. 그러나 이러한 주장들이 제국 정부 내의 정책 담당자들에게 받아들여져 실천가능한 구체적인 정책이 되어 만주국의 경영이나 제국의 對 중국 정책에 효과적으로 적용되었는지는 매우 불확실하다. 제국주의 일본의 관료와 군 지도자들은 만주국을 세운 이후에도 전과 다름없이 세계홍만자회를 지역 사회 안정을 위한 정치적 파트너로 얼마만큼 신뢰할 수 있는냐에 대해서 여전히 회의하고 있었다.

1929년 안동(安東) (현 丹東)의 일본 영사 오카타 켄이치 (岡田兼一, 1882~1960)는 조선총독부 경무총감 아사리 사부로(淺利三郎, 1882~1966)에게 보내는 장문의 비밀 보고서에서 세계홍만자회 안동분회의 정치적 동향을 상세하게 언급하고 있다. 하지만 오카타는 조선총독부를 비롯한 일본 당국에게 "세계홍만자회 안동분회에는 지역 사회 각계의 영향력 있는 인사들이 참여하고 있기 때문에 주의를 기울여야 할 것"이라고 건의하고 있다. 그는 안동분회가 안동 지역의 반일 감정을 자극할 수 있는 구심점 역할을 할 수 있을 것이라는 사실에 주목해야 한다고 덧붙였다. 그가 가장 걱정했던 것은 안동분회의의 회장이었던 왕소동(＝王建極, 1864~1937)의 반일 성향이었다. 왕은 동변실업은행을 설립하여 인적, 물적 자원을 동원할 수 있었던 지역사회의 영향력 있던 실업가였을 뿐만 아니라, 안동 지역 사회 "반일의 거두"라고 일컬어지고 있었기 때문이었다. 그럼에도 불구하고 세계홍만자회 안동지회가 지역 사회의 사상 단체, 제국주의 일본이 가장 신경을 쓰고 있었던 안동 주변의 공산당 세포들과 연결되어 있다고 이야기 할 수 있는 결정적 증거는 없었던 것으로 보인다. 또한 안동지회는 이 지역의 반제항일 운동과도 일정한 거리를 유지하고 있었다.[9]

사실 만주사변 이후 둥베이 지역의 세계홍만자회 분회들에 대한 일제 당국의 정치적 공작은 일견 성공적인 것으로 보였다. 그러나 만주국의 국가 만들기 프로젝트에 동원된 둥베이의 세계홍만자회 상황은 둥베이을 제외한 다른 지역의 세계홍만자회에게는 당혹스러운 사건이었다. 왜냐하면 세계홍만자회는 항상 자신들의 활동이 정치적 목적을 가지고 있지 않은 순수한 자선 행위라고 주장해 왔기 때문이었다. 둥베이 방면의 분회들이 제국주의 일본과 협력하여 만주국 국가 건설에 참여하고 있는 한, 더 이상 순수한 동기를 가진 자선단체라고 주장하기 어려워졌을 뿐만 아니라 친일 단체라는 비난도 감수해야 하는 처지가 되었다. 1920년대에 도원의 신도들은 자신들의 신앙을 국경을 초월하고 인종을 초월한 보편적 세계 종교로 키워 나갈 수 있을 것으로 믿었다. 그러나 강화되는 국가 권력들이 만들어 낸 국민 국가들 사이 경계선은 도원 신도들의 희망을 점점 더 실현하기 어려운 것으로 만들어 갔다. 이는 세계홍만자회 전체의 결속을 저해하는 요인으로도 작용하였다. 만주사

---

9   Japan Center for Asian Historical Record (JACAR), 在安東 領事 岡田兼一, 「道院內容調査ノ件」, 『各國ニ於ケル宗教及布教關係雜件－紅卍字會關係 分割一』, 1928.12.12, image no. 12～13 (Ref : B04012549200)

변 직후 둥베이의 분회들과 내지의 다른 분회들 사이에서 벌어졌던 갈등은 조직의 결속이 약화되는 과정을 잘 보여준다.

1931년 둥베이의 수많은 신문사들이 경영난에 봉착했지만 유독 세계홍만자회에서 발행하는 신문사만은 별다른 어려움 없이 운영을 계속 하고 있었다. 이에 대해 여론은 친일의 대가로 둥베이지역 신문시장에서 다른 경쟁자들과는 다른 대접을 받는 것이라고 의심하였다. 대부분의 둥베이의 분회들이 제국주의 일본의 만주 침략에 대해 언급하는 것을 극도로 꺼리고 있어서 그들이 이러한 여론에 어떻게 대응했는지를 일반화 하기는 어렵다. 그러나 세계홍만자회 영구분회(營口分會)의 회원들은 대담하게도 세계홍만자회가 운영하는 신문사의 논조가 정치적으로 "편파적이 않기" 때문이라고 주장했다. 세계홍만자회 분회들은 분회 사이의 교류를 위하여 자신들이 발간한 출판물들을 서로 교환하기도 하였는데, 만주사변 직후 산시성[陝西省] 북부의 세계홍만자회 분회에서 보낸 섬북만자특간을 받아 보게 된 영구분회는 이 간행물에 쓰여진 "僞國", "叛逆"과 같은 단어에 신경질적인 반응을 나타냈다. 이러한 단어들이 "관내에서는 문제가 되지 않겠지만 관외에서는 이러한 단어의 사용이 큰 문제를 야기할 수 있다"고 불평하였다. 나아가 이러한 단어들이 쓰인 출판물들이 세계홍만자회 조직을 통해 만주에서 유통된다면 세계홍만자회의 정치적 중립성에 심각한 의문이 제기될 수 있을 것이고 당국의 조사라는 난처한 상황을 맞이할 것이라고 주장하였다. 그리고 이는 곧 세계홍만자회가 운영하는 신문의 "신뢰성"에 심각한 손상을 가져올 것이었다. 만약 "(關內의) 세계홍만자회 출판물들이 각 지역의 상황을 고려치 않고 함부로 이러한 용어를 계속해서 사용한다면 분회들 간의 교류를 잠시 중단하여야 할 것"이라고 경고하였다.[10]

영구분회 회원들의 특정한 용어 사용에 대한 신경질적인 반응은 세계홍만자회의 지역분회들이 속한 지역의 정치적 현실에 극도로 민감했었다는 사실을 보여 준다. 그렇다고 해서 만주국에서 활동하고 있던 세계홍만자회의 분회들이 만주국 당국의 전폭적인 신뢰를 얻고 있었던 것도 아니었다. 만주국 각 지역으로 파견된 현장의 일본 외교관, 관료들은 세계홍만자회가 지역 사회의 중국인 주민들을 통제하는데 효과적으로 이용할 수 있는 정치적 파트너가 될 수 있는지에 대해 여전히 회의적이었다. 예를 들면 정가둔(鄭家屯) (현 길림성 雙遼市) 주재 일본 영사관의 부영사였던 이시츠카 쿠니키 (石塚邦器, ?~?)는 동북의 세계홍만자회 조직과 내지의 조직이 각각 다른 조직으로 갈라 선 것에 대해 일종의 "위장"에 불과하다고 주장하였다.

많은 사람들이 만주국의 세계홍만자회는 이제 北平의 세계홍만자회 중화총회의 통제에서 벗어났다고 이야기한다. 그리하여 만주국 세계홍만자회의 활동이 이제는 만주국의 이익을 위한 독자적인 결정에 바탕을 두고 이루어지기 시작했다고 믿고 있다. 그러나 이는 단순한 위장에 불과하다. 만주국에서 활동하고 있는 세계홍만자회 분회들은 아직도 (북평의) 세계홍만자회 중화총회와 내부적으로 밀접한 관계를 유지하고 있는 것으로 보인다. 만주국 지방 관리들에 따르면 아직도 세계홍만자회의 많은 회원들이 종교에는 국경이 없다는 말도 안 되는 이야기를 하고 다닌다고 한다. 우리들로서는 그들이 종교의 가면 뒤에 숨어 上海나 北平에 있는 다른 세계홍만자회 회원들과 연락을 취하면서 중국의 민족 감정을 부추기는 것과 같은 음모를 꾸며내고 있을 것이

---

10   上海市 檔案館, 「世界紅卍字會中華總會致東南主會上海辨事處函」, 世界紅卍字會 中華總會, 1932. 7. 12. (Q120-4-122)

라는 사실을 어렵지 않게 알 수 있다.[11]

　제국주의 일본과 만주국이 국가 만들기 작업에 세계홍만자회를 동원하기는 했지만, 기층에서 활동하고 있던 관리들 사이에서는 여전히 세계홍만자회를 중국 국민정부와 만주국 사이에서 줄타기를 하면서 여차하면 만주국의 중국계 시민들 사이에서 민족주의를 부추기는 잠재적 위협 세력으로 인식하는 시각도 존재했던 것이다. 이러한 시각은 전간기 만주국뿐만 아니라 중일전쟁 발발 후 화북 대도시 주재 일본 관원들 사이에서 공유되고 있었는데, 만에 하나 그와 같은 일이 벌어지게 된다면 점령지의 선무공작에 커다란 걸림돌이 될 것이었다.[12]

　제국 본국의 고위 당국은 세계홍만자회를 화북 선무공작의 전위 단체로 이용해야 한다는 민간인들의 주장과 끊임없이 올라오는 이시즈카와 같이 현지에 파견된 하급 관료들의 우려의 목소리 사이에서 고민했을 것이다. 1938년 말 외무대신 아리타 하치로(有田八郎, 1884~1965)는 '문화사업'의 일환으로 제국 본국인들이 조직한 세계홍만자회 후원회에 5,000엔의 예산 지원을 승인하였다.[13] 적극적 지원이라고는 볼 수 없는 규모였다. 이는 제국 본국의 세계홍만자회 후원회에 대한 지원만을 의미하는 것으로, 현지의 세계홍만자회 또는 다른 종교적 주체에 대한 대응은 중국 본토에 파견된 현지의 군정사

11　JACAR, 在鄭家屯 領事代理 石塚邦器,「紅卍字會ノ動向關スル件」,『各國ニ於ケル宗教及布教關係雜件－紅卍字會關係 分割二』, 1934, image no.132~133(Ref : B04012549300)

12　JACAR, 在天津 總領事 田代重德,「電信 第六八七號」,『紅卍字會助成 自昭和十三年六月 分割一』, 1938.7.1, image no.87(Ref : B05015858700); 在濟南 總領事 有野學任,「電信 第五二二號ノ二」,『紅卍字會助成 自昭和十三年六月 分割一』, 1938, image no.90(Ref : B05015858700)

13　JACAR, 外務省 文化事業部長,「世界紅卍字會後援會助成金交付ニ關スル件」,『紅卍字會助成 自昭和十三年六月 分割二』, 1938, image no.156~157(Ref : B05015858700)

령관, 특무기관장, 선무공작조들의 자율적 판단에 따르는 것으로 하겠다는 제국 정부의 입장을 반영한 것이라고 할 수 있다.

2. 상충하는 의견들 – 지배와 여론

1931년 만주사변 이후 도원과 세계홍만자회의 정치적 입지는 한층 더 혼란스러워졌다. 이미 1920년대 말부터 일본의 신흥 종교인 대본교(大本敎)와 밀접한 관계를 맺기 시작했던 도원과 세계홍만자회는 1929년에 두 차례에 걸쳐 대규모 사절단을 일본에 보내 데구치 오니사부로(出口王仁三郞, 1871~1948)를 비롯한 대본교의 지도부와 교류하였다. 그 결과 자선조직을 가지고 있지 않았던 대본교는 도원의 영향을 받아 인류애선회라는 자선 조직을 자체적으로 설립하게 된다.[14] 세계홍만자회는 항상 그들의 활동이 정치적인 의도가 없는 순수한 자선활동이라고 주장했지만 점증하는 민족주의의 열기 속에서 도원과 대본교와의 일련의 교류와 협력은 중국 측 관민의 의심을 피할 수 없었다. 도원과 세계홍만자회는 '세계'를 지향하고 인종과 국경이라는 경계의 초월을 끊임없이 의식했지만, 실제로 서로 충돌하는 국가들이 만들어 놓은 국경을 초월하지는 못했다.

국민정부의 도원 및 세계홍만자회에 대한 태도는 앞서 논의한 제국 일본

---

14 Nancy Stalker, *Prophet Motive : Deguchi Onisaburō, Oomoto, and the Rise of New Religions in Imperial Japan*, University of Hawaii Press, 2007, pp.162~167.

의 그것과 별반 다르지 않았다. 잘 알려진 대로 국민정부는 이미 1928년에 도원을 '미신기관'으로 규정하여 이들의 활동을 금지시킨 바 있다. 문제는 이들이 동북뿐만 아니라, 화북, 화중 일대의 구제사업에 기여하는 바가 적지 않았다는 사실이었다.[15] 국민정부가 맞닥뜨린 과제는 어떻게 도원의 종교적 행위와 자선 행위를 분리하여 적절히 관리하느냐 하는 것이었다. 1936년 12월 말 강소성의 국민당 당부는 국민당 중앙의 민중훈련부에 다음과 같이 보고하였다.

> 세계홍만자회 崇明分會에서는 扶乩를 위해 제단을 만들었습니다. 숭명분회의 회원들은 겉으로는 자선 구제사업을 한다고 주장합니다. 그러나 이들은 비밀리에 미신행위를 일삼으며 이를 통해 지역 주민들로부터 금품을 갈취하고 심지어 괴뢰국과 자주 왕래하고 있습니다. 崇明縣의 당 위원회에서 제출한 비밀 보고서에서는 "많은 수의 쓸모없는 무리들이 종교 자선의 가면을 쓰고, '장강 유역 다섯 개 省 연합 평화 기원 기도회'를 조직하면서 이 지역에서 영향력을 키워가고 있습니다. 그들은 또 旭日昇天旗를 걸어 놓기도 했습니다. (이러한) 동기를 고려할 때 적절하지 않은 행동을 하고 있다고 생각됩니다. 조치를 취해 주시기 바랍니다"라고 하였습니다.[16]

행정원은 강소성 당부의 보고서를 각지의 지방 정부에 비밀리에 배포하고, 이 사건을 검토하기 시작했다. 제국주의 일본과의 긴장이 고조되고 있는 상황이었기 때문에, 국민정부로서는 인적 물적 자원을 동원할 수 있는 또 다

---

15 高鵬程, 『紅卍字會及其社會救助事業研究(1922~1949)』, 合肥工業大學出版社, 2011, 157~210쪽.
16 靑島市 檔案館, 行政院, 「行政院密令—抄江蘇省黨部原呈」, 1936. 12. 24. (B22-1-142)

른 행위자가 중화민국의 심장부 코앞에서 임박한 전쟁의 상대와의 협력과 평화를 기원하는 것은 용납할 수 없는 일이었다.

행정원이 조사에 나섰다는 소식을 전해들은 세계홍만자회 중화총회는 자체적으로 조사를 벌이고 그 결과를 행정원에 설명하였다. 중화총회에 따르면, 강소성 당부의 요원들은 숭명현에서 미심쩍은 행동을 벌이고 있는 "간악한" 조직의 정체와 세계홍만자회 숭명분회를 혼동했다. 숭명현에서 포착된 조직은 "중국홍만자회"로서 당지의 일부 간악한 무리들이 '홍만자회'라는 이름을 무단으로 취해서 이 조직을 만들었고, 세계홍만자회와는 아무런 관련이 없었다. 그럼에도 불구하고 현지의 당원들이 보고서에 세계홍만자회라고 아무렇게나 써 넣어 버리는 바람에 강소성 당부뿐만 아니라 행정원까지도 이들의 정체를 제대로 파악할 수 없었다는 설명이었다.[17]

액면 그대로는 믿기 어려운 세계홍만자회 중화총회의 해명을 행정원에서 어떻게 받아들였는지 정확히 알려주는 사료는 없다. 그러나 이 사례는 중일전쟁(1937~1945)을 앞두고 세계홍만자회와 국민당 정부 사이의 복잡한 관계의 단면을 보여 준다고 생각된다. 또한 이는 국민정부 성립 이후 대대적으로 펼쳐 왔던 미신타파 운동, 신생활 운동 등 일련의 정치-사회적 캠페인의 파급력이 제한적이었음을 잘 보여주는 사례이기도 하다. 이를 통해 강조하고 싶은 것은 도원과 세계홍만자회는 그들의 신앙과 활동이 근본적으로 내포하고 있는 보편성 때문에 영토에 기반한 근대 국민국가를 지향하던 국민정부와 끊임없이 정치적 긴장 관계를 만들어 낼 수밖에 없었고, 이러한 긴장은 제국주의 일본의 위협 아래 더욱 증폭되었다는 사실이다. 또한 국민당 및 국민정부

---

17 靑島市 檔案館, 靑島市政府, 「靑島市政府訓令－內字第二三九三號」, 1937. 4. 22. (A21-1-540)

당국의 측면에서는 국가의 규율 영역 바깥에 존재하던, 친일적인 성격 보이면서 동시에 '迷信的'이기도 한 이 조직이 국가의 안전에 위협인 것처럼 보였지만, 정작 이 규율 영역은 정치적, 경제적 권력의 심장부의 코앞에서조차 어떤 단체가 정식으로 등록된 단체인지 아닌지 확인할 수도 없는 수준의 행정력 밖에 담보할 수 없었다는 것을 여실히 보여준다.

국민당 정권 핵심부에서 일어났던 이 사건에 대한 숭명현, 강소성 당부 및 행정원이 취한 태도와는 다르게 지방 정부에서는 지역 사회에서 道의 복지 수요를 일정 부분 감당하고 있던 도원 및 세계홍만자회와 어떻게든 우호적인 관계를 유지하려 노력하고 있었다. 1936년 3월 8일 청도시 국민당 본부와 청도시정부 사회국에서 파견된 두 명의 관리가 칭다오 도원으로 향하고 있었다. 이들은 칭다오 도원의 지도자를 선출하는 선거에 참관인으로 참석하려던 참이었다.[18] 회장과 이사회 멤버를 선출하기 위한 선거가 끝나고 나서 사회국에서 파견된 관리는 "도원과 세계홍만자회가 고취하고 있는 도자라는 이념은 사회국이 칭다오 시민들을 위해서 벌이고 있는 사업과 밀접한 관계를 맺고 있습니다. 세계홍만자회 칭다오 분회의 탁월한 성취의 많은 부분이 시정부와의 협력을 통해 가능했습니다"라면서 지역사회의 복지 및 구제 사업에 있어서 시정부와 세계홍만자회의 유대를 강조하였다. 나아가 그는 "중국 고유의 문화 정신을 대표하는 도덕적 자기 수양이라는 도원의 가르침은 이미 사회 통념이 되었습니다"라고 하여 도원과 사회국―나아가 칭다오 시 지방 정부―사이의 유대를 강조하고 있다. 물론 그의 말을 글자 그대로 해석할 수는 없고, 앞서의 강소성 숭명현의 사례와 칭다오 도원의 사례를 완벽히

---

18 青島市 檔案館, 世界紅卍字會 青島分會, 「二十五年三月八日午前十時開青島道院職員選擧大會」, 1936.3.8, 61쪽.(B63-1-248)

병치시킬 수는 없겠지만, 이러한 사례는 지방 정부 레벨에서는 중앙 정부와는 또 다른 논리로 도원 및 세계홍만자회의 활동을 바라볼 수 밖에 없었다는 측면도 상기시켜준다.

국민정부의 도원 및 세계홍만자회에 대한 시선이 중앙 정부와 지방 정부의 입장에 따라 엇갈리고 있었던 반면, 1930년대 내내 국민정부 치하 중국의 지역 신문들은 세계홍만자회가 일본을 위해 부역하고 있다고 비판하였다. 1934년 6월 10일 남경 인민만보는 세계홍만자회가 일본 흑룡회의 영수이자 극단적 국가주의자 우치다 료헤이(內田良平, 1874~1937)와 관련이 있다고 하면서 세계홍만자회가 우치다로부터 "문화적" 세례를 받았다고 보도하였다.[19] 이는 그가 1931년 출판한 『滿蒙の獨立と世界紅卍字会の活動』라는 책을 두고 한 보도였으나, 정확히 세계홍만자회가 어떤 활동으로 어떻게 일본의 침략정책에 부역하고 있는지에 대한 설명은 결여하고 있던 일종의 억측이었다.[20]

1935년 4월 28일 복주의 복건일보 보도는 자선 단체인 세계홍만자회가 실은 "향을 태우고, 독경을 일삼으며 부계를 통한 신의 계시"를 중요하게 여기는 미신숭배 집단인 도원의 하부조직임을 지적하였다.[21] 이 기사를 작성한 기자는, 당시의 대다수 인민들의 인식과 마찬가지로, 도자일체(道慈一體)를 핵심교리로 하는 종교인 도원의 정체성을 종교적 정체성과 세속적 정체성으로 나눌 수 있고, 세속적 정치권력이 미신으로 규정한 그 종교적 정체성은 법령으로 단속하여 금지할 수 있는 것으로 인식하였던 것이다. 항일 전쟁이 폭발하면서 논란은 더욱 증폭된다. 1939년 7월 4일 강소성 태홍현의 『자강만보

---

19 上海市 檔案館, 世界紅卍字會 中華總會, 「抄致南京人民晚報社函稿」, 1934.6.18.(Q120-4-122)
20 內田良平, 『滿蒙の獨立と世界紅卍字會の活動』, 先進社, 1931.
21 上海市 檔案館, 福建日報, 「紅卍字會—迷信部份奉令取締」, 1935.4.28.(Q120-4-122)

(自强晚報)』는 세계홍만자회가 일본군의 진격을 돕고 있다고 보도하였다. 이에 따르면 일본군 송호경비사령관 桜井소장은 세계홍만자회 회원들을 일본군의 정보요원으로 고용하여 앞으로 다가올 내륙에서의 작전을 위한 사전 정지 작업에 동원하고 있었다. 이를 위해 일본군은 周宗良(1875~1957) 등 상하이 지역의 세계홍만자회 지도자들과 자주 접촉하고 있다는 내용이었다.[22] 이러한 지역 신문들에 의해 부각된 세계홍만자회의 부정적 이미지들은 국가 권력이나 상충하는 이해관계를 지닌 반대 세력이 언제든지 꺼내 들 수 있는 정치적 무기가 될 수 있었다.

3. 행선(行善)과 재산권 행사

중화인민공화국 성립 초기 중국 공산당의 소위 회도문에 대한 단속이 도원을 비롯한 '유사' 종교 단체의 쇠퇴를 가져왔다고 하는 사실은 거의 의심 없이 받아들여지고 있다.[23] 케네스 리버설은 공산당의 체제 확립을 다룬 연구에서 민국시기 가장 강력했던 구세 집단[24] 중 하나인 일관도에 대한 가혹

22　上海市 檔案館, 自强晚報, 「敵京滬警備司令收買紅卐字會內地工作人員探刺我軍運輸交通佈防情形」, 1939.7.4.(Q120-4-122); 周宗良 (1875~1957)은 중국 염료 공업의 선구적인 인물로 상하이에서는 "염료대왕"이라고 불리는 인물이었다.

23　孫江, 『近代中國の革命と秘密結社－中國革命の社會史的研究 (一八九五～一九五五)』, 汲古書院, 2009, 402~406쪽.

24　구세 집단이라는 표현은 프라센짓 두아라가 사용했던 용어, "Redemptive Societies"의 번역어이다. 그의 구세 집단에 대한 논의는 Prasenjit Duara, *Sovereignty and Authenticity : Manchukuo and the East Asian Modern* (Rowman & Littlefield, 2003)의 Chapter 2를 보라. David Palmer는 'Redemptive

한 탄압을 중화인민공화국 초기 톈진을 배경으로 그려내고 있다.[25] 고바야시 카즈미는 인민공화국 수립을 전후한 시기의 "鎭反運動"을 재조명하면서 전국적으로 피비린내 나는 반혁명분자에 대한 탄압은 최하층의 농민, 빈민을 새로운 권력의 기반으로 편성하려는 의도에서 이루어진 사건이었음을 지적하였다.[26] 그리하여 공산당의 혁명적 리더십 아래 수직적으로 재결합된 국가 메카니즘은 누가 다수이고 소수인지 그리고 누가 적인지 아군인지 더욱 잘 보이게 만드는 환경을 조성하였고, 소수를 공격하기 위해서 다수를 동원하는 중국 공산당의 기술은 신생 사회주의 공화국 내부의 적과 다수에 대항하는 소수를 더욱 도드라져 보이도록 만들었다.[27]

이러한 반혁명분자에 대한 공격적 탄압이 초기 인민공화국의 체제 안정에 기여한 측면을 강조하는 기존 연구를 고려하면서 이 섹션에서 주장하고자 하는 바는 체제 내의 적들에 대한 공격적 캠페인을 가능하게 했던 사회적 조건들이 이미 항일 전쟁을 통해 성숙되었다는 것이다. 또한 1920년대부터 이어져 왔던 지역 사회 대중들과 민간단체 사이의 협력은 항전기 동안에는 동원할 수 있는 자원의 부족, 경제적 압박으로 인해 크게 약화되었으며 이러한 대중과 민간단체와의 이미 돌이킬 수 없이 약화된 연결고리는 국가 권력이 손쉽게 침투할 수 있는 여지를 만들어 주었다는 점을 세계홍만자회 칭다오 분

Societies'라는 용어 대신 'Salvationalist Religion'이라는 용어의 사용을 제안하기도 했다.(David A. Palmer, "Chinese Redemptive Societies and Salvationist Relgion : Historical phenomenon or sociological category?" *Minsu quyi* 民俗曲藝, 2011, 21~72쪽)

25 Kenneth Lieberthal, *Revolution and Tradition in Tientsin 1949~1952*, Stanford University Press, 1980, pp.108~118.

26 小林一美,「中國社會主義政權の出發」,『中國民衆史への視座 : 神奈川大 中國語學科創設十周年 記念論集』, 東方書店, 1998, 256~262쪽.

27 Julia Strauss, "Morality, Coercion and State Building by Campaign in the Early PRC : Regime Consolidation and after 1949~1956," *The China Quarterly*, no. 188 (The History of the PRC (1949~1976), 2006, p.911.

회의 재산권 행사의 문제와 결부시켜 지적하고자 한다.

1930년대 후반부터 1950년대 초반까지 칭다오의 세계홍만자회는 재산권을 둘러싼 몇 차례의 분쟁을 겪었다. 앞으로 보게 될 칭다오 시내 乾坤里, 單縣路의 부동산과 그를 둘러싼 분쟁은 行善의 역설적인 측면을 잘 보여준다. 세계홍만자회의 활동은 크게 임시자업(臨時慈業)과 영구자업(永久慈業)으로 구분된다. 자연 재해나 전쟁 등 예상치 못한 재난을 당했을 때 구제대를 조직하여 구제 활동에 임하는 것 등을 보통 임시자업이라 했고, 지역 사회의 복지 향상을 위해 학교, 병원 등을 설립, 운영하는 것을 영구자업이라고 칭했다.[28] 세계홍만자회의 여러 분회 중에서도 비교적 규모가 크고 사회 경제적 기반도 탄탄한 편에 속하는 칭다오 분회는 부동산을 취득하여 임대 사업을 벌여 조직의 재정 건전성을 담보하였다. 1929년 칭다오 시 신태로에 칭다오 분회의 건물을 마련한 것을 시작으로 총량필(叢良弼, 1868~1945)을 중심으로 한 칭다오 분회의 중심인물들은 시내 곳곳에 부동산-건물 및 대지를 취득하였다. 이들 부동산들은 칭다오 시의 도원과 세계홍만자회 칭다오 분회의 종교 활동 및 구제 활동을 위해 이용되었는데, 취득한 대지에는 도원과 홍만자회 활동을 위한 건물을 짓기도 하였을 뿐만 아니라 대지 외에도 건물을 취득해서 이를 다시 임대해 임차인으로부터 임대료를 받아 칭다오 분회 조직의 운영 및 구제 활동에 충당하였다.[29] 1936년에는 칭다오 시정부 청사에서 얼마 떨어지지 않은 위산로[魚山路]에 오교합일(五敎合一)의 종교적 비전을 투사한 대규모 종교 시설을 건립하였다. 현재까지도 위용을 자랑하고 있는 이 건물군은 중화인민공화국 성립 이후 칭다오 시 도서관으로, 현재는 칭다오 시립미술관

---

28 임시성, 영구성의 성격 구분은 세계홍만자회에만 적용되는 특수한 구분은 아니다.
29 靑島市 檔案館, 世界紅卍字會 靑島分會, 「世界紅卍字會靑島分會收支報告徵信錄」, 1928.(B63-1-272)

으로 이용되고 있다.[30]

　이러한 세계홍만자회의 자산 운용 논리는 전후에 경제적 어려움을 겪고 있던 지역 사회 대중들의 이해관계와 충돌하기 쉬웠다. 건곤리와 단현로 임차인들과 세계홍만자회 칭다오 분회 사이에서 벌어졌던 임대 분쟁은 때에 따라서 국가 권력과 대중들 사이의 매개자 역할을 수행했던 민간 사회단체들이 지역 사회의 사회-정치적 장에서 점점 영향력을 상실해 가는 모습을 보여 준다. 1938년 5월 6일 칭다오 세계홍만자회가 칭다오 치안유지회에 넣은 청원서에 따르면 칭다오 분회는 건곤리에 소유하고 있던 주거용 건물을 임대하여 임대 거주민으로부터 임대 소득을 올리고 있었다. 그러나 네 명의 임차인 ― 施磬石, 施鴻猷, 施夏君, 龔鑑心 ― 이 임대료를 체납하고 있었는데 여러 차례의 독촉에도 불구하고 칭다오 분회와 임차인들은 합의에 이르지 못했다. 칭다오 분회는 밀린 임대료를 징수할 수 있도록 칭다오 시 치안유지회가 이들 임차인들에게 조치를 취해 줄 것을 요청하고 있다.[31] 칭다오 분회와 문제가 된 네 명의 임차인이 이 문제를 어떻게 해결 했는지, 칭다오 치안유지회가 이들을 대상으로 어떤 처분을 내렸는지에 대해서는 알려진 바가 없다. 그러나 뒤에 다시 건곤리 건물의 임대를 둘러싸고 칭다오 분회와 주민들 사이에 또 다른 문제가 일어난 것으로 미루어 보면, 치안 유지회가 행정력을 발휘하여 양자 사이의 이해를 합리적으로 조정하기는 어려웠던 것으로 생각되며, 양자 모두 불만족인 상태로 내버려 둔 채 서둘러 사건을 종결시킨 것으로 보인다.

30　青島市 檔案館, 世界紅卍字會 青島分會, 「世界紅卍字會青島分會籌建大規模院會各項全案」, 19-33. (B63-1-247)

31　青島市 檔案館, 世界紅卍字會 青島分會, 「爲本會乾坤里住戶施磬石施鴻猷施夏君龔鑑心四人不交房租函請飭警勒令移出」, 1938. 5. 6. (B63-1-119)

이러는 와중에 칭다오 분회는 1942년 조직 개편을 단행한다. 조직 개편의 내용은 자제원이라는 기구를 새로이 조직하여 칭다오 분회가 운영하고 있던 여러 자선 기관을 자제원 산하에 두어 관리하게 하는 것이었다.[32] 이를 통해 총량필, 賀善果(1895~?)를 비롯한 칭다오 도원의 지도자들은 칭다오 분회 자선 조직의 효율적 관리를 도모하고자 하였다. 별도의 사무실이 없었던 자제원은 칭다오 분회 소유의 건곤리의 건물을 사무실로 사용하려는 계획을 세우고, 1942년 7월 30일 세입자들에게 두 달의 유예기간을 주면서 9월 30일까지는 건물을 모두 비워 달라는 내용의 통지서를 보냈다.[33] 뒤이어 칭다오 세계 홍만자회는 세 번에 걸쳐 계속해서 세입자들에게 독촉을 가했다. 11월 28일 자로 되어 있는 세입자들에게 보내는 최후통첩에서 칭다오 세계홍만자회는 동월 29일까지 건물을 비워주지 않으면 법적 절차를 밟겠다고 통보하였다. 세입자들은 4개월 만에 답장을 보내 방을 구하기 어려워 일정에 맞출 수 없는 사정을 호소하였다.[34] 이후 이 사건이 어떻게 마무리 되었는지를 보여주는 자료는 남아 있지 않다. 다만 칭다오 분회의 『징신록(徵信錄)』에 따르면, 1942년까지 분회는 건곤리 세입자들로부터 임대 수입을 거둬들이고 있었다.[35] 그러나 1943년에는 1,258원을 지출해서 "건곤리의 일을 처리하였고" 건물 임대 수익 항목도 없어졌다. 다만 여전히 칭다오 시에 토지세를 내고 있었던 것으

---

32 世界紅卍字會 靑島分會의 慈濟院에 대한 주요 기록은 靑島市 檔案館, 「靑島紅卍字會慈濟院基金保管委員會會議記錄」(1943.5.3 (1차)~1944.3.26 (16차), (B63-1-353)); 「取本院經過情形向各位董事略爲報告」, 1944.12.(B63-1-362-2) 등이 있다. 慈濟院이라는 이름은 칭다오 시가 설립한 칭다오 시 救濟院의 이름을 원용했을 가능성이 크다.

33 靑島市 檔案館, 世界紅卍字會 靑島分會, 「請乾坤里主居各房客於九月三十日遷移淸楚」, 1942.7.30.(B63-1-154)

34 靑島市 檔案館, 房客 姜成汾 外, 「爲覓房困難請在寬以時日否則惟有聽諸貴會處理」, 1942.11.29.(B63-1-154)

35 靑島市 檔案館, 世界紅卍字會 靑島分會, 「世界紅卍字會靑島分會壬午年徵信錄」. 1942, 57쪽.(B63-1-276)

로 보아 세입자들을 쫓아낸 이후 온전히 會務를 위해 이 건물을 사용하게 된 것으로 보인다.[36]

시내 단현로의 사례는 제한된 자원을 둘러싸고 세계홍만자회와 세입자들 사이에 벌어진 대립을 더욱 분명하게 보여준다. 전쟁이 끝난 직후, 칭다오 분회는 야심차게도 칭다오 자제 상과 직업학교(青島慈濟商科職業學校, 이하 慈濟商校)를 운영하려는 계획을 수립하였다.[37] 1946년 1월 총량필의 사망 이후 칭다오 분회를 책임지게 된 하선과를 비롯한 慈濟商校의 이사회 멤버들은 학교 캠퍼스를 위한 부지 물색에 나섰다. 다행스럽게도 칭다오 도원의 신자였던 董氏 부인이 죽은 남편 이한삼(李漢三)에게서 물려받은 단현로의 땅과 건물을 1947년 4월 비교적 싼 가격에 칭다오 분회에 매도하였다. 칭다오 분회와 자제상교 이사회는 지정국에 신속히 등기해 줄 것을 요청하였다.[38] 이때까지만 해도 단현로에 학교를 개설하겠다는 프로젝트는 순조롭게 진행 될 것처럼 보였다. 그러나 1947년 동씨 부인에게서 취득한 땅을 지정국에 등기할 때 문제가 생겼다. 지정국에서는 동씨의 죽은 남편 이한삼이 전쟁 기간 동안 제국주의 일본에 부역했다는 이유로 등기 수속을 중단하였다.[39]

지정국이 소유권 이전을 보류하고 있는 동안, 이한삼의 아들들이 단현로 부동산의 공동 소유권 ─ 어머니 동씨와의 ─ 을 주장하면서 소송을 제기하

---

36 靑島市 檔案館, 世界紅卍字會 靑島分會, 「世界紅卍字會靑島分會癸未年徵信錄」, 1943, 68쪽.(B63-1-276); 世界紅卍字會 靑島分會, 「世界紅卍字會靑島分會甲申年徵信錄」, 1944, 36쪽.(B63-1-276)

37 靑島市 檔案館, 世界紅卍字會 靑島分會, 「呈爲擬設靑島商科職業學校依法成立校董會□□」, 1945.9.23.(B63-1-376); 世界紅卍字會 靑島分會, 「世界紅卍字會靑島分會附設私立靑島商科職業學校校董略歷」, 1945.9.(B63-1-376)

38 靑島市 檔案館, 靑島市 地政局, 「地政局批爲呈請關於單縣路四十五號房産併案辦理登記過戶各費直按通知本會等呈悉准予所請仰卽知照」, 1947.11.21.(B63-1-207)

39 靑島市 檔案館, 慈濟商校 董事會, 「爲懇請准予雙方具保登記過戶確定單縣路四十五號産權以便改建校舍由」, 1948.10.27.(B63-1-207)

였다. 1948년 5월 6일 변호사 장영련은 소송 의뢰인 이복심을 대표해 세계홍만자회 칭다오 분회에 편지를 보내 다음과 같이 주장하였다. 동씨와 네 명의 아들들 (대표 : 이복심)은 1940년 12월에 사망한 이한삼으로부터 단현로의 부동산을 공동으로 물려받았다. 동씨는 칭다오 분회와 매매계약을 체결할 때 공동 소유권자인 아들들에게 알리지 않았고, 그렇게 함으로써 동씨는 공동 소유권자의 권리를 침해하였다. 이에 이복심과 그의 형제들은 어머니 동씨가 독단적으로 맺은 칭다오 분회 사이의 매매 계약은 무효이며 칭다오 분회가 적절한 대응을 하지 않을 경우 사건을 법원으로 가져가겠고 으름장을 놓았다.[40] 이복심과 칭다오 분회 사이의 만남과 협상이 어떻게 진행되었는지를 보여주는 자세히 보여주는 사료는 존재하지 않는다. 다만 단현로의 부동산을 둘러싼 갈등의 전개 과정을 보면, 양자 사이의 갈등이 법정으로까지 번지지는 않은 것으로 보인다. 6월 4일 자제상교(慈濟商校) 이사회는 이복심과 장영련을 초대하여 합의를 시도하였고,[41] 일련의 협상을 거쳐, 6월 30일에 동씨의 아들들과 칭다오 분회 사이에는 매매계약이 정식으로 체결되었다.[42]

1948년 8월 1일 칭다오 분회의 대표 한 명과 이복심이 단현로 45번지 일대의 부동산 소유권이 이전되었음을 설명하기 위해 세입자들을 방문하였는데, 당시 이 일대에는 20여 가구 200여 명이 세 들어 살고 있었다. 이(李)와 칭다오 분회의 대표는 세입자들에게 소유권이 정식으로 이전 되었으니 속히 건물을 비워줄 것을 요구했다. 사실 칭다오 분회는 1947년 4월 동씨와의 매매

---

40 青島市 檔案館, 張榮蓮,「爲據李福深來所聲稱未得同意其母賣與貴會單縣路之房産請追認賣約無效等語希通知後三日來所接洽調處由」, 1948.5.6.(B63-1-207)
41 青島市 檔案館, 慈濟商校 董事會,「爲函復單縣路校産請轉知賣方於六月四日下午二時在本會共同研討」, 1948.6.3.(B63-1-207)
42 青島市 檔案館, 青島市 參議會,「爲馬級三等呈稱租居單縣路四十五號房仰貴會代表主持正義轉該會查照」, 1948.9.6.(B63-1-204)

건 ─ 문제가 발생하기는 했지만 ─ 이 성사된 후, 지정국이 등기를 보류하고 있었음에도 불구하고, 동년 5월부터 세입자들을 내보내기 위해 줄기차게 노력하고 있던 차였다.[43]

그러나 세입자들은 새로운 소유권자의 재산권 행사를 이유로 세입자들을 나가게 하는 것에 대해 불만을 표하였다. 이들은 자신의 임대 계약은 전 소유주(즉 李漢三의 유가족)와 맺어진 것이기 때문이 소유권 이전과 임대 계약의 유지는 아무런 상관이 없다고 주장하였다. 이들 세입자의 대부분은 내전으로 말미암아 고향으로 돌아갈 수 없어 칭다오로 흘러들어 온 사람들이었다. 내전의 확산으로 인한 난민의 유입으로 말미암아 칭다오는 심각한 주택 부족에 직면해 있었기 때문에 이들이 단현로를 떠나 다른 거주지를 시내에서 찾기란 거의 불가능에 가까웠다. 그리하여 단현로 세입자들은 칭다오 분회가 자신들을 내보내지 않고 임대 계약을 계속 유지하여 주기를 호소하였다.[44] 그러나 칭다오 분회와 자제상교 이사회는 이 사건을 법정으로 가져가기로 결정하였고, 단현로 세입자들은 굴하지 않고 "정의의 실현이라는 이름으로 가해지는 부당한 압력에 굴하지 않을 것"이라 결의를 다지며 법정 다툼을 준비하였다. 그러면서 다음과 같이 칭다오 분회에 대한 비난을 잊지 않았다.

본래 당신들(세계홍만자회)은 慈善을 가슴에 새기고 救世를 대의로 삼고 있었다. 칭다오의 수많은 가난한 동포가 여전히 救濟를 받아가며 생존하고 있고, 시내의 주택 문제가 이렇게 심각한데 어찌 우리들을 이렇게 핍박하는가![45]

---

43 靑島市 檔案館, 世界紅卍字會 靑島分會, 「爲再函請於兩星期內膝淸住屋由」, 1948.8.6. (B63-1-206)
44 靑島市 檔案館, 劉紹虞 外, 「爲租住單縣路四十五號房屋均與原房東立何正式租約請査照派員前來按月收取房租」, 1948.8.16. (B63-1-206)
45 靑島市 檔案館, 李良忱 外, 「爲單縣路四十五號房正當租賃並非違法請査照繼續維持租賃並希按

1948년 말 법원은 1심 판결에서, "임대된 부동산의 소유권이 저 3자에게 넘어가기 전에 임대 계약이 성립되었다면 그 임대 계약은 소유권 이전과 관계없이 계속해서 효력을 갖는다"는 민법 425조에 의거하여 원고 패소 판결을 내렸다. 이에 불복한 칭다오 분회 회장 하선과와 그의 법률 대리인 두춘산은 항소를 결정하였다. 원고 하와 두는 항소이유 두 가지를 다음과 같이 설명하고 있다. 우선 단현로의 건물은 공공의 목적으로 사용될 것이었다. 원고들은 "단순히 칭다오 시민들을 위한 공익에 봉사하고자 하는 마음 때문이지, 결코 임차인들에게서 높은 임대료를 거둬들이기 위해 건물 소유권을 취득하고자 하는 것이 아니다"라고 주장했다. 건물을 단순히 사적 용도로 사용하려는 것이 아니기 때문에 "공익법단(公益法團)"을 위한 특별 재산으로 재정국에 이미 등기 신청을 마친 사실을 강조하였다. 또한 賀와 杜는 법원의 민법 425조 적용은 잘못된 것이며, 425조 대신 424조를 적용했어야 한다고 주장했다. 원고는 민법 424조가 공익에 봉사하는 특수한 목적을 가진 토지에 대한 규정을 담고 있다고 보았다.[46] 그러나, 뒤에서 논의하겠지만, 이 주장은 원고 측의 치명적인 약점이었다.

원고의 주장에 대해 임차 거주민들 역시 법원에 답변장을 내어 칭다오 분회의 주장을 반박하였다. 임차인들은 우선 이복심을 비롯한 이씨 가족들과 칭다오 분회 사이에 체결된 원래의 매매 계약이 매우 의심스럽다고 주장했다. 이들 주호의 주장에 따르면 칭다오 분회는 단현로의 건물을 칭다오 시내 비슷한 조건의 건물 시세보다 훨씬 싼 값 — 법폐 2천만 위안 — 에 취득하였는데, 임차인들은 칭다오 분회와 이씨 가족들 사이에 모종의 밀약이 있을 것

月派員收取租金由」, 1948.8.16. (B63-1-206)

46 青島市 檔案館, 賀善果, 「上訴理由書副本」, 1949.1. (B63-1-206)

이라고 의심했다.[47] 다시 말하면, 실제 지불하기로 한 금액에서 2천만 위안을 우선 이씨 가족들에게 계약금 형식으로 지불하여 계약을 체결하고, 실거래가에서 2천만 위안을 뺀 나머지 금액은 임대료를 올려 받아 이씨 가족들에게 차차 지불하기로 약속했을 수 있다는 것이었다. 만약 그렇다고 한다면 단현로의 건물을 학교 부지로 바로 전환시키기에 어려움이 있다. 왜냐하면 건물을 계속 임대해서 임대료 수입을 확보해야 하기 때문이다. 즉 단현로 부지를 바로 학교 부지로 전환하기는 어렵다는 뜻이다. 그래서 단현로 임차 거주민들은 칭다오 분회가 이미 여러 모로 — 넓이, 주변 환경 등등 학교 부지로서는 단현로보다 훨씬 더 적합해 보이는 태평로에 또 다른 부지를 마련해 두고서, 자신들을 쉽게 쫓아낼 명분으로 "학교 설립이라는 프로젝트의 공공성을 내세우고 있다"고 주장하였다.[48]

또, 앞서 말한 것처럼, 원고 측은 1심에서 패소하게 된 이유가 법원이 민법 424조 대신 425조를 적용했기 때문이라고 주장했지만, 피고 측에서는 이것은 원고 쪽의 미흡한 법조문 검토에서 비롯된 것이라고 반박하였다. 사실 피고 측의 주장은 타당한 이유를 가진 것이었다. 왜냐하면 민법 424조 어디에도 공익 목적 토지에 대한 규정은 없었기 때문이다. 민법 424조의 내용은 오히려 임차권 상에 심각한 문제가 발생하더라도 임차인과 그 동거인들의 권리를 우선적으로 보호하는 것이었다.[49] 이는 완벽히 원고 측을 실수라고 밖에는 달리 생각할 수 있는 방법이 없다. 이 소송이 어떻게 귀결되었는지를 알려주는 자료를 더 이상 발견할 수는 없었지만, 세계홍만자회 칭다오 분회가

47　青島市 檔案館, 住戶 戚文瑜 外, 「答辯狀副本」, 1949. 1. 19, 52~53쪽.(B63-1-206)
48　青島市 檔案館, 住戶 戚文瑜 外, 「答辯狀副本」, 1949. 1. 19, 54쪽.(B63-1-206)
49　郭衛 編, 『袖珍新六法全書』, 會文堂書局, 1946, 59쪽.

항소심을 끝까지 진행하여 법원으로 사건을 다시 가져갔다고 한다면, 필자가 생각하기에 법원은 원고 측의 항소 요청을 기각하였거나 아니면 적어도 원고와 피고 양자 사이의 합의를 종용했을 가능성이 높다. 후자의 가능성에 무게가 쏠리는데 그 이유는, 1950년 8월 자제상교의 대리 교장이 학교 이사회에 보낸 편지에 단현로 부동산에서 여전히 임대료를 받아 학교의 운영비용으로 충당하고 있음이 언급되고 있기 때문이다.[50]

4. 결론

본 논문의 목적은 전간기 중국의 대표적인 민간 종교 중 하나로 성장했던 도원과 도원의 자선 조직이었던 세계홍만자회의 사례를 통해, 종교 단체의 성장 이면에 자리 잡고 있던 세속 국가 및 지역민들과의 긴장 관계를 드러내는 것이었다. 자본주의와 사회주의 모두를 초월하는 가능성으로서의 동양 문명의 수립을 꿈꿨던 제국 일본의 일부 엘리트들은 세계홍만자회의 공공선을 위한 헌신적인 활동에서 황도와 황민도의 일치를 통해 나름의 새로운 근대적 주체를 주조해 낼 수 있다는 가능성을 타진하였다. 이와 동시에 만주국 수립 이후 만주 지역 사회 통제와 안정을 위한 정치적 조력자로서 세계홍만자회 조직을 이용하고자 하였다. 그러나 실제 만주국 및 화북 각지에서 활동

50 　靑島市 檔案館, 慈濟商校代理校長職務 張永耀, 「爲函請指示房戶」, 1950.8.19.(B63-1-212)

하던 제국 일본의 관리들은 만주의 도원과 세계홍만자회 조직을 언제든지 국민정부와 내통하여 만주국 내의 반일민족주의 운동을 자극할 수 있는 잠재적인 위협으로 보고 있었다. 동북 지역을 제외한 내지에서 도원과 세계홍만자회는 제국 일본의 적대 행위에 민감할 수밖에 없었던 국민정부 당국 및 지역사회 여론 주도층에 의해서 친일 부역 활동에 종사한다는 비난에 노출되었다. 뿐만 아니라 영적인 존재들과 소통하는 부계(扶乩)라는 특수한 종교적 행위와 깊은 관련을 가지고 있던 도원과 세계홍만자회의 활동은 세속적 정치권력에 의해 미신을 숭배하는 집단의 행위라고 낙인찍혀 있어, 언제든지 단속될 수 있는 상황에 놓여 있었다.

하지만 항일 전쟁이라는 특수한 조건으로 인해 지역 사회에서 국가 권력이 후퇴하게 된 상황 속에서, 도원과 세계홍만자회는 정치적 중립을 견지하고 지역 사회의 복지 수요를 일정 부분 감당함으로써 지역 주민과 국가로부터 일정한 지지를 받고, 세력을 확장시킬 수 있었다. 그러나 전쟁이 끝난 이후에는 제한된 자원을 둘러싸고 세계홍만자회와 지역 주민들이 경쟁을 벌이게 되는 상황이 연출되는데, 이 논문 마지막 부분에서 살펴본 칭다오 시에서의 세계홍만자회와 칭다오 시 주민들 사이의 갈등은 이러한 경쟁의 한 단면을 보여준다. 민간단체와 지역 주민들 사이의 경쟁 구도는 항일전쟁 이후 도시 지역 사회의 말단까지 시민들을 독점적으로 통제하려는 의도를 가지고 있던 국가 권력에게 유리하게 작용하였다.

참고문헌

자료

郭衛 編, 『袖珍新六法全書』, 會文堂書局, 1946.

靑島市 檔案館, 靑島市政府, 「靑島市政府訓令―內字第二三九三號」, 1937.4.22.(A21-1-540)

__________, 行政院, 「行政院密令：抄江蘇省黨部原呈」, 1936.12.24.(B22-1-142)

__________, 世界紅卍字會 靑島分會, 「為本會乾坤里住戶施磬石施鴻猷施夏君龔鑑心四人不交房租函請飭警勒令移出」, 1938.5.6.(B63-1-119)

靑島市 檔案館, 房客 姜成汾 外, 「為覓房困難請在寬以時日否則惟有聽諸貴會處理」, 1942.11.29.(B63-1-154)

__________, 世界紅卍字會 靑島分會, 「請乾坤里主居各房客於九月三十日遷移淸楚」, 1942.7.30.(B63-1-154)

__________, 靑島市 參議會, 「為馬級三等呈稱租居單縣路四十五號房仰貴會代表主持正義轉該會查照」, 1948.9.6.(B63-1-204)

__________, 世界紅卍字會 靑島分會, 「為再函請於兩星期內滕淸住屋由」, 1948.8.6.(B63-1-206)

__________, 劉紹虞 外, 「為租住單縣路四十五號房屋均與原房東立何正式租約請查照派員前來按月收取房租」, 1948.8.16.(B63-1-206)

__________, 賀善果, 「上訴理由書副本」, 1949.1.(B63-1-206)

__________, 李良忱 外, 「為單縣路四十五號房正當租賃並非違法請查照繼續維持租賃並希按月派員收取租金由」, 1948.8.16.(B63-1-206)

__________, 住戶 戚文瑜 外, 「答辯状副本」, 1949.1.19.(B63-1-206)

__________, 靑島市 地政局, 「地政局批為呈請關於單縣路四十五號房產伴案辦理登記過戶各費直按通知本會等呈悉准予所請仰即知照」, 1947.11.21.(B63-1-207)

__________, 慈濟商校 董事會, 「為懇請准予雙方具保登記過戶確定單縣路四十五號產權以便改建校舍由」, 1948.10.27.(B63-1-207)

__________, 慈濟商校 董事會, 「為函復單縣路校產請轉知賣方於六月四日下午二時在本會共同研討」, 1948.6.3.(B63-1-207)

__________, 張榮蓮, 「為據李福深來所聲稱未得同意其母賣與貴會單縣路之房產請追認

賣約無效等語希通知後三日來所接洽調處由」, 1948.5.6.(B63-1-207)

__________, 慈濟商校代理校長職務 張永耀, 「為函請指示房戶」, 1950.8.19.(B63-1-212)

__________, 世界紅卍字會 青島分會, 「世界紅卍字會青島分會籌建大規模院會各項全案」, 1933.(B63-1-247)

__________, 「二十五年三月八日午前十時開青島道院職員選擧大會」, 1936.3.8.(B63-1-248)

__________, 世界紅卍字會 青島分會, 「世界紅卍字會靑島分會收支報告徵信錄」, 1928. (B63-1-272)

__________, 世界紅卍字會 青島分會, 「世界紅卍字會青島分會壬午年徵信錄」, 1942. (B63-1-276)

__________, 世界紅卍字會 青島分會, 「世界紅卍字會青島分會癸未年徵信錄」, 1943. (B63-1-276)

__________, 世界紅卍字會 青島分會, 「世界紅卍字會青島分會甲申年徵信錄」, 1944. (B63-1-276)

__________, 世界紅卍字會青島分會, 「呈爲擬設青島商科職業學校依法成立校董會□□」, 1945.9.23.(B63-1-376)

__________, 世界紅卍字會青島分會, 「世界紅卍字會青島分會附設私立青島商科職業學校校董略歷」, 1945.9.(B63-1-376)

__________, 「靑島紅卍字會慈濟院基金保管委員會會議記錄」, 1943.5.3.(1차)~1944. 3.26.(16차)), (B63-1-353)

__________, 「取本院經過情形向各位董事略爲報告」, 1944.12.(B63-1-362-2)

上海市 檔案館, 世界紅卍字会 中華總會, 「世界紅卍字会中華總會致東南主會上海辦事處函」, 1932.7.12.(Q120-4-122)

__________, 世界紅卍字會 中華總會, 「抄致南京人民晚報社函稿」, 1934.6.18.(Q120-4-122)

__________, 福建日報, 「紅卍字會—迷信部份奉令取締」, 1935.4.28.(Q120-4-122)

__________, 自强晩報, 「敵京滬警備司令收買紅卍字會內地工作人員探刺我軍運輸交通佈防情形」, 1939.7.4.(Q120-4-122)

中国第二历史档案馆 编, 『中华民国史档案资料汇编』第五辑 文化 (一), 江苏古籍出版社.

世界紅卍字会 後援会, 『長期建設と世界紅卍字会の活動』, 世界紅卍字会 後援会, 1939.

橘樸, 「華北鄕村自治運動建設私案」, 『橘樸著作集 第2卷 大陸政策批判』, 勁草書房, 1966.

____, 「日華事変收束の諸条件」, 『橘樸著作集 第2卷 大陸政策批判』, 勁草書房, 1966.

内田良平, 『滿蒙の獨立と世界紅卍字会の活動』, 先進社, 1931.

JACAR, 在安東 領事 岡田兼一, 「道院内容調査ノ件」, 『各国ニ於ケル宗教及布教関係雑件
　　　－紅卍字会関係 分割一』, 1928.12.12.(Ref : B04012549200. image no.12～13)

　　　　, 在鄭家屯 領事代理 石塚邦器, 「紅卍字会ノ動向関スル件」, 『各国ニ於ケル宗教及布教
　　　関係雑件－紅卍字会関係 分割二』, 1934.8.4.(Ref : B04012549300. image no.132～
　　　133)

　　　　, 在濟南 總領事 有野学任, 「電信 第五二二號ノ二」, 『紅卍字会助成 自昭和十三年六
　　　月 分割一』, 1938.7.4.(Ref : B05015858700. image no.90)

　　　　, 在天津 總領事 田代重德, 「電信 第六八七號」, 『紅卍字会助成 自昭和十三年六月
　　　分割一』, 1938.7.1.(Ref : B05015858700. image no.87)

　　　　, 外務省 文化事業部長, 「世界紅卍字会後援会助成金交付ニ関スル件」, 『紅卍字会助
　　　成 自昭和十三年六月 分割二』, 1938.12.27.(Ref : B05015858700. image no.15
　　　6～157)

논저

兪長根, 「1920～30년대초 紅卍字會의 發展様相과 그 性格」, 『중국근현대사연구』 39집.
　　　2008.

　　　　, 「중화인민공화국 성립 직후 상하이 지역 홍만자회의 신국가체제 적응문제」, 『중국
　　　근현대사연구』 66집, 2015.

高鵬程, 『紅卍字会及其社会救助事業研究 (1922～1949)』, 合肥工業大学出版社, 2011.

小林一美, 「中国社会主義政権の出発」, 『中国民衆史への視座 : 神奈川大学中国語学科創
　　　設十周年記念論集』, 東方書店, 1998.

駒込武, 『植民地帝国日本と文化統合』, 岩波書店, 1996.

酒井忠夫, 『近現代中国における宗教結社の研究』, 国書刊行会, 2002.

孫江, 「宗教結社, 権力と植民地支配－'満州国'における宗教結社の統合」, 『日本研究』 24,
　　　2002.2.

　　　　, 『近代中国の革命と秘密結社－中国革命の社会史的研究 (一八九五～一九五五)』,
　　　汲古書院, 2009.

Duara, Prasenjit, *Sovereignty and Authenticity : Manchukuo and the East Asian Modern*, Rowman &
　　　Littlefield Publishers, 2003.

Lieberthal, Kenneth, *Revolution and Tradition in Tientsin, 1949~1952*, Stanford University Press, 1980.

Nedostup, Rebeca, *Superstitious Regimes : Religion and Politics of Chinese Modernity*, Harvard University Asia Center, 2009.

Palmer, David, "Chinese Redemptive Societies and Salvationist Religion : Historical Phenomenon or Sociological Category?", *Minsu quyi* 民俗曲藝 172, 2011.

Stalker, Nancy, *Prophet Motive : Deguchi Onisaburō, Oomoto, and the Rise of New Religions in Imperial Japan*, University of Hawaii Press, 2007.

Strauss. Julia, "Morality, Coercion and State Building by Campaign in the Early PRC : Regime Consolidation and after", 1949~1956, *The China Quarterly*, no. 188, 2006 The History of the PRC(1949~1976)

Szonyi, Michael, "Secularization Theories and the Study of Chinese Religions", *Social Compass*, 2009.

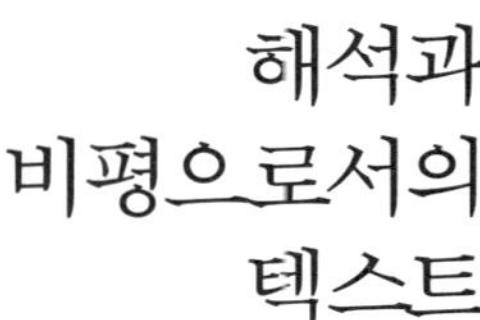

제3장

해석과
비평으로서의
텍스트

허학으로서의 '유학' 규정과 근대주의

『독립신문』의 논설을 중심으로

김수자

1. 새로운 지식장의 형성

개항 이후 조선의 개화지식인들의 당면 과제 중 하나는 '문명개화'였다. 이 것은 문명개화가 경제적 침탈을 가속화 하는 서구 열강과 전통적인 종속관계를 유지하고자 하는 청의 내정 간섭 하에서 조선이 부국강병하고, 자주독립을 보존할 수 있는 방안의 하나로 간주되었기 때문이다. 특히 개화지식인들은 1894년 청일전쟁을 서양문명을 수용한 일본과 근대 문물의 수용을 거부한 청과의 충돌, 대립으로 이해하였으며, 이 전쟁에서 일본의 승리는 서양문명이 동양문명보다 우수하다는 것을 입증한 것으로 보았다. 전쟁 등 동아시아 정세의 변화는 조선의 지식인들에게 전통학문에 대해 회의하게 만들었다. 그리고 상황의 타개를 위한 새로운 지식의 적극적 수용을 주장하였다. 이러한 인식과 맞물려 문명개화, 문명화, 서구화, 근대화의 추진이 정당화 되었다.

전통지식이 가지고 있는 힘을 약화시키고 새로운 근대지식을 계몽, 확산시키기 위한 방안으로 적극 활용한, 새로운 지식장의 역할을 한 것이 신문이었다. 1896년 4월 7일 창간된 『독립신문』은 1899년 12월 4일 폐간될 때까지 구한말 조선 사회의 병폐에 대한 고발과 서구·일본 지향적 근대 개혁의 필요성에 대한 여론을 주도했다.[1] 『독립신문』 운영을 주도한 서재필, 윤치호는 신문을 통해 '문명개화'를 주장, 확산시켰다. 『독립신문』 발간의 주요 과제는 낡은 관습에 젖어 있던 조선인들을 계몽하고, 국정전반에 걸친 개혁을 통해 당시 조선 사회가 처해있던 총체적인 위기를 극복하는데 있었다. 이를 위해 『독립신문』은 한편으로는 자주독립, 자강을 공론화시키고자 하였고, 다른 한편으로는 전통적인 지역질서체제, 신분제, 사상, 학문, 유학 등을 부정적으로 인식하였으며, 그 '부정적' 인식은 다분히 '의도적'인 것이었다. 그것은 전근대 시기 조선의 학문, 사상 등 각 분야에서 '유학'이 차지한 위치가 절대적이었다는 인식에서 나온 것이며, 기존 질서나 체제를 극복해야만 조선이 근대화할 수 있다는 논리에서 연유하는 것이었다.

그리고 탈중화 방식 중 가장 효과적인 방법으로 사용한 것이 중국적인 모든 것, 특히 중국의 사회적 풍습, 중국 관리들의 행태, 중국의 전통, 사상, 학

---

1 『독립신문』에 대한 기존의 연구는 대체로 『독립신문』 창간의 주체, 『독립신문』 창간의 의의 등을 중심으로 진행되었다. 대표적인 연구들은 다음과 같다. 이광린, 「서재필의 『독립신문』 간행에 대하여」, 『진단학보』 39, 1975; 신용하, 『독립협회 연구』, 일조각, 1976; 주진오, 「독립협회의 대외인식의 구조와 전개」, 『학림』 8집, 1986; 려증동, 『부왜역적 기관지 『독립신문』 연구』, 경상대 출판부, 1991; 채백, 『독립신문 연구』, 한나래, 2006; 이화여대 한국문화연구원 편, 『근대 계몽기 지식 개념의 수용과 그 변용』, 소명출판, 2004; 이화여대 한국문화연구원편, 『근대계몽기 지식의 발견과 사유 지평의 확대』, 소명출판, 2006 등.

문을 '야만적인 것'으로 치부하는 것이었다. 문명, 야만의 극단적인 이분법적 방식의 사용은 역사적으로 '정신적' 지주 역할을 하고 있었던, 문화의 '모범'이 되었던 중국적인 것을 '야만의 것'으로 규정함으로서 각 방면에서 중국에 종속되어 있던 부분을 빠른 시간에 극복하기를 기대하는 마음과 연결된 것이었다. 개화지식인들은 소중화(小中華)를 자청하고 있던 조선이 빨리 중국과의 관계를 청산하고, 서구화, 근대화를 적극적으로 추진하기 위해서 유학, 동양학문을 비문명적인 것으로 규정하고, 회의하게 하는 것이 필요하다고 생각했던 것이다.

구체적으로 개화지식인들은 중국의 문화, 학문, 사상의 핵심인 유학을 '허학'으로 규정하고 회의하고, 배격하는 자세를 취하였다. 이것은 과거로부터 벗어나 새로운 근대 국가를 건설해야만 한다는 방책에서 나온 것이었다. 그러나 문호를 개방하여 서구의 국가들과 교류하고 그들의 근대문물을 수용, 개화를 이루자는 개화지식인들의 문명개화의 논리에는 당시 서구열강의 식민침탈을 합리화, 정당화하는 '문명담론'의 성격이 강하게 깔려있었다.

2. 전통적인 지역질서체제의 재편과 『독립신문』의 창간

19세기 동아시아 국가들의 개항과 이후 조선에서의 청일전쟁, 러일전쟁, 중국에서의 의화단 사건 등 일련의 지역적 사건들은 동아시아 지역의 전통적인 힘의 배치를 바꿔 놓았다. 이들 사건들은 조선인들이 이웃 국가인 일본과 중국을 인식하는 방법 뿐 아니라, 자신의 국가, 민족을 이해하는 방법에도 커다란 변화를 가져왔다. 왜냐하면 이 사건으로 동아시아 유교문화권 안의 중화질서 체제에 속해 있던 모든 인식의 '틀'이 균열되었기 때문이다. 그리고 기존의 조선인의 지역질서인식하에서 중화로서의 중국의 역할이 붕괴되기 시작하였다. '중화'는 이제 더 이상 세계와 문화의 중심을 의미하는 개념이 아니었으며, 중국은 이제 세계적으로나, 지역적으로나 '문명화되지 않은' 주변부에 지나지 않게 되었다.

청일전쟁에서 일본의 승리로 개화지식인들은 조선이 청의 속국으로부터 벗어나 독립국이 되었다고 이해하였다. 고종 또한 청일전쟁이 끝난 직후인 1894년 11월 21일 발표한 칙령 제3호에서 "내가 동지 날에는 모든 관리들을 거느리고 종묘에 가서 우리나라가 독립하고 모든 제도를 바로잡은 사유를 고하고 다음날에는 사직단에 가겠다"(『고종실록』, 1894.11.21)고 선포하여 전쟁에서의 청의 패배를 조선의 독립으로 인식하고 있었음을 보여준다.

『독립신문』은 이와같은 분위기에서 창간되었고, 당시 자주독립이 강조되었던 것도 당시의 시대적 상황과 무관하지 않다.

조선이 독립되기는 조선 사람들이 강하고 영악하고 학문이 있고 충심이 있어 된 것이 아니지마는 어찌하여 되었던지 지체가 높아져 세계에 제일 천한 청국에 속국으로 지금은 세계 각국과 동등이 되어 각국에서들 이왕에는 영사만 보내더니 지금은 전권공사와 판리공사와 대리공사들을 보내고.

— 논설, 『독립신문』, 1896.9.12.

개화지식인들은 청의 속국에서 벗어나 세계열강들과 대등한 관계를 맺고 영사급의 관리, 공사들을 파견하게 된 상황을 독립으로 인식하고 있었다. 이것은 전통적인 조청간의 속방체제와는 달리 조선이 '스스로' 열강들과 대등한 지위의 외교관계를 수립할 수 있는 만국공법 국제질서에 편입되었음을 의미하는 것이었다. 종래 중국과 조선의 관계가 황제와 주변국의 왕이라는 위계질서 속에 위치했던 질서가 청일전쟁으로 깨진 것이다. 고종이 1897년 대한제국을 선포하면서 조청간의 관계는 명목상으로는 양국이 황제국으로 '동등한' 상태가 되었다. 그리고 1899년 9월의 한청통상조약을 체결하면서 청을 중심으로 하는 전근대적 동아시아의 지역질서는 막을 내리게 되었다. 이와같이 청일전쟁 이후 개화지식인들은 문명개화와 서구화를 이룬 일본이 걸어간 길을 따라 가야지만 궁극적으로 조선도 문명국이 되고, 독립을 보존할 수 있고, 부국강병해질 수 있다고 판단하였다.

『독립신문』은 실질적으로 개화지식인들과 서재필이 주도하고, 조선정부의 지원과 자금에 의해 창간된 신문이다. 『독립신문』 창간의 주도 인물들은 기회 있을 때마다 국민계몽의 중요성을 주장했다. 박영효의 경우는 1888년에 일본 망명 중 고종에게 올린 「내정개혁에 관한 건백서」에서 "우리나라의 역사와 문장은 가르치지 않고 단지 청국의 역사와 문장만을 가르침으로써 인민들이 청을 근본으로 삼아 중히 여기며 반면 우리나라의 역사에 대해서는 알지 못하는 자들이 있기에 이르니 이는 本을 버리고 末을 취하는 격"이라며 본국 역사와 문장에 대한 교육을 강조하였다.[2] 그리고 조선이 근대국가로 나아가기 위해서는 미개화 상태를 벗어나 문명국으로 나가야 되며 그 방법

2 　박영효, 「내정개혁에 관한 건백서」, 역사학회 편, 『한국사자료선집』 5, 일조각, 1980; 채백, 『독립신문 연구』, 한나래, 2006, 26~27쪽 재인용.

의 하나로 교육, 계몽사업을 강조하였다.

『독립신문』의 체제는 창간 초기부터 논설, 관보, 잡보, 광고를 기본으로 하여 이루어졌다. 이외에 외국통신이나 각부 신문과 전보, 별보 등이 지면을 차지하였다.『독립신문』에 참여한 인물들을 보다 구체적으로 살펴보면 박영효를 중심으로 한 개화세력의 지원과 서재필, 주시경, 윤치호, 헐버트, 손승용, 이준일, 아펜젤러, 엠벌리, 콥 총 9명 정도가 실질적으로 『독립신문』을 운영한 것으로 추정된다. 이들 중 사장이나 주필의 역할을 담당했던 인물은 창간 당시 서재필, 1898년 5월 12일부터 윤치호, 1899년 1월경부터 아펜젤러, 1899년 6월부터 엠벌리였다. 그외의 편집 일을 맡았던 주시경과 손승용이 초창기부터 참여하였고, 헐버트도 영문판 편집 일을 초기 몇 달간 담당하였다고 한다.

이들은 대체로 논설을 통해 서구문명 수용을 강조하고, 유학, 사서삼경 등을 허학으로 간주하였다. 동양의 문화, 문명을 부정하는 기사를 적극적으로 게재하며, 문명개화, 근대화의 필요성을 주장하는 이들에게 힘을 실어줄 여론을 주도하였다.[3] 특히 청일전쟁 이후『독립신문』을 이끌었던 개화지식인들은 중화라는 전통적인 지역질서체제를 해체시키면서 중화문명의 역사적 위상을 배제하거나 약화시키는 한편 전통적인 질서와 문화를 부정하면서 한국 사회를 변화시키는 지배적 인식 틀로 '문명개화', '문명담론'을 활용하였다.

---

3 길진숙, 「『독립신문』, 『매일신문』에 수용된 '문명 / 야만'담론의 의미층위」, 『근대계몽기 지식의 발견과 사유지평의 확대』, 소명출판, 2006, 60쪽.

3. 문명개화와 허학으로서의 유학

개화지식인들의 문명개화론 및 서구화 지향의 근대개혁에 영향을 끼친 대표적인 인물은 일본의 후쿠자와 유키치였다. 그는 '문명개화'라는 용어를 동아시아에서 처음 사용한 인물이기도 하다. 그의 문명개화 및 문명론은 서양 문명의 방향으로 나아가는 것, 서구화를 의미하는 것이었다. 그는 "문명은 인류가 마땅히 경과해야 할 단계의 정점에 위치하는 것이고, 유럽 문명이 현재 도달할 수 있는 정상의 위치에 있으므로 문명의 진보를 꾀하는 자는 유럽의 문명을 목표로 삼아야 한다"고 주장하였다.[4] 일본의 문명화 전략을 기술한『文明論 槪略』에서 그는 문명화의 조건을 둘러싸고 청·일 양국을 비교, 대비시키는 동시에 중국과 일본의 문명적 차이를 밝히는 작업에서 중국을 동양 문명의 중심 국가가 아니라 동아시아 국가 중의 하나인 '支那(China)'라 지칭하였다. 그리고 중국의 문화, 유교문화권 문화의 핵심인 유학을 '虛學'으로 규정하고 문화사적, 정신사적 측면에서 철저하게 중국으로부터 벗어나고자 하였다.[5]

후쿠자와 유키치의 중국과 유학에 대한 인식은 조선의 개화지식인들에게 영향을 미쳤으며 조선인들의 계몽을 목적으로 발간한『독립신문』의 논설, 기사 등에도 반영되었다.『독립신문』의 서구 문명 관련 기사에는 유럽과 미국을 완벽한 상태에 도달해 있는 일등국으로 위치시키고 "문명국은 나라의

---

4 후쿠자와 유키치는『西洋事情』外篇에서 civilization을 '세상의 문명개화'라는 표제어로 번역하였다. 박양신,「근대 초기 일본의 문명개념 수용과 그 세속화」,『개념과 소통』제2호, 2008. 46쪽.
5 松田宏一江郎,『江戸の 知識から 明治の 政治へ』, ぺりかん社, 2010, 201～202쪽.

법률 장정과 정치가 밝고 공평하여 무식한 백성이 없고 사람마다 자유권이 있으며 나라가 화합에 이르는 세계가 되어 요순시절과 다름이 없다"는 내용이 많다.(논설 「나라 등수」, 『독립신문』, 1899.2.23) 서양 곧 문명이라는 등식을 만들어냄으로써 서양적이지 않은 것은 모두 문명화되지 않은 야만으로 규정하는 구조를 만든 것이다.

한국에서 개화, 문명이라는 단어는 1896년 독립신문 발간 이전에도 유길준, 박영효, 윤치호 등에 의해 자주 사용되었다. 유길준은 『서유견문』에서 개화 개념을 세분화하여 소개하였고, 박영효는 「내정개혁에 관한 건백서」에서 문명과 야만을 대비시키면서 문명의 개념을 강조하였다.[6] 그리고 『독립신문』의 발간을 계기로 개화, 문명개화 개념이 대중적으로 확산되기 시작하였다.

> 기화란 말은 아모것도 모로는 쇼견이 열녀 리치를 가지고 일을 싱각ᄒ야 실상ᄃ로 만ᄉ를 힝ᄒ 자는 뜻시라 실상을 가지고 일을 ᄒ거드면 헛되고 실상업는 외식은 아니 힝ᄒ고 춤된 것만 가지고 공평ᄒ고 경직ᄒ게 싱각도 ᄒ고 힝신도 그러케 ᄒ는 거시라 만ᄉ가 공평 정직ᄒ게 힝ᄒ 담에야 그늘진 일이 업슬 터이요 그늘진 일이 업슨즉 나 ᄒ는 일을 남이 알아도 붓그럽잘 거시 업슬 터인즉 문을 열어 놋코 일을 ᄒ야도 방희론 일이 업는 법이요.
>
> — 논설, 『독립신문』, 1896.6.30.

『독립신문』의 논설에서나 당시 지식인들이 사용했던 개화라는 개념에 포함되어 있는 대략적 의미는 모든 이치를 가지고 일을 사고하고, 행하는 것이

6　노대환, 「1890년대 후반 '문명'개념의 확산과 문명인식」, 『한국사연구』 149, 2010, 242쪽.

며 참된 것을 가지고 공평, 정직하여 행동도 그렇게 된다는 것이었다. 그리고 문명개화는 서구문물의 발전으로 설명하고 있으며, 서양기술의 발전을 우월한 것으로 인식하는 개념이 되었다. 『독립신문』은 당시 유행하고 있던 사회진화론적 인식 틀을 가지고 세계를 바라보고 그 시선의 연장선에 조선을 위치시켰다. 그러므로 약소국은 서구문명을 적극적으로 수용해야만 현재의 상태에서 벗어날 수 있고 강자가 될 수 있다고 하였다. 즉 후진적인 상태에서 벗어난 후에나 문명화와 부강의 길을 걸을 수 있다고 보았던 것이다.[7] 부국강병의 전제조건으로서의 문명개화를 이루어야한다는 논리는 언급한 바와같이 청일전쟁에서 일본이 승리한 이후 '힘'을 갖게 되었다. 서구문명의 우수성이 전쟁을 통해 드러났다고 본 것이다. 근대화가 서구화를 의미하였듯 문명화가 의미하는 것도 서구의 학문과 문물을 수용, 배우자는 것이었다.

> 오늘날부터 마음을 합하여 못된 옛적 풍속을 버리고 문명진보하는 일에 힘을 쓰는 것이 병 근본을 고치는 것으로 우리는 생각하노라.
>
> — 논설, 『독립신문』, 1897. 2. 13.

당시 『독립신문』은 조선이 후진적이고, 쇠약해진 근원을 조선에 학문과 교육이 없어서 그런 것이라고 인식하고, 옛 풍속을 버리고 문명진보하는 것에 힘쓰면 조선의 병폐를 고칠 수 있다고 하였다. 이것은 전통학문과 전통교육에 대한 부정이다. 서구의 학문을 실학이라 규정하고 서학만을 학문이라 지칭하고 전통학문, 유학, 사서삼경 등은 학문이 아니라고 부정하면서 결국

---

7 김도형, 「대한제국 초기 문명개화론의 발전」, 『한국사연구』 121, 한국사연구회, 2003, 175쪽.

한국에는 학문다운 학문이 없었던 것으로 회의하는 것이었다. 그리고 이후 학문을 어떻게 시작해야 하는 지에 대한 물음과 답을 하고 있다.

문명 기화흔 나라에셔들은 무론 남녀흐고 학교에 가셔 적어도 십 년 동안에 각싀 학문을 비혼 후 비로쇼 셰샹에 나가 벼슬을 흐던지 농스를 흐던지 쟝스를 흐던지 무슴 버리를 흐던지 흐거는 죠션 사름들은 겨우 비호는 거시 한문만 조곰 비화 가지고 그것만 밋고 총리 대신 노릇도 흐랴고 흐고(…중략…) 흔즉 그 한문 학문만 가지고는 이 셰샹에 아모 일도 흐기 어려온 거시 첫지는 한문 칙이란 거슨 대개 쳥국에셔 문든 칙인듸 여러 빅 년 된 거시 만히 잇슨즉 가량 그 칙들이 그 문들 째는 쳥국 빅셩의게 유죠흐엿스려니와 오날늘 죠션 인민의게만 그 학문이 유죠홀 거시 업슬 쑌 아니라 쳥국 인민의게도 힉가 대단히 잇는 거슨 오날늘 쳥국을 보면 가히 알 일이라 쳥국에 스셔삼경을 잘 아는 사름이 죠션보다 만히 잇고 토디와 인민이 죠션보다 커 그러흐되 (…중략…) 구라파 각국에셔는 젹든지 크든지 인민들이 남녀 업시 적어도 십여 년을 학교에셔 각싀 새 학문을 비혼 연고요 쳥국은 그져 오랜 스셔삼경을 공부흐는 싱둙이라 그런 고로 싸홈흐면 쳥국이 늘 외국의게 지는 거슨 문명 기화흔 나라 사름들은 군스를 죠련홀 줄 알고 리로온 병쟝긔와 화륜션과 철도와 젼신과 젼화와 편흔 의복과 유익흔 음식과 정결흔 거쳐를 문들 줄 알고 나라 일에 죽는 거슬 영광으로 아는 연고로 사름의 몸이 강흐고 문음이 굿셰고 지혜가 놉하지거니와 쳥국은 이 즁에 흔가지도 공부 안흔즉 인민이 약흐며 쳔흐며 어리셕으며 더러오며 나라 위흘 문음이 업스며 놈의게 쳔딕를 바다도 쳔딘 줄 모로고 업수히 넉임을 바다도 분흔 줄을 모로는지라.

—논설, 『독립신문』, 1896.4.25.

문명 개화국에서는 학교에 다니며 10여 년 동안 각종 분야의 공부를 한 후 관직으로 또는 다양한 산업분야로 진출하는데 한국인들은 한문만을 배우고, 또 그것을 가지고 관직으로 진출하니 정치 등이 어려워졌다고 보았다. 유학 서적들은 읽다보면 결국 중국인들 사정에 맞는 글이지 조선인에게 맞는 글이 아니라고 기술하고 있다. 그리고 개화지식인들은 유학은 너무 오래전 옛날에 만들어졌다는 점, 그래서 현 상황과 너무 동떨어져 있다는 내용의 기사를 통해 유학을 부정하고 있다. 그 실례로 사서삼경을 공부한 사람이 한국보다 중국에 많은데도 중국은 서양의 국가들과 싸움만 하면 지는데 그 이유는 서양인들은 여러 가지 학문을 배우는데 중국인들은 사서삼경 하나만 공부하였기 때문이라고 적고 있다. 현실상 지금은 군사를 조련하고 병장기와 화륜선, 철도, 전신 등 실학을 배워 나라를 이롭게 해야 되는데 청은 그와 같은 사정에 관심이 없고, 학문을 향상시켜나가지 않았다고 있다. 그리고 이와같은 점에서 유학을 허학이라 비판하는 동시에 유학이 현실을 직시하지 못하게 된 연유에 대해서 다음과 같이 더하여 적고 있다.

아셰야 사름 모씨는 셰계 각국에 넓히 유람하고 동셔양 학문을 도뎌히 셥녑한 사름이라 일즉히 말하야 글오듸 동양학문은 놉흔 담안에 잇는 사름이오 셔양학문은 놉흔 산에 올나 가는 사름이라 하엿스니 가장 니샹하고 유리한 평론이로다 그 쯧을 궁구하여 보건듸 동양학문은 쳥국 뎐디의 기화룜이 각국 중에 뎨일 몬져 하얏스며 (…중략…) 항샹 말하되 녜젹 셩현네는 나실쌔브터 지혜가 잇셔 셰샹 리치를 비호지도 아니하시고 공부도 아니 하셧스되 아지 못 하실 것이 업다 하며 셩현네가 ᄀᆞ르치신 훈계와 긔록 하신 셔칙은 다만 입으로 닑고 외일지언뎡 감히 그 학문의 리치를 히셕지 못하며 다만 혼다는 말이 우리가 엇

지 이젼 셩현네의 아시지 못흔 것을 알수 잇스며 셩현네가 말슴 흐시지 아니흔
일을 엇지 말흘 슈 잇스며 셩현네가 궁구치 아니 흐시던 리치를 우리가 엇지
궁구 흘 수 잇스리오 (…중략…) 동양 션비의 학문은 ᄎᄎ 잔약흐야 진보될 가
망은 업ᄂ지라 엇지 그 학슐이 긔명 되기를 ᄇ라리오 (…중략…) 모씨의 니른
바 놉흔 담 안에 잇ᄂ 사ᄅ이라 그 담안에 잇ᄂ 물건과 경치ᄂ 눈으로ᄆ 불쌘
이오 궁리치 아니흐며 그 담 밧씌 잇ᄂ 허다흔 경치와 산쳔 풍토의 긔긔 묘묘
흔 리치ᄂ 흐나 볼수도 업고 드를수도 업고 알수도 업스리니 학문상에 엇지 진
보되기를 긔약흐리오 (…중략…) 태셔의 학문은 근본 희리니 나라에 셩현네
들이 텬문 디리와 인륜의 도리를 강론흐야 그 고명흔 말슴과 기슐이 인민의게
ᄯᅩ흔 크게 간졀흐야 효력이 잇더니 그 후에 여러나라 현인들이 쳐음으로 긔척
흔 뎐답들을 희마다 거름흐고 다ᄉ릴소록 곡식이 더잘되ᄂ 것 ᄀᆺ치 그 학문을
졈졈 더 궁구흐야 ᄎᄎ 압흐로 나아간지라 (…중략…) 셔양 학문은 모씨의 니
른바 놉흔 산에 올나 가ᄂ 사ᄅ과 ᄀᆺ흔지라 사ᄅ이 놉흔디 올나 가기가 평디로
나려 가ᄂ것보다 힘은 대단히 들지마ᄂ 놉히 올나 갈수록 산쳔초목과 허다 풍
물이 눈에 더 보히리니 그와 ᄀᆺ치 션비가 학문을 강구흐야 졈졈 올라감으로 그
지죠와 학식이 더욱 통명흔 법이라.

— 논설, 「동서양학문 비교」, 『독립신문』, 1899.9.9.

위 논설은 동서양 학문의 방법, 성격 등을 비교한 것이다. 동양의 학문은
선비들이 학문의 이치를 더욱 연마하여 점점 발전시켜야 하는데 성현의 가
르침만 알고, 성현이 알지 못하는 것은 감히 알 수 없다는 생각에 더 이상 강
구하지 않아 그 학문의 깊이가 얇아져 진보, 개명하지 못하였고, 그래서 학문
이 높은 담 안에 있는 것처럼 되었다고 비유하였다. 그리고 담 안의 학문은

담 밖의 경관이나 이치 등을 볼 수 없고, 알 수도 없으므로 학문상에 진보를 얻을 수 없다는 것이다.

그런데 서양의 학문은 성현들의 천문, 지리와 인류의 도리를 강론하면서도 성현의 말과 기술이 인민에게 간절하여 효력이 있고, 이후에 현인들이 그 학문을 점점 더 궁구하여 앞으로 나아가는 학문이 되었으며 높은 산에 올라가는 사람으로 묘사하였다. 이것은 높은 곳에 올라가 평지를 내려다보면 산천초목과 여러 풍물이 눈에 들어와 점점 그 학문이 더욱 통달해지고 학식이 탄탄해지고 진보하게 된다는 점을 말하기 위함이었다. 이와같은 비유들을 통해 동양의 학문은 그 지향점을 고대에 두고 있어 발전하기 어려운 그래서 약화, 쇠퇴할 수밖에 없는 것으로 보고, 서양의 학문은 진보, 발전하는 그리고 효용성이 있는 것으로 대비시키고 있다.

이와같은 동양 학문의 답보성, 폐쇄성에 대한 비유는 일본 개화지식인들의 주장과도 맥을 같이하는 것이었다. 후쿠자와 유키치는 세계 국가들에서 "아세아주는 아무튼 개혁이 미숙한 나라로 천년이나 이천년이나 옛사람이 말한 것을 열심히 지키면서 조금도 임기응변을 모르고 함부로 자만하는 경향이 강하다. 이 세상을 모르고, 타국의 풍습에서 보고 배워 개혁하는 것을 모르는 자만의 병에서 기인하는 화라며 절대 흉내 내서는 안된다"며 동양학문을 개혁이 없는 진부한 융통성이 없는 것으로 평가하고 있었던 것과 맥이 닿아 있다.[8]

---

8 당시 일본 학자들은 동양학문의 평가절하 뿐 아니라 폐해를 전개하기도 하였다. 대표적인 학자로 니시무라 시게키를 들 수 있다. 그는 "지금까지 아세아주의 학술은 유일하게 나라를 다스리는 것만을 주로 해서, 널리 세계에 미치게 할 생각을 못했다. 고로 그 논리가 편협해서 고루하게 흘러, 군신의 신분이 엄격하고, 귀천의 차등이 심하고 (…중략…) 고로 사람의 재능과 지혜는 날이 갈수록 줄어들고 견문은 날이 갈수록 좁아져 혹은 물정에 어두워지고 혹은 과격해져서 평생 볼 곳, 현관밖에 나가지 못하고 이것이 아시아주 학술의 폐이다"라고 악평을 하였

　　동양학문, 한문, 사서삼경, 유학 등에 대한 비판의 논조는 『독립신문』 곳곳에서 발견할 수 있다. 대략 그 논조는 언급한 바와 같이 세상의 변화에 대응하지 못하는, 답보상태에 머물러 있다는 점 등이다. 즉 변화가 없는 구학문, 허학으로 규정하고 신학문과 대비시키고 있다.

　　예로부터 인지가 다 학문에셔 나는디 학문은 한량이 업스되 다만 시셰는 고금의 다른 즉 학문이 또혼 시셰를 따라 변통홈이 맛당ᄒ거늘 동양 션비들은 고금의 현슈혼 것을 의론치 안코 홍샹 말ᄒ되 녯젹 셩현의 못ᄒ신 일을 후싱이 엇지 능히 경영ᄒ며 경젼에 업는 말슴을 우리가 엇지 능히 저슐ᄒ리오 새 법을 내지 말고 녜 법을 곳치치 안는 것이 가ᄒ다 ᄒᄂ니 동양에 잇는 나라들의 형셰가 졈졈 빈약홈이 엇지 이 식듥이 아니리오 (…중략…) 쳥국으로 말홀진디 새학문을 귀히 넉이지 아니ᄒ고 (…중략…) 나라에 문학과 풍쇽이 고금이 굿지 아니ᄒ야 ᄎᄎ 폐단이 싱길 디경이면 시셰와 형편을 싸러 새 리치를 궁구ᄒ고 새 문견을 발달ᄒ야 새 학문에 진보가 되어야 그 나라이 문명ᄒ고 부강혼 법이라 셔양셔도 만약 동양사름과 굿치 다만 교만ᄒ고 나틔혼 버릇으로 각기 ᄌᄀ 나라이젼 풍쇼과 법률만 됴화ᄒ고 뒤로 물너가기만 일을 삼엇더면 뎐긔션과 화륜션의 여러 가지 긔계를 누가 능히 궁구ᄒ며 털로와 광산의 모든 리익이 어디로 좃차 나리오 그런즉 오쥬 셰계에 유명혼 나라들이 뎌 굿치 문명ᄒ고 뎌 굿치 부강혼 것이 다 녯젹 썩은 학문을 ᄇ리고 향ᄂ나는 새 학문을 힘쓰는 효험이라 대한에 고명ᄒ신 쳡군ᄌᄂ 인슐ᄒ야 셰월만 허비ᄒ지 말고 어셔 속히 이 셰계에 됴혼 새 학문으로 국즁에 잇는 완고혼 구습을 통혁ᄒ야 일신우일

<hr>

다. 松田宏一江郎, 『江戸の 知識から 明治の 政治へ』, 2010, ぺりかん社, 199~201쪽.

신흥게 ㅎ면 대한 전국이 유리 세계가 되리이다.

—논설, 『독립신문』, 1899.9.20.

이와같이 개화지식인들이 생각하는 서양의 근대학문은 부국강병에 기여하는 학문을 의미하는 것이었다. 그리고 청의 학문은 용맹이 없는 학문으로 치부하고, 유학을 망한 학문으로 규정하여 더 이상 조선의 지식인들이 이 학문을 배워서는 아무런 이득이 없음을 강조하고 있는 것이다. 그들은 조선이 지금과 같은 처지에 놓여 고생하는 원인은 운수가 나빠서이며 이는 배움을 통해 충분히 벗어날 수 있다고 희망을 품고 있다. 그러나 그 전제는 그 학문이 유학이 아니어야 한다는 것이었다. 왜냐하면 유학이 허학이므로 어떻게 보면 조선의 처지는 허학을 믿고 진보하지 않았기 때문이다. 즉 세상의 변화에 따라 학문도 변해야 하는데 유학은 그렇지 못했다는 것이다. 그것은 한국만이 아니라 동양 학문을 지주로 삼고 있던 동아시아 국가들이 점점 약해지고 빈곤해지는 것을 통해 알 수 있다고 하였다. 그리고 새로운 이치를 탐구하고 새로운 지식을 발달시켜 신학문으로 나가게 하여야 나라가 문명국가, 부강한 국가가 된다고 강조하고 있다. 그러나 문명국가, 부강한 국가의 기준은 근대적 시설의 설비와 기계의 발달이었다. 즉 전기선, 화륜선, 철로와 광산개발과 같은 근대기술의 발달이 사상이나 학문발달보다 중요하였다.

반복적으로 청나라의 한학을 야만의 학문으로 규정하고, 중국을 최하층 야만국으로 묘사하는 논법은 조선 문명의 앞날을 위해 '허학'을 버리고, 효용성, 실용성이 있는 '실학'을 습득해야 한다는 것을 강조하기 위함이었다. 나아가 청국사람을 본받으려는 조선 사람은 관민간에 다 원수요, 나라를 망하게 하려는 사람이 되는 것이었다.

학문을 하는 방법에 대해서도 전통적인 것에 회의적인 태도를 보였다. 블라디보스톡에 거주하는 유진률이 기고한 글을 보면 그는 아시아주에서 인류가 처음 나타났음에도 불구하고 구미와 문명의 차이가 크게 벌어진 이유는 학문의 차이 때문이라고 지적한다. 즉 서양인들은 무슨 일이든지 모르는 것이 있으면 끊임없이 그 이치를 탐구하여 문명 진보하는 반면, 아시아는 한학에 사로잡혀 편안함과 쉬운 것만 추구한 결과 뒤처지게 되었다는 것이다. 그리고 한학의 문제점은 한문을 공부하여도 세계에서 뛰어난 일을 한 적이 없고, 시경, 서경, 논어, 맹자 사서삼경을 공부하여도 정치학문과 부국강병이 없는 세월, 청춘을 허비하는 것이었다고 혹평하였다.

유진률씨가 의견셔를 지여 본샤에 보닛기에 좌에 긔진 ᄒ노라 (…중략…) 아셰아 사름은 한셔 두 글쯧에 깁히병이 들어 아는 것이 편안 흔 것과 인슌 ᄒ는 것 쑨이라 한문에 깁히 병이 들엇다 흠은 한문을 못 쓸 들이라 ᄒ는 것이 아니라 자고로 한문을 공부흔 사름이 무슴 리치를 슝상 ᄒ야 세계에 쮜여는 일 흔 것이 ᄒ나도 업고 한문 속에셔 지금 ᄒ는 일이 죽도록 공부 ᄒ야도 시뎐 셔뎐 론어 밍자 권이나 닑고 시부나 지으면 유식다 ᄒ나 그 ᄒ는 일을 샹고 ᄒ여 보면 시로 한문 속에셔 졍치 학문과 부국 슐법은 ᄒ나도 업고 (…중략…) 이계는 아셰아 동방 삼국 즁에 일본은 구미 량쥬에 문명을 힘써셔 국부 민강 ᄒ야 위엄이 동셔양에 썰치고 쳥국은 남을 압톄 ᄒ다가 도로혀 압톄를 밧게 되고 대한이 갑오 이후에 우연히 죠흔 긔회를 엇어 쯔쥬 독립 황뎨국이 되샤 국즁에 신문들도 만히 싱겨 젼국 인민의게 듯도 보도 못ᄒ든 지식을 열어 주며 션빅들은 한셔를 긔간ᄒ야 문명 진보흘 리치를 공부 ᄒ야 후싱을 교육 ᄒ나 기실은 공효가 업스니 공효 업슴은 빅셩의 글음이 아니요 관인들이 쟝뎡을 직히지 아니 ㅎ고 일을 아니 ㅎ는 까둙이라.

— 논설,『독립신문』, 1898.9.19.

『독립신문』에 글을 기고한 유진률은 문명국으로 거듭나기 위해서는 옛날의 썩은 학문을 버리고 향기나는 새 학문, 근대 학문에 힘써야 하며 새 학문으로 완고한 구습을 완전 혁파하여 개화할 것을 강조하고 있다. 청국이 완고한 한문만을 고집하다 남의 압제를 받는 것처럼 조선도 한문을 떨쳐버리고 자주독립국으로 문명진보의 이치를 공부해야만 위기를 극복할 스 있다는 논리를 펴고 있다. 이와같이 한학의 가장 큰 결함은 변화에 약하다는 것, 정체되어 있어 옛 것만을 숭상하고 미래를 통찰하지 못하는 학문 본연의 책무를 행하지 못하였다는 점, 실용적인 부분에 적극적이지 못했던 것을 강하게 비판하였다.

4. 근대 학문의 교육 방법

『독립신문』의 유학 관련 기사 중 또 다른 하나는 일본의 근대화, 부강한 국가로의 성장을 부각시키는 것이었다. 일본이 동양의 일등국이 된 것은 자기의 단점을 부끄러워하여 고쳤기 때문이며, 청국이 세계에서 약한 나라가 된 것은 교만하여 자기의 허물을 고치지 못했기 때문이라는 것이다. 그러므로 대한이 잘되려면 부끄러워하는 마음이 있어야 하고 그를 기본으로 내 단처를 버리고 남의 장점을 취하여야 한다는 논리를 펴고 있다.[9] 단점을 부끄러워하고 장점을 살릴 수 있는 것 또한 문명개화였으며 이를 이룰 수 있는 것은 교육을 통해서라고 『독립신문』은 강조하고 있다.

> 우리는 말ᄒ기를 죠션이 암만 ᄒ여도 나라히 되겟다고 ᄒ노라 우리가 이러케 싱각ᄒᄂᆫ 신ᄃᆰ은 실상이 업시 공연이 ᄒᄂᆫ 말이 아니라 죠션 인민을 자셔히 공부ᄒ여 보거드면 죠션 인민이 일본 인민에셔 죠곰치도 못 ᄒ지 안ᄒ 인종이라 일본셔도 삼십년 젼에ᄂ 죠션과 ᄀᆺ치 셰 잇ᄂᆫ 사ᄅᆷ이 무셰ᄒ 사ᄅᆷ을 압졔ᄒ고 문명 긔화라 ᄒ면 다 슬허ᄒ고 외국 풍속이라 ᄒ면 다 ᄭᅵ리고 외국 학문이라 ᄒ면 쳔히 넉여 나라히 외국에 좁혀 지내고 외국이 일본을 야만으로 ᄃᆡ졉ᄒ더니 삼십년 안에 국즁에 학교를 셰워 인민을 교휵ᄒ야 학문들을 빈호게 ᄒ고 법률을 공평ᄒ게 시힝 ᄒ야(…중략…) 오늘날 일본이 동양에 뎨일 부강ᄒ 나라히 되얏ᄂᆫ지라 그 사ᄅᆷ들도 구미 각국에 가셔 이거슬 빈화다가 그러케 되얏ᄂᆫ지라 엇지 죠션 사ᄅᆷ은 일본 사ᄅᆷ의게 죠곰치라도 양두를 ᄒ리요. 죠션도 오늘날브터 시쟉ᄒ야 인민의 교휵을 힘쓰고 (…중략…) 이거슬 ᄭᅵ닷고 유신ᄒ 졍치를 사ᄅᆷ마다 본밧아 힝ᄒ거 드면 삼십년 후에 죠션이 오늘날 일본보다 낫게 되지 말난 ᄃᆡ가 업ᄂᆫ지라.
>
> ─ 논설, 『독립신문』, 1896. 12. 3.

청일전쟁 이후 조선의 개화지식인들은 일본을 모델로 하여 개화를 추진하고자 하였다. 개화 추진의 내용은 30년 전 일본도 조선과 같이 문명개화를

9　논설, 「붓그러운 일」, 『독립신문』, 1899. 1. 28.

피하고 외국 풍속을 꺼리고 외국학문을 천하게 여겼으나 오늘날 일본은 학교를 세우고 인민들을 교육시켜 서양학문을 배우게 하여 동아시아에서 제일 부강한 나라가 되었다는 것이다. 그리고 일본이 야만에서 벗어나 개화하고 부강한 국가가 되는데 30년이 걸린 것처럼 우리도 개혁하고 서구의 학문을 배우고 교육에 힘쓰면 일본보다 나을 것이라고 하였다. 30년을 10년으로 단축시킬 수 있다는 논조의 글을 실기도 하였다.

청일전쟁이후 문명개화를 위해, 나라의 부강을 위해 교육에 강조점을 둔 것은 개화지식인만은 아니었다. 당시 정부의 교육정책은 1894년 갑오개혁 이후로 신교육 중심으로 변하고 있었다. 1895년 2월 고종은 "교육이 실로 국가를 보존하는 근본이다"라며 학교를 세우고 인재를 양성하는 것이 국가 중흥에 필수적이며, 신교육이 인재양성의 요점이라는 내용의 '교육에 관한 조칙'을 발표하였다. 같은 해 學部에서도 소학교를 개설하면서 나린 훈시에서 "교육은 개화의 근본이며, 나라를 사랑하는 마음과 부강해지는 묘리가 모두 학문으로부터 생기는 만큼 오직 나라의 문명은 학교가 성한가, 쇠한가에 관계된 것"이라고 하여 교육을 통한 문명 달성을 주장하였다.

교육 내용과 방식에 관하여 개화지식인들은 허학으로서의 유학을 넘어 실용적인 서구학문을 적극 수용하는 교육제도 및 내용을 강조하면서 많은 기대를 하였다. 그것은 조선의 '문명화'의 성공에 대한 기대였다. 그리고 교육에 있어 성품을 중요시하였다. 조선인은 청나라 사람과 일본 사람 중간의 성품, 즉 조선인들의 성품을 중국인의 완고함과 일본인의 성급한 성격의 중간에 있다며 교육만 잘되면 동양에서 제일의 문명화된 민족이 될 것이라고 강조한 것에서 잘 드러난다.

당시 서양 학문을 배우고 가르치는 학교의 설립은 가장 핵심적인 문명의 표본이자 척도였다. 그리고 학교를 통한 교육이 가장 빠르게 국가 구성원 전체가 문명화에 다다를 수 있는 핵심이라고 이해하였기 때문이다. 그래서 각급 학교 설립, 의무화된 소학교 제도, 소학교, 중학교, 대학교, 전문학교에 들어가는 교육과정, 남녀 평등교육, 10년 정도의 교육 기간, 개화 서책의 반포, 외국 책의 번역, 도서관 설치, 외국에 유학생 파견 등 서구식 또는 일본식 교육 제도를 소개하거나 실행을 촉구하였다.[10]

> 셔양 각국의 부강 흠은 무슴 신돍이며 대한국의 빈약 흠은 무슴 연고인고 ᄒᆞ니 셔양 각국은 실학을 슝샹ᄒᆞ야 문명흔 긔계를 신발명흔 뒤으로 나라 형세들이 크게 썰쳐 세계 상에 몬져 진보흔 나라이 되고 대한국은 다문 허학문 슝샹 ᄒᆞ니 이는 셔양 각국에 대 ᄒᆞ야 못 ᄒᆞ다고 흘문 흔지라 그러 ᄒᆞ나 대한국도 얼마 아니 되야 나라이 부요 ᄒᆞ고 군ᄉ이 강셩 ᄒᆞ여 셰계 만국에 독보(獨步)흘 방칙이 잇나니 대뎌 부국 강병 흠은 사름마다 다 조타고는 이르고 그 부국 강병 ᄒᆞᄂᆞᆫ 것이 사름마다 (…중략…) 쥰슈흔 ᄌᆞ뎨들을 문명흔 각국에 만히 보니여 그 나라의 각양 학문 중에 뎨일 조흔 걸노 비화다가 본국에 학교를 여러 곳에 셰우고 ᄎᆞᄎᆞ 국민들을 갈ᄋᆞ치거드면 대한도 ᄯᅩ흔 ᄌᆞ연히 문명 부강 흔 경계에 이를지니 그러고 보거드면 텬하 각국을 대 ᄒᆞ야 무엇이 두려옴이 잇스리요 (…중략…) 나라이 부강에 나아가고져 ᄒᆞ랴면 졍부에셔 불가불 허학을 업세고 실학을 슝샹ᄒᆞ야 인민의 공업을 흥왕케 ᄀᆞᆯᄋᆞ치ᄂᆞᆫ 것이 뎨일 방칙이 될 줄노 우리ᄂᆞᆫ 밋노라.
>
> — 논설, 『독립신문』, 1898.6.14.

---

10 길진숙, 「『독립신문』, 『매일신문』에 수용된 문명 / 야만 담론의 의미 층위」, 『근대계몽기 지식 개념의 수용과 그 변용 』, 2004, 84쪽.

학교에서도 제일 먼저 해야 할 것은 허학을 버리고 실학을 숭상하는 것이라고 강조하였다. 교육의 궁극적 지향은 나라의 부강이며, 교육의 목적은 교육 후 각기 직분에 충실하고 독립의 기초와 자주의 권리를 확립하고 보전하여 세계열강들과 동등해지는 것이자, 서구와 같은 문명국가가 되는 것이었다. 구체적인 교육 내용은 전통 유학의 근간인 사서삼경과 시부표책이 아니라 시세에 맞는 법률, 공업, 기계, 공장에 편리함을 가져올 수 있는 실용적인 것들이었다.

학교로 말 홀지라도 로형 말숨은 스셔 삼경과 시부표책으로 쥬상 ㅎ여 말숨 ㅎ신 즉 그것은 녯젹 학교어니와 지금 학교는 스셔 삼경과 시부표책이 긴 홀것이 업는 것이 시셰를 ㅼ라 젹당 홈을 쓰는 것은 셩인의 말숨에도 잇거니와 지금 형편이 폐젼과 대샹부동 ㅎ야 이젼에 못 듯던 나라와 못 보던 사룸 들이 셰계에 버려 잇는디 그 나라에 스셔 삼경과 시부표책은 당쵸에 일ㅈ 무식이로되 졍치 법률의 긴졀 홈과 긔계 공쟝에 편리 홈을 우리 나라 사룸으로는 일호도 ㅼ라 갈슈 업는 싱둙은 다만 구급에 져진 학문으로 시쇽을 비방 ㅎ고 ㅈ포 ㅈ기 홈이니 엇지 개탄치 아니ㅎ리오 (⋯중략⋯) 남녀를 물론 ㅎ고 칠팔셰 이상으로는 몰슈히 학교에 보니여 각식 학문을 졍밀히 글ㅇ쳐 슈십년 후에 각기 비온 학문디로 외국 졔도를 본밧아 롱스 홀 사룸은 롱스ㅎ고 쟝스 홀 사룸은 쟝스 ㅎ고 공쟝홀 사룸은 공쟝 ㅎ고 벼슬 홀 사룸은 벼슬 ㅎ야 각기 직분을 힘쓴 연후에야 국부 민강 ㅎ야 독립의 긔쵸와 ㅈ쥬의 권리를 사룸마다 견실히 보젼 ㅎ야 텬하 강국과 동등이 되려니와 긔왕 글ㅇ치던 스셔 삼경 시부표책문 가지고는 합당흔 학문이라고 홀슈 업고.

　　　　　　　　　　　—논설, 「직미 잇는 문답」, 『독립신믄』, 1899.4.15.

오늘날의 학교는 시대적 상황에 따라 사서삼경, 시부표책을 가르치는 것이 아니라 외국의 제도 등을 배워 각기 자신의 직분에 힘쓰고 국가의 기초와 자주, 권리 그리고 부강을 꾀하며 세계 강국과 동등해 질 수 있는 것을 가르치는 것으로 생각하였다. 서양의 학문과 실용성 있는 실업 교육을 실학으로 강조하고 있다. 구체적인 학문의 내용은 아래의 기사내용에 잘 나타나있다.

> 만일 우리로 ᄒ여금 그림 글ᄌᆞ를 공부ᄒᆞᄂᆞᆫ 대신의 정치 속에 의회원 공부나 내무 공부나 외무 공부나 재정 공부나 법률 공부나 수륙군 공부나 항해 공부나 위생상 경계학 공부나 쟝식 공부나 쟝ᄉᆞ 공부나 농ᄉᆞ 공부나 또 기외의 각식 ᄉᆞ업상 공부들을 ᄒᆞ면 엇지 십여 년 동안에 이 여러 가지 공부 속에셔 아모 사름이라도 쓸 ᄆᆞᆫᄒᆞᆫ 즉업의 ᄒᆞᆫᄀᆞ지ᄂᆞᆫ 잘 졸업ᄒᆞᆯ 터이니 그후에 각기 ᄌᆞ긔의 즉분을 착실히 직혀 사름마다 부ᄌᆞ가 되고 학문이 널너지면 그졔야 바야흐로 우리 나라가 문명 부강ᄒᆞ야 질 터이라.

—논설, 「ᄇᆡᄌᆡ 학당 학원 쥬상호 씨 국문론」(전호 연속),
『독립신문』, 1897.4.24.

위의 글에서 알 수 있듯이 한문을 그림 글자 공부로 폄하하면서 전문분야의 공부, 외무, 재정, 군사, 위생 그리고 실업교육, 직업교육을 강조하고 있다. 한편 한문, 청국 학문을 배격하면서 국문, 한글이 실용적이고 편리하다며 그 사용을 적극 권장하고 있다. 그 이유로 독립심 배양을 들고 있다. 우리나라 글과 말이기 때문에 쉽게 터득할 수 있고, 다른 한편 글자가 가지고 있는 '자주성'때문이었다. 즉 조선인들이 한문을 계속 사용하면 독립하고 싶은 생각이 없어지지만 조선의 글인 한글을 가까이 하여 읽고, 쓰고 하면 독립심을 갖게 된다는 것이다. 그러므로 개화지식인들은 청과의 독립을 이야기하면서 그 방법의 하나로 국문의 사용을 강조하는 것이었다. 국문을 통한 독립심과 애국심을 고취시키고자 하였던 것이다.

> 대단히 우습고 개탄흘 일이더라 지금 죠션에 죠곤치라도 공부흔 사름들은 한문을 공부 흐엿고 국문으로는 공부흔 사름이 젹은 고로 국문이 실샹 엇더케 편리흐고 엇더케 학문 잇게 믄든 글인줄을 죠션 사름들이 모로는지라 (…중략…) 지금 죠션에 뎨일 급션무는 교휵인듸 교휵을 식히랴면 남의 나라 글과 말을 비혼 후에 학문을 フ른치랴 흐거드면 교휵 흘 사름이 몃이 못 될지라 그런 고로 각싴 학문 칙을 국문으로 번력 흐여 フ른쳐야 남녀와 빈부가 다 조곰식이라도 학문을 비호지 한문 비화 フ지고 한문으로 다른 학문을 비호려 흐거드면 국중에 이십여년 그노릇문 흘 사름이 몃이 못 될지라 국문으로 칙을 번력 흐즈거드면 두フ지 일을 뎨일 몬져 흐여야 흘터이라 첫지는 국문으로 옥편을 믄드러 글즈 쓰는 법을 졍히 놋코 그듸로 フ른쳐 (…중략…) 죠션에셔 사름들이 한문 글즈를 フ지고 통졍을 흐기를 쟝구히 흘 것 ヌ흐면 독립 흐는 싱각은 업셔질 듯 흐더라.
>
> ㅡ논설, 『독립신문』, 1897.8.5.

위의 논설에서도 알 수 있듯이 개화지식인들은 서구학문, 근대지식을 습득하여 실질적으로 조선이 부국강병해질 수 있는 방안을 모색하고 있었다. 당시 학부의 정책 또한 신교육을 적극 실시하면서 시의에 합당한 교육을 강조하였다. 그러면서 서구의 학문을 국가를 강하게 하고, 인민을 부유하게 만드는 학문으로 이해했으며, 반면에 허문(虛文) 교육은 나라와 인민이 위태로

위 질 뿐이라며 유학을 비판하고 실학에 힘쓸 것을 강조하였다.[11] 그 방법으로 교육이 중시되었고, 그 과정에서 한문이 아닌 한글, 국문이 강조되었다. 그 국문을 통해 조선의 독립을 유지시키고 조선민족의 애국심, 독립심을 고취시키고자 하는 의도들이 논설의 곳곳에서 드러난다. 국문 사용은 국사의 강조와 마찬가지로 자주독립국으로의 위상을 높이는 것으로, 그리고 청으로부터 독립하는 것으로 인식하였기 때문이다.

『독립신문』은 청을 야만으로 청의 학문을 허학으로 현재의 문제를 해결하는데 한계가 있는 것으로 규정하고, 이것에 종속되어 있던 조선인들의 정신세계를 변화시켜 새로운 세계로, 문명의 세계로 나가게 하기위해 야만 / 문명, 허학 / 실학, 속국 / 자주독립국 등과 같은 이분법적 논리의 문명담론을 적극 활용하였다. 그러나 독자적인 문명의 기준 내용을 정하지 못하고, 서구와 일본의 상태를 문명으로 인식한다거나, 근대국가의 모든 것들을 배워야 할 대상으로 설정하는 등의 당시 개화 지식인의 모습을 보이기도 하였다.

근대 지향을 위한 새로운 종류의 지식에 기대가 컸던 지식인들은 신지식이야 말로 조선에 절대적으로 '필요한 지식'이라 주장하며 전통적인 지식은 의미 없는 것으로 치부하였다. 그리고 교육을 통해 전 인민들에게 빨리 보급시켜 근대화를 추진시키고자 하는 근대주의적 태도를 보였다.

11　김경미, 『한국 근대교육의 형성』, 혜안, 2009, 180쪽.

5. '근대'에 대한 비판의 부재

전통적 지역질서체제에 대한 인식의 변화와 전통 학문인 유학에 대한 회의와 나아가 유학이 허학으로 규정되는 과정에서 중요한 역할을 한 것 중 하나는 문명담론이었다. 19세기 동아시아를 둘러싼 일련의 정치적 사건의 변화는 새로운 담론을 수용하거나 급속히 확산시켰다. 그리고 그와같은 담론을 확산시키기 위한 새로운 담론장이 만들어졌다. 그 대표적인 것이 근대매체라 할 수 있는 신문과 잡지였다.

19세기 조선의 위기를 극복하기 위해 적극 활용한 담론은 문명개화의 내용을 담은 그리고 사회진화론적 성격이 강한 문명담론이었다. 문명담론이 힘을 얻을 수 있었던 것은 당시 조선, 청, 일본을 둘러싼 국제정세의 변화와 밀접한 관련이 있다. 특히 청일전쟁의 결과는 조선의 지식인들로 하여금 기존의 체제들에 대해 회의를 품게 했으며, 이러한 질서체제의 변화는 문화, 학문, 사상에도 영향을 미쳤다고 할 수 있다. 기존의 청에 의존하고 있었던 물질적, 정신적인 측면으로부터 벗어나기 위해 개화지식인들은 문명담론을 수용하였다. 그리고 『독립신문』이라는 매체를 통해 문명과 야만의 이분법적 사유를 통해 조선인들에게 확산시켰다고 할 수 있다.

『독립신문』의 주도세력인 근대 개화지식인들이 궁극적으로 지향하였던 목표는 조선의 부국강병, 자주독립이었다. 『독립신문』에서 자주 사용된 문명담론은 크게 전통적인 것과 서구적인 것을 대비시키는 성격이 강하게 드러난다. 그리고 그 문명담론에 의거해 동양의 학문은 부정되고, 왜곡되었다고 할 수 있다. 그러므로 조선의 전통적인 것, 중국의 것, 동양의 모든 것들이

‘문명의 이름’으로 야만의 것으로, 후진적인 것으로 치부되면서 유학은 허학으로, 그리고 서양학문, 서구의 것은 실학으로 규정되었다. 나아가 개화지식인들이 지향하였던 문명개화는 서구화, 근대화를 의미하는 것이었다.

개화를 통해서만 조선이 세계, 국제무대에서 대접 받을 수 있고 과거의 억압도, 종속 관계로부터도 벗어날 수 있다고 인식한 것이다. 그리고 세계 문명국들과 어깨를 겨루기 위해서는 그들의 과학, 기술 뿐 아니라 문화도 받아들여야 한다는 논리들이 힘을 얻었고, 정책도 적극적으로 그와 같은 방식으로 추진되었다.

그러나 개화지식인들이 부정하는 허학으로서의 유학은 조선의 과거와 전통을 부정하는 것과 마찬가지였다. 그리고 이것은 ‘지금’은 개화지식인으로 근대를 지향하지만 뿌리는 과거 전통에 있었던 본인들의 학문적 토대를 부정하는 것과 마찬가지였다. 자신의 전통을 부정하고 그들이 지향한 근대는 서구적인 것, 일본이 받아들인 서구에서 나아가지 못하였다. 그러므로 자신에게 맞지 않아도, 손해가 되는 것이어도 우선은 ‘근대적’, ‘서구적’인 것이라면 받아들여야 한다는 근대주의에서 벗어나지 못했다.

참고문헌

논저

길진숙, 「『독립신문』, 『매일신문』에 수용된 '문명 / 야만' 담론의 의미층위」, 『근대계몽기 지
　　　식의 발견과 사유지평의 확대』, 소명출판, 2006.

김도형, 「대한제국초기 문명개화론의 발전」, 『한국사연구』 121, 2003.

노대환, 「1890년대 후반 '문명' 개념의 확산과 문명 인식」, 『한국사연구』 149, 2010.

박양신, 「근대 초기 일본의 문명개념 수용과 그 세속화」, 『개념과 소통』 제2호, 2008.

백동현, 「대한제국기 신구학논쟁의 전개와 그 의의」, 『한국사상사학』 제19집, 2002.

______, 「대한제국기 언론에 나타난 동양주의 논리와 그 극복」, 『한국사상사학』 17집, 2001.

신용하, 「『독립신문』의 창간과 그 계몽적 역할」, 『한국사론』 2, 1975.

이광린, 「구한말 신학과 구학의 논쟁」, 『동방학지』 23, 24합집, 1980.

______, 「서재필의 『독립신문』 간행에 대하여」, 『진단학보』 39, 1975.

長谷川直子, 「朝鮮中立化論と 日淸日戰爭」, 『東アジア 近現代通史』, 2010.

주진오, 「독립협회의 대외인식의 구조와 전개」, 『학림』 8집, 1986.

김경미, 『한국 근대교육의 형성』, 혜안, 2009.

김도형, 『대한제국기의 정치사상연구』, 지식산업사, 1994.

려증동, 『부왜역적 기관지 『독립신문』 연구』, 경상대 출판부, 1991.

박찬승, 『한국 근대 정치사상사연구―민족주의 우파의 실력양성운동론』, 역사비평사, 1992.

松田宏一江郎, 『江戶の 知識から 明治の 政治へ』, ぺりかん社, 2010.

앙드레 슈미드, 정여울 역, 『제국 그 사이의 한국 1895~1919』, 휴머니스트, 2007.

이화여대 한국문화연구원 편, 『근대 계몽기 지식 개념의 수용과 그 변용』, 소명출판, 2004.

______________________, 『근대계몽기 지식의 발견과 사유 지평의 확대』, 소명출판, 2006.

채백, 『독립신문 연구』, 한나래, 2006.

조명희 초기시에 나타난 자연관과 생명의식

오윤호

1. 서론

조명희가 시, 소설, 희곡, 평론, 동요, 아동극, 수필 등 여러 장르를 넘나들며 작품 활동을 하는 과정에서 한국근대문학의 형식과 내용 형성에 기여한 바도 크지만, 이러한 다양한 활동은 조명희를 근대시의 주요 시인으로 평가하는데 있어서 일정한 한계를 갖게 만든다. 또한 1927년 사회주의 계열의 소설인 「낙동강」을 둘러싼 신경향파 소설 및 비평 논쟁이 강조되면서 조명희의 다양한 문학 이력에 앞서 '사회주의 경향 소설가'라는 평가가 보다 강조되었다. 소련 망명 이후에는 소련 작가 동맹의 요직을 맡으며, 식민지 조선의 독립과 프롤레타리아 혁명을 위한 문학 활동을 지속[1]하게 되면서, 해방 이후 납북되거나 월북하지 않았음에도 불구하고, 납북 · 월북작가로 분류되어 작품집 출간이나 그에 대한 연구가 금지되었다가 1988년에서야 해금되었다. 이러한 이유로 조명희 시문학에 대한 심도 깊은 논의가 활발하기 연구되지 않으면서 그동안 근대시인으로서의 조명희가 갖는 문학사적 가치가 크게 부각되지는 않았다.

조명희는 김억의 『해파리의 노래』, 이학인의 『무궁화』와 더불어 개인창작 근대시집으로는 세 번째에 해당하는 『봄잔듸밧위에』를 쓰는가 하면, 1920년대 중반의 사실주의 경향의 시들과 소비에트로 망명한 후 쓰여진 프롤레타리아 계급의 혁명을 고취하는 시들까지 합하여 67편에 이르는 시를 썼다. 그러나 시집의 경우는 일본 유학 시절의 습작시가 포함되어 있고, 일관된 내용의 시집은 아니라는 평가를 받았고,[2] 망명 후 주로 쓴 프롤레타리아 혁명을 노래한 정론시들(「짓밟힌 고려」, 「10월의 노래」 등)과 동시들은 조명희의 정치적 목적성과 교육자로서의 삶에 기대어 평가되곤 했다.

19세기 말 20세기 초 압도적으로 밀려들어왔던 서구 문명의 영향 속에서 조명희는 조선의 근대문학을 꿈꾸며 다양한 지식담론을 섭렵하고 자신의 텍스트 속에 새로운 시론을 구체화하기 위해 노력했다. 따라서 그의 『봄잔듸밧위에』(1924)에 대한 연구는 20세기 초 근대문학 형성기에 동경 유학생이 겪는 지적·예술적 고뇌와 근대지식과 예술의 존재 양상까지를 들여다 볼 수 있게 한다.

조명희 초기시의 생명의식과 자연관에 대한 논의를 살펴보기 위해서는, 먼저 소설 「낙동강」에 대한 생태주의[3]와 생명주의와 관련된 논의들로부터

---

1   "민족문학의 기념비적 작품인 「낙동강」을 비롯한 소설과 근대 희곡사의 선두에 자리할 「김영일의 사」 등과 희곡, 근대 시집으로 앞장섰던 「봄 잔디밭 위에」 등 모두 선구적이라 치켜 올리고. 이제 그의 문학은 남북한과 중국의 조선족 교과서에서 빛을 발하고 옛 소련 한인문학의 선구자로 추앙받고 있다."
    최인훈, 「문학사에 대한 질문이 된 생애」, 『포석 조명희 문학 전집』, 동양일보편집국, 1995, 추천사.
2   이명재 역, 「포석 조명희론」, 『낙동강(외) ─ 조명희편』, 범우, 2004, 505쪽.
3   곽경숙은 생태주의적인 관점에 의해 「낙동강」의 의미가 재인식하고 있는데, 「낙동강」이 이념

시작할 필요가 있다. 그 이유는 「낙동강」이 프롤레타리아 문학 비평의 격렬한 논쟁을 일으켰기 때문이기도 하고, 20년대 조명희 문학의 다양한 모습을 종합적으로 담고 있기 때문이기도 하다. 여러 논의 중에서 이화진은 「낙동강」에 내재된 '낭만성'에 주목하여,[4] "자연 공간-낙동강의 신성화와 그 생명력에 대한 찬미나 새로운 사회 건설에 대한 낙관주의적 전망" 등은 "그의 유학시절 경험했던 아나키즘과 그와 깊은 연관이 있는 다이쇼(大正) 생명주의 사상에 그 기원을 두고 있으며, 또한 한때 심취했던 타고르류(類)의 신낭만주의와 더불어, 러시아 혁명과 2차 세계대전으로 인해 일본과 식민지 조선에서 유행했던 '개조론'의 영향으로 부상하기 시작한 신이상주의에 크게 영향을 받"[5]은 결과라고 주장한다.

조명희는 시집을 내던 시기(1924년 이전)에 타고르의 『기탄자리』에 심취했었다. 「생활기록의 단편」이라는 글에서 조명희는 일본 유학 생활을 마치고 조선으로 돌아와 '타골의 경지'에 들어갈 수 있었다고 회고하며 '타골'의 시 「기탄잘리」를 애송했다고 밝힌다.

자기의 생각의 걸음은 점점 더 회색 안개 속으로 들어만 가고 있다. 절대 고

지향적 목적의식을 표현하면서도 사회생태론적 인식을 내재하고 있다고 보았다. 인간과 자연이 교감하며 공생하는 삶을 낭만적으로 그려지고, 문명의 발전 속에서 '지배 / 피지배'의 계급구조로 유린되는 낙동강과 사람들을 그리면서 작가는 자연과 인간의 잃어버린 생명력을 회복하고자 하는 목적의식을 가지고 있다고 보았다. 또한 '낙동강'이라는 자연공간을 조국으로 환치함으로써 망국의 상황을 보다 절실하게 보여주고 있다고 보았다. 논의를 생태주의적 관점에서 출발함으로 조명희 초기작들과의 관련성에 대한 논의와 당대 문학담론과의 관련성에 대한 논의가 상대적으로 부각되지는 않는다.
곽경숙, 「조명희의 「낙동강」에 나타난 자연 의식」, 『현대문학이론연구』 제29집, 현대문학이론학회, 2006, 95~103쪽.

4 이화진, 「조명희의 「낙동강」과 그 사상적 기반」, 『국제어문』 제57집, 국제어문학회, 2013, 257~258쪽.

5 이화진, 위의 글, 253쪽.

독의 세계로 혼자 들어가자. 그 광대한 고독의 세계에서 무릎 꿇고 눈 감고 앉아 명상하자. 가슴 속에서 물밀려 나오는 고독의 한숨소리를 들으며 기도하자. 그 기도의 노래들을 읊자. 그러면 나도 '타골'의 경지로 들어갈 수 있다.[6]

조명희는 '절대 고독'의 세계를 방랑하며, 고뇌하고 명상하는 삶 속에서 '기도의 노래'를 쓰게 되었다고 말하며, 그런 경지를 "타골'의 경지'라 규정한다. 구도자의 심정으로 고독의 세계를 뚫고 빛날 시(기도의 노래)를 쓰는 일은 시인일 뿐만 아니라 종교적 성인의 모습이기도 하다. 조명희에게 '시인'은 "위대한 인격의 소유자"로, 풍부한 시상과 여신한 기교를 겸한다면 "종교계의 메시아와 같은 예술계의 메시아가 될 수 있는 존재"(시집 머리말)이다. 시인이 이러한 인식을 갖게 된 것은 1910년대와 20년대 동아시아를 뒤흔들었던 타고르 문학에 크게 영향을 받은 결과다.

라빈트라나트 타고르는 힌두교 및 우파니샤드 사상에 기반하여 영혼불멸과 절대자와 인간의 관계를 노래한 시인으로 1912년 『기탄자리』가 영역되어 동양 작품 처음으로 1913년 노벨문학상 대상으로 선정된다. 우리나라에서는 진학문이 1917년 잡지 『청춘』에 번역 소개하기 시작하여, 한용운, 방정환, 오천석, 김억 등의 작가들이 1924년까지 100여 편이 넘는 타고르의 시를 번역하였다. 1923년에는 『기탄잘리』가 번역되는 등 선풍적인 인기를 누렸고, 조명희뿐만 아니라, 김억, 김소월, 한용운, 정지용 등에도 큰 영향을 미쳤다.[7] 타고르는 "절대자의 화원에서 꽃을 가꾸며 생명의 영적 결합과, 개별적

---

6   조명희, 이명재 편, 「생활 단편의 기록」, 『낙동강(외)』, 범우, 2004, 411쪽.
7   김윤식, 「한국 新文學에 있어서의 타골의 影響에 대하여」, 『진단학보』 32, 진단학회, 1969.
     김용직, 『韓國現代詩史硏究』, 일지사, 1974.
     최라영, 「김억의 번역과 번역관 연구」, 『한국시학연구』 제33호, 한국시학회, 2012.

생명이 절대자에게 대하여 느끼는 동경을 '아름답게' 노래하는 명상의 시인"[8]
이라는 평가를 받았다.[9] 『기탄잘리』는 이 시집에 등장하는 '님에 대한 외침
과 기도', '영원한 생명인 대자연과의 영적 교감' 등은 가장 동양적이면서도
가장 서양적이며, 종교적이면서도 낭만적인 정서를 담아내는 문학성을 당대
에 시인들에게 선사했다.

조명희가 타고르로부터 깊은 영향을 받은 사실은 그의 여러 에세이에서도
발견할 수 있다. 조명희는 「생활 기록의 단편―문예에 뜻을 두던 때부터」[10]
에서 귀국(1923)을 전후로 고민했던 자신의 문학적 갈등에 대해 말하고 있다.
자신이 추구하던 부르주아적 문학 취향과 식민지 현실을 마주하면서, "떼가
단니즘[11]을 잡을까? 종교적 신비주의를 잡을까?"라고 고민하기도 하고, "시,
예술이 무엇이야. 육신보다 강하다던 영혼이 어찌 이 모양인가?"라고 묻기도
하고, "'타골'류의 신낭만주의냐, 그렇지 않으면 '고리끼'류의 신사실주의냐?"
라며 선택의 한계에 부딪치기도 한다. 식민지의 가난한 유학생이었던 조명희
에게 부르주아적 문학 관념은 예술의 기원에 대한 사유와 현실 사회의 정치
적 목적성과 깊은 갈등을 만들어낸다. 「생활 기록의 단편」에서는 "현실주의

이영걸, 「안서, 소월, 타고르의 시」, 『외국문학연구』 제4호, 한국외대 외국문학연구소, 1996.
하재연, 「'조선'의 언어로 한용운에게 찾아온 '생각'」, 『한국근대문학연구』 20호, 한국근대문
학회, 2009.
최동호, 「정지용의 타고르 시집 『기탄자리』 번역 시편」, 『한국학연구』 39, 고려대 한국학연구
소, 2011.

8   송욱, 「유미적 초월과 혁명적 아공(我空)―만해 한용운과 R. 타골오르」, 『시학평전』, 일조각,
    1970, 311~312쪽.
9   1910년대에서 20년대에 이르는 한국 문학 내에서의 타고르에 대한 평가는 탈식민주의적 문학
    비평 시각으로 재인식되기도 하였다.(윤여탁, 「한국근대문학과 타고르, 그리고 비교문학의
    전망」, 『국어국문학』 176, 국어국문학회, 2016.9; 오문석, 「1920년대 인도시인의 유입과 탈식
    민성의 모색」, 『민족문학사연구』 45호, 민족문학사연구소, 2011) 본 연구에서는 시의 내용 및
    형상화에 초점을 맞추어 조명희 초기시 형성에 미친 영향을 살펴보려고 한다.
10 『조선지광』 65호, 1927.3, 7~12쪽.
11 데카당(décadent)

다. 현실에 부딪치자, 뚫고 나가자" "현실을 해부하고 비판하여 체험과 지식 위에 사상의 기초를 쌓자"라고 마무리되고 있는데, 이 글이 1927년에 쓰여졌다는 점에서 이 시기의 조명희가 갖고 있었던 프롤레타리아 문학관이 명료해졌음을 알 수 있고, 이러한 관점으로부터 「낙동강」과 같은 사회주의 사실주의 소설들을 쓰게 됐다. 주목할 것은 이러한 갈등과 번민에 놓여있었던 시기인 1924년에 조명희는 시집 『봄잔듸밧위에』를 출간했다는 점이다. 한 문학가의 예술적 사유와 현실적 삶에 대한 고뇌가 시를 창작하고 시집을 발간하는 가운데 구체화되었다.

이러한 시각에서 더 나아가, 오윤호[12]는 조명희가 이러한 1920년대 조선 문단의 경향(생명주의 및 낭만주의 등)을 종합하는 가운데에서, 식민지 현실 속에서, 개체적 생명의 존재론적 이유와 역사적·사회적 맥락을 구체화하고 있다고 보았다. 「낙동강」의 '낭만성'은 동양적인 우주론 위에 서구의 생명주의가 조응하면서 만들어내는 특유의 세계관으로부터 출발하고 있으며, 조명희의 작품 세계 전반에 걸쳐 재현되는 '생명의식'과 우주론적 자연관에 비추어본다면, 「낙동강」의 낭만성은 당대 문학장 안에서 유행했던 혼종적인 생명의식을 통해 구체화된 이상적이면서도 현실적인 세계인식을 종합한 것이라는 것이다. 이러한 시각은 조명희 초기시가 갖고 있는 우주적 생명의식과도 관련된다.

조명희는 「생명의 고갈」(『세계일보』, 1925.7.1)에서 "생명은 '힘'이다. '힘'이 있음으로 열(熱)이 있고, 열이 있음으로 광(光)이 있고 '힘'과 열과 광이 있음으로 온갖 색채와 온갖 음향과 온갖 형태가 있다"라고 전제하고, "예술이 생

12　오윤호, 「「낙동강」과 카프문학의 기원」, 『어문연구』 44-3, 2016.9.

명의 표현일진대 문예가 산 사람의 부르짖음일진대 그 소리는 산 소리여야 할 것이다. 어디까지든지 산 소리여야만 할 것이다"라고 주장한다. 그러면서 결론을 "생활에 대한 반성이 있어야 한다. 그로부터 '힘'이 나오고 열이 나와야 한다. 예술이 나와야 한다. 고갈된 생명! 우리의 죽음!"이라 부르짖으며 생명에서 생활로 전환되는 프롤레타리아 문학으로의 지향을 밝히고 있다.

조명희의 비평과 작품에 구체적으로 (생물 혹은 사회)진화론이나 다이쇼 생명주의에 대한 직접적인 언급은 나타나지 않는다. 그러나 생명을 개념화하고 생명이 우주적이고 자연적인 현상과 그것을 인식하는 인간의 감각과 지성을 통해 소통과 공존을 도모하고 있는 문학적 상상력과 재현은 조명희가 쓴 시와 소설, 비평 등에서 많이 발견된다. 희곡인 〈김영일의 사〉나 〈파사〉의 도입 부분에서도 "영겁으로 영겁으로 흐르는 생명의 물결"이나 "나의 혼은 다만 생명의 물결이 끝없는 바다의 웃음을 제칠 제"와 같은 표현이 대표적이다.

이러한 표현은 다이쇼 생명주의와 깊이 관련되어 있다. 20세기의 일본문학사를 생명주의의 관점에서 접근하려고 했던 스즈키 사다미[鈴木貞美]는 메이지 45년(1912)부터 다이쇼 3년(1914)에 걸쳐 문예평론을 살펴보면 생명주의라 불릴 만한 현상이 나타난다고 주장한다. 일본 다이쇼 시기에 에른스트 헤켈, 베르그송, 윌리엄 제임스, 엘렌 케이, 크로포트킨 등을 중심으로 생명주의가 소개되어 일본 사회에 크게 영향을 미치게 되었다.[13] 다이쇼기 생명주의는 "당시 일본의 담론 내에서 폭넓게 전개되고 있었을 뿐만 아니라 이미 선행 연구에서 지적되어 온 것처럼 1920년대 초기 조선의 문인들이 '생명의

---

13 鈴木貞美 外, 『生命で讀む20世紀日本文芸』, 至文堂, 1995, 8쪽. 최호영의 논문에서 재인용.

식'을 추구하게 된 한 연원으로 지적되어 왔다."[14] 특히 에른스트 헤켈은 "천체의 운동에서 식물의 성장, 인간의 의식에 이르기까지 모든 자연 현상을 하나의, 동일의 위대한 인과법칙에 따르는 것"[15]이라고 말한다. "에테르의 대양 속에서 만들어진 바이브레이션을 통해 원자의 효과가 전파되며, 비유기적인 것으로부터 가장 단순한 유기체를 거쳐 바로 인간에 이르는 이 효과를 통해 우주의 통일성이 이루어지고 확산된다" 이러한 견해는 에른스트 헤켈만의 견해라기보다는, 유럽의 다윈주의자들과 미국의 파울 카루스나 랄프 왈도 에머슨 등 생명, 자연, 우주에 대한 기계론적이고 범신론적인 사유를 전개했던 19세기말 20세기 초 서구의 과학담론에서 폭넓게 수용되고 논의되었던 내용으로 보인다.[16]

생명을 통해 우주와 자연의 보편적 질서를 깨닫고자 하는 관점과 생명활동이야말로 예술과 종교의 근원임을 표현하는 관점은 조명희 초기시의 시론에서 발견할 수 있는 기본적인 관점들이다. 조명희는 단지 이러한 생명주의의 사상적 영향을 수용하는 것에서 그치지 않고 생명사상의 혼종과 함께 우주론적 생명관을 자신의 문학론 및 소설적 재현 속에 담아냈던 것이다.

이러한 문제의식으로부터, 조명희 시집의 자연관과 생명의식을 살펴보는 논의는 조명희 문학이 근대 문학담론 및 지식―장 안에 위치해 있었음을 확

---

14 최호영, 「야나기 무네요시의 생명사상과 1920년대 초기 한국시의 공동체 문제」, 『일본비평』, 2014, 243쪽.
   이철호의 「1920년대 초기 동인지 문학에 나타난 생명의식」,(『한국문학연구』 31, 2006.12, 193~224쪽)도 『학지광』 세대의 문화담론을 비교분석하면서, '생명'이 청년 지식인(문학가)들에게 크게 영향을 미쳤음을 논하고 있다.
15 이재선, 『이광수의 지적편력―문학론의 원천과 형성』, 서강대 출판부, 2010, 329쪽.
16 19세기말 일본에 사회진화론과 생물진화론이 동시적으로 소개 된 이후, 동아시아 근대 특히 일본은 20세기 초까지 허버트 스펜서나 에른스트 헥켈, 베르그 송 등 진화론적인 사상에 큰 영향을 받게 된다.(오윤호, 위의 글 참조)

인하도록 하며, 서구 근대문학의 단순한 수용자가 아니라 자기만의 근대시 형성과 시론 구축에 크게 기여하고 있음을 밝히는 과정이 될 것이다. 초기시에 나타난 생명의식과 시적 존재들을 다루는 과정에서 타고르류의 낭만주의 혹은 신비주의적 경향, 다이쇼 생명주의의 전유과정을 살펴볼 것이다.

2. 자연관의 양상과 시론의 재구성

1) 우주에 대한 경외감과 매개자로서의 어머니

『봄잔듸밧위에』[17]는 시집이 묶여지면서 쓴 머리말과 동경 유학을 마치고 서울로 돌아와 쓴 작품들을 모은 '봄 잔듸밧 위에' 부, 동경 유학생 시절에 쓴 습작시들을 묶은 '노수애음(蘆水哀音)' 부,[18] 그리고 '어둠의 춤' 부로 구성되어 있다. 창작 순서로 놓고 보자면, '노수애음'과 '어둠의 춤' 부가 귀국 전에 먼저 쓰여지고, '봄 잔듸밧 위에' 부와 머리말이 귀국 후에 쓰여진 것을 알 수 있다. 그럼에도 불구하고 시집의 구성은 '봄잔듸밧위에' 부가 가장 앞에 놓여 있으며, 나머지 시들이 후반부에 배치되어 있는데, 이러한 배치에는 아마도 완성도가 높은 시와 습작시를 구별하려는 의도로 보인다. 앞서 설명했듯

---

17 조명희, 오윤호 편, 『조명희 시선』, 지식을만드는지식, 2013.
18 '노수애음(蘆水哀音)'의 한자 의미를 풀어보면 '갈대 물 슬픈 노래'가 될 것이다. 조선의 가을에서 인상깊은 장면(갈대가 노랗게 물든 물가)을 설정하고 그 모습을 지각하며 감상적 슬픔를 떠올리는 노래(시)라고 이해할 수 있을 것 같다.

『봄잔듸밧위에』 머리말에는 '우주와 자연의 운행과 동일시되는 예술 표현의 경지'라는 시인의 예술관이 담겨있다. '봄잔듸밧위에' 부는 바로 이러한 시론이 전면화된 작품들로 구성되어 있다. 「봄」, 「봄 잔듸밧 위에」, 「새봄」과 같이 만물이 생동감을 갖고 약동하는 밝은 느낌의 '봄'을 그리는 시들을 쓰면서, 동경에서 돌아와 식민지 현실을 새롭게 인식하는 가운데 새로운 현실과 감각을 찾아 시를 쓰려고 하는 시인의 창작욕을 새삼 느낄 수 있다.

> 가을이 되엿다 마을의 동무여
>
> 저 너른 들로 향하야 나가자
>
> 논틀길을 발바 가며 노래 부르세
>
> 모—든 이삭들은
>
> 다복다복 고개를 숙이여
>
> '쌍의 어머니여!
>
> 우리는 다시 그대에게로 도라가노라' 한다
>
> 동무여! 고개 숙여라 긔도하자
>
> 저 모든 이삭들과 한가지…….

—「成熟의 祝福」

시집의 첫 번째 시인 「成熟의 祝福」은 풍요로운 수확의 계절인 가을에 시적 화자가 익어 고개를 떨군 이삭을 통해 자연의 숭고한 운행에 경배를 보낸다. "'쌍의 어머니여! / 우리는 다시 그대에게로 도라가노라' 한다 / 동무여! 고개 숙여라 긔도하자"라는 표현에서 알 수 있듯 어머니로 상징되는 대자연의 상상력과 인간과 자연의 공존 속에 존재하는 숭고미까지 모색하고 있다. 여기에서 '어머니'는 세상의 모든 생명을 품고 기르는 '쌍' 그 자체이면서, '긔도하자'라는 명령에서도 알 수 있듯 숭배의 대상이기도 하다. 대자연의 진실 앞에 구원을 갈망하며 기도하는 자의 목소리는 「驚異」라는 작품으로 이어진다.

> 어머니 좀 드러 주서요
>
> 저 黃昏의 이약이를
>
> 숩 사이에 어둠이 엿보아 들고
>
> 개천 물소리는 더한층 가느러젓나이다
>
> 나무 나무들도 다 祈禱를 드릴 째입니다.
>
>
> 어머니 좀 드러 주서요
>
> 손잡고 귀 기우려 주서요
>
> 저 담 아래 밤나무에
>
> 아람 써러지는 소리가 들닙니다
>
> '쏙' 하고 쌍으로 써러짐니다
>
> 宇宙가 새 아달 나앗다고 긔별함니다
>
> 燈불을 켜 가주고 오서요
>
> 새 손님 마지러 공손히 거러가십시다.

—「驚異」[19]

위의 시에서는 '아람이 땅으로 떨어진다'라는 시적 상황을 '어머니'에게 알

---

19 오윤호 편, 『조명희 시선』, 지식을 만든 지식, 2013, 4쪽.

려주는 시적 화자의 목소리로 시작된다. 나뭇가지 위에서 땅바닥으로 '수직으로' 떨어지는 '아람'은 그저 흔하디 흔한 어느 누구도 관심을 기울이지 않는 사소한 밤이 아니라, 온 생명이 숨죽여 기도드리는 경건한 상황에서 일어나는 우주적 사건 혹은 미적 사건의 대상이 된다. 시집의 머리말에서 시인은 한 생명의 움직임은 필연적으로 선과 빛, 소리를 갖고 있으며, 예술가는 그것을 표현함으로써 시인이 된다고 말했다. '어둠(빛)' 속에서 밤나무 가지에서 밤이 떨어져(수직적 움직임), '쏙(소리)'하고 소리를 낸다라는 일련의 과정 속에서 시인은 '생명' 탄생을 지켜보고 있으며, 그 기쁜 소식을 어머니에게 호소함으로써 생명의 고귀함을 공유하고 한다. 이때 어머니는 시적 화자의 말(기도)을 들어주는 존재이면서도, 생명이 탄생하는 우주적 사건을 포용하고 시적화자를 포함하여 이 모두와 함께 '공존'하는 근본적인 존재의 근거이다.

'어머니'를 호명하며 자연 질서에 순응하고 생명의 경이로움을 찬양하는 삶을 기원하는 내용은 '봄'이라는 계절 이미지가 가득한 「봄잔듸밧위에」로 이어진다.

내가 이 잔듸밧 위에 쮜노닐 적에
우리 어머니가 이 모양을 보아 주실 수 웁슬가

어린 아기가 어머니 젓가슴에 안겨 어리광함갓치
내가 이 잔듸밧 위에 짓둥그를 적에
우리 어머니가 이 모양을 참으로 보아 주실 수 웁슬가

밋칠 듯한 마음을 견데지 못하여

‘엄마! 엄마!’ 소리를 내엿더니

쌍이 ‘우애!’ 하고 한울이 ‘우애!’ 하옴애

어나 것이 나의 어머니인지 알 수 읍서라.

— 「봄잔듸밧위에」

시적 화자는 봄이 온 잔디밭 위에서 어린 아이처럼 즐거워하고 있다. 그런 천진난만한 모습을 ‘어머니’가 인지하고 즐겨봐주기를 시적화자는 깊이 바라고 있다. ‘밋칠 듯한 마음’으로 ‘엄마!’를 외치니 땅도 하늘도 함께 대답을 한다. 어머니 호명하기는 자연의 진실과 내 안의 진실을 깨닫는 마음이 서로 조응하도록 한다. 이때의 ‘어머니’는 나의 즐거움을 공유하는 존재이면서 나를 낳고 기르며 품어 안는 자연 그 자체로, 인습적인 관계를 넘어 우주적인 생명의 근원으로 존재하며 ‘내’ 곁에 있는 머무르는 존재이다. ‘어머니’를 호명하며 우주적인 생명과 소통하고 공존하는 시적화자에 대한 표현은 조명희 초기시가 지향하는 자연관과 시적 표현의 감각을 잘 보여주고 있다.

조명희 시집 속 어머니는 타고르의 『기탄잘리』 속 어머니와 밀접하게 관계되어 있다. 타고르는 『기탄잘리』에서 자아의 영혼과 교감하는 자연과 우주의 형상화를 들여다보고, ‘어머니’를 호명하며 자연 질서에 순응하고 박애의 삶을 기원하는 작품들을 여럿 발견할 수 있다.

보석 목걸이로 멋을 내고 왕자의 옷으로 치장한 아이는 어떤 놀이도 즐길 수 없습니다. 발걸음을 옮길 때마다 옷이 거치적거릴 테니까요.

옷이 해질까 봐, 흙먼지로 더렵혀질까 봐, 아이는 세상과 거리를 두려하고, 움직이는 일조차 두려워할 것입니다.

어머니, 아름다운 장식이 대지의 건강한 흙먼지와 가까이 하는 데 방해가
된다면, 평범한 인간사의 현장이라는 거대한 장터에 입장할 권리를 **빼앗는다**
면, 그것은 속박일 뿐 도움이 되지 않을 것입니다.

—『기탄잘리』8[20]

어머니, 나는 내 슬픔의 눈물로 진주목걸이를 엮어 당신의 목에 걸어드리려 합니다.

별들은 빛을 엮어 당신의 발을 장식할 장신구를 만들었습니다만, 나의 장
신구는 당신의 가슴을 수놓을 것입니다.

부귀와 명예는 당신에게서 나오며, 이를 베푸는 것도 당신이고 거둬들이는
것도 당신입니다. 하지만 나의 이 슬픔은 누가 뭐라 해도 나의 것입니다. 내가
이 슬픔을 당신께 재물로 바치면, 당신은 그 보답으로 은총을 내려주십니다.

—『기탄잘리』83

『기탄잘리』의 8번 시에서 '어머니'는 세상의 진실을 깨달은 시적 화자가
자신의 마음을 이해하고 진실을 공유하는 존재다. 자연친화적인 환경 속에
서 아이가 자신의 천진한 놀이를 하는 일이 얼마나 중요한지를 강조한다. 83
번 시에서는 '내 슬픔의 눈물로 진주목걸이'를 만들어 주는 대상으로 어머니
가 등장한다. 인간의 희노애락을 관장하는 어머니는 '나'의 슬픔에 가슴으로
응답하는 자애로운 존재이며, '은총'을 주는 절대자의 대리인이다 타고르에
게 있어서 '님'이라는 존재가 '나'의 '기도'를 통해 관념적이고 절대자의 위상
을 갖고 있다면, '어머니'는 세속의 일과 연류되어 있으면서도, 아이와 교감
하고 슬픔과 고통을 승화시키는 현실화된 존재로 기능한다.

20　라빈드라나트 타고르, 장경렬 역, 『기탄잘리』, 열린책들, 2010.

천진한 아이들의 즐거운 놀이를 지켜보고, 인생의 방랑길에 슬픔에 젖은 나그네를 구원하는 '어머니'의 이미지는 타고르의 다른 시집인 『신월』에서도 찾을 수 있다. 『신월』은 1924년 4월에 김억에 의해서 번역되었는데, "'아이들의 세계를 다룬 시', '아가를 향한 엄마 화자의 시', '엄마를 향한 어린이 화자의 시'로 시집이 구성되어 있다."[21] 타고르에게 있어서나 조명희에게 있어서나 '어머니'는 생명의 은유로서의 '아이'와 우주 혹은 자연과의 유기적인 교감과 공존을 가능하게 하는 매우 중요한 매개적 존재다.

조명희는 여기에서 더 나아가 '어머니'가 곧 우주이며 자연 그 자체라는 의미를 덧붙인다. 「分裂의 苦」는 조명희 초기시의 인생관과 자연관을 불교적으로 이미지화하며, 우주-어머니-아이(자식='나')로 이어지는 생명의 순환과 윤회의 양상을 그리고 있다.

<blockquote>
나는 宇宙의 어머니로부터 나온 자식
올토다 그 어머니 가슴에 兀起한 한낫의 水泡
輪生의 因緣의 마듸
萬劫의 時流에 보금자리 친 나의 靈魂
分裂의 苦—生, 還元의 願望—死.

—「分裂의 苦」
</blockquote>

시적 화자는 '우주'가 곧 '어머니'라는 인식 속에서 '나는 宇宙의 어머니로부터 나온 자식'이라고 규정하고, 자신의 생이 '한낫의 水泡'이며 윤회하는 생

---

21 장정희, 「1920년대 타고르의 시의 수용과 소파 방정환의 위치」, 『인문연구』 63호, 영남대 인문과학연구소, 2011, 14쪽.

의 '因緣의 마듸'라고 인식한다. 그리고 그것은 금방 흩어져 사라져 버릴 '수포'와 다름없을 정도로 존재감 자체가 미미하다. 그 미미한 존재감 속에서도 하나의 생명으로서 '나'는 윤회의 생을 살며, '인연'을 경험하고 '만겁'의 무한한 시간과 무한한 생을 살아가며 '나의 영혼'을 구축하게 된다. '宇宙의 어머니'로부터 분열하는 고통을 '生'으로, '宇宙의 어머니'로 뒤돌아가는 원망을 '死'로 인식하며, 무한한 시간 속에서 이루어지는 윤회의 삶을 응시하고 있다. 그 과정에서 어머니는 '수포'일지라도 '나'를 있게 하는 절대적 존재이며, 품어 안는 우주적 가치를 가지고 있다.

무한한 시간을 의미하는 '겁', 죽어 다른 생명체로 태어나는 윤회 사상, 인간 삶의 우연적이면서도 필연적인 양상을 나타내는 인연 등은 불교의 핵심 교리이다. 시적 화자는 무한한 우주의 시공간 속에서 개체적인 '나'의 순환을 상상하고 있다. 「나」에서는 '나의 쌔-부처의 쌔, / 나의 살-쩨카단'[22]이라고 표현하며, '나'를 구성하고 있는 사상적인 측면을 직접적으로 불교적인 의미로 환기하고 있다. 「매육점에서」에서도 '해탈', '정토', '중생' 등의 불교 용어가 등장한다. 이를 통해 불교사상 또한 조명희 시집에 큰 영향을 미친 것을 알 수 있다.

2) 시적 경험으로서의 자연과 고독자의 애수

조명희의 초기시는 세계 속에서 자아가 차지하는 가치와 우주와 세계의 진리를 탐색하는 적극적인 '고독자'가 등장한다. 이들이 나오는 시편들은 자

---

22 테카당.(décadent)

연의 변화로부터 촉발되어 내적 영혼의 울림이 일어나고 시적 정서로서의 ‘고독’을 강조한다. 『봄잔듸밧위에』에서 중요한 시적 정서 중 하나이기도한 ‘고독’은 시적 자아의 근원적인 본성이며, 자연 앞에 놓인 개체적 자아의 존재론적인 위상을 단적으로 보여주는 감정이다.

가을날의 정취를 우수에 찬 슬픔으로 경험하는 고독한 자아를 형상화하는 시 내용은 「孤獨者」에서도 발견할 수 있다.

오오 너는 어이 人生의 靑春으로
歡樂의 꼿밧 白日의 王城을 다 버리고
荒凉한 벌판에 노래를 쎄우노.
밤중 달이 그의 그림자를 吊喪함에
그는 가슴을 안고 시드른 풀 위에 쓰러지다
바람이 마른 숩풀에 우러 지날 제
落葉의 넉슬 좃차 魂을 싄토다.
벌들은 비록 永遠을 말하나
늣겨 우는 江물을 和하야 노래 부르며
희미한 燈불이 그를 빗치랴 드나
고개 숙여 어두운 그늘로 몸 감추다.

— 「孤獨者」

“바람이 마른 숩풀에 우러 지날 제 / 落葉의 넉슬 좃차 魂을 싄토다”에 나타나듯 방랑의 길 위에서 생에 대한 비장미까지도 느껴진다. 「나그내의 길」에서 “아아 숩풀의 슷치는 바람은 뉘 한숨이며 / 여울에 우는 江은 누구의 追

悼인가"와 같은 구절 속에서는 자연 풍경에 대한 민감한 감각이 주요한 발상법으로 제시되고 있다.

조명희 초기시의 '고독자'는 타고르의 '방랑자'와 유사하다. 타고르는 『기탄잘리』에서 절대적 존재인 '님'을 향한 깊은 사색과 구원을 향한 시적화자를 그리고 있는데, 그는 방랑자이면서도 구도자의 모습을 갖는다.

> 내 방랑의 시간은 길기만 하고, 또 길은 멀기만 합니다.
> 태양이 온 누리에 첫 빛살을 던지며 하루의 운행을 시작하는 바로 그때, 나는 밖으로 나왔습니다. 그리고 황량한 우주의 들판을 가로질러 나의 여정을 이어 갔습니다. 수많은 별과 행성에 내 발자취를 남기며.
>
> ─『기탄잘리』 12 중에서

> 나에게는 나른한 몸과 마음으로 방황할 때도 있고, 방황에서 깨어나 서둘러 내 삶의 목표를 찾아 헤맬 때도 있습니다. 하지만 그때마다 야속하게도 님은 내 앞에서 그 모습을 감추십니다.
>
> ─『기탄잘리』 14 중에서

> 여정이 다 끝나기도 전에 나그네의 식량 배낭이 텅 빈다 해도, 그의 옷이 해지고 먼지는 뒤덮인다 해도, 그가 힘을 잃고 탈진한다 해도, 그를 부끄러움과 가난에서 벗어나게 하소서. 그리고 님이 부드러운 밤의 장막으로 꽃을 감싸듯 그의 생명을 감싸 안아 새로운 힘을 얻게 하고서.
>
> ─『기탄잘티』 24 중에서

빛이여! 오, 빛은 어디에? 타오르는 욕망의 불길로 등을 밝혀 주소서! 천둥이 치고, 바람이 비명을 지르며 허공을 가로지릅니다. 방은 흑요석처럼 검습니다. 어둠 속에서 시간을 보내게 하지 마소서. 님의 생명으로 사랑의 등을 밝혀 주소서!

—『기탄잘리』 27 중에서

인용된 타고르의 시들을 하나의 흐름으로 이해하자면, 인간은 자연(우주)을 방랑하는 존재로 그 방랑의 시간은 길고, 길은 멀다. 황량한 우주를 가로지르지만 , 님은 모습을 감추고, 고난과 역경을 극복할 수 있는 기도만이 방랑자에게 힘을 준다. "아, 나는 목마른 나그네요."(『기탄잘리』 54 중에서)라고 외치는 시적화자는 '님의 생명'으로 켜진 '사랑의 등'을 의지하며 '우주의 들판'과 '밤의 장막'을 방황한다. 타고르의 방랑자는 보다 우주적이며 관념적이고 추상적인 공간을 헤메인다.

조명희는 시집의 '노수애음' 부와 '어둠의 춤' 부에서 시인의 동경유학 시절에 경험했을 가난한 식민지 지식인의 초상을 '고독자'의 이미지로 보다 더 부각시킨다. 「나의 故鄕이」의 시적 화자는 조명희 시집 전체에서 반복적으로 등장하는 고독자의 전형적인 목소리를 드러내며, 식민지 조선이라는 정치적 현실에 한걸음 다가가 있다.

나의 故鄕이 저긔 저 흰구름 너머이면

새의 나래 비러 가련마는

누른 쌍 위에 무거운 다리 움직이며

蒼空을 바라보아 휘파람 치다.

(…중략…)

孤寂한 사람아 詩人아

하날 끗 灰色 구름의 나라

일흠도 모르는 새 나라 차지러

멀고 먼 蒼空의 길에 저문 바람에

외로운 形影 번득이여 나라가는 그 새와 갓치

슯운 소리 바람결에 부처 보내며

압흔 거름 푸른 쑴길 속에

永遠의 빗을 차자가다.

― 「나의 故鄕이」 중에서²³

「나의 故鄕이」는 떠나온 조선땅에 대한 그리움이 한껏 담긴 시로, '山 너머'라는 수평적 거리감과 '흔구름 너머'라는 수직적 거리감이 고향을 떠나온 자의 심리적 고통을 잘 드러내 보여주는 작품이다. 4연에서는 '새 나라 차지러' 간다고 말하고, '멀고 먼 창공의 길'로 나아가며, '영원의 빗을 차자가다'라고 소망한다. 시인의 고향에 대한 그리움은 단순한 '노스텔지어'가 아니라, '새로운 나라'를 찾아가는 것이며 '영원의 빗'을 찾는 길이기도 하다.

조명희 초기시의 '고독자'는 방황과 기도, 노래를 통해 자신의 정체성을 깊이있게 탐색하는데, 무엇보다도 '가을'이라는 계절 이미지와 밀착되어 있다. 「떨어지는 가을」, 「고독의 가을」과 같은 시들은 가을의 정취를 노래하고, 외로운 시적자아의 서정을 드러내고 있다. 이때 시 속에 표현된 가을 이미지는 시적화자가 방황하는 공간이기도 하면서, 시적 화자의 고독감을 극대화하는 객관적 상관물로도 존재하게 된다.

---

23 오윤호, 앞의 책, 25쪽.

성근 落木形骸 새이

燈불은 冷寞의 쑴으로 빗처

너의 언 가슴속으로 쉬여 나오는 한숨갓치

地面을 슷처 가는 바람에 구르는 입

사르르 굴러 또 사르르

스러저 가는 세상 외로운 者의 넉시언가

아아 黃金의 面影은 자최도 읍다

지금은 가을이다 찬 밤이다

얘이올린의 쩌는 소리로 굴러 온 이 마음은

시드른 물속 버레의 쑴 갓다.

바람의 부다치는 의엽 소리에도 魂이 사러지랴 든다.

— 「쩌러지는 가을」 전문

　「쩌러지는 가을」에서 시적 화자는 잎이 풍성할 때는 보이지 않던 등불을 잎이 다 떨어져버리자 보게 된다. 시적 화자는 바람에 흩날리는 낙엽을 고독한 자와 동일시하고 있다. '얘이올린' 소리에 우울과 소멸의 정서를 경험하는 시적 자아에 대한 묘사는 베를렌[24]의 「가을의 노래」의 발상법과 분위기를 공유하고 있다. 생명이 계절의 힘에 굴복하여 사라져가는 가을날 낙엽처럼

24　랭보와 함께 대표적인 프랑스 상징주의 시인인 베를렌은 「가을의 노래」로 우리나라에 가장 많이 소개된 시인이다. 김안서, 이하윤, 바귀송, 이원조 등 많은 문학가들이 번역을 시도했으며, 특히 김안서와 같은 경우는 「악성」이라는 시를 쓰기도 했다. 베를렌의 「가을의 노래」는 1920년대 초반의 한국 근대시 형성기에 큰 영향을 미쳤는데, 시적 발상법이나 이미지 및 시어의 측면에서 김동명의 「나는 보고 섯노라」와 박종화의 「눈물은 흘러서」 등 여러 시인의 작품 속에서 그 영향을 확인할 수 있다.

정처없이 떠돌아야 하는 고독한 영혼을 표현하고 있는 베를렌의 「가을의 노래」. 베를렌의 「가을의 노래」는 생명이 계절의 힘에 굴복하여 사라져가는 가을날 낙엽처럼 정처없이 떠돌아야 하는 고독한 영혼을 표현하고 있다.

이렇듯 조명희가 시창작을 하는데 있어서, 자연은 우주적 생명과 맞닿아 생의 진실을 깨달으며 구원의 기도(예술)를 하는 대상이면서도, 자신의 내적 감정에 자극을 주며 근대적 자아(고독자)의 고독과 우울감을 환기하며, 감각적 비애를 경험하게 만든다.

3) 생명의 시론과 아이의 순수

조명희는 시집을 구성하며 검열을 무척 신경썼으며, '노수애음'과 '어둠의 춤' 부에 대해 '습작시'이지만 '영혼의 발자취 소리'를 들을 수 있어 함께 싣는다는 기준을 제시하고 있다. 「발표된 습작 작품」(『동아일보』, 1928.6.13)에서는 자신의 시집을 불사르고 싶은 이유가 "유치한 습작의 것이 많이 낀 까닭이다"라고 회고하고 있다. 일제의 정치적 억압과 시의 완결성에 대한 걱정과 두려움은 조명희 초기시의 형성과 평가에 있어 매우 중요한 기준이었으며, 근대 문학의 미적 형식과 내면 심리의 상호 관련성을 명료하게 드러낸다. 여기서 주목할 점은 습작시라 강조했기 때문에 의미없는 작품이 아니라 무엇보다도 자신의 시에 대한 명료한 비평적 태도를 갖고서 자기만의 시론을 수립하고자 했다는 점이다.

조명희는 직접 쓴 시집의 '머리말'에서 우주적 영원성을 의미하는 생명을 언급하며, 그 생명의 표현이 예술임을 강조한다. 조명희 문학에서 '생명'은 초기시의 창작 원리를 만드는데 결정적인 논리를 제공하고, 1927년을 전후로 프롤

레타리아 문학론에 대한 이론을 형성하는데 있어서도 중요한 역할을 한다.[25]

　　공간의 무한의 길을 걷는 우주를 한 불사조에 비할진대, 우주 자체나 한 마리의 새나 한사람의 영혼 무엇이 다르리오.
　　한 생명이 굴러나감에 거기에는 반드시 선과 빛과 소리가 있을 것이다.
　　마치 한 마리의 지렁이가 땅 속에 금을 긋고 지나감같이, 한 마리의 새가 허공을 저어 끝없이 날아감같이 우리의 영혼이 심화되고 정화되어 나갈수록 걸음걸음에 아름다운 곡선과 빛과 소리가 있을 것이다. 그 소리가 영혼의 행진곡이며 그 빛이 영혼의 가사(袈裟)일지며 그 곡선이 영혼의 행로일 것이다. (이 세 가지는 다 각각 한 가지 속에서도 전체를 다 볼 수 있다)
　　그 영혼 자체가 예술적이며, 우리가 표현하는 것이 우리의 예술품이다.

— 머리말 중에서

　　하나의 시를 창작하는 행위는 자기 내면의 생명을 깨닫고, 자신을 둘러싼 자연적 존재와 소통하는 가운데 가능하다. 첫 구절에서 시인은 끝없이 반복적으로 생명의 불꽃을 불러일으키는 무한한 시간의 우주와 한 마리의 새, 그리고 한 사람의 영혼이 '생명'이라는 기준에 있어서는 동일하며 똑같다고 말하고 있다. 한 마리의 지렁이와 한 마리의 새가 자연 공간 속에서 만들어내는 생명 활동으로서의 '선'에 주목하며, 한 사람이 자신의 속내를 드러내는 말, 예술이라고 하는 것도 이와 다르지 않음을 강조한다. 생명 혹은 영혼 그 자체가 우주적인 '사건'이며, "영혼 자체가 예술적이며, 우리가 표현한 것이 우리

25　앞서 설명했듯이, 생명에서 생활로 이어지는 조명희의 시론 변화는 전체적인 문학론의 전환을 의미하는 것이었으며, 사회주의 사실주의 계열의 소설을 쓰는 출발점이 된다.

의 예술품"이라 말한다.

"시는 말의 예술이다"라고 규정[26]하면서, '회화의 요소인 빛'과 '음악의 요소인 리듬'이 시를 구성하는 기본 조건이며 개별적인 시는 그 양축으로부터 측정할 수 있는 미학적 거리에 따라 다양한 시적 형식과 내용이 만들어낸다는 시창작 이론을 만들기도 하고, 빛과 말로 표현 못하는 '어떤 침묵의 경지'에 이르면 소리 없는 음악을 듣게 되는 데 이것이야 말로 보이지 않는 신의 고요한 숨소리라고 주장하며 신비주의적인 자기만의 시론을 내세우기도 한다.

이 머리말에서 시인은 끊임없이 살아 움직이는 생명에 대한 존재론적인 인식, 인간을 둘러싼 자연의 위상을 사유하는 우주론, 생명 활동과 동일시되는 영혼의 재현이야말로 예술이라고 하는 미적 가치를 언급하며 근대 지식과 예술론을 혼종적이면서도 나름의 창조적 논리에 따라 기획해내고 있다. 그래서 이 시집은 자연과 생명에 대한 우주적 관념, 외국문학에 대한 수용과 창조적 변용, 식민지 현실 속에서 방황하는 식민지 지식인의 고뇌를 발견할 수 있다는 점에서 습작시 이상의 의미를 찾아볼 수 있다.

조명희 시집에 제시된 '생명'에 대한 집착은 직접적으로는 타고르 문학으로부터 영향을 받은 것이며, 간접적으로는 다이쇼 생명주의로부터 영향을 받은 것이다. 타고르는 『기탄잘리』에서 생명을 동양적 우주관과 초월적 존재로부터 부여받는 신과 인간(방랑자 혹은 구도자) 사이의 매개물로 표현하고 있다. 자신과 자연의 생명 현상을 인지하고 예술적으로 표현하는 과정에서 인간은 철학자도 예술가도 된다.

---

26 "시는 말의 예술이다. 그 말은 아름다워야 할 것이다. 아름다운 말 가운데는 회화의 요소인 빛이 있고, 음악의 요소인 리듬이 있음이라. 어떤 사람의 시는 빛이 전체 없음은 아니나 음악에 가까운 것이 있으며, 어떤 사람의 시는 리듬이 전연 없음은 아니나 회화에 가까운 것이 있나니, 그러나 그 말의 빛조차 음악적 배열로 되어야만 함을 보던 시가는 회화보다도 음악에 가까운 것이라고 할 수 있다." 조명희 시집, 『봄잔듸밧위에』(머리말 중에서)

내 생명의 생명이여, 님이 베푸는 생명의 손길이 내 온몸에 미칠 것을 알기에, 나는 언제나 나의 몸을 정갈히 하려 애쓸 것입니다.

님이야말로 내 정신 안에 이성의 불꽃을 지필 진실임을 알기에, 나는 언제나 그 모든 거짓을 내 생각 밖으로 쫓아내려 애쓸 것입니다.

님이 내 마음 속 더할 수 없이 깊은 성소(성소)에 머물러 계심을 알기에, 나는 언제나 내 마음에서 사악함을 쫓아내려 애쓸 것이고, 내 사랑의 꽃을 피우려 애쓸 것입니다.

또한 님이야말로 나를 움직이는 힘의 원천임을 알기에, 나는 움직일 때마다 이를 통해 님의 존재가 드러나도록 정성을 다할 것입니다.

―『기탄잘리』 4 중에서

밤낮으로 내 혈관을 따라 흐르는 것과 마찬가지 생명의 물줄기가 세계를 관통하여 흐르고 또 율동에 맞춰 춤을 춥니다.

기쁨에 젖어 대지의 흙먼지를 뚫고 흘러나와 헤아릴 수 없이 많은 풀잎을 피우고, 나뭇잎들과 꽃들의 떠들썩한 물결로 용솟음치는 생명의 물줄기, 그것 역시 내 혈관을 흐르는 것과 마찬가지로 생명의 물줄기입니다.

밀물과 썰물에 몸을 맡긴 채 탄생과 죽음이라는 대양의 요람 안에서 흔들리고 있는 생명의 물줄기, 그것 역시 내 혈관을 흐르는 것과 마찬가지 생명의 물줄기입니다.

이 생명의 세계가 베푸는 손길이 있기에 나의 팔과 다리가 영광스러운 것이 되었음을 나는 느낍니다. 그리고 내가 느끼는 이 자부심은 이 순간 내 핏속에서 춤추고 있는, 오랜 세월 이어져 온 생명의 맥박에서 비롯된 것입니다.

―『기탄잘리』 69 중에서

『기탄자리』 4에서 '님'은 '생명의 생명'이며 '내 마음 속 더할 수 없이 깊은

성소(聖所)’에 머무른다. 생명은 모든 곳에 존재하면서도 내 안의 깊은 ‘영혼’
에 위치해 있기도 하고, 그리고 무엇보다도 ‘생명’은 ‘내 정신 안에 이성의 불
꽃을 지필 진실’이다. 생명은 ‘나’를 존재하게 하는 근원이며, 내 안에서 진실
을 깨닫게 하는 중요한 조건이다. 『기탄자리』69에서는 생명의 존재 양태가
구체적으로 묘사되어 있다. ‘생명’은 물줄기에 비유되며 세계를 관통하며 ‘율
동’에 춤을 출만큼 역동적이며 활기차다. 다윈의 『종의 기원』은 생명의 나무
라는 비유를 통해 하나의 기원으로부터 진화하여 다양한 방향으로 분기하는
생물종들의 화려한 교향악을 보여주고 있다. 『기탄잘리』에서는 바로 그러
한 역할을 ‘생명의 물줄기’가 하고 있다. ‘생명의 나무’가 상향식 이미지라면,
‘생명의 물줄기’는 하향식 이미지를 갖고 있다. 세상의 모든 생물을 살아 숨
쉬게 하는 ‘생명의 물줄기’는 ‘내 혈관에 흐르는 것’과 같다. 개체인 인간 내부
에도 생명은 끊임없이 흐르고, 그것은 모든 자연의 존재들과도 맞닿아 있다.

　생명에 대한 타고르식 이미지는 조명희 초기시에 자주 등장한다. 「不思議
의 生命의 微笑」에서 ‘내 마음 가운데 바람이 부러오다 寂悅의 바람이’라고
표현하며, ‘그는 까닭 모르는 생명의 悅波 / 智慧와 感覺을 쩌난 靈魂의 微笑’
라고 비유한다. 내적 생명의 약동은 열에 들뜬 파도로 비유되었으며, 내적 생
명의 약동은 ‘알 수 업는 깁붐’을 만들어내고 있다. 「내 靈魂의 한쪽 紀行」에
서도 ‘내 생명의 흐름’은 ‘동무여 이 가슴속에 흐르는 핏소리를 드르라 洪水 갓
흔 핏소리를’라고 표현하며 생명의 움직임은 피의 순환으로 묘사되어 있다.

　「生命의 수래」는 생명으로 가득찬 우주가 형상화되어 있다.

　　샛치고 샛치고 긋업시 샛치고

　　點치고 點치고 無限히 點친

大파노라마 … 大繡 衣像

山과 山이며 들과 들이며

숩과 숩이며 내와 내며

바다와 쏘한 바다

아아 이 壯麗한 大地를

나는 무엇으로 讚辭를 밧치랴?

(…중략…)

大宇宙―大聖殿은 大生命―大巨人은

大日月旗를 들고 大繡衣 眞珠 裟裟를 썰치고 大交響

樂 속에

永遠으로 永遠으로 그 無窮 永劫의 길을 향하다.

—「生命의 수래」 중에서

조명희 초기시에 있어서 '생명'은 개체적 존재 내부에 존재하며, 영혼 깊은 곳으로부터 개체 밖의 우주적 대상과 교감이 가능하다. "大파노라마"라는 표현처럼 생명은 산, 들, 숲, 내, 바다 모든 곳에 존재하며 "대교향악"의 조화로움 속에 공존하며, '수래'의 이미지처럼 "영원에서 영원으로 무궁 영겁의 길"을 향한다. 여기에서 말하는 생명은 앞서 설명한 에른스트 헥켈이 설명하고 있는 '에테르'의 속성과도 비슷하다.

「집없는 나그네의 무리」라는 글에서 조명희는 '영원한 순례자'의 모습을 그리고 있다.

만유(萬有)와 인생을 가로 보나 세로 보나, 이어 놓고 보면 떨어져 있지만 하나요, 갈라 놓고 보면 하나이지만 떨어져 있는, 다만 그 무엇(섬성)이, 떴다 잠겼다 솟았다 처졌다 하는 외줄기 무한도(無限道)에 걸어가는 한 순례자이다. 그렇다, 그는 영원의 순례자이다. 아메바가 우리의 전신일진대 배암도 바위도 우리의 전신일지며, 우리의 원망이 신불(神佛)일진대 서가와 기독이 또한 우리의 후신일 것이다.

기린을 보고 우는 인간의 혼이 배암을 보고 원통의 눈물 흘림을 생각해 보라. 이것이 이 세상의 모순 한탄하며 형제적 애감에 부딪쳐 우는 가운데에도 무의식으로 자기 과거의 전신임을 비밀히 느끼고 후래(後來)를 동경하며 영원의 원망의 길을 걷는 순례자의 눈물이 아니고 무엇이리오.

—「집 없는 나그네의 무리」, 『개벽』 45, 1924.3, 122~123쪽.

위의 글에서 보면 우주의 모든 것(만유(萬有))과 개체적 삶으로서의 인생은 서로 연결된 하나이다. 우주와 나의 일심동체설은 조명희 초기시에 편재해 있다. 한 가지 흥미로운 것은 관념적이고 추상적인 자연관에서 생물진화론적인 시각이 담겨 있다는 점이다. 인간이 아메바로부터 나온다고 보고, 인간과 뱀, 뱀과 바위 사이에는 생물학적인 물리적인 차이가 없다고 본다. '전신'이라는 표현과 '후래'라는 표현 속에서 개체적 존재를 넘어 종적 진화로 전개되는 생명의 본질을 통찰하고 있으며, 진화론 안에 불교적 윤회 사상을 통합하고 있다. 이러한 기획은 불교와 기독교 등 다양한 종교를 자신의 생명론 안에서 아우르는 상황까지 전개된다. 그 한가운데를 가로지는 '영원의 원망의 길'을 걷는 '순례자의 눈물'이야말로 진정한 예술인 것이다. 이때의 순례자는 단순한 세속의 떠돌이가 아니라, 온 우주의 생물과 사물로 침투해 들어가 머

무르며, 먼 과거로부터 현재를 지나 미래로 이어지는 영원의 길을 걷는 존재
이다. 이렇듯 생명은 시간초월적, 공간편재적 속성을 갖고 있으며 '약동'함으
로써 그 존재 가치의 영원성을 획득한다.

　「太陽이여! 生命이여!」에는 '약동'하는 생명과 '영혼'을 통해 우주적 세계
가 구성되는 모습이 표현되어 있다.

　　　스러오르는 生命이여 光烱한 靈魂이여!

　　　모─든 풀들이여 모─든 나무들이여

　　　그들은 光과 熱의 抱擁에 聖飼에 녹이는 甘舌에

　　　그 躍動에 소리치다

　　　'푸름이여 쒸여라! 푸름이여 되어라!'

　　　오 靈魂이여! 大律呂여!

　　　내 心臟에 쒸는 핏소리여!

　　　나는 그 大洪水 물결에 그치는 물결에

　　　龍卷彩虹船을 달녀가리라.

　　　오오 그러면

　　　生命이여! 靈魂이여!

　　　너의 긋업는 大洋에

　　　不滅의 律呂에…….

—「太陽이여! 生命이여!」 중에서

　생명은 영혼과 동격이며, "푸름"의 시각적 이미지를 갖고서 빛과 열을 갖

고 "약동"한다. 그 약동은 '내' 안의 "핏소리"이기도 하지만 "대홍수 물결"이기
도 하다. 생명의 약동(elan vital)[27]은 베르그송주의의 생명사상어서는 매우
중요한 개념이다. 조명희가 베르그송과 그의 진화론적인 견해를 직접 언급
하진 않았지만 이러한 표현(약동하는 생명)을 통해 다이쇼 생명주의의 영향을
받았다는 것을 짐작할 수 있다.

　이렇게 약동하는 생명은 조명희 초기시에서 "아이"라는 존재에 집중된다.
조명희 초기시에서 '아이'는 생명 존재 그 자체이고 초월적인 가치를 내포하고
있다. 어린 아이에 대한 시적 재현은 조명희 초기시가 갖고 있는 우주론적인
세계관 및 생명 보존과 개체적 삶의 가치를 종합적으로 아우르면서 제시된다.

　　오오 어린 아기여 人間 以上의 아달이여!

　　너는 人間이 아니다

　　누가 너에게 人間이란 일홈을 붓첫나뇨

　　그런 侮辱의 말을…….

　　너는 善惡을 超越한 宇宙 生命의 顯像이다

　　너는 모든 아름다운 것보다 아름다운 이다.

　　앤젤의 舞蹈 갓허라

27　"베르그송은 생명 속에는 무수한 잠재력이 포함되어 있다고 생각하였다. 그러한 잠재력은 진
　　화의 과정에서 좀 더 우월한 개체로, 그리고 동시에 좀 더 복잡한 것으로 발전시킨다. (…중
　　략…) 원시의 생명 속에는 이러한 가능성의 도가니 혹은 '잠재적 전체성'이 현실화의 방향으로
　　나가기 위해 대기하고 있다. 그리고 여기서 생기는 무한정의 힘과 경향 사이에는 불균형이 발
　　생하고 하나의 생명체에서 두 측면의 양립이 불가능할 때 생명의 내부에는 폭발력이 일어난
　　다. 생명은 그 폭발력에 의해 보다 완전한 생명을 향해 도약한다. 이러한 불균형에 기인한 촉
　　발과 도약이 이른바 엘랑 비탈 혹은 생명의 약동이다."
　　엄정식, 「베르그 송의 '창조적 진화'와 진화론」, 『과학과 기술』, 2009.5, 101쪽.

그러면

어린 풀싹아! 神의 子야!

—「어린 아기」 중에서

보라 영원히 그 아기는

터지랴는 지구의 심장을

보드러운 손으로 쇠매여 주며

너머지랴는 생명의 박휘를

작은 팔로 쌧대고 서셔

머나머ㅡㄴ 나라의 길을

어엽분 손으로 가르처 주나니.

—「어린 아이」 중에서

「어린 아이」는 '해의 나라'와 '힘의 나라'에서 보낸 아이를 형상화하며, '생명의 바퀴'를 떠받치고 있는 소중한 존재로 묘사하고 '머나먼 나라'를 가르키는, 미래의 삶을 살아갈 존재라는 점을 부각시킨다. 시의 마지막 부분에서 '이 宇宙에 父性은 子性을 쫓고 子性은 父性을 싸라' '영원한 圓舞와 '심포니'가 되어 압푸게도 생명의 박휘는 굴너가나니' 라고 표현함으로써 '부성'과 '자성'이 매우 유기적으로 공존하며 '생명'의 순환을 환기한다.

「感激의 回想」에서는 '님'이라 부르는 절대적 존재와 그에 대한 시적화자(어린 아해)의 기도가 예술적 카타르시스를 경험하게 만든다. 이때의 '아이'는 나이가 어린 대상이 아니라, 절대적 존재의 '님'과의 관계에서 생명의 본질과 자연의 진실을 추구하고 깨달으려는 자이다.

님이여 그대가

말 읍슨 말을 일르시며

소리 업슨 노래를 아뢰실 째

이 어린 아해의

가슴에 안은 거문고는

목이 메여 썰기만 하더이다.

님이여

나며 들며 째로 對하든 이 아해의 마음에는

마음의 곳곳마다 嚴肅한 微笑를 그득히 감최인 눈으로

가만히 그대를 바라보며 慇懃히 절하고 십헛나이다

아아 그째 나는 비로소

이 宇宙 덩이를 보앗나이다

처음으로 님을 맛낫섯나이다.

째는 임의 오래더이다

지금 다시 그대를 마음 가운대 그려 보며

울렁거리는 가슴을 안고 祈禱를 드리나이다

아아 永遠히 잇지 못할

나의 冊床 위에 노앗던 한 낫의 돗토리!

—「感激의 回想」

시적 화자는 어린 아이의 순수한 마음으로 돌아가 님의 '침묵' 속에서 깨닫
게 되는 진정한 님의 말과 노래를 접하게 된다. 이 모든 사유와 깨달음의 시
작은 "나의 冊床 위에 노앗던 한 낫의 돗토리!"였다. 가장 작은 사물 혹은 하

나의 씨앗이 될 수 있는 대상으로부터 생명의 의미와 우주의 진실을 통찰하는 님을 깨닫게 되는 것이다. 하나의 작은 자연으로부터 우주의 진실이 관통하고 있다. 「血面鳴音」에서는 "宇宙란 永遠의 謎의 瞑府 / 人世란 永久의 苦의 環圈 / 眞理란 虛荒한 未知의 陰符"라 표현하며 우주와 인간, 진리가 하나의 인식 속에서 공존하며 그 본질적 속성을 통찰하기도 한다.

시집 『봄 잔뒤밧 위에』는 인간과 우주의 기원에 대한 질문으로 끝나고 있다. 「永遠의 哀訴(故鄉에서)」에서 시적 화자는 왜 낮과 밤이 있는지 의문을 품고 '이 사람이 왜 생겨낫슬까 / 이 宇宙가 왜 생겨낫슬까' 고민하며 '永遠의 矛盾'이라고 울부짖고 있다. 우주와 인간과 생명의 진리를 찾는 조명희 문학의 생명론은 생명이 약동하는 것이며, 인간의 내부에서부터 자연의 모든 존재 속에 활력 넘치게 흐른다. 그 생명의 흐름은 과거로부터 전개되어 현재에까지 이르게 되었고, 예술과 종교, 그리고 이성의 깊은 깨달음까지도 가능하게 하는 능력을 갖고 있다. 또한 조명희 생명론은 불교적이며 동양적인 세계관을 내면화하고 있으면서도, 서구적인 생물학 및 우주론을 담아내고 있다. 관념적 추상성에서 벗어나 보편적 객관성으로 나가는 중요한 계기를 마련해준다.

3. 결론

이상에서 조명희 시집 『봄잔듸밧위에』에 나타난 생명과 자연, 우주에 대한 다양한 재현을 통해, 조명희 문학을 관통하는 세계관과 생명의식을 재구성하려고 하였다. 이 과정에서 조명희 시문학이 타고르 문학과 혼종적인 생명관을 기원으로 하고 있음을 밝히고, 한국 근대시의 형성에 미친 다양한 사상적 기반과 생명의식에 대한 당대의 비평 등을 관련지어 살펴보았다.

조명희 시집에서 우주와 자연, 생명이 상호소통하는 관계 속에 놓는 시론과 생명의식을 발견할 수 있었다. 또한 동서양의 생명의식과 근대적인 시문학적 상상력이 서로 혼종되어 있으며, 이러한 문학적 혼종성이 한국 근대시의 한 경향으로 전개되는 과정을 확인할 수 있었다. 조명희의 이러한 작업은 서구의 문예사상과 작품들을 단순히 모방하거나 흉내내는 것이 아니라 동아시아적인 맥락에서 내면화하고 융합하기 위한 것이며, 보다 고차원적인 시론과 자연관으로 구축하기 위한 전략적인 노력이었다.

조명희 초기시의 자연관 및 생명의식에 대한 연구는 한국근대시 형성의 다층적인 차원과 조명희 연구의 외연을 확장할 것이다. 이후 논의가 확장되어, 조명희가 겪었던 일본 동경 유학 시기의 서구문학과의 교섭 양상(특히 생명사상)을 살펴볼 수 있으며, 동서양 사상의 교섭을 통해 재인식되는 문화적·문학적 혼종, 그리고 그러한 인식 과정에서 겪게 되는 식민지 지식인의 예술적 가치와 주체적 자의식을 통해 한국 근대시의 근원을 사유할 수 있을 것이다. 또한 조명희 초기시와 타고르 문학과의 관련성은 작가의 생애사 연구와 일본 유학 시기의 타고르 문학에 대한 수용, 타고르 문학의 세계문학적 의미에 대한 연구로 확장하면서 보다 더 심화될 필요가 있다.

참고문헌

자료

라빈드라나트 타고르, 장경렬 역, 『기탄잘리』, 열린책들, 2010.
이재선, 『이광수의 지적편력-문학론의 원천과 형성』, 서강대 출판부, 2010.
조명희, 오윤호 편, 『조명희 시선』, 지식을만드는지식, 2013.
조명희, 이명재 편, 『낙동강(외)-조명희편』, 범우, 2004.

논저

곽경숙, 「조명희의 「낙동강」에 나타난 자연 의식」, 『현대문학이론연구』 제29집, 2006.
김윤식, 「한국 新文學에 있어서의 타골의 影響에 대하여」, 『진단학보』 32, 1969.
라빈드라나트 타고르, 장경렬 역, 「〈마음 깊이 울리는 음악〉의 향연, 타고르의 『기탄잘리』」,
　　『기탄잘리』, 열린책들, 2010.
송욱, 「유미적 초월과 혁명적 아공(我空)-만해 한용운과 R. 타골오르」, 『시학평전』, 일조각, 1970.
엄정식, 「베르그송의 '창조적 진화'와 진화론」, 『과학과 기술』, 2009.5.
오문석, 「1920년대 인도시인의 유입과 탈식민성의 모색」, 『민족문학사연구』 45, 2011.
오윤호, 「「낙동강」과 카프문학의 기원」, 『어문연구』, 2016.9.
윤여탁, 「한국 근대문학과 타고르, 그리고 비교문학의 전망」, 『국어국문학』 176, 2016.9.
이명재, 「포석 조명희론」, 이명재 역, 『낙동강(외)-조명희편』, 범우, 2004.
이영걸, 「안서, 소월, 타고르의 시」, 『외국문학연구』 제4호, 1996.
이화진, 「조명희의 「낙동강」과 그 사상적 기반」, 『국제어문』 제57집, 2013.
장정희, 「1920년대 타고르의 시의 수용과 소파 방정환의 위치」, 『인문연구』 63호, 2011.
최동호, 「정지용의 타고르 시집 『기탄자리』 번역 시편」, 『한국학연구』 39, 2011.
최라영, 「김억의 번역과 번역관 연구」, 『한국시학연구』 제33호, 2012.
최인훈, 「문학사에 대한 질문이 된 생애」, 『포석 조명희 문학 전집』, 동아일보 편집국, 1995,
　　추천사.
하재연, 「'조선'의 언어로 한용운에게 찾아온 '생각'」, 『한국근대문학연구』 20호, 2009.

김용직, 『韓國現代詩史研究』, 일지사, 1974.

근대 지식과 소설의 연대

아담 스미스의 『도덕감정론』과 찰스 디킨스의 『돔비 부자』의 연관성

이선주

1. 근대 지식과 소설의 연대—아담 스미스와 찰스 디킨스의 경우

찰스 디킨스(Charles Dickens 1812~1870)는 근대 지식과 소설의 연대를 살펴보기에 좋은 작가이다. 일단 디킨스는 19세기 초중반에 걸쳐 당대 세계의 중심이라 할 영국을 대표하는 소설가이다. 다른 여느 문학 장르보다도 소설은 작가적 상상력뿐만이 아니라 지식과 담론에 대한 연마를 요구한다. 디킨스는 사회소설가라 불리듯이 사회에 대한 문제의식과 해결방안의 모색에 골몰하는 지식인이다. 디킨스는 일 년에 꾸준히 소설 한 권 내지 두 권을 같이 써나가며 장편 소설 이십 여 권이 넘는 소설을 출간했다. 그의 소설은 중세와는 현격히 다른 근대사회와 도시공간 속에서 다양한 직종의 사람들의 삶을 그린다. 근대인의 삶을 정서적인 측면에서 형상화할 뿐 아니라 특히 근대인의 삶을 당

시의 시대적 이슈 내지 사상과의 연관 속에서 분석한다. 자본주의 사회 속의 자본이나 평등의 문제, 산업주의나 공리주의의 문제, 근대 도시와 농촌의 격변상이나 근대 전문가 집단의 형성과 직업윤리 등의 문제가 소설 속에 녹아들어간다. 특히 디킨스는 소설가일 뿐 아니라 신문과 정기간행물의 발행인이며 편집자로서도 유명하다. 신문과 잡지가 시대의 지식과 사람들의 의식을 이끌어가는 시대에 디킨스는 직접 정기간행물의 편집인으로 1850년 이후 평생 활약한다. 그는 『하우스홀드 워즈(*Household Words*)』와 『연중일지(*All the Year Round*)』의 편집장으로서 자기 시대의 중요한 이슈와 문제의식을 이끄는 오피니언 리더였다. 디킨스의 소설에는 근대의 지식 즉 당대까지의 사회적 경제적 상황과 사상에 대한 지식이 깊이 스며들어 가 있다.

18세기부터 영국에서는 프란시스 허치슨(Francis Hutcheson), 데이비드 흄(David Hume), 아담 스미스(Adam Smith 1723~1790)와 같은 근대 계몽주의 사상가들을 필두로 근대의 도덕철학, 법학, 경제학 등 근대사회를 이해하기 위한 분과 학문들이 발전하기 시작한다. 그 가운데 아담 스미스는 근대 사상의 아버지이다. 스미스의 정치경제학(Political Economy)은 영국 근대사상의 토대가 되었고 그의 방대하고 불편부당한 사상은 데이비드 리카도(David Ricardo)와 토마스 맬더스(Thomas Malthus)를 거치면서 협소한 지류를 깊이 파들어가게 되고 벤담의 공리주의에 이르면 근대자본주의사회를 공고히 하는 이데올로기적인 성격을 띠게 된다.

아담 스미스는 영국 근대철학의 최고봉이며 경제학의 창시자인데 정작 디킨스를 근대 지식의 본원인 스미스와의 연관성 속에서 살펴보는 비평은 거의 없다. 그러한 비평이 거의 없는 이유는 스미스는 단지 철학자만도 아니고 그의 철학서는 그 이전까지의 철학에 대한 기본 지식을 알고서야 접근이 가능하고, 또한 그의 경제학은 경제 원리와 근대 사회정치를 총괄하는 방대한 사고를 담고 있어서 그 사상을 이해하는데 많은 노력을 요하기 때문이다. 더 군다나 철학과 특히 경제학 분야에서는 그 시조인 스미스에 대한 연구가 너 무도 많이 되어 있고 특정 국면에 대해서까지 심화연구가 많이 되어 있어서 문학 비평가들이 선뜻 연구를 시작하기에 큰 부담으로 다가오기 때문이다.

이러한 부담에도 불구하고 본 연구가 디킨스의 소설을 근대 지식의 관점에서 스미스의 연구와 병행하려 한 것은 두 사람의 사상과 구상에 매우 흡사한 점이 있음을 발견했기 때문이다. 스미스는 자신의 시대가 중세적 신분질서에서 벗어나서 자기애(self-love)에 근거해서 자유로운 경제활동으로 자기발전을 꾀할 수 있는 근대 사회로의 전환기임을 인식하였다.[1] 모든 경제 주체들이 각기 자기이익(self-interest)을 추구한다면 사회질서와 정의를 위해 꼭 필요할 미덕은 무엇이며 그 미덕을 어떻게 측정하고 평가할 것인가라는 문제를 풀기 위하여 그는 『도덕감정론(*The Theory of Moral Sentiments*)』(1759)을 썼다. 또한 『국부론(*An Inquiry into the Nature and Causes of the Wealth of Nations*)』(1776)에서 스미스는 두 가지를 목표로 한다. 하나는 상공업의 발전으로 사람들이 정상적인 생산활동에 임하는 직업을 갖도록 하기 위하여 노동수요를 늘리는 방안을 찾는 것이다. 다른 하나는 자유롭고 경쟁적인 시장경제질서를 확립하는 것이 개인과 국가 모두에게 공정한 최선의 길이며, 이를 위해서는 특권과 독점에 근거한 중상주의 정책을 폐지하고 경제 자유주의를 확립해야 한다는 것이다. 스미스의 두 권의 저작을 같이 놓고 보게 되면 『국부론』은 당시 영국 상업사회의 경제상황과 도전적 방향성을 다루고 있고, 『도덕감정론』은 각 행위자 즉 경제주체들이 자기애에 근거해 경제활동을 벌이는 자본주의 사회를 교정하기 위한 대안의 제시

---

1 다카시마 젠야, 김동환 역, 『아담 스미스 — 근대화와 민족주의의 시각에서』, 소화, 1990, 53쪽.

이다. 자기 시대의 경제현실에 대한 진단이라는 커다란 한 항이 있고 그것이 경제만을 위해 무리하게 횡행되지 않기 위한 교정 지렛대로서의 다른 한 항이라는 이항적 구조로 스미스는 세계를 보며 문제를 해결하려고 했던 것이다.

스미스라는 거대한 사상가로부터 내려오는 근대에 대한 이항적 구조 즉 근대 자본주의 사회의 여러 면모에 대한 성찰과, 경제적 추구의 지나친 편향을 조절할 대안으로서의 감정 제시라는 이항적 구조의 큰 틀이 디킨스에게도 이어져 내려온다. 스미스는 각각 근대 상업사회의 현실경제문제와 그 사회의 질서유지를 위한 도덕감정 제시를 두 권의 책을 통해 하는 이항구조를 취한 반면, 디킨스는 이러한 이항적 구조를 하나의 소설 안에서 제시하며 소설의 가장 큰 틀을 이루게 한다. 디킨스는 자본주의의 경제적 성격을 비판할 수 있도록 각 소설마다 전형적인 경제인들을 등장시킨다. 소설 속에서 잠재되어 있던 문제가 위기로 치닫게 되고 이때 내내 현실의 매우 해결되기 어려운 구조적 문제를 치열하게 사실적으로 재현해오던 디킨스는 그 대안을 따뜻한 감정의 공동체 속에서 꼭 제시한다. 마치 스미스가 두 대작을 통한 이항적 구조로 근대 상업사회에 대한 총체적 접근을 목표했듯이, 디킨스도 한 소설 안에서 자본주의의 특정한 위기 재현과 그에 대한 대안 내지 완화라는 이항구조를 거의 언제나 제시하는 것이다. 이는 빅토리아 시대의 다른 소설가들, 즉 공감의 공동체만을 더 크게 부각시키는 조지 엘리엇(George Eliot)이나, 자본주의 농촌사회의 피폐함을 다루며 낭만적 타협을 하지 않는 토마스 하디(Thomas Hardy)나 영국의 식민지를 주제로 자본주의 "암흑의 핵심(Heart of Darkness)"에 집중하는 조셉 콘라드(Joseph Conrad)의 소설들과 비교해보면 문제재현과 대안(완화책) 제시라는 이항구조가 디킨스의 특징임이 뚜렷해진다. 디킨스의 이러한 특성은 감상주의(sentimentalism)라는 비판을 받기도 하지만 스미스의『도덕감정론』과 병치시켜 놓고 분석하게 되면 단순히 평가절하 할 수 만은 없는 근거와 감정의 공동체의 효과에 대한 비교 평가가 가능하게 된다.

이 글이 디킨스의『돔비 부자』를 스미스의『도덕감정론』과 연결지어 분석하고자 하는 데는 세 가지 이유가 있다. 첫째, 스미스는 각자 자기애에 근거해서 자신의 경제발전을 꾀하는 상업사회에서 질서와 조화를 위한 도덕감정(moral sentiment)으로 공감을 제시하고 있고『돔비 부자』에서 기업가 돔비가 역경에 빠지게 되는 것도 공감이 부재한 삶을 살아온 때문으로 재현된다. 스미스의『도덕감정론』의 핵심인 공감이론과 비교해서『돔비 부자』에서의 공감의 부재를 분석할 수 있다. 둘째, 스미스의 공감이론이 순전히 도덕감각으로서의 공감이 아니라 사회적 경제적 관계를 풀어나가는 핵심적인 감정으로서의 공감으로 제시되는데,『돔비 부자』에서도 인물들 간의 갈등이나 공감의 상충은 인물 자신의 성격에 의해서 생겨난다기 보다는 사회적 경제적 세계가 그 인물에게 영향을 미쳐 개인들이 그러한 반응을 나타내는 방식으로 재현된다. 인물의 성격과 감정이 사회 경제적 특히 경제적 세계에 매우 민감하게 영향을 받고 있어 근대 상업경제 세계에 맞는 도덕론을 제시하고 있는『도덕감정론』과의 비교는 매우 효과적인 독법일 것이기 때문이다. 셋째, 스미스는『도덕감정론』에서 도덕 판단을 미 판단과 매우 밀접하게 연관지으며 아주 많은 곳에서 도덕원리를 미적 사례와 개념을 통해서 설명하는 방식을 취하고 있다. 스미스는 서사적 예술이 현실을 반영할 뿐 아니라 서사적 예술에 대한 평가도 도덕적 적정함에 의해 평가되어야 한다는 생각을 가지고 있는데 탁월한 예술성을 갖춘 소설을 쓰는 디킨스도 다분히 빅토리아적인 도덕관념을 준수하는 틀 안에서 소설을 쓰고자 한다. 그의 소설 가운데서 특히『돔비 부자』는 흥미진진한 예술적 성취를 상당 부분 희생하면서까지 도덕적 적정성을 준수하는 경향을 보이기 때문에 두 저서를 비교하는 것이 상당한 의미를 갖는다고 생각하였다.

이를 위해 이 글은 먼저, 스미스의 『도덕감정론』을 공감 이론을 중심으로 정리하며 공감의 사회적 성격을 살펴본다. 둘째로는 스미스처럼 디킨스도 이해관계가 충돌하는 자본주의 사회에서 공감의 중요성을 부각시키는데 공감의 중요성에 대한 강조가 『돔비 부자』에서는 공감의 상충과 실패를 통해서 제시됨을 살펴본다. 셋째로는, 스미스는 공감이 부지불식간에 상업사회를 촉진시키는 역할을 하게 된다고 보았는데, 공감의 이러한 속성이 『돔비 부자』에서 어떻게 파악될 수 있는지를 살핀다. 마지막으로 모든 파국이 다 이루어지고 난 뒤에 주요 인물들에 대한 디킨스의 도덕 판단은 스미스가 말하는 '공정한 관찰자(impartial spectator)'의 판단처럼 제시되고 있음을 분석하고 이 판단에 나타난 디킨스의 경향성을 분석하고자 한다.

2. 아담 스미스의 『도덕감정론』과 공감 이론

『도덕감정론』을 썼던 1750년 즈음에 스미스가 살던 글래스고는 국내무역에서 뿐 아니라 인도, 미국과의 무역의 중심지로서 상업이 활발하였다. 영국은 18세기에 유럽에서 두 강대국이었던 프랑스를 7년 전쟁으로 물리치고 식민지 무역에서 주도권을 잡게 되고 대외 상품 수요에 맞춰 국내 상품도 대량 생산되면서 근대적 경제체제를 갖추어 나간다. 상업과 매뉴팩처 제조업이 급격히 활성화되면서 여기서 30여 년만 지나면 그 산업발전 속도에 스스로도 놀라 "산업혁명"이라 칭하는 새 시대가 도래한다.

경제활동이 활발해지면서 사람들은 꼭 고향에서 천직을 고집하며 살 필요가 없게 되어 이동이 빈번해진다. 이동하는 경우는 장사가 잘 되어서 상업을 하느라 일수도 있고 주인 없는 공유지를 대지주의 농토로 귀속시키는 엔클로저(Enclosure)에 의해 농부들이 경작지를 잃어 대거 농촌을 떠나게 되어서 일수도 있다.[2] 활성화된 상업 활동과 고향을 떠나는 이주와 같은 근대적 생활방식은 지난 백 여 년 동안 서서히 진행되어오던 봉건적 굴레와 종속관계를 끊어놓게 된다. 1688년 명예혁명으로 표출되었던 사람들의 신분 해방에의 꿈이 계속 미루어지다가 이제야말로 현실 속에서 이룰 수 있는 듯이 보였다. 근대시민사회를 향한 사람들의 감정이 부풀고 의식이 눈뜨기 시작한 것이다. 여기서의 시민사회란 중세의 고정된 사회적 신분에 얽매이지 않고, 경제적 자립을 통해 국가의 한 일원으로서의 자유롭고 평등한 시민으로 이루어진 사회를 말한다.

각자가 자유롭고 평등하다면 보통의 사람들에게 확실한 동기부여다. 인간은 사람답게 살기 위하여 궁극적으로는 자신의 행복을 위하여 스스로 생활개선을 꾀한다. 자신의 발전과 개선은 일차적으로는 자신을 위하는 이기심과 자신을 사랑하는 자기애에서 나온다. 중세시대 인간은 본능적 이기심으로 악에 빠지기 쉬운 보잘 것 없는 존재라고 주입받아왔다. 증세 기독교적 세계관에서 벗어나기 시작하는 18세기 근대 상업사회가 전개되는 와중에서 스미스는 사람과의 관계에서의 공감을 미덕의 판단기준으로 제시한다. 이기

---

2 Williams, Raymond, *The country and the City*, Paladin, 1975, p.121~33.

심을 단죄해야 할 악으로 보고 전적인 이타주의를 주입하는 중세적 가치관에 비하면, 공감은 너무 소박한 기준으로 보인다. 그러나 여기에 바로 근대 사회에 대한 스미스의 이해가 담겨있다. 그는 이타적이고 신기루적인 기독교적 사회를 만들려는 것이 아니라 누구나 우선적으로 자기이익을 추구하는 근대 상업사회의 도덕 판단 기준을 중대하게 이론화하고자 한다. 스미스는 각자가 자유롭고 평등한 인간으로서 스스로 생활개선을 꾀하는 이기심 혹은 자기애를 있는 그대로 현실로서 긍정한다. 거기서부터 사람들의 행위가 시작되기 때문이다. 스미스 앞에 놓여있는 시대적 과제는 봉건사회에서 해방된 개인이 각자 자유롭게 자신의 이익을 추구하면서, 어떻게 하여 사회질서와 조화를 이루는가를 사상적으로 밝히는 거였다. 그는 그 작업을 『도덕감정론』에서 하고 있다.

공감에 관한 스미스의 이론에서 몇 가지 중요한 점이 발견된다. 첫째 '어떤 행위'의 도덕성이 절대적이거나 또는 본래적으로 결정되는 것이 아니라는 점이다.[3] 이타적 행위라고 무조건적으로 도덕성을 획득하는 것이 아니다. 상황을 잘 이해한 관찰자의 관점에서 공감이 가능한 행위라면 그 행위는 적정성(propriety)을 가지게 되어 미덕(virtue)이다. 이 과정에서 행위의 동기 자체의 이타성 내지 이기성 여부는 판단의 관건이 아니다. 전통적으로 사람들이 도덕적인 것으로 평가하지 않으려는 경향이 있는 자기애에 기초한 행위도 제3자의 공감을 얻어낼 수 있다면 행위의 적정성을 획득한다. "당사자의 원시적인 격정이 관찰자의 공감적 정서와 완전히 일치할 때에는, 그의 격정은 필연적으로 이 관찰자에게는 합당하고 적정하며 그 대상에 적합하다고 느껴질 것이다. 반대로, 관찰자가 당사자의 입장에서 생각해 보아도 그의 격정이 관찰

---

3   황규선, 『동감에 기초한 아담 스미스의 도덕철학체계』, 부산대 박사논문, 2002. 100쪽.

자가 느끼는 것과 일치하지 않는 것을 발견한다면, 그의 격정은 관찰자에게는 부당하고 부적정하며 그것을 불러일으킨 원인에 어울리지 않는다고 느낄 것이다."[4] 공감의 대상은 온갖 종류의 행동과 감정이 다 포함되며 그 행동과 감정 자체의 성격이 공감 정도를 결정하지 않는다.

둘째로, 스미스는 도덕 판단의 근거를 감정(sentiment)에 둔다는 점이다. 스미스는 모든 행동을 발생시키는 근원이자 모든 행동의 선과 악을 결정하는 것을 인간의 감정에서 찾는다. 홉스와 같은 학자는 미덕이란 이성으로 판단하여 이성에 일치하는 것이라고 주장하는 반면, 스미스는 "옳고 그름에 관한 최초의 지각이 이성에서 도출될 수 있다고 가정하는 것은 매우 어리석고 이해하기 어렵다"[5]고 말한다. 마찬가지로 스미스는 도덕 판단의 근거를 허치슨과는 달리 도덕 감각(moral sense)에 있다고도 보지 않는다. 도덕 판단이 마치 오감과 같은 감각기관처럼 즉각적이고 본성적으로 생기는 것은 아니라고 보는 것이다. 오히려 도덕 판단은 감정이라는 본성적이면서도 다분히 지적인 작용에 의한 것이라고 본다. 도덕적 승인에 필요한 것은 감정의 일치 즉 공감이라고 본다. 인간은 타인의 행위와 상황을 관찰하고 이를 통해 타인의 감정을 상상한다. 감정은 일정한 경향성을 지니긴 하지만 외부상황과 타인에 의해 영향을 받음으로써 변화하며 일종의 지적인 성격을 가진다. 여기서 공감이란 인간이 타인의 감정에 대한 상상을 통해 가지게 되는 자신의 감정을 말한다.

그러므로 공감은 모종의 격정을 목격함으로써 발생하는 것이 아니라 그 격정을 야기한 상황을 목격함으로써 발생한다. 우리는 때때로 타인에 대하여

---

4   Smith, Adam, *The Theory of Moral Sentiments*, Penguin Classics, 2009, p.42~43.
5   ibid., p.376.

격정을 느끼게 되지만, 막상 그 사람 자신은 그런 감정을 전혀 느끼지 않는 것으로 보인다. 왜냐하면 그러한 격정은 비록 타인의 마음속에 실제로 생겨난 격정이 아닐지라도, 우리가 우리 자신을 그의 입장에 놓았을 때 상상을 통해 우리의 마음속에 생겨나는 것이다. 타인이 자신의 행위가 부적절하다는 느낌을 전혀 갖고 있지 않는 것으로 보일 때에도 우리는 타인의 몰염치하고 무례한 행동을 보고는 얼굴을 붉힌다. 그 이유는 만약 우리가 그 사람처럼 황당한 행동을 했을 경우 우리 자신이 얼마나 난감해 할지를 느끼지 않을 수 없기 때문이다.[6]

인용문에서처럼 공감은 역지사지와는 다르다. 역지사지는 타인의 상황에 나를 가져다두는 것이다. 역지사지는 내가 타인의 상황에 들어가 있다고 상상하고 타인이 느낄 것이라고 여겨지는 감정을 예상하는 것이라면, 공감은 타인의 감정에 대한 나 자신의 감정이다. "공감은 타인의 상황을 관찰하고, 이에 대하여 타인이 느꼈을 감정을 상상함으로서 내가 느끼게 되는 감정이다."[7] 따라서 공감을 통해 관찰자가 가지는 감정은 관찰되는 행위자(agent)의 감정과는 완전하게 똑같을 수 없다. 행위자의 감정이라고 관찰자가 예상하는 감정과 관찰자 자신이 가지는 스스로의 감정이 비슷하게 일치하게 되면 관찰자는 공감을 느끼게 되고 행위자의 감정이 적정(propriety)하다고 시인(approbation)하게 된다. 스미스는 관찰자가 느끼는 것은 언제나, 어떤 점에서 행위자 본인이 느끼는 것과는 차이가 있을 수밖에 없다고 인정한다. 그럼에

---

6   ibid., p.16.
7   천미림, 『아담 스미스, 공감의 미학—도덕철학과 미학의 관계를 중심으로』, 한양대 석사논문, 2014, 1쪽.

도 행위자와 관찰자의 감정이 서로 일치하는 경우도 있는데 "사회를 조화롭게 하는 데에는 이것으로 충분하다"[8]고 말한다. "그들은 결코 완전한 상호일치를 이루는 것은 아니지만 조화를 이룰 수는 있다. 그리고 한 사회가 필요로 하거나 요구하는 것은 이것이 전부이다"[9]라고 말한다.

셋째로, 스미스는 도덕감정을 사회관계 속에서 찾는다. 관찰자의 공감 감정은 그 자체로는 단순한 감정에 지나지 않으며 당사자와의 인간관계 속에서 비로소 가치의 척도로 된다. 따라서 도덕판단은 관찰자와 당사자의 사회관계 속에서만 존재한다. 그런 의미에서 공감이론은 인간 사회학적 매커니즘의 형태로 나타난다.[10] 이것은 사회 속에서 개인이 다른 사회 구성원들과 어떻게 화합하고 어울려야 하는지를 보여주는 일종의 상호관계 원리이다. 공감이론에서 중요한 사회적 구성원은 행위자와 공정한 관찰자로 이루어져 있다. 인간은 모두 사회 안에서 행위자이며 관찰자이다. 인간이 공감이론 안에서 행위자이자 관찰자로서 두 가지 역할을 동시에 담당하고 있음에도, 행위자는 오류와 실수의 가능성이 많은 인간인데 반해 관찰자는 공정하고 적정한 도덕 판단을 해야 하는 자이다. 서로 상충하고 상반되는 속성이 내재해 있을 수밖에 없다. 따라서 자신도 오류를 많이 범하는 행위자이기도 한 관찰자의 도덕 판단은 결코 절대적이거나 선험적일 수 없다. 오히려 인간 감정에 기초하며 상황의존적이고 유동적이다. 도덕판단은 인간 상호간의 동류감정(fellow feeling)에 의존한다.

---

8   Smith, Adam, op.cit., p.28.
9   ibid., p.28.
10   천미림, 『아담 스미스, 공감의 미학—도덕철학과 미학의 관계를 중심으로』, 한양대 석사논문, 2014, 13쪽.

3. 아담 스미스의 공감 이론과
『돔비 부자』의 유사성

스미스는 모든 경제주체가 자기애에 근거해서 자신의 경제발전을 꾀하는 사회에서 질서와 정의가 유지되기 위해서는 공감이라는 감정으로 적정성을 지켜야 함을 역설하였다.[11] 한 시대의 사회적 경제적 성격을 이론화한 스미스의 사상을 습득한 뒤 그것과의 연관 속에서 19세기의 소설을 비평하고자 할 때 단연 떠오르는 작가는 디킨스이다. 그 이유는 스미스로부터 내려오는 근대에 대한 이항적 구조 즉 근대 자본주의 사회의 여러 면모에 대한 성찰과, 경제적 추구의 지나친 편향을 조절할 대안으로서의 감정 제시라는 이항적 구조의 큰 틀이 디킨스에게도 이어져 내려오고 있기 때문이다. 스미스가 이윤추구의 상업 사회에 대한 교정 지렛대로서 감정을 제시했듯이, 매우 흡사하게 디킨스도 팽창하는 자본주의 사회에 대해 따뜻한 감정을 대안으로 제시하곤 한다. 디킨스의 각각의 소설에서는 대표적인 경제인을 중심으로 근대 자본주의의 어떤 특정 국면이 부패의 소용돌이를 일으키며 인물들을 불행에 처하게 하다가 마지막에는 착하고 경제능력이 미흡한 인물군들이 이루는 "감정의 공동체"[12]가 용케도 저자의 적극적 개입에 의해 재생된다. 디킨스의 『돔비 부자』는 경제를 주도하는 이기적인 인물군의 장악과 득세가 워낙 팽배한 소설인데 소설의 2/3에 걸쳐 이러한 이기적이고 위반적인 인물들이 득세하다가 결말에 이르러서는 플로렌스(Florence)를 중심으로 한 착하

---

11 Mckenna, Stephen, *Adam Smith : The Rhetoric of Propriety*, State U of New York, 2006, p.25.

12 Moglen, Helene, "Theorizing Fiction / Fictionalizing Theory : The Case of Dombey and Son", *Victorial Studies* Vol.35(2), 1992, p.164.

고 경제능력이 미흡한 인물군들의 "감정의 공동체"가 용케도 다시 수습되어 해피엔딩으로 끝맺는다. 소설 속에서 환한 조명이 집중되는 플로렌스와 돔비, 돔비와 매니저 카커(Carker), 돔비와 그의 아내 에디스(Edith)의 갈등은 중심 인물들 간의 성격적인 갈등이라기보다는 이 중심 인물들을 에워싸고 있는 사회적, 경제적 성격이 깊이 영향을 미친 갈등으로 제시된다. 환한 조명을 받고 있는 이들 중심인물을 에워싼 어둠 속에 엄습해 있는 그 사회의 경제적 성격의 막강한 영향력이 이 소설에서는 매우 중요하다. 스미스가 번성해 나가기 시작하는 상업경제사회에서 공감을 도덕판단의 기준으로 제시할 필요성을 중대하게 느낀 것처럼, 디킨스도 근대 자본주의 사회에서 그 사회의 탐욕성과 사기성을 억제할 감정의 공동체를 감상주의에 흐르고 있다는 비판을 감수하면서 까지 복구시키고 있다.

인간의 도덕 감정이 자기애와 자기 이익을 추구하는 시장경제를 견제해줄 수 있으리라는 스미스의 믿음이 『돔비 부자』에서 위태롭게 시험 당하게 된다. 여기에서는 먼저 주요 인물들 간의 관계에서 공감의 부재와 공감의 상충들이 매 장면에서 어떻게 부각되고 있는지를 살펴보겠다.

이 소설의 주인공 돔비는 물려받은 돔비 부자 상사를 이끄는 성공한 대외무역상이다. 소설에서 돔비가 징죄를 받는 가장 큰 이유는 공감의 부재 때문이다.[13] 아니 보다 더 정확하게 말하면 그가 어느 큰 부분에 대해서 공감을 완강히 차단하기 때문이다. 그가 일체의 감정을 섞기를 원치 않는 것은 무엇보다 하층계급에 대해서이다. 아내가 갓 태어난 폴(Paul)을 남긴 채 세상을 떠나자 그는 "흙먼지에 불과한"[14] 계층인 유모를 고용할 수밖에 없게 된 데 치욕을

---

13 Thurley, Geoffrey, *The Dickens Myth*, St. Martin's Press, 1976, p.124.
14 Dickens, Charles, *Dombey and Son*, Penguin Books, 1984, p.70.(이하 *Dombey and Son*에 대해서는

느낀다. 돔비상사의 후계자를 보살피는 임무를 맡은 유모로 하여금 그녀 자신의 가족도 만나지 않고 임무에만 몰입하는 새로운 인생을 시작하라는 의미에서 그녀의 호칭을 "리처즈(Richards)"라고 새로 지어준다. 임무에는 몰입하되 "내 아이에게 자네는 애착을 느끼지 말 것이며 내 아이가 자네에게 애착을 느끼지도 않는 것이 계약조건에 들어있다"(68쪽)고 돔비는 말한다. 유모의 남편인 투들(Toodle)이 자신의 아내가 돌보던 폴의 죽음을 애도하며 검은 리본을 단 것을 본 돔비는, "지체 높은 젠틀맨의 가슴 깊이에 있는 시련과 실망 속으로 감히 들어오려"(353쪽) 하였다고 생각하며 분노한다. 그는 하층계급이 자신의 감정에 공감해서 들어오는 것조차 도저히 용납하지 못한다.

자기보다 낮은 사람들과 소통할 필요를 전혀 느끼지 못하는 돔비는 가정도 이해타산적인 경제주의 원칙으로 운영한다.[15] 돔비는 자신이 아내에게 영예로운 자리를 내준 대신 아내는 자신을 왕처럼 떠받들고 자신의 뜻에 모든 것을 맞추어야 하는 존재로 전용하여 긴장과 억압 속에 살던 아내의 때 이른 죽음을 초래한다. 그는 빅토리아시대 '가정의 천사' 같은 딸 플로렌스가 갈구하는 아버지의 사랑에 대해서도 무관심으로 일관한다.[16] 그의 관심을 한 몸에 받던 후계자 폴이 아버지의 강압적인 선행교육과 '속성' 육아에 짓눌려 일찍 세상을 떠나 버리자 딸에 대한 돔비의 무관심은 미움과 시기로 악화된다. 이같이 유일하게 남은 가족인 딸에게까지 공감을 차단하는 것은 "투자할 수 없는 위조 화폐일 뿐이며 나쁜 소년에 지나지 않는"(51쪽) 딸에게 행여 사업이 침해당할 것을 우려한 때문이다.

내주로 페이지 수만 기입한다)

15　Elfenbein, Andrew, "Managing the House in *Dombey and Son*" : Dickens and the Uses of Analogy", *Studies in Philogy* Vol.92(3), 1995, p.366.

16　Armstrong, Mary, "Pursuing Perfection : Dombey and Son, Female Homoerotic Desire, and The Sentimental Heroine", *Studies in the Novel* Vol.28(3), 1996, p.288.

이렇게 냉정한 돔비이지만 그도 아주 소수에 대해서는 관심을 갖고 바라보며 상대방의 태도를 적정하다고 판단한다. 자기와 이해관계가 맞다고 생각되는 사람들이 그들이다. 자기이해관계에 합치되는 사람이 그나마 그에게는 공감이 생기기에 적정한 사람이다. 그는 자기 회사의 대표 매니저인 카커를 자신이 다 파악하고 있다고 믿으며 그의 태도와 감정이 적정하다고 공감한다. 돔비가 생각하기에 카커는 큰 회사의 대표 매니저에 어울리는 세련된 취향과 완벽한 복장을 하고 있다. 다른 사람에게는 거만한 카커가 "돔비씨의 위대함을 항시 능히 인식하고 있는 태도로 말을 함"(466쪽)으로써 자신에게 어울리는 매니저라고 돔비는 생각한다. 돔비는 세련된 취향의 거만한 카커가 사장인 자신에게는 살갑게 점잖은 아첨을 올리니 자신의 지위가 자랑스럽게 느껴지게 하는 적정한 부하라고 공감한다. 돔비는 자신이 카커를 충분히 잘 파악하고 있고 카커가 자신에게 충분히 속을 터놓고 있는 사람이라고 생각하여 돔비와 함께 있는 때의 카커라는 이름 앞에는 번번히 '속을 터놓는 카커(confidential Carker)'(137쪽)라는 지칭어가 나오곤 한다. 그런데 사실 이것은 돔비가 카커를 완전히 오판한 것이다.

카커는 사업상의 모든 일에 돔비의 대리인으로 나서기 위해 돔비에게 자신의 모든 취향과 감정을 맞춘다. 카커는 돔비의 행동이나 감정을 보고서 생겨나는 자신의 감정이라는 스미스의 공감의 의미에서의 공감이 아니라 사장인 돔비의 마음을 사기 위해 그 앞에서는 자신의 감정을 전부 비우고 사장의 감정에 맞추어서 점잖은 아첨을 하며 카커 자신의 이익이 되게 그를 조종하는 것이다. 돔비는 카커를 다 파악하고 있다고 생각하지만 오히려 카커는 돔비의 머리 위에서 움직이며 그 다음 수를 두고 있다. 카커의 행동반경은 회사 안에 국한된 것이 아니라 돔비의 가정 안으로 깊숙이 들어간다. 돔비상사의 아들 후계자가 사라진 뒤에는 어린 딸 플로렌스를 음흉한 눈빛으로 항시 주시하며 흑심을 품는다. 돔비가 귀족 미망인 에디스를 새 아내로 맞이하자 이제는 그녀에게 흑심을 품는다. 돔비는 자신의 뜻대로 움직이지 않는 새 아내에게 자기 의사를 전달하는 역할을 카커에게 맡겨 두 사람이 야반도주하는 상황을 초래한다.

사람들과 감정적으로 섞이어 공연히 정서적 낭비를 전혀 하고 싶지 않은 돔비는 정작 자기와 이해관계가 일치하는 사람이어서 공감하고자 할 때는 이렇게 오판을 하지 않을 수 없게 된다. 그의 판단 기준이 전적으로 자기의 감정과 이해관계에 놓여 있기 때문이다. 스미스가 『도덕감정론』에서 사람의 공감을 얻기 위해서는 상대방의 눈으로 자신을 바라보아 상대방이 보기에 적정하다고 시인할만한 행동과 감정 수위를 가지기 위해 노력해야 한다는 말과는 전혀 다르게 돔비는 하고 있다. 돔비가 거의 대부분의 사람들에게 마음의 문을 닫아 버리는 것이 그의 파국을 초래하지만 다른 한편으로는 자신에게 필요한 사람이라 생각하여 자기 기준으로 그 사람에게 공감하고 적정하다고 그릇되이 판단하는 것도 상당부분 그의 파국의 요인이 된다. 돔비가 카커에게 잘못 공감하듯이 에디스에 대해서도 잘못 공감한다. 돔비가 에디스를 선택하는 이유는 귀족의 미망인인 그녀의 지극히 거만하고 냉랭한 태도에 자기와 비슷한 류라는 동료감정을 느꼈기 때문이다.

돔비씨는 자신의 아름다운 약혼녀의 매너에 대해 마음속으로 왈가왈부할 생각이 전혀 없었다. 그는 그녀의 도도함과 냉정함에 공감할 충분한 이유를 가지고 있었고 그 도도함과 냉정함에 동료감정을 느꼈다. 에디스의 경우에 이러한 태도가 돔비 자신에 대한 존경의 표시가 되고 거기에서 돔비 자신의 의지와 떼어놓을 게 하나도 없다고 생각하니 그는 마음이 우쭐했다. 자신감 넘치는 우아한 이 여성이 자기 저택의 영예를 드높이고 돔비 자신의 매너를 잘 따른 그녀가 손님들을 바짝 긴장하게 할 것을 상상하니 그는 마음이 우쭐했다. 돔비부자 상사의 위엄은 그러한 손 안에서 함양되고 지속될 것이다.(509쪽)

스미스가 도덕감정을 설명할 때 사용하던 키워드인 공감, 동료감정이 에디스의 오만함에 대한 돔비의 판단을 설명하는 데에도 사용되고 있다. 스미스가 이 키워드를 설명할 때에는 인간의 미덕으로서의 도덕감정이라는 판단을 위해서 인데 여기서는 오직 자기이익에만 충실한 감정으로 오독되고 있다. 돔비의 공감과 관련하여 카커와 에디스의 경우에 있어 다른 점은 카커는 의도적으로 돔비를 속였다는 것이고 에디스는 전혀 감추려는 생각이 없는데도 자기 식의 사고에 갇힌 돔비가 그녀의 본 모습을 보려고도 하지 않았다는 것이다. 에디스의 오만함은 신분의 고하를 막론하고 빅토리아 시대 여성들이 결혼 시장에서 겪는 물건으로서의 대우와 그에 따른 모멸감과 반항심에서 생겨났다. 그래서 돔비의 오만함은 "자존감이며 굽힐 줄을 모르고 격식있고 준엄한데" 에디스의 오만함은 "그녀 자신과 그[돔비]와 주변의 모든 것을 전혀 개의치 않는다."(466쪽) 지극히 물질주의적인 오만함에 가득찬 돔비는 자신의 아내라는 자리에 어울림직한 그녀의 거만함도 자신과 같은 성격일거라고 단정한 것이다. 돔비는 자신이 그 적정함을 시인하며 공감해 준 그녀가 설마 자신을 가부장제 사회 남성의 대표자로서 보고 앙심을 품고 자신을 치리라고 상상하지를 못한다.

이 소설에서는 같이 이야기를 나누는 두 사람이 서로의 감정이나 상황에 대해 다르게 느끼고 판단하는 예가 매우 많다. 아버지에게서 사랑받고 싶은 마음이 플로렌스의 가장 간절한 염원인데도 아버지 돔비는 딸을 항시 자신의 이해관계에 저촉되는 가까이해서는 안 되는 존재로 보는 것이 그 대표적인 예이다. 플로렌스가 아버지의 기대를 한 몸에 받던 동생 폴의 죽음에 상심한 아버지를 위로하고 싶어서 찾아갔을 때에도, 카커와 에디스가 함께 도주해버려 치욕에 빠진 아버지를 위로하고 싶어서 플로렌스가 손을 내밀었을 때에도 돔비는 딸에게 미움과 불신만을 느낀다. 또 돔비가 카커를 오판하고 있듯이 간교하고 지적 능력이 탁월한 카커와 대화하는 사람들도 번번히 카커의 음흉한 마음속을 파악하지 못하고 자기 식으로 쉽게 공감하여 상황을 그릇되이 판단하는 경우가 여러 번 등장한다.

그렇다면 카커는 영악하여 모든 사람들을 잘 파악하여 근대 시장경제 사회에서 우월한 행위자로서 승리하는가 하면, 꼭 그런 것은 아니다. 스미스가 공감을 얻기 위해서는 역지사지하는 마음과 공정함을 갖추어야 한다고 말한 데 반해 카커와 같은 사람은 공감을 얻기 위해서도 지극히 자기애와 자기이익만을 고려하기 때문이다. 그도 정작 자기와 이해관계가 일치하는 사람이라고 생각하여 공감을 하고 싶은 상대가 드디어 나타났을 때 그 사람에 대해 오판을 하여 나락에 떨어진다. 카커가 자발적으로 마음을 열고 싶은 사람은 에디스 뿐이다. 그는 에디스에게 돔비에 대한 미움을 더욱 부추켜서 공동전선을 충분히 구축할 정도로 그녀와 마음의 교감을 이루었다고 자신한다. 더구나 그녀가 자신의 성적 매력에 이끌려서 자신과의 밀행에 따라 나선 것이라고 생각한다. 정작 에디스는 오만하고 억압적인 돔비보다도 항상 자신에게 추근거려 여전히 결혼시장에서 거래되는 듯한 느낌을 들게 한 카커를 더 증오하여 그를 추문의 도구로 사용했을 뿐이다. 일과 여성 둘 다 모두에서 항상 자기이익을 취하며 이겨왔다고 생각한 카커가 진짜 욕망하는 여인을 만났으나, 그녀에게 그는 철저히 능멸의 대상이었을 뿐이다.

『돔비 부자』에서는 이와 같이 서로 대화를 나누는 두 인물 간의 층이 지는 감정, 충돌하는 감정들이 많이 나와 공감 형성의 어려움을 극화한다. 사회질서를 유지하기 위해 중세 봉건적 사회에서에서는 이타심(altruism)과 자비(benevolence)를 강조했던 데 반해 스미스는 근대사회에서의 사회질서는 공감에 의해 유지될 것이라고 제시한다.[17] 이타심의 강요는 이타적 성향과 함께 인간의 틀림없는 한 본성인 이기적인 성향을 부정하는 것이어서 실효를 이룰 수가 없다고 스미스는 보았다. 스미스가 존경하는 스승인 허치슨이 자비를 사회를 이끄는 으뜸 미덕으로 본 데 반해 스미스는 자비는 상위계층이 하위계층에게 시혜하며 시중을 받는 온정주의적 신분사회의 미덕이지 평등을 지향하는 근대사회를 이끌어 갈 미덕이라고 보지 않았다.[18] 무척 권장할 만한 미덕이지만 근대 시장경제에서는 큰 힘을 발휘할 수 없는 이타심이나 자비 대신에 스미스는 평등한 인간 간의 공감을 으뜸의 도덕감정으로 제시한 것이다. 디킨스도 스미스 못지않게 근대 자본주의 사회가 지나치게 경제적 이해관계로만 좌우되지 않기 위해서는 공감의 공동체를 형성하는 것이 중요하다고 생각한다. 다른 어느 소설보다도 『돔비 부자』에서 디킨스는 인물들 간에 공감이 층이 지고 상충하게 되는 심리적 사회적 요인은 무엇이고 공감의 차단과 실패가 필연적으로 개인과 사회의 파국을 초래함을 재현하는 데 집중한다.

---

17 정형식·유임수·김광수, 『정치경제학과 경제주의』, 서울대 출판부, 1997, 16쪽.
18 Smith, Adam, op.cit., pp.353~359.

4. 아담 스미스의 공감 이론과 『돔비 부자』의 차이

공감이 모든 사람이 자기애에 근거해서 자신의 경제발전을 꾀하는 사회에서 질서와 정의가 유지되기 위해 필요한 도덕감정이라면, 다른 한편으로 스미스는 공감이 사람들을 열심히 일하게 만들어 시장경제의 발전을 가져오게 함을 말한다.[19] 내내는 공감이 막강한 시장경제사회를 교정하는 지렛대로서의 역할을 하는 것으로 제시하였는데, 그 공감이 이번에는 사람들의 경쟁심을 부추겨 경제발전을 가져오는 결과를 낳기도 한다고 주장하는 것이다. 즉 스미스는 공감이 상업사회의 지나친 경제중심주의를 억제하는 도덕 능력이면서, 동시에 상업사회를 복돋우며 부추기는 작용을 부지불식간에 한다고 본다. 이 점이 스미스의 도덕철학의 독특한 현실성이다. 그렇게 되는 연유는 권세나 부를 이룬 사람들이 사람들의 공감을 쉽게 받기 때문이라고 말한다. 사람들은 부유하고 권세있는 사람들을 주목하고 쉽게 공감하게 된다. 사람들의 이러한 허영(vanity)이 부자들의 기호와 취향에 공감하며 자신도 부자가 되고 싶게 한다. 스미스는 이래서 공감이 부지불식간에 근대 시장경제의 발달을 가져오는 동기화(motivation)의 역할을 한다고 본다.

인류 사회의 각계각층의 사람들 모두에게서 나타나는 경쟁심은 어디에서 생기는 것인가? 그리고 자신의 지위 개선이라고 하는 인생의 거대한 목적을 추구하는 것은 어떤 이익이 있어서인가? 남들로부터 관찰되고 주의와 주목을

---

[19] Muller, J. Z, *Adam Simth in His Time and Ours*, The Free Press, 1993, p.55.

받는다는 것, 그리고 그들로부터 공감과 호의와 시인을 받는다는 것이 바로 그것으로부터 얻을 수 있는 이익이다. 우리의 관심을 끄는 것은 안락이나 즐거움이 아니라 허영이다. 그러나 허영이란 항상 자신이 주위로부터 주목을 받고 시인의 대상이 되고 있다는 신념에 기초한다. 부유한 사람이 그의 부유함을 자랑하는 것은 그 부유함이 자연히 세간의 이목을 끈다는 것, 그리고 부유함이 그에게 제공한 모든 유쾌한 감정에 인간들이 쉽게 공감하기 마련이라는 것을 알기 때문이다.[20]

지위가 높고 부유한 사람들을 선망(emulation)의 대상으로 바라보는 것은 사실은 상상력의 기만이다.[21] 상상이 불러일으키는 기만적인 색채로 그들을 바라봄으로써 그들의 모든 의향을 찬성하고 그들의 모든 희망을 지지하는 것이다. 스미스는 관찰자가 공정을 기하도록 전반 상황에 대한 지적인 이해와 적정한 상식을 갖추어야 함을 『도덕감정론』의 많은 부분을 할애하며 강조해 왔고 그렇지만 공정한 관찰자(impartial spectator)도 인간 존재의 불완전성 때문에 판단에 있어 오류를 할 가능성이 있음을 말한다. 심지어 공정한 관찰자까지도 부와 권력에 현혹되어 상상력의 기만에 빠질 수 있다. 인간이 타인의 감정에 대한 상상을 통해 갖게 되는 감정이 공감인데 부와 권세 앞에서 상상이 기만에 빠져 적정하지 않은 것에 공감하게 되는 것이다.

성공한 사람에게 관찰자들이 얼마나 그릇되이 공감하는지가 디킨스의 『돔비 부자』에서 재현된다. 큰 무역상사의 사장인 돔비의 성공에 사람들은 압도되어 판단력을 잃는다. 오만하고 억압적인 그가 큰 성격적 결함을 갖고 있음

---

20 Smith, Adam, op.cit., p.63.
21 ibid., p.64.

에도 사람들은 그의 성공에 눈이 멀어 그것을 비판할 줄 모른다. 성공한 자의 "용모와 행동거지는 유행이 되며, 심지어는 그들의 악행과 우행까지도 유행이 된다."[22] 지극히 권위적이고 근엄한 그의 성향에 맞추어 근엄과 경직이 회사 분위기를 지배한다. 아무도 바른 말을 하지 못하고 자유로운 의견 개진은 이루어질 수 없다. 공정한 관찰자가 현혹되어 판단능력을 잃은 곳에서 돔비를 에워싸는 사람은 그의 기분만 맞추는 백스톡(Bagstock)이거나 간교한 카커같은 사람들이다.[23] 성공은 공정한 관찰자의 눈은 가리고, 성공한 듯 보이는 사업이 실상은 엄청난 경솔함과 위험스러운 투기에 빠져있음을 보지 못하게 한다. 돔비가 나락에 떨어졌을 때에야, 카커에 의해 회사가 위험한 상태임이 드러난다. 추락한 돔비에게는 사람들의 야유와 냉소가 쏟아진다.

스미스는 부와 권세에 대한 사람들의 그릇된 공감이 어느 면에서는 다행스러운 일이라고 말한다. "천성이 이런 방식으로 우리를 기만한다는 것은 다행스런 일이다. 인류의 근면성을 일깨워 주고 계속해서 일을 하게 만든 것은 바로 이러한 기만이다."[24] 인류를 고무시켜 열심히 일하게 만드는 것도 바로 부유함이 제공하는 유쾌한 감정들에 허황되게 공감하기 때문이다. 넓은 땅을 소유한 지주에게 이타심이나 자비 또는 정의의 감정에 호소해서 얻을 것을 기대한다면 헛일이라고 스미스는 말한다. 거만하고 냉혹한 지주라도 그 수확물 전부를 혼자 소비할 수는 없는 것이므로 그 잉여부분을 농민과 하인들에게 나누어주지 않을 수 없다는 것이다. 여기에서 스미스는 "보이지 않는 손"(invisible hand)이라는 그의 유명한 용어를 사용한다. 잉여식량을 많이 갖

---

22 ibid., p.74.
23 David, Deirdre, *Rule Britannia —Women, Empire, and Victorian Writing*, Cornell UP, 1995, p.64.
24 ibid., p.214.

게 된 지주들은 보이지 않는 손에 이끌려서 주민들에게 생활필수품을 분배하지 않을 수 없게 된다는 것이다.[25] 그리하여 무의식중에 부지불식간에 경제가 발전하고 사회의 이익이 증진된다고 본다. 이 부분의 설명에서 경제적 정의를 중시하기보다는 국가의 부와 경제발전에 방점을 두는 스미스의 자유주의적 입장이 잘 드러난다.[26]

스미스의 이러한 경제중심적 자유주의적 태도에 대해 디킨스는 다른 생각을 갖고 있다. 두 사람 간의 차이가 이 점에서는 뚜렷하다. 사람들의 공감을 받고 싶은 본성을 쫓아 열심히 일하여 부자가 된 사람은 자신의 부를 의도하지 않더라도 자연히 아랫사람들에게 나누어주게 마련이라고 스키스는 생각하며 근대의 시장경제를 낙관한다. 그런데 디킨스는 돔비부자 상사가 잉여자본을 많이 축적하며 성공하고 있을 때에도 그 회사의 잉여자본의 혜택을 직원들이 누리는 것으로 묘사하지는 않고 있다. 돔비에게 부탁을 넣어 솔 질스(Sol Jills)가 조카 월터를 돔비회사의 사원으로 들어가게 하는 데 성공하나 얼마 지나지 않아 플로렌스가 월터와 좋아하는 관계인 듯한 의심이 들자 돔비는 월터를 동인도의 지사로 보내버려 위험에 빠트린다. 돔비부자 상사의 성공으로 주변 사람들의 생활이 더불어 나아지는 것에 대한 묘사도 나오지 않는다. 돔비부자 상사가 망했을 때에는 직원들은 그 회사에 아무런 미련도 남지 않는다는 듯 험담을 하며 업무에는 아랑곳 하지 않고 다른 일자리로 옮겨 가기에 정신이 팔려 있는 모습으로 제시된다. 디킨스는 이 세계가 어떤 보이지 않는 손의 베풀음이나 아랫사람의 순박한 충직함을 크게 기대할 수 없는 타산적인 경제사회임을 인정한다.

---

25 ibid., p.215.
26 이근식, 『자유주의 사회경제사상』, 한길사, 1999, 92쪽.

그런가 하면 확실히 부와 권세가 우리의 상상력을 기만하여 그것이 주는 유쾌한 감정에 쉽게 공감하며, 이러한 허영적 공감이 사람들로 하여금 더 열심히 일하도록 한다는 측면은 있다. 『돔비 부자』에서 카커가 그 좋은 예이다. 카커는 철도의 시대로 상징되는 자본주의 경제의 가속화 속에서 성공으로의 물살을 적극적으로 타고 있는 사람이다.[27] 돔비가 조상으로부터 물려받은 사업체를 소극적으로 유지하며 관리하는 기업가인데 반해, 카커는 무자비한 경제세계에서 아래서부터 자신의 수완으로 입지를 세워온 능동적인 사람이다.[28] 바로 이런 점 때문에 야심있고 능력있는 근대 경제인의 새로운 상을 보여주는 카커가 등장하는 장면들이 다른 어떤 장면보다도 독자의 흥미와 눈길을 사로잡는다.[29] 그는 경제적 타자의 자리를 거부하고 다른 사람을 이용하고 자신의 기지로 상승을 거듭한다.

그런데 디킨스는 스미스와는 다르게 성공과 부에 대한 허영적인 공감이 사람들로 하여금 열심히 일하게 하여 전체적으로 경제발전에 도움이 된다는 면을 부각하기보다는 그것의 심각한 병폐를 보여준다. 카커는 열심히 일하여 성공하는 것에 만족하지 않고 돔비의 회사와 아내를 찬탈하려는 시도를 한다. 카커는 매니저의 직권을 남용하여 무모한 모험으로 회사에 큰 손실을 끼치고 "회사를 위해서보다는 자신의 이익을 위한 방향으로 투자했다."(843쪽) 모든 실질적 실무를 자신이 거의 장악하여 회사도 자기에게 유리하게 조치를 해두었고, 에디스도 자신을 따라 나서줌으로써 그의 야심은 거의 성취되는

---

27 Baumgarten, Murray, "Railway / Reading / Time : Dombey & Son and the Industrial World", *Dickens Studies Annual* Vol.19, 1990, p.70.

28 Moglen, Helene, op.cit., 1992, p.165.

29 Humpherys, Anne, "*Dombey and Son* : Carker the Manager", *Nineteenth ─Century Fiction* Vol.34(4), 1980, p.406.

듯하다. 그러나 바로 카커의 경제중심주의와 이기주의가 그 적정선을 훌쩍 넘어서버리는 순간 디킨스는 도덕 판단자로 나선다. 디킨스는 야심찬 활력과 지적인 미가 넘쳐나는 카커를 한 매력적인 근대인으로서 거침없이 재현해나가다가 그의 경제우선주의와 이기주의가 도를 넘는다고 생각하는 순간에 그를 치기 때문이다. 카커는 자신의 성적매력과 아첨으로 에디스를 자신의 여자로 만들었다고 믿고 승리에 도취한 순간에 자신이 그녀에게 철저히 복수의 도구였을 뿐이라는 사실을 깨닫고 치욕에 휩싸인다. 더구나 돔비의 추격에 몰리면서 패닉상태에 빠진 그는 달려오는 기차에 치여 죽고 만다.

돔비와 카커는 두 사람 다 문제성이 많은 인물들이지만 디킨스가 카커에게는 주지 않는 갱생의 기회를 돔비에게는 주게 되는 데는 바로 자기이익을 추구하는 데 있어서의 정도차이 때문이다.[30] 카커는 회사의 재정을 위험에 빠트릴 정도까지 자기이익을 지나치게 추구한 반면 돔비는 사람에 대한 공감을 차단하며 자기 우월성에 빠져있기는 하지만 업무에 있어서는 지나치게 자기이익을 추구하지는 않는다. 파산 후에도 자기 몫을 챙기지 않고 모든 변상을 책임진다. 두 사람의 경제적 성격을 보면 카커가 앞으로 전개될 자본주의 경제의 그악스런 포획성을 더 발산하고 있다. 또한 돔비는 아내가 부하직원과 도망감으로써 사람들의 온갖 조롱과 소문에 시달리면서도 평소의 그답게 묵묵히 그것을 다 받아들일 뿐이다. 전혀 요령을 부리지 않고 고통을 홀로 삭여내는 그러한 묵묵함이 마지막에 그에 대한 작가와 독자의 공감을 되살려낸다. 디킨스는 『돔비 부자』 이후의 모든 소설에서 그 인물의 경제적 성격이 더 착취적이고 더 경쟁적일수록 비판의 강도를 높인다. 디킨스가 스미스

---

30 Donoghue, Denis, "The English Dickens and *Dombey and Son*", *Nineteenth-Century Fiction* Vol. 24(4), 1970, p.386.

보다는 자본주의 경제 운행에서 생겨나는 착취성과 불공평의 해소에 더 방점을 두는 것은 분명하다. 인물의 경제적 성격이 착취적일수록 그리고 그악할수록 디킨스의 적정성의 기준에서 멀어지게 되고 그 적정성의 기준이 인물들의 최후의 운명에 영향을 미치게 되기 때문이다.

5. 나가며 – 예술성에서 도덕적 적정성의 비중

『돔비 부자』는 예술적으로 충실하게 형상화되었는가라는 기준보다 도덕 감정으로 판단할 때 적정한가라는 적정성의 기준이 더 중시되고 있는 소설이다. 디킨스가 복잡한 현실을 사실적으로 그려내어 심미적인 완성도를 성취하고자 하는 목적을 최우선으로 했다면 근대인으로서의 면모를 잘 드러내고 있는 카커 그리고 에디스에 더 많은 비중을 두고 그들의 운명을 끝까지 그려냈을 것이다. 그런데 그렇게 하지 않고 카커는 사고로 죽게 되고 도피행각 후의 에디스는 책에서 오랜 동안 사라졌다가 마지막에 딱 한번 플로렌스를 만나 자신을 변호할 기회가 주어지며 끝난다. 카커와 에디스는 각각 경제적 이기주의나 위험스런 여성성으로 빅토리아적 적정성을 벗어나 버렸기 때문에 책 중간에서 사라진다.[31] 이 위험한 그래서 더 흥미로운 인물군이 사라지고 난 자리에는 플로렌스를 중심으로 공감의 공동체를 형성하는 선한 인물

---

31 Marsh, Joss, "Good Mrs. Brown's Connections : Sexuality and Story-Telling in Dealings with the Firm of *Dombey and Son*", *ELH* Vol.58(2), 1991, p.421.

군들이 들어선다. 너무 선하여 독자의 흥미를 덜 끄는 플로렌스, 월터, 월터의 아저씨들인 솔 질스와 커틀의 비중이 카커와 에디스가 떠난 자리를 모두 채우고 있다. 이렇게 한 연유는 디킨스가『돔비 부자』에서는 예술가적 관점보다는 공정한 관찰자로서 소설을 도덕적 적정성의 관점에서 후반부에 정렬하고 있기 때문이다.

스미스는『도덕감정론』에서 인간사 안에서 이루어지는 행위의 적정성과 도덕판단을 서사적 예술의 사건과 명확하게 구분하지 않는다. 오히려 현실의 반영으로서의 서사적 예술을 도덕 판단의 대상이자 예시로서 수시로 차용하고 있다.[32] 스미스는 행위의 도덕성을 나타내는 내용을 함축하는 서사적 예술을 훌륭한 소설이라고 여기고 도덕적 적정함이 곧 서사적 예술의 적정함이라 여긴다. 디킨스의 소설 가운데 그 어느 소설보다도『돔비 부자』는 스미스가 예술적으로 훌륭하다고 생각한 소설, 즉 도덕적 적정함을 최우선으로 생각하며 그려낸 소설이다. 디킨스가『리틀 도릿(Little Dorrit)』(1857)나 『위대한 유산(Great Expectations)』(1860)에서도 여전히 디킨스 고유의 특성이라 할 도덕적 적정성에 대한 판단을 붙들고 있지만, 선한 인물 안에 있는 욕망이나 복합적인 심리를 살려둠으로써 높은 예술성을 획득한다. 그런 것에 비하면『돔비 부자』는 독립적인 주체성과 위험한 욕망을 가진 근대인이기에 훨씬 더 흥미진진했을 인물군들이 빅토리아적 적정선을 너무 넘어섰다고 여겨지는 순간 그들을 사라지게 하고 선한 인물군들이 꾸리는 공감의 공동체의 제한적일 수밖에 없는 행복에 위로를 청한다.『돔비 부자』는 도덕적 적정성이 곧 서사적 예술의 적정성이라고 생각한 스미스의 예술관에 맞는 소설이

---

32 Smith, Adam, op.cit., 2009, p.33, 39, 138, 139.

며, 그런 만큼 스미스의 『도덕감정론』과 연관지어 디킨스의 『돔비 부자』를 읽어내는 작업은 근대 자본주의 사회 속의 도덕판단의 기준과 적정성이라는 커다란 틀을 숙고하는 기회가 된다.

　스미스와 디킨스는 각 경제주체들이 자신의 이기심과 자기애를 좇아 상업 활동에 자유로이 나설 수 있게 된 근대사회를 조화롭게 하려면 공감이라는 도덕감정이 활성화되어야 한다는데 공감한다. 어떤 사람의 행위와 감정이 공정한 관찰자들의 공감을 얻으려면 전반적인 상황을 고려해보았을 때 그 사람의 행위와 감정이 적정하다는 판단을 불러일으켜야 한다. 공감이라는 도덕감정은 사람들의 생각과 행위의 적정성을 판단하는 기준인 것이다. 디킨스는 『돔비 부자』에서 서로 대화를 나누는 두 인물간의 층이 지는 감정, 충돌하는 감정들을 많이 그려내어 공감 형성의 어려움과 중요성을 극화한다. 스미스는 공감이 모든 사람들이 자기애에 근거해서 자기 이익을 꾀하는 사회를 조화롭게 하기 위해 필요한 도덕감정이라면, 공감은 다른 한편으로 사람들을 열심히 일하게 만들어 부지불식간에 경제발전도 가져온다고 본다. 공감의 육성은 사회의 질서를 유지해줄 뿐 아니라, 성공한 사람이 주목받고 공감의 대상이 되는 것에 사람들은 현혹되어 공감을 받고 싶어서도 열심히 일하게 되는데 이것이 결과적으로 경제발전과 경제적 분배를 가져온다고 스미스는 본다. 스미스처럼 디킨스도 경쟁과 착취로 치닫는 자본주의 사회를 교정하기 위한 대안으로서 따뜻한 감정의 공동체가 절실함을 공감하며 한 소설 안에서 자본주의의 특정한 위기 재현과 그에 대한 완화로서 결말에서 착한 인물군들을 꼭 부각시킨다. 그런데 디킨스는 스미스와는 다르게 성공과 부에 대한 허영적인 공감이 경제발전에 도움이 되는 측면이 있음을 부각하기보다는 자본주의 경제가 더욱 자본집중적이고 착취적인 방향으로 나아가는 것을 강하게 비판한다. 이 점에서 디킨스는 자유주의적인 경제주의 입장인 스미스에 비해 자본주의 경제운행에 의해 생겨나는 불평등과 부정이 해소되어야 하는 것에 더 방점을 두고 있다. 디킨스가 소설 후반부의 해결에서 직접 '공정한 관찰자'의 입장이 되어 인물들의 운명을 안배할 때 이러한 디킨스의 경향성이 뚜렷하다. 스미스가 보여주었듯이 공정한 관찰자의 도덕 판단이 올바름과 적정성을 지향하고는 있지만 결코 절대적이지는 않고 관찰자의 취향과 경향성을 담을 수밖에 없다. 디킨스는 『돔비 부자』에서 결말로 갈수록 사회의 경제적 성격에 크게 영향을 받는 인물들의 운명을 작가 자신이 마치 '공정한 관찰자'의 입장에 서서 그 적정성에 따라 결정하여 정렬한다. 여기에서 자본주의 사회와 이를 저지하는 감정의 공동체에 대한 디킨스의 경향성이 한결같이 드러난다.

참고문헌

논저

이선주, 「디킨즈의 『돔비부자』─근대경제와 성」, 『19세기 영어권 문학』, 2008.

구장률, 『지식과 소설의 연대』, 소명출판, 2012.

다카시마 젠야, 김동환 역, 『아담 스미스─근대화와 민족주의의 시각에서』, 소화, 1990.

애덤 스미스, 『국부론』, 동서문화사, 2013.

이근식, 『자유주의 사회경제사상』, 한길사, 1999.

정형식·유임수·김광수, 『정치경제학과 경제주의』, 서울대 출판부, 1997.

천미림, 『아담 스미스, 공감의 미학─도덕철학과 미학의 관계를 중심으로』, 한양대 석사논
문, 2014.

황규선, 『동감에 기초한 아담 스미스의 도덕철학체계』, 부산대 박사논문, 2002.

Armstrong, Mary, "Pursuing Perfection : *Dombey and Son*, Female Homoerotic Desire, and The Sentimental Heroine", *Studies in the Novel* Vol.28(3), 1996.

Baumgarten, Murray, "Railway / Reading / Time : *Dombey & Son* and the Industrial World", *Dickens Studies Annual* Vol.19, 1990.

Clark, Robert, "Riddling the Family Firm : The Sexual Economy in *Dombey and Son*", *E.L.H* Vol.51, 1984.

Dickens, Charles, *Dombey and Son*, Penguin Books, 1984.

David, Deirdre, *Rule Britannia ─Women, Empire, and Victorian Writing*, Cornell UP, 1995.

Donoghue, Denis, "The English Dickens and *Dombey and Son*", *Nineteenth ─Century Fiction* Vol.24(4), 1970.

Elfenbein, Andrew, "Managing the House in "*Dombey and Son*" : Dickens and the Uses of Analogy, *Studies in Philology* Vol.92(3), 1995.

Humpherys, Anne, "*Dombey and Son* : Carker the Manager", *Nineteenth ─Century Fiction* Vol.34(4), 1980.

Marsh, Joss, "Good Mrs. Brown's Connections : Sexuality and Story─Telling in Dealings with the Firm of *Dombey and Son*", *ELH* Vol.58(2), 1991.

Mckenna, Stephen, *Adam Smith : The Rhetoric of Propriety*, State U of New York, 2006.

Moglen, Helene, "Theorizing Fiction / Fictionalizing Theory : The Case of *Dombey and Son*", Victorian Studies Vol.35(2), 1992.

Muller, J. Z, *Adam Simth in His Time and Ours*, The Free Press, 1993.

Perera, Suvendrini, "Wholesale, Retail and For Exportation : Empire and The Family Business in *Dombey and Son*", *Victorian Studies* Vol.33(4), 1990.

Smith, Adam, *The Theory of Moral Sentiments*, Penguin Classics, 2009.

Thurley, Geoffrey, *The Dickens Myth*, St. Martin's Press, 1976.

Toise, David W, "As good as Nowhere" : Dickens's *Dombey and Son*, the Contingency of Value, and Theories of Domesticity", *Criticism* Vol.41(3), 1999.

Williams, Raymond, *The Country and the City*, Paladin, 1975.

근대성에 대한 통시적 해명으로서의 '다시 쓰기'

존 쿳시의 『포우』를 중심으로

한인혜

1. 근대성 규명을 위한 통시적 접근

이 글은 근대 담론이 어떻게 구성되었는지를 해명하기 위해 통시적 방법론을 취하여, 근대 담론을 중세 및 탈근대 담론과 비교한다. 근대의 의미 체계를 중세로부터 분리시키는 것이 무엇인지, 나아가 탈근대가 근대로 부터 탈각하고자 분투했던 지점을 무엇인지를 조명함으로써 근대 담론의 구성적 측면 및 그 한계를 분석하는 것이 본고의 목적이다. 보다 구체적로는 '다시 쓰기(rewriting)'라는 문학적 장르를 검토하는데, 그 이유는 '다시 쓰기'가 통시적 접근법을 가장 효과적으로 매개해주는 문학적 형식이기 때문이다. 다시 쓰기는 재구성의 대상이 되는 원작이 역사적 산물임을 첨예하게 인식하여, 텍스트의 시대성을 드러내는 데 주력한다. 예컨대, 중세 문학을 개작한 근대 작품의 경우 중세의 에피스테메를 비판적으로 조명하기 마련이며, 근대적 텍스트를 각색한 탈근대적 작품은 원작이 갖는 근대성의 특수한 역사적 의미 체계를 부각시킨다. 필자는 이러한 다시 쓰기의 특성을 가장 잘 드러내 주는 작품으로 존 쿳시의 『포우』를 분석하여, 어떻게 근대적 지식의 장이 형성되었는지를 해명할 것이다.

쿳시의 『포우』는 근대의 에피스테메를 드러내는 '다시 쓰기' 장르의 새로운 지평을 연 작품이다. 쿳시가 『로빈슨 크루소』를 재구성하기 위해 차용한 다시 쓰기라는 형식은 비평가들이 『포우』를 해석하는 데 있어서, 각자의 관점을 대변해 주는 손쉬운 도구가 되어왔다. 예컨대, 『포우』에 대한 분석의 주류를 이루고 있는 탈식민주의 비평은 쿳시의 다시 쓰기가 『로빈슨 크루소』에 반영되어 있는 제국주의적 관점을 비판하고, 프라이데이에게 강요된 억압과 침묵을 폭로하기 위한 것으로 해석한다.[1]

한편, 여성주의 비평에서는 『포우』의 서술자가 여성 화자, 수잔(Susan)이라는데 초점을 맞춘다. 즉, 여성이 서사를 주도하는 데에 의미를 두고, 쿳시의 다시 쓰기를 통해 남성적·가부장적 서사에 억압되었던 여성적 목소리가 복원되었음을 강조한다. 또 다른 비평 경향으로, 『포우』의 서사 자체를 알레고리로 해석하려는 비평가들이 있다. 이 입장에서는 여성 화자인 수잔을 문

---

1   탈식민주의적 관점에서 『포』를 평가한 대표적인 연구로 Kossew, Sue. *Pen and Power : A Post — Colonial Reading of J. M. Coetzee and Andre Brink*(Rodopi, 1996) 참조. 이 연구는 백인 작가가 원주민의 고통을 대변하고 서사화하는 전략과 정당성에 초점을 맞추고 있다. 이 입장에서는 프라이데이의 침묵을 원주민의 목소리에 권위를 부여하거나 해석을 가하지 않고도 언표적인 힘을 가질 수 있는 대안으로 간주한다.

자 그대로 여성성을 지칭한다고 보는 것이 아니라, 작가의 현실적·사상적 입지에 대한 상징으로 간주한다. 쿳시는 남아프리카에서 태어나고 자라면서, 인종차별 및 뿌리 깊은 제국주의 권력에 대해 저항하지만, 스스로는 피해자의 입장도 아닐뿐더러 기득권을 가진 백인 남성이라는 태생적 '한계'를 갖고 있다. 『로빈슨 크루소』에 등장하지 않았던 제3의 인물인 수잔은 이야기를 재구성하는 행위 자체를 가시화하는 효과를 가짐으로써, 차별과 고통에 대한 면죄부를 받은 사람이 엮어가는 서사를·메타적으로 조망하게 하는 역할을 하며, 동시에 그것이 작가 자신의 글쓰기 방식임을 암시한다. 요컨대, 이 비평들에서 다시 쓰기는 비평가가 투사한 특정한 관점을 보조하기 위한 술어적 기능만을 담당해왔다. 말하자면, 이들의 입장은 쿳시는 '~하기 위해' 다시 쓰기 한다, 로 요약될 수 있기 때문이다. 이 분석의 방점은 '~하기 위해'에 있다.

이와는 달리 다시 쓰기를 주어로 해서, 다시 쓰기가 가지는 문학적 문제에 천착하고 그것을 바탕으로 『포우』의 분석을 시도했던 학자들이 없었던 것은 아니다. 그러나 이러한 비평은 대체로 허천(Linda Hutcheon)이 주장한 바 있는 '아이러니한 전복(ironic inversion)'에서 다시 쓰기의 의의를 찾는 데 머무르고, 그 이상의 건설적 이론을 제시하지 못했다. 허천의 주장은 전통적 패러디 개념을 확장·원용하려는 기획의 연장선에 있다. 그는 작품의 독창성 및 개별성에 우위를 두고 패러디를 단순히 원작에 기생하는 조롱조의 모방물로 취급하는 시각에 반대한다. 그리고 패러디란 다양한 관례들을 아이러니하게 조종하는 것이며, 원작에 대해 비평적 거리를 둔 확장된 반복으로 재정의한다. 아울러 패러디 형식에 있어서 아이러니한 전도(ironic inversion)를 그 핵심적 기능에 위치시키면서, 그것이 통념대로 항상 원작을 희생시키고 손상을 가하는 것이 아니라, 오히려 전통에 대한 창조적인 재생산을 가능케 하는 형

식임을 역설한다. 한편 본 논문에서는 다시 쓰기에 대한 문학 비평이 '전복'
개념에서 안주하는 경향에 이의를 제기하고 다시 쓰기에 새로운 의의를 부
가하는 데, 특히 근대성을 재조명하는 데에 초점을 둔다.

쓰기에서 강조하는 전복'의 개념은 비록 원작의 필연성을 의식하는 복합
적 의미로 사용된다고 할지라도, 다시 쓰기가 아우를 수 있는 폭을 스스로 제
한시킨다. 특히 '아이러니한 전도'라는 의미는 텍스트의 안과 밖을 절대적으
로 분리하는 것은 불가능하다는 비판적 인식을 철저히 살려나가지 못하고
텍스트 분석의 종점을 — 아이러니하게 나마 — '전도(inversion)'에서 찾음으
로써, 상호지양성에 대한 문제의식을 희석시킨 측면이 있다.[2] 따라서 본 논
문은 다시 쓰기가 일정한 경계 안에서 원작과 밀고 당기며 자리싸움을 하는
구도에 있는 것이 아닌, 그 경계 전체를 포괄할 수 있는 형식이 될 수 있는 가
능성에 대해 탐색해 보고자 한다.

2. 『포우』와 중세적 다시 쓰기

쿳시가 지향하는 다시 쓰기의 이상은 비록 원작을 문제적으로 인식한다

---

[2] 그리고 보다 부차적인 문제로서, 허천을 중심으로 패러디를 긍정적이고 생산적으로 조명하려
는 많은 이론가들의 노력과 이론적 실천에도 불구하고 패러디는 원작에 대한 조롱조의 희극
적 효과를 노리는 형식이라는 관습적 꼬리표를 효과적으로 제거하지 못 한다는 문제가 있다.
필자가 '다시 쓰기' 개념을 고집하는 것은 이러한 문제의식을 반영하는 것이다. 아울러 필자는
본 논문을 통해 '아이러니한 전도'가 원작을 재생산하는 문학 형식에 필수적 요소가 된다는 허
천의 주장을 반증할 것이다.

할지라도 그것을 완전히 '부정'하거나 '전복'하는데 있지 않다. 다음은 『포우』가 구현하는 다시 쓰기란 무엇인가를 가늠케 하는 대목이다.

우리는 이와 같이 화가가 그의 배경에서 기분 좋은 만족감을 유도하기 위해 특정 부분을 선택하고, 만들어내고, 삽입하는 것을 보았어요. 이와 반대로 작가는 (날 용서하세요, 만약 당신이 여기 실제로 있다면 나는 이야기하기에 관한 훈계를 하진 않았을 거예요!) 그의 역사 가운데 어떤 에피소드가 충만함의 약속을 구현시킬 것인지에 대해 직관해야만 하고, 그 에피소드로 부터 숨겨진 의미의 실들을 풀어내야만 하고, 밧줄을 꼬듯 이것들을 함께 엮어야만 해요.

풀기와 엮기란 다른 어떤 기술과 마찬가지로 배울 수 있어요. 하지만 (마치 굴이 진주를 품고 있듯) 어떤 에피소드가 그 약속을 구현시킬 것인가를 결정하는 데 있어서는, 정당성 없이는 이루어 질 수가 없고 이 기술은 직관이라 불리지요. 여기서 작가 스스로는 어떤 영향도 미칠 수가 없어요. 그는 계시의 은총을 기다려야만 해요. 내가 언젠가 이야기꾼이 될 운명이었다는 것을 무인도에서도 알았더라면, 나는 크루소에게 질문하는 데 더욱 열심이었을 거예요. "생각을 과거로 돌려 봐요, 크루소" 어둠 속에서 나는 그의 곁에 누워서 말했겠죠— 여기 우리 삶의 목적이 계시를 받아 일시에 분명해 지는 순간은 없었나요? 당신이 언덕비탈을 걷거나 새알을 찾아 절벽을 기어오를 때, 갑자기 섬이 살아 숨 쉬고 있다는 생각이 스친 적은 없나요? 마치 섬이 노아의 방주 이전부터 수 세기 동 안 우글거리면서 서로 버둥대는 벌레들을 짊어진 채 잠들어 있는 거대한 괴물인 것처럼 말이에요. 크루소, 그런 더욱 원대한 관점에서는 우리는 벌레인가요? 우리는 개미와 다를 바가 없나요?

수잔이 서사를 통해 추구하는 '충만함의 약속'이란 그것이 계시의 은총을 통해 직관으로써만 비로소 도달 가능한 것이란 주장에서 그 의미를 짐작할 수 있다. 계시(illumination)란 1차적으로 '조명'을 의미하는데, '비춤'이나 '빛'은 외부 대상에 대한 주체의 인식을 지칭하는 관습적 은유로 사용된다. 여기서 인간이 대상에 대해 투사하는 빛은 대상을 부분적으로만 드러내는 것이라면, 초월자 또는 유일자(the One)가 비추는 섬광은 그 대상을 온전히 드러낸다는 점에서 인식적 위계가 성립 한다. 조명이 계시라는 의미로 번역될 때는 후자의 의미, 즉 무한자가 존재를 파악 하듯, 객체적 대상이 있는 그대로 드러나서 인간 주체가 그 대상을 직접적으로 파악하는 상태를 의미한다. 이와 같은 문맥에서 직관 역시 유한한 인간의 의식이나 감정에 의해 제한되지 않고 만유의 본질을 '직접적으로', '있는 그대로' 인식하는 것을 의미한다. 이로 미루어 볼 때 수잔이 역설하는 충만함이란 무한자의 빛으로 대상을 온전히 비추듯 그 존재와 남김없이 소통하는 것이다. 그리고 이와 같이 일상의 피상적 시각을 벗고, 초극적 관점에서 대상을 표상하는 것을 서사의 의무로 여기고 있음을 알 수 있다.

아울러 이러한 창작 지향은 『포우』가 추구하는 다시 쓰기가 중세적 의미의 다시 쓰기와 매우 근접함을 증명한다. 중세적 글쓰기 역시 최종심급은 초월자의 창조(divine creation)로서 다시 쓰기란 그 단계로 순화하기 위한 과정으로 간주되었기 때문이다. 중세의 문인이었던 마크로비우스(Macrobius, 5세기)의 대표작 『사투르날리아(Saturnalia)』에 의하면 중세의 다시 쓰기의 기술은 곧 창작의 기술과 동일시되었다.[3] 다시 쓰기란 약간의 수정이 가미된 요

---

3   중세적 의미의 다시 쓰기에 관한 대표적인 연구로 Kelly, Douglas, *The Conspiracy of Allusion : Description, Rewriting, and Authorship from Macrobius to Medieval Romance* (Boston : Brill, 1999) 참조. 이 연구는 중세의 글쓰기에서 다시 쓰기가 가지는 위상과 의미를 이론적으로 분석하며, 그러한 형식이 요구되는 역사적, 신학적 맥락을 함께 조명한다. 아울러 구체적인 작품 분석을 통해

약이 아니라 '새로운' 표현을 가능케 하는 수단으로 인식되었기 때문이다. '다시(re, 再)'라는 의미에는 이미 1차적인 것으로부터 파생된 2차적인 것, 또는 그것에 이미 선행하는 근원을 전제 하고 있음에도 불구하고 역설적으로 중세 시인과 학자들은 다시 쓰기라는 문학적 형식을 독창성(originality)의 추구를 위한 발판으로 삼았다. 중세적 형식의 다시 쓰기에는 원작의 모사(copying), 바꾸어 말하기(paraphrasing), 모방(imitating) 이라는 의미 이외에 특히 원작에 필적할(emulating)만한 글이라는 의미의 층이 의식적으로 그리고 강하게 함축되어 있다. 말하자면 원형이 되는 작품 가운데 비록 실재화되어(actualized) 있지 않지만, 잠재되어(virtualized) 있는 그 무언가를 복원함으로써 새로운 글쓰기가 가능하다는 믿음을 갖고 있었다. 이 문맥에서 다시 쓰기는 문자 그대로 이차적 글쓰기이다. 왜냐하면 다시 쓰여 지고 있는 플롯이나 기술은 비록 비실재적인지라도 이미 원작에 암시되어 있었기 때문이다. 그러나 다른 한편으로 이것은 새로운 '처음 쓰기'이기도 하다. 잠재되어 있었던 그 무언가는 다시 쓰기라는 형식을 동해 비로소 처음으로 가시화될 수 있기 때문이다. 한편, 창발성 및 독창성을 인정하면서도 그것이 새로운 쓰기가 아닌 '다시' 쓰기임을 고수하는 중세 사상을 이해하기 위해서 그 시대의 신학적, 철학적 맥락에 대한 배경 지식이 요구된다. 2세기에서 6세기 동안 유럽에서는 신플라톤주의가 사상 전반에 지대한 영향을 미치게 된다. 신플라톤주의는 신과 생명체들 간의 창조 능력을 위계적으로 인식한다. 즉 그 위계 서열의 정점에 신적 창조를(creation), 그보다 하위에 자연의 번식을(procreation), 그리고 서열의 가장 마지막에 인간의 창작(art) 을 둔다. 말하자면 유한한 인간의 창조력은 신

다시 쓰기가 수행되는 양상 을 심세하게 분석하고 있다. 중세적 다시 쓰기의 의미에 관해서 1~11쪽을, 다시 쓰기 가 가능하게 된 신학적, 철학적 맥락에 관해서는 257~260쪽 참조.

적 능력보다 열등함은 물론이거니와, 신이 창조해 낸 생명체들 가운데에서도 가장 창발성이 빈곤한 것으로 간주되었다. 요컨대 중세 작가들은 글쓰기라는 행위를 통해 무엇을 생산한다 할지라도 완벽하게 새로울 수 없는 데 대한 한계를 첨예하게 인식하고 있었던 셈이다. 여기서 중세에 다시 쓰기가 정당한 형식으로서 작가 및 학자들에게 지속적으로 요청되는 문맥을 알 수 있다. 즉, 신의 창조란 인간이 생각할 수 있는 모돈 가능성, 모든 대안을 담지하는 완벽한 세계로서 증명되었지만, 인간의 창조물은 완벽하게 봉합되지 못하는 틈을 항상 남겨두고 있다. 이렇듯 중세에 공인된 인간적 유한성은 후대 작가로 하여금 이전 작품의 틈을 적극적으로 발견하도록 동기를 부여하였고, 그 균열은 다시 쓰기를 통해 작가가 개입할 수 있는 빌미가 되면서 ‘인간적’인 독창성을 발휘할 수 있는 공간이 되었던 셈이다. 그렇게 해서 창작된 작품은 또다시 열린 가능성으로 남고 후대 작가들은 잠재적 틈을 파고들면서 모방과 창조의 역설적 긴장을 이어갔던 것으로 보인다.

이것은 현대의 다시 쓰기가 위치한 문맥과 어느 정도 유사함에도 불구하고, 명백한 차이를 보인다. 20세기 중·후반에 다시 쓰기가 번성한 배경에는 세계의 견고한 중심으로서, 사유하는 존재로서의 주체 개념에 가해진 포스트모더니즘의 비판이 있다. 포스트모더니즘은 인간 주체란 의미 구조로서의 사회적 담론체계에 의해 규정된다고 간주함으로써 주체의 죽음을 선언한다. 이것은 근대에 철학의 제1원리로서 확립된 인식·사유하는 주체 및 모든 경험을 가능케 하는 근거로서의 선험적 자의식 또는 초월적 자아의 존재에 대한 전면적 도전이었다. 근대정신은 주체의 내면의 근원으로서의 ‘자의식’ 개념을 설정하였고, 사상가들은 이 개념을 실체(substance) 로 취급하면서, 주체가 경험하는 외부 대상은 본래적이고 독립적인 세계가 아니라 인간의 특수한 자의식에 의해 그렇게 파악되도록 틀지워진 것이란 관념이 지배적이었다. 이렇듯 객체 및 진리의 문제가 자의식의 영역에 포섭됨으로써 근대적 주체는 사유의 정점에 놓이게 된다. 주체 중심의 철학은 자의식의 역동적인 활동성을 부각시키고, 아울러 창조적 능력과 상상력을 강조하면서 창조적 주체 및 자유로운 개인을 핵심으로 하는 근대 자유주의 사상의 한 토대를 형성하게 된다. 한편, 포스트모더니즘에서는 근대의 주체 중심의 철학을 주관주의라 비판하면서 사유의 중심에 주체를 몰아내고 그 자리에 언표 체계를 위치시킨다. 그리고 실체적으로 간주되는 주체나 자아의 개념은 실상, "타자" '허용과 금지 체계로서의 언어' 그리고 '문화'에 의해서 비로소 형성되는 것[4]을 보임으로써 그것을 증명하고자 한다. 이렇듯 창의성의 근원으로서의 주체 개념에 대한 전면적 도전은 현대 작가로 하여금 고전을 재구성하게 하는 심리적·이론적 기반을 제공하였다. 중세와 현대 모두 다시 쓰기의 번성이 유한하고 불완전한 주체 개념과 밀접한 연관이 있다는 사실은 주목할 만하다. 한편 주체의 한계를 부각시키는 맥락이 중세에는 절대적 무한자(The One)였다면, 현대에는 사회적 과정과 구조라는 차이는 존재한다. 아울러 비실체적 주체에 대한 자각이 중세에는 개별자로 하여금 완전한 주체로 상승하고자 하는(혹은 일시적으로나마 신과 일치되는 경험을 갈구하는) 열망을 불러일으켰다면, 현대에는 그것이 주체에 대한 회의적 관념을 배태하게 했다는 것 역시 상이한 점이다.

요컨대, 『포우』의 다시 쓰기는 중세적 문맥에 보다 근접하며, 내재주의 형

---

4 「모더니즘」 참조. 김혜숙은 '주체가 언어를 규정하는 것이 아니라 언어가 주체를 규정한다'는 데리다의 명제나 '권력의 주체'를 부정하고 '인간의 죽음'을 선언하는 푸코는 주체 개념에 관한 포스트모던 사상가들의 정신을 단적으로 잘 보여주는 사례임을 지적한다.(김혜숙, 『포스트모더니즘과 철학』, 이화여대 출판부, 1995, 12쪽)

이상학에 글쓰기의 토대를 두고 있다. 그렇다면 쿳시가 드포의 원작,『로빈슨 크루소』에서 발견한 창작의 틈이란 무엇이며, 이것을 어떻게 정제해서 직관적 글쓰기 — 다시 쓰기 — 의 단계로 이행해 가는지에 대해 살펴보겠다.

3. 다시 쓰기 — 글쓰기의 변증법

쿳시의『포우』는 원작『로빈슨 크루소』에 구현된 청교도 윤리를 문제 삼고 있다.

『로빈슨 크루소』의 배경으로서 '무인도'라는 설정은 작품에서 다양한 역사적, 사상적 의미의 층을 내포하고 있지만, 신학적 맥락에서 볼 때 그것은 성경 외부에 있는 모든 교회의 교리나 종교적 실천들로부터 단절된 상태에 대한 은유로 해석 된다. 크루소는 무인도에서 신비 체험을 통해 신 존재를 경험하고, 교회 체제가 주는 권위 없이 신앙과 성경만으로 신의 섭리를 체득함으로써 전형적인 청교도 정신을 표상한다.『포우』에서 수잔은 청교도 윤리에 대해 이의를 제기하고, 원작의 작가인 드포를 상징하는 등장인물, '포우 (Foe)'와 대립하게 된다. 3부에서 수잔과 포우는 해석의 문제를 둘러싸고 논쟁을 벌이는데, 그 내용은 다음과 같다. 첫째, 포우는 신앙의 언어가 이성적 언어로 명료화되어야 한다는 데 회의적인 반면, 수잔은 두 영역 간의 소통을 핵심적인 것으로 파악한다. 포우는 성경의 글자가 신의 말을 '전달하는 도구' 가 아닌 신격(神格) 그 자체임을 역설하는데, 이것은 하느님의 '말씀은 가톨릭

이 행한 것과 같이 그것의 해석에 의해 구속을 받아서는 안 된다[5]는 청교도 교리의 입장을 반영하고 있다

> 글쓰기의 운명은 말하기의 그림자가 되는 것이 아니에요. 글을 쓰면서 자기 자신에게 집중해 봐요. 그러면 글자가 내면의 침묵의 가장 깊숙한 곳에서부터 나와서 종이 위에 스스로, 로마인들이 말했듯이, 전혀 새롭게(de novo) 형성될 때가 있다는 것을 발견하게 될 거예요. 우리는 하느님이 말하신 말씀에 의해 세계가 창조되었다고 믿는데 익숙해져 있어요. 그러나 나는 이렇게 의문을 가지지요. 오히려 하느님이 태초의 말씀을 쓰신 것은 아닐까, 그 말을 너무 길게 쓰셔서 우리가 아직 그 끝에 다다르지 못한 것은 아닐까? 하느님은 세계와 그 안에 들어있는 모든 것을 계속해서 쓰고 계신 것은 아닐까? (…중략…) 그럼에도 불구하고 하느님의 글은 발화 없는 글쓰기의 사례가 되고 있어요. 발화란 다만 글자가 말해지는 수단일 따름이며, 그것이 글자 그 자체는 아니에요. (143쪽)

반면 수잔이 지향하는 바는 부재의 현존(the presence of the absence)에 대한 사유, 즉 신앙적 사유를 이성적 사유와 결합하는 것이다. 부재로부터 구출된 존재, 그리고 회복된 목소리에 대해 인간 이성으로 해석의 시도를 가하는 셈이다. 포우는 무인도와 프라이데이가 복원되어야 할 침묵의 자리라는 수잔의 주장에 대해서도 동의하지 않지만, 설령 그 부재가 존재로서 현현한다 하더라도 그에 대한 이성적 해명은 우리의 임무가 될 수도 없고 바람직하지도 않다고 주장하는 반면 수잔은 이 존재의 현현이 이성적 원리와 소통할 수 있

---

5   라인홀드 제베르그, 김영배 역, 『기독교 교리사』, 엠마오, 1996.

어야 한다고 공박한다. 이것은 시인들의 여신, 뮤즈에 대한 수잔의 성찰에 집약적으로 잘 드러나 있다.

뮤즈에 관한 이야기를 알고 있나요, 포우(Foe)씨? 뮤즈는 여성이고, 여신이지요. 밤에 시인들을 찾아가서 이야기를 낳아 주지요. 시인들이 나중에 들려주는 설명에 따르자면, 뮤즈는 시인이 가장 깊은 절망의 시간 속에 있을 때 찾아와서 신성한 불꽃으로 그들을 감동시키고, 그러고 나면 메말라 있던 시인의 펜은 흐르듯이 움직인다고들 말하더군요. 내가 당신을 위해 회고록을 쓰면서, 나의 펜 아래에서는 섬이 얼마나 생명 없이 지루하고 공허하게 되어버리는 지를 보면서, 남자 뮤즈라는 존재가 있었으면 하고 바랬어요. 밤에 여성 작가들을 찾아와 그녀의 펜을 흘러가도록 하게 하는 그런 젊은 신 말이에요. (126쪽)

시인이 여신과 접촉을 통해 영감을 얻는 것이나, 기독교에서 성령의 임재 경험은 모두 논리적으로 검증될 수 없으나 전인격적인 투여와 영감에 의해서만 가능한 소통이란 점에서 공통점을 갖는다. 뮤즈라는 여신과 성령의 존재는 가시적으로 확인할 수 없을 뿐만 아니라, 논증을 통해 객관적으로 증명할 수 있는 대상이 아니다. 하지만, 시인은 강력하게 고양된 유체적 경험을 회상으로만 추억하지 않고, 고체적 언어로 말하는 사람이다. 시인들의 문법은 신비적 경험을 언설화하되, 그것이 필연성이 아닌 우연성으로, 보편성이 아닌 개별성으로, 일반적인 것이 아닌 사적인 것으로 남는 것을 기꺼이 용납한다. 이렇듯, 수잔이 뮤즈의 예를 들어 포우를 공박하는 것은 믿음과 심정적 공감에 의해서만 가능한 경험을 언어화해야하며, 그것이 어떤 종류의 것이어야 하는지를 보여준다.

포우와 수잔의 사유가 차이를 보이는 두 번째 지점은 근원과 현상 또는 무한자와 유한자를 연결시키는 방식이다. 포우의 신교적 입장에서는 양자의 관계를 해석할 때, 유한자와 무한자가 '직접' 소통할 수 있다는 주장은 허용하지 않는다. 청교도에서는 신에 대한 믿음이 있다면 그 신은 삼위일체의 위격 가운데 하나인 성령의 형태로 인간 내면에 현존하겠지만, 이것은 오직 외적 수단, 즉 말씀(성경)을 통해서만 가능하다고 주장한다. 이 입장에서는 프라이데이라는 유한자에 대해 무한자가 개입하는 방식을 설명하기 위해 성경 말씀과 같은 글, 형식적 기준으로서의 씌어진 언어가 요구된다. 말하자면 외적 글쓰기를 통하지 않고 직입적(直入的)으로 무한 존재와 대화하는 것은 용납되지 않는다. 반면 수잔은 유한자가 무한자로 접속할 수 있는 근거를 특정한 책이나 문자에 두는 것에 반론을 제기한다.

하느님의 글에 관한 나의 의견은 다음과 같아요. 만약 그 분이 글을 쓴다면, 그는 비밀스런 글쓰기를 채택하고, 그것은 우리로 하여금 읽을 수 있도록 주어지지 않는다는 것 우리는 그 쓰기의 일부분이라는 것.(143쪽)

즉 유한적 존재와 무한자와 소통하기 위해 거쳐야만 하는 외적 계기가 있다면, 그 계기가 포우가 주장하는 바대로 인간이 해독할 수 있는 언어, 그것도 문자적 형태로만 남아 있겠냐는 의문이다. 수잔은 그 계기가 인간의 해독범위를 벗어난 문자일 가능성을 넘어, 문자가 아닌 전혀 다른 종류의 상징으로, 또는 더 나아가 상징도 아닌 어떤 대상 자체가 될 수 있음을 시험한다. 뿐만 아니라 그 모든 과정을 거치고 나서 외적 형식의 매개 없이 직접적으로 내적 소통이 가능하며 그것이야 말로 진정한 소통임을 제시한다. 요컨대, 수잔이 청교도 윤리를 지양하는 지점은 성경의 구속적 권위에서 스스로 해방되기 때문에 청교도들 보다 복원되어야 할 더 많은 침묵의 자리를 발견하는 것이다.

한편, 쿳시의『포우』가 기존의 다시 쓰기들과 결별하는 지점은 이러한 논쟁을 끝맺는 방식에 있다. 포우는 원작의 문제적 청교도 정신을 대변하고 있음에도 불구하고, 이 입장은 다시 쓰기를 통해 효과적으로 반박되는 것이 아니라, 오히려 그런 종류의 반발을 잠재운다. 그리고 다음과 같은 포우의 주장에 대해 수잔은 어떤 다른 이의도 제기하지 못한다.

> 만약 당신이 삶의 주인이 아니라고 믿는 것을 선택한다 해도, 당신을 대신하는 어떤 표시는 당신 뒤에 남겨져 있을 것이오. 그리고, 만약 그 미로를 빠져 나가는 방법을 찾는데 있어서 더 나은 계획이 없다면 ─ 당신이 진정 놀라거나 당황한다면 바로 그 표시점에서 출발해서 당신이 구출되었다는 것을 알 때까지 필요한 만큼 얼마든지 되돌아 가보도록 해요. (136쪽)

아울러 유명론의 문제로 대립할 때 또한 수잔은 포우에 대해 논리적, 심리적 우위에 서지 못한다. 오히려 다양한 실례를 들며 정합적으로 논리를 펼쳐가는 쪽은 수잔이 아니라 포우이다. 이 경우에 있어서 역시 수잔은 포우를 이해시키고자 하는 의지는 보이지 않고, 산책이나 하러 나가라는 포우의 충고(150쪽)에 순종하면서 프라이데이를 밖으로 데리고 나간다. 끝으로, 수잔은 자기 언설의 진실성을 위협하는 딸과 하인을 대면하게 되었을 때, 처음에는 그들이 유령이라고 주장하다가, 이후에 '우리 모두가 실재하고 있어요(We are all substantial)'라고 그들의 존재를 수긍하게 된다. 이때 수잔은 '우리 모두'라는 대상에서 프라이데이를 빠뜨리지만, 포우는 '당신은 프 라이데이를 빠뜨렸소'(152쪽)라고 지적한다. 이 지적을 듣고 프라이데이가 알파벳 'o'를 빼곡히 써 내려 가고 있음을 관찰하는 수잔에게 '그것이 시작이오. 당신은 내일 프라이데이에게 a를 가르쳐야만 하오'(152쪽)라고 지시하는 포우의 대사로 3부가 끝난다. 요컨대, 포우는 수잔이 문제적으로 인식하는 신교정신의 전형을 대변하고 특히 여기서 주목해야 할 것은 수잔 스스로의 입장이나 그와 대립하는 포우의 입장이 동시에 참일 수 있음을 주장하는 대목이다. '아니에요, 내 딸과 내가 실재하는 것처럼 그 아이도 실재해요. 그리고 우리보다 더도 덜도 아닌 만큼, 당신 역시 실재해요. 우리 모두는 살아있고, 우리 모두는 실재하고, 우리 모두는 같은 세계 안에 있어요.'(152쪽)

3부에서 펼쳐지는 포우와 수잔의 논쟁은 이와 같은 수잔의 모순적 주장으로 끝을 맺으며, 이 역설은 신비하고 모호한 작품의 마지막 4부를 이해하는데 중요한 실마리가 된다. 이 대목은 『포우』의 수잔은 작품의 초반에서는 『록사나』의 수잔을 차용하고 있지만, 작품의 후반으로 가면서 『록사나』의 수잔으로 부터 결별하는 속성적 변용을 겪고 있음을 시사한다. 왜냐하면 록사나의 수잔은 자기가 저지른 행동에 대해 비탄을 금치 못하고 후회할지언정, 자기 이해가 직접적으로 결부되는 타인 앞에서 딸의 존재와 자신의 과오를 절대 인정하지 않는다. 뿐만 아니라 딸과 단독으로 대면하는 자리에서조차 그녀 자신이 어머니임을 극구 부인한다. 반면, 다시 쓰기 작가에 대한 은유로서의 수잔은 자기 담론과 주체의 견고한 동일성(identity)에 전면적으로 도전하는 대상을 그녀 스스로, 그녀를 부정 하고자 하는 대상 바로 앞에서, 그리고 자기 입을 통해 '당신은 실재해요', '당신도 실재해요'라고 인정한다. 다시 쓰기로서의 『포우』의 획기적 측면은 원작 역시 다시 쓰기보다 더도 덜도 아닌 똑 같은 정도로 유효하고 타당함을 재구성하는 작가 스스로 말하는 데 있다. 이것은 다시 씌어진 등장인물들만큼이나 원작의 등장인물들이 정당하며, 다시 쓰고 있는 쿳시 만큼이나 드포 역시 필연적이되, 이 대립쌍이 '같은 세계' 안에서 '동시에' 공존할 수 있다는 역설이다.

4. 근대성의 극복 – 직관적 다시 쓰기

지금까지 쿳시 의 다시 쓰기 전략을 살펴보면, ① 원작의 인물들을 재구성함으로써 원작이 구현하는 사상에 이의를 제기하고, 그 문제적 사유를 비판한 다시 쓰기를 정당화하였다. ② 그런데 다시 원작의 작가와 대화하면서 그 문제적 지점을 부정했던 것을 재차 부정한다. 애초에 포우에 대해 대립되는 입장으로서 자기 위치를 설정했다는 점을 고려할 때, 그 대립을 대립 아닌 것으로 파악함은 처음의 자기주장 역시 부정됨을 의미한다. 즉, 원작과 다시 쓰기를 이분법적 정립(these) 과 반정립(anti-these) 체계로 설정했던 처음의 사유구도를 부정함으로써 원작은 '전복' 내지 '교정'의 대상이 아니게 된다. 그러나 이 이분법적 정립과 반정립의 부정 또한 부정된다. 즉, ③ 정립의 부 정은 부정되며, 반정립의 부정 역시 부정된다. 수잔이 포우의 주장을 인정한다는 점에서 정립은 부정되지만, 프라이데이의 목소리를 포우와 다른 방식으로 복원한다는 측면에서 그 부정은 다시 부정된다. 아울러 수잔은 청교도 정신을 체현하는 포우를 수용한다는 점에서 반정립은 부정되지만, 그럼에도 불구하고 그 자신의 입장 역시 실재적임을 주장하는 측면에서 그 부정은 다시 부정된다. 이것은 다시 쓰기가 원작을 절대적으로 전복하거나 부정하는 방식을 탈피하면서도, 동시에 원작의 문제적 지점을 적극적으로 사유하고 비판하기 위한 전략으로 해석된다.

이와 같이 이분법의 부정 또한 부정되는 것은 앞서 살펴보았듯, 쿳시의 다시 쓰기가 "충만함의 약속을 구현"(89쪽)하는 것을 지향하려는 맥락 안에 있다. 부정 의식이 대상을 소외시키는 상태로 남는 한, 그것은 『포우』가 의도하는 "충만함"을 현시할 수 없기 때문이다. 부정이 부정을 거듭하되, 그것이 무한자적 직관에 다가가도록 하기 위해 『포우』는 비인칭적 결단을 내리고 있다. 직관이 개별 주체의 유한성을 탈각하고 초월자의 인식으로 도약하는 것이라면, 그 주체에게는 '나'라는 자아동일성이 부여하는 1인칭의 견고한 틀을 과감히 깨뜨리는 단계가 선행되어야하기 때문이다. 수잔의 대사에 의하면, 충만함의 약속을 구현시키기 위한 서사의 소재에 대한 결정은 이미 작가의 유한하고 개별적인 인식 주관을 떠난 행위이다. 무엇을 쓸 것인가는 작가의 개인적 노력으로 정해지지 않을 뿐 아니라 개체적 의지는 그 결정에 어떤 영향력도 행사할 수 없다. '모든 인식은 해석이다'라는 명제 가 유한한 인간에게 적용되는 것이라면, 수잔은 이 해석적 인식을 지양하고자 하 는 의지를 보인다. 결국 서사의 대상이 되는 객체와 서사를-주도하는 주체의 두 입장 모두로 하여금 통념적 자기동일성(self identity)으로부터 자유로운 상태가 요청되는 셈이다. 사실 관습적 인칭과 자기동일성이란 인간이 언어적 존재라는 사실에 그 뿌리를 두고 있다. 언어는 주어와 술어의 결합 문법에 토대하고 있으므로 실질적으로 술어와 관계 맺는 주어의 존재가 실체적(substantial) 으로 상정된다. 한편, 『포우』의 글쓰기가 주장하는 탈인칭적 문법이란 술어의 주체가 주어인 동시에 '주어가 아니기도 함'에 대한 각성이다.

보편적, 관습적 인식에 대해 절대적 타당성의 가치를 부여하지 않고 무한을 향해 일상의 관점에서 다른 관점으로 초월하려는 시도는 작품『포우』에서 존재에 대한 신비주의 또는 내재적 형이상학으로 표상된다. 특히 결말에서 수잔이 프라이데이와 소통하는 방식은 그 이상을 집약적으로 보여준다. 작품은 두 개의 복수결말로 끝을 맺는데, 그 가운데 첫 번째는 수잔이 포우의 은신처로 보이는 방에 들어가 한 쪽 귀퉁이에 누워있는 프라이데이의 입에다 귀를 대고 가만히 기다리며 옆에 누워있는 것이다. 이 때 수잔이 경험하는 것은 다음과 같다.

> 처음에는 아무것도 없었어요. 그리고 나서, 만약 내 자신의 심장 박동 소리를 무시한다고 하면, 가장 희미하게 멀리서 굉음을 듣기 시작했어요. 그녀가 말했듯, 조개껍질 속에서 파도가 내는 굉음. 그리고 그 소리 사이 사이에, 한 두 차례 바이올린 현을 건드린 듯한 바람의 윙윙거림과 새의 울음. 내가 더 가까이 갖다 댈수록 다른 소리들을 들을 수 있었어요. 참새의 지저귐, 곡괭이를 털썩 내려놓는 소리, 목소리로 외치는 소리. 그의 입에서부터, 호흡도 않은 채로, 섬의 소리들이 뿜어 나오고 있었어요. (154쪽)

여기서 프라이데이의 입은 침묵의 공간이면서 동시에 모든 소리의 공간이라는 역설이 성립한다. 프라이데이는 아무 말도 하고 있지 않으면서, 동시에 그 섬에서 일어났던 모든 사건 ― 바람이 스치고 파도가 들썩였던 일들까지 ― 을 말하고 있다. 프라이데이의 소리는 비단 사람의 목소리 뿐 아니라 바람, 새, 파도 소리, 그리고 곡괭이를 털썩 내려놓는 소리까지 그야말로 섬이 가질 수 있는 모든 소리이다. 위 대목은 개별자가 다른 모든 자연적 존재의 흔적을 담지한다는 사유를 반영함으로써 신성이 개체에 '내재'하고 있다는 기독교 신비주의와 같은 맥락에 있다. 이것은 『로빈슨 크루소』에서 전제하는 청교도적 가치와는 대립되는 이념이다. 청교도는 유일자(the One)를 '초월적' 무한자로 상정한다. 특정 가치 체계 내에서 초월적 가치는 다른 존재를 평가하기 위한 절대 기준으로 작동한다. 크루소는 프라이데이의 부족(tribe)이 신봉하는 종교를 미개하다고 판단하는 데 그 기준은 기독교적 준칙과 의식으로부터 접근성이 떨어지기 때문이었다. 한편 현상과 근원, 무한자와 유한자 간의 일치를 긍정하는 내재 종교에서는 유일자에 의해 존재가 평가절하 되지 않는다. 오히려 존재는 일자의 가치를 함축하는 것으로서 무구(無垢)함의 속성이 강조되고 긍정과 경외의 대상이 된다.

복수 결말 가운데 두 번째 역시 첫 번째 결말과 동일한 맥락에 있다. 두 번째 결말에서 수잔은 바다의 밑바닥까지 내려가서 로빈슨 크루소를 태우고 난파했던 배에 다다르게 된다. 갑판의 선실에 들어갔을 때 그녀는 자기 자신과 죽은 선장의 시체를 보게 된다.[6] 서술 주체 '나(I)'가 자기 자신의 시체를 보는 것은 탈인칭적 의미 체계를 구사하기 위한 시도로 해석될 수 있다. 이러한 수사는 글쓰기란 상식적 관점을 탈피하고, 일자의 관점에서 사건을 기술함으로써 '충만함의 약속'을 실현해야 한다는 작가의 태도와 일관된다. 초월적 관점을 표상하는 새로운 의미의 서술자 '나'는 그 시체들을 지나 선실의 맨 구석에 누워있는 프라이데이를 발견한 다. 그리고 그에게 다가가 꼭 맞물

6 이 마지막 장면에서 난파된 배 안에 수잔 바튼과 죽은 선장의 시체가 물에 붙은 채로 선실의 낮은 천장 아래 떠다니고 있었다(157)는 묘사에 근거하여 아트웰(Attwell, David)은 1~3 부와는 달리 4부의 화자는 수잔이 아니라 불특정한 여성 화자라고 주장 한다. 한편 필자는 작품 내에서 4부의 서술자 '나'는 1~3 부의 '나'와 일관된 의미로 사 용되고 있을 뿐 아니라, 수잔이 주체성을 탈각해가는 과정을 묘사하기 위한 수사적 전략으로 해석되어야 한다는 입장이다. 4부의 서술자에 대한 아트웰의 주장에 관해서 는 Atwell, David. *J. M. Coetzee : South Africa and the politics of writing.* (Berkeley : California UP, 1993) 참조.

려 있는 이빨에 손톱을 집어넣어 틈을 만들었을 때, 다음을 경험하게 된다.

그의 입이 열렸다. 그 속에서부터 천천히 흐르는 샘물이, 호흡도 멈춘 채, 끊기지도 않고 흘러 나왔다. 그 샘물은 그의 몸을 통과해 위로 흘러나와서는 나에게까지 미쳤다. 그것은 선실을 지나고 난파선을 통과했다. 섬의 절벽과 해안을 씻어 내리며, 샘물은 북쪽으로, 남쪽으로, 지구의 끝을 향해 흘러 나갔다. 부드럽고 차가게, 어둡고 끝도 없이, 그것은 나의 눈꺼풀을, 내 얼굴의 살갗을 두드려 왔다. (157쪽)

위의 결말은 『포우』에서 개체가 영위하는 삶의 의미의 원천을 어디에 두고 있는 가를 보여주고 있다. 말하자면, '개체란 바다 속에 용해된 하나의 소금과 같은 것' 으로서 개체가 가장 본질적 의미를 회복하는 차원은 그것이 전체 속으로 용해되는데 있다는 사유방식을 나타낸다. 이것은 타자를 대상화, 즉 '내'가 아닌 그 무엇이라는 부정(negation)의 문법으로 이해하고, 타인의 의식 또한 나를 대상화시 켜 파악하는 인간 의식의 속성을 탈피하려는 시도로 해석된다. 근본적으로 대상화의 관계에서는 기껏해야 서로를 인정할 뿐, 상대를 구속하고 감옥으로 만드는 물화(物化)적 본성으로부터 자유로울 수 없기 때문이다. 프라이데이는 언어적 공간에서는 어떤 말도 할 수 없는 가장 무력한 개체일 따름이지만 동시에 그는 온 세계와 맞닿고 있다. 그의 입에서 흘러나온 샘물은 지구의 구석구석을 연속적인 흐름으로 꿰뚫고 있기 때문이다. 이와 같이 유한자의 경계에 무한의 이미지를 중첩시키는 토사는 앞서 살펴 본 첫 번째 결말과 마찬가지로 신비주의 및 내재주의 형이상학에 대한 옹호로 해석된다.

　요컨대, 쿳시 의 다시 쓰기는 어떤 작품에서 문제가 되는 '인간 존재'에 관해서 건, '글쓰기'에 관해서건 그것을 전도(inversion)하지 않는다. 그렇다고 해서 허천(Hutcheon)이 의미하는 아이러니한 전도 — 원작에 기댄 글로서 가지는 태생적 한계를 최대한 인정하면서 동시에 원작을 비판하는 글쓰기 — 를 추구하는 것도 아니다. 『포우』의 다시 쓰기는 오히려 중세적 의미의 다시 쓰기에 가깝다. 『포우』에서 『로빈슨 크루소』는 다시 쓰여 지면서 비판되지만, 그 비판이 다시 견제된다. 말하자면, 서로 다른 지평을 가지고 해석하지만 양쪽이 모두 참일 수 있는 해석학적 교차가 이루어지고 있는 셈이다. 『포우』의 다시 쓰기는 언어적인 차원에서는 대립적으로 머무르는 가치들을 언어 너머의 공감과 직관으로 부단히 통합하려는 글쓰기이다. 물론 이때 글쓰기란 언어를 매개하므로 이성판단을 넘어선 완벽한 교감의 세계를 직접적으로 지시할 수 없다. 그러나 쿳시 의 다시 쓰기는 기존의 대립적 입장들이 융화되는 공감적 소통을 향한 매개와 가교의 역할을 하는 공간이다. 한편, 인간은 본질적으로 언어적 존재임을 감안한다면 간접적으로 교감의 세계를 지시 하는 바로 이 다시 쓰기의 지평이야 말로 상호지양적 글쓰기의 공간이라 할 수 있을 것이다.

참고문헌

논저

조규형, 「다시 쓰기의 이념과 성과-편입과 전복 사이」, 『비평과 이론』 5(2), 2001.

김혜숙, 『포스트모더니즘과 철학』, 이화여대 출판부, 1995.
라인홀드 제베르그, 김영배 역, 『기독교 교리사』, 엠마오, 1996.
왕은철, 『J. M. 쿳시의 대화적 소설-상호텍스트성과 탈식민주의』, 태학사. 2004.
조규홍, 『시간과 영원 사이의 인간 존재-플로티노스의 삼위일체론적인 존재론을 통한 이해
　　　시도』, 성바오로, 2002.

Ashcroft, Bill, *The Empire writes bac : thoery and practice in post—colonial literatures*, Routledge,
　　　1989.

Attwell, David. *J. M, Coetzee : South Africa and the politics of writing*, California UP, 1993.

Coetzee, J. M, *Foe*, Penguin Books, 1987.

___________, *Doubling the Point*, Harvard UP, 1992.

Gallagher, Susan, *A Story of South Africa : J. M. Coetzee's Fiction in Context*, Harvard UP, 1991.

Genette, Gerard, *Palimpsests : literature in the second degree*, Nebraska UP, 1997.

Gerson, Lloyd, *Plotinus*, Routledge, 1998.

Han, Inhye, "Coetzee and Nagarjuna : The Problem of Time in Foe", *Journal of English
　　　and American Studies*, Vol. 4, 2006.

Head, Dominique, *J. M. Coetzee*, Cambridge UP, 1997.

JanMohamed, Abdul, "The Economy of Manichean Allegory : The Function of Racial
　　　Difference in Colonial Literature", *Critical Inquiry* 12, 1985.

Jolly, Rosemary, *Colonization, violence, and narration in white South African writing : Andre Brink,
　　　Breyten Breytenbach, and J. M. Coetzee*, Ohio UP, 1996.

Spivak, Gayatri Chakravorty, "Theory in the Margin : Coetzee's Foe Reading Defoe's
　　　Crusoe/ Roxana", *Consequences of Theory*, Johns Hopkins UP, 1991.

Kelly, Douglas, *The Conspiracy of Allusion : Description, Rewriting, and Authorshtb from Macrobius to*

Medieval Romance, Brill, 1999.

Korang, Kwaku, An Allegory of Re—Reading : Post—colonialism, Resistance, and J. M. Coetzee's Foe, *Current Writing* 9.1, 1997.

Kossew, Sue, *Pen and Power : A Post–Colonial Reading of J. M. Coetzee and Andre Brink*, Rodopi, 1996.

Macaskill, Brian & Jeanne Colleran, Reading history, Writing heresy, *Contemporary Literature* 33, 1992.

Morgan, Peter, "Foe's Defoe and La Jeune Nee : Establishing a Metaphorical Referent for the Elided Female Voice", *Critique* 35.

Post, Robert, "The Noise of Freedom : J. M. Coetzee's Foe", *Critique : Studies in Contemporary Fiction* 30-3.

Probyn, Fiona, "J. M. Coetzee : Writing with / out authority." ⟨http:// social.chass.ncsu.edu/jouvert/v7isl/probyn.htm⟩.

Rappe, Sara, *Reading Neoplatonism : Nondiscursive Thinking in the Texts of Plotinus, Proclus, and Dumascius*, Cambridge UP, 2000.

Rich, Paul, "Tradition and Revolt in South African Fiction : The Novels of Andre Brink, Nadine Gordimer, and J. M. Coetzee", *Journal of Southern African Studies* 9, 1982.

김경미(金庚美, Kim, Kyungmi)
이화여자대학교 이화인문과학원 HK교수. 한국 고전문학을 전공했고, 조선시대 여성생활사와 여성문학, 서사문학 등에 관해 연구하고 있다. 저서로 『19세기 소설사의 새로운 모색』, 『家와 여성』, 『노년의 풍경』(공저) 등이 있고, 역서로 『19세기 소설의 사랑』(공역), 『17세기 여성생활사 자료집』 1(공역), 『금오신화』, 『자기록』 등이 있다.

김선희(金宣姬, Kim, Seonhee)
이화여자대학교 이화인문과학원 HK연구교수. 동서비교철학을 전공했고 서구 지식의 유입에 따른 동아시아 지식장의 변동과 동서양의 지적 교류 및 상호 변용에 관해 연구하고 있다. 『마테오 리치와 주희 그리고 정약용』 외 다수의 저서가 있고 『하빈 신후담의 돈와서학변』 등의 역서와 「격물궁리지학, 격치지학, 격치학 그리고 과학―서양 과학에 대한 동아시아의 지적 도전과 곤경」, 「19세기 조선 학자의 자연 철학에 관하여―최한기의 기륜설을 중심으로」, 「예와 자연법―크리스티안 볼프의 유교 이해를 중심으로」 등의 논문이 있다.

김태진(金泰鎭, Kim, Taejin)
이화여자대학교 정치외교학과 POST-DOC. 근대 동아시아 정치사상을 전공했고, 신체정치에 관심이 있다. 주요 논문으로는 「'Organism'의 번역―옌푸의 유기체론 수용과 '신체관의 충돌'」, 「후쿠자와 유키치의 '건강'을 읽는다―메이지 일본의 정치사상과 신체관」, 「홉스의 정치사상에서 '신체'의 문제―'신체'(body)와 '인격'(person) 사이의 아포리아」, 「근대 일본의 통치라는 신체성―메이지 헌법의 구성과 바디폴리틱(Body Politic)」 등이 있다.

김병진(金炳辰, Kim, Byeongjin)
이화인문과학원 HK연구교수. 고려대 일어일문학과와 동대학원을 졸업하고 일본 총합연구대학원대학(総合研究大学院大学)에서 『'혁명적 생디칼리스트' 오스기 사카에』라는 제목의 박사학위를 받았다. 현재 이화인문과학원 HK연구교수로 재직 중이다. 논문으로는 「관동대지진과 오스기사건―포비아와 쇼비니즘에 왜곡된 표상」, 「동유럽사건과 1950년대 일본사상계의 전환」 등이 있으며 역서로 『일본의 문화내셔널리즘』, 『자이니치의 정신사』 등이 있다.

김진희(金眞禧, Kim, Jinhee)
이화여자대학교 이화인문과학원 HK교수. 이화여자대학교 국어국문학과를 졸업하고 동대학원에서 박사학위를 받았다. 1996년 『세계일보』 신춘문예 평론부문에 당선되어 평론가로도 활동한다. 근대 문학론과 문예론, 동아시아 번역론과 비교문학, 동아시아 지식장의 형성과 조

건 등의 주제를 연구하고 있다. 저서로는『생명파시의 모더니티』,『근대문학의 場과 시인의
선택』,『繪畵로 읽는 1930년대 시문학사』,『한국 근대시의 과제와 문학사의 주체들』,『동아
시아 근대 지식과 번역의 지형』(공저) 등의 연구서와『시에 관한 각서』,『불우한, 불후의 노
래』,『기억의 수사학』,『미래의 서정과 감각』등의 비평서,『김억 평론선집』,『모윤숙 시선』,
『노천명 시선』,『한무숙 작품집』등의 편서가 있다.

송태현(宋泰鉉, Song, Tae-Hyeon)
이화인문과학원 HK교수. 프랑스 현대문학을 전공했고, '동서문화교섭'과 '글로컬지식 형성'
등을 연구하고 있다. 저서로는『판타지』,『이미지와 상징』,『상상력의 위대한 모험가들』이 있
고, 공저로는『동아시아 근대 지식과 번역의 지형』등이 있다.

송은주(宋銀珠, Song, EunJu)
이화인문과학원 HK 연구교수. 이화여자대학교 영문과를 졸업하고 동대학원에서 석박사 학위
를 취득하였다. 영국 런던대학교 SOAS에서 번역학으로 석사학위를 취득하였다. 대표 논문으
로「포크너의 황야―『내려가라 모세여』를 중심으로」,「박물관과 황야―에머슨의 미국적 자
연」,「번역불가능성을 통한 비교문학의 재사유」등이 있다.

김태연(金泰姸, Kim, TaeYeon)
이화여자대학교 이화인문과학원 HK연구교수. 이화여대 대학원에서 기독교학을 전공하고 독
일 하이델베르크대학교에서 종교학―상호문화신학으로 석사, 박사학위를 받았다. 저서로『19
세기 중국에서의 기독교와 유교. 초기 구홍민(1883~1896)에 대한 연구(*Konfuzianismus und
Christentum im China des 19. Jahrhunderts. Eine Untersuchung zum frühen Gu Hongming* (1883~
1896))』(2018년 출간 예정)이 있고, 주요 논문으로는「핵개발 담론의 종교성에 대한 페미니
즘적 성찰」,「파울 카루스의 '과학종교' 연구」등이 있다. 현재 종교―과학 담론 관련 연구를
하고 있다.

최진석(崔眞碩, Choi, Jinseok)
이화인문과학원 HK연구교수. 서울대 노문과를 졸업하고 러시아인문학대학교에서 문화학(Cul-
tural Studies) 박사학위를 취득했다. 현재 이화여대 HK연구교수로 재직하고 있으며, 수유너머
104 연구원 및 문학평론가로 활동 중이다. 최근의 논문으로는「소비에트 민주주의와 프롤레타
리아 독재―러시아혁명에서의 코뮨과 국가, 마음의 문제」,「욕망과 섹슈얼리티의 정치학―n개
의 성(性)과 분열분석적 지도그리기」,「서정과 광기―알렉산드르 블록의〈장미와 십자가〉다시
읽기」등이 있다. 저서로『민중과 그로테스크의 문화정치학』,『국가를 생각하다』(공저),『불온
한 인문학』(공저) 등이 있고, 역서로는『누가 들뢰즈와 가타리를 두려워하는가?』,『해체와 파
괴』,『러시아 문화사 강의』(공역) 등이 있다.

채준형(蔡俊亨, Chae, Jun Hyung)

이화인문과학원 HK연구교수. 시카고대 역사학과에서 중국 현대사를 공부했다. 학위논문은 "Religion, Charity, and Contested Local Society : Daoyuan and World Red Swastika Society in Eastern Shandong, 1920~1954"이며, 현재 이화여자대학교 이화인문과학원 HK연구교수로 재직 중이다.

김수자(金壽子, Kim, Sooja)

이화여자대학교 이화인문과학원 HK교수. 이화여대 사학과를 졸업하고, 동대학원 사학과에서 박사학위를 받았다. 이화인문과학원 HK교수로 한국의 근대문화, 근대지식형성, 탈식민주의 등에 대한 연구를 진행하고 있다. 주요 저서로서『이승만의 집권초기 권력기반연구』,『대한민국 여성국회의원의 탄생』,『현대 정치사상의 파노라마』(공역) 등이 있다.

오윤호(吳潤鎬, Oh, YounHo)

이화인문과학원 HK교수. 서강대학교 국어국문학과를 졸업하고 동 대학원에서 석사 및 박사학위를 받았다. 저서로는『현대소설의 서사 기법』이 있으며, 주요 논문으로는 「탈경계 주체들과 문화혼종 전략」, 「근대과학지식의 재현과 진화론적 상상력」 등이 있다. 2009년 이화여자대학교 이화인문과학원 교수로 임용된 이후 '젠더화 된 타자'와 '디아스포라의 경험'을 중요한 학문적 주제로 설정하고 연구하였다. 이야기하기의 서사적 정체성에 대한 책을 준비하고 있으며, 근대 문학의 형성과 과학 담론의 교섭 과정에 대한 일련의 논문을 겹필 중에 있다.

이선주(李善珠, Lee, Seonju)

현재 이화여자대학교 이화인문과학원 HK연구교수. 이화여대 영문과에서 학사, 석사를 하고『찰스 디킨스의 소설에 나타난 근대성 연구』로 박사학위를 받았다. 저서로는『경계인들의 목소리』, *When the Korean World in Hawaii was Young, 1903~1940*,『디킨즈와 신분과 자본』 등이 있고 역서로는 『포스트휴먼의 조건』이 있다. 근대 영국이나 디킨스와 관련한 논문으로는 「시민권, 포함의 역사 혹은 배제의 역사」, 「『올리버 트위스트』─'잉여인구'에 대한 근대국가의 우려」, 「근대 저널에서 본 허버트 스펜서의 사회진화론」 등이 있다.

한인혜(韓仁慧, Han, Inhye)

이화인문과학원 HK연구교수. 이화여대에서 영문학으로 학사와 석사를, 2014년 University of California, San Diego에서 비교문학으로 박사학위를 취득하였다. 대만국립대학 대만문학연구소 및 대만국립중앙도서관 산하 Center for Chinese Studies 에서 research fellow 로서 2년간 문헌연구를 수행한 바 있다. 현재 이화여대 인문과학 연구원에서 HK연구교수로 재직하며, 동 대학에서 동아시아 문화와 사상사를 강의하고 있다. 최근 논문으로 "The Afterlives of An Chunggun in Republican China : From Sinocentric Appropriation to a Rupture in Nationalism", "Taiwanese Writer Zhang Shenqie and Colonial Transnationalism" 외 다수가 있다.

// **초출일람** //

김경미, 「개인적인 삶에 대한 긍정과 지식의 재배치-이옥의 『백운필』을 중심으로」, 『고전문학연구』 48집, 한국고전문학회, 2015.

김선희, 「격물궁리지학, 격치지학, 격치학 그리고 과학-서양 과학에 대한 동아시아의 지적 도전과 곤경」, 『개념과 소통』 17, 한림과학원, 2016.

김태진, 「근대 일본의 신체와 정치-스펜서의 '유기체' 개념 수용 연구」, 『Trans-Humanities』 Vol.9 No.2, 이화여대 인문과학원, 2016.

김병진, 「'사회' 중심의 사회주의와 오스기 사카에-운동 주체의 변혁에 바탕을 둔 「혁명적 생디칼리즘」」, 『일본역사연구』 39, 일본사학회, 2014.

김진희, 「동아협동체의 논리와 조선문학의 과제-김기림과 서인식의 논의를 중심으로」, 『아시아문화연구』 37, 가천대 아시아문화연구소, 2015.

송태현, 「루소의 자연종교와 그 생태학적 함의」, 『문학과 환경』 10-2, 문학과환경학회, 2015.

송은주, 「박물관과 황야 : 에머슨의 미국적 자연」, 『영미문화』 15-1, 한국영미문화학회, 2015.

김태연, 「과학과 심리학의 교차 지식장 연구-칼 구스타프 융의 심리학적 공간을 중심으로」, 『신학사상』 169, 한국신학연구소, 2015.

최진석, 「아카데미 외부의 아카데미-19세기 역사철학 논쟁에 비친 러시아 지식장의 문제」, 『인문과학』 제109집, 연세대 인문과학연구원, 2017.

채준형, 「宗敎, 國家, 그리고 地域 住民-道院과 世界紅卍字會를 중심으로, 1932~1949」, 『동양사학연구』 137, 동양사학회, 2016.

김수자, 「『독립신문』에 나타난 개화지식인들의 근대주의와 儒學 인식」, 『동양고전연구』 45, 동양고전학회, 2011.

오윤호, 「조명희 초기시에 나타난 자연관과 생명의식」, 『문학과 환경』 16-1, 문학과환경학회, 2017.

이선주, 「근대 지식과 소설의 연대-아담 스미스의 『도덕감정론』과 찰스 디킨스의 『돔비 부자』의 연관성」, 『19세기영어권문학』 제19권, 19세기영어권문학회, 2015.

한인혜, 「쿳시의 『포』와 "다시쓰기"의 문제」, 『현대영미소설』 vol.13, no.1, 한국현대영미소설학회, 2006.